DROEMER

Von Katharina Fuchs ist bereits folgender Titel erschienen:
Neuleben

Über die Autorin:
Katharina Fuchs, geboren 1963 in Wiesbaden, verbrachte ihre Kindheit am Genfer
See. Nach ihrem Studium der Rechtswissenschaften in Frankfurt am Main und in
Paris wurde sie Rechtsanwältin und Justiziarin eines Dax-notierten Unternehmens.
Katharina Fuchs lebt mit ihrer Familie im Taunus. *Zwei Handvoll Leben* und *Neu-*
leben basieren auf ihrer eigenen Familiengeschichte.

KATHARINA FUCHS

Zwei Handvoll Leben

ROMAN

Besuchen Sie uns im Internet:
www.droemer.de

Aus Verantwortung für die Umwelt hat sich die Verlagsgruppe
Droemer Knaur zu einer nachhaltigen Buchproduktion verpflichtet.
Der bewusste Umgang mit unseren Ressourcen, der Schutz unseres
Klimas und der Natur gehören zu unseren obersten Unternehmenszielen.
Gemeinsam mit unseren Partnern und Lieferanten setzen wir uns für
eine klimaneutrale Buchproduktion ein, die den Erwerb von
Klimazertifikaten zur Kompensation des CO_2-Ausstoßes einschließt.
Weitere Informationen finden Sie unter: www.klimaneutralerverlag.de

Vollständige Taschenbuchausgabe März 2020
Droemer Taschenbuch
© 2019 Droemer Verlag
Ein Imprint der Verlagsgruppe
Droemer Knaur GmbH & Co. KG, München
Alle Rechte vorbehalten. Das Werk darf – auch teilweise – nur mit
Genehmigung des Verlags wiedergegeben werden.
Redaktion: Antje Steinhäuser
Covergestaltung: Sabine Kwauka
Coverabbildung: Collage unter Verwendung
von Motiven von: Carl Mydans / Circa Images /
Bridgeman Images; akg-images /
arkivi; shutterstock / Winit Peesuad
Satz: Adobe InDesign im Verlag
Druck und Bindung: CPI books GmbH, Leck
ISBN 978-3-426-30685-7

12   14   15   13   11

VORWORT

Dies ist die Geschichte meiner Großmütter, die beide in der dritten Oktoberwoche des Jahres 1899 geboren wurden. Die Mutter meiner Mutter, Anna Tannenberg, in einem kleinen Ort im Spreewald, und die Mutter meines Vaters, Charlotte Feltin, auf einem Hofgut in Sachsen. Rund fünfundvierzig Jahre später sollte Deutschland in Trümmern liegen. Doch davon ahnten meine beiden Großmütter nichts, als sie heranwuchsen, zur Schule gingen, Berufe erlernten, sich verliebten, Familien gründeten. Sie folgten falschen Vorbildern, verloren alles, bauten es wieder auf und hatten Hoffnungen, Sehnsüchte, wie wir alle sie haben. Und als sie sich im Nachkriegsberlin trafen, verband sie nicht nur die Ehe ihrer Kinder, Gisela und Felix, die Wohnungsnot und Annas Hilfsbereitschaft, sondern das verblüffende gegenseitige Geständnis einer unerfüllten Liebe.

ERSTES BUCH

ANNA

Das Eis war an dieser Stelle besonders glatt, und Anna konnte hier schneller fahren als auf den anderen Kanälen der Spree. Sie nahm Anlauf, um die maximale Geschwindigkeit zu erreichen, stellte dann einen Fuß vor den anderen und genoss das Gefühl, einfach nur bewegungslos dahinzugleiten. Die klitzekleinen Unebenheiten in der Eisfläche ließen ihre Beine kaum merklich vibrieren. Kurz bevor sie zum Stehen kam, fuhr sie einen Halbkreis, holte neuen Schwung und fuhr die gleiche Strecke zurück, wieder und wieder. Sie legte den Kopf nach hinten. Es hatte angefangen zu schneien, und die Flocken flogen Anna in die Augen, manche blieben in ihren Wimpern hängen. Einige ließ sie sich auf der Zunge zergehen und spürte ihrem Geschmack nach.

Durch den bedeckten grauen Himmel gelangte kaum Helligkeit, aber es musste längst Frühstückszeit sein. Der Gedanke an Rückkehr drang langsam in Annas Bewusstsein. Am liebsten hätte sie ihn beiseitegeschoben und wäre einfach weitergefahren. Es war der Morgen des 24. Dezember 1913, und Wilhelm hatte ausgerechnet an diesem Tag Geburtstag. Zu der morgendlichen Bescherung wurden alle sechs Kinder vollzählig erwartet. Noch in der Dunkelheit war Anna aufgebrochen, um wenigstens eine Stunde zum Eislaufen zu kommen, bevor sie den Rest des Tages im Haus würde helfen müssen.

Sie machte sich auf den Nachhauseweg über die Kanäle, die sich wie ein engmaschiges Netz durch den gesamten Spreewald zogen. An einer schmalen Stelle ragte ein im Eis festgefrorener Ast hervor. Durch die dünne Neuschneedecke bemerkte Anna ihn zu spät. Sie stolperte, konnte sich zwar noch mit den Händen abfangen, aber beim Aufstehen erklang plötzlich ein Geräusch von reißendem Stoff, und der Schreck ließ sie zusammenzucken. Mit fahrigen Bewegungen suchte sie nach dem Riss in ihrem langen Rock, um das Ausmaß des Schadens abschätzen zu können. Er reichte vom Saum bis zur Mitte der Wade und war nicht etwa an der Naht, sondern mitten im Stoff. Das sah übel aus, und es wurde ihr trotz der Kälte plötzlich heiß bei dem Gedanken an ihre Mutter. Es half aber nichts, sie musste weiter, und vielleicht würde sich die Gelegenheit ergeben, den Rock unauffällig von ihrer älteren Schwester Emma nähen zu lassen, bevor die Mutter den Riss bemerkte. Emma war schon im dritten Jahr ihrer Schneiderlehre. Wenn sie Glück hatte, könnte Anna durch ihre Geschicklichkeit einer Strafe entgehen.

Sie lief weiter. Da vorne war schon die letzte Brücke in Sicht. Am Ufer stützte sie sich mit einer Hand auf einen Baumstamm und schnallte sich keuchend die Eiskufen von ihren Stiefeln. Nun nur noch die Böschung hinauf und über die kleine Holzbrücke, an deren Geländer große Eiszapfen hingen. Anna hatte keine Zeit mehr, sonst hätte sie sich den schönsten abgebrochen und gelutscht. Als sie um die Ecke bog, vorbei an den drei großen Trauerweiden, sah sie bereits die Anhöhe, die Hasen- und Gänseställe. Dahinter das winzige Haus, ihr Elternhaus mit dem unregelmäßigen Schieferdach, jetzt von Schnee bedeckt, unter dem sich die zwei Schlafkammern befanden.

In der offenen Haustür stand ihr Vater und hielt bereits nach ihr Ausschau. Er hatte seine Taschenuhr in der Hand, auf die er so stolz war, und schüttelte langsam den Kopf. Das volle dunkle Haar war an den Schläfen schon früh grau geworden. Auffällig seine fast schwarzen, dichten Augenbrauen und die etwas zu große Nase. Philipp Tannenberg wollte sich gerade wieder umdrehen, als er Anna um die Ecke biegen sah.

»Anna, wo hast du so lange gesteckt? Alle warten auf dich! Musst du eigentlich immer die Letzte sein?«

Er legte ihr den Arm um die Schultern und zog sie in das Haus. Im Flur war bereits die gesamte Familie versammelt. Nur die Mutter fehlte.

Annas Keuchen war in der Stille deutlich zu hören. Sie stellte sich neben ihren Brüdern auf, und sofort traf sie ein Faustschlag in die Rippen. Er war so fest, dass ihr die Luft wegblieb und sie sich vor Schmerzen zusammenkrümmte.

Unterdrücktes Lachen.

Ihre kleine Schwester Dora presste sich an sie. Sie liebte und bewunderte Anna, und es machte ihr Angst, wenn ihr Bruder Otto immer auf sie losging. Ihr Vater wollte etwas sagen, doch da ging die Tür zur Küche auf, und ihre Mutter erschien, legte den Finger auf die Lippen und fing an zu singen: »Viel Glück und viel Segen auf all deinen Wegen ...«

Der Vater fiel mit seiner tiefen Bassstimme ein. Der Rest der Familie sang jetzt auch. Heimlich boxte Otto Anna noch mehrmals kräftig gegen den Oberarm, aber sie krallte ihm diesmal ihre Fingernägel tief in die Haut.

Wilhelm konnte seine Enttäuschung nur schwer verbergen, als er sein einziges Geschenk bekam: Es war eine Lederschürze, die er bei seiner Arbeit als Schlosser tragen würde. Und natürlich nicht die Trompete, die er sich so sehnlich gewünscht hatte. Aber ein Musikinstrument war für ihre Eltern unerschwinglich.

Die anderen Geschwister waren immer noch ungeduldig, denn sie warteten auf den Kuchen.

»Bekomme ich das erste Stück?«, bettelte die kleine Dora und kaute schon ungeduldig auf dem Ende von einem ihrer brünetten Zöpfe.

»Zuerst das Geburtstagskind. Aber heute gibt's für jeden ein Stück.«

Ihre Großmutter hatte die ganze Zeit in ihrem schwarzen Kleid zusammengesunken auf der Bank an dem Kachelofen gesessen. Jetzt stand sie mit sichtbarer Mühe auf. Sie stützte sich mit einer Hand den Rücken ab und stöhnte vernehmlich, wobei sie, wie alle wussten, immer ein Stück Theatralik in ihre Gesten legte. Dann griff sie sich ein großes Messer aus der Schublade und begann, den Kuchen in gleich große Stücke zu schneiden. Die Hände der Kinder langten blitzschnell nach den abbröckelnden Stücken Zuckerguss. So schnell, dass die Hand der Großmutter sie nicht rechtzeitig erwischte, als sie, mehr spaßeshalber, nach ihnen schlug. Dann tippte sie sich mit dem Finger an ihre faltige, pergamentartige Wange. Sie wussten, was das hieß: Jedes Kind sollte ihr zuerst einen Kuss darauf geben, bevor es ein Stück des Kuchens erhielt, der sofort gierig aus der Hand gegessen wurde.

»Nun ist aber Schluss!«

Ihre Mutter klatschte in die Hände.

»Heute ist Weihnachten, und es gibt noch viel zu tun. Max, du kannst das Holz hacken. Und geh dazu am besten in den Schuppen, sonst ist es nachher zu feucht, bei dem Schnee, der gerade wieder herunterkommt. Wilhelm und Otto dürfen mit Vater im Wald den Christbaum holen.«

Und zu den drei Mädchen gewandt sagte sie: »Euch brauch ich in der Küche.«

Sie sah Anna in die Augen und hob den Zeigefinger: »Und mit dir habe ich später noch ein Hühnchen zu rupfen.«

Anna erwiderte zunächst den strengen Blick ihrer Mutter und senkte dann den Kopf, um vorsichtig nach hinten zu schielen. Hatte sie den Riss in ihrem Rock schon bemerkt, oder war sie nur über ihre Verspätung so verärgert? An Heiligabend würde es doch keine der ganz strengen Strafen geben?

Bei ihrer Mutter konnte sie sich da allerdings nicht sicher sein, und sie begann sich rasch mögliche Ausreden auszudenken. Was hätte sie unterwegs aufhalten können? Der Schäferhund des Schusters hätte sie verfolgen können, das war ihr schon mal passiert, als er sich von der Kette losgerissen hatte. Damit wäre der Riss im Kleid auch erklärt. In den meisten Fällen war Anna in dieser Beziehung sehr erfindungsreich. Nur nützte ihr das nicht viel, da ihre Mutter allem unerbittlich genau auf den Grund ging. Anna wusste das, und sie wusste auch, dass sich ihre Mutter über eine Ausrede weit mehr ärgerte – mit den entsprechenden schmerzhaften Konsequenzen – als über jegliche Verfehlung, die damit vertuscht werden sollte. Trotzdem konnte Anna der Verlockung selten widerstehen, es immer wieder mit überraschend unglaubhaften Entschuldigungen zu versuchen.

»Wann gibt es die Gänskleinsuppe?«, fragten jetzt die Jungen.

»Geht ihr erst einmal euren Arbeiten nach, ihr habt ja gerade Kuchen bekommen«, lautete die Antwort.

Sie rannten aus der Küche. Wilhelm griff sich noch das letzte Stück und würdigte sein Geschenk keines Blickes mehr. Er setzte all seine Hoffnungen auf den Heiligen Abend. Mit dem Vater den Christbaum zu schlagen stand an, und das war sein Privileg. Zumindest den einen Vorteil hatte es, an Weihnachten Geburtstag zu haben.

Anna holte sich eine weiße Schürze vom Haken an der Küchentür. Endlich reichte sie an ihn heran, ohne hochspringen zu müssen. Sie war vierzehn Jahre alt, drei Jahre jünger als ihr ältester Bruder Wilhelm, der heute seinen Geburtstag hatte. Im letzten Jahr war sie so gewachsen, dass ihr plötzlich kein Kleid mehr passte und sie fast alle gleichaltrigen Kinder und auch ihren besten Freund Erich überragte.

Die Großmutter hatte den Küchentisch leer geräumt, und Mutter stellte einen Korb mit Kartoffeln auf den Tisch.

»Hier, Anna, schäl sie aber schön dünn, hörst du? Und die Augen sorgfältig ausstechen. Und Dorle kann dann schon mit dem Reiben anfangen.«

Mutter nahm ein großes Messer aus der Schublade.

»So, Emma, komm mit, jetzt geht's ans Schlachten.«

Ohne ein Wort folgte Emma ihrer Mutter, die mit einer Emaille-Schüssel und dem Messer aus der Küche ging. Anna und Dora konnten nachfühlen, was in ihr vorging: Gänse zu schlachten, war für sie alle drei immer die widerwärtigste Arbeit. Beide machten sich an ihre Aufgaben, aber dann hörten sie von draußen das laute Gezeter der Gänse und pressten sich die Hände auf die Ohren.

Kurz darauf kamen die Mutter und Emma mit zwei toten Tieren in der Schüssel zurück. Wortlos nahm die Großmutter einen Kessel mit kochendem Wasser vom Herd und übergoss die Gänse damit. Dann setzte sie sich wieder auf ihren Platz am Ofen und begann eine der Gänse zu rupfen.

»Oh Mutti, bleibt dieses Jahr auch eine Gans für uns übrig?«

Anna lief bereits das Wasser im Mund zusammen, wenn sie an die knusprige Haut dachte. Der Ekel vor dem Schlachten war schnell wieder verflogen. Sobald das Tier tot war, sah Anna es nur noch als etwas Essbares – und in diesem Fall sehr Wohlschmeckendes an. Das Zwiespältige an dieser Haltung ahnte sie zwar, aber sie hätte nie freiwillig beim Schlachten geholfen. Ihre Mutter nahm darauf Rücksicht, da sie sie im Moment noch mehr der Welt der Kinder zurechnete als der der Erwachsenen.

Schon seit Tagen zog nun der Bratenduft durch das ganze Haus. Aber die Mutter zerstörte ihre Hoffnungen.

»Ach, Anna, du weißt doch! Die Gänse sind alle bestellt. Diese hier ist für den Pfarrer. Wir behalten nur die Innereien und die Flügel. Das gibt zusammen mit den Klößen und dem eingelegten Rotkohl aber auch ein gutes Essen. Und Anna«, fuhr sie fort, »in Zukunft kommst du pünktlich nach Hause. Du weißt, dass wieder alle auf dich warten mussten. Wenn das noch einmal vorkommt, bekommst du Stubenarrest. Hast du das verstanden?«

Anna war erleichtert. Trotzdem öffnete sie den Mund, um ihre zwischenzeitlich vorbereitete Ausrede loszuwerden, aber ihre Mutter gab ihr hierzu erst gar keine Gelegenheit: »Geh fort, Anna, heute habe ich wirklich überhaupt keine Zeit für deine Geschichten. Mach jetzt deine Arbeit und bessere dich!«

In diesem Moment hörten sie Annas Vater, laut singend, aus dem Wald zurückkommen. Anna und Dora warfen Messer und Reibe auf den Tisch, stürzten zum Küchenfenster und rissen es auf: »Vati, Vati, das ist aber wirklich der schönste Christbaum, den wir je hatten. Dürfen wir beim Baumputzen mithelfen?«

»Anna, machst du wohl das Fenster zu, ich hol mir ja den Tod!«, krächzte ihre Großmutter und bekam einen ihrer ausgiebigen Hustenanfälle. Anna schloss das Fenster mit einem Krachen und rannte in den Flur, um ihren Vater zu begrüßen.

Um fünf Uhr am Nachmittag brach die Familie zur Christvesper in die Vetschauer Kirche auf. Nur Emma und Wilhelm hatten sich schon früher auf den Weg gemacht, um sich für das Krippenspiel umzuziehen, bei dem sie dieses Jahr mitspielten. Das Schneetreiben hatte aufgehört, und die Kinder freuten sich über den frischen Schnee, der allerdings so pulvrig war, dass sich daraus keine Schneebälle formen ließen. Man konnte ihn sogar deutlich riechen, fand Anna, soweit er nicht durch den Duft nach Holzkohlefeuer überdeckt wurde. Sie genoss diese herrliche Mischung aus Ungeduld und Vorfreude und dem Gefühl, jeden Augenblick festhalten zu müssen. Sie wollte eigentlich sagen: Bitte jetzt hier anhalten, das möchte ich noch ein paar Minuten oder auch ein paar Stunden ganz und gar auskosten – aber eigentlich kann ich gar nicht mehr warten, und es soll jetzt ganz schnell weitergehen!

In der Kirche waren es diese Geräusche, als die Gesangbücher zugeschlagen wurden, das Rascheln vom Stoff der Mäntel, ein kleines Kind, das laut zu heulen begann und dann, von seiner Mutter beruhigt, plötzlich wieder verstummte, als diese kurze vollkommene Stille eintrat, bevor der Pfarrer die Weihnachtsgeschichte vortrug. Anna und Dora hielten sich an den Händen, während sie den vertrauten Worten lauschten.

Wenn ich doch die Zeit stillstehen lassen könnte!, dachte Anna.

Auch der Heimweg hatte seinen ganz besonderen Zauber. In manchen Fenstern sah man bereits brennende Christbaumkerzen und dazu die Silhouetten der Menschen wie Scherenschnittfiguren.

Und dann war es endlich so weit. Wieder versammelten sich alle Kinder mit dem Vater im Flur, der diesmal ganz dunkel war. Dora und Otto, die beiden Jüngsten, hatten zusammen ein Gedicht aufgesagt, indem jeder abwechselnd eine Zeile vortrug.

Danach wurden Weihnachtslieder gesungen, bis endlich die Tür zur Küche aufging. Der Weihnachtsbaum war mit Kugeln und Lametta behängt und von Kerzen erleuchtet, die schon das Jahr über gesammelt worden waren. Darunter und daneben lagen die Geschenke: Doras alte Puppe hatte einen neuen Matrosenanzug, natürlich von Emma aus Stoffresten selbst genäht. Für die Jungen gab es eine Werkbank mit einigem Werkzeug, das der Vater nicht mehr brauchte oder eigens für sie hergestellt hatte.

Anna sah schon von Weitem, dass sie ein neues Kleid bekommen hatte, aus einem schönen, dunkelblauen Wollstoff, den sie allerdings irgendwo schon einmal gesehen hatte. Sie kam nur im Moment nicht darauf, wo. Es hatte einen kleinen weißen Kragen, den man abknöpfen konnte. Sie nahm es vorsichtig hoch und hielt es sich an. Der Stoff war ein bisschen kratzig, aber es würde ihr bestimmt gut stehen. Als sie sich umsah, bemerkte sie, dass ihre Mutter sie beobachtete. Sie sah müde aus, ihre Augen hatten keinen Glanz, aber ihre Haare waren noch genauso sattbraun und füllig wie ihre eigenen. Sie legte Anna die Hand auf die Schulter.

»Emma hat es für dich genäht. Dir passt ja nichts mehr, wirst jetzt erwachsen. Für den nächsten Herbst werde ich dir eine Lehrstelle suchen.«

Anna lächelte, aber in ihr Bewusstsein drang das schmerzliche Gefühl, dass jetzt der Höhepunkt des Glücks erreicht war und in wenigen Sekunden überschritten sein würde.

Sie sah zu ihrem Bruder Wilhelm hinüber. Er bemühte sich, Freude vorzutäuschen. Natürlich hatte er die Trompete nicht bekommen. Die Eltern hätten das Geld dafür nun einmal nicht aufbringen können, und er musste sich mit den Werkzeugen, die für alle drei Jungs gemeinsam gedacht waren, begnügen. Doch er interessierte sich für Musik und hatte kein Handwerk lernen wollen wie die anderen.

Als sich alle gemeinsam zum Essen an den Küchentisch setzten, sprang der Funke auch auf Wilhelm über, und er ließ sich von der Stimmung der anderen anstecken. Die Gänseflügel und -innereien mit Rotkraut und Klößen waren das Beste, was sie seit Langem gegessen hatten, und es gab heute genug für alle. Anna sah von ihrem Teller auf, hörte auf zu kauen und betrachtete nacheinander ihre Geschwister und ihre Eltern. Sie waren arm, ihre Mutter war streng, und ihre Brüder ärgerten sie jeden Tag. Trotzdem liebte sie jedes einzelne Familienmitglied, am meisten natürlich ihren Vater und Dora. Doch auf einmal hatte sie das Gefühl, als habe ihr jemand einen Stahlring um die Brust geschnallt. Bei jedem Atemzug zog er sich enger zusammen. In diesem Augenblick wusste sie, dass es für sie kein unbeschwertes, gemeinsames Weihnachten mehr geben würde.

CHARLOTTE

Auch auf dem Hofgut Feltin saß die Familie am Weihnachts-abend 1913 zusammen. ›Neunerlei‹ war das traditionelle sächsische Essen an Heiligabend. Ein Salat, der aus genau neun Zutaten hergestellt wurde: Kartoffeln, Sellerie, Zwiebeln und Hering gehörten immer dazu. Die vierzehnjährige Charlotte war davon wenig begeistert. Aber um ihren Vater nicht zu verärgern, überwand sie ihre Abneigung und ließ sie sich nicht anmerken.

Sie war mit ihren Geschenken dieses Jahr sehr zufrieden und hatte jeden Grund dazu. Auch sie hatte ein neues Kleid bekommen, dazu noch zwei Paar neue Stiefel, drei Bücher, Garne und einen Stickrahmen.

Der Tisch des Speisezimmers war mit einem Damasttischtuch bedeckt, das von Charlottes Großmutter in wochenlanger Arbeit mit feiner weihnachtlicher Lochstickerei verziert worden war. Darauf waren das Meissener Service mit dem grünen Hofdrachen und das Silberbesteck gedeckt. Charlotte hatten es besonders die Messerbänkchen in Tierform angetan, die aussahen, als würden sie im langgestreckten Galopp über den Tisch springen. In der Mitte des Tisches stand die blaue Pyramide mit Holzspanbäumchen, auf der sich geschnitzte Holzengel mit Musikinstrumenten drehten. Der Weihnachtsbaum, eine Edeltanne, dicht und gleichmäßig gewachsen, kam aus dem eigenen Wald.

»Irgendetwas fehlt dieses Jahr im Neunerlei.«

Charlottes Vater verzog die Mundwinkel nach unten. Seine Frau sah alarmiert zu ihrer Mutter hinüber, die sofort aufhörte zu kauen und tief einatmete. Wenn dem Familienoberhaupt etwas nicht passte, stand meistens einer seiner berüchtigten Wutanfälle bevor.

»Was sollte da fehlen, Richard?«, fragte ihn seine Frau.

»Wir haben den Salat mit den gleichen neun Zutaten zubereitet wie zu jedem Heiligabend. Frag deine Mutter, sie hat ja mitgeholfen.«

»Frag deine Mutter, frag deine Mutter … Ich brauch nicht meine

Mutter zu fragen, um zu merken, dass hier etwas nicht stimmt. Das schmecke ich, und damit basta.«

Richard warf seine Serviette auf den Teller und sprang auf. Sein Gesicht nahm eine gefährliche Röte an.

»Drei Weibsleute sind nicht in der Lage, zu Weihnachten ein Neunerlei zuzubereiten, wie es sich gehört. Da vergeht einem doch der Appetit.«

Alle wussten, dass es keinen Sinn hatte, ihn zu beschwichtigen. Jedes Wort, das jetzt fiel, würde ihn nur weiter provozieren, und was dann passieren konnte, war völlig unberechenbar.

Auch Charlotte war ihr Vater in diesem Augenblick unheimlich. Sie hatte den Hieb mit der Reitgerte, den sie bei seinem letzten cholerischen Anfall abbekommen hatte, nicht vergessen. Um ein Haar hätte er sie mit aller Wucht im Gesicht getroffen, wenn sie sich nicht blitzschnell geduckt hätte. Doch sie hatte das Zischen, mit dem die Gerte ihre Haare gestreift hatte, jetzt noch im Ohr. Und das nur, weil sie vergessen hatte, abends die Laterne im Marstall zu löschen.

Aber in diesem Moment hatte sie den vermeintlich rettenden Einfall. »Könnten wir das Neunerlei nicht einfach auslassen und gleich den Schokoladenpudding bringen? Der schmeckt dir doch immer.«

Es folgte ein bedrohlicher Augenblick der Ruhe, während dem nur das Ticken der Standuhr zu hören war. Charlotte traute sich nicht, ihren Vater anzusehen. Alle hielten den Atem an, keiner sagte ein Wort. Richard starrte seine Tochter an, die Lippen leicht geöffnet. Aber für ihn waren ihre Worte tatsächlich ein Rettungsanker, der ihm aus der Hilflosigkeit, in die der aufwallende Zorn ihn jedes Mal versetzte, heraushalf. Er ließ sich umstimmen, aber nicht ohne einen Satz zu äußern, der seine Frau verletzen sollte: »Ja, du hast recht, Lotte, den Fraß können die Schweine kriegen. Das Mädchen soll den Nachtisch bringen, vielleicht werden wir ja davon satt.«

Damit setzte er sich wieder an den Tisch und sah die anderen an, als wäre gar nichts vorgefallen.

Charlottes Mutter Lisbeth atmete tief durch, so erleichtert war sie. Sie stand auf und griff nach der Kristallschüssel. Richard schien vergessen zu haben, dass Heiligabend der einzige Tag im Jahr war, an dem das Dienstpersonal freihatte, um selbst Weihnachten zu feiern. Zuvor hatte Lisbeth jedem von ihnen, feierlich unter dem Baum, ein Geschenk überreicht, das sie mit großer Sorgfalt ausgewählt hatte. Sie ging in die Küche, um die Nachspeise zu holen. Mit einem Löffel probierte sie noch einmal den Salat und runzelte die Stirn. Ihr fiel beim besten Willen nicht ein, welche Zutat fehlen sollte, wenn überhaupt eine vergessen worden war. Aber das Klügste war gewiss, das Thema gar nicht mehr anzuschneiden. Sosehr sie unter den plötzlichen Wutanfällen ihres Mannes litt, sie hatte gelernt, damit umzugehen. Meistens vergaß er von einer Sekunde auf die andere den Grund seines Ärgers und kam auch selten noch einmal auf den Anlass zurück. Sie hatte zu Beginn ihrer Ehe stets lange darüber nachgegrübelt, was sie falsch machte. Aber ihre Schwiegermutter Wilhelmine hielt zu ihr und war eine Verbündete, wenn es darum ging, mit diesem schwierigen Charakterzug ihres Sohnes umzugehen.

»Lisbeth, am besten ist es, sich ruhig zu verhalten und zu warten, bis das Gewitter vorbeigezogen ist. Und dann ist das Ganze schnell wieder vergessen. Richard hat mit dieser Toberei angefangen, als er zwei Jahre alt war, und er hat nie mehr damit aufgehört. Du wirst ihn nicht ändern können.«

Die Familie saß wieder zusammen am Tisch und löffelte den Schokoladenpudding. Die Stimmung unter den Frauen war angespannt. Sie wussten, dass selbst ein nichtiger Anlass bei Richard einen neuen Wutanfall hervorrufen konnte. Charlotte hielt ihre Schale hoch und wollte sich noch einen Nachschlag geben lassen, als plötzlich die Tür geöffnet wurde. Lisbeth ließ vor Nervosität ihren Löffel fallen.

»Leutner, was gibt es denn?«, knurrte Richard.

Leutner war die gute Seele des Hofguts und hatte schon lange vor Charlottes Geburt in den Diensten der Feltins gestanden. Die Schultern voller Schnee, die Kappe in der Hand und so außer Atem, dass er kaum sprechen konnte, betrat er das Speisezimmer: »Herr Feltin, die Berta, sie will kalben. Ich wollt eben noch mal nach ihr sehen, und da hab ich sie schon im Hof schreien gehört. Der Schweizer ist schon bei ihr. Ich glaub, das ist so weit.«

»Ja zum Donnerwetter noch mal! Hätte die dumme Kuh nicht noch einen Tag warten können? Nicht mal am Heiligabend lassen einen die Viecher in Ruhe. Ich komm ja schon. Lotte, lass den Pudding stehen. Du wolltest doch dabei sein, wenn die Berta ihr erstes Kalb kriegt.«

Charlotte stellte ihre Schüssel wieder ab. Sie wusste, dass sich ihr Vater in Wirklichkeit auch auf die Geburt freute und ihm Weihnachten nicht allzu wichtig war. Die Geburt eines Kalbs war immer wieder etwas Besonderes.

»Wenn das Kalb noch vor Mitternacht kommt, wird es ein Christkind.«

Richard lachte auf.

»Ein Christkalb.«

»Was redet ihr denn da. Ihr Frevler!«, schimpfte Wilhelmine.

»Unsinn. Jetzt müssen wir erst mal sehen, ob das wirklich so schnell gehen wird. Vielleicht brauchen wir noch den Viehdoktor. Na, der wird sich freuen, an Heiligabend.«

Richard lief zur Tür hinaus, zog im Flur eilig Stiefel und Mantel an. Charlotte tat es ihm nach und rannte auf den Hof. Ihre Mutter rief hinter ihnen her: »Lotte, Richard, ihr könnt doch nicht in euren guten Kleidern eine Kuh entbinden!«

Keiner beachtete sie. Sie liefen über die schneebedeckten Pflastersteine des dunklen Hofs in Richtung Kuhstall und folgten Leutner, der ihnen mit seiner Karbidlampe den Weg leuchtete. Durch das dichte Schneetreiben konnten sie trotzdem kaum etwas sehen. Das laute, lang gezogene Schreien der Kuh war nicht zu überhören.

Mit glasigem Blick lief sie unruhig hin und her. Der Schweizer hatte sie von den anderen Kühen getrennt und in eine große Box gebracht, wo sie sich frei bewegen konnte. Richard näherte sich ihr langsam, sprach beruhigend auf sie ein und streichelte ihr dabei über das nass geschwitzte Fell. Als er sie vor zwei Tagen untersucht hatte, war nichts Ungewöhnliches festzustellen, das Kalb lag richtig herum, der Muttermund war noch nicht geöffnet. Aber ihr lautes, unruhiges Muhen war ungewöhnlich. Berta hielt einen Moment lang still, und Richard nutzte die Gelegenheit, um sie abzutasten. Der Druck auf den Bauch war offenbar schmerzhaft für die Kuh, sie schob sich in die andere Ecke des Stalles.

»Versuch sie um den Hals zu packen, ich muss sie mir noch mal genauer ansehen!«, gab er dem Schweizer Anweisung.

»Papa, schau mal da.«

Charlotte war ganz heiser vor Aufregung. Sie stand hinter der niedrigen Tür der Box und zeigte auf Bertas Hinterteil. Doch Richard sah schon selbst, wie das Fruchtwasser mit Teilen der Fruchtblase herauslief. Und da war auch schon ein Bein zu sehen. Richard packte den einen Vorderlauf und tastete nach dem zweiten. Dann zog er vorsichtig und langsam. Da erschien auch schon der Kopf. Das Tier stand jetzt ganz ruhig.

»Gut, Berta, du hast es ja gleich geschafft. Bist doch ein braves Mädchen.«

Der Rest des kleinen Körpers glitt heraus, und Richard versuchte, ihn ein wenig abzufangen, damit er nicht so hart auf den Boden aufschlug. Charlotte stand jetzt neben ihm. Der Anblick des neugeborenen Kalbes, dessen Fell noch ganz nass und verklebt war, dazu der Geruch des Stalls, des Strohs, vermischt mit dem von Blut und Fruchtwasser, war für sie etwas Vertrautes und Fremdes zugleich. Sie genoss diesen Augenblick und fühlte dabei mit den Händen ihre heißen, von Tränen nassen Wangen.

Das Fell war schwarz-weiß gescheckt, wie das der Mutter auch. Ein fast schwarzer Kopf mit weißer Blesse. Viele Geburten hatte Charlotte noch nicht miterlebt, da sie meistens nachts passierten. Die Tiere schienen immer auf die Ruhe und die Dunkelheit zu warten, und Charlotte durfte nie so lange aufbleiben. Ein einziges Mal hatte sie heimlich im Stall gewartet, war aber dort eingeschlafen und hatte gerade den entscheidenden Moment verpasst. Sie wunderte sich über ihren Vater, der jetzt so ruhig und ausgeglichen wirkte, und sie merkte, dass auch er von dem Ereignis berührt wurde, obwohl er sonst meistens rastlos und herrisch war.

»Hier, Lotte.«

Richard hielt ihr ein Taschentuch, auf dem die Buchstaben RF eingestickt waren, und ein Bündel Stroh hin.

»Du darfst sie trocken reiben, wenn du willst. Es ist übrigens ein Mädel.«

Natürlich wollte Charlotte. Sie wischte sich zuerst mit dem Taschentuch das Gesicht ab, griff sich das Strohbündel und fing an, das Kälbchen ganz behutsam abzurubbeln.

»Wie sollen wir sie denn nennen, hast du dir schon einen Namen ausgedacht?«

»Ja, es soll Lisa heißen.«

Das Kalb versuchte aufzustehen, während die Mutter es ableckte. Aber seine Beine knickten immer wieder ein. Erst nach mehreren Anläufen gelang es ihm, sich wackelig auf den Beinen zu halten. Es fing gleich an, nach dem Euter zu suchen, während Berta ganz ruhig dastand und wartete. Richard drehte das Kälbchen noch einmal um und lenkte seinen Kopf ein wenig in die richtige Richtung. Es suchte und leckte, zuckte wieder zurück und fand nun endlich, wonach es gesucht hatte. Zufrieden saugte es seine erste Milch.

Richard tätschelte die Kuh und lobte sie: »Gut hast du das gemacht, Berta. Hast uns wenigstens nicht mehr lange warten lassen, wo es schon unbedingt an Heiligabend sein musste.«

Und zu dem Schweizer gewandt: »Gib ihr noch mal extra Futter und frisches Wasser! Und jetzt gute Nacht und frohe Weihnachten.«

Er legte den Arm um Charlotte und zog sie mit sich aus dem Stall heraus.

Im Gutshaus war schon alles dunkel. Richard schaute auf seine goldene Taschenuhr. Schon halb eins.

»So, nun aber marsch ins Bett, Lotte. Morgen geht's wieder ganz früh los, und es kommt die ganze Verwandtschaft.«

Charlotte zog ihren Mantel aus und nahm nebenbei wahr, dass er voller Stallmist und Blut war. Ihr Vater sah auch nicht viel besser aus. Unbekümmert warf sie den schmutzigen Mantel über den Haken und reckte sich, um ihrem Vater noch einen Kuss auf die Wange zu geben und ihm ins Ohr zu flüstern: »Das war ein schönes Weihnachtsfest, Papa, gute Nacht.«

Er zwinkerte kurz mit dem rechten Auge und erwiderte den Kuss flüchtig, aber in Gedanken war er schon wieder woanders und plante den nächsten Tag.

»Ja, ja, ist schon gut, geh jetzt schlafen!«

Charlotte bemerkte, dass seine zärtliche Stimmung verflogen war. Sie nahm es zur Kenntnis, ohne sich viele Gedanken darüber zu machen, dazu war sie auch viel zu müde. Leise schlich sie auf ihr Zimmer, zog sich aus und löschte das Licht.

ANNA

Ein gutes halbes Jahr war vergangen.

Durch das kleine Fenster unter dem Dach fiel schon längst Tageslicht, als sie langsam zu sich kam und merkte, dass Emma an ihrer Schulter rüttelte.

»Anna, los doch, du kommst ja zu spät zur Schule.«

Der Holzboden der Kammer, in der alle sechs Kinder schliefen, bebte, denn bis auf die kleine Dora waren alle schon aufgestanden. Emma suchte Kleidungsstücke zusammen, kämmte dabei ihre Haare, drehte sie zu einem Dutt und steckte sich nacheinander Haarklemmen ins Haar, die sie zwischen den Lippen festhielt.

Anna blinzelte benommen und wollte sich langsam aufrichten. Da klatschte ein nasser, kalter Waschlappen in ihr Gesicht, und sie fuhr auf. Ihre Brüder lachten schadenfroh und rannten aus dem Zimmer. Ihr Gesicht brannte von dem heftigen Schlag, und die Tränen schossen ihr in die Augen. Emma strich ihr kurz tröstend über das Haar und schimpfte hinter den Jungen her:

»Ihr habt auch nur Unsinn im Kopf. Seht lieber zu, dass ihr selber fertig werdet.« Und zu Anna gewandt: »Jetzt stell dich nicht so an, du musst dich beeilen, sonst kriegst du's gleich wieder mit dem Rohrstock.«

Anna warf einen flüchtigen Blick in den kleinen Spiegel neben dem Kleiderschrank. Dann wusch sie sich kurz das Gesicht in der Schüssel mit kaltem Wasser, die in der Ecke auf einem Stuhl stand. Das Zimmer war jetzt, von der schlafenden Dora einmal abgesehen, leer, die anderen waren schon nach unten gerannt. Ungeduldig bürstete sich Anna die langen dunkelbraunen Haare. Sonst halfen sich die Mädchen immer gegenseitig beim Frisieren, aber Emma musste um sieben Uhr bei der Schneiderin sein und hatte das Haus soeben verlassen.

In der Küche schnitt ihr ihre Großmutter eine Scheibe Brot ab. Anna machte sich widerwillig daran, ihre schwarzen Stiefel zu schnüren, die ihr bei diesem Wetter eigentlich viel zu warm waren.

Sie besaß nur dieses eine Paar Schuhe, und barfuß ließ sie ihre Mutter nicht in die Schule. Die Großmutter räumte die Messer in den Spülstein und gab Anna anschließend einen freundlichen Klaps auf das Hinterteil.

»Du musst aber auch immer die Letzte sein. Morgen weck ich dich mal um sechse. Vielleicht bist du dann ein einziges Mal pünktlich!«

»Ist schon gut, Großmutter, ich kann blitzschnell rennen und komm heute auch bestimmt nicht zu spät.«

Sie gab ihr einen Kuss auf die Wange, packte ihr Bündel mit Schulbüchern und stürmte zur Tür hinaus.

Draußen schien bereits die Sonne, und es versprach ein heißer Julitag zu werden. Anna rannte den kleinen Hügel hinunter zur Brücke, an deren Ende sie ihn schon stehen sah: Erich wartete auf sie, obwohl er nun wegen ihr wahrscheinlich auch zu spät kommen würde.

»Komm schon!«

Anna sprintete, ohne anzuhalten, an ihm vorbei und riss ihn einfach am Arm mit sich. Erich taumelte, fing sich aber ab und rannte neben ihr her.

»Anna, wenn es jemals einen Tag gäbe, an dem du früher aufstehen würdest! Ich komm wegen dir noch in Teufels Küche, wenn ich immer auf dich warte!«, keuchte er.

»Bist ja selbst dran schuld«, erwiderte Anna gespielt hochnäsig, »wenn du immer unbedingt meine Gesellschaft brauchst, musst du dich eben anpassen. Ich komme fast nie zu spät, weil ich einfach unglaublich schnell bin.«

»Ha, du bist zwar schnell, aber noch lange nicht so schnell wie ich!« Erich überholte sie und rief, ohne sich umzudrehen: »Aber heute wird uns das beiden nichts nützen.«

Es stimmte. Sie hörten das Läuten der Schulklingel, und Anna beschleunigte nochmals ihr Tempo. Sie holte Erich nicht mehr ganz ein, und um eine Armeslänge hinter ihm kam sie an dem kleinen Schulgebäude an. Sie nahmen zwei Stufen der Treppe auf einmal und stemmten sich zu zweit gegen die eisenbeschlagene schwere Tür, die zum Glück noch nicht abgeschlossen war. Sie quietschte laut beim Öffnen, und Anna schlug der typische Geruch von Bohnerwachs, Kreide und Tinte entgegen. Vor der Klassentür mussten sie beide einen Moment verschnaufen. Anna hielt sich nach vorne gebeugt am Türrahmen fest und versuchte, ruhig zu atmen, aber sie spürte den schnellen Pulsschlag in den Ohren. Mit einer Hand fasste sie sich an die heißen Wangen und sah zu Erich hin.

»Du siehst aus wie eine reife Tomate.«

»Bei dir ist es auch nicht viel besser«, gab Anna zurück.

Dann richtete sie sich auf, nahm sein aufmunterndes Nicken zur Kenntnis, klopfte an die Tür und trat, ohne eine Antwort abzuwarten, ein.

Ihr Lehrer schrieb gerade eine Multiplikationsaufgabe an die Tafel, während die anderen Kinder noch ihre Schulhefte aus den Ranzen holten. Anna und Erich wollten zu ihren Plätzen gehen, aber der Lehrer ging beiden hinterher, packte sie an den Ohren und zog sie wieder nach vorne.

»So einfach kommt ihr mir nicht davon! Das ist diese Woche schon das zweite Mal, dass ihr zu spät kommt. Dieses Mal waren es vier Minuten, das gibt für jede Minute zwei Hiebe. Streckt die Hände aus.«

Die schnarrende Stimme von Lehrer Kübler hallte durch das Klassenzimmer. Anna hatte vor wenigen Menschen Angst. Aber heimlich sprachen die Schüler darüber, dass Kübler bei den Züchtigungen besonders fest zuschlug und es ihm Freude machte, den Schülern Schmerzen zuzufügen. Er drehte sich zu seinem Pult um und zog die Jacke aus. Dann krempelte er langsam und sorgfältig die Hemdsärmel hoch.

Anna presste die Lippen zusammen und sah kurz zu Erich hinüber, der ihren Blick erwiderte. Sie wussten, was jetzt kam, denn es war nicht das erste Mal, dass der Lehrer sie schlug. Sie kannte genau den Moment, in dem der Rohrstock durch die Luft zischte und auf die Finger traf. Man durfte die Hände keinesfalls wegziehen oder auch nur leicht nach unten neigen, sonst gab es noch einen Extrahieb. Insbesondere Letzteres war nicht ganz einfach, da die Wucht des Schlages und der Schmerz sie die Hände automatisch absenken ließen. Früher hatte man die Hände zur Züchtigung auf das Pult legen müssen. Aber dabei war es des Öfteren zu ernsthaften Fingerfrakturen gekommen, sodass die Schulleitung diese Vorgehensweise verboten hatte. Die Stille in der Klasse war fast vollkommen. Kein Laut war von den anderen Kindern zu hören, keine Schritte im Schulhaus. Von draußen drangen kurz Vogelstimmen herein und ebbten wieder ab. Eine Fliege summte durch den Raum und setzte sich an das geschlossene Fenster. Kübler holte weit aus. Anna spannte die Arm- und Handmuskeln so fest an, dass sie leicht zitterten. Sie blickte auf ihre Hände und bemerkte, dass der Nagel ihres rechten Ringfingers leicht eingerissen war. Wie kurz die Ärmel ihrer weißen Strickjacke schon wieder waren. Dann hielt sie die Luft an. Wie in Zeitlupe sah sie den Rohrstock auf ihren Handrücken zukommen. Als er auf ihre Finger traf, entfuhr ihr durch die fest aufeinandergepressten Lippen ein Stöhnen, für das sie sich selbst verdammte. Als sie den Mund öffnete, merkte sie, dass er voll Blut war. So fest hatte sie sich auf die Zunge gebissen. Kübler holte wieder aus.

Anna und Erich lagen nebeneinander auf dem Bauch im Ufergras eines der Kanäle und hielten ihre Hände zum Kühlen in das Wasser.

»Was glaubst du, bei wem hat er fester zugeschlagen?«, fragte Anna, ohne aufzublicken.

»Bei mir natürlich, ist doch klar, dass er bei Mädchen nicht so hart draufhaut«, antwortete Erich.

Anna zog ihre Hände aus dem Wasser und betrachtete sie. Die roten Striemen waren noch sehr deutlich zu erkennen. Beide Mittel- und Zeigefinger waren leicht angeschwollen, und an zwei Stellen hatte sich die Haut etwas gelöst, aber es blutete nicht. Bei Erich hatte es geblutet, das hatte sie gesehen, und der eine Mittelfinger war ganz blau und dick.

»Wahrscheinlich hast du recht«, sagte sie und rollte sich auf den Rücken, sodass ihre Zöpfe leicht die Wasseroberfläche berührten. Sie hob den Kopf an. Da das Ufer abschüssig war, bedeutete das eine ziemliche Kraftanstrengung der Nacken- und Bauchmuskeln. Sie bemerkte ein paar zerfetzte Schäfchenwolken am Himmel. Anna wusste, dass die Bestrafung ihre Schuld war. Ein paar einfache Worte der Entschuldigung oder Anerkennung hätten sicher gereicht, um Erich zufriedenzustellen. Aber obwohl sie ihn so mochte, brachte sie diese Worte nicht über die Lippen.

Sie ließ den Kopf wieder nach hinten hängen, sammelte Speichel in ihrem Mund und spuckte ihn plötzlich über ihre Nase und Stirn ins Wasser. Ein paar kleine Fische kamen kurz an die Wasseroberfläche und tauchten gleich wieder ab.

»Kannst du das auch, ohne dass dir die Spucke ins Gesicht fällt?«

Anna sah zu Erich hinüber. Für so was war er immer zu haben. Sofort drehte er sich auf den Rücken und machte es ihr nach. Damit waren sie einige Zeit beschäftigt, witzelten und stachelten sich gegenseitig an, bis Anna einfiel, dass sie eigentlich zu Hause erwartet wurde, um ihrer Mutter zu helfen.

Erst bei den Trauerweiden kurz vor ihrem Haus zog Anna die Stiefel wieder an. Ihre Füße waren von der Hitze so angeschwollen, dass sie kaum wieder hineinpassten. Erich hatte sie bis dorthin begleitet, drehte sich um und wollte schon in die andere Richtung zurückgehen, als Anna ihn rief: »Erich!«

Er drehte sich wieder um und sah sie erwartungsvoll an, als sie zwei Schritte auf ihn zu machte und zögernd seine Hände in ihre nahm. Ganz langsam und vorsichtig, fast ohne sie zu berühren, strich sie ihm über die Finger. Sie beugte sich nach vorne und pustete. Dann sah sie ihm in seine hellgrauen Augen. Erich wurde sofort rot. Sie drehte sich um und rannte zu ihrem Haus.

Für Anna endete 1914 ihre Schulzeit. Der Lehrer hatte ihre häufigen Verspätungen zum Glück nicht bei der Benotung berücksichtigt, und sie hatte mit einem guten Zeugnis abgeschlossen. Ihre Mutter hatte bereits vorher mit der Schneiderin in Vetschau gesprochen und einen Lehrvertrag ausgehandelt. Sie löste dort ihre Schwester ab. Zwar hätte ihre Mutter Anna auch gut selbst zu Hause als Hilfe gebrauchen können, und die Zahlung des Lehrgelds würde der Familie nicht leichtfallen, aber sie dachte so fortschrittlich, dass sie auch bei ihren Töchtern eine Berufsausbildung für wichtig hielt.

Also stand es fest, dass Anna am 1. August ihre Lehrjahre beginnen sollte.

Anna war froh, die Schule hinter sich zu lassen. Das Lernen war ihr nicht schwergefallen, aber das lange Stillsitzen und die dauernde Disziplinierung. Sie war sich nur nicht darüber im Klaren, was nun auf sie zukommen würde, als die Mutter sie bei der Schneiderin Willnitz vorstellte. Sie wusste von Emma, dass sie eine strenge, berechnende Frau war, die keinem Lehrling je etwas verzieh.

Aber im Moment schob Anna diesen Gedanken beiseite. Vor ihr lag der Sommer, die Grillen zirpten, am stahlblauen Himmel waren nur kleine Wolkenfetzen zu sehen. Ihren Teil der Hausarbeit hatte sie erledigt, und sie war heute wieder mit Erich verabredet. Er wartete am Ende der Holzbrücke auf sie.

»He, Anna«, rief er schon von Weitem.

»Ich habe eine ganz neue Stelle zum Baden entdeckt, da ist das Wasser richtig tief!«

»Du weißt aber doch, dass ich nicht schwimmen kann!«, antwortete Anna zögernd, und einen kurzen Atemzug lang dachte sie an ihre Mutter, die ihr niemals erlaubt hätte, mit einem Jungen baden zu gehen.

»Dann wird es Zeit, dass du es lernst«, gab Erich zurück, zog sie an einem ihrer langen Zöpfe und lief an ihr vorbei.

Bei der Hitze war das Wasser einfach zu verlockend, und Anna war die Erste, die ihre Schuhe auszog, als sie an der Badestelle angekommen waren. Irgendjemand hatte hier das Wasser eines Kanals mit Ästen und Erde gestaut, sodass ein kleiner Teich entstanden war. Anna zog ihr Kleid aus und krempelte ihre knielangen Unterhosen hoch. Sie drehte sich noch einmal kurz zu Erich um, der noch nicht einmal richtig damit angefangen hatte, sich auszuziehen, und ging zum Ufer vor. Ein Ast, der über den Teich hinausragte, kam ihr gelegen, und während sie sich an ihm festhielt, tat sie einen Schritt in das Wasser. An ihrer Fußsohle fühlte Anna den rutschigen, schlammigen Untergrund. Das Wasser war wärmer und weniger erfrischend, als sie gehofft hatte. Vorsichtig watete sie weiter. Als sie bis über die Knie im Wasser stand und gerade noch einen Schritt nach vorn machen wollte, war dort plötzlich kein Untergrund mehr zu spüren. Sie wollte hastig zurück, kam aber ins Rutschen, und als sie Halt suchend nach hinten fasste, spürte sie schon Erichs Hand, die sie festhielt und in Richtung Ufer zog.

»Das war aber knapp!«

Erleichtert wollte Anna sich bedanken, aber dann bemerkte sie, dass Erich mit einem seltsamen Ausdruck im Gesicht auf ihre Beine starrte. Anna folgte seinem Blick und schrie auf. An ihren Beinen klebten mindestens zehn dicke schwarze Blutegel. Vor Überraschung und Ekel musste sie würgen. Aber die aufsteigende Übelkeit konnte sie gerade noch unterdrücken. Ohne lange zu überlegen, griff sie nach den herunterhängenden Ruten der Trauerweide in ihrer Nähe und fing an, hektisch auf ihre Beine einzuschlagen. Erich packte zum zweiten Mal ihre Hand, diesmal, um sie zurückzuhalten.

»Nein, tu das nicht, Anna. Du musst warten, bis sie sich richtig vollgesaugt haben. Dann fallen sie von selbst ab.«

Er hatte ja recht, das wusste Anna. Aber völlig untätig zu bleiben und ihre Abscheu so lange zu überwinden, fiel ihr in diesem Moment unendlich schwer. Trotzdem ließ sie langsam die Hand sinken. Von einigen der Blutegel hatte sie Teile abgeschlagen, die nun verstreut im Gras neben ihr und auf ihren Füßen lagen. Sie sah von ihren blutverschmierten Beinen zu Erich hin, und erst jetzt fiel ihr auf, dass er zwar bis zu den Hüften tropfnass, aber vollständig angezogen war.

Langsam verstand sie: Natürlich, er hatte sie mit Absicht zu dieser Stelle geführt und gar nicht vorgehabt, selbst ins Wasser zu gehen. Sogar seine Schuhe hatte er noch an. Jetzt wurde ihr alles klar: Das war seine Art der Rache für die Stockhiebe, die er so oft wegen ihrer Verspätung hatte einstecken müssen.

Ihr Entsetzen über die Blutegel an ihren Beinen schlug in Wut um: »Du hast genau gewusst, dass es hier diese Viecher gibt, und hast mich hierher gelockt. Und deshalb bist du auch nicht ins Wasser gegangen!« Sie hielt noch immer die Weidenrute in ihrer Hand, packte sie fester und holte aus. Aber Erich wich rechtzeitig aus.

»Du bist ja verrückt, das würde ich niemals tun. Ich habe keine Ahnung gehabt.«

Anna schlug wieder nach ihm und streifte ihn leicht am Arm. Mit einem Sprung nach vorne warf er sie zu Boden und entwand ihr die Weidengerte. Er saß auf ihrem Oberkörper und drückte Annas Arme nach hinten auf den Boden. Sie strampelte mit den Beinen und versuchte sich zu befreien. Erich war zwar kleiner als sie, hatte aber trotzdem genug Kraft, um ihr jede Gegenwehr unmöglich zu machen.

»Gib es endlich zu, du gemeiner Mistkerl! Aber dazu bist du ja viel zu feige!«

»Anna, glaub mir, ich habe ja nicht gewusst, dass es davon so viele gibt. Als ich gestern mit dem Hans hier im Wasser war, hatte ich nur einen einzigen Blutegel am Bein, und er hatte gar keinen. Ich weiß auch nicht, wo die jetzt auf einmal alle herkommen. Das wollte ich wirklich nicht … Du musst mir glauben … Es tut mir wirklich leid.«

Anna spürte seinen warmen Atem, als er sie so beschwörend um Verzeihung bat.

»Ja, das ist ja auch ganz klar, denn der Hans und du, ihr könnt beide schwimmen und seid deshalb gar nicht mit den Füßen in den Schlamm gekommen. Das weiß doch jeder, dass Blu-«, sie stockte, denn das Wort auszusprechen, so lange auch nur ein einziger der kleinen Blutsauger in ihrer Haut steckte, war ihr unerträglich, »dass die Viecher sich im Boden verstecken.«

Erich zeigte jetzt echte Reue: »Daran habe ich gar nicht gedacht … so was Dummes aber auch!«

Er ließ ihre Arme los, und blitzschnell gab Anna ihm eine kräftige Ohrfeige. Danach schüttelte sie ihn einfach ab, und ohne ihn weiter zu beachten, richtete sie sich auf, um erneut ihre Beine anzusehen.

Die meisten Blutegel waren inzwischen abgefallen und hatten kleine Wunden hinterlassen, aus denen noch Blut sickerte.

Mit einem angefeuchteten Taschentuch begann Erich, ihre Beine abzutupfen. Er blickte kurz auf und sah in ihrem Blick nichts, was ihn davon abhielt fortzufahren. Behutsam und fast schon zärtlich machte er sich weiter daran, die leicht gebräunte Haut unter den dunkelroten Schlieren sauber zu wischen.

Es kam ein wenig Wind auf, und Anna überlief ein Schauer. War es der kurze kühle Hauch, den sie spürte, oder Erichs Berührung, die ihr eine Gänsehaut verursachte? Von oben sah sie auf seine hellbraunen Haare, die durch ihre Rauferei nach allen Seiten abstanden. Ihr fiel auf, wie zartgliedrig seine Finger und wie glatt und unbehaart seine Handrücken waren. Sie spürte keine Wut mehr auf ihn, und es wunderte sie, wie wenig unangenehm oder peinlich ihr dieser Körperkontakt war, letztlich musste sie sich sogar eingestehen, dass sie ihn genoss.

CHARLOTTE

Richard Feltin stand in seinem Arbeitszimmer über das Pult aus Nussbaumholz gebeugt und trug die neuesten Ausgaben in das Wirtschaftsbuch ein. Dann blätterte er es durch, um die bisherigen Jahresergebnisse der Milchwirtschaft und Schweinemast durchzugehen. Dabei benutzte er eine Lupe, denn seine Brille war nicht mehr scharf genug. Richard legte den Stift aus der Hand und strich sich über seinen Schnurrbart, den er so sorgfältig pflegte. Er sah aus dem Fenster und hatte von dort den Überblick über den Innenhof. Jeden Moment erwartete er die Ankunft des Notars und des Eigentümers des Nachbarhofs. Durch den Zukauf von Gut Euba würde er die Grundflächen auf über 570 Hektar ausdehnen können. Ein fabelhaftes Geschäft zu dem Kaufpreis, den er seit Wochen verhandelt hatte. In Euba war der Boden besonders fruchtbar und weniger steinig als in Feltin. Und gestern hatte er den Ankauf per Handschlag abgeschlossen. Als Nächstes würde er die Schweinemast erweitern, denn sie hatte sich in letzter Zeit als besonders rentabel erwiesen. Für das Problem der Ferkelsterblichkeit hatte er eine Lösung. Sie waren extrem kälteempfindlich, dafür würde er Wärmelampen installieren. Auch in diesem Zusammenhang plante Richard, den Hof mit selbst erzeugter Elektrizität zu versorgen, damit wäre er dann völlig autark und endgültig der weit und breit fortschrittlichste Landwirt. Zwar gab es einige Rittergüter in der Umgebung, und die alteingesessenen Familien auf diesen Gütern vererbten seit Generationen weit größere Flächen weiter. Aber selbst unter ihnen befand sich zurzeit kein Gutsbesitzer, der seinen Hof so ökonomisch erfolgreich führte und stetig vergrößerte wie er.

Richard überließ sich einen Moment lang ganz diesem warmen, wohligen Gefühl des selbst erarbeiteten Wohlstands und Erfolges und genoss das Pläneschmieden für die nahe Zukunft. Nur die Frage, wer sein Lebenswerk später fortführen sollte, bereitete ihm Sorgen. Seine Frau hatte ihm nur eine einzige Tochter geschenkt, und alle Hoffnungen auf weiteren Nachwuchs waren nicht erfüllt worden. Richard liebte Charlotte zwar sehr, doch wie jeder Mann hatte er sich einen Sohn gewünscht. Natürlich hatte er sich ausgemalt, mit ihm zusammen oben auf dem Feltinsbergturm zu stehen und ihm das Land zu zeigen, das eines Tages ihm gehören würde.

Nun blieb ihm nichts anderes übrig, als auf Charlotte als zukünftige Erbin zu setzen. Eine Gleichung mit einer Unbekannten, nämlich der Frage, wer ihr Ehemann werden würde und ob dieser zum künftigen Gutsherrn taugte. Richard verschloss sich gar nicht völlig dem Gedanken, Charlotte irgendwann die Führung des Hofs zu übertragen, sie stellte sich gar nicht einmal schlecht an, obwohl sie dem weiblichen Geschlecht angehörte. Aber letztlich würde sie die Nachkommenschaft zu sichern haben, hoffentlich in etwas zahlreicherer Form, als seine Frau ihrer Pflicht nachgekommen war. Ihm war klar, dass er weder Charlottes Ausbildung noch die Auswahl des Ehemanns dem Zufall überlassen konnte.

Als eine zweispänniges Kutsche durch den Torbogen fuhr, klappte er das in Kalbsleder gebundene Wirtschaftsbuch zu und griff nach seinem Gehrock.

Charlotte saß an einem Gartentisch im Obstgarten und half ihrer Großmutter, den Rhabarber zu schälen. Sie hatten weiße Schürzen an, die nun schon rosa gesprenkelt waren. Es war Einweckzeit, und da gab es auf dem Hofgut immer so viel zu tun, dass jede helfende Hand gebraucht wurde. Die Mutter war mit den Dienstmädchen in der Küche und überwachte das Einkochen in den riesigen Töpfen.

In Begleitung von zwei Männern kam Richard vom Haupthaus herübergeschlendert. Er lachte leise, und sein gezwirbelter Schnurrbart vibrierte dabei leicht. Es war nicht zu übersehen, dass er ausgesprochen gute Laune hatte. Er setzte sich und deutete auf die freien Gartenstühle aus grün gestrichenem Eisen. Den älteren, grauhaarigen Mann kannte Charlotte, und er begrüßte sie herzlich. Der Jüngere der beiden blieb zunächst noch stehen, deutete gegenüber Richards Mutter und Charlotte eine Verbeugung an. Dann stellte Richard ihn als den neuen Notar aus Chemnitz vor. Charlotte merkte, dass er sie ziemlich unverhohlen musterte. Er sah nicht schlecht aus. Ein gut geschnittenes Gesicht mit einer schmalen Nase, einem männlichen Kinn, aber auffallend sinnlichen Lippen. Er trug breite Koteletten, wie sie gerade in Mode kamen. Seine seitlich gescheitelten Haare waren einige Nuancen dunkler als ihre. Ihr fielen seine warmen dunkelbraunen Augen auf. Während er sich auf den freien Stuhl neben sie setzte, sah er sie immer noch an. Charlotte wunderte sich, dass ihr Vater sich an einem Wochentag so gelassen mit zwei Gästen in den Garten setzte. Normalerweise arbeitete er von früh bis spät.

»Lotte«, sagte er, »lauf schnell in die Küche und sag einem der Dienstmädchen, sie soll uns eine Flasche Birnenschnaps und Gläser nach draußen bringen. Und gib deiner Mutter Bescheid. Wir haben einen Grund zum Anstoßen.«

Charlotte stand sofort auf und lief hinüber zum Haupthaus. Sie fühlte, wie ihr die Blicke der Männer folgten. Jetzt hätte sie lieber ein schöneres Kleid angehabt, nicht das graue, ausgeblichene. Im Vorbeigehen gab sie in der Küche Bescheid und rannte in den Flur. Dort band sie ihre Schürze auf, zog sie aus und öffnete den Schrank mit dem kleinen Spiegel. Sie drehte sich zur Seite und strich sich mit den Händen von der Brust zur Taille. Sie hatte im letzten halben Jahr so an Oberweite zugelegt, dass ihr hochgeschlossenes Kleid ziemlich eng saß. Charlotte biss sich auf die Lippen und merkte, dass sie schon wieder aufgesprungen waren. Sie war so häufig im Freien, Sonne und Wind trockneten sie aus. Aber ihre Oberlippe hatte eine schöne Herzform, um die sie ihre beste Freundin schon oft beneidet hatte. Ihr Teint war durch die Sonne gebräunt, und ihr Haar hatte helle Strähnen bekommen.

»Du siehst bald aus wie ein Polenkind«, sagte ihre Mutter, als sie, gefolgt von der Dienstmagd, an ihr vorbeiging.

»Das ist nicht gerade vornehm, Lotte. Ich habe dir schon so oft gesagt, dass du nicht in die Sonne gehen sollst, oder benutze wenigstens den kleinen Schirm, den dir Tante Cäcilie geschenkt hat.«

Charlotte zog eine Grimasse. Sie hielt den Schirm für vollkommen überflüssig und albern. Erna schüttelte den Kopf und presste lächelnd die Lippen zusammen, um Charlotte zu bedeuten, dass sie lieber kein Widerwort geben solle. Das Dienstmädchen war schon seit Charlotte sich erinnern konnte auf ihrem Hof. Früher hatten sie sogar zusammen gespielt, und Erna war Charlotte manchmal wie eine ältere Schwester vorgekommen. Doch als sie heranwuchsen, wurden die Unterschiede deutlich. Charlotte war es, die den Klingelzug in ihrem Zimmer benutzen konnte, um nach ihr zu läuten. Und Erna war es, die ihr beim Ankleiden half, ihre persönlichen Dinge aufräumte, den Schmutzrand in der Badewanne entfernte und ihre Stiefel putzte. Erst als sie älter wurde, hatte sich Charlotte manchmal gefragt, wie Erna die verschiedenen Rollen, die ihnen im Leben zugefallen waren, so einfach akzeptieren konnte. Sie war die Gutsherrentochter und künftige Erbin, und Erna würde wohl für immer in Diensten stehen.

Charlotte folgte ihrer Mutter und der Magd nach draußen in den Garten.

»Ach, der Bauer Seifert!«, rief Lisbeth aus.

»Wie geht es Thea, ist sie wieder auf den Beinen?«

Die beiden tauschten sich über den Zustand seiner Frau aus, während die Großmutter Erna anwies, die Schüssel mit dem fertigen Obst und die Schalen in die Küche zu bringen. Charlotte war gespannt, was es zu feiern gab.

Richard rieb sich ungeduldig mit den Händen über die Oberschenkel. Er hatte die vollen Schnapsgläser verteilt und dabei die abwehrende Geste von Lisbeth, als er Charlotte auch eines gab, ignoriert. Nun reckte er sein Glas in die Luft und verharrte einen Moment, bis die anderen ebenfalls nach den kleinen Gläsern griffen.

»Lisbeth, Mutter, Charlotte: Ich habe Walter heute Gut Euba abgekauft. Wir haben soeben den Vertrag unterschrieben. Unser junger Notar Händel hier hat alles beurkundet. Damit ist es amtlich, und darauf wollen wir trinken, Wohl sein!«

»Wohl sein«, erwiderten alle und hoben die Gläser. Die Männer kippten den Schnaps herunter, während die Frauen nur daran nippten.

Charlotte merkte erneut, wie Herr Händel jede ihrer Bewegungen verfolgte. Ihr wurde heiß, und sie hatte das Gefühl, dass ihr der winzige Schluck Birnenschnaps sofort in den Kopf stieg. Sie fand es aufregend und peinlich zugleich. Ob es sonst jemand bemerkte?

Seifert wirkte bei Weitem nicht so zufrieden wie ihr Vater.

»Ja, leicht fällt mir das nicht«, fing er leise an zu reden, ohne aufzusehen. »Ich kann den Hof einfach nicht mehr halten. Thea ist bettlägerig und fällt bei der Arbeit vollkommen aus.«

Charlottes Mutter nickte: »Ich weiß, Walter, sag ihr bitte, dass ich sie morgen wieder besuche.«

Seiferts harte Gesichtszüge entspannten sich für einen kurzen Moment »Danke, Lisbeth, du hast dich immer um sie gekümmert.«

Sie lächelte mitfühlend, aber während er weitersprach, zeigten seine Augen wieder den trüben Ausdruck von Ausweglosigkeit.

»Genügend Knechte für die Feldarbeit kann ich nicht bezahlen, und nach dem Unfall vom Kurt hat sowieso alles keinen Sinn mehr.«

Lisbeth presste die Lippen zusammen.

»Dein Richard ist schon ein schlauer Fuchs, der weiß, wie man zu was kommt, Lisbeth. Ich hoffe, dass Gut Euba bei ihm in guten Händen ist. So und nun lasst's gut sein. Ich mache mich auf den Weg.«

Er holte ein großes Taschentuch heraus, schnäuzte sich und hob die Hand zum Gruß. Richard war aufgestanden, um ihm zum Abschied die Hand zu schütteln, aber Seifert sah an ihm vorbei und hatte es eilig fortzukommen.

Charlotte blickte ihm nach. Konnte es wirklich sein, dass ihm Tränen die Wangen herunterliefen? Das hatte sie bei einem erwachsenen Mann noch nie gesehen. Niemals hatte sie ihren Vater, Großvater, Leutner oder einen der Knechte weinen sehen. Es berührte sie unangenehm und sie fühlte sich auf einmal unwohl. Sie hatte zwar nicht ganz genau verstanden, warum er gleich den Hof verkaufen musste, wenn seine Frau krank wurde. Und ein unbestimmtes Gefühl sagte ihr, dass ihr Vater an dem Unglück von Bauer Seifert nicht ganz unschuldig sei.

»Was ist mit ihm? Er war doch früher immer so lustig«, fragte sie.

»Was mit ihm ist?«, wiederholte Richard schroff.

Aus dem Augenwinkel bemerkte Charlotte, wie der junge Notar ihn verwundert ansah.

Richard hob die Stimme: »Schlecht gewirtschaftet hat er. Das will er sich nicht eingestehen und schiebt es auf seine Frau. Und ich würde auch nicht unbedingt von Krankheit sprechen, wenn ein Weibsbild morgens nicht aus dem Bett kommt. Früher hat man das Faulheit genannt.«

»Richard, das ist ein hartes Urteil. Seifert hat wirklich viel Pech gehabt: Es ist nicht nur Theas …«

Lisbeth suchte nach dem richtigen Ausdruck.

»… Schwermütigkeit. Die verhagelte Ernte letztes Jahr, dann sind ihm fast alle seine Schweine weggestorben, sein Sohn hat bei dem Unfall das Bein verloren, so viel Unglück kann ein Mensch kaum ertragen«, sagte Lisbeth.

»Mag sein. Hagel hatten wir aber alle, und trotzdem haben wir es geschafft. Glück hat nur der Tüchtige. Basta.«

Sie hörten die Rinder kommen, die von der Weide in den Stall getrieben wurden.

»Wie steht es mit Ihnen, Herr Händel? Schon einmal zugesehen, wenn hundertzwanzig Viecher gemolken werden?«, fragte Richard den Notar.

Herr Händel stand sofort auf und griff nach seinem Hut.

»Allerdings, Herr Feltin. Wir hatten immer Milchwirtschaft zu Hause. Aber ich würde mir gerne Ihre Stallungen ansehen. Wenn es Ihnen recht wäre, könnte Ihre Tochter mich vielleicht herumführen?«

Richards Augen verengten sich. Es war ihm anzusehen, dass er den Notar auf einmal genau unter die Lupe nahm.

»Ach so? Wie viel Vieh?«

»Achtzig Milchkühe und zehn Ochsen.«

»Schweine?«

»Keine.«

»Ackerland?«

»Zweihundertzwanzig Hektar.«

Richard spitzte die Lippen und dachte nach.

»So, so. Und Sie haben sich für die Jurisprudenz entschieden? Haben wohl einen älteren Bruder, der alles erben wird?«

»So ist es, Herr Feltin.«

»Für einen Notar sind Sie noch sehr jung. Darf ich Sie nach Ihrem werten Alter fragen?«

»Richard!«, sagte Lisbeth.

»Was denn? Er ist doch kein Weibsbild.«

Herr Händel räusperte sich.

»Sie dürfen: Dreiundzwanzig bin ich.«

Richard musterte ihn einen Moment lang stumm.

»Na, von mir aus, Charlotte. Zeig dem jungen Herrn unsere Stallungen. Aber in einer halben Stunde bist du zurück. Dann gibt es Abendbrot.«

Charlotte stand auf und wusste nicht, ob sie sich freuen sollte. Sie drehte sich nach Herrn Händel um. Er war fast einen Kopf größer als sie. Und sie merkte, dass es ihr gefiel, als er neben ihr auf das Herrenhaus zu ging.

»Ein sehr stattliches Anwesen. Wann wurde es gebaut?«, fragte er.

Charlotte sah das Gebäude in der Abendsonne liegen und beurteilte es auf einmal aus seiner Sicht. Die Fassade war strahlend weiß. Die großen Sprossenfenster mit den Sandsteineinfassungen leuchteten im goldenen Licht. Weit und breit war es eines der größten und modernsten Herrenhäuser.

»Ich glaube, 1908 wurde es fertiggestellt«, antwortete sie leise.

»Ich kann mich noch gut an den Tag erinnern, als wir eingezogen sind, es war mitten im Winter, und eines der Wasserrohre war eingefroren.«

Dann begann sie auf einmal zu reden. Sie erklärte Herrn Händel, dass ihr Vater es nach dem Vorbild eines Ritterguts hatte errichten lassen. Aber mit einer viel fortschrittlicheren Ausstattung: Er hatte Wasser- und Abwasserrohre verlegen lassen. Es gebe Badezimmer mit fließendem Wasser, Wasserklosetts, und elektrisches Licht. Ihr Vater könne zwar manchmal ziemlich schlimme Wutanfälle kriegen, aber sie sei stolz auf das, was er hier geschaffen habe. Charlotte blieb stehen und hielt sich die Hand vor den Mund.

»Habe ich das gerade wirklich gesagt?«

Herr Händel sah sie von der Seite an und lachte auf. Ein kehliges, sympathisches Lachen.

»Ja, das haben Sie, und Sie haben auch allen Grund dazu … ich meine, stolz auf Ihren Vater zu sein.«

Sie waren noch zehn Meter vom Viehstall entfernt, und sie wusste, dass sie dort nicht mehr alleine sein würden. »Wir müssen dort entlang, Herr Händel.«

Sie deutete zum Hintereingang des Stalls. Händel drehte sich zu ihr um und machte einen Schritt auf sie zu.

»Lesen Sie? Ich meine, gibt es einen Schriftsteller, den Sie bevorzugen?«

Charlotte wunderte sich, dass sich ein Mann dafür interessierte. Ihr Vater schien niemals in ein Buch zu schauen, in dem keine Zahlen standen.

»Ja, ich habe gerade einen Band mit Meisternovellen neuerer Erzähler ausgelesen.«

»Und hat Ihnen davon etwas besonders gefallen?«

Charlotte merkte, dass seine Stimme genau die richtige Tonlage hatte, um sympathisch zu wirken. Er hätte wahrscheinlich gut Vorträge halten können und seine Zuhörer in den Bann gezogen, ohne sich besonders anzustrengen.

»Dora Duncker, *Sturm*. Kennen Sie sie, Herr Händel?«

»Nein, noch nicht. Vielleicht könnten wir gelegentlich einen Band austauschen, und, Fräulein Feltin, würde es Ihnen etwas ausmachen, mich Leo zu nennen?«

Fest erwiderte Charlotte seinen Blick. Sie hatte ein merkwürdiges Gefühl. Eine Mischung aus Unbehagen und freudiger Erregung, als könne jetzt jeden Augenblick etwas Aufregendes, Gefährliches geschehen.

»Na gut, dann sage ich Leo. Und Sie müssen mich Lotte nennen.«

Er hob die Hand und strich ihr eine lange Haarsträhne, die sich aus ihrem Dutt gelöst hatte, aus dem Gesicht. Dann beugte er sich zu ihr herunter und küsste sie vorsichtig auf den Mund.

ANNA

Annas Mutter, Sophie Tannenberg, stand hinter dem Haus über das Waschbrett gebeugt und versuchte, noch stärker zu rubbeln. Zwei Flecken waren aus dem Oberhemd diesmal einfach nicht herauszubekommen. Als sie sich aufrichtete, spürte sie den stechenden Schmerz neben ihrer Wirbelsäule. Mit dem Handrücken wischte sie sich eine Haarsträhne aus dem Gesicht. Sie warf einen Blick auf ihre Hände, die durch die Seifenlauge rot und rissig waren. Ihr entfuhr ein lauter Seufzer, und sie blickte sich ein wenig peinlich berührt um, wohl um nachzusehen, ob sie jemand gehört haben könnte. Aber im Moment war nur Dora in der Nähe, die damit beschäftigt war, kleinere Wäschestücke auf die Leine zu hängen.

Im nächsten Augenblick bog Anna um die Hausecke.

»Anna. Gut, dass du da bist. Zieh dich rasch um, du kannst mir bei der großen Wäsche zur Hand gehen. Vielleicht bekommst du ja Vaters Sonntagshemd wieder sauber, ich habe heute keine Kraft mehr, um noch weiter daran herumzureiben.«

»Muss das sein?«, murrte Anna.

»Ich habe heute schon bei der Willnitz den ganzen Tag gebügelt, und dabei habe ich mich auch noch verbrannt.«

Sie schob einen Ärmel hoch und zeigte ihrer Mutter ihren Unterarm, auf dem ganz deutlich ein feuerroter Abdruck der Kante des Bügeleisens zu sehen war. Die Haut dort war voller Brandblasen.

»Mädchen, du machst Sachen. Dann geh und mach dir Zwiebelsaft auf die Wunde. Aber ich muss heute noch fertig werden. Morgen wird es regnen.«

Ihre Großmutter kam mit einem Weidenkorb aus dem Haus, darin brachte sie den Rest der Wäsche, die sie auf dem Herd in einem großen Topf ausgekocht hatte. Sie stöhnte so sehr unter der Last des Korbes, dass Anna kurzerhand ihre Pilze in das Gras auf einen Haufen schüttete und ihr schnell den schweren Korb abnahm.

»So ist's recht Anna, wir können ganz gut noch zwei Hände gebrauchen. Sind schon den ganzen Tag mit der großen Wäsche beschäftigt, und mir tut …«

»Ja, ich weiß, dass du zu viel Arbeit hast und dir schon alles wehtut.«

Anna merkte selbst, wie schnippisch sie ihrer Großmutter das Wort abgeschnitten hatte. Aber heute taten ihr selbst der Arm und der Rücken von dem schweren Bügeleisen weh. Sie stellte den Korb neben den Waschzuber, schob den anderen Ärmel hoch und übernahm von ihrer Mutter das Waschbrett. Diese ging gleich zusammen mit der Großmutter daran, die im Gras zum Bleichen ausgebreiteten Laken einzusammeln und zusammenzufalten.

»Übrigens, Anna, der Erich war vorhin hier und hat nach dir gefragt, hat wohl vergessen, wann du bei der Willnitz Schluss hast. Wahrscheinlich wird er gleich wieder auftauchen. Eigentlich muss man in deinem Alter ja nicht immer mit Jungen unterwegs sein. Du hast doch auch sehr nette Freundinnen gehabt, da ging es doch wenigstens nicht immer so rau zu.«

»Ach Mutti, mit dem Erich und mir, das ist etwas Besonderes. Das verstehst du nicht.«

»Das denkst du wohl, dass ich das nicht verstehe. Aber glaub ja nicht, dass der dich später einmal heiraten wird. So eine arme Schlossertochter ist für den ganz bestimmt nicht gut genug. Der Sohn vom Großbauern wird sich was Besseres suchen, so viel ist gewiss, also mach dir da gar keine Hoffnungen.«

Die Großmutter nickte zustimmend.

»Ich mache mir überhaupt keine Hoffnungen. Und außerdem habe ich ans Heiraten noch nie gedacht, dazu bin ich ja wohl noch viel zu jung.«

Sie begann die Wäsche zu bearbeiten und hoffte, dass ihre Mutter das Thema nicht weiter vertiefen und vor allem, dass Erich nicht ausgerechnet diesen Moment für seinen zweiten Besuch wählen würde.

Sie lag schon im Bett, war aber noch nicht eingeschlafen, als sie vor dem Fenster ihrer Schlafkammer ein leises Pfeifen hörte. Zweimal kurz, zweimal lang. Anna kannte es zu gut, um es mit einem Vogel zu verwechseln. Sie sah sich im Zimmer um, das der Lichtschein des fast vollen Mondes ein wenig erhellte, und war erleichtert, als sie feststellte, dass alle anderen schliefen. Vorsichtig schob sie Doras Arm von ihrer Brust, stand ganz leise auf und schlich auf Zehenspitzen zum Fenster. Unten konnte sie Erichs Umriss bei den Gemüsebeeten erkennen. Als er sie sah, winkte er. Sie machte ihm ein Zeichen, dass sie gleich herunterkäme, und drehte sich um. Auf dem Weg zur Tür nahm sie wahr, dass sich im Zimmer etwas verändert hatte: Natürlich, das gleichmäßige leise Schnarchen ihres jüngeren Bruders Otto, der unter Polypen litt, hatte aufgehört. Als Anna zu ihm hinsah, blickte sie direkt in seine weit aufgerissenen Augen.

»Wo willst du hin, mitten in der Nacht?«, flüsterte er.

»Das geht dich nichts an!«

»Wenn mich das nichts angeht, erzähl ich es morgen Mutter.«

Anna musste einsehen, dass sie nicht so leicht davonkommen würde. Fieberhaft überlegte sie, womit sie Otto ruhigstellen könnte. Da fielen ihr zum Glück die Karamellbonbons ein, die sie sich gestern gekauft hatte. Sie dachte kurz an die fünf Extrastunden, die sie dafür abends bei der Willnitz abgeleistet hatte, weil ein Kleid für die Pfarrersfrau unbedingt hatte fertig werden müssen. Diese hatte ihr dafür einen Groschen gegeben, denn sie wusste ja, dass Anna als Lehrmädchen keinen Lohn erhielt.

Sie kramte in ihrer Schürzentasche, die über dem Bettende hing. Als sie die zerknitterte Tüte fühlen konnte, zählte sie sofort mit den Fingern die Bonbons nach. Es waren noch vier Stück, und fast wäre sie der Versuchung erlegen, sich schnell einen davon in den Mund zu schieben. Seinen süßen, sahnigen Geschmack konnte sie fast schon auf der Zunge fühlen, und sie musste schlucken, weil sich in ihrem Mund so viel Speichel sammelte. Aber dann drehte sie sich rasch auf einem Fuß um, sodass sie ihre nackte Haut leise quietschen hörte, tastete nach Ottos Handfläche und legte ihm die Tüte hinein.

»Hier, für dich – und kein Sterbenswörtchen zu Mutter!«

Otto prüfte den Inhalt der Papiertüte, indem er einen Bonbon zuerst befühlte und dann daran roch. Sofort steckte er ihn in den Mund.

»Ist in Ordnung!«

Anna packte sein Handgelenk und wunderte sich, wie dünn und zerbrechlich es sich anfühlte, aber er war schließlich auch erst sieben Jahre alt. Trotzdem musste sie sichergehen und versuchen, ihn ein wenig einzuschüchtern.

Sie beugte sich so nah zu ihm vor, dass ihre Nase seine leicht berührte und sie den süßen Karamellgeruch aus seinem Kindermund riechen konnte, und zischte: »Gib mir dein Ehrenwort!«

»In Ordnung, du hast mein Ehrenwort.«

Er hatte es jetzt mindestens so eilig wie sie, endlich ungestört zu sein, um sich ganz dem Genuss der Süßigkeiten hinzugeben. Aber Anna ließ nicht locker, denn sie hatte mit ihrem kleinen Bruder schon einige Male böse Überraschungen erlebt, was seine Geschwätzigkeit gegenüber den Eltern anging. »Die kleine Petze« wurde er unter den Geschwistern genannt.

Anna hörte, wie Erich mehrfach seine Pfiffe wiederholte, wahrscheinlich würde er es irgendwann aufgeben und wieder verschwinden. Sie drückte Ottos Handgelenk, so fest sie konnte, und war geistesgegenwärtig genug, ihm mit der anderen Hand den Mund zuzuhalten, damit er sie nicht durch einen Schrei verraten konnte. Seine Augen weiteten sich, und sie ließ sein Handgelenk los, hielt aber noch eine Hand auf seinen Mund gepresst, als sie flüsterte: »Du weißt ja wohl, dass du alle gegen dich hast, wenn du dein Ehrenwort brichst – und was das für dich bedeutet, ist dir hoffentlich auch klar!« Otto nickte heftig. Anna nahm ganz langsam ihre Hand weg, und als sie sah, dass er sich sofort den nächsten Bonbon in den Mund steckte und ruhig blieb, drehte sie sich ohne ein weiteres Wort um und schlich zur Tür.

Als sie die Haustür ganz langsam öffnete, um jedes Geräusch zu vermeiden, schlug ihr die kühle Luft entgegen, und sie machte noch einmal einen Schritt zurück, um sich irgendein Kleidungsstück vom Haken zu greifen und umzuhängen. Erich hatte sie bereits gesehen und stand jetzt direkt neben dem Eingang. Als sie nach draußen trat, griff er ihren Arm und zog sie zur Seite. Sie schrie auf.

»Was ist? Seit wann bis du so zimperlich geworden?«

Anna schob ihren Ärmel hoch und zeigte ihm die Brandwunde.

»Autsch, ist das bei der Willnitz passiert?

Sie nickte.

»Wo hast du denn so lange gesteckt? Ich warte hier schon eine halbe Ewigkeit!«

»Ich musste erst noch meinen kleinen Bruder bestechen. Der ist aufgewacht.«

»Na, hoffentlich macht er dir keinen Ärger.«

»Das glaube ich nicht, er hat vier Karamellbonbons bekommen und mir sein Ehrenwort gegeben. Ich denke, er wird schweigen. Was ist eigentlich passiert, dass du mitten in der Nacht hier auftauchst?«

Erich zögerte, und Anna sah in dem hellen Mondlicht in sein ungewohnt ernstes Gesicht, in dem die Sommersprossen jetzt so deplatziert wirkten.

»Anna, ich muss dir was sagen.«

Sie zog den Mantel ihres Vaters, der nur lose um ihre Schultern lag, enger um sich.

»Zu deinem Geburtstag werde ich nicht mehr hier sein, ich fahre morgen weg, nach Potsdam. Deshalb wollte ich dir noch etwas geben.«

Er griff in seine Jackentasche und zog einen kleinen Gegenstand hervor. Er wickelte ihn aus einem Taschentuch aus und drückte ihn Anna in die Hand. Dann sah er verlegen auf seine Schuhspitze, mit der er irgendein Muster in den Schotter zog.

»Was ist das?«, fragte Anna, während sie sich den kleinen Holzteller näher vor das Gesicht hielt. Auf dem Holz war eine Glasscheibe montiert, und darunter lag ein hübscher gepresster Farn.

»Das hab ich für dich gemacht. Die Pflanze ist von unserer Stelle am Bach. Auf der Rückseite ist das Jahr eingebrannt, mit dem Lötkolben.«

Ohne ein Wort zu sagen, beugte sich Anna nach vorne und gab ihm ganz schnell einen Kuss auf die Wange. Doch als er sie daraufhin an sich ziehen wollte, schob sie ihn weg.

»Wieso wirst du an meinem Geburtstag nicht da sein?«, fragte sie.

»Ich habe mich zum Militärdienst gemeldet«, platzte Erich mit der Antwort heraus, so als wollte er es möglichst schnell hinter sich bringen.

Anna spürte jetzt ganz deutlich die Kälte, die sie umgab. Sie schluckte und wusste weder, wo sie hinsehen, noch, was sie sagen sollte. Ihr schien diese Nachricht so endgültig zu sein. Bleib hier, du bist doch mein bester, mein einziger Freund, war der einzige Gedanke, zu dem sie fähig war. Aber sie brachte es nicht fertig, ihn zu äußern, wie damals, als sie sich nicht bei Erich entschuldigen konnte für die Schläge, die er hatte einstecken müssen.

Sie merkte, dass er sie ansah und auf eine Reaktion von ihr wartete. »Hast du dazu gar nichts zu sagen?«

Anna antwortete immer noch nicht. Er nahm ihre Hand, aber als er merkte, dass sie nicht darauf einging, war ihm diese Geste selbst peinlich. Er ließ ihre Hand wieder los, und sie fiel kraftlos nach unten.

»Du musst das verstehen. Ich wollte immer auf die Militärakademie. Das ist meine einzige Chance. Ich will nicht hier im Spreewald versauern und das gleiche Leben führen wie meine Eltern, als Gemüsebauer. Nach drei Jahren Dienst kann ich mich bewerben.«

Anna drehte sich weg. Erich stand hilflos hinter ihr. Erst nach einer Weile begann sie zu sprechen.

»Du willst, dass ich dich verstehe? Soll ich mich vielleicht darüber freuen, wenn du mich hier einfach im Stich lässt? Schön für dich, dass du auf die Militärakademie gehst! Mach's gut, Erich! Leb wohl! Und schreib bei Gelegenheit mal eine Postkarte aus Potsdam! Ist es das, was ich sagen soll?«

Anna wusste, schon während sie diese Sätze aussprach, wie falsch ihr Verhalten war. Doch sie konnte nicht mehr aufhören: »Oder wie wäre es hiermit …« Sie gab ihrer Stimme einen übertrieben bettelnden, schmachtenden Tonfall: »Ach, Erich, bleib doch bitte! Ich will nicht, dass du gehst! Du wirst mir ja so fehlen! Bitte, bitte bleib doch!«

Nach einer Pause knurrte sie: »Nein, das wirst du von mir nicht zu hören bekommen!«

Sie ahnte, wie lächerlich ihr Auftritt wirken musste. Aber sie konnte nicht anders, hob den Arm mit dem kleinen Holzteller und warf ihn in hohem Bogen in den Schotter. Dann machte sie einen Schritt auf das Haus zu, weil sie merkte, dass sie im Begriff war, die Kontrolle zu verlieren. Eine Weile standen sie so da, und keiner rührte sich. Er fasste nach ihrem Arm, merkte aber, wie sie sich verspannte, und ließ seine Hand langsam wieder sinken. Keiner der beiden hätte sagen mögen, ob es eine Minute war oder zehn, die vergingen. Endlich hörte Anna, fast mit Erleichterung, Erichs zögernde Schritte über den Schotterweg knirschen. Sie wurden schneller, dann durch das Gras gedämpft und entfernten sich. Anna drehte sich um und sah nur noch einmal kurz seinen Schatten, bevor Erich im Wald verschwand. Sie fror. Vor allem ihre nackten Füße waren eiskalt. Ihre grenzenlose Traurigkeit und Enttäuschung fühlten sich wie ein dicker Kloß in ihrer Brust an. Es war nicht nur die Tatsache an sich, dass Erich aus Vetschau fortgehen würde, sondern vor allem ihre eigene Unfähigkeit, ihm zu zeigen und zu sagen, wie entsetzt sie darüber war.

Vorsichtig machte sie einige Schritte und suchte mit den Augen den dunklen Boden ab. Dann ertastete sie den kleinen Holzteller unter ihrer nackten Fußsohle. Sie bückte sich und hob ihn auf, fühlte mit dem Finger über die Glasplatte und spürte den Sprung. Wenigstens war das Glas nicht ganz zersplittert, dachte sie und drückte ihn an sich. Ohne sonderlich darauf zu achten, leise zu sein, stieg sie die steile schmale Treppe hinauf und ging zurück in die Schlafkammer. Sie warf einen Blick auf Otto und sein schlafendes Engelsgesicht. Aus seinem halb offenen Mund kam das vertraute leise Schnarchen, die zusammengeknüllte Papiertüte hielt er noch in seiner Hand. Anna kroch ins Bett und schob die schlafende Dora ein kleines Stück zur Seite. Schnell steckte sie noch Erichs Abschiedsgeschenk unter die Matratze, damit es am nächsten Morgen nicht gleich von ihren Brüdern entdeckt werden würde. Dann schmiegte sie sich ganz dicht an Dora und spürte, wie aus dem kleinen Körper die wohltuende Wärme in ihre kalten Gliedmaßen hinüberfloss.

CHARLOTTE

Charlottes Mutter war auf dem Weg ins Gutshaus, nachdem sie sich von einem der Knechte frische Eier für die Pfannkuchen hatte geben lassen. Ein später Julitag ging seinem Ende entgegen. Der Wind, der über den Hof wehte, kam Lisbeth etwas zu kühl für die Jahreszeit vor und ließ sie frösteln. Sie musste daran denken, mit welchem Appetit und Genuss sich Charlotte immer über die Pfannkuchen hergemacht hatte, als sie noch auf dem Hof gewesen war. Sie hatte das Bild ihrer Tochter genau vor Augen, wie sie am Küchentisch saß, die langen blonden Zöpfe über der Schulter liegend, der zufriedene Ausdruck in den weit auseinanderstehenden blaugrauen Augen. Erst vor sieben Tagen war sie zu ihrer Schwägerin nach Leipzig geschickt worden, wo sie mindestens drei Wochen bleiben sollte, und sie vermisste sie schon jetzt.

Lisbeth wurde durch das Fuhrwerk, das mit hoher Geschwindigkeit in den Hof einfuhr, derart erschreckt, dass ihr die Emailleschüssel aus den Händen rutschte und mit einem lauten Scheppern auf den Boden knallte. Richard sprang vom Kutschbock und kam auf sie zu. Seine Hunde machten sich sofort über die rohen Eier her und schleckten sie auf.

»Ich komme gerade aus Chemnitz. Der österreichische Thronfolger ist ermordet worden.«

Warum erzählt er mir das?, dachte Lisbeth. Seine Worte drangen nur ganz langsam bis zu ihrem übermüdeten Gehirn vor. Seit Charlotte weg war, schlief sie kaum noch. Sie lag nächtelang wach und horchte auf Richards lautes Schnarchen. Und jetzt konnte sie beim besten Willen nicht erkennen, was Richards Nachricht mit ihnen zu tun hatte. Ihre Mattigkeit trug dazu bei, ihr generelles Desinteresse an politischen Dingen noch zu verstärken. Richard kniff die blauen Augen zusammen und neigte den Kopf etwas nach hinten. Er sah seine Frau befremdet an. Dass sie überhaupt nicht auf seine Worte reagierte, kannte er nicht von ihr. Er schüttelte nur den Kopf und ging dann ohne weiteren Kommentar auf die Suche nach interessierteren Zuhörern für seine neuesten Informationen, die er aus dem Hotel Chemnitzer Hof mitgebracht hatte. In dem dortigen Restaurant trank er regelmäßig mit Bekannten eine heiße Schokolade und einen Schnaps, nachdem seine Geschäfte in der Stadt erledigt waren.

Eine Stunde später saßen sie beim Abendessen. Statt Pfannkuchen gab es falschen Hasen und Kartoffeln. Da das Essen ordentlich zubereitet war, griff Richard das Verhalten seiner Frau nicht wieder auf, sondern beschäftigte sich weiter mit dem aktuellen politischen Geschehen:

»Österreich hat Serbien ein Ultimatum zur Untersuchung des Mordes gestellt. Aber man sagt, das sei gar nicht ernst gemeint, sondern der Krieg sei schon beschlossene Sache.«

»Krieg?«, wiederholte Lisbeth. »Wieso Krieg?«

»Ja, mit Deutschland im Rücken fühlen sich die Österreicher natürlich stark. Alleine hätten sie gar nicht den Mumm«, erklärte Richard.

»Und Kaiser Wilhelm hat deutlich gesagt, dass Deutschland treu an der Seite Österreich-Ungarns steht. Damit trauen die sich jetzt alles!«

»Ja, ja, wer weiß, wohin das noch führt ...«, sagte seine Mutter Wilhelmine.

Richard wandte sich nun den alltäglichen Geschehnissen des Gutsbetriebs zu, von denen es regelmäßig mehr als genug zu berichten gab. Lisbeth blieb weiterhin stumm und beteiligte sich nicht am Gespräch, was ihrer Schwiegermutter nicht entging, die langsam begann, sich Sorgen zu machen.

»Lisbeth, ist es dir heute nicht gut, du wirst doch nicht etwa krank werden?«

»Ach, es ist nichts, Mutter. Ich bin heute nur ein wenig matt und ...«, mit einem wachsamen Blick auf Richard fügte sie etwas leiser hinzu: »Lotte fehlt mir sehr. Es ist auf dem Hof so ruhig geworden, seit sie nicht mehr da ist.«

Ihre Schwiegermutter nickte und ahnte, dass wahrscheinlich noch mehr dahintersteckte.

Tatsächlich war es nicht nur Charlottes Lebhaftigkeit, die Lisbeth so sehr vermisste. Der große Gutshof bot genug Abwechslung und Leben, daran mangelte es nicht. Nein, es war die enge, innige Vertrautheit, die sie mit ihrem einzigen Kind verband, denn sie wusste, dass sich Charlotte, auch wenn sie in ein paar Monaten fünfzehn Jahre alt wurde, noch nicht ganz von ihr gelöst hatte. Lisbeth fuhr unwillkürlich mit der Hand in ihre Schürzentasche, in der sie den ersten Brief, den Charlotte ihr gleich nach der Ankunft geschrieben hatte, verwahrte. Sie war von Anfang an dagegen gewesen, als Richard mit der Idee kam, Charlotte für einige Wochen nach Leipzig zu seiner Schwester zu schicken. Aber seine Entscheidung hatte damit zu tun, dass dieser junge Notar seit Neuestem fast täglich zu ihnen nach Feltin herauskam. Richard hatte allen Ernstes die Vermutung geäußert, dass er Charlotte den Hof mache. Dabei war sie noch ein halbes Kind. Lisbeth hatte eine für sie eher unübliche Hartnäckigkeit an den Tag gelegt, als sie für ihre Meinung eintrat, sie hierzubehalten. Es hatte sie unendlich viel Energie gekostet, und sie hatte mehrere Wutanfälle Richards ertragen. Letztendlich musste sie sich fügen. Richard schien bestimmte Pläne mit Charlottes Verehrer zu haben, aber die verriet er ihr nicht. Gegen ihren übermächtigen Ehemann, der von demokratischen Verhältnissen in der Ehe überhaupt nichts hielt, konnte sie sich nicht durchsetzen. Sie musste Charlotte gehen lassen. Aber wenn es jetzt wirklich Krieg gab? Hatte sie dann nicht einen Grund, Charlotte schnellstens wieder nach Hause zu holen?

Am Nachmittag des 1. August 1914 saß Charlotte zusammen mit ihrer Cousine Edith und ihrer Tante Cäcilie in der Beletage und stickte an einem Kissenbezug. Die Mädchen sahen immer häufiger zu der riesigen Wanduhr an der mit blassblauer Seide bespannten Wand. Die Zeit wollte heute gar nicht vorbeigehen. Ungeduldig erwarteten sie, dass die Zeiger auf fünf Uhr vorrückten. Seit Charlotte bei ihrer Tante wohnte, war kein Tag vergangen, an dem zur Teezeit nicht die Leipziger Haute volée im Haus der Liebermanns zusammenkam. Cäcilie unterhielt einen Salon, zu dem sich jeden Nachmittag die Ehefrauen der Industriellen und Bankiers der Stadt in

Begleitung ihres heiratsfähigen Nachwuchses einfanden. Und täglich wurden Charlotte hoffnungsvolle junge Herren vorgestellt. Wobei sie neidlos zugeben musste, dass viele von ihnen der ein Jahr ältere Edith ihre Aufwartung machten. Ihre Tante und ihr Onkel führten einen aufwendigen Lebensstil in einem prachtvoll ausgestatteten Stadthaus. Cäcilie hatte in eine wohlhabende Bankiersfamilie eingeheiratet. Ihr Mann, Charlottes Onkel, arbeitete viel, aber er ging auch gerne ins Theater, genoss die Gesellschaften, die seine Frau gab, und verwöhnte seine Familie mit allem verfügbaren Luxus. Selbstverständlich waren sie nach der neuesten Mode gekleidet, und natürlich hatte ihre Tante auch Charlotte mit größtem Vergnügen neu ausgestattet. An diesem Nachmittag trug sie einen engen Humpelrock mit Schößchen. Dazu elegante, geknöpfte Stiefeletten und eine Bluse aus enteneigrüner Seide, mit aufwendiger Lochstickerei an den Ballonärmeln. Ihre Cousine hatte eine ganz ähnliche Kombination in Taubeneiblau angezogen. Die blonden Haare hatte ihr Ediths Kammerzofe mit einem neuen Lockeneisen frisiert, sodass glänzende Lockensträhnen das zart gepuderte Gesicht umrahmten. Und sie war dünner geworden, seit sie die Mahlzeiten mit der Familie ihrer Tante einnahm. Kaum hatte sie angefangen zu essen, wurde ihr Teller von einem Diener in Livrée schon wieder abgetragen. Wenn sie sich jetzt im Spiegel betrachtete, war von dem sonnenverbrannten, properen Landkind nicht mehr viel zu sehen. Schon oft hatte Charlotte sich ausgemalt, wie wohl ihre erste Ballsaison verlaufen werde, wenn sie ihre Tante offiziell in die Gesellschaft einführen würde. Bald schon, im Herbst, würde es so weit sein.

Trotz der Ablenkung musste sie häufig an Leo Händel denken. Gegenüber den jungen Verehrern, die hier jeden Tag ihre Aufwartung machten, wirkte er viel erwachsener und belesener. Und er hatte ihr bei seinen letzten Besuchen das Gefühl gegeben, wirklich an ihr interessiert zu sein.

Von draußen hörten sie plötzlich laute Hurrarufe. Froh über die Unterbrechung ihrer Stickarbeiten liefen Edith und Charlotte durch die geöffneten Balkontüren und lehnten sich über die gusseiserne Brüstung. Hunderte von Männern zogen durch die Straße, sangen das Deutschlandlied und dann eines mit dem Refrain: »In der Heimat, in der Heimat, da gibt's ein Wiedersehen.«

Die Mädchen winkten ihnen zu.

»Was macht ihr da?«, hörten sie die Stimme der Hausherrin hinter ihnen.

»Mutter! Weißt du, was passiert ist? Warum die vielen Leute auf der Straße sind?«, fragte Edith

»Deutschland hat Russland den Krieg erklärt. Es wird mobilgemacht!«, antwortete ihre Mutter, scheuchte sie vom Balkon herunter und schloss die Flügeltüren. Sie drehte sich wieder zu den beiden um, die unruhig miteinander tuschelten.

»Vater hat gesagt, wenn es endlich Krieg gibt, dann schlagen wir die Franzosen und Russen bis Weihnachten nieder. Dann zeigen wir denen endlich, was in uns Deutschen steckt«, erklärte Edith.

Ihre Tante sah sie an und sagte nichts dazu. Aber Charlotte hatte nicht den Eindruck, dass sie die Meinung teilte.

»Müssen jetzt alle Männer in den Krieg ziehen?«, fragte Charlotte.

»Ich denke schon. Jedenfalls alle, die nicht zu jung oder zu alt oder krank sind.«

Charlotte nickte stumm. Sie setzten sich wieder an ihre Stickarbeiten, aber nach einer Weile fragte sie ihre Tante: »Darf ich einen Brief schreiben?«

»Ja, natürlich. Da musst du doch nicht fragen, Lotte. Du kannst dich dort an meinen Sekretär setzen und mein Briefpapier benutzen. Und sende einen lieben Gruß an Lisbeth.«

Charlotte wäre es lieber gewesen, wenn sie den Brief in ihrem Zimmer hätte schreiben können. Aber das Angebot ihrer Tante konnte sie schlecht ablehnen. Sie tauchte die Feder in die Tinte und überlegte, ob der Brief ihn überhaupt noch rechtzeitig erreichen würde. Und wie sollte sie ihn anreden?

Leipzig, den 1. August 1914

Liebster Leo,

*Sie haben sicherlich auch schon die Nachricht von der Kriegserklä-
rung erhalten. Ich halte mich derzeit in Leipzig bei meiner Tante
auf. Wir haben heute Nachmittag etliche Hundert Männer durch
die Straßen Leipzigs ziehen sehen, die den Beginn des Krieges beju-
belten.
Ich selbst weiß nun nicht, was ich davon halten soll. Werden Sie in
den Krieg ziehen müssen? Ich hoffe, dass Sie*

Auf einmal bemerkte sie, dass jemand hinter ihr stand. Sie drehte
sich um und sah direkt in die Augen von Edith. Hastig bedeckte
Charlotte den Brief mit ihren Händen und merkte, wir ihr die Röte
ins Gesicht stieg, als sie sich vorstellte, dass ihre Cousine ihn gelesen
haben könnte.

»Schreibst du an deine Eltern?«

»Spionierst du etwa?«

»Ach, komm schon, Charlotte, an wen solltest du denn sonst
schreiben? Einen heimlichen Geliebten wirst du ja wohl nicht haben.«

Edith sah ihr dabei so offenherzig in die Augen, dass Charlotte
gar nicht an ihrer Aufrichtigkeit zweifeln konnte. Und Misstrauen
war ihr ohnehin fremd.

»Lass mich sehen!«, bat Edith. »Wir haben doch keine Geheimnisse voreinander?«

Charlotte sah in das schmale Gesicht ihrer Cousine mit der herzförmigen Oberlippe, die ihrer haargenau glich. Diese und die typisch Feltin'schen hellblauen Augen waren die einzige Ähnlichkeit
zwischen ihnen. Aber Charlotte mochte Edith mit ihrem ungewöhnlichen Aussehen. Ihr blasser Teint war das genaue Gegenteil
zu ihrer rosigen Haut. Ihre V-förmigen Brauen über den schräg stehenden Augen sahen immer eine Spur zu erstaunt aus. Die vollen,
mokkafarbenen Haare trug sie entgegen den Gepflogenheiten für
Mädchen in dem Alter offen. Jeder Wirbel des schmalen, langge-

streckten Rückens zeichnete sich unter dem blasstürkisen Stoff des Kleides ab. Die Schlüsselbeine stachen an den Seiten des Ausschnitts hervor. Mit ihrem merkwürdigen Aussehen zog sie manche Blicke auf sich, und sie waren nicht immer wohlwollend.

Mit einem Seufzer zog Charlotte die Hand von dem Brief weg. Edith beugte sich nach vorne, und schon als sie die Anrede las, weiteten sich ihre hellen Augen noch mehr. Sie überflog die wenigen Zeilen und hielt sich die Hand vor den Mund.

»Lotte! Du musst mir alles von ihm erzählen«, sagte sie.

ANNA

Die Türglocke der Schneiderei klingelte, und Frau Willnitz stand auf, um in dem vorderen Geschäftsraum, der durch einen blau gemusterten Vorhang von der Nähstube getrennt war, nach der Kundschaft zu sehen. Anna saß an der Nähmaschine und mühte sich mit den Gardinenstores für eine Kundin aus Cottbus ab. Es war schwierig, die Naht gerade hinzubekommen, weil der Stoff so rutschig und dünn war. Und Anna wusste, dass sie alles wieder würde auftrennen müssen, wenn es unter den strengen Augen der Willnitz nicht bestehen konnte.

Sie war so konzentriert auf ihre Arbeit, dass sie die Schritte hinter sich nicht bemerkte und erschrocken und vor Schmerz zusammenfuhr, als zwei Hände sie von hinten umfassten und grob an ihre noch fast flache Brust grabschten. Sie packte die Hände, wobei sie angewidert bemerkte, dass sie schweißfeucht waren, und versuchte, sich mit aller Kraft von ihnen zu befreien. Aber der Griff wurde nur noch fester, und Anna schrie unwillkürlich auf. Eine Stimme, die ihr wohlbekannt war, zischte in ihr Ohr: »Na, Anna, da kann man ja noch die Rippen zählen. Du solltest mehr Suppe essen, damit du kein Bügelbrett bleibst und es bei dir auch mal was zum Anfassen gibt.«

Der Angreifer drückte seine geöffneten Lippen seitlich auf ihren Hals, saugte an ihrer Haut und leckte sie mit seiner nassen Zunge ab. Der Geruch nach ungewaschenen, fettigen Haaren stieg ihr in die Nase, und ihr wurde fast übel. Anna überlegte verzweifelt, wie sie sich wehren sollte, als ihr Blick auf die Schere fiel, die neben der Nähmaschine auf dem Tisch lag. Sie streckte die Hand aus und versuchte, sie zu erreichen, aber es fehlten etwa zwei Zentimeter, um an sie heranzukommen. Sie wollte sich ein wenig nach vorne beugen, aber die Umklammerung war zu fest. Da ließ ihr Peiniger plötzlich von ihr ab. Blitzschnell ergriff sie die Schere, warf sich noch im Sitzen herum und wollte die geöffnete Schere gerade in den Arm ihres Angreifers stoßen, als er mit einem Mal rückwärts auf den Boden schlug. Anna ließ die Schere fallen und stand langsam auf. Vor ihr lag Eduard, der siebzehnjährige Sohn von Frau Willnitz. Seine Mutter war offenbar ins Nähzimmer zurückgekommen und hatte ihn von Anna weggerissen.

Frau Willnitz war die Erste, die ihre Stimme wiederfand: »Los, steh sofort auf, Eduard, und scher dich hier heraus. Erledige endlich die Arbeiten, die ich dir aufgetragen habe, dann kommst du auch nicht mehr auf dumme Gedanken. Die Frau Bäumler wartet schon seit gestern auf die zwei Röcke, die sie bestellt hat.«

»Ja, Mutter, ich geh ja schon«, war alles, was Eduard erwiderte. Er stand langsam auf und strich sich die Hose glatt. Beim Hinausgehen drehte er sich noch einmal zu Anna um und, als seine Mutter ihn nicht sehen konnte, bewegte in obszöner Manier seine Zunge zwischen den geöffneten Lippen.

Ohne ein Wort der Anteilnahme oder des Bedauerns an sie zu richten, beugte sich Frau Willnitz über Annas Arbeit, um sie zu kontrollieren.

»Na, hier hast du aber ganz schön gepfuscht, Anna. Das kannst du gleich wieder auftrennen!«

Anna kam hinzu und besah sich den Schaden an der Gardine. Zum Glück hatte sie bei Eduards Angriff automatisch aufgehört, die Füße zu bewegen, und damit den Antrieb der Nähmaschine gestoppt. Dadurch war die Naht nur sieben Zentimeter nach rechts abgewichen.

Die Willnitz konnte sich doch denken, dass das nicht Annas Schuld war.

»Jawohl, Frau Willnitz, aber das kam dadurch, dass der Eduard …«

»Ach was«, unterbrach sie die Schneiderin barsch. »Davon will ich nichts hören. Und untersteh dich, auch nur ein einziges Wort darüber im Dorf herumzuerzählen, dann brauchst du dich hier nicht mehr blicken zu lassen.«

Anna war lieber still, denn sie wollte die Lehre auf jeden Fall zu Ende machen, auch wenn es ihr schwerfiel. Bei der Schneiderin mit Schimpf und Schande hinausgeworfen zu werden, das konnte sie ihren Eltern keinesfalls antun. Und um keinen Preis der Welt hätte sie ihrer Mutter freiwillig von diesem Vorfall erzählt. Die Sache war ihr viel zu unangenehm. Fast fühlte sie sich nun selbst schuldig, dass Eduard über sie hergefallen war.

Sie begann, die fehlerhafte Naht wieder aufzutrennen und ihre Arbeit fortzuführen, aber sie war nicht mehr bei der Sache. Die Naht verrutschte ihr noch mehrmals, und sie musste sie immer wieder auftrennen. Endlich war sie gerade dabei, das Bleiband in den Gardinensaum einzuziehen, als Frau Willnitz auf die große Wanduhr schaute und sagte: »Anna, es ist schon fünf Uhr. Geh jetzt nach Hause.«

Anna sah verwundert auf. Wollte sie sie jetzt doch hinauswerfen? Langsam richtete sie sich auf und hob den Kopf. Frau Willnitz stand direkt vor ihr. Ganz im Gegensatz zu ihrem Sohn sah sie zu jeder Tages- und Nachtzeit gepflegt und adrett aus. Die gestärkte Bluse spannte sich auch jetzt noch blütenweiß und ohne jede Falte über ihrer fülligen Brust. Die von vereinzelten grauen Strähnen durchzogenen Haare waren straff und glatt zu einem Dutt frisiert. Dieser war mit einem Haarnetz überzogen, damit sich bloß kein Haar lösen und auf die Ware fallen konnte.

Als Anna jetzt in ihr Gesicht sah, erschrak sie. Sie sah aus, als wäre sie heute um Jahre gealtert. Der sonst so kalte Blick unter meist hochgezogenen Augenbrauen aus den hellen Augen hatte jede Schärfe verloren. Die beiden Falten neben den Nasenflügeln waren tiefer denn je. Fast verspürte Anna so etwas wie Mitleid mit ihrer Schneidermeisterin, obwohl diese bisher noch nie ein freundliches Wort an sie gerichtet hatte. Anscheinend war auch ihr der Vorfall mit Eduard sehr nahegegangen und führte ihr einmal mehr vor Augen, dass dessen Erziehung, die sie alleine bewältigen musste – der Vater war schon früh an Tuberkulose gestorben – misslungen war.

»Ja, ist gut. Danke, Frau Willnitz, dann … gehe ich jetzt … ist mit Ihnen alles in Ordnung …?«, stammelte Anna.

Die Schneiderin sah sie müde an und fing leise und fast mühsam an zu sprechen: »Ach, Anna, das Leben spielt einem manchmal übel mit. Du denkst wahrscheinlich, dass ich dich nicht leiden kann oder ein Herz aus Stein habe und dich deshalb so hart rannehme. Aber glaube mir, man kann gar nicht früh genug anfangen, die nötige

Disziplin zu erlernen, um mit allen Höhen und Tiefen im Leben fertigzuwerden. Und wer immer nur in sich selbst hineinhört und allen Schwächen nachgibt, der wird es nicht meistern können. Egal, ob du mit dem silbernen Löffel im Mund geboren wurdest, was auf dich ja leider nicht zutrifft, oder zu den armen Schluckern gehörst, die von ihrer Hände Arbeit leben. Du musst immer hart zu dir selbst sein, nur dann wirst du durchkommen.«

Sie streckte die Hand aus und strich Anna ganz sachte über das dunkle Haar, fast ohne sie zu berühren. Anna hätte sich nie vorstellen können, dass ihre Lehrmeisterin zu einer solchen Geste fähig sein könnte.

»Du bist schon recht, und aus dem Eduard ist ein Saukerl geworden.« Bei diesem Satz liefen der Schneiderin die Tränen über die Wangen. Doch bei ihren nächsten Worten gewann ihre Stimme schon wieder etwas von der sonstigen Schärfe zurück.

»Aber hüte dich, Anna. Er wird es immer wieder versuchen, und ich kann dich nicht vor ihm schützen. Und wenn es wirklich passiert, dann werde ich zu meinem Sohn halten und alles ableugnen. Er ist mein Fleisch und Blut. Du kannst das jetzt nicht verstehen, aber vielleicht später einmal. Deshalb sieh dich vor!«

Anna wurde es ganz heiß bei der Vorstellung, Eduard erneut zu begegnen und womöglich in eine noch schlimmere Situation zu geraten. Und eines wurde ihr in diesem Moment mit erschreckender Deutlichkeit klar: Bevor sie sich von Eduard eine weitere Zudringlichkeit gefallen ließe, würde sie ihn eher umbringen. Diesen Gedanken sprach sie natürlich nicht laut aus, aber sie konnte sich des Gefühls nicht erwehren, dass Frau Willnitz, die sie in diesem Moment fast erwartungsvoll musterte, ihn erraten hatte und Anna von nun an als Gefahr betrachten würde. Anna errötete und drehte sich hastig zur Tür um.

»Also dann bis morgen, Frau Willnitz.«

Die Schneiderin rührte sich nicht und gab auch keine Antwort mehr.

Anna rannte den Weg nach Hause, ohne anzuhalten. Trotzdem kreisten ihre Gedanken um diese letzte unausgesprochene Konfrontation mit ihrer Lehrmeisterin. Sie fühlte ihren rasenden Herzschlag bis in den Hals pochen, und das lag nicht nur daran, dass sie so schnell lief. Sie hatte Angst. Angst vor Eduard, vor dem, was er ihr womöglich noch antun würde, und Angst vor sich selbst und ihrer Reaktion darauf. Anna blieb abrupt stehen. Sie stand auf der Holzbrücke, an der Erich früher so oft auf sie gewartet hatte.

Auf einmal wurde ihr bewusst, wie sehr ihr bester Freund ihr fehlte. Sie war sich gar nicht so sicher, ob sie ihm von dem Vorfall etwas erzählt hätte. Aber er hätte jetzt einfach da sein sollen, um sie auf andere Gedanken zu bringen. Es wurde Anna schmerzlich klar, dass sie selbst es gewesen war, die ihren besten Freund mit ihrem albernen Verhalten vor den Kopf gestoßen hatte. Warum hatte sie das bloß getan? Was für ein Gefühl hatte sie veranlasst, ihn so zu behandeln?

Mit langsamen Schritten ging sie ein Stück weiter in Richtung ihres Elternhauses. Das Heim ihrer Familie, zu der sie immer zurückkehren würde. Natürlich. Aber was zog sie eigentlich dorthin? Sicher, es war ihr Zuhause. Dort war ihr Vater. Für kurze Zeit durchfloss sie ein warmes Gefühl der Liebe und Dankbarkeit für seine stete uneigennützige und selten maßregelnde Fürsorge. Aber niemals hätte sie sich ihm anvertrauen können. Mit der Schilderung der Ereignisse, das spürte sie genau, hätte sie ihren geliebten Vater überfordert und in hilflosen, verwirrten, wahrscheinlich fehlgesteuerten Aktivismus gestürzt.

Die Geschwister? Emma? Vielleicht wären ihr ein paar mitleidige Worte eingefallen oder sogar ein nützlicher Ratschlag. Aber wollte sie das wirklich hören? War es nicht einfach eine tröstliche Umarmung, die sie suchte? Ohne sich dabei bevormunden zu lassen und ohne sich dabei über die Befindlichkeiten des Tröstenden Sorgen machen zu müssen. Deshalb schied auch Dora aus. Sie war viel zu jung und hätte noch weniger als sie selbst von dem verstanden, was geschehen war. Die tröstende Umarmung hätte sie zweifellos in allerherzlichster Form von ihr bekommen können. Aber unter verantwortungsloser Inkaufnahme des unerträglichen Mitleidens der kleinen Schwester.

Noch im letzten Sommer, vor ihrem vierzehnten Geburtstag, hätte sie sich über die Gefühle ihres Vaters oder ihrer Schwester keinerlei Gedanken gemacht. Anna merkte, und es trug nicht zu ihrer Beruhigung bei, dass sie bereits stückweise ihrer früheren kindlichen Leichtfertigkeit den Rücken gekehrt hatte.

Und dann war da ihre Mutter. Anna lenkte ihre Überlegungen wieder zurück zu dem Nachmittag im letzten Oktober und den Worten der Mutter über Erich, die sie so aufgewühlt hatten. Die aufkeimenden Gefühle erschreckten sie, und eine Art Selbstschutz bewahrte sie zunächst davor, ihnen mehr Raum zu geben und gründlicher über sie nachzudenken.

Stumm blickte Anna auf den schmalen Kanal unter der Brücke, der ganz ruhig im hellen Licht der Abendsonne dalag. Sie fand es beruhigend, den Mückenschwärmen zuzusehen, die über dem spiegelnden ruhigen Fluss tanzten. Ein Schwanenpaar zog langsam seinen gemeinsamen Weg durch das Wasser und hinterließ eine Spur von kleinen Wellen. Aber unversehens kam es Anna gerade angesichts dieses schlichten, schönen Schauspiels der Natur so ungerecht vor, dass ihre kleine Welt soeben im Begriff war auseinanderzubrechen. Es erschien ihr in diesem Moment alles ausweglos, und sie wurde von ihrer qualvollen Konfusion fast überwältigt. Wenn dies alles ein Vorbote des Erwachsenwerdens darstellte, dann war es eine frostige Erfahrung, die wenig Neugier auf weitere Erlebnisse aus dieser noch weitgehend unbekannten Welt weckte.

In dieser niedergeschlagenen Stimmung stand sie schließlich vor der Haustür und öffnete sie, in der vagen Hoffnung, möglichst niemandem zu begegnen. Doch schon im Flur stürzte Otto auf sie zu. Er hatte ein Holzgewehr in der Hand und rief: »Anna, ich werde jetzt bald Soldat und kämpfe gegen die Russen und die Franzosen. Ich schieße sie alle tot, zusammen mit Wilhelm.«

Anna sah fragend zu Wilhelm hinüber und dann zu ihrer Mutter, die gar nicht glücklich aussah.

»Ja, es ist wahr Anna. Wilhelm hat sich freiwillig gemeldet. Er will in den Krieg ziehen.«

Wilhelm stand vor dem Küchenfenster. Im Gegenlicht der Abendsonne trat der Umriss seines hageren Körpers deutlich hervor. Da er den Kopf zur Seite gedreht hatte, fiel im Profil die typische Tannenberg'sche Nase auf, die auch Anna – sehr zu ihrem Leidwesen – geerbt hatte.

Für Anna war Wilhelm immer der Bruder gewesen, den sie am meisten geliebt und der sie oft genug vor Max geschützt hatte, aber in diesem Moment sah er einfach nur dünn und verletzlich aus. Er hob stolz den Kopf, als er Anna ansah: »Noch in diesem Herbst werden wir den Russen und den Franzosen besiegt haben. Ihr werdet sehen: Weihnachten bin ich wieder zu Hause, mit einer Reihe von Orden an der Brust. Dann werdet ihr stolz auf mich sein!«

Anna konnte das alles gar nicht glauben: »Aber Wilhelm, du warst doch nie beim Militär, wie kannst du denn da so plötzlich Soldat werden und dich gleich in den Krieg schicken lassen? Da wirst du doch sofort erschossen!«

»Was weißt du denn schon davon. Natürlich bekommen wir eine Grundausbildung, bevor es losgeht. Und schießen kann ich schließlich schon lange!«

Anna fiel auf, dass er vor Erregung spuckte, als er ihr antwortete. Sie wollte ihn nicht weiter provozieren und war viel zu erschöpft und müde von dem Tag mit seinen Ereignissen, als dass sie Lust gehabt hätte, sich auf eine längere Diskussion mit ihrem Bruder einzulassen. Beschwichtigend lenkte sie ein: »Ist schon gut, du musst ja wissen, was du tust. Ich bin schrecklich müde und möchte mich am liebsten gleich ins Bett legen.«

»Isst du denn gar nicht mit uns zu Abend? Es gibt Kartoffelsuppe.«

Ihre Mutter hatte aufgrund der Aufregung mit ihrem Sohn bis jetzt nicht weiter auf Anna geachtet. Nun war sie aufmerksam geworden und sah sie prüfend an. So viel gab es bei Tannenbergs nicht zu essen, als dass ein Kind freiwillig eine Mahlzeit ausgelassen hätte.

»Nein danke, Mutti. Ich hab wirklich überhaupt keinen Hunger.«

Anna drehte sich schnell um und ging zur Tür. Sie wollte keinesfalls riskieren, dass ihre Mutter irgendetwas über die heutigen Vorfälle herausbekam. Und das konnte sie nur verhindern, indem sie sich ganz schnell zurückzog, da Sophie Tannenberg mitunter geradezu hellseherische Fähigkeiten besaß, was den Gemütszustand ihrer Kinder anging. Anna huschte rasch die steile Stiege nach oben und entzog sich damit fürs Erste einer eingehenderen Befragung. Sie ließ sich so, wie sie war, ins Bett fallen und war nach einer Minute tief und fest eingeschlafen.

Ihre Mutter hatte ihr kopfschüttelnd nachgesehen, sich aber wieder umgewandt, um in der Küche letzte Hand an das Abendessen anzulegen. Die Kartoffelsuppe war schon fertig, und Max trommelte die Familie zusammen.

»Wo steckt denn Anna?«, wollte der Vater wissen, als er in die Küche kam. »Ist sie noch nicht zu Hause? Also diese Willnitz ist kein guter Mensch. Sie beutet ihre Lehrmädchen aus.«

»Nein, nein, Anna war müde und ist schon nach oben ins Bett gegangen. Irgendetwas stimmt nicht mit ihr. Ich sehe nachher noch mal nach. Aber hat dir dein Ältester schon von seinen Absichten erzählt?«

»Ja, natürlich. Er hat die Sache schließlich mit mir besprochen, bevor er sich freiwillig gemeldet hat.«

Sophie sah ihren Ehemann ungläubig an. »Hast du ihm etwa noch zugeraten, in diesen wahnwitzigen Krieg zu ziehen?«

Wilhelm sprang so plötzlich auf, dass sein Stuhl umfiel, und war mit einem Mal dunkelrot im Gesicht: »Mutter! Wie kannst du so etwas nur sagen. Unser Kaiser muss schließlich sein Wort halten und seinen Verbündeten beistehen. Und es ist für jeden gesunden Mann eine verdammte Pflicht und Schuldigkeit, für unser Vaterland zu kämpfen!«

»Also, also, Wilhelm, du solltest nicht in diesem Ton mit deiner Mutter sprechen. Auch wenn ich dir im Grundsatz beipflichte. Und Sophie, wenn ich nicht eine achtköpfige Familie zu ernähren hätte, kannst du sicher sein, dass auch ich mich freiwillig melden würde. Vor allem den Franzosen mit ihrer großen Klappe gehört der Kopf schon lange zurechtgerückt!«

Sophie sah ihn fassungslos an. Sie hatte ihren Mann immer als völlig unpolitisch gekannt, ein Mann, der sich um das Weltgeschehen herzlich wenig kümmerte. Was wusste er schon von den Franzosen. Frankreich war schließlich so weit weg. Ihr Sohn war jung und ungestüm, was seinen feurigen Patriotismus erklären und sogar entschuldigen konnte. Aber bei einem gestandenen Mann fand sie dieses Vaterlandsgerede höchst lächerlich. Sie zog die Augenbrauen hoch und sprach in einem besonders provokanten Tonfall, als sie antwortete: »Nun, anscheinend steht eure Meinung zu dieser Angelegenheit bereits unverrückbar fest. Es erstaunt mich durchaus sehr, dass ein kluger, erwachsener Mann dieses Wirtshausgeschwätz nachplappert und damit noch seinen eigenen Sohn aufhetzt, sich als Kanonenfutter zu melden. Aber der gesunde Menschenverstand scheint ja in diesen Zeiten nichts mehr wert zu sein. Und nun ist auch mir der Appetit vergangen. Da gehe ich lieber zu den Gänsen, die schnattern weniger dummes Zeug.«

Ehe noch jemand antworten konnte, drehte Sophie Tannenberg sich um und lief in den Garten. Die beiden Männer sahen sich nur betroffen an. Die Kleinen hatten eine solche Auseinandersetzung zwischen ihren Eltern noch nie miterlebt und waren verstört.

»Kommt Mutti jetzt nie mehr wieder?«, fragte Dora.

»Doch, natürlich kommt sie wieder«, beruhigte sie ihr Vater, obwohl es ihm schwerfiel, besonnen zu bleiben, nachdem ihm seine Frau vor der Familie derart zugesetzt hatte. »Sie ist ja nur mal zu den Gänsen gegangen!«

Anna sah Erich zuerst. Er trug eine graue Uniform. Als er Anna bemerkte, verspürte er im allerersten Moment den Drang, einfach weiterzugehen und so zu tun, als kenne er sie gar nicht. Aber sie kam direkt auf ihn zu, und ihm wurde klar, dass er diese Strategie unmöglich durchhalten konnte.

»Erich!«, rief Anna leise.

Er blieb stehen.

»Kommst du von der Beerdigung? Ich hab es von meiner Mutter gehört. Es tut mir so furchtbar leid«, sagte sie.

Sie griff nach seiner Hand.

»Deine Schwester war noch so klein. Es ist einfach ungerecht.«

Er hob den Kopf, und Anna erschrak. Sein Gesicht war schmerzverzerrt und vom Kummer gezeichnet. Sie konnte ihm sein Leid so gut nachfühlen. Sie musste sich nur vorstellen, Dora hätte die schreckliche Krankheit getroffen.

Erich schluckte. Und sie merkte, wie er mit den Tränen kämpfte.

»Sie hat gerade erst ihren sechsten Geburtstag gefeiert. Es war Diphtherie. Und ich war nicht da. Alles ging so schnell.«

Erich musste schlucken und sah zur Seite.

»Erich. Ich weiß nicht, wie ich das sagen soll, aber ich glaube, ich hab mich damals ziemlich dumm verhalten … du weißt schon … nachts in unserem Garten …«

Erich blieb stumm. Auch er hatte Anna in der letzten Zeit vermisst. Aber jedes Mal, wenn er an den Abend zurückgedacht hatte, kam er zu dem Schluss, dass sie letztlich doch nur eine dumme Pute war, wie die meisten Mädchen.

»Erich, es tut mir wirklich leid. Bitte lass uns doch wieder Freunde sein!«

Er antwortete immer noch nichts. Was, wenn er mich jetzt einfach stehen lässt?, dachte Anna auf einmal. Oder noch schlimmer, sich noch über mich lustig macht, wie ich es bei ihm getan habe.

Es vergingen Sekunden, sie wurden zu Minuten. Andere Teilnehmer der Beerdigung gingen an ihnen vorbei und sahen die beiden kopfschüttelnd an, die sich stumm auf dem Bürgersteig gegenüberstanden.

Er will es mir heimzahlen, dachte Anna. Langsam kam in ihr wieder das bittere Gefühl der letzten Begegnung hoch.

»Ist schon gut, Anna!«

Seine Antwort kam im allerletzten Moment, bevor sie wieder alles zurückgenommen hätte.

»War wirklich reichlich kindisch von dir. Kannst du eigentlich inzwischen schwimmen?«

Sie sah in sein Sommersprossengesicht, das jetzt nicht mehr ganz so gezeichnet wirkte. Erleichtert stieß sie ihn freundschaftlich mit der flachen Hand gegen die Schulter. »Du glaubst doch nicht im Ernst, dass ich mich von dir noch einmal in diesen Blutegeltümpel locken lasse!?«

»Ich wusste es wirklich nicht. Aber ich habe jetzt eine sichere Stelle gefunden. Dort gibt es garantiert keine Blutegel. Ich kann ja diesmal zuerst reingehen!«

Anna lächelte ihn an. »Ich muss doch arbeiten, Erich.«

Sein Gesicht verdüsterte sich wieder.

»Ich bin nur kurz von der Willnitz zu Besorgungen geschickt worden, weil der E- … weil niemand anderes da war.«

Mit dem Namen des Schneidersohnes waren zu viele unangenehme Gedanken verbunden, als dass sie ihn hätte aussprechen wollen. Aber sie kam auf eine Idee. In letzter Zeit hatte sie immer ein unbehagliches Gefühl auf dem Nachhauseweg gehabt, weil sie befürchtete, Eduard könne ihr irgendwo unterwegs auflauern. In der Nähstube seiner Mutter hatte er sich seit dem bewussten Vorfall nicht mehr an sie herangewagt.

»Wie lange bleibst du hier?«

»Ich nehme morgen den ersten Zug zurück zur Truppe.«

»Sag mal, kannst du mich vielleicht heute Abend von der Arbeit abholen? Um sieben Uhr bin ich fertig.«

Sie sah ihn flehend an.

»Ich sehe, was ich machen kann. Ob meine Mutter mich weglässt. Du kannst dir vorstellen, wie schrecklich es für sie ist.«

Anna nickte mitfühlend.

»Aber lass mich dann nicht wieder so lange stehen!«, sagte Erich.

Anna fasste nochmals nach seiner Hand. »Erich, so junge Kadetten wie dich schicken sie doch nicht gleich in den Krieg, oder?«

Erich sah sie an. Er antwortete nicht auf ihre Frage, sondern sagte nur: »Ich muss jetzt nach Hause. Sicher fragen sie sich schon, wo ich so lange bleibe. Wir sehen uns heute Abend.«

CHARLOTTE

Ungeduldig sah Lisbeth immer wieder zum Fenster hinaus. Es war jetzt bereits halb zwölf, und sie wartete schon seit dem frühen Vormittag. Von hier hatte sie den besten Überblick über den gesamten Hof und konnte genau sehen, wer kam und ging. Das Fenster war geöffnet, und Lisbeth nahm erleichtert wahr, wie wenig das Gut an diesem warmen Septembertag nach Schweinedung roch. Auch war der gepflasterte Innenhof mit der Auffahrt peinlich sauber gekehrt worden. Lisbeth hatte die Arbeit aufs Genaueste überwacht.

Der Besuch kam fast pünktlich zur Mittagszeit. Familie Liebermann fuhr vierspännig vor, und es war ein beeindruckender Anblick, den die hellbraune, mit schwarzen Intarsien verzierte und von vier Braunen gezogene Reisekutsche in ihrem Hof abgab. Der alte Leutner, die gute Seele von Feltin, öffnete die Kutschentür, klappte das Trittbrett herunter und half den Gästen aus dem Wagen. Charlotte sprang als Erste heraus, begrüßte Leutner und fiel dann sogleich ihrer Mutter um den Hals.

Cäcilie umarmte Charlottes Großmutter herzlich und drückte sie an sich.

»Mutter! Wir wohnen gar nicht so weit entfernt und sehen uns doch so selten.«

Rechtzeitig war nun auch Richard erschienen, und mit einem galanten Handkuss begrüßte er seine Schwester. Die Männer schüttelten sich die Hände und schlugen sich dabei jovial auf die Schulter.

»Freut mich, Cäcilie, Salomon … Edith und natürlich meine Lotte.«

Er legte seiner Tochter die Hände auf die Schulter. »Lass dich mal ansehen.« Dann drehte er sie hin und her. Nahm ihr Kinn in die Hand, hob es an und wandte sich zu seiner Schwester um.

»Dergleichen habe ich mir schon gedacht. Ihr habt sie zu einer kleinen Dame herausgeputzt.«

Es war nicht erkennbar, ob es ihm gefiel oder ob er Charlottes Verwandlung missbilligte.

Cäcilie lächelte ihn an und nickte. »Eine hübsche Tochter habt ihr. Und klug ist sie auch. Es war uns eine Freude, sie bei uns zu haben. Wenn es nach mir und Edith gegangen wäre, hätte sie gerne länger bleiben können.«

»Na, ich hätte auch nichts dagegen gehabt«, sagte Salomon Liebermann. Er war ein kleiner schlanker Mann mit dunklen, streng nach hinten gekämmten Haaren und einem fast olivfarbenen Teint. Bekleidet war er mit einem hellbeigen Anzug, der die Reise erstaunlicherweise ohne erkennbare Falten überstanden hatte.

»Warte mal, wir haben dir etwas mitgebracht!«

Edith stieg noch einmal in die Kutsche und brachte einen Weidenkorb zum Vorschein. Lisbeth schrie auf, als sie die Köpfe von zwei Welpen herausgucken sah.

»Hier, einer ist für Charlotte, als vorgezogenes Geburtstagsgeschenk! Und einer für dich, Lisbeth. Das sind englische Cockerspaniel.«

Richard beugte sich zu den Hunden hinunter. »Zu was sind die gut? Vielleicht sind sie schmal genug, dass sie in einen Fuchsbau passen und ihn aufstöbern können.«

»Untersteh dich, Richard. Das sind Schoßhunde und keine Jagdhunde«, wies ihn seine Schwester zurecht.

Charlotte nahm einen der kleinen Hunde auf den Arm, und im gleichen Moment merkte sie, wie ihr Kleid nass wurde, weil das Tierchen sich vor Aufregung erleichtert hatte. Sie machte kein Aufhebens davon, setzte ihn wieder vorsichtig auf den Boden und holte die kleine Hündin aus dem Korb. Die Spaniel waren rostbraun, und ihre langen seidigen Ohren und die dunkelbraunen Augen gaben ihnen einen melancholischen Gesichtsausdruck. Aber ihre Verspieltheit machte diesen Eindruck wieder wett. Mit wedelnden kleinen Ruten strichen sie um die Beine der Familien herum, tollten und kugelten über- und untereinander.

Richards Hunde hatten die beiden Welpen kurz beschnuppert, was diese mit lautem, ängstlichem Winseln und Unterwürfigkeitsgesten über sich ergehen ließen, sich dann aber desinteressiert abgewandt und in den Schatten gelegt.

Charlotte sah glücklich zu ihrem Vater herüber, der offensichtlich glänzender Laune war und sich von seiner besten Seite zeigte. Mit Genugtuung stellte sie fest, dass er in seinem dunkelbraunen Gehrock und mit seiner schlanken, groß gewachsenen Gestalt – er überragte Salomon um einen Kopf – ohne Weiteres mit den eleganten Liebermanns mithalten konnte.

»Ich hoffe, Richard, du siehst es nicht als fehlenden Patriotismus an, wenn wir euch in diesen Zeiten ausgerechnet Hunde aus England mitgebracht haben«, sagte Salomon.

Richard antwortete mit einem Spruch: »Wir lieben vereint, wir hassen vereint, wir haben alle nur einen Feind: England. Nichts für ungut, Salomon. Ich habe mir bisher noch keine Gedanken darüber gemacht, wie es sein könnte, mit Feindeshunden zu leben.«

Er machte für einen Moment ein ernstes, undurchdringliches Gesicht. Alle sahen ihn gespannt an. Dann lachte Richard plötzlich auf: »Angesichts der Freude unserer Damen werden wir wohl nicht umhinkönnen, es auszuprobieren, und da Charlotte wieder einmal mit ihrer guten Erziehung hinterm Berg hält, bedanke ich mich in ihrem Namen für die Mitbringsel.«

Lisbeth und Charlotte atmeten erleichtert auf. Für kurze Zeit hatten beide befürchtet, Richards Stimmung werde kippen. Aber nun war die Gefahr offenbar gebannt. Erstaunt registrierten sie, dass Richard sie ausnahmsweise als Damen bezeichnete, wo er sonst nur von Weibsbildern und Frauenzimmern sprach. Charlotte legte den Arm um ihre Freundin Edith und zog sie mit sich.

»Komm, ich zeig dir die Ställe und das Haus. Du warst so lange nicht hier, und schließlich bleibst du ja ein paar Wochen!«

Die kleinen Hunde wackelten hinter den beiden Mädchen her.

Lisbeth wandte sich ihrer Schwägerin zu und bewunderte insgeheim deren beeindruckende Erscheinung: Cäcilie trug ein schmal geschnittenes Kleid aus cremefarbener Seide mit dunkelblauen Paspelierungen, das zwar schlicht war, dadurch aber umso eleganter wirkte. Hut, Schuhe und Handtasche waren exakt auf die Farben des Kleides abgestimmt. Sie sah ihrem Bruder nicht sehr ähnlich. Aber auch sie hatte die herzförmigen Lippen, wie Charlotte und Edith, dazu sahen einen die typischen, weit auseinanderstehenden Feltin'schen hellblauen Augen so eindringlich an, dass man kaum den Blick abwenden konnte. Lisbeth sah verstohlen an sich herunter. Sie hatte ihr bestes Kleid an. Dunkelblau, mit einem Samtkragen, das sie ziemlich gut ausfüllte. Richard hatte ihre dralle Figur immer gut gefallen. Aber die Eleganz seiner Schwester hatte sie nicht. Doch wie immer, wenn sie sich sahen, gelang es Cäcilie mit wenigen Worten, Lisbeths anfängliche Befangenheit zu zerstreuen. Sie hakte sich bei ihr unter und ließ sich von ihr zum Herrenhaus führen.

»Lisbeth, du kannst dir gar nicht vorstellen, wie sehr uns Lotte mit ihrer Natürlichkeit bezaubert hat.«

»Cäcilie, ihr müsst ja ein Vermögen ausgegeben haben. So wie ihr sie ausstaffiert habt.«

Cäcilie lachte perlend. »Das hat uns so viel Freude gemacht. Glaub mir. Die Tage in Leipzig können so fade sein. Wir sind einfach zu weit weg von der Hauptstadt. Wie oft habe ich versucht, Salomon zu überzeugen, nach Berlin zu ziehen. Aber die Geschäfte! Da war es eine willkommene Abwechslung, Lottes ohnehin vorhandene Schönheit noch ein wenig zu verfeinern.«

Richard hatte in Salomon einen mindestens ebenbürtigen und sehr interessierten Gesprächspartner gefunden. Während die Frauen ins Haus gingen, machte Richard mit ihm einen Rundgang durch die Stallungen, einen Teil der Weiden und Felder sowie zu dem neuen Generator, auf den er besonders stolz war.

»Richard, dein Gut hat ja inzwischen imposante Ausmaße. Und ich möchte fast glauben, dass du mit der Erzeugung eigener Elektrizität geradezu ein Vorreiter bist.«

Richard strich sich selbstgefällig über seinen Schnurrbart und verscheuchte mit einer lässigen Handbewegung ein paar Fliegen: »Das will ich meinen! Bisher ist hier im Bezirk noch keiner so weit, aber das will nichts heißen. Es gibt natürlich Güter, alte Rittergüter, die weit mehr Land ihr Eigen nennen. Nur sollte nicht unbedacht bleiben, lieber Salomon, was du hier siehst, ist alles eigenhändig erarbeitet, selbstredend wurden auch geschickte Zukäufe zur rechten Zeit getätigt, was nicht unwesentlich zur Ausdehnung der Ländereien beitrug. Die Rittergüter aber wurden ererbt, und ihre jetzigen

Besitzer ruhen sich nicht selten auf den Latifundien aus, deren Grundstock schon in früher Zeit von fleißigen und gewieften Vorfahren gelegt wurde. Nun habe ich selbstverständlich nichts gegen die gesetzliche und auch die testamentarische Erbfolge. Ich bin froh, wenigstens eine Erbin zu haben, wenn auch nicht des gewünschten Geschlechts, insofern sind wir ja Leidensgenossen. Nicht dass du mich falsch verstehst, natürlich liebe ich unsere Lotte über alles.«

Salomon nickte heftig mit dem Kopf, um die Worte Richards zu bestätigen.

»Aber es ist doch ein ganz anderes Gefühl, wenn man sich für seinen Wohlstand selbst verantwortlich zeihen darf und es zu etwas gebracht hat. Man möchte schon wissen, in welche Hände alles einmal kommt, wenn es denn so weit ist. Ich nehme an, du teilst meine Meinung?«

»Ja, da pflichte ich dir gerne bei, Richard. Nur selbst erarbeiteter Wohlstand kann wahre Zufriedenheit schaffen. Ich selbst hatte zwar das Glück, in die Fußstapfen meines Vaters treten zu können, der mit einem kleinen Geschäft angefangen hat. Im Laufe der Jahre ist es uns – nach dem Ableben meines Vaters, wie du weißt, meinem Bruder und mir – gelungen, das Bankgeschäft auf Versicherungen zu erweitern und das Geschäft landesweit auszudehnen. Wir sind, wenn ich das in aller Bescheidenheit sagen darf, recht erfolgreich geworden. Allerdings muss man nun einmal abwarten, wie sich der Krieg weiter auswirken wird. Was meinst du, Richard: Wie lange wird er sich hinziehen?«

Richard kratzte sich am Kopf und zwirbelte seinen Schnurrbart: »Tja, wenn man das voraussehen könnte, jedenfalls stehen die Zeichen nicht mehr so deutlich auf Sieg. Dass General von Moltke bei der Marneschlacht den Rückzug befohlen hat, obwohl sie eigentlich, den Meldungen nach, günstig verlief, war möglicherweise ein fataler Fehler. Gegen eine geschlossene Front ist nun schwer anzukommen, und zahlenmäßig sind wir den Alliierten natürlich hoffnungslos unterlegen.«

Ehe Salomon etwas erwidern konnte, waren die beiden Männer wieder am Wohnhaus angekommen, und es erklang soeben der Gong, mit dem alle zu Tisch gerufen wurden.

»Na, da sind wir wohl gerade pünktlich zum Mittagessen erschienen. Darf ich vorausgehen, Salomon?«

Sie betraten das Speisezimmer, und Richard rückte seiner Schwester nach einer angedeuteten Verbeugung den Stuhl zurecht. Mit leichter Wehmut stellte Lisbeth wieder einmal fest, wie gut sich ihr Mann zu benehmen wusste, wenn er wollte. So aufmerksam und galant hatte er sich ihr gegenüber nur ganz am Anfang ihrer Ehe verhalten.

Erna trug die Suppe auf, eine Rinderbouillon mit Maultaschen, und Richard sah sich zufrieden an der Tafel um. Lisbeth hatte sogar Kerzen in großen, silbernen Kandelabern anzünden lassen, damit es festlicher wirkte. Die beiden Mädchen saßen nebeneinander und tuschelten verstohlen. Erst jetzt bemerkte Richard, dass sich zu seinen Füßen etwas bewegte. Er hob das lange Tischtuch ein wenig an und spähte darunter.

»Nein, also wirklich, Lotte, das geht entschieden zu weit. Du kannst doch nicht die Hunde mit ins Speisezimmer nehmen. Tiere gehören nicht ins Haus, allenfalls als Braten auf dem Tisch!«

Edith fuhr angesichts der donnernden Stimme Richards zusammen und sah nervös zuerst zu Charlotte und dann zu ihrem Vater. Charlotte bemerkte auf einmal, wie sie ununterbrochen ganz leicht mit einem Mundwinkel zuckte.

Sie legte ihrer Cousine beruhigend die Hand auf den Arm. So unberechenbar ihr Vater oftmals war, hatte sie doch an der Formulierung gleich erkannt, dass er noch in guter Stimmung war und sich selbst über die Situation amüsierte.

»Komm, Edith«, sagte sie, »hilf mit schnell, die beiden Hündchen nach draußen zu bringen.«

Sie beugten sich beide unter den Tisch, hatten die Welpen schnell eingefangen und übergaben sie in die Obhut von Leutner, bevor sie wieder zurückkamen.

Der Kalbsbraten wurde aufgetragen und von einem anerkennenden »Aaahhh« durch Salomon begrüßt. »So etwas Gutes bekommt man nicht alle Tage serviert.«

Charlotte sah ihren Onkel bewundernd an. Natürlich gab es bei ihm täglich hervorragendes Essen. Aber er verstand es eben, liebenswürdig zu sein und Komplimente zu machen.

»Und was für ein herrliches Gefühl in diesen Zeiten, einen Landwirt als Schwager zu haben. Da braucht man sich keine Sorgen zu machen, falls die Lebensmittel knapp werden sollten.«

Richard antwortete, während er am Tisch stehend mit einem Tranchiermesser den dampfenden Braten aufschnitt und die einzelnen Scheiben auf die Teller legte, die ihm das Dienstmädchen jeweils vorhielt.

»Du sagst es, Cäcilie. Wir sind zum Glück soweit autark, dass wir uns mit allem Notwendigen selbst versorgen können und kaum etwas zukaufen müssen. Einmal abgesehen von manchen Dingen, die das Leben lebenswert machen, zu denen beispielsweise der Bordeaux gehört, den ich mir heute zu kredenzen erlaube. Den habe ich von einem Importeur in Chemnitz, der nun natürlich keinen Nachschub mehr aus Feindesland beschaffen kann.«

Als Richard fertig mit dem Aufschneiden war, hob er sein Glas, und die anderen taten es ihm nach: »Nun, wollen wir hoffen, dass der Spuk schnell vorbei ist. Trinken wir auf den baldigen Sieg.«

»Auf den Sieg!« stimmten die anderen mit ein.

Er setzte das Glas bereits an den Mund, unterbrach sich dann aber, als ihm noch etwas einfiel: »Uns wird es jedenfalls eine Freude sein, Edith hier zu haben. Da wollen wir doch mal sehen, ob wir sie nicht ein wenig herausfüttern können. Ist ja kaum was dran an dem Mädchen, und blass ist sie auch! Bekommt ihr in Leipzig schon nichts mehr zu essen? So ein mageres Mädel kriegt doch keinen Mann! Nun langt ordentlich zu.«

Edith war bei Richards letzten Worten leicht errötet. Alle Augen wandten sich ihr zu. Vor allem Lisbeth bemerkte, wie verlegen sein Ausspruch ihre Nichte gemacht hatte. Sie wollte ihr zu Hilfe kommen, und während sie nach einem anderen Thema suchte, wurden ihr das erste Mal die Anzeichen von Ediths aufblühender Schönheit bewusst. Für das äußere Erscheinungsbild dieses Kindes hatten ihre Ahnen nur das Beste gegeben. Die herzförmigen Lippen der weiblichen Feltins, deren blasser Teint, die tiefdunklen, glänzenden Haare der Liebermanns, deren geschwungene Augenbrauen, der lange Hals, der angeblich dem von Charlottes und Ediths gemeinsamer Großmutter, Lisbeths Schwiegermutter, exakt glich. Wilhelmine saß am Tischende. Lisbeth stellte fest, dass der Hals der alten Dame inzwischen überaus faltig war. Lisbeth musste lächeln, wenn sie dagegen ihre Charlotte ansah. Sie war ein hübsches, blondes Mädchen, das nie diese Eleganz besitzen würde, aber bereits den zähen Charakter ihres Vaters zeigte. Die Freundschaft mit der sensiblen, musikalischen Edith tat ihr sicher gut. Doch sie würde lernen müssen, damit umzugehen, dass ihre Cousine sie bald in den Schatten stellte.

»Ach, Cäcilie, erzähl uns ein wenig über das Stadtleben, das uns ja leider so fremd ist. Jetzt beginnt doch bald wieder die Ballsaison«, wandte sie sich an ihre Schwägerin.

Cäcilie war sensibel genug, Lisbeths Absicht zu durchschauen, und ging wie selbstverständlich auf den abrupten Themenwechsel ein: »Ja, die alljährliche Eröffnung der Saison findet trotz des Krieges wie gewohnt schon in drei Wochen mit dem Herbstball statt. Salomon sieht es nur als gesellschaftliches Ereignis, wo man sich als Geschäftsmann eben sehen lassen muss. Aber das Tanzen gehört nicht unbedingt zu seinen Vorlieben.« Mit einem Seitenblick auf ihren Mann vergewisserte sie sich, dass er ihr auch zuhörte, und fuhr fort: »Ich hingegen tanze ausgesprochen gern und bin dann leider immer darauf angewiesen, dass mich andere Herren auffordern.«

Salomon, der zwar wieder mit Richard eine Unterhaltung führte, aber doch mit einem Ohr dem Gespräch der Damen gelauscht hatte, schaltete sich nun ein und protestierte mit unverhohlenem Stolz: »Ja, aber als ob sie da lange warten müsste. Die Herrenwelt steht noch immer Schlange, wenn es um einen Tanz mit Cäcilie geht. Genauso wie zu den Zeiten, als ich um sie warb und kaum zu ihr vordringen konnte. Aber das weißt du ja sicher noch, Richard. Wobei ich schon damals wenig Hoffnung hatte, sie mit meinen Tanzkünsten zu überzeugen.«

Cäcilie warf ihm eine Kusshand zu. »Jetzt solltest du Richard und Lisbeth nicht mit diesen alten Geschichten langweilen.«

Richard, der Gefallen an dem Wortgeplänkel seiner Gäste fand, intervenierte: »Aber ganz im Gegenteil: Wir hören euch mit Spannung zu, nicht wahr, Lisbeth? Sprecht nur weiter.«

Salomon wollte der Aufforderung nachkommen, als seine Frau ihm zuvorkam: »Ihr habt doch hoffentlich nicht vor, Charlotte um ihre Saison zu bringen? Ich gehe davon aus, dass du, Lisbeth, dabei sein möchtest, wenn sie in die Gesellschaft eingeführt wird.«

Lisbeth konnte sich nicht ohne Weiteres darauf einlassen. Sie fand die Vorstellung, einen Ball mit der feinen Gesellschaft Leipzigs zu besuchen, durchaus verlockend. Und die Aussicht, für einige Tage dem gemeinsamen Schlafzimmer mit Richard zu entfliehen, war geradezu unwiderstehlich. Doch gleichzeitig kamen ihr Zweifel:

»Cäcilie, vielen Dank für die Einladung, aber ich weiß nicht recht. Ich besitze doch gar keine Garderobe für solch einen Anlass.«

»Meine Liebe, mach dir darüber keine Gedanken. Wir hätten vorher gewiss noch genügend Zeit, um dir von meiner Schneiderin etwas Passendes arbeiten zu lassen. Daran sollte es gewiss nicht scheitern.«

Unsicher sah Lisbeth zu ihrem Mann, denn sie konnte sich nicht vorstellen, dass er dem so ohne Umschweife zustimmen würde. Aber Richard war heute so glänzender Laune, dass er sie sogar noch ermutigte, die Einladung anzunehmen: »Da solltest du nicht lange zögern, Lisbeth. So eine Gelegenheit hat man nicht alle Tage. Vielleicht werde ich euch sogar begleiten.«

Womöglich, so dachte Lisbeth bei sich, hatte Richard gar die Absicht, selbst zu einem der Bälle zu gehen.

Charlotte freute sich, ihren Vater derart gut gelaunt zu erleben. Aber sie gönnte es vor allem ihrer Mutter, dass sie einmal etwas andere Gesellschaft als nur die ihrer Schwiegermutter und der Dienstmädchen genießen konnte. Charlotte hatte es erst in letzter Zeit zu schätzen gelernt, für einige Zeit von zu Hause fort zu sein. So sehr sie sich anfangs dagegen gesträubt hatte, so sehr genoss sie nun die Gesellschaft ihrer Cousine, mit der sie alles teilte und über alles sprechen konnte, wie mit einer Schwester, die sie so gerne gehabt hätte. Deshalb holte sie nun ihrer Mutter gegenüber ein wenig das schlechte Gewissen ein. Bisher war sie ihr der liebste und vertrauteste Mensch auf der Welt gewesen, und sie hatte sich nie vorstellen können, einmal längere Zeit von ihr getrennt zu sein. Nun konnte sie nicht umhin, sich einzugestehen, dass auch Edith einen wichtigen Platz in ihrem Leben eingenommen hatte.

Und etwas anderes war ihr in ihrer Zeit in Leipzig klar geworden: Wie frei sie sich gefühlt hatte, als sie nicht mehr täglich den Launen ihres Vaters ausgesetzt war. Das Bewusstsein dafür, wie sehr ihre Mutter für immer darunter zu leiden haben würde, machte ihr deutlich, wie wenig sie selbst dazu bereit war. Auf gar keinen Fall würde sie sich einem derart dominanten, cholerischen Ehemann unterordnen. Niemals!

Edith stieß Charlotte in die Seite, um sie aus ihren Gedanken zu reißen. Denn es wurde die Nachspeise serviert, und als gute Freundin wusste sie natürlich genau, wie gerne Charlotte Süßes aß.

»Lotte, was ist los mit dir? Ist Baiser nicht dein Lieblingsnachtisch? Wo bist du denn mit deinen Gedanken?«

Charlotte wusste auf einmal, dass sie Leo unbedingt wiedersehen wollte. Er war anders als ihr Vater, viel ausgeglichener und aufmerksamer. Er interessierte sich für sie. Doch auf ihre Briefe hatte er nicht geantwortet. Ob er schon eingezogen worden war? Sie musste es unbedingt herausfinden.

»Du hast recht, Edith. Baiser ist ein Stück Landhimmel aus Sahne und Zucker«, sagte sie und nahm sich gleich drei Stück.

ANNA

Anna saß im Nähzimmer und arbeitete an einem Knopfloch. Sie merkte, wie viel Mühe es ihr bereitete, die Nadel festzuhalten und präzise Stiche zu machen. Ihre Finger waren klamm und wurden immer steifer, obwohl sie gestrickte Pulswärmer und einen dicken Mantel von ihrem Bruder trug. Seit einer Woche waren die Temperaturen nun schon unter zehn Grad minus gefallen, und die Räume waren so ausgekühlt, dass man seinen eigenen kondensierten Atem sehen konnte.

Die Willnitz lamentierte und schimpfte schon wieder ununterbrochen über die Zustände. Seit klar geworden war, dass ein schneller Sieg anscheinend doch nicht unmittelbar bevorstand, ließ die allgemeine Kriegsbegeisterung nach. Der Jahreswechsel und der strenge Winter, dem nun viele Tausend deutsche Soldaten in französischen Schützengräben ausgesetzt waren, machten der Ernüchterung Platz. Frau Willnitz plagten vor allem die Sorgen um ihren Sohn, der sich noch Anfang Dezember freiwillig gemeldet hatte.

Anna hatte ihr Glück kaum fassen können, als sie ihn in der Uniform sah. Sie hätte nie damit gerechnet, dass er tatsächlich so viel Mut aufbringen würde. Mit Erich, der zu den Weihnachtstagen kurz Heimaturlaub bekommen hatte, hatte sie beim gemeinsamen Eislaufen darüber gefeixt, ob es nicht doch hauptsächlich Naivität und Dummheit waren, die Eduard zu der Entscheidung getrieben hatten.

Erich hatte gemeint: »Vielleicht hat er einfach eingesehen, dass er hier überflüssig und außer Botengängen zu nichts nütze ist. Und bei dir konnte er ja auch nicht landen.«

Sie hatte ihn daraufhin halb im Scherz heftig in die Seite geknufft und geschimpft: »Hör bloß auf damit! Wenn ich nur an ihn denke, wird mir übel. Ich wünsche wirklich von ganzem Herzen, dass er nie mehr zu-«

Anna stockte und hielt sich erschrocken die Hand mit dem dicken Filzhandschuh vor den Mund, denn sie musste daran denken, dass auch ihr ältester Bruder in Frankreich stationiert war. Sie war fast so abergläubisch wie ihre Mutter und Großmutter und befürchtete, dass sich ihre bösen Wünsche für Eduard auf ihren Bruder niederschlagen könnten.

»Ist schon gut, sprich es lieber nicht laut aus. Vielleicht komme ich ja auch an die Front, da wärst du wahrscheinlich noch froh!«

Anna schüttelte energisch den Kopf, und ihre langen Zöpfe, die unter ihrer Pudelmütze heraushingen, baumelten hin und her: »Quatsch, wie kannst du nur so was sagen. Du bist doch noch viel zu jung. Außerdem braucht dich dein Vater wieder auf dem Hof.«

»Ja, aber es heißt, dass jetzt alle Männer eingezogen würden.«

Anna hatte das auch schon gehört, aber sie wagte gar nicht, darüber nachzudenken, was es bedeuten würde, wenn auch ihr Vater und ihr zweitältester Bruder, der sich bereits freiwillig gemeldet hatte und nur noch nicht zum Einsatz beordert worden war, eingezogen würden.

»Trotzdem werden sie wohl keine Kinder in den Krieg schicken«, antwortete sie und wusste, dass Erich das ärgern würde.

»Hat deine Mutter in diesem Jahr schon Feldpost von deinem Bruder bekommen, Anna?«

Die Stimme der Schneiderin holte sie in die Gegenwart zurück.

»Nein, Frau Willnitz, wir haben seit seinem Heimaturlaub zu Weihnachten noch gar nichts von ihm gehört und machen uns alle große Sorgen.«

»Ja, so geht es mir auch.«

Die Schneiderin massierte sich mit den Fingerspitzen, die aus den Strickhandschuhen herausguckten, beide Schläfen und schloss dabei für einen Moment die Augen. Sie sprach nicht weiter, obwohl sie so sehr das Bedürfnis hatte, mit jemandem über ihre Befürchtungen zu reden. Aber sie war sich letztlich bewusst, dass Anna dafür nicht die geeignete Gesprächspartnerin war.

Beide wandten sich wieder ihrer Arbeit zu und hingen dabei den Rest des Nachmittags stumm ihren Gedanken nach. Anna war unruhig und fand keine angenehme Sitzposition. Schon seit Tagen hatte sie Rückenschmerzen, und heute war noch ein unangenehmes

Ziehen im Unterleib hinzugekommen. Als endlich Feierabend war, konnte sie sich kaum noch aufrichten und stöhnte leise vor Schmerzen. Die Willnitz hatte es wohl nicht gehört oder auch nicht hören wollen. Sie wünschte lediglich einen guten Abend und schloss, ohne Anna anzusehen, die Tür ab.

Mitten in der Nacht wachte Anna wegen eines ungewohnten nassen Gefühls zwischen den Beinen auf. Als sie vorsichtig die kleine Petroleumlampe neben ihrem Bett anzündete, stellte sie mit Entsetzen fest, dass ihr Laken blutig war. Sie nahm die Lampe und lief leise, um die Geschwister nicht zu wecken, zur Schlafkammer der Eltern. Dabei merkte sie, wie ihr das Blut die Beine hinunterlief und auf die Dielen tropfte. Die Mutter hatte einen leichten Schlaf und war schnell geweckt. Sie sah die Flecken auf Annas Nachthemd und wusste natürlich sofort Bescheid. Schnell stand sie auf und schob Anna in den Flur hinaus, damit der Vater nicht auch erwachte.

»Jesus Christus, Anna«, flüsterte sie und blickte kurz nach oben zur Decke, als wäre von dort Hilfe zu erwarten. »Geh, das ist nichts Schlimmes, daran wirst du dich gewöhnen müssen, denn das hast du jetzt jeden Monat. Warte einen Moment hier.«

Sie ging zurück in ihre Kammer, und Anna hörte, wie sie dort etwas suchte. Dann kam sie mit einigen Lappen, einem Stoffgürtel und einem kleinen Beutel mit getrocknetem Moos und Sägespänen zurück. »Hier, die Lappen legst du dir jetzt auf das Laken. Zieh ein frisches Hemd an. Morgen legst du dir den Leibgürtel um und bindest den Beutel daran so fest, dass er zwischen den Beinen liegt. Ich geb dir dann noch mehr davon. Das Ganze wird ein paar Tage dauern, und dann ist's erst mal überstanden. Zieh das Betttuch ab, wenn es keiner sieht, und leg es unter das Bett. Und das Nachthemd auch. Ich hol es dann zum Waschen.«

Dann nahm sie Anna noch einmal kurz in den Arm, gab ihr einen Kuss auf die Wange und versuchte, sie aufzumuntern: »Anna, du wirst jetzt erwachsen. Da gehört das Bluten mit dazu. Wirst schon sehen, du gewöhnst dich daran. Und jetzt geh wieder schlafen. Viel Zeit ist nicht mehr, bald kräht der Hahn.«

Ihre Mutter wischte notdürftig das Blut vom Boden auf, löschte die Lampe und war auch schon wieder in ihrer Kammer verschwunden.

Anna stand verwirrt im dunklen Flur. Den Beutel zwischen die Beine gepresst, schlich sie zu ihrem Bett zurück. Was die Mutter ihr gesagt hatte, war keineswegs geeignet, sie zu beruhigen. Wenn das alles so normal war, warum sollte sie dann Betttuch und Nachtwäsche verstecken?

Sie wechselte das Hemd und schob die schlafende Dora ganz vorsichtig ein wenig zur Seite, damit sie nicht in Berührung mit den Blutflecken kam. Dann legte sie die Stofflappen über das Laken, wie die Mutter es ihr gesagt hatte. Ganz behutsam schlüpfte sie wieder ins Bett. Doch es fiel ihr schwer, wieder einzuschlafen. Und als der erste Hahnenschrei zu hören war, lag sie immer noch wach.

CHARLOTTE

Charlotte führte die zwei Kaltblüter langsam in einer geraden Linie über den Acker. Unter dem Strohhut, den sie als Schutz gegen die Sonne trug, waren ihre Haare klitschnass, und Schweißtropfen liefen ihr in die Augen.

Die Erntehelfer gingen in gebückter Haltung hinter dem Kartoffelroder her und sammelten die Knollen ein. Im zweiten Kriegsjahr waren alle gesunden, männlichen Knechte eingezogen worden. Ihnen blieb nichts übrig, als Frauen, Kinder, den alten Leutner und den einarmigen Wilfried einzusetzen. Charlottes Vater Richard, der als Gutsleiter als unabkömmlich eingestuft worden war, überwachte die Ernte vom Sattel eines betagten Fuchswallachs, seinem Lieblingspferd, aus.

»Charlotte!«, rief er schon von Weitem, als er auf sie zu trabte.

Mit einem beruhigenden Trillern brachte Charlotte die mächtigen Pferde zum Stehen. Sie trug einen langen, weiten Rock, ein grobes Leinenhemd und derbe Stiefel, die ihr die Füße blutig rieben. Die harte Arbeit in der Hitze war sie nicht gewohnt, doch sie wollte sich vor ihrem Vater keine Blöße geben.

»Heute ist die Luft aber wirklich zum Schneiden, Vater. Können wir eine Pause machen und die Gäule tränken?«, fragte sie.

Richard parierte sein Pferd neben ihr durch. Er nahm die Zügel in eine Hand, hob den Arm und deutete auf die schwarzen Wolken in ihrem Rücken. Charlotte drehte sich um.

»Da braut sich was zusammen. Wenn das losgeht, wird's ein richtiges Unwetter. Wir sollten zusehen, dass wir alle rechtzeitig zurückkommen.«

Charlotte nickte und schnalzte mit der Zunge, um die Pferde erneut anzutreiben, doch das leise Donnergrollen von den östlichen Hügeln her ließ sie innehalten.

»Spann die Pferde aus, Lotte, sonst sind sie nicht schnell genug!«, kommandierte Richard, und zu den anderen gewandt: »Rasch, lasst alles stehen und liegen und nehmt die Beine in die

Hand! Dieses Gewitter kommt genau auf uns zu; das ist brandgefährlich!«

Das ließ sich keiner zweimal sagen. Zu viele Unfälle hatte es schon durch Blitzschlag auf den Feldern gegeben. Richard sprang ab, zog seinem Pferd die Zügel über den Kopf, um Charlotte zu helfen, die Arbeitspferde von der Gabel zu lösen. Schon spürte sie die ersten Regentropfen auf ihren nackten Armen. Den frischen Windhauch empfand sie sogar als angenehm. Die Pferde wurden jetzt unruhig, und Richard sprach mit seiner tiefen Stimme auf sie ein.

»Traust du dir zu, Hannes zum Stall zu reiten? Dann nehm ich den Schwarzen am Zügel mit!«

Charlotte nickte. Der Regen begann, auf sie herunterzuprasseln. Richard half Charlotte auf den breiten Pferderücken und übergab ihr die Zügel. Sie trieb den schwerfälligen Ackergaul kräftig an, aber ihre Beine waren für den riesigen Leib des Tieres zu kurz, und die Fersen trafen ihn so weit oben, dass Hannes nicht auf sie reagierte. Er lief nur im Kreis. Charlotte schnalzte mit der Zunge und rief: »Los, Hannes, lauf endlich, du verfluchtes Miststück!«

Erst als Richard wieder aufstieg und seinen Wallach antrieb, setzte sich auch Hannes in Bewegung, fiel sogar in einen harten Trab, bei dem Charlotte dermaßen durchgerüttelt wurde, dass sie ohne Sattel Mühe hatte, sich auf dem Pferderücken zu halten. Sie ritten hinter den anderen her, holten die Frauen und Kinder ein, die schon über das Feld in Richtung Hof zurückrannten. Es regnete jetzt in Strömen, und der Acker verwandelte sich zusehends in einen schlammigen Sumpf, in den man knöcheltief einsank. Zwei kleine Mädchen rutschten aus und fielen hin.

»Hebt uns die beiden auf die Pferde«, befahl Richard den anderen. »Das Gewitter ist schon fast über uns!«

Zwei Frauen hoben die Mädchen hoch und setzten sie hinter Charlotte und Richard auf die Pferderücken. Die achtjährige Christine klammerte sich an Charlotte fest. Ihre Beine ragten rechts und links in die Luft.

»Wirst du das auch schaffen, Lotte?«, fragte Richard und sah in ihr sonnengebräuntes Gesicht, das von der Nässe des Regens glänzte. Den Strohhut hatte sie verloren, und die nassen Zöpfe klebten an ihrem Hals. Sie nickte. Da war keine Spur von Angst in ihren Augen, dachte er voller Stolz. Dann gab er seinem Pferd die Sporen. Sie waren noch an die hundert Meter von den Gebäuden entfernt. Blitze zuckten jetzt am pechschwarzen Himmel.

In dem Moment, als sie die Scheune erreichten, hörten sie einen ungeheuer lauten Donnerschlag direkt über ihnen. Christine wimmerte leise.

»Bleib du hier mit den Kindern. Ich reite noch mal zurück zu den Frauen«, sagte Richard.

Charlotte sprang ab und öffnete das Tor. Dann ließ sie sich von Richard die kleine Leonore herunterreichen. Mit den beiden Arbeitspferden am Zügel betrat sie die Scheune und zog das Tor hinter ihnen zu. Alle waren nass bis auf die Haut. Aber der Duft des trockenen Heus wirkte erst einmal beruhigend auf die Mädchen. Charlotte band die Pferde fest, dann half sie den Kleinen aus den nassen Kleidern. Sie wusste, dass die Scheune keinen sicheren Schutz vor dem Gewitter bot. Aber die Hofgebäude waren zu weit weg, um den Weg dorthin zu wagen.

»Hier, reibt euch damit ab«, sagte sie und hielt jedem ein Bündel Heu hin. Das Gewitter tobte direkt über ihnen. Und bei jedem lauten Donner jammerten die Mädchen auf.

»Was ist mit Mutter, wird Herr Feltin sie holen?«, fragte Leonore.

Charlotte sah in die schmalen Gesichter. Die schüchternen Mädchen waren erst in diesem Sommer auf den Hof gekommen. Weil es an Arbeitskräften fehlte, hatte ihre Mutter sie mit zur Kartoffelernte gebracht. Doch natürlich waren sie zu schmächtig, um tagelang die simple, aber anstrengende Arbeit zu verrichten.

»Freilich holt er sie!«, sagte Charlotte. »Er wird sicher gleich mit ihr hier sein.«

Sie schob das Tor wieder einen Spalt breit auf und sah hinaus.

»Kannst du die Mutter sehen?«, fragte Christine.

»Nein, es ist zu dunkel, und der Regen ist zu dicht. Man kann nicht weit genug schauen. Vielleicht sind sie auch in den Wald geritten, das ist ein wenig näher als die Scheune.«

Sie drehte sich um und bemerkte, wie verstört die Mädchen waren. Christine begann, laut zu weinen. Beruhigend sprach Charlotte auf sie ein: »Macht euch keine Sorgen. Das Gewitter ist gleich vorübergezogen, und dann können wir zurück zum Haus gehen. Und für eure Mutter ist es nicht das erste Unwetter. Sie weiß schon, was sie zu tun hat. Wahrscheinlich kommt sie gleich fröhlich um die Ecke!«

Sie versuchte, damit die Mädchen zu trösten, bemerkte aber während sie sprach, dass sie sich gerne selbst mit ihren Worten beruhigen wollte. Jedenfalls gelang es ihr, Christine aus ihrer beginnenden Hysterie zu holen. Sie hörte auf zu schluchzen. Und als plötzlich aus dem Heu zwei grau getigerte junge Katzen auftauchten, war sie abgelenkt. Die Kinder spielten mit den Tieren, und selbst Charlotte vergaß für einen Moment ihre Sorge um den Vater.

Es war ungefähr eine Stunde vergangen, als das Prasseln des Regens auf das Scheunendach fast aufgehört hatte und auch der Donner kaum mehr zu hören war. Charlotte öffnete das Scheunentor und sah nach draußen. Die Luft war merklich abgekühlt, obwohl die Sonne schon wieder schien. Von den umliegenden Feldern dampfte die Feuchtigkeit. Erleichtert machte Charlotte in dem Nebel schemenhaft die Gruppe mit ihren Leuten aus, die sich langsam auf das Hofgelände zu bewegte.

»Leonore, Christine, seht mal, da kommen sie!«

Die Mädchen ließen die Katzen los und rannten zum Tor. In dem Moment, als Charlotte sich wieder umdrehte, bemerkte sie, dass mit der Gruppe etwas nicht stimmte. Ihr Herz krampfte sich zusammen, und sie konnte kaum noch atmen. Es war jetzt ganz deutlich zu sehen: Sie trugen einen Körper!

Sie nahm nicht wahr, dass auch die Mädchen neben ihr wie erstarrt waren. Alle drei sahen wortlos in Richtung der Gruppe, die langsam auf sie zukam.

Leonore sprach es als Erste aus, als sie das erkannte, wonach sie so intensiv suchte: »Das blaue Kopftuch … Da ist Mutter!«

Die Mädchen rannten los. Doch Charlotte spürte keine Erleichterung. Sie ging nur langsam auf die Menschengruppe zu. Es war kein Pferd zu sehen, und auch den hellbraunen Hut ihres Vaters suchte sie vergeblich unter den Leuten, die auf sie zukamen. Leonore fiel hin, stand wieder auf und fiel nochmals hin. Jetzt war auch sie ganz und gar mit Schlamm bedeckt, kam aber trotzdem als Erste bei ihrer Mutter an und warf sich in ihre Arme. Sie drückte sie fest an sich und umschlang auch noch Christine, als diese bei ihr angelangt war. So verharrten sie einige Augenblicke. Keiner sprach ein Wort.

Lass es nicht Vater sein!, dachte Charlotte und merkte nicht, dass sie die Worte auch laut aussprach.

Die Gruppe näherte sich weiter.

»Den Wilfried hat es leider erwischt!«, hörte sie in dem Moment Richards heisere Stimme. Und dann erkannte sie ihren Vater, der mithalf, den Knecht zu tragen, und von den beiden Frauen, die vor ihm gingen, verdeckt worden war. Ohne dass sie etwas dagegen tun konnte, füllten sich Charlottes Augen mit Tränen.

»Als uns klar wurde, dass wir es nicht bis zur Scheune schaffen würden, haben wir uns alle auf dem Boden zusammengekauert, um keinen Angriffspunkt für den Blitz zu bieten. Aber der Wilfried hat auf keinen gehört und ist einfach weitergelaufen … und da ist es passiert«, erklärte die Mutter der Mädchen.

Die Frauen nickten langsam zur Bestätigung ihrer Worte. Sie legten den Körper auf der Erde ab. Christines und Leonores Mutter zog die beiden weg, um ihnen den Anblick zu ersparen. Charlotte bemerkte erst jetzt den Geruch von verbranntem Fleisch. Ihr fiel auf, dass die Metallschnalle von Wilfrieds Gürtel geschmolzen war, dann drehte sie sich zu ihrem Vater um. Sie blickten sich in die Augen. Eine Art stiller Übereinkunft sagte dabei mehr, als sie hätten aussprechen können: Wilfried war schon sehr lange auf dem Feltin-'schen Hof gewesen und gehörte fast zur Familie, soweit sich das über einen Knecht sagen ließ. Er hatte Charlotte von klein auf gekannt und war immer rührend mit ihr umgegangen. Es war ein schrecklicher Verlust! Dennoch konnte Charlotte kaum ihre Erleichterung darüber verbergen, dass es Wilfried war, der dort lag, und nicht ihr Vater.

»Was ist mit deinem Fuchs?«, fragte sie.

»Den konnte ich nur noch laufen lassen.«

Richard wandte den Blick ab. Charlotte presste wortlos den Kopf an die Brust ihres Vaters.

ANNA

Zweieinhalb lange Kriegsjahre waren vergangen. Annas Familie saß beim Sonntagsfrühstück, das karger denn je ausfiel, obwohl drei Münder weniger als früher satt zu kriegen waren. Annas Vater war schließlich doch noch eingezogen worden. Und auch ihr zweitältester Bruder Max.

Um gerecht zu sein und die Streitereien ihrer Kinder zu unterbinden, hatte Sophie Tannenberg am Anfang der Woche jedem Familienmitglied seinen Anteil Brot für die Woche ausgegeben. Alle hatten sich Kerben gemacht, um einzuteilen, wie viel sie pro Tag essen durften. Nicht jeder hielt sich so genau daran wie die vernünftige Emma. Anna hatte einmal so großen Hunger gehabt, dass sie der Versuchung nicht widerstehen konnte, die Ration für den nächsten Tag mit aufzuessen. Bereitwillig hatte Dora, die ihre große Schwester immer noch anhimmelte, ihre Tagesration mit ihr geteilt.

Nur Otto aß immer gleich am ersten Tag gierig drauflos und hatte bald nichts mehr übrig. Sein Betteln konnte allerdings keinen mehr in der Familie erweichen, denn er lernte nie dazu und machte es jede Woche wieder genauso. So saß er mit hungrigen Augen am Frühstückstisch, und das Knurren seines Magens wurde kaum durch das Knirschen, dass das sandige Brot zwischen den Zähnen der anderen verursachte, übertönt.

Für jeden gab es einen kleinen Klecks Butter, den Sophie mit einer Briefwaage abwog, um keinen zu benachteiligen. Dazu »Falsche Leberwurst« aus Hefe, lauwarmer Milch und geriebener Semmel, die natürlich scheußlich schmeckte.

»Was gibt's heute zum Mittagessen, Mutti?«

Otto sah seine Mutter hoffnungsvoll an.

»Was soll es schon geben? Steckrübensuppe natürlich! Das kannst du dir doch denken!«

»Och nein, nicht schon wieder!«, riefen die enttäuschten Kinder fast im Chor.

»Zurzeit gibt es einfach nichts anderes. Unsere eigenen Konserven sind fast alle aufgebraucht oder gegen Kohlen eingetauscht. Bezugsscheine für andere Lebensmittel haben wir keine mehr, und Steckrüben sind frei von der Rationierung. Ich würde euch raten, nicht so viel draußen rumzurennen oder gar zum Eislaufen zu gehen, damit ihr nicht noch mehr Hunger bekommt. Emma und Anna, fangt bitte an, die Rüben zu putzen, aber nicht zu großzügig!«

Emma stand sofort auf und holte eine Schüssel mit den runden Kohlrüben aus der Speisekammer. Anna begann, sie mit dem großen Küchenmesser in Scheiben zu schneiden, und seufzte laut. Diese lilafarbenen, geschmacklosen, runden Dinger waren ihr so verhasst. Letzten Winter hatten sie wenigstens noch Kartoffeln aus ihrem eigenen Garten eingekellert. Doch in diesem Jahr hatte es keine Ernte gegeben. Sie hatten nur faulige, ekelerregende Knollen aus der Erde geholt. Ganz Europa litt nicht nur unter dem Krieg, sondern gleichzeitig unter der Handelsblockade und den Ernteeinbußen durch die Kartoffelfäule.

»Erinnert ihr euch noch an den Geschmack von der Gänsekleinsuppe, die es immer an Heiligabend gab?«, fragte Otto plötzlich. »Mit den vielen Fettaugen auf der Brühe?«

»Mhhhm«, machte Anna, und ihre Augen wurden ganz glasig.

»Und das frisch gebackene Roggenbrot mit fingerdick Gänseschmalz darauf«, ergänzte sie.

Sie merkte, wie sich vor Appetit und Hunger die Spucke in ihrem Mund sammelte.

»Ach, hört schon auf!«, sagte Emma und musste ebenfalls schlucken. »Das ist ja nicht auszuhalten.«

Anna hatte noch andere Sorgen, die sie mit sich herumtrug. Seit einem halben Jahr hatte ihr die Willnitz nach Abschluss ihrer Schneiderlehre einen bescheidenen Wochenlohn ausgezahlt, den sie regelmäßig bei ihrer Mutter abgegeben hatte. Doch gestern hatte ihr die Schneiderin kurz und knapp mitgeteilt, dass sie sie nicht mehr beschäftigen könne. Es gab schon lange keine Stoffe mehr, und mit den Flickarbeiten alleine hatte sie selbst kaum ein Einkommen.

»Mutti, ich muss dir etwas sagen: Die Willnitz hat mir gekündigt. Sie hat nicht mehr genug Arbeit für eine zweite Schneiderin.«

Sophie, die gerade einen großen Topf mit Wasser auf den Herd stellte, drehte sich um: »Das habe ich kommen sehen. Es hat mich sowieso gewundert, dass sie dich noch so lange bezahlen konnte, denn Emma hat sie ja sofort nach der Lehre entlassen.«

Anna hatte sich das auch schon gefragt und manchmal gedacht, ob die Willnitz sich ihr gegenüber schuldig fühlte, weil ihr Sohn sie fast vergewaltigt hatte. Sophie wischte sich die Hände an der Schürze ab.

»Tja, eigentlich wäre es für Emma und dich auch Zeit, an eine Ehe zu denken. Doch wo solltet ihr in diesen Zeiten einen Mann herbekommen, wo nahezu alle heiratsfähigen Männer im Krieg sind?«

Sie merkte, wie verlegen Anna und Emma wurden, und sagte schnell: »Es wird schon gehen, Anna. Bis jetzt haben wir alle noch halbwegs satt bekommen.«

Anna war froh, dass ihre Mutter so verständnisvoll reagierte, doch sie konnte ihr ansehen, dass sie bereits nachrechnete, wie sie ohne ihre zehn Mark Wochenlohn auskommen sollte.

Ihre Gedanken wurden durch das Klingeln an der Tür unterbrochen.

Otto lief hin und öffnete: »Mutti, der Postbote mit einer Depesche für dich«, rief er aus dem Flur.

Aus dem Gesicht seiner Mutter wich in dem Augenblick die letzte Farbe, als er das Wort »Depesche« aussprach. Die Kinder hielten den Atem an, während sie zur Tür ging. Anna kam es wie eine Ewigkeit vor, bis sie zurück in die Küche kehrte. Es war auf einmal so still in dem kleinen Haus. Keiner wagte es, zu sprechen oder zu essen, niemand verursachte auch nur das kleinste Geräusch. Anna erkannte sofort das tiefe Leid in den Augen ihrer Mutter. Sophie weinte nicht, sie sagte kein Wort, sie ließ sich nur auf den Küchenstuhl sinken. In ihrer Hand hielt sie die Depesche.

Nicht Vati, bitte nicht Vati, dachte Anna.

Emma stand als Erste auf, ging zu ihrer Mutter und legte ihr den Arm um die Schultern. Dora begann leise zu weinen und presste sich an Anna. Sie erfasste trotz ihres Alters den Ernst der Situation. Anna drückte sie kurz, dann stand auch sie auf und kniete sich auf den Küchenboden vor ihre Mutter. Ganz zaghaft versuchte sie, ihr die Nachricht aus der Hand zu ziehen. Doch dadurch erwachte Sophie aus ihrer Starre. Sie krallte die Finger fest um das Papier und funkelte Anna warnend an. Auf einmal stand in ihren Augen die reine Wut.

»Es ist Max!«, sagte sie mit lauter, fester Stimme.

»Oh nein!«, rief Emma, und auch die anderen Kinder schrien auf.

Anna spürte sofort einen dumpfen Schmerz, der sich in ihrem Bauch- und Brustraum ausbreitete. Es fühlte sich an, als hätte ihr eine harte Männerfaust mit voller Kraft in die Magengrube geschlagen. Sie drückte ihre Hände auf ihren Bauch und krümmte sich zusammen.

»Sie haben ihn uns genommen. Könnt ihr euch das vorstellen? Das machen sie mit unseren Söhnen, euren Brüdern, unseren Männern, euren Vätern. Sie opfern sie auf dem Schlachtfeld. Dieses Leid tun sie uns an … Das tun sie uns an …«

Ihre Stimme brach. Sie reckte die Hand mit dem zusammengeknüllten Telegramm in die Höhe.

»Ich schwöre bei Gott dem Allmächtigen, dass ich mir keinen von meinen Lieben mehr durch diesen Krieg nehmen lasse«, sagte sie langsam, und ihre Stimme klang jetzt heiser.

Anna sah bewundernd zu ihr auf. Dass sie nach dieser schrecklichen Nachricht nicht weinend und jammernd zusammenbrach, sondern drohte, beeindruckte sie. Doch was konnte sie schon ausrichten? Selbst wenn ihre Mutter eine starke Frau war. Und wie bald konnte die nächste vernichtende Nachricht von der Front kommen. Ihr wurde klar, wie hilflos und unbedeutend sie alle waren. Seit über einem Jahr hatte Anna keine Nachricht mehr von Erich bekommen. Sie hatte sich nicht getraut, auf den Hof seiner Familie zu gehen und nachzufragen, ob sie wussten, wo er stationiert war. Instinktiv war ihr klar, dass ihre Mutter recht gehabt hatte: Anna war zu arm, und ihre Freundschaft wurde von Erichs Eltern nicht gebilligt. Doch war sie es Erich nicht schuldig, sich nach ihm zu erkundigen? Sie wusste, dass sie ihn nicht antreffen würde, aber vielleicht würde sie etwas über seinen Verbleib erfahren und sich ihm allein dadurch ein wenig näher fühlen können.

Ihre Mutter reagierte kaum, als sie sich leise entschuldigte und die Küche verließ. Sie griff sich ihren Mantel und ein Wolltuch von der Garderobe, schlug es sich um den Kopf. Sofort als sie das Haus verließ, blies ihr der eiskalte Ostwind entgegen. Erichs Hof war drei Kilometer entfernt. Über die zugefrorenen Kanäle würde sie einen Teil der Strecke schnell zurücklegen können. Sie lief zu der Holzbrücke vor ihrem Haus und stieg vorsichtig den steilen Abhang hinunter zum Eis, hielt sich an Sträuchern fest, um nicht auszurutschen. Am Ufer stützte sie sich auf einen Stein und schnallte sich die Kufen unter ihre Stiefel. Dann setzte sie einen Fuß auf das Eis, hakte sich mit der hinteren Kufe fest und verknotete das Tuch fester unter ihrem Kinn. Sie spürte eine Bitterkeit weit hinten in ihrer Kehle. Es war die Trauer über den Verlust ihres Bruders. Im Nachhinein würde Anna diesen Tag als das endgültige Ende ihrer Kindheit in Erinnerung behalten. Aber da war noch ein anderes Gefühl, eine unbestimmte Ahnung: Es würde das letzte Mal sein, dass sie mit Schlittschuhen über die Spreekanäle lief.

CHARLOTTE

Aus den großen Ferien, die Charlottes Cousine Edith im Jahr 1914 auf dem Hofgut Feltin verbringen sollte, waren bereits gut drei Jahre geworden. Es hatte sich schnell herausgestellt, dass es für ein junges Mädchen während der kargen Kriegsjahre um vieles vorteilhafter war, direkt an der Quelle der Nahrungsproduktion zu leben. So lange es ging, besuchte sie zusammen mit Charlotte die höhere Mädchenschule in Chemnitz, die nur vier Kilometer entfernt war. Im ersten Jahr hatte sie Leutner mit dem Pferdefuhrwerk gebracht und nachmittags wieder abgeholt. Doch es dauerte nicht lange, und er wurde anderweitig auf dem Hof gebraucht, da alle Knechte eingezogen wurden. Danach hatte Charlotte morgens selbst ein Pferd eingespannt und sie kutschiert. Im Herbst 1917 wurde auch die letzte magere Stute für Kriegszwecke konfisziert. Von da ab musste die Feldarbeit mit Ochsen erledigt werden, und die Mädchen mussten den Schulweg täglich zu Fuß gehen, bis der Dauerregen die Wege im Schlamm versinken ließ und auch das nicht mehr zuließ. Von Leo hatte Charlotte nur zwei Mal Feldpost erhalten, seit sie von Leipzig nach Feltin zurückgekehrt war. Manchmal hoffte sie, dass er auf Heimaturlaub käme und sie einfach unangemeldet besuchen würde. Doch er kam nicht.

Ihre Mutter hatte den pensionierten Dorfschullehrer gebeten, die Mädchen wenigstens drei Mal in der Woche zu unterrichten. Er war ein unerschütterlicher Monarchist, der in jedem zweiten Satz von »Kaiser Wilhelms Zeiten« sowie »Zucht und Ordnung« sprach. Doch seine einstige Autorität war inzwischen der Vorstufe zum Greisentum gewichen. Und ohne dass Edith und Charlotte es forcierten, brachte die Vitalität, die von den beiden ausging, ihn an seine Grenzen. Sie hatten die Oberhand, und sie wussten es. Nach ein paar Wochen entschuldigte er sich unter dem Vorwand, seine Frau sei erkrankt. Danach erschien er nie wieder auf dem Hofgut. Charlotte war zufrieden. Sie war der Meinung, bereits alles gelernt zu haben, was man aus Schulbüchern erfahren konnte. Sie konnte

sich nichts anderes vorstellen, als auf Feltin zu sein. Täglich begleitete sie ihren Vater bei seinen Inspektionsgängen durch die Ställe,
die Felder und auf die Jagd. Sie verbrachten halbe Tage in den Wäl-
dern. Seine cholerischen Anfälle blieben keineswegs aus, waren jedoch etwas seltener, seit er merkte, wie sehr sich Charlotte für die
Landwirtschaft interessierte, und die Sorge, einen Nachfolger zu
finden, nicht mehr so drängend und vorherrschend war. Denn es
zeichnete sich immer deutlicher ab, dass Charlotte für immer auf
dem Hof bleiben und ihn in seinem Sinne weiterführen würde. Bei
seiner Nichte Edith lagen die Dinge freilich anders. Sie schloss sich
den beiden nur selten an, und wenn, dann nur Charlotte zuliebe.
Häufige Blasenentzündungen und Erkältungen hinderten sie bald
daran, und immer öfter blieb sie im Haus bei ihrer Tante. Meistens
saß sie, in mehrere Schichten Kleidung gehüllt, im Wohnzimmer
und spielte stundenlang auf ihrem Cello. Sie war davon besessen,
den fehlenden Unterricht durch unermüdliches Üben wettzuma-
chen, um ihren Traum, Konzertcellistin zu werden, trotz der Kriegsjahre zu verfolgen.

Im Winter 1917, als die Mädchenschule längst geschlossen war,
kaufte Richard sein erstes Automobil. Es war eines ohne Fahrerka-
bine und Trennscheibe. Von nun an erbot er sich, Edith einmal in
der Woche mit nach Leipzig zu nehmen. Seine Schwester hatte dort
einen Cellisten ausfindig gemacht, der im Gewandhausorchester
gespielt hatte und wegen eines Herzfehlers vom Kriegsdienst zu-
rückgestellt worden war. Er willigte ein, Edith zu unterrichten.
Charlotte begleitete sie anfangs dorthin, vor allem, weil sie es span-
nend fand, in dem neuen Gefährt unterwegs zu sein. Bald durfte sie
sogar selbst chauffieren. Doch es fiel ihr zunehmend schwer, die Geduld aufzubringen, Edith bei ihrem Cellounterricht zuzuhören. Das
Problem löste sich, da sich nach wenigen Wochen herausstellte,
dass sich der Cellist nicht als Lehrer für Edith eignete. Sie mochte
damit nicht hausieren gehen, doch ihr Niveau war dem seinen bereits überlegen.

Charlotte vermied es zwar, ihrem geradezu besessenen Cellospiel
zuzuhören, dafür liebte sie die Abende, wenn sie und Edith nebeneinander im Bett lagen und sich flüsternd ihre Zukunft ausmalten.

Beide hatten geschmackvolle, mit fein gemusterten Tapeten ausgekleidete Schlafzimmer, und jede von ihnen bekam vor dem Schlafengehen eine kupferne Wärmflasche von Erna mit nach oben, die sie sich an die Füße legen konnten. Doch wenn es während der eisigen Winter, trotz des glimmenden Kaminfeuers, zu kalt in ihrem Zimmer wurde, kroch Charlotte gerne zu Edith in das breite, bequeme Himmelbett aus Kirschbaumholz mit der hohen Matratze, das Richard noch im ersten Kriegsjahr bei den Deutschen Werkstätten in Dresden hatte anfertigen lassen, so wie alle Möbel im Herrenhaus. Dann genossen die Mädchen, die beide als Einzelkind aufgewachsen waren, die gegenseitige Nähe.

»Glaubst du, dass du später in Leipzig lebst und wie deine Mama einen Salon führen wirst?«, fragte Charlotte und schob sich ein weiches Daunenkissen unter den Kopf. Sie betonte die zweite Silbe des Wortes Mama, in der Art, wie Edith ihre Mutter ansprach. Dann betrachtete sie die fein geschwungene Linie von Ediths Profil. Die gerade Kontur des Verlaufs zwischen Stirn und Nase machte einen Teil der Faszination ihres Gesichts aus. Ihr dicker, geflochtener Zopf lag über der Bettdecke, und Charlotte ringelte sich sein Ende um die Finger. Edith zog die Ärmel ihres spitzenbesetzten Nachthemds über ihre schmalen Handgelenke. Dann verschränkte sie die Arme unter dem Kopf und sah nach oben. So, als könne sie in den Schatten, die das warme Licht der Nachttischlampe an den gerafften Betthimmel warf, die kommende Zeit sehen.

»Dazu bin ich viel zu beschäftigt. Ich werde reisen, von einem Konzertsaal zum anderen. Ich trete im Wiener Musikverein auf, im Konzerthaus Berlin am Gendarmenmarkt und im l'Auditori in Barcelona …«

»So weit weg willst du fahren?«, fragte Charlotte.

Edith nickte heftig.

»Warum?«

»Die Städte zu sehen und dort für das gefeiert zu werden, was man am liebsten tut, was man am besten kann, das ist … ich weiß auch nicht, wie ich das nennen soll … mein schönster Traum. Ich kann mich noch gut daran erinnern, als ich das erste Mal in Mamas Salon aufgetreten bin. Und alle waren so verzückt. Meine Musik, meine Art zu spielen, schien sie zu begeistern. Sie haben mir zugejubelt. Der Applaus macht einen nahezu versessen, gierig auf mehr, weißt du?«

Sie drehte sich zu Charlotte um und wartete auf ihre Reaktion.

»Ich mag mir das gar nicht vorstellen. Immer nur Cello spielen … üben, üben und nochmals üben, du hast ja schon Rillen in den Fingern, von den Saiten …« Sie griff nach Ediths linker Hand und berührte die verhornte Haut an den Fingerspitzen.

»… und niemals raus in den Wald gehen, den ersten Sonnenstrahl durch den Nebel dringen sehen oder die Heuernte miterleben, das frisch gemähte Gras mit dem köstlichsten Duft der ganzen Welt … die dicke Erbsensuppe mit Speck nach getaner Arbeit. Also ich könnte nicht ohne das alles sein. Wenn du mich fragst: Ich möchte am liebsten für immer hier auf Feltin bleiben. Wenn der Krieg endlich vorbei ist, wird hier alles wieder so wie früher. Wir werden wieder genügend Arbeiter haben … und Pferde, die Ställe werden wieder voller Vieh sein, und Papa wird das Gut noch weiter vergrößern, und neulich hat er mir ein Bild von einer Zugmaschine gezeigt, mit einem Motor, so stark wie dreißig Pferde. Damit können wir die Arbeit viel schneller erledigen.«

Sie rieb sich die Augen und gähnte wohlig. Edith streckte die Hand aus und spielte mit den langen Fransen des Bettvorhangs.

»Weißt du, was ich manchmal glaube?«

Sie machte eine Pause, und als Charlotte nicht insistierte, sagte sie: »Ach, lass, ich sage es lieber nicht.«

Charlotte drehte sich auf die Seite, um sie anzusehen. »Was wolltest du sagen?«, fragte sie.

Edith zögerte. »Versprich mir, dass du mir nicht böse bist!«

»Ich könnte dir niemals böse sein, das weißt du doch.«

»Bisweilen habe ich den Eindruck, dass du das alles nur ihm zuliebe tust.«

Charlotte richtete sich auf.

»Wem zuliebe? Was meinst du?«

»Na, wen soll ich schon meinen: deinen Vater. Meinen Onkel Richard.«

Edith sprach diesen Satz so aus, als wäre es nichts Neues, als liege es auf der Hand. Sie suchte Charlottes Blick und erschrak über ihren abweisenden Ausdruck.

»Unsinn!«, antwortete sie rüde. »Also wirklich, Edith! Wie kommst du nur darauf?«

Jetzt war es Edith, die nach ihrer Hand griff.

»Weil ich in den Jahren hier gemerkt habe, wie sehr er versucht, die Menschen in seinem Umfeld nach seinen Vorstellungen zu beeinflussen, ihnen seinen Willen aufzuzwingen, sie zu formen. Lisbeth, du, unsere Großmutter … Bei mir hat er es schnell aufgegeben, da ich so gar nicht darauf reagiert habe. Ich bin ihm vermutlich auch nicht wichtig genug. Aber du … seine einzige Tochter. Glaub mir, Charlotte: Du solltest dein Leben nicht nur nach seinen Wünschen ausrichten. Als du bei uns in Leipzig warst, hast du dich ganz anders benommen, ganz andere Träume gehabt. Nur weil dein Vater es will und du die einzige Erbin bist, musst du nicht für immer hier auf Feltin bleiben.«

Es war Charlotte deutlich anzusehen, wie wenig ihr die Vorhaltungen ihrer Cousine gefielen. Sie passten nicht in das Bild, das sie sich von sich und ihrer Zukunft zurechtgelegt hatte und das sie nicht infrage stellen wollte. Schnell suchte sie nach einem anderen Thema: »Und was wird aus deinen Kindern? Du möchtest doch einmal Kinder haben?«

Edith sah sie an, und ihre hellblauen Augen leuchteten, trotz der spärlichen Lichtquelle. Sie strich Charlotte eine blonde Strähne aus dem Gesicht.

»Die Kinder? Die kommen natürlich mit. Wir lassen sie einfach von Privatlehrern unterrichten. Bestimmt sind sie auch musikalisch, und durch die Reisen werden sie gebildet …«

»Wer ist wir? Wer ist denn der Liebste, der dich in die Großstädte Europas begleitet? Komm, sag schon! Wie sieht er aus? Dunkelhaarig oder blond? Hat er einen Schnurrbart oder ist er glatt rasiert?«

Charlotte kniff ihre Cousine liebevoll in die Seite, und sie fingen an zu kichern. Mit beiden Händen wehrte Edith Charlottes Angriff ab.

»Hör auf!«, rief sie atemlos. »Du weißt, dass ich keinen Galan habe, ganz im Gegensatz zu dir!«

Charlotte presste die Lippen aufeinander und ließ sich zurück auf das Kissen fallen. Sie zog die Decke über ihren Kopf und versuchte, sich an Leos Gesicht zu erinnern. Wo war er jetzt wohl, in diesem Augenblick? Immer noch in der Schreibstube? Oder in einem der Schützengraben in Frankreich? Sie hatte lange nichts mehr von ihm gehört. War er überhaupt noch am Leben?

Edith zog ihr die Decke von ihrem Gesicht weg.

»Glaubst du, er denkt noch manchmal an mich?«, fragte Charlotte.

»Aber natürlich tut er das!«, erwiderte Edith mit für sie ganz ungewohnter Vehemenz. »In jeder freien Minute. Hat er eigentlich eine Fotografie von dir?«

Charlotte schüttelte den Kopf.

»Nein. Er war ja schon eingezogen worden, als wir aus Leipzig zurück nach Feltin kamen.«

Beide schwiegen einen Moment lang und dachten an die Zeit zurück.

»Weißt du, was mir an ihm am besten gefiel?«

»Was?«, fragte Edith und stützte ihren Kopf mit dem Arm ab.

»Sein Lachen. Ich habe noch nie zuvor jemanden so herrlich lachen gehört.«

Edith lächelte, und Charlotte setzte dazu an, ihr zuzuflüstern, dass sie auch niemanden kannte, der so bezaubernd lächelte wie Edith. Doch sie ließ es sein. Einem Mädchen so ein Kompliment zu machen, kam ihr auf einmal unpassend vor. Und schließlich bekam Edith oft genug gesagt, wie schön sie war.

»Vielleicht kommt er wenigstens nächste Weihnachten auf Heimaturlaub. Euer Weihnachtsfest auf Feltin ist so wunderschön«, sagte Edith unvermittelt.

»Unser Weihnachten? Ist das so außergewöhnlich? Meistens fängt Vater an Heiligabend Streit an.«

»Allein das geschnitzte Engelsorchester mit den unzähligen, pausbäckigen Figürchen, die alle verschiedene Musikinstrumente spielen. Der riesige Christbaum, über und über mit silbernen Glaskugeln und Kerzen geschmückt. Die Musik, diese schmachtenden, festlichen Lieder«, geriet Edith ins Schwärmen. »Ich war so froh, dass wir letztes Mal alle zusammen mit meinen Eltern hier auf Feltin feiern konnten. Mutti muss meinen Vater immer überreden, überhaupt einen Weihnachtsbaum zu kaufen. Und dann wird es nur ein ganz winziger. Obwohl er ja sonst fast alles für sie tut.«

»Ist das, weil er Jude ist? Bei ihm gibt es gar kein Weihnachten, oder?«, fragte Charlotte.

Edith nickte und sagte nichts dazu. Es war das einzige Mal, dass sie die unterschiedlichen Religionen der Familien erwähnten.

»Jedenfalls wird nächste Weihnachten der Krieg vorbei sein. Das sagen alle. Und jetzt schlaf gut! Ich muss morgen um halb sechs aufstehen und beim Melken helfen«, murmelte Charlotte und drehte sich auf die Seite.

»Hoffentlich stimmt das! Schöne Träume!«, erwiderte Edith.

Charlotte knipste den unförmigen Bakelitschalter der Lampe aus. Kurz bevor sie einschlief, versuchte sie, sich an Leos Gesicht zu erinnern. So sehr sie sich auch anstrengte, seine Züge blieben schemenhaft. Dennoch bildete sie sich ein, schon halb im Traum, sein kehliges Lachen hören.

ANNA

Ein Jahr war vergangen. Auch der nächste Winter hatte kaum enden wollen, dann warf der Frühling seine hellgrüne Decke über das Land, und schließlich flutete sommerliche Wärme den Spreewald. Anna hatte in Erfahrung gebracht, dass Erich lebte, und nun hatte sie von ihrem jüngeren Bruder Otto gehört, dass er auf Heimaturlaub in Vetschau war.

Sie rannte den Weg entlang, als ginge es um ihr Leben. Er musste dort sein. Sie wusste nicht, warum, aber sie war sich ganz sicher. Die Stiefel waren zu klein, pressten ihre Zehen schmerzhaft zusammen. Ach was, dachte sie, warum soll ich diese engen Dinger überhaupt anbehalten. Sie setzte sich einfach ins Gras neben den Weg und band die Schnürsenkel auf. Was für eine Wohltat, als sie die Füße aus ihrem engen Gefängnis befreite. Erleichtert bewegte sie die roten, aufgeriebenen Zehen in der Luft. Dann band sie die Schuhe an den Schnürsenkeln zusammen, warf sie sich über die Schulter und lief weiter.

Als sie um die Ecke bog, sah sie ihn. Er stand mit dem Rücken zu ihr, einen Stiefel auf den unteren Holm des hölzernen Brückengeländers gestellt, die Arme auf den oberen Balken gestützt, und rauchte. Seine Silhouette zeichnete sich scharf vor dem stahlblauen Himmel ab. Es war dieselbe Stelle, an der sie sich jeden Morgen vor der Schule getroffen hatten. Damals. Anna kam es vor, als sei es eine Ewigkeit her. Erich trug seine graugrüne Uniform. Weil sie barfuß war, hörte er sie nicht gleich kommen, und sie hatte genügend Zeit, ihn zu mustern. Sie bemerkte, wie breit seine Schultern geworden waren und wie schmal seine Taille unter dem eng geschnürten, schwarzen Ledergürtel. Jetzt drehte er sich um, und sie musste sich eingestehen, dass er ihr in der Uniform gefiel. Auch sein Gesicht hatte sich verändert. Es war markanter, die Wangenknochen standen heraus, und das Kinn schien ihr ausgeprägter, seine Nase prominenter als früher. Eine Augenbraue war zur Hälfte abrasiert, vier schwarze Fäden hielten eine frische Wunde zusammen. Sie kamen aufeinander zu.

»Was ist da passiert?«, fragte Anna und streckte die Hand aus, um seine Stirn zu berühren. Doch er wich zurück.

»Nichts.«

Erich nahm noch einen Zug, blies den Rauch in die flirrende Luft der Mittagshitze, warf die Zigarette auf den Boden und trat sie mit der Spitze der Stiefelsohle aus. Dann zog er Anna an sich und küsste sie ohne Vorwarnung hart auf den Mund. Sie merkte, wie er mit seiner Zunge versuchte, ihre Lippen zu öffnen, und gab nach. Das hatten sie noch nie gemacht, und sie wusste nicht, was er jetzt von ihr erwartete. Er bog ihren Körper ein wenig nach hinten, griff mit einer Hand in ihren Nacken. Seine Zunge fuhr in ihrem Mund herum und tastete nach ihrer. Zögernd kam sie ihm entgegen. Er schmeckte nach Tabak und Rauch. Sie merkte, dass es ihr zu gefallen begann und Empfindungen in ihr auslöste, die vollkommen neu für sie waren. Erichs andere Hand wanderte an ihrer Wirbelsäule entlang, fuhr ganz langsam, Wirbel für Wirbel, herunter zu ihrem Gesäß und dann über ihre Hüfte. Auf einmal bekam Anna Angst. Was tat sie hier? War es das, worüber immer nur hinter vorgehaltener Hand geflüstert wurde? Was niemals ausgesprochen wurde? Das, was Männer mit Frauen taten, wenn sie verheiratet waren? Sie versuchte, sich zu befreien, schob beide Hände nach vorne gegen seinen Brustkorb und stieß ihn weg.

»Was ist los?«, fragte er. »Gefällt es dir nicht?«

»Erich, wir dürfen das nicht tun«, sagte Anna.

Er ließ die Arme sinken und machte einen Schritt zurück. »Es tut mir leid. Ich wollte dich nicht überrumpeln.«

Anna griff nach seiner Hand. »Komm, wir gehen zum Bachufer, du weißt schon«, sagte sie und zog ihn mit sich.

Sie bogen von dem Weg ab. Geduckt liefen sie den kleinen Pfad entlang, den sie schon unzählige Male gegangen waren. Die tief hängenden Ruten der Trauerweiden mit ihren schmalen, weichen Blättern streiften ihre Gesichter, Schultern und Arme, genau wie früher. Dann erreichten sie die alte Stelle, die sie so gemocht hatten, weil eine starke Strömung dafür sorgte, dass das Wasser hier nie abgestanden war. Das Gras stand hoch vor dem seicht abfallenden Ufer. Der Bach war an dieser Stelle gute drei Meter breit. Er führte jetzt, im Juli, wegen einer längeren Regenperiode mehr Wasser als sonst im Sommer. Anna zog ihren Rock hoch und knotete ihn zusammen, damit er nicht nass wurde. Sie trug noch keinen der modernen engen Röcke, obwohl sie schon ein paarmal darüber nachgedacht hatte, ihren abzuändern. Dann stieg sie über das hohe Ufergras in das glasklare, fließende Wasser. Fühlte die erfrischende Kühle an ihren Knöcheln, das leichte Brennen an ihrer aufgeriebenen Haut und die glitschigen, bemoosten Flusssteine unter ihren Fußsohlen

»Es ist herrlich«, rief sie Erich zu. »Komm schon!«

Sie bückte sich und schaufelte Wasser in seine Richtung, um ihn nass zu spritzen.

Erich fuhr sich mit den gespreizten Fingern durch die Haare und stand einige Sekunden lang breitbeinig da. Unschlüssig. Dann fing er an, seine Uniformjacke aufzuknöpfen, zog sie aus, ließ sie in das Gras fallen. Als er nur noch die Unterhose anhatte, watete er über die Flusssteine, bis er etwa einen Meter vor Anna stand. Sie betrachtete seinen männlich gewölbten Brustkorb mit den wenigen blond gekräuselten Haaren. Die weiße Haut stach so auffällig von seinem gebräunten Gesicht ab. Jetzt bückte er sich und begann, zuerst zaghaft, dann mutiger, sie nass zu spritzen.

»Hey, nicht so doll. Ich bin gleich pitschnass!«, rief sie, machte es ihm aber nach. Sie begann zu lachen und wunderte sich, dass er nicht mit einstimmte. Er lächelte zwar, aber früher hätte er sich gebogen vor Lachen und sie durch den Bach gescheucht.

Auf einmal hielt er inne, und auch Anna ließ von ihm ab. Unbeweglich standen sie sich gegenüber, fast verlegen, das Wasser bei Anna bis über die Knie, bei ihm war nur die halbe Wade bedeckt.

»Lass uns wieder ans Ufer gehen!«, sagte er ernst.

Er breitete seine Uniformjacke im Gras aus, setzte sich darauf, sah zu, wie Anna ihren Rock auszog und zum Trocknen ins Schilf hängte. Nur mit ihrer weißen Unterwäsche bekleidet, ließ sie sich neben ihn auf die Jacke fallen. Er stützte seinen Kopf in die Hand und drehte sich zu ihr um. Dann ließ sie es zu, dass er ihr, ganz langsam, mit einem langen Grashalm über die Haut strich. Er fing an ihren Unterschenkeln an, kitzelte ihr die Fußsohlen, fuhr weiter nach oben, über die nackten Arme, die sie hinter dem Kopf verschränkt hatte.

»Wie lange geht dein Heimaturlaub?«

»Noch zwei Tage. Am Dienstag muss ich zurück.«

»Ist es sehr schlimm?«, fragte Anna und sah ihn an.

Sofort bemerkte sie eine Veränderung in seinem Gesicht. Sein Ausdruck wurde wieder hart und unnahbar. Er warf den Grashalm weg und wühlte in der Tasche seiner Uniformjacke.

»Willst du wirklich nicht darüber reden?«

Erich holte ein Päckchen mit Tabak heraus und begann, sich eine Zigarette zu drehen. Nachdem er fertig war, zündete er sie an und nahm einen tiefen Zug. Er hielt sie Anna hin. Doch sie schüttelte sich nur.

»Seit wann rauchst du?«

»Seit ich beim Militär bin.«

Anna legte ihren Kopf auf seine Brust, lauschte seinen gleichmäßigen Herztönen und wartete. Mindestens eine Viertelstunde lagen sie so unbeweglich und stumm da.

»Wir haben uns eingegraben, wie die Maulwürfe«, begann er, stockend zu sprechen. »Auf beiden Seiten, weißt du?«

Er erwartete keine Antwort, das wusste sie.

»Auf beiden Seiten haben sich die Truppen in Frankreich verschanzt«, wiederholte er.

»Erst waren es ganz einfache, inzwischen sind es aufwendige Verteidigungsanlagen, wie ein ausgefeilter Maulwurf- oder Kaninchenbau. Eine durchgehende Linie vom Ärmelkanal bis zur Schweizer Grenze. Dort leben wir zu Tausenden. Es sind von Ungeziefer und Ratten verseuchte Schlammsümpfe, in mehrfach gestaffelten Zickzack-Reihen gebaut, davor große Rollen Stacheldraht. Verbindungsgräben führen zu rückwärtigen Versorgungslagern und Feldlazaretten. Wir bewegen uns seit Ewigkeiten nicht einen Meter nach vorne oder nach hinten. Regelmäßig schicken wir einen Sturmtrupp, bei dem jeder hofft, dass er nicht aufgerufen wird, zu den gegnerischen Gräben. Kaum einer kehrt je zurück. Der Kugelhagel kann aber auch unversehens den Kopf deines Kameraden zerfetzen, nur wenige Zentimeter neben dir im Graben. In den Feuerpausen hat man Zeit nachzudenken. Das ist das Schlimmste. Man müsste das Denken ganz ausschalten können.«

Wieder schwieg er einige Minuten und rauchte.

»Ach, Anna, wenn uns damals nur bewusst gewesen wäre, was wir hatten. Man hat immer geglaubt, als Erwachsener ein besseres Leben zu haben. Als wäre da ein in der Ferne liegendes, leuchtendes Land, irgendwo dort, weit hinter den Feldern. Einzigartig, fremd und verheißungsvoll.«

Sein ausgestreckter Arm deutete in Richtung des gelben Weizenfelds auf der anderen Seite des Bachs. Dann ließ er ihn langsam sinken.

»Aber rings um meine Augen kann ich nur noch Jammer und Elend sehen, und kein Ende ist in Sicht.«

Anna richtete sich auf und stützte sich mit einer Hand ab. »Oh, mein armer Liebling«, sagte sie und wunderte sich, wie leicht ihr das Wort über die Lippen kam. »Ich kann dir gar nicht sagen, wie leid mir das tut, was du durchmachen musst.«

Erich sah ihr jetzt zum ersten Mal, seit sie sich getroffen hatten, in die Augen. Er warf die Zigarette weg. Anna beugte sich über ihn und kam näher. Er lag ganz still und berührte sie nicht. Dann küsste sie ihn zart auf den Mund. Behutsam legte er die Arme um ihren Körper, wartete ihre Reaktion ab. Als er merkte, dass sie es wollte, strich er ihr sanft über die Haare, löste ihre Spange. Sie küssten sich erst behutsam, wieder und wieder, immer verzweifelter und immer gieriger, fühlten beide, dass einer den anderen dringend brauchte, wie groß ihr Verlangen war und wie sehr sie einander liebten.

CHARLOTTE

Vier Monate später, im November 1918, war die letzte deutsche Offensive gescheitert. Der Krieg war militärisch verloren und die harten Waffenstillstandsbedingungen von Compiègne unterzeichnet. Deutschland musste binnen fünfzehn Tagen alle deutschen Truppen aus den besetzten Gebieten zurückziehen und sämtliche Waffen an die Siegermächte übergeben.

»Wir sitzen hier in Feltin ziemlich weit ab vom Schuss, Lotte«, sagte Richard, während er die Leiter zu dem Hochsitz einer Waldlichtung hinaufstieg. »Und das meine ich im wahrsten Sinn des Wortes.«

Charlotte wartete unten, neben den Hunden, bis er ganz oben war. Sie suchte bereits vom Boden aus mit den Augen die Schneise ab. Als sie um sieben Uhr aufgebrochen waren, hatten sie noch eine Karbidlampe gebraucht, um sich den Weg zu leuchten. Doch jetzt tauchte die Morgendämmerung den Fichtenwald bereits in ein fahles Licht. Auf die Augen des Wildes musste man achten. Nur ganz kurz blitzten sie auf, bevor man ihre Silhouetten am Waldrand entdecken konnte. Charlotte riss ein paar Grashalme ab und warf sie in die Luft. Die Windrichtung war perfekt. Sofern Damwild zum Äsen auf die Lichtung kam, würde es sie nicht wittern können. Sie drehte sich um, stieg die Leiter hinauf und setzte sich auf die Holzbank neben ihren Vater, der als Erstes die Brotbüchse herausholte. Charlotte sah durch den Feldstecher. Es regte sich nichts. Hoffentlich mussten sie nicht mit leeren Händen nach Hause zurückkehren. Die Wälder waren verödet, der Karpfenteich leer gefischt. Zu viele Wilderer riskierten lieber harte Strafen, als ihre Familien verhungern zu lassen.

»So nah an der tschechischen Grenze haben wir während der gesamten Kriegsjahre zwar keinen einzigen Schuss gehört, außer den unserer eigenen Jagdflinten. Trotzdem haben wir Opfer bringen müssen, die sich nun als vollkommen sinnlos herausstellen«, begann Richard zu sprechen.

Er reichte Charlotte ein Schmalzbrot, sie biss hinein und wusste, dass sie sich jetzt auf einen längeren Vortrag ihres Vaters einstellen konnte.

»Wir Deutschen … und vor allem wir Sachsen sollten endlich begreifen, dass auch ein Weizen- oder Kartoffelfeld ein Feld der Ehre ist.«

Charlotte hatte immer noch den Feldstecher vor den Augen und suchte die Lichtung ab.

»Da hast du aber am Anfang des Krieges ganz anders geklungen, Papa«, erwiderte sie kaucnd. Dann ließ sie das Fernglas sinken.

»Ja, aber sie haben zu viele Fehler gemacht. Drei Offensiven innerhalb eines Jahres, das hält die beste Armee nicht aus. Wir haben es auf die Spitze getrieben. Im Sommer … da wäre es Zeit für einen guten Frieden gewesen. Es gab ein paar kluge Köpfe, die es gewusst haben, aber auf die hört man ja nicht. So ist es immer. Gesunder Menschenverstand, gepaart mit dem Streben nach Verbesserung, ist den wenigsten gegeben. Mut ist etwas Gutes, aber man muss wissen, wann man besser den Schwanz einzieht. Wir Feltins haben das Gespür dafür. Du auch, Lotte.«

Er sah sie von der Seite an. Dann holte er das nächste Brot aus der Dose und hielt es ihr hin. Charlotte griff zu.

»Man hört nicht auf die besonnenen Stimmen, sondern auf die lautesten Schreier. Und nun sind wir auf die Gnade oder Ungnade der Sieger angewiesen. Wer weiß, was die mit uns vorhaben. Ungeschoren werden wir nicht davonkommen. Es wird hohe Restitutionszahlungen geben.«

Charlotte fragte sich, warum er das ausgerechnet ihr erzählte. Was hatte sie mit dem Ausgang des Kriegs zu tun? Machte es so einen großen Unterschied? Die Hauptsache war doch, dass er endlich vorbei war. Natürlich hatte es sich auch im hintersten sächsischen Dorf herumgesprochen, dass Deutschland der Verlierer war, und jetzt schauten alle bange nach Frankreich, wo die Siegermächte über ihr Schicksal bestimmen würden. Doch das alles war so weit weg von Feltin.

Sie hielt wieder den Feldstecher vor die Augen.

»Ich erzähle dir das alles, weil ich inzwischen sicher bin, dass du den Hof weiterführen wirst. Du wirst irgendwann ans Heiraten denken wollen. Und da solltest du nicht nur dein Herz entscheiden lassen. Sondern auch bedenken, dass du Verantwortung für das Land, den Hof, unsere Leute und das Viehzeug hast. Nimm dir einen Mann mit Verstand und Weitblick.«

Langsam hob sie den Arm und deutete in die linke Ecke der Lichtung.

»Da sind sie!«, flüsterte sie.

Ihr Vater stellte die blecherne Brotdose geräuschlos auf den Boden und griff nach seiner Flinte, die an der Brüstung lehnte.

»Du gönnst deinem alten Vater noch nicht einmal ein ordentliches Frühstück, aber wir sind ja auch nicht zum Vergnügen hier.«

Er entsicherte das Gewehr, wollte es gerade ansetzen und überlegte es sich anders.

»Hier«, sagte er und hielt Charlotte die Flinte hin.

»Du hast lange genug geübt. Heute schießt du.«

Ohne zu zögern, nahm Charlotte das Gewehr in beide Hände, legte es mit einer ruhigen Bewegung an und sah durch das Zielfernrohr. Sie wusste, dass sie eine gute Schützin war. Aber sie wusste auch, wie dringend sie das Wild benötigten, denn ihr eigener Vieh- und Schweinebestand wurde immer kleiner.

Sie hatte nur einen Schuss. Das war ihr klar. Danach war die Gelegenheit vorbei, und sie würden an diesem Morgen nichts mehr vor den Lauf bekommen. In dem Moment trat der Damhirsch aus der Herde hervor und präsentierte ihr seine Flanke. Charlotte schluckte und drückte ab.

Mit ohrenbetäubendem Gekläffe und Gejaule rasten die Hunde los und umkreisten den Kadaver. Der Hirsch hatte keinen Schritt mehr getan und war unmittelbar nach dem Schuss gefallen. Ohne auf ihren Vater zu warten, kletterte Charlotte die Leiter herunter. Die hundert Meter über die Lichtung legte sie in wenigen Sekunden zurück. Ungläubig stand sie vor dem Tier, das ausgestreckt auf der Seite lag. Sie atmete schwer, bückte sich und legte dem riesigen, dampfenden Kadaver zwei Finger an den Hals, um sich die letzte Gewissheit zu verschaffen, obwohl sie das Ergebnis kannte. Sein Herz hatte aufgehört zu schlagen. Sie hatte auf einmal das Gefühl, neben sich zu stehen und sich selbst zu beobachten. Warum hatte sie das schöne, stolze Tier so einfach töten können? Was war in ihr vorgegangen? Sie liebte jedes Tier auf dem Hofgut und konnte bei keiner Schlachtung zusehen. Aber sie musste sich eingestehen, dass sie den Moment, in dem sie den Finger am Abzug der Flinte durchgedrückt hatte, und den Augenblick der Gewissheit, das Tier mitten ins Herz getroffen zu haben, genossen hatte. Charlotte hielt sich die Hand vor den Mund. Sie war entsetzt über sich selbst.

»Wie aus dem Lehrbuch!«, sagte Richard, als er keuchend hinzukam. Doch dann spürte er, was in Charlotte vorging. Er kniete sich neben sie und legte ihr die Hand auf den Rücken: »Schon gut, schon gut, schschsch …«, machte er. »So geht es jedem beim ersten Mal.«

Charlotte drehte sich zu ihm und sah ihn erstaunt an. »Dir etwa auch?«

Er nickte: »Mir auch. Ich war zwölf, als ich meine erste Hirschkuh erlegt habe, und obwohl ich ein Junge war, habe ich geweint. Es sind edle Lebewesen, doch die Jagd gehört auch zu unserem Leben. Ab und zu müssen wir welche herausnehmen. Sie verdienen unseren Respekt und sollten einen sauberen Tod sterben dürfen.«

Er klopfte ihr auf den Rücken.

»Das hast du gut gemacht. Und jetzt gehen wir das Fuhrwerk holen. Keiner von uns beiden hat die Kraft, diesen ausgewachsenen Zwölfender auf den Schultern zum Hof zu tragen.«

Charlotte betrat die Eingangshalle des Gutshauses und platzierte ihren Absatz in die hölzerne runde Einkerbung des Stiefelknechts. Mit einer Hand hielt sie sich an dem Messingknauf des Treppengeländers fest und stöhnte vor Anstrengung, während sie sich den engen Schaft der Maßstiefel von der Wade streifte. Sie ließ den lehmigen Stiefel auf den schwarz-weiß gefliesten Boden fallen.

»Mutti, Erna … Edith!«, rief sie laut

»Wo seid ihr? Stellt euch vor, ich habe einen Zwölfender erlegt. Mit einem einzigen Schuss!«

Die weiß lackierte Flügeltür zum Wohnzimmer öffnete sich einen Spaltbreit, und das Gesicht ihrer Cousine erschien. Dann rasten die beiden Cockerspaniel auf sie zu und umkreisten sie mit wedelnden Ruten. Charlotte kniete sich auf den Boden, um sie zu begrüßen.

»Im Salon ist Besuch für dich«, flüsterte ihr Edith zu.

»Du errätst nie, wer da auf dich wartet.«

Charlotte richtete sich auf und bemerkte, dass Ediths sonst so blasse Wangen heute eine ganz ungewohnte Farbe hatten. Sogar ihre Augen leuchteten wieder. Sie stellte den zweiten Absatz in den Stiefelknecht und beeilte sich, ihn endlich loszuwerden. Doch als sie, so wie sie war, in den Salon stürmen wollte, hielt Edith sie zurück.

»In dem Aufzug kannst du ihn unmöglich empfangen.«

»Jetzt sag schon, wer!«

Noch bevor Edith den Namen aussprach, wusste sie, dass er es war.

»Leo. Er ist zurück aus dem Kriegsdienst und zum Glück vollkommen unverletzt … nur ein bisschen mager, wenn du mich fragst. Ich weiß ja nicht, wie er vor dem Krieg ausgesehen hat. Also los, zieh dich schnell um.«

Leo legte hastig den Gedichtband, in dem er Edith etwas gezeigt hatte, auf den Tisch und stand auf, als Charlotte das Wohnzimmer betrat. Sie trug einen smaragdgrünen Rock und eine cremefarbene Schluppenbluse mit Puffärmeln. Die eleganten Kleidungsstücke hatte sie noch aus ihrer Zeit in Leipzig bei ihrer Tante, Ediths Mutter. Inzwischen war sie aus ihnen herausgewachsen. Doch Erna hatte geschickt den Rocksaum herausgelassen und die Ärmelmanschetten verlängert.

»Lotte!«, rief Leo erfreut aus und kam in Zivilkleidung, einem gut sitzenden Tagesanzug aus dunkelgrauem Tuch, ergänzt von einer hellen Seidenkrawatte und einem strahlenden Lächeln, auf sie zu. Er verbeugte sich, küsste ihre Hand, und Charlotte sah von oben auf seine welligen Haare. Sie waren dunkler geworden. Sie setzten sich nebeneinander auf das Canapé, und Charlotte nahm den angenehm holzigen Duft von Eau de Cologne wahr. Das hatte sie noch nie an einem Mann gerochen. Edith hatte recht gehabt: Er war ein wenig schmaler geworden. Und er trug nicht mehr die auffälligen Koteletten, die sie ohnehin ein wenig albern gefunden hatte. Doch ansonsten sah er unverändert aus. Nicht so wie ihre Knechte, die abgema-

106

gert und gealtert aus dem Kriegsdienst und der Gefangenschaft zurückgekommen waren. Ihre Gesichter und Körper gezeichnet von den Entbehrungen und dem Leid, dem sie ausgesetzt gewesen waren. Leutners Sohn war ein Bein unterhalb des Knies amputiert worden. Hartmut hatte ein Auge verloren, und seine Gesichtshaut war durch den Giftgasangriff der Franzosen verätzt worden. Nachts konnte man ihn manchmal aus dem Leutehaus schreien hören, wenn ihn die Albträume plagten. Leo hingegen zeigte keine sichtbaren Verletzungen. Der Krieg schien nahezu spurlos an ihm vorübergegangen zu sein.

»Ist die Musterung jetzt abgeschlossen?«, fragte Leo.

Charlotte stieg das Blut in den Kopf. Ihr wurde bewusst, dass sie ihn minutenlang angestarrt hatte. Er schlenkerte mit den Armen und Beinen und sagte: »Alles noch dran, wie Sie sehen.«

Edith lachte nervös auf. Erst jetzt wurde Charlotte bewusst, dass sie im Sessel gegenüber Platz genommen hatte. Eigentlich hatte sie gehofft, dass sie sich zurückziehen und sie wenigstens kurz allein lassen würde. Sie stand auf und nahm die Porzellankanne mit dem Streublümchenmuster von dem Silbertablett.

»Wie ich sehe, hat man Ihnen schon Tee angeboten.«

Dabei nickte sie in Richtung seiner gefüllten Tasse. Dann goss sie sich selbst Tee ein und tat ein Stück Würfelzucker in ihre Tasse.

»Sie haben hier sogar noch Zucker«, bemerkte Leo.

»Ja, etwas Zucker gibt es. Eingetauscht gegen Eier oder Speck. Obwohl wir davon auch nicht mehr üppig hatten.«

»Wie ist es Ihnen ergangen, Charlotte? Ich habe den Eindruck, dass auch Sie den Krieg gut überstanden haben.«

Charlotte wusste zuerst nicht, was sie antworten sollte. Dann fielen ihr die Worte ihres Vaters auf dem Hochsitz ein, und ohne lange nachzudenken, wiederholte sie sie einfach.

»Wir sind ja auch weit ab vom Schuss, im wahrsten Sinne des Wortes. So nah an der tschechischen Grenze haben wir hier während des gesamten Krieges keinen Schuss gehört, außer denen aus unseren eigenen Jagdflinten.«

Leo lachte. Dieses kehlige Lachen. Es klang so herzlich und ungekünstelt wie damals. Gleich zu Anfang ihrer Bekanntschaft hatte es

Charlotte für ihn eingenommen. Dann beugte er sich vor, griff nach seiner Tasse und trank den Tee auf einmal aus. Sofort stand Edith auf und goss ihm nach. Sie hielt die Zuckerdose hoch und sah ihn jedes Mal fragend an, bevor sie ein Stück in seine Tasse tat. Als sie das fünfte Stück zwischen die Fingerspitzen nahm, sagte er: »Halt. Ich glaube, jetzt wird es frivol. Aber Zucker hatte ich so lange nicht mehr.«

Edith senkte ihre Lider mit den langen dunklen Wimpern und lächelte. Dann stellte sie die Zuckerdose ab und setzte sich. Charlotte beobachtete sie. Den engen Satinrock und die roséfarbene Bluse aus Crêpe de Chine hatte sie schon lange nicht mehr getragen. Der dünne Stoff war ihr niemals warm genug, da sie ja ständig fror. Hatte sie sich extra für ihn umgezogen? Ging zwischen den beiden etwas vor?, fragte sie sich auf einmal. Leo hatte Edith heute erst kennengelernt. Charlotte versuchte, ihre Cousine aus seinem Blickwinkel zu sehen: Edith hatte mit ihren schrägen hellblauen Augen in dem schmalen Gesicht als Kind immer wie eine verängstigtes Kätzchen gewirkt. Aber aus dem dürren Mädchen war eine ungewöhnliche Schönheit geworden. Sie musste ihm natürlich auffallen. Überall, wo Charlotte mit ihr auftauchte, bemerkte sie die Blicke, die Edith auf sich zog. Aber hier hatte sie das Gefühl, dass Edith es zum ersten Mal selbst darauf anlegte. Sie wusste doch, wie verliebt Charlotte in Leo gewesen war. Wie konnte sie da mit ihm flirten? Es gab ihr einen schmerzhaften Stich. Sie war eifersüchtig auf ihre Cousine. Auf einmal merkte sie, wie töricht es war, ohne nachzudenken die Phrasen ihres Vaters zu wiederholen und sich als naives Dummchen zu präsentieren. Jetzt würde sie ihm besser die Augen öffnen und ihm schildern, wie die Wirklichkeit in den letzten Jahren ausgesehen und was sie geleistet hatte.

»Wir haben unzählige Schweine, Vieh und Hühner eingebüßt«, begann sie mit leiser Stimme. »Sie sind uns weggestorben, weil wir nicht genug Futter hatten, und dann brach eine Seuche aus. In den letzten Wochen war es besonders schlimm. Jeden Morgen haben wir tote Tiere aus dem Stall holen müssen. Viele sind uns auch gestohlen worden, und die Pferde wurden konfisziert. Wir mussten die Feldarbeit mit Ochsen bewerkstelligen, falls Sie wissen, was das bedeutet. Die gehen keinen Schritt von alleine. Und mit wir meine ich auch meine Mutter und mich, denn die meisten Knechte wurden eingezogen. Nur den alten Leutner haben sie uns gelassen, weil er als unentbehrlich eingestuft wurde, aber er ist sowieso schon zu schwach, und die schweren Arbeiten konnte man ihm nicht überlassen. Und der einarmige Wilfried musste auch nicht an die Front, aber der ist vom Blitz getroffen worden und noch auf dem Feld gestorben. Sein verbranntes Fleisch haben wir gerochen. Aber wir durften sogar noch froh sein, dass wir uns selbst retten konnten.«

Charlotte merkte, wie sie ihre Finger in den grünen Seidenstoff ihres Rocks grub, und legte die Hände übereinander.

»Und wir haben keinen Dünger mehr bekommen, die Ernte war spärlich, und in diesem Jahr kam noch die Kartoffelfäule dazu.«

Sie sah zu Leo und hatte den Eindruck, dass er ihr gar nicht zuhörte. Er schien nur noch Augen für Edith zu haben.

Charlotte spürte plötzlich eine Bitterkeit auf ihrer Zunge. Als hätte sie auf einen verdorbenen Mandelkern gebissen.

»Edith, wärst du so freundlich, Erna nach einer weiteren Kanne Tee zu fragen?«, sagte sie, darum bemüht, dass ihre Cousine ihr nicht anhörte, wie verletzt sie mit einem Mal war.

»Aber natürlich, gerne«, antwortete Edith, stand auf und verließ den Salon.

»Warum sind Sie hierhergekommen, Leo?«, fragte sie unverblümt, als Edith die Tür hinter sich geschlossen hatte. »Ich habe in drei Jahren nur zwei Briefe von Ihnen erhalten. Hatten Sie denn niemals Heimaturlaub?«

Auf so viel Offenheit war er nicht vorbereitet. Er nahm seine Tasse von dem kleinen Tischchen und rührte mit dem Löffel darin herum. »Ich dachte, Sie freuen sich, mich wiederzusehen, Charlotte.«

»Sicher freue ich mich, vor allem darüber, dass Sie den Krieg scheinbar so unversehrt überstanden haben. Wo doch viele andere junge Männer an der Front Leib und Leben geben mussten. Aber ich bin nicht mehr das dumme, kleine Mädchen, dem sie vor dem Krieg den Kopf verdreht haben. Und Zeit zum Teetrinken und Plaudern habe ich auch nicht. Wir haben gerade einen Zwölfender erlegt, und jetzt müssen wir zusehen, wie wir ihn aus den Wald holen, bevor andere es tun. Denn wir brauchen das Fleisch hier für die Leute. Wenn Sie mich also bitte entschuldigen.«

Als sie aufstand, erhob sich auch Leo sofort und stellte die Tasse auf den Sofatisch.

»Charlotte …«, stammelte er. »Möchten Sie sich nicht anhören, was ich Ihnen noch zu sagen habe?«

»Das hätten Sie sich früher überlegen müssen.«

Sie ging einfach weiter zur Tür. Leo sah sie erstaunt an. So viel Selbstbewusstsein bei einer jungen Frau? Sie ließ ihn tatsächlich stehen. Eine unerhörte Geste. Und genau das reizte ihn.

ANNA

Hier hast du noch ein Mitbringsel für Adelheid«, sagte Annas Mutter und übergab ihr einen kleinen Weidenkorb, dessen Inhalt mit einem Baumwolltuch abgedeckt war. Es war sechs Uhr früh, und sie warteten auf dem Bahnsteig des Cottbusser Bahnhofs auf den ersten Zug. Auch ihr Vater und ihre kleine Schwester Dora waren mitgekommen.

Als ihr Vater Anna zwei Geldstücke zusteckte, konnte sie in seinem Gesicht ablesen, wie schwer ihm der Abschied fiel. Sie hielt seine Hand fest und fühlte die raue, schwielige Haut.

Sophie Tannenberg bemerkte, dass seine Unterlippe leicht zu zittern begann, und sagte schnell: »Ach komm schon, Philipp. Sie reist ja nicht ans andere Ende der Welt.«

»Ausgerechnet jetzt nach Berlin«, wandte er ein. »Wo sicher noch die Revolutionsunruhen im Gang sind. Sie hätte ja noch ein paar Wochen hierbleiben können.«

»Aber wovon soll sie satt werden? Hier gibt es doch keine Arbeit! Und bei meiner Cousine ist sie in guten Händen.«

Dann wandte sie sich an Anna: »Am besten fragst du dich gleich zu Adelheid durch. Die Adresse hast du doch gut verwahrt, nicht wahr?«

Anna nickte und zeigte den kleinen Zettel vor, auf den ihre Mutter die Anschrift ihrer Cousine notiert hatte. Sie merkte, dass sie sich selbst nicht mehr lange unter Kontrolle haben würde, und war deshalb erleichtert, als endlich das entfernte Stampfen der Dampflok zu hören war.

»Mach dir so wenig Feinde wie möglich, Anna!«, sagte ihre Mutter und sah sie ernst an. Anna nickte, umarmte nacheinander ihre Eltern und Dora, hob die zerschlissene Tasche von dem staubigen Schotter des Bahnsteigs auf. Kaum dass der Zug einfuhr, drehte sie sich weg, denn sie wusste, wie kurz er nur Halt machte und vor allem, dass sie sonst nicht ohne Tränen davonkam.

Doch da nahm Philipp Tannenberg das Gesicht seiner Tochter in seine Hände. »Und vergiss nicht, jeden Abend in einen Spiegel zu schauen, Anna. Sieh dein Spiegelbild an und frag dich, ob du auch gutherzig warst. Das wirst du doch …«

Seine Worte wurden von dem Zischen der Dampfmaschine übertönt. Anna nickte heftig und wand sich aus seinem Griff. Sie gab ihm einen Kuss auf die Wange und drehte sich schnell weg. »Ich muss einsteigen, Vati.«

Dann kletterte sie die Eisenstufen hinauf und verschwand im Waggon. Schon im dritten Abteil stellte sie ihre Tasche und den Korb ab und sah aus dem Fenster. Ihre Eltern und Dora standen unbeweglich auf derselben Stelle, an der sie sich verabschiedet hatten. Ihr Vater hatte den Arm um Sophie gelegt und hielt Dora an der Hand. Wie gebannt starrte er auf den Zug. Anna schob die Scheibe nach unten, rief laut: »Auf Wiedersehen!«

Während sie ihnen eine Kusshand zuwarf, ertönte schon der Piff des Schaffners zur Abfahrt. Der Zug setzte sich in Bewegung. Das Bild ihrer Eltern und ihrer Schwester vor dem gelben Gebäude des Bahnhofs mit den grünen Fensterrahmen wurde rasch kleiner und kleiner. Anna sah noch in die Richtung, als sie schon längst aus ihrem Blickfeld verschwunden waren, und der Anblick der drei wichtigsten Menschen, die so lange ihr Leben bestimmt hatten, brannte sich in ihre Erinnerung ein.

Die winterkahlen Laubbäume des Spreewalds glitten an ihr vorüber. Ein paar Ruderboote mit Anglern, die in der Morgensonne auf einem Kanal lagen. Viel zu nah an den Gleisen, um Fische zu fangen, kam Anna in den Sinn. Dann drehte sie sich endlich um und setzte sich auf die harte Holzbank. Vorsichtig hob sie das Leinentuch auf dem Korb an und kontrollierte, ob der Tiegel mit Gänseschmalz und das Glas mit eingelegten Gurken noch heil waren. Eine dicke, ältere Frau mit einem dunkelroten Hut auf dem Kopf, die ihr gegenübersaß, beobachtete sie.

»Geht's nach Berlin?«, fragte sie.

Anna nickte.

»Dann solltest du die Sachen da besser verstecken. Es gibt Kontrollen nach Hamstergut.«

Anna bedankte sich für den Rat und verstaute die Lebensmittel zwischen den Kleidern in ihrer Reisetasche. Den leeren Korb stellte sie unter die Bank. Sie wunderte sich über sich selbst. In der vergangenen Nacht hatte sie aus Angst vor dem Abschied und der ungewissen Zukunft kaum schlafen können. Vor allem, dass sie bei Erichs Rückkehr nicht mehr in Vetschau sein würde, machte ihr Sorgen. Sie hatte zwar Dora beauftragt, ihm einen Brief von ihr zu geben. Aber von ihm hatte sie seit Juli nichts mehr gehört. War er schon auf dem Heimweg? Angeblich waren doch alle Truppen schon im Dezember abgezogen worden. Oder war er doch in französische Gefangenschaft geraten? Etwas Schlimmeres mochte sie sich nicht ausmalen. Sie versuchte, nicht daran zu denken. Sondern an das, was jetzt auf sie zukam. Auf einmal spürte sie eine andere Art von Aufregung. Noch nie hatte sie die Hauptstadt gesehen. Das würde sich jetzt, wo das neue Jahr begonnen hatte, ändern! In einer Zeitung bei einer Kundin der Schneiderin Willnitz zu Hause hatte sie eine Fotografie der Prachtstraße Unter den Linden bestaunt. Mit vierspännigen Pferdedroschken, vor allem aber Automobilen und vielen elegant gekleideten Menschen, die auf dem Bürgersteig flanierten. Überhaupt war sie noch nie in einer Stadt gewesen. Und Berlin war sogar eine Großstadt. Was für ein Leben mochte sie dort wohl erwarten? Sie stellte sich vor, dass die meisten Berliner wohlhabend und gut gekleidet waren, dass sie Eisbein aßen und Weißbier tranken, fröhlich waren und die Straßen und Häuser durch die elektrische Beleuchtung an den Abenden so glitzern würden wie die Vetschauer Fenster an Heiligabend. Und vielleicht konnte auch sie ein wenig von diesem Glanz abbekommen. Auf einmal wurde sie ungeduldig und konnte es kaum erwarten, endlich in Berlin anzukommen. Einmal wollte sie ihn wenigstens betreten, diesen Boulevard, wie er in der Bildunterschrift der Zeitung genannt wurde.

Als sie am Görlitzer Bahnhof das erste Mal einen Fuß auf Berliner Asphalt setzte, hatte Anna das Gefühl, sofort in das Großstadtleben hineingezogen zu werden. Sie blieb auf dem Bahnsteig stehen und betrachtete das Gewimmel. Noch nie hatte sie so viele Menschen auf einmal gesehen, und alle waren in Bewegung. Einige Kofferträger pirschten sich an sie heran und wollten ihr die Tasche abnehmen, doch sie presste sie an sich und schüttelte ablehnend den Kopf. Erst als sie ein paarmal angerempelt und von einem Mann, der den

Zug noch erwischen wollte, fast umgerannt wurde, erwachte sie aus ihrer Starre und ging den Bahnsteig entlang. Mit den Augen suchte sie nach einem Wegweiser.

»Am besten fährst du mit der Elektrischen bis zur Gitschiner Straße. Dort umsteigen in Richtung Wedding und an der Haltestelle Leopoldplatz aussteigen«, hatte ihre Tante in einem Brief den Weg beschrieben.

»Den Rest kannst du zu Fuß gehen.«

Doch wie sollte sie hier die Straßenbahnhaltestelle finden?, fragte sie sich. Sie trat durch den Ausgang ins Freie und erkannte, dass es hier draußen nicht weniger geschäftig zuging. Ein etwa achtjähriger Junge mit glatt gekämmtem Seitenscheitel und weiten Knickerbockern kam auf sie zu und fragte, ob die Dame eine Droschke bräuchte.

»Sehe ich so aus, als könnte ich sie mir leisten?«, fragte sie zurück.

»Man kann nie wissen«, gab er flapsig zurück und musterte ihren alten, braunen Mantel, der ursprünglich Max gehört hatte und den sie sich abgeändert hatte. Der Blick des Jungen blieb bei den abgetragenen Schnürstiefeletten, die einmal hellbraun gewesen waren, hängen, und er schüttelte den Kopf. Anna nutzte die Gelegenheit und ließ sich von ihm den Weg zur Haltestelle zeigen. Eine elektrische Bahn, ganz ohne Dampf und Lärm, konnte sie sich gar nicht vorstellen. Anna betrachtete skeptisch die Leitungen, die über der Straße gespannt waren. Erst als die hellgelb lackierte Bahn vor ihren Augen auftauchte, konnte sie glauben, dass es sie wirklich gab.

Obwohl sie Adelheid zuletzt vor acht Jahren bei Doras Taufe gesehen hatte, erkannte sie sie sofort wieder. Die typischen Tannenbergschen geschwungenen, dunklen Augenbrauen gaben ihrem ehemals hübschen Gesicht etwas Außergewöhnliches. Doch die Falten, die von ihren Nasenflügeln bis zu den Mundwinkeln verliefen, waren für ihr Alter schon zu tief. Und ihre Zähne sahen schlecht aus.

»Komm nur herein, Anna«, begrüßte sie sie sofort herzlich, als sie die Tür der kleinen Wohnung im dritten Hinterhaus öffnete. »Ich habe dich schon erwartet. Du wirst sicher hungrig sein nach der Reise. Hast du es gut gefunden?«

Anna machte einen Schritt über die Türschwelle und bemerkte sofort den intensiven Geruch nach gekochtem Kohl. Auf der Zugfahrt hatte sie nur eine der eingelegte Salzgurken, die ihre Mutter ihr für Adelheid mitgegeben hatte, gegessen. Mehr hatte sie sich nicht getraut, denn sie waren ja nicht für sie bestimmt. Aber davon war sie natürlich nicht satt. Sie sah sich um. Der Flur war irgendwann einmal mit ochsenblutroter Farbe gestrichen worden, die wegen der Feuchtigkeit in den Wänden faustgroße Blasen warf. In der spärlichen Beleuchtung wirkten sie wie riesige Warzen, die in den Gang wucherten. Auch aus dem Zimmer, das rechts abging und dessen Tür halb offen stand, drang kaum Licht.

»Stell doch deine Tasche erst einmal hier ab und komm mit in die Küche«, sagte Adelheid und ging voraus. Anna folgte ihr und betrachtete die Bewegungen des schmalen Körpers unter dem abgetragenen, dunkelblauen Wollkleid. Als sie die Küchentür öffnete, zuckte Anna zusammen. An dem kleinen Tisch saß ein kräftiger Mann mit einer speckigen Schiebermütze, die er tief in die Stirn gezogen hatte. Ohne aufzusehen, löffelte er einen Teller aus. Anna sah, dass ihr Geruchssinn sie nicht getäuscht hatte: Was er aß, war eine dünne Kohlsuppe.

»Willst du nicht mal die Kappe abnehmen, Günter«, sagte Adelheid zu ihm. »Die Anna ist da. Ich hab dir doch von ihr erzählt.«

Doch der Mann nahm keine Notiz von ihr, löffelte einfach weiter. Er kratzte akribisch den Teller aus, dann wischte er noch den Rest mit einem Stück Brot auf. Anna fühlte sich unbehaglich, denn er gab ihr nicht gerade das Gefühl, als sei sie hier willkommen.

»Setz dich doch, Anna«, sagte Adelheid freundlich und deutete auf einen Schemel, der unter dem winzigen Tisch stand. Doch Anna zögerte. Sie hatte zwar Hunger, aber sie spürte nicht das geringste Verlangen, sich diesem Mann gegenüber zu setzen. Damit, dass Adelheid nicht alleine wohnte, hatte sie nicht gerechnet. Ihre Tante war eine Kriegerwitwe. Maximilian, Annas Onkel, war 1916 an der Somme gefallen. Die Ehe war kinderlos geblieben, und weil sie glaubte, Adelheid sei noch nicht über den Verlust hinweggekommen, hatte Annas Mutter ihr vorausgesagt, sie sei bei ihr gut aufgehoben. Sie könnten sich gegenseitig aufmuntern, meinte Sophie.

Doch anscheinend wurde Adelheid schon von jemand anderem getröstet.

Endlich schob der Mann den Teller rüde von sich weg, lehnte sich auf dem Stuhl so weit zurück, dass die Lehne bedenklich laut knarrte. Er strich sich mit den Handflächen über seinen herausgestreckten Bauch, dann dehnte er seine Hosenträger und ließ sie ruckartig zurückschnellen. Als er den Kopf hob, wusste Anna sofort, dass es ihr lieber gewesen wäre, er hätte weiter seine Kohlsuppe gelöffelt. Seine kleinen, stechenden Augen wandten sich ihr zu, und er machte ein schmatzendes Geräusch mit den Lippen, die von einem buschigen, dunklen Schnurrbart gesäumt wurden. Die Haare gingen über Mundwinkel hinaus. Ein »Slawenhaken«. Den Ausdruck dafür hatte sie bei ihrer Großmutter aufgeschnappt.

»Wen haben wir denn da? Det ist also deine kleine Nichte aus'm Spreewald!«

Seine Stimmlage war erstaunlich hoch für so einen kräftigen Mann. Er sprach mit starkem Berliner Dialekt, den Anna eigentlich mochte. Aber da war etwas an ihm, das sie auf der Hut sein ließ.

»Wie alt soll se sein? Neunzehn? Is ja gar nichts dran an dem Mädel. Flach wie 'n Brett.«

Er betrachtete sie lauernd. Anna lief vor Scham rot an und überlegte, ob sie auf seine Anzüglichkeiten selbst antworten sollte. Aber war das klug? Reizte sie ihn damit womöglich noch mehr? Er hatte ja nicht sie angesprochen, sondern ihre Tante.

»Was redest du denn da, Günter!«, sagte Adelheid und legte Anna schützend den Arm um die Schulter. »Du erschreckst das Kind doch nur!«

»Wieso denn?«, sagte er und verschränkte jetzt die Arme hinter dem Kopf. »Ich frag doch nur, wie alt se ist. Det is doch nichts Schlimmes!« Jetzt nickte er Anna zu. »Kannste wat? Haste wat gelernt? Oder willste deiner Tante nur auf der Tasche liegen? Haste Lebensmittelmarken?«

»Also, Günter!«

Adelheids Stimme klang zwar vorwurfsvoll, aber Anna bemerkte einen Unterton. Ihre Tante schien ziemlich großen Respekt vor dem Mann zu haben, wenn nicht sogar Angst.

»Natürlich möchte ich Tante Adelheid nicht zur Last fallen«, sagte Anna hastig, und ihr fiel ein, dass sie ihr noch gar nicht die Lebensmittel ihrer Mutter übergeben hatte.

»Augenblick, ich bin gleich wieder da.«

Sie lief schnell zurück in den Flur und durchwühlte ihre Tasche.

»Hier, das ist von Sophie!«, sagte sie, als sie ihrer Tante das große Glas mit Gurken und ein kleineres mit Schmalz übergab. »Das ist Gänseschmalz«, erklärte sie nicht ohne Stolz. Zu gerne hätte sie jetzt selbst etwas davon gegessen, auf einer schönen Scheibe Brot.

»Wie freundlich von Sophie. Das ist ihr sicher nicht leichtgefallen.«

»Ihr habt noch Gänse?«, feixte Günter. »Ich sag's ja immer: Die auf dem Land leben auch jetzt noch wie die Maden im Speck.«

Anna sah verlegen zu Boden. Doch dann besann sie sich und wich Günters Blick nicht mehr länger aus. »Nein, wir haben schon lange keine Gänse mehr. Aber dieses Glas Schmalz hat die Mutter für einen besonderen Anlass aufgehoben.« Sie straffte den Rücken und sprach weiter. »Und außerdem bin ich gelernte Schneiderin und werde mir hier in Berlin eine Arbeit suchen. Gleich morgen fange ich damit an.«

Günter riss die Augen auf und tat einige Sekunden lang so, als sei er von ihrer Aussage beeindruckt. Doch dann prustete er plötzlich übertrieben laut los. Er tat so, als könne er sich vor Lachen kaum noch auf dem Stuhl halten. Sein muskulöser Körper bebte und zitterte. Ein paarmal schlug er mit der flachen Hand auf den Tisch, legte die Beine übereinander und klatschte in die Hände. Anna und Adelheid betrachteten seine Vorstellung, und beiden gingen die verschiedensten Gedanken durch den Kopf. Anna war voller Abscheu und fragte sich, wie sie es hier in der kleinen Wohnung bloß mit diesem Menschen aushalten sollte. Sie nahm sich vor, sich so schnell wie möglich eine eigene Bleibe zu suchen.

Endlich kam Günter langsam wieder zur Ruhe, klatschte nochmals in die Hände und rief: »Eine Arbeit suchen. Hast du det gehört, Adelheid? Glaubt diese kleine Göre vielleicht, die haben hier auf se gewartet?«

Adelheid schüttelte den Kopf, drehte sich um, nahm mit einer

Zange einen der Eisenringe vom Herd und zündete das Feuer darunter an. Sie stocherte mit dem Feuerhaken in der Glut. »Günter, die Kohlen sind gleich aus. Ich hab's schon gestern gesagt. Sei so gut und hol mir doch einen Eimer Presskohlen aus dem Keller«, sagte sie.

Dann legte sie den Herdring wieder zurück und stellte den Kochtopf darauf. Günter rührte sich nicht.

»Und Kostgeld habe ich auch schon seit einer Woche nicht mehr von dir bekommen.«

Er knurrte etwas Unverständliches.

»Jeder sucht hier gerade Arbeit, hörst du?«, wandte er sich an Anna. »Hältst dich wohl für was Besseres.« Dabei hob er belehrend den Zeigefinger. »Und 'ne Schneiderin braucht man jetzt sicher och ganz besonders dringend, wo der Stoffnachschub doch geradezu auf der Straße liegt.«

Wieder begann er, laut zu lachen.

»So, Günter, nun ist es aber gut«, sagte Adelheid und räumte seinen Teller ab. Sie drehte sich zum Herd, rührte in dem Topf mit dem Rest Suppe und füllte dann einen frischen Teller.

»Anna. Jetzt setz dich da an den Tisch und iss erst mal was.«
Sie schob den Schemel für sie zurück.

Anna ließ sich langsam auf die Sitzfläche sinken. Als Adelheid den Teller vor ihr auf die Tischplatte stellte, begann sie zu essen. Mit einem Augenrollen in Günters Richtung griff sich Adelheid einen weißen Blecheimer, der in der Ecke stand, und ging zur Tür.

»Det kann die Göre hier doch machen!«, sagte Günter und nickte in Annas Richtung, die daraufhin den Löffel ablegte und sich halb von dem Schemel erhob.

Aber Adelheid wiegelte ab: »Lass die Anna erst mal ankommen. Bin gleich wieder da.«

Sekunden später klappte die Wohnungstür.

Anna merkte, wie wohl ihr die heiße Suppe tat. Aber sie fühlte auch, wie Günter jede ihrer Bewegungen beobachtete. Als würde ein Fuchs seine Beute mustern, dachte sie. Sie beschloss, in der Nacht ihre Tür abzuschließen. Da wusste sie noch nicht, dass sie in der Küche schlafen würde.

CHARLOTTE

In den nächsten Wochen verging so gut wie kein Tag, an dem Leo nicht auf Feltin erschien. Das eine Mal unterbreitete er Richard eine Aufstellung über kleinere Höfe, die zum Verkauf standen. Denn keineswegs alle landwirtschaftlichen Betriebe hatten den Krieg so glimpflich überstanden wie Feltin. Richard nutzte jede Gelegenheit, um sie aufzukaufen. Das andere Mal kam Leo, um die notariellen Verträge mit ihm durchzusprechen. Immer öfter legte Richard Wert auf seine Meinung, begann seine Gedankengänge zu schätzen, bezog ihn in seine kaufmännischen Entscheidungen mit ein. Charlotte war in die Betriebsabläufe des Guts eingebunden. Inspizierte die Felder zu Pferd, sah in den Ställen nach dem Rechten. Dadurch hielt sie sich nur zu den Mahlzeiten im Herrenhaus auf. In seine geschäftlichen Entscheidungen hatte Richard sie bisher nicht eingeweiht, sodass er sie auch zu den Besprechungen mit Leo nie dazubat.

Jedes Mal, wenn Leo auf das Gut kam, fragte er nach Charlotte. Anfangs war sie zurückhaltend. Ihre erste Begegnung nach seiner Rückkehr hatte sie als zu enttäuschend empfunden. Sie ließ sich sogar verleugnen. Leo blieb indessen hartnäckig, brachte ihr hier und da kleine Aufmerksamkeiten mit. Den neuesten Roman oder einen Gedichtband, ein kleines Notizbuch, manchmal nur ein paar Verse, die er aus einem Journal ausgeschnitten hatte. Sie wusste, dass er intelligent und belesen war, über guten Geschmack verfügte. Doch wenn er ihr die Mitbringsel überreichte, verstand er es wie früher, ihr das Gefühl zu vermitteln, nicht er, sondern sie sei der belesenste, klügste und am besten gekleidete Mensch auf Erden. Traf er sie zufällig zusammen mit Edith an, begrüßte er diese höflich, behandelte sie aber weitaus distanzierter als Charlotte. Das machte Eindruck auf sie. Seine charismatische Art, um sie zu werben, blieb nicht ohne Wirkung. Charlotte spürte wieder seine frühere Anziehungskraft. Seine Hände streiften ihre wie unbeabsichtigt, und sie fing seinen brennenden Blick auf. Irgendwann begannen ihre Augen über die Hofeinfahrt zu gleiten, wenn sie in der Nähe der Fenster stand. Sie fand Vorwände, die Männer in Richards Arbeitskontor aufzusuchen. Das ungeduldige Brummen ihres Vaters ignorierend, wollte sie nur eines sehen: Leos hellwaches Gesicht. In den kurzen Augenblicken, die sie allein miteinander waren, versuchte sie, ihn zum Lachen zu bringen. Der Klang seines kehligen Lachens jagte ihr Schauer über den Rücken. Möglichst beiläufig fragte Charlotte ihren Vater nun morgens, ob er mit Herrn Händel an diesem Tage wohl eine Besprechung haben werde. Sie hätte es sich nicht eingestehen wollen. Doch sie richtete ihren Tagesablauf so ein, dass sie zu dieser Zeit zugegen war. Mal war es sogleich am Vormittag. Dann verschob sie ihren Ausritt. Wenn er sich für den Nachmittag angekündigt hatte, kleidete sie sich um und brachte ein Tablett mit Tee in das Kontor. Es gefiel ihr, die beiden in ihre Unterlagen vertieften Männer zu stören. Richards Haltung gegenüber ihren Unterbrechungen wurde immer wohlwollender. Einmal holte er sie sogar dazu und zeigte ihr die Landkarte, auf der er mit roter Tinte die zugekauften Ländereien eingezeichnet hatte. Fuhr mit dem abgespreizten kleinen Finger die neue Grenze entlang und erklärte ihr seine Zukäufe. Charlotte staunte, wie klug sich alles zusammenfügte. Auf der östlichen Grenze hatte er saftige Wiesen mit einem begehrten Bachlauf erworben. Auf der westlichen Seite lag der Breitenlehn, dessen Gebiet bekannt für seine Schwarzerde war. Durch ihren hohen Humusanteil war sie besonders fruchtbar. Dort hatte Richard vierzig Hektar aus einer Zwangsversteigerung ergattert. Vor allem wenn die Höfe direkt an das Feltin'sche Land grenzten, war Richard bereit, jeden zu überbieten.

»Tja, Lotte, und eines Tages wird das alles dir gehören«, beendete Richard seine Ausführungen. Das peinliche Schweigen, das entstand, störte ihn nicht weiter. Er tat selten einen Ausspruch ohne Hintergedanken, außer wenn ihn einer seiner cholerischen Anfälle überkam. Charlotte errötete. Sie wusste genau, weshalb ihr Vater betonte, dass sie seine einzige Erbin war, und es war ihr unangenehm. Leo tat so, als hätte er den Wink überhört, klappte eine Ledermappe auf, in der die notariellen Dokumente aufbewahrt wurden.

»Hier sind die Urkunden zu Ihrer Verwahrung. Die Vormerkung ist bereits im Grundbuch eingetragen«, sagte er. »Wären wir dann für heute fertig, Herr Feltin? Oder wünschen Sie, noch etwas zu besprechen.«

»Gehen Sie nur, mein lieber Freund!«

Charlotte hob verwundert den Kopf. Diesen Ausdruck hatte sie bei ihrem Vater noch nie gehört. Es war geradezu ein Ritterschlag für Leo.

»Und nehmen sie Lotte mit. Wenn es nach mir geht, haben Sie sich einen freien Nachmittag verdient, und soweit ich Ihre Kostenrechnungen der letzten Wochen überblicke, sollten Sie sich eine kleine Arbeitspause gönnen können, ohne im Armenhaus zu landen.«

Sein sorgfältig gestutzter, dreieckiger Schnurrbart vibrierte leicht, als er über seinen eigenen Scherz lachen musste.

Leo klappte die Ledermappe zu und legte sie auf den Schreibtisch. »Das ist sicherlich der Fall, Herr Feltin. Zumal ich vor zwei Tagen zum Sozius der Kanzlei ernannt worden bin.«

»Nein!«, rief Richard aus. »Und das sagen Sie mir erst heute?«

Leos verlegenes Lächeln war einfach unwiderstehlich, fand Charlotte.

»Lotte, hast du das gehört? Unser junger Freund ist gleichberechtigter Partner der Sozietät geworden. Wer hätte gedacht, dass der alte Burkhard freiwillig endlich einmal ein Stück vom Kuchen abgeben würde?«

Leo nickte und lachte sein kehliges Lachen. Am liebsten wäre Charlotte ihm um den Hals gefallen.

»Also wenn das kein Grund zum Feiern ist?«, sagte Richard.

Er ging an den beiden vorbei, zog die Schublade des Schreibtischs auf und holte eine Flasche Williamsbirne und drei Schnapsgläser heraus. Dann stellte er sie auf die Tischplatte und goss die kleinen Gläser aus der silbernen Tülle randvoll.

»Auf Leo, unseren tüchtigen Notar und von nun an auch Sozius!«, rief er und prostete den beiden zu. Charlotte zögerte. Sie wusste, dass ihr der Obstbrand sogleich zu Kopf steigen würde, und merkte, wie genau Leo sie beobachtete. Sie nippte an ihrem Glas, während die beiden Männer es herunterkippten. Anschließend hielten sie die leeren Gläser in die Höhe.

»So, nun will ich euch nicht länger aufhalten. Vielleicht ist es schon etwas spät, aber das Wetter lädt eigentlich zu einem Ausritt ein. Herr Händel, Sie können doch sicher reiten?«, fragte Richard.

Jetzt war es Charlotte, die gespannt Leos Reaktion beobachtete. Er strich sich mit der Hand über seine dunklen Haare, die er seit seiner Rückkehr immer mit Pomade zum Seitenscheitel kämmte. Dadurch, dass er einige widerspenstige Haarsträhnen zu vergessen schien, wirkte die Frisur bei ihm nicht blasiert.

»Oh nein, Herr Feltin. Da müsste schon viel passieren, bevor ich mich wieder auf ein Pferd setze«, antwortete er prompt. Als er Charlottes enttäuschten Gesichtsausdruck sah, fügte er hinzu: »Früher auf unserem Hof gehörte das natürlich dazu. Es ist nicht so, dass ich es nicht kann. Doch mein Glück liegt weniger auf dem Rücken der Pferde als hinter dem Rücken von Büchern.«

Der Vergleich hätte Richard normalerweise zu einer ironischen Entgegnung veranlasst. Doch er verkniff sich die Bemerkung und machte eine wohlwollende Handbewegung, mit der er Leo und Charlotte aus seinem Kontor scheuchte.

Als sie den Gutshof überquerten, hatte die Wintersonne alle Wolkenfetzen im Westen hellorange eingefärbt. Nur noch wenige Minuten, dann würde die rote Kugel hinter den Ziegeldächern der Stallungen untergehen. Doch der Augenblick, in dem das Abendrot sein kurzes Glühen zeigte, fesselte ihre Blicke. Charlotte hatte das Gefühl, als glühe auch ihr Körper, während sie neben Leo über das Kopfsteinpflaster ging, dabei herrschten seit Wochen Temperaturen unter null. Ohne sich abzusprechen, beschleunigten beide ihre Schritte, konnten es gar nicht abwarten, endlich außer Sichtweite des Herrenhauses zu sein. In dem Moment, als sie durch den Torbogen gingen und nach rechts abbogen, griff seine Hand nach der ihren, hielt sie fest. Sie hatte das Gefühl, als ginge von ihr eine sengende Wärme aus, die ihren Arm entlang in ihren Körper strahlte. Charlotte sah ihn von der Seite an. Ob er es auch spürte? Ob sein Herz auch so stark klopfte wie ihres? Er sah sie nicht an.

Erst als sie hinter den Stallungen vor dem alten, gemauerten Heuschober ankamen, legte er ihr die Hand auf den Rücken, zog sie an sich. Charlottes Blut begann in ihren Adern zu rauschen. Seine glühende Handfläche brannte zwischen ihren Schulterblättern, strich weiter nach unten, versengte ihr Gesäß und ihre Hüfte. Die Knie wurden ihr weich. Sie küssten sich, zuerst ganz zart, dann immer gieriger. Leo zog sie mit sich. Er musste sich bücken, um durch den Türrahmen des uralten Gemäuers zu passen. Charlotte folgte ihm in den ungenutzten Schober. Ihre Augen gewöhnten sich nur langsam an die Dunkelheit. Ihre Nase nahm den eigentümlichen Geruch wahr, nicht nach frischem Heu, sondern nach Staub, altem Holz, Moder und Mäusedreck. Leo wollte sie zu sich auf den Boden ziehen, doch ihr starkes Verlangen nach ihm machte ihr auf einmal Angst. Was tat sie hier? Was würde ihr Vater dazu sagen? Heftig atmend stand sie vor ihm. Sie wusste, dass Richard ihre Verbindung befürwortete, doch keinesfalls würde er dies hier gutheißen. Das Pulsieren in ihrem Körper legte ihr etwas anderes nahe. Leos Stimme flüsterte ihr jetzt Worte zu, deren Bedeutung nicht zu ihr durchdrang. Ein Gefühl durchströmte sie mit aller Macht, das alle Gedanken an ihren Vater verdrängte: Sie gehörten zusammen, da war sie sicher. Warum noch warten? Ganz langsam ließ sie sich auf den kalten Boden nieder, der nackt war bis auf eine dünne Strohschicht aus längst vergangenen Jahren. Leo bedeckte ihr Gesicht mit wilden Küssen, seine Lippen glitten an ihrem Hals herunter, er gab ein leises Stöhnen von sich. In dem Moment sah Charlotte über Leos Schulter hinweg zwei glühend gelbe Augen, die sie aus der Dunkelheit anstarrten. Sie stieß einen gellenden Schrei aus. Leo legte ihr die Hand auf den Mund, aber Charlotte schüttelte sie ab und sprang auf, außer sich vor Entsetzen.

»Da!«, sagte sie nur. Vor Furcht brachte sie kein weiteres Wort hervor und deutete in das Dachgebälk. Leo lachte auf und stellte sich schützend neben sie, legte den Arm um ihre Schultern.

»Ach, komm schon, das ist nur ein Kauz.«

Charlotte erkannte, dass er recht hatte. Doch ihre Erregung war dadurch abgekühlt. Vielleicht war es ein Zeichen, dachte sie. Sie klopfte sich den Rock ab und ging zum Tor. Sie konnte Leos Enttäuschung spüren, aber sie war froh, sich in letzter Sekunde noch besonnen zu haben. Als sie in der Dunkelheit zurück zum Herrenhaus gingen, musste sie daran denken, was für ein schönes Gefühl es sein würde, mit Leo offiziell im gemeinsamen Ehebett schlafen zu dürfen. Am liebsten hätte sie ihm zugeflüstert, er solle mit seinem Antrag nicht mehr zu lange warten.

ANNA

Mitten in der Nacht fuhr Anna von ihrer Pritsche hoch. Da war ein Geräusch auf dem Flur. Es war stockdunkel, und in ihrer Reichweite gab es keine Lampe. Anna zog sich die Decke bis über das Kinn und hielt den Atem an, rührte sich nicht, damit das Sitzbrett der Bank, auf der sie lag, nicht knarrte. Sie hörte Schritte. Dann wurde die Tür aufgestoßen. Als die Petroleumlampe aufleuchtete, lag sie, die Decke halb über den Kopf gezogen, auf der Seite und tat so, als würde sie fest schlafen. Jetzt erinnerte sie sich daran, dass ihre Tante gestern noch gesagt hatte, Günter müsse montags um vier Uhr zur Frühschicht. Er arbeitete als Gelegenheitsarbeiter auf dem Anhalterbahnhof und entlud Güterzüge. Hoffentlich würde er bald aus dem Haus gehen. Dann könnte sie vielleicht noch eine Stunde in Ruhe schlafen, denn das war ihr bisher nicht gelungen. Es lag sicher auch daran, dass es die erste Nacht war, die sie ohne Doras wärmenden kleinen Körper neben sich verbrachte. Doch was sie vor allem wach hielt, war eine Grundnervosität, ähnlich der von Fluchttieren. Immer wieder hatte sie gelauscht, ihr Ohr an die kalte Wand neben ihrer schmalen Bank gepresst und versucht, in der Schwärze zu erkennen, ob sich die Türklinke bewegte. Jetzt musste sie Günters Geräusche ertragen, als er, nur eine Armeslänge von ihr entfernt, über den Küchenboden schlurfte, mit Besteck und Geschirr hantierte, sich laut räusperte und die Nase schnäuzte. Endlich hörte sie, wie er die Küche verließ und die Wohnungstür zugeschlagen wurde. Sie stieß einen erleichterten Seufzer aus. Anna drehte sich auf die andere Seite und fiel sofort in einen tiefen, traumlosen Schlaf.

Als sie wieder aufwachte, war es draußen helllichter Tag. Doch in die Küche fiel trotzdem kaum Licht. Sie streckte die Arme in die Luft und stand auf. Von der harten Bank schmerzte jede einzelne Stelle ihres Rücken. Sie ging in ihrem langen, weißen Nachthemd über den nackten Estrich zu dem schmalen, mit vergilbten Gardinen verhängten Fenster. Als sie es öffnete, erschrak sie über den Anblick: Der abgeplatzte Putz der nächsten kahlen Häuserwand war nicht weiter als fünf Meter entfernt. Nicht das kleinste Stück Himmel war über ihr zu sehen. Anna sehnte sich schon jetzt nach ihrem winzigen Häuschen in Vetschau. Aus dem Fenster der Schlafkammer unter dem Dach hatte man, an den weißen Gardinen vorbei, einen freien Blick auf den Gemüsegarten gehabt, und morgens wurde man von Sonnenlicht und erdiger Waldluft geweckt, wenn einem nicht gerade einer der Brüder einen nassen Waschlappen ins Gesicht warf. Anna musste lächeln. Sogar ihren streitsüchtigen Bruder Otto vermisste sie jetzt schon. Sie packte die wenigen Sachen aus ihrer Tasche aus. Gleich obenauf lag ein Gegenstand, der in ein Taschentuch eingeschlagen war. Sie nahm ihn an sich, setzte sich auf einen Schemel und wickelte ihn aus. Es war der kleine runde Holzteller mit dem gepressten Farn, den Erich ihr damals zum Abschied geschenkt hatte. Mit den Fingerspitzen fuhr sie die Sprünge im Glas entlang und dachte an den Abend zurück, als sie ihn voller Wut auf den Boden geschleudert hatte. Wo mochte Erich wohl in diesem Augenblick sein? Da war der heiße Julitag, als er auf Heimaturlaub von der Front gekommen war und sie sich am Ufer des Bachlaufs geliebt hatten. Die Wochen danach, in denen sie halb verrückt vor Sorge wurde, ihrer Mutter kaum in die Augen sehen konnte, bis sie endlich an einem Morgen den erlösenden Blutfleck in ihrem Nachthemd entdeckte. Wie sehr sie seitdem um Erich bangte. Obwohl er so verändert war, hart und unnahbar und doch so verletzlich. Was hatte dieser Krieg bloß aus ihnen gemacht? Wenn sie jetzt an ihn dachte, dann war es sein früheres Jungengesicht, das sich in ihrer Vorstellung aufbaute. Mit seinem verschmitzten Grinsen, jederzeit bereit zu allem Unfug. Sie wickelte den Holzteller wieder ein und verstaute ihn tief unten in ihrer Reisetasche, stellte sie unter ihre Bank. Dann wusch sie sich im Spülstein und zog ihre Kleidung von gestern an. Zum Klosett musste sie durch den Flur ins Treppenhaus und sechs Stufen zum Zwischenstock hinuntersteigen. Es gab nur eines für zwei Etagen, und mehrere Familien mussten es gemeinsam benutzen. Als sie zurückkam, überwog ihre Neugier. Vorsichtig drückte sie die Klinke zu dem einzigen zweiten Raum der Wohnung herunter, öffnete die Tür nur einen Spaltbreit und sah hinein. Darin standen zwei Metallbetten, allerdings nicht nebeneinander, denn das Zimmer war ein schmaler Schlauch. Ein schaler Schwall abgestandener Luft schlug ihr entgegen, und sie schämte sich sofort dafür, dass sie in Adelheids Schlafzimmer spähte. Da hörte sie auf einmal ein Schnarchen. Vorsichtig tat sie einen Schritt in das Zimmer hinein und glaubte, im Halbdunkel einen verwuschelten Haarschopf auszumachen. Ansonsten war der Körper mit einer Wolldecke bedeckt. Und dann erkannte sie, dass sich auch in dem zweiten Bett jemand bewegte. Anna erstarrte. Wer war das? Adelheid und Günter waren schon vor Stunden aus dem Haus gegangen. Bloß nicht aufwecken, dachte Anna und setzte den Fuß wieder vorsichtig zurück, schloss die Tür, so leise sie nur konnte. Das Ganze kam ihr merkwürdig vor. Soviel sie wusste, hatte Adelheid keine weiteren Verwandten. Es konnten doch nicht einfach Wildfremde in ihren Betten liegen. Sie nahm sich vor, ihre Tante heute Abend danach zu fragen. Auf dem Tisch fand sie eine leere Schüssel mit einem Löffel darin und einem Zettel daneben:

Liebe Anna, ich musste zur Arbeit. Auf dem Herd steht Milchsuppe. Du kannst dich bei der Wäscherei in der Themsestraße melden für Ausbesserungsarbeiten. Frag nach Frau Lehmann.
Gruß, Tante Adelheid

Anna verstaute den Zettel in ihrer Rocktasche und stach dann mit dem Löffel die Haut auf der längst erkalteten Milchsuppe durch. Sie wusste, dass ihre Brüder sich immer davor ekelten, aber es erinnerte sie an zu Hause. Nachdem sie die Suppe aufgegessen hatte, spülte sie ihre Schüssel, zog Max' Wollmantel an und ging aus dem Haus. Kaum dass sie den Hinterhof betrat, wurde ihr klar, wie viele Menschen in dem riesigen Mietshaus wohnen mussten. Einige Frauen hängten Wäschetücke auf quergespannte Leinen. Eine der Frauen war hochschwanger. Zwischen ihren Beinen Kleinkinder, die auf dem Asphalt krabbelten. In der Ecke ein Kinderwagen aus brüchigem Korbgeflecht, zwei Ärmchen, die sich in die Luft reckten. Die Frauen nahmen keine Notiz von Anna, als sie an ihnen vorbeiging. Auf der Straße fiel ihr sogleich der enorme Lärmpegel auf: ein lauter Automobilmotor, Pferdehufe auf Kopfsteinpflaster, das Klopfen eines Vorschlaghammers auf einem Baugerüst, all das tönte gleichzeitig auf sie ein. Einige Kinder spielten Hopse und johlten jedes Mal laut, wenn eines von ihnen auf die Linie trat. Neben ihnen auf dem kahlen Bordstein saß ein Kleinkind, ein verblichenes, hellblaues Mützchen auf dem Kopf, und lutschte an seiner Faust. Eine Mutter war nirgends zu sehen, vermutlich arbeitete sie oder war eine der Frauen, die im Hinterhof Wäsche aufhängte. Anna fragte eines der spielenden Mädchen mit ungewaschenem Gesicht und blonden Zöpfen, ob sie wisse, wie sie zur Themsestraße komme. Aber die Kleine schüttelte nur stumm den Kopf. Am Ende der Straße, vor der befahrenen Kreuzung, drehte Anna sich noch einmal um. Das hier also war Berlin: hohe Mietskasernen auf beiden Straßenseiten, in jede Richtung. Die Bürgersteige voll mit den schäbig gekleideten Bewohnern, Frauen jeden Alters, Kriegsversehrte mit Holzkrücken, manche mit schwarzen Augenklappen. Gerade als sie einen Schritt auf die Hauptverkehrsstraße machen wollte, wurde sie durch die laute Hupe eines Automobils so erschreckt, dass sie fast das Gleichgewicht verloren hätte. Sie sprang zurück auf den Bürgersteig und schaute der offenen Limousine hinterher. Viele der neuen Motorfahrzeuge hatte sie in Vetschau noch nicht gesehen. Aber hier schien es inzwischen mehr davon zu geben als Pferdedroschken. Auf der Rückbank saßen zwei feine Damen mit im Fahrtwind flatternden Schals und Hüten, die aussahen wie umgedrehte Kochtöpfe. Sollte das die Berliner Mode sein, von der einige Kundinnen der Willnitz voller Ehrfurcht gesprochen hatten? Aber die Frauen sahen vergnügt aus. Das war ein gutes Zeichen!, dachte Anna.

Sie fragte einen älteren Mann mit Gehstock, der an ihr vorbeihinkte, nach dem Weg. Und diesmal hatte sie Glück. Er erklärte ihr, dass sie nur einen Häuserblock weiter gehen müsse, dann nach rechts abbiegen, dann stünde sie bereits in der Themsestraße.

Die Wäscherei lag im Souterrain. Schon bevor man die fünf Stufen nach unten stieg, schlug einem der scharfe Geruch von Soda und Natron entgegen. Als Anna den niedrigen Raum betrat, hatte sie sofort das Gefühl, kaum noch Luft zu bekommen. Die schmalen Fenster waren beschlagen, und aus den in einer Reihe aufgestellten emaillierten, riesigen Bottichen stieg heißer Wasserdampf auf. Hoffentlich würde das nicht ihr neuer Arbeitsplatz werden, war ihr erster Gedanke, als eine Frau mit einem roten, aufgedunsenen Gesicht, einen hohen Stapel gefalteter Tischdecken auf den ausgestreckten Armen, geschäftig an ihr vorbeilief.

»Entschuldigung, wissen Sie vielleicht, wo ich Frau Lehmann finde?«, fragte Anna.

Die Frau sah sie gar nicht an, antwortete aber barsch: »Die ist da hinten im Plättzimmer.«

Anna bückte sich, um unter dem offenen Türbogen hindurchzupassen, und ging durch einen dunklen Flur auf den nächsten Raum zu. Er war noch niedriger und hatte keine Fenster. Dafür hingen zwei Glühbirnen von der Decke, die ihn spärlich beleuchteten. Dieses Haus war also bereits mit elektrischem Licht ausgestattet, dabei war es gar nicht weit von Adelheids Wohnung entfernt. Dort gab es nur Petroleumlampen oder Gaslicht, wunderte sich Anna. Sie hörte die Stimme von Frau Lehmann, bevor sie sie sah. Sie klang schrill und aufgebracht. Wortfetzen, wie »verbrannt … teures Nachthemd … zieh ich dir vom Lohn ab«, schnappte sie auf und zögerte. Womöglich war dies der falsche Zeitpunkt, um sich vorzustellen. Doch sie konnte jetzt nicht wieder umkehren. Wo sollte sie auch hin? Wenn es hier eine freie Arbeitsstelle gab, musste sie die Gelegenheit nutzen.

Eine hochgewachsene, hagere Frau in einem gemusterten Kittel stand mit dem Rücken zu ihr und schimpfte gerade das schüchterne Mädchen hinter dem Bügelbrett aus, das geradezu erleichtert wirkte, als Anna in der Tür erschien. Frau Lehmann folgte ihrem Blick und drehte sich um. Sie war etwa in Adelheids Alter. Ein auffälliges Muttermal auf der rechten Wange zog Annas Blick an. Sie versuchte, Frau Lehmann in die Augen zu sehen, denn ihr war von ihren Eltern beigebracht worden, die Makel anderer Menschen nicht anzustarren.

»Was willst du hier? Wenn du Wäsche bringst, kannst du sie vorne abgeben.«

Anna schüttelte den Kopf. »Ich bringe keine Wäsche. Sondern ich suche Arbeit.«

Frau Lehmann ließ das Nachthemd sinken, auf dem deutlich der braune Abdruck des Bügeleisens zu erkennen war. Sie musterte Anna von oben bis unten und schien sie zu taxieren. »Wie kommst du darauf, dass wir hier Arbeit für dich haben?«, fragte sie.

Anna erzählte ihr, dass ihre Tante Adelheid sie schickte, sie gelernte Schneiderin sei und aus Vetschau im Spreewald käme.

Die Miene der Wäschereibesitzerin hellte sich ein klein wenig auf. »Von Adelheid kommst du also? Sie hat mir gar nichts gesagt. Aber wenn ich es recht bedenke, kann ich gerade jemanden gebrauchen. Du hast doch sicher auch Plätten gelernt, wenn du Schneiderin bist?«

Anna nickte zögernd. Sie ahnte, was Frau Lehmann vorhatte. Und bevor sie noch etwas sagen konnte, drehte diese sich wieder zu dem Mädchen mit den dunklen Augenringen hinter dem Bügelbrett um. »Verschwinde von hier. Du bist ja doch zu nichts nütze.«

Die Augen des Mädchens füllten sich augenblicklich mit Tränen. »Bitte nicht, Frau Lehmann«, bettelte sie. »Ich brauche die Stelle. Sie können mir det Nachthemd vom Lohn abziehen, ich kann auch abends länger bleiben und morgens früher anfangen, um es abzuarbeiten.«

Sie kam aus ihrer Ecke heraus, und Anna sah voller Entsetzen, dass sie so schmächtig war wie ein sechsjähriges Kind.

»Das kannst du aber glauben, dass du mir das noch zurückzahlst. Aber Arbeit musst du dir woanders suchen. So eine wie du vergrätzt mir nur die Kundschaft. Scher dich raus!«

Das Mädchen fing an zu schluchzen und drückte sich an Anna vorbei in den Durchgang. Als sie auf ihrer Höhe war, hielt sie ihr die ausgestreckten Arme entgegen. Unter den hochgerutschten Ärmeln ihres verwaschenen, unförmigen Hemds schauten die mageren Ärmchen mit unzähligen rotbraunen Brandwunden heraus. Sie musste zudem schon häufig mit der Waschlauge in Berührung gekommen sein. Ihre Hände waren gerötet und verätzt. Anna wich zurück und stammelte einige entschuldigende Worte. Nein, hier wollte sie nicht arbeiten, und sie wollte diesem armen Mädchen nicht die Stelle wegnehmen. Sie wusste, wie hart die Bügelarbeit war. Wie oft hatte sie ganze Tage bei der Willnitz am Brett gestanden und war mit Rückenschmerzen in der Dunkelheit nach Hause gegangen. Die eine oder andere Brandwunde hatte sie sich auch zugezogen. Aber so viele? So schlimm zugerichtete Arme und Hände hatte Anna noch nie gesehen.

»Das ist ja furchtbar. Du musst die Wunden mit einer halben Zwiebel abtupfen oder einer Kartoffel, hat sie dir das nicht gesagt?«, fragte sie das Mädchen leise und nickte in Richtung von Frau Lehmann.

Das Mädchen schüttelte den Kopf, und Anna richtete sich mit fester Stimme an die Wäschereibesitzerin: »Ich bin ausgelernte Schneiderin, kein Lehrmädchen mehr und keine Plätterin. Wenn Sie keine Näharbeiten haben, muss ich mir eben woanders eine Stelle suchen.«

Ohne eine Antwort abzuwarten, drehte sie sich um, sah aber noch aus dem Augenwinkel, dass Frau Lehmann sie mit offenem Mund anstarrte. Offenbar fiel ihr nicht sofort eine passende Antwort auf Annas selbstbewusste Worte ein, und Anna wollte auch gar keine mehr hören. Doch sie musste noch etwas loswerden: »Und kein Mensch hat es verdient, so behandelt zu werden. Sie ist doch noch ein Kind! Haben Sie denn überhaupt kein Herz?«

Frau Lehmann atmete hörbar ein, dann begann sie, Beschimpfungen über Anna auszuschütten. Langsam bewegte sich Anna, um es nicht nach Flucht aussehen zu lassen, an dem Mädchen vorbei. Die tief in den Höhlen liegenden Augen der Kleinen drückten Angst, aber auch Bewunderung aus. Doch Anna musste jetzt sofort hier heraus. Sie beschleunigte ihre Schritte, während sie den dampfenden Waschraum durchquerte, und hielt erst an, als sie die Treppen hochgestiegen war und wieder auf der Straße stand. Dort lehnte sie sich an den rauen Putz der Hauswand und holte tief Luft. Den Kopf in den Nacken gelegt, spürte sie winzige, kalte Tröpfchen auf ihrem Gesicht. Es hatte angefangen zu nieseln. Was sie sah, als sie nach oben schaute, waren dunkle Fensterhöhlen in hohen, fahlen Fassaden, die scheinbar übergangslos in die tief hängenden Wolken des bleiernen Berliner Himmels mündeten. Auf einmal fielen ihr die Worte ihrer Mutter ein: »Mach dir so wenig Feinde wie möglich.«

Was aber hatte sie, Anna, stattdessen getan? Der Gedanke traf sie wie ein schmerzhafter Nadelstich. Kaum war sie den ersten Tag hier, schon hatte sie Streit angefangen, noch dazu mit jemandem, den Adelheid ihr empfohlen hatte. Doch sie konnte sich nicht vorstellen, dass diese schreckliche Frau für ihre Tante mehr war als nur eine entfernte Bekannte. Hoffentlich!

Auf einmal spürte sie, wie jemand ihre Hand berührte. Erschrocken zog sie sie zurück und senkte den Kopf. Es war das abgemagerte Mädchen mit den Brandnarben.

»Hat sie dich also doch hinausgeworfen?«, fragte Anna.

Das Mädchen nickte und fragte sie leise, was sie jetzt vorhabe.

Anna zuckte mit den Schultern. »Weiß ich auch nicht.«

Das Mädchen griff wieder nach ihrer Hand und sah Anna mit ihren dunklen Augen durchdringend an. Anna betrachtete ihre Gestalt genauer. Ihr weites Hemd hing schief über dem glockigen Rock, dessen Saum sich gelöst hatte und der mindestens zwei Nummern zu groß war. Die strähnigen, dunklen Haare hatte sie in der Mitte gescheitelt und hinter die abstehenden Ohren geklemmt. Ihr ganzes Gesicht schien zu der kleinen Stupsnase hin spitz zuzulaufen. Ein Mäusegesicht, dachte Anna, aber eines, das einem ins Herz schnitt. Das hatte ihr gerade noch gefehlt. Wie sollte sie denn mit einem verwahrlosten Kind im Schlepptau eine Arbeit finden? Ohne es zu wollen, wurde sie an ihre kleine Schwester Dora erinnert. Die war jetzt neun Jahre alt, und vermutlich war dieses Mädchen hier auch nicht viel älter. Sie musste sich etwas einfallen lassen.

»Hast du Hunger?«, fragte sie.

Das Mädchen nickte und lächelte das erste Mal. Dabei entblößte sie zwei ungewöhnlich große, weit auseinanderstehende Schneidezähne, die allerdings erstaunlich weiß waren.

»Dann komm mit«, sagte Anna und lächelte zurück.

Hand in Hand gingen sie auf dem Kopfsteinpflaster die Straße entlang. Anna erinnerte sich, dass sie auf dem Hinweg an einem Lebensmittelgeschäft vorbeigekommen war, bei dem allerdings noch die Rollläden heruntergezogen waren. Als sie um die Ecke bogen, stießen sie schon auf das Ende der Schlange von vermummten, gebückt stehenden Menschen, die sich davor gebildet hatte. Sie war mindestens fünfzig Meter lang. Anna fragte die Frau vor ihr, was es zu kaufen gebe. Ein Gesicht mit tausend Falten und blassen Augen wandte sich ihr zu. »Brot«, lautete ihre knappe Auskunft, dann schob sie sich ihr braunes Kopftuch weiter ins Gesicht und drehte sich wieder um. Anna griff in ihre Manteltasche und fühlte erleichtert den zerknitterten letzten Brotbezugsschein, den sie aus Vetschau mitgebracht hatte. Sie stellte sich zusammen mit dem Mädchen ans Ende der Reihe. Der Regen war stärker geworden, das dünne Hemd der Kleinen war schon ganz durchnässt und klebte an ihrer Haut. Anna zog ihren Mantel aus, hängte ihn der Kleinen über die Schultern und presste sich an die Hauswand, um selbst nicht vollkommen durchnässt zu werden. Sie hatten Glück und waren gerade auf der Höhe eines Hauseingangs mit Vordach. Doch als die Schlange sich nach vorne bewegte, mussten sie ihr folgen und sich wieder in den Regen stellen, sonst hätten sie ihren Platz aufgegeben. Nach einiger Zeit ebbte der Regen ab. Als sie noch etwa fünf Meter vom Eingang des Ladens entfernt waren, schöpfte Anna Hoffnung. Sie merkte jetzt, wie hungrig sie war, denn der Rest der dünnen Milchsuppe von heute Morgen hatte nicht lange vorgehalten. Sie sah den Menschen hinterher, die mit den kastigen Brotlaiben aus dem Laden kamen, und spürte, wie sich der Speichel in ihrem Mund sammelte. Auf einmal humpelte ein Mann aus dem Laden heraus, er trug einen Kittel, der sicher einmal weiß gewesen war. In der Hand hielt er einen Besenstiel mit einem Eisenhaken am Ende. Den hob er hoch, hängte ihn in eine Öse an der untersten Lammelle des Rollladens ein und zog ruckartig daran, sodass der Rollladen mit ohrenbetäubendem Getöse nach unten ratterte.

»Brot ist aus!«, sagte er und hob noch nicht einmal die Stimme. Der Satz war kategorisch, und Anna wunderte sich darüber, dass die wartenden Menschen ohne Widerrede oder Gemurre in alle Richtungen auseinanderliefen, ganz so, als hätten sie sowieso damit gerechnet, hier nichts zu bekommen. Eine tief sitzende Resignation stand in die ausgemergelten Gesichter geschrieben. So etwas hatte Anna in Vetschau nie erlebt. Dort half man sich noch gegenseitig, tauschte hin und her und ging doch nie mit vollkommen leeren Händen nach Hause.

Das kleine Mädchen neben ihr schien auch nicht sonderlich überrascht über die plötzliche Schließung des Geschäfts zu sein.

»Und was machen wir jetzt?«, fragte Anna und blickte auf die tropfenden Haare der Kleinen.

Und ohne eine Antwort auf ihre erste Frage abzuwarten: »Wie heißt du eigentlich?«

»Ida.«

»Na schön, Ida, ich heiße Anna.«

CHARLOTTE

Wie kann man nur so starrsinnig sein. Lotte!«
Richard strich sich über seinen Schnurrbart, den er neuerdings an den Enden stutzen ließ. Dann bog er seine Reitgerte aus Hirschleder, die er immer mit sich herumtrug, in den Händen zu einem Flitzebogen. Er sah seine Tochter durchdringend an. Gab es etwas, das sie ihm verschwieg? Ihr Verhalten war ihm ein Rätsel. Er hatte den Eindruck gehabt, dass sie den jungen Notar vom ersten Augenblick an gemocht hatte. Schon damals, als er zur Beurkundung des Zukaufs von Gut Euba auf ihren Hof gekommen war, hatte es zwischen Charlotte und Leonhard Händel gefunkt, da war er sich sicher, dafür hatte er ein Auge. Deshalb hatte er sie eigens nach Leipzig geschickt. Weil sie noch viel zu jung für eine Schwärmerei war. Und seit Händel vom Kriegsdienst zurückgekehrt war – diesen hatte er offenbar verhältnismäßig komfortabel in der Postprüfstelle abgesessen, dazu mochte man stehen, wie man wollte, wollte man ihm gut, konnte man ihm dies als klugen Schachzug auslegen –, seitdem jedenfalls hatte er sich nun jeden Tag auf Feltin eingefunden. Richard hatte ihn als intelligenten Gesprächspartner schätzen gelernt, sich langsam, aber stetig mit dem Gedanken angefreundet, ihn als Schwiegersohn zu akzeptieren. Und jetzt saß seine Tochter vor ihm und weigerte sich strikt, dessen Antrag anzunehmen. Es hätte nicht schlecht gepasst. Zwar wäre ein Landjunker mit eigenem Hof und einigen Hundert Hektar Land, die er in die Ehe mit eingebracht hätte, die bessere Partie gewesen. Doch dann hätte Gut Feltin womöglich nur noch an zweiter Stelle gestanden, nicht an erster, wie es ihm gebührte. Schließlich war das Hofgut Richards Lebenswerk. Er betrachtete Charlotte, wie sie in ihrem dunkelgrünen Kleid mit geradem Rücken auf dem Ledersessel seines Arbeitskontors saß. Nein, sie war wirklich kein Kind mehr. Aus ihr war keine auffällige Schönheit geworden wie aus seiner Nichte Edith. So viel war gewiss. Doch sie hatte ein klares, ebenmäßiges Gesicht, wenn auch mit einer etwas zu breiten Nase,

mit den hellblauen, weit auseinanderstehenden Feltin'schen Augen, hell und kühl. Und blonde, feine Haare, nahezu engelsgleich, das konnte ihr niemand streitig machen. Alle Rundungen saßen an den richtigen Stellen, wie sie einer zukünftigen Gutsherrin bestens anstanden. Und nun hatte ein vielversprechender Notar mit eigener Kanzlei in Chemnitz, der von Hause aus sogar über anerkennenswerte landwirtschaftliche Kenntnisse verfügte, sich aber sicherlich nicht mit Besserwisserei auf dem Gebiet hervortun würde, bei ihm um ihre Hand angehalten. Zu allem Überfluss verfügte der Anwärter auch noch über eine bemerkenswerte Geschäftstüchtigkeit und einen Riecher für Immobiliengeschäfte. Doch das Mädchen sagte Nein.

»Nein!«, wiederholte Charlotte und schob die Unterlippe vor.

»Benimm dich nicht wie ein trotziges Kind. Du bist nicht mehr zwölf, Lotte, sondern eine neunzehnjährige junge Dame, die eine passende Partie nicht leichtfertig ausschlagen sollte. Bedenke besser, dass nicht jede Woche zehn neue Kandidaten vor der Tür stehen werden. Allein der Krieg hat die Auswahl heiratsfähiger Männer erheblich verringert.«

»Ich bin nicht leichtfertig. Sondern ich habe meine Gründe.«

»Dann nenne sie mir endlich.«

Richard gab das gebogene Ende der Gerte mit einer Hand frei, sodass es nach vorne schnellte. Dann holte er ganz plötzlich aus und ließ sie mit voller Wucht auf den Schreibtisch niedersausen. Charlotte zuckte zusammen, und seine wohlgeordneten Schreibutensilien, das kristallene Tintenfass, um das sich eine silberne Eidechse wand, die Löschpapierwalze aus Elfenbein, der dunkelblaue Füllfederhalter, taten einen Hüpfer. Die frische, helle Kerbe hob sich deutlich von den unzähligen, alten Striemen auf der Eichenplatte ab.

»Wenn ich wenigstens wüsste, was dich hindert, Händels Antrag anzunehmen, wäre es etwas anderes. Vielleicht könnte ich es sogar verstehen.«

Ruhig bleiben, sagte sich Charlotte. Wie oft hatte sie sich in ihrer Fantasie ausgemalt, was sie ihrem Vater für eine Ausrede präsentieren würde. Sie richtete ihre Augen auf den Gewehrschrank hinter Richards Kopf und versuchte, sich auf das bunte Glasbild mit den grün und grau gefiederten Wildenten zu konzentrieren, das in die Tür eingelassen war, um keine Schwäche zu zeigen.

»Das würdest du nicht verstehen, Papa.«

Jetzt bemerkte sie das Blitzen in Richards Augen. Hoffentlich hatte sie ihn nicht zu sehr gereizt. Sein letzter Wutanfall lag schon längere Zeit hinter ihnen, deshalb war sie nach und nach etwas mutiger geworden und nicht mehr andauernd auf der Hut. Sie wusste, dass sie ihm den wahren Grund auf keinen Fall nennen konnte. Niemals durfte er erfahren, weshalb sie Leos Antrag abgelehnt hatte. Sie schlug die Beine übereinander und legte den Kopf mit einem möglichst überheblichen Gesichtsausdruck zur Seite.

»Meine Güte«, sagte sie. »Es gibt immer noch genügend Junggesellen, die Erben der Rittergüter oder die Industriellensöhne wurden zumeist gar nicht eingezogen. Bald beginnt die erste Leipziger Ballsaison nach Kriegsende. Tante Cäcilie hat mich bereits eingeladen.«

Was redete sie da? Sie konnte nicht mit Edith gemeinsam zu Tanzveranstaltungen gehen – nach allem, was passiert war. Doch Charlotte wollte dem Gedanken jetzt nicht nachgehen. Sie führte zu Ende, was sie angefangen hatte.

»Da werde ich an jedem Finger zehn haben«, hörte sie sich herausposaunen.

»Ich bin doch nicht darauf angewiesen, den Antrag von so einem lächerlichen, kleinen Winkeladvokaten anzunehmen. Warum sollte ich beim erstbesten Erbschleicher gleich Ja sagen, wenn ich noch gar nicht sondieren konnte, wer sonst noch zur Auswahl steht? Schließlich muss ich mein ganzes Leben mit ihm verbringen.«

Richard lehnte sich zurück und legte seine Beine mit den hohen Reitstiefeln, eines nach dem anderen, geräuschvoll auf die Tischplatte. Dann tippte er sich rhythmisch mit den geflochtenen Lederzöpfen, die an der Spitze der Reitgerte befestigt waren, in die geöffnete Handfläche. Charlotte hielt den Atem an. War sie jetzt zu weit gegangen? Das Tippen ging nach und nach in ein Peitschen über. Immer fester schlug er sich selbst in die linke Handfläche, ohne in seinen Gesichtszügen ein Anzeichen von Schmerz erkennen zu lassen. Bis er plötzlich wieder auf den Tisch hieb und ihr zuflüsterte:

»Dann pass besser auf, dass du dich da nicht verrechnest, Lotte. Hochmut kommt vor dem Fall. Und jetzt raus hier!«

Seiner gepressten Stimme war es deutlich anzuhören, wie viel Mühe es ihren Vater kostete, nicht zu explodieren. Er fuchtelte wieder mit der Gerte herum und deutete auf die Tür. Charlotte stand augenblicklich auf und verließ den Raum. Sie war erleichtert, dass sie so davonkam und die Angelegenheit damit offenbar für ihn erledigt war. Erschöpft lehnte sie sich an die geschlossene Tür und hielt sich beide Hände vor das Gesicht. Zum Glück schien ihr Vater nicht zu ahnen, wie schwer es ihr gefallen war, sich derart zu verstellen und die Blasierte zu spielen.

Gegen ihren Willen tauchte in ihrem Kopf wieder das Bild auf, das sie die letzten Nächte nicht mehr losgelassen hatte. Es war ihre Idee gewesen, sich Wasser in eine Zinkwanne hinter der Hainbuchenhecke im winterlichen Obstgarten einzulassen, obwohl sie zwei komfortable Badezimmer im Herrenhaus besaßen. Doch der überraschend milde Tag hatte sie zu dieser Torheit verführt. In der Hand hielt sie die Kanne und wollte gerade rufen: »Hier kommt die zweite Fuhre heißes Wasser!«, als sie erstarrte und die Worte sofort herunterschluckte. Durch die Zweige erkannte sie Ediths Silhouette, die auf der Kante des grün lackierten Eisenstuhls saß, einen nackten Fuß graziös über den Rand der Wanne gelehnt, den anderen in das Wasser getaucht. Ihr cremefarbenes Kleid mit dem knöchellangen Rock war verrutscht, einer der gesmokten Träger scheinbar unbemerkt abgestreift und gab die glatte, blasse Haut ihrer Schulter frei, die Hochsteckfrisur, mit der die kaffeefarbenen Haare zusammengehalten wurden, hatte sich aufgelöst. Offenes, glänzendes Haar bis zur Taille. Und sie war ja gar nicht mehr alleine: Vor ihr auf der Wiese kniete Leo, die weißen Hemdsärmel bis zu den Ellbogen hochgekrempelt, mit beiden Händen ihren Fuß einseifend. Zart führte er an der Fußsohle das Seifenstück entlang, dann zwischen jedem einzelnen der schmalen Zehen. Ediths perlendes Lachen, in das er mit einstimmte mit der herzlichsten Art zu lachen, die Charlotte kannte. Sein Gesichtsausdruck, der solche Genugtuung über Ediths Verzückung verriet, ja, mehr davon forderte. Wie er mit den Händen die ovale Form ihrer glatten Wade nachzeichnete, über das Knie hinaus an ihrem Bein entlangstrich. Charlotte konnte den Anblick nicht länger ertragen, zu sehr peinigte er sie in ihrem Versteck hinter der Hecke, deren Zweige nicht dicht genug waren, um ihre Gestalt ganz zu verbergen. Zu viele der gerippten Blätter waren abgefallen. Aber das welke Laub zu ihren Füßen würde rascheln, sie als unerwünschte Zuschauerin, als Voyeurin entlarven, wenn sie jetzt ihren Platz aufgab. Sie musste den Fuß ganz vorsichtig anheben. Flechten und Moos schienen jedoch bereits Besitz von ihren Halbschuhen ergriffen zu haben, waren mit ihren weichen Ledersolen verwachsen. Dann doch wenigstens den Blick abwenden. Der quälerischen Macht widerstehen, die ihren Kopf fest umklammert hielt wie in einem Schraubstock, ihr nicht erlaubte, ihn wegzudrehen, ihr befahl, die Augen nicht zu schließen.

Charlotte nahm die Hände vom Gesicht. Sie lehnte an der Tür von Richards Arbeitskontor und griff sich an den Hals. Da war dieses trockene Gefühl, das zum Husten reizte, doch als sie den Mund öffnete, brachte sie nur ein eigenartiges, heiseres Gurgeln zustande. Sie schluckte, denn sie spürte einen galligen Geschmack auf der Zunge: Es war das bittere Bouquet einer tief empfundenen Eifersucht.

»Hier bist du, Lotte! Edith hat dich überall gesucht. Sie reist doch heute zurück nach Leipzig!«

Lisbeth kam geschäftig, unter dem Arm einen Korb voller Kiefernzapfen, um die Ecke gebogen. Als sie auf Charlotte traf, blieb sie so abrupt stehen, dass einige aus dem offenen Korb herausfielen.

»Edith war so betrübt, dass sie dich nicht finden konnte. Und es gehört sich auch wirklich nicht, deine Cousine gar nicht zu verabschieden, nach all der Zeit, die ihr zusammen verbracht habt. Wenn du dich beeilst, kannst du sie noch zum Bahnhof begleiten. Ich glaube, sie sind soeben erst vom Hof gefahren, um den Neun-Uhr-Zug zu erreichen«, sprach Lisbeth weiter, während sie die Zapfen aufsammelte. Charlotte kniete sich neben ihre Mutter und half ihr.

»So unhöflich kenne ich dich gar nicht. Wir dachten, du seist auf den Feldern unterwegs. Hast du uns nicht rufen gehört?« Als sie ihrer Tochter ins Gesicht sah, verstummte sie plötzlich. »Lotte, was ist mit denn mit dir? Du bist ja leichenblass! Hatte dein Vater wieder seine Toberei …?«

Charlotte schüttelte nur langsam den Kopf und hob abwehrend die Hand. »Nein, es hat nichts mit Papa zu tun.«

Lisbeths Handrücken auf ihrer Stirn fühlte sich so herrlich kühl an. Alleine diese fürsorgliche Geste hatte schon immer etwas Linderndes an sich gehabt.

»Hast du etwa Fieber? Das hat uns gerade noch gefehlt.«

Sie drehte sich um und rief laut: »Erna, bring schnell eine Schüssel mit kaltem Wasser und Leinentücher!« Und zu Charlotte gewandt: »Warum hast du denn nichts gesagt? Du gehörst sofort ins Bett.«

Plötzlich öffnete sich die Tür hinter Charlotte.

»Was ist hier eigentlich los? Müsst ihr Weibsleute bei jedem nichtigen Anlass immer gleich kreischen?«

»Das ist kein nichtiger Anlass!«, fauchte Lisbeth Richard an. »Lotte hat hohes Fieber.«

»Fieber?«, wiederholte Richard mit ungläubigem Gesichtsausdruck. Charlotte würdigte er nicht eines Blickes. »Ich wusste gar nicht, dass man diesen Geisteszustand jetzt als ›hohes Fieber‹ bezeichnet. Ich würde ihn eher mit Allüren umschreiben. Fantasien, Hirngespinste, jedenfalls eine Abkehr von der Realität. Das hat deine Tochter. Und wenn sie davon auch noch Fieber bekommt, mag es sein. Bei ihr wundert mich gar nichts mehr.« Er drehte sich um, wollte gerade die Tür hinter sich ins Schloss fallen lassen, da sah er Lisbeth nochmals an. »Und ich möchte doch sehr bitten, dass die Pünktlichkeit unseres Mittagsmahls nicht unter diesem Theater leidet.«

Lisbeth starrte auf die geschlossene Eichentür des Kontors. Sie wusste, dass sie um dieses gemeinsame Essen um Punkt zwölf Uhr nicht herumkäme. Sie würden sich zu Tisch setzen, Schüsseln zureichen, mit »bitte« und »danke« auskommen, Fragen alleine an ihre Schwiegermutter richten, ihr Befinden oder Alltäglichkeiten betreffend, und danach ihrer Wege gehen. Ihre Rettung war die Weitläufigkeit Feltins. Streit entstand immer dann, wenn nicht genügend Raum da war, um sich aus dem Weg gehen zu können. Und in letzter Zeit hatte sie oft dem Herrgott gedankt, dass dies auf Feltin nicht der Fall war. Lisbeths Vorfahren waren französische Hugenotten. Eine Tuchhändlerfamilie aus Lyon. Ihre Religiosität hielt sich in engen Grenzen, sie ging noch nicht einmal jeden Sonntag zum Gottesdienst in die kleine, evangelische Kapelle. Doch solche Danksagungen meinte sie durchaus ernst. Genauso wie das stumme Bittgebet, das sie jetzt in den Himmel sandte, während sie Charlotte zu ihrem Schlafzimmer brachte. Sie machte sich Sorgen um ihre einzige Tochter, die eigentlich mit einer stabilen Gesundheit gesegnet war. Charlottes Gesicht glänzte vor Schweiß, und sie schien zu schwach zu sein, um alleine die Treppen hinaufzugehen. Lisbeth hatte gehört, dass es in Chemnitz einige Fälle der spanischen Grippe gegeben hatte, die mit hohem Fieber begonnen hatte und beängstigend schnell zu einer ernsthaften Bedrohung für die Patienten geworden war. Zwei Kinder waren schon daran gestorben. Sofort als Charlotte im Bett lag, begann Erna, ihr kalte Wadenwickel zu machen. Lisbeth kühlte ihr die Stirn mit einem kalten Lappen.

»Bitte, schicke sofort jemanden nach Doktor Hauser«, sagte Lisbeth.

»Oder benutze den Fernsprecher.« Lisbeth stand der neuen Errungenschaft, die Richard vor einem halben Jahr hatte montieren lassen, immer noch skeptisch gegenüber. Doch heute konnte sie vielleicht von Nutzen sein. Erna nickte und lief mit sorgenvollem Blick aus dem Zimmer.

Lisbeth nahm den Lappen von Charlottes Stirn und tunkte ihn in die Schüssel mit kaltem Wasser, die Erna neben das Bett gestellt hatte. Sie wrang ihn aus, tupfte Charlotte sachte die Stirn damit ab. Dann setzte sie sich auf die Bettkante und betrachtete sie. »Hast du dich denn die letzten Tage schon krank gefühlt, Lotte?«

Charlotte wandte den Kopf auf dem Kissen in die andere Richtung. »Nein, Mutti!«

»Hast du denn Schmerzen?«

Charlotte drehte die Augen nur stumm in Richtung Fenster. Lisbeth hatte das Gefühl, als würde sie mühsam eine Antwort unterdrücken. Sie wusste instinktiv, dass ihre Tochter litt. Es schnitt ihr ins Herz, ihre Lotte, die sonst immer gut gelaunt und fröhlich war,

in diesem Zustand zu sehen. Sie legte Charlotte den zusammenge-
falteten, feuchten Lappen zurück auf die Stirn und blieb still neben
ihr sitzen. In letzter Zeit hatte sie nicht mehr viel Zeit mir ihr verbracht. Es lag nicht nur daran, dass sie selbst vermehrt Arbeiten im
Haus und auf dem Hof eigenhändig verrichtete, weil ihnen die
Knechte fehlten. Nein, Charlotte hatte sich im letzten Jahr an
Richard orientiert. Dadurch, dass er sie mehr und mehr in die Gutsleitung miteinbezogen hatte, war bei ihr ein echtes Interesse für die
Abläufe erwacht. Im letzten Sommer hatte sie geradezu euphorisch
reagiert, als sie trotz der schlechten Wetterbedingungen rechtzeitig
vor einem ungewöhnlich heftigen Unwetter eine ordentliche
Weizenernte eingebracht hatten. Tagelang hatte sie von nichts anderem gesprochen. Sie hielt nachts Stallwache, wenn eine Kuh kalben
sollte, solange ihnen der Stallschweizer fehlte. Und wenn sie endlich
einmal abgekämpft und scheinbar zufrieden ins Herrenhaus zurückkam, steckte sie mit Edith die Köpfe zusammen. Die beiden
hatten in letzter Zeit immer etwas zu tuscheln und verstummten,
sobald Lisbeth dazukam. Sie vermutete, dass ihre Geheimnisse etwas mit diesem Leo Händel zu tun hatten, der seit Kriegsende so
häufig zu ihnen herauskam. Lisbeth musste sich eingestehen, dass
sie sich vermehrt aus dem Leben ihrer Tochter ausgeschlossen fühlte. Und nun lag Lotte in diesem bemitleidenswerten Zustand vor
ihr, und sie wusste nicht, wie sie ihr helfen konnte. Woher sollte sie
auch wissen, dass Charlotte nicht krank war, sondern zutiefst ge-
kränkt.

ANNA

Erst in der Dunkelheit traf Anna wieder am Haus ihrer Tante ein. Die Gaslaternen beleuchteten die Straße davor nur spärlich, und der Nieselregen hatte wieder eingesetzt. Als Anna die schmalen, knarrenden Holzdielen hinaufstieg, wunderte sie sich, dass in dem Treppenhaus selbst am Abend noch eine große Menge ärmlich gekleideter Kinder saß. Sie spielten mit Glasmurmeln, die sie mit lautem Geklacker die Stufen herunterrollen ließen. Als eine Tür geöffnet wurde und eine schrille Frauenstimme sie zur Ordnung rief, schien sie das nicht weiter zu kümmern. Darauf packte die Frau das lauteste Kind am Arm und zog es mit sich mit. Anna verlangsamte ihren Schritt und dachte darüber nach, was sie Adelheid von ihrem Tag erzählen sollte. Hoffentlich hatte sie nicht schon von dieser Frau Lehmann erfahren, wie ihre Begegnung verlaufen war. Sicher würde es aus ihrem Mund wenig schmeichelhaft klingen. Die Wohnungstür war nicht abgeschlossen, und Anna ging zögernd durch den Flur auf die Küche zu, aus der ein Lichtschein und Geklapper drang. Der Geruch nach Verbranntem stieg ihr in die Nase. Sie schob die Tür auf. Zu ihrem Leidwesen traf sie nur auf Günter, der am Herd stand und fluchend in einem Topf rührte. Von Adelheid war nichts zu sehen. Die Vorstellung, mit Günter allein in der Wohnung zu sein, beunruhigte Anna. Am liebsten wäre sie gleich wieder zur Tür hinaus gegangen. Aber wo sollte sie hin? Sie kannte niemanden in Berlin außer Adelheid, neuerdings Frau Lehmann und Ida. Von der Kleinen hatte sie sich am Nachmittag zwei Straßen von hier getrennt. Soweit sie in Erfahrung gebracht hatte, lebte sie mit ihrer sechsköpfigen Familie zusammen. Gemeinsam hatten sie noch mehrere Wäschereien abgeklappert, aber keine stellte eine Näherin ein. Zum Schluss wäre sie auch um jede Bügelstelle froh gewesen, doch es gab keine. Ihr erster Tag in Berlin war nicht sonderlich ermutigend verlaufen.

Günter stieß einen Seufzer aus, als er sie sah: »Ach, die kaiserliche Hofschneiderin ist wieder da. Aber jut, dass du kommst. Vielleicht kannst du det besser.«

Er trat einen Schritt zurück und machte den Platz am Herd frei. Anna zog ihren Mantel aus und legte ihn auf die Bank. Sie sah in den großen Emailletopf, auf dessen Boden einige halb verkohlte Kartoffelschalen vor sich hin schmorten. Sofort griff sie sich ein Küchentuch von der Kommode und zog den Topf von der Herdplatte. Dann setzte sie die zwei fehlenden Eisenringe in die Platte ein.

»Die Hitze war zu groß, und es war zu wenig Wasser drin, die sind leider verbrannt«, sagte sie und drehte sich um.

»Gibt es noch Kartoffeln?«, fragte sie. Ihr Magen hatte schon den ganzen Nachmittag geknurrt. Die Milchsuppe am Morgen war das Einzige, was sie heute zu sich genommen hatte.

»Siehste welche?«, fragte Günter und machte sich mit Glupschaugen über sie lustig.

Anna sah ihn das erste Mal ohne seine Kappe und verstand jetzt, warum er sie sonst auf ließ. Seine Stirnglatze machte ihn nicht gerade attraktiver. Der braune, ungepflegte Haarkranz sah fettig aus. Seine Haut hatte schon einige Pigmentflecken. Günters wahres Alter war schwer zu schätzen. Aber vermutlich war er in Wirklichkeit um einiges jünger als ihr Vater, dachte Anna.

Sie schüttelte den Kopf und wusste nicht, wo sie hinsehen, wie sie reagieren sollte.

»Wenn wa wenigstens Brot hätten, könnten wa ja jetzt dein wunderbares Gänseschmalz essen.«

Sie merkte, dass sie sich schon wieder von ihm einschüchtern ließ.

»Ich habe versucht, Brot zu kaufen, mit meiner letzten Lebensmittelmarke. Eine Stunde habe ich in der Schlange gestanden, dann wurde die Bäckerei genau vor meiner Nase geschlossen.«

Sie griff in ihre Manteltasche und holte die Marke heraus, legte den zerknitterten Bezugsschein für 200 Gramm Brot auf den Tisch. Günter knurrte etwas. Um auf ein harmloses Thema zu kommen, fragte Anna, wo Adelheid sei.

»Na wo wohl? Auf der Arbeit«, war seine Antwort.

»Was arbeitet sie eigentlich?«

Anna stand mit dem Rücken zum Herd, während Günter breitbeinig vor ihr auf der Stuhlkante mehr lag, als dass er saß. Mit einer

Hand fasste er sich aufreizend in den Schritt seiner fleckigen Hose. Dann schob er einen Fuß so weit nach vorne, dass er Annas Schuhspitze berührte. Ihr Blick glitt hilfesuchend zur Küchentür. Konnte Tante Adelheid nicht endlich nach Hause kommen? Ihr fiel ein, dass sie sicher nicht begeistert über den verbrannten Topf sein würde. Sie sollte besser Wasser in den Topf einlassen, um die Kartoffelkruste am Boden einzuweichen, sonst würde man sie nie wieder abbekommen. Doch so wie Günter sie musterte, traute sie sich nicht einmal, ihm den Rücken zuzudrehen. Zu groß war ihre Befürchtung, dass er sie dann am Hinterteil betatschen würde.

»Morgens trägt se Zeitungen aus, und ab mittags spült se Flaschen im Bierverlag«, sagte er.

Anna nickte und schluckte. Einfach das Gespräch in Gang halten.

»Wohnt hier eigentlich noch jemand, außer Ihnen und meiner Tante?«, fragte sie, natürlich ohne zu gestehen, dass sie heimlich einen Blick in das Schlafzimmer geworfen hatte.

»Ne!«, antwortete er mürrisch. »Nur die Schlafburschen. Die arbeiten Nachtschicht, haben selbst keine Wohnung und pennen hier, wenn wir aus dem Haus gehen. Damit verdient deine Tante noch wat dazu. Sonst könnt se die Miete gar nicht zahlen.«

Anna verzog unwillkürlich das Gesicht. Wildfremde Männer, die ihr Bett benutzten? Günter bemerkte ihre Grimasse und setzte sofort nach: »Wat denn, wat denn? Biste etwa so etepetete? So is dat hier im Wedding! Sei froh, dass du nischt für deinen Schlafplatz bezahlen musst. Aber eins sag ich dir: Lange jeht det nich. Dann musste dir was Eigenes suchen.«

Besser heute als morgen, dachte Anna.

»Wobei …«, er fuhr sich mit zwei Fingern über seinen Schnurrbart »… vielleicht hätt ich da noch ne andere Lösung.«

Dann schlüpfte er aus seinem Hauslatschen und fuhr mit dem bestrumpften Fuß an ihrem Unterschenkel entlang. Dabei öffnete er den Mund und legte die Zunge an die oberen Schneidezähne.

»War deine Arbeitssuche heute von Erfolg gekrönt?«, fragte er. »Oder willste dir gleich wat verdienen? Der Maxe hier steht schon ganz stramm.«

Er senkte den Blick in Richtung der Beule in seiner Hose und lauerte auf Annas Reaktion. Sie wich einige Zentimeter weiter zurück, stieß aber mit dem Po an die Herdumrandung. Bevor sie sich überlegt hatte, was sie Günter auf sein unverschämtes Ansinnen antworten sollte, klappte die Wohnungstür. Günter ließ aufreizend langsam den Fuß sinken. Schritte im Flur. Er rückte mit seinem Stuhl zurück, kurz bevor Adelheid die Küche betrat. In der einen Hand trug sie einen Flaschenhalter aus rostigem Metall, der mit Bierflaschen gefüllt war. Mit der anderen hielt sie einen mit einem Stück Zeitung umwickelten Brotlaib. Sie sah erschöpft aus. Die Falten neben ihrer Nase schienen sich noch tiefer in ihre fahle Haut eingegraben zu haben.

»Das wurde aber auch Zeit«, sagte Günter und nahm sogleich eine Flasche Bier aus dem Halter, ließ den Bügelverschluss aufschnappen. In einem Zug trank er sie zur Hälfte leer und wischte sich mit dem Handrücken über den Mund.

»Ahhh«, machte er. »Det zischt!« Er schnappte sich noch eine Flasche, hielt sie hoch und fragte Anna: »Willste och eine?«

Anna schüttelte den Kopf. Sie hatte noch nie in ihrem Leben Bier getrunken und würde es gewiss nicht ausgerechnet zur Verbrüderung mit ihm tun.

»Gib ihr lieber eine Stulle«, sagte Adelheid und legte den Laib auf den Tisch.

»Ist die von dir, Anna?«, fragte sie und hielt die Lebensmittelmarke hoch. Erst jetzt merkte sie, dass eine angespannte Stimmung herrschte. Ihre müden Augen wurden wieder wach, als sie von Günter zu Anna wanderten. Die überreizte Atmosphäre füllte die Küche aus wie eine Blase schmutziger Seifenlauge. Adelheid öffnete das Fenster, drehte sich zu dem Herd um. Als sie den Topf mit dem verbrannten Boden sah, rief sie: »Au weia, warst du das, Anna? Den krieg ich ja nie mehr sauber!«

Anna warf Günter einen Blick zu, um dessen Reaktion abzuschätzen. Doch der verschränkte nur die Arme vor der Brust und lehnte sich zurück. Er schien nicht im Traum daran zu denken, die Schuld an dem verkohlten Topf auf sich zu nehmen.

»Tut mir wirklich leid! Ich kriege das wieder hin«, sagte Anna.

Sie stellte den Topf in den Ausguss und ließ Wasser einlaufen.

Dann feuerte sie den Herd wieder an, stellte den Topf auf und wartete, bis das Wasser kochte. Aus dem Augenwinkel meinte sie, Günters zufriedenen Blick zu erhaschen. Vermutlich war das die beste Strategie für den Umgang mit ihm. Es musste ihr gelingen, seine Sympathie zu gewinnen, ohne dass er auf die Idee kam, Liebesdienste von ihr zu erwarten. Und außerdem musste sie zusehen, so schnell wie möglich eine andere Unterkunft zu finden.

»Ich nehm doch gerne ein Bier!«, sagte sie. Günter hob den Kopf, und in seinen Augen konnte sie die Überraschung ablesen.

»Hoppla, jetzt wird det Mädel aber tollkühn!«, kommentierte er, während er ihr eine Flasche öffnete. Auf einem Schmalzbrot kauend, griff er sich das Zeitungsblatt der Volksstimme, in das das Brot eingewickelt gewesen war. Mit vollem Mund las er laut die Schlagzeile vor: »Friedrich Ebert in Weimar zum vorläufigen Reichspräsidenten gewählt.«

Er biss erneut in das Brot und überflog den Artikel.

»Na, endlich einer von uns, der in Deutschland det Sagen hat. Der Ebert kommt wenigstens aus der Arbeiterklasse. Aber dass se jetzt auch gleich euch Weibsleuten det Wahlrecht gegeben haben, will ma nich in nen Kopfe!«

Es schien ihn nicht zu kümmern, dass er von Adelheid und Anna hierzu keine Zustimmung bekam. Anna hatte zwar schon von dem neuen Frauenwahlrecht gehört. Aber erstens hätte sie gar nicht gewusst, für wen sie ihre Stimme abgeben sollte. Von Politik und Parteien hatte sie keine Ahnung. Zweitens durfte man sowieso erst ab zwanzig wählen. Sie begann, den Topfboden mit einem Drahtschwamm zu schrubben. Adelheid wollte gerade etwas erwidern, da redete Günter schon wieder weiter. Davon, dass es an der Zeit gewesen sei, die Unterschiede abzuschaffen.

»Kampf den Palästen, Friede den Hütten!«, rief er plötzlich laut aus und öffnete die dritte Bierflasche.

»Was sind das für Parolen! Du hörst dich an wie ein Kommunist!«, sagte Adelheid.

»Na, und wenn schon!«, antwortete er barsch.

Adelheid schüttelte den Kopf: »Was die in Russland mit der Zarenfamilie angestellt haben. Das ist doch unmenschlich!«

»Und ham die det nich verdient? Die waren doch auch nich zimperlich«, grölte Günter.

»Aber die Kinder zu ermorden, ohne jede Gnade, einfach grauenhaft!«

»Die Revolution fordert eben ihre Opfer. Wenigstens ham wer hier in Deutschland endlich och kenen Kaiser mehr. Vielleicht jehts uns nun och bald besser, schlechter is ja nich möglich.«

Günter knallte die Bierflasche auf die Tischplatte

»Vati sagt immer, alle gleich reich, das geht nicht, also alle gleich arm, darauf kommt es raus«, sagte Anna, ohne sich umzudrehen.

»So, na det scheint ja ein ganz Kluger zu sein, dein Vater!«

Adelheid redete leise auf Anna ein: »Wie soll es denn nun eigentlich mit dir weitergehen, Anna? Ich habe schon von deiner Begegnung mit Frau Lehmann gehört.«

Anna merkte, wie sie rot wurde.

»Dabei ist ja nichts Gutes herausgekommen.«

»Es tut mir leid«, sagte Anna und senkte beschämt den Kopf.

»Na, lass mal. Die ist auch nicht gerade das, was man eine angenehme Person nennen kann«, setzte Adelheid hinzu, und Anna konnte in ihren Augen sehen, dass sie genau Bescheid wusste. »Ich hätte dich nicht zu ihr schicken sollen, aber wenn man Arbeit sucht, kann man heutzutage nicht wählerisch sein.«

Anna wusste, dass ihre Tante eigentlich ein warmherziger Mensch war. Umso mehr wunderte sie sich, wie sie mit so einem ungehobelten Scheusal wie Günter zusammenleben konnte. Noch dazu anscheinend in wilder Ehe. Ihre Mutter hätte sie sicherlich nicht zu ihr geschickt, wenn sie das gewusst hätte.

»Es wird wohl nichts anderes übrig bleiben, als dass du morgen mit in den Bierverlag kommst. Da werden tageweise Flaschenspüler gesucht. Ob du die Arbeit dann kriegst, kann ich dir aber nicht vorhersagen. Mal brauchen sie zehn, manchmal nur drei, je nachdem, wie viel Leergut an dem Tag anfällt. Außerdem stehen immer mindestens zwanzig Tagelöhner vor der Tür, die darauf warten, dass sie genommen werden. Anna schluckte. Das war nicht gerade die Art von Arbeit, die sie sich erhofft hatte, und selbst da schienen ihre Chancen nicht gut zu sein.

»Du kannst mich morgen früh begleiten, wenn ich die Zeitungen austrage, dann lernst du wenigstens mal Berlin kennen. Und später können wir uns die Straßen aufteilen.«

Als sie bemerkte, wie zweifelnd Anna sie ansah, fügte sie hinzu: »Nun sei nicht so kleingläubig. Anschließend gehen wir zum Krajewski. Wirst sehen, der ist ganz in Ordnung. Und so schlimm ist die Arbeit gar nicht.«

Günter war erstaunlich still geworden. Sie drehte sich zu ihm um und sah, dass er auf seinem Stuhl eingeschlafen war. Adelheid rüttelte ihn an der Schulter, sodass er mit einem Schnarcher wieder aufwachte.

»Besser, du gehst ins Bett. Um halb vier klingelt schon wieder der Wecker«, sagte Adelheid zu ihm.

Überraschenderweise stand er ohne Widerrede auf und murmelte: »Wünsche wohl zu ruhn, allerseits.«

Der Alkohol schien ihn müde und weniger angriffslustig gemacht zu haben. Das musste sie sich merken, dachte Anna. Doch im Vorbeigehen zwinkerte er ihr vertraulich zu, als seien sie alte Freunde. Sie versuchte, ein passendes Lächeln zustande zu bringen, immer gewahr, wie sehr sie bei ihm auf der Hut sein musste.

CHARLOTTE

Charlotte hatte ihr Zimmer zwei Tage und zwei Nächte nicht verlassen. Sie hatte niemanden sehen wollen, mit niemandem ein Wort gewechselt und außer Tee nichts zu sich genommen. Immer wieder hatte Lisbeth sich an ihr Bett gesetzt, versucht, sie zu überreden.

»Wenigstens die Täubchenbrühe, Lotte. Bitte! Frau Leutner hat sie extra nur für dich gekocht.«

Mit zusammengepressten Lippen hatte Charlotte ihr Gesicht zum Fenster gedreht, wie sie es seit zwei Tagen immer tat, wenn jemand ihr Zimmer betrat. Sie hasste Taubenbrühe. Auch wenn es ihr für Frau Leutner leidtat, war diese Speise so ziemlich die letzte, die sie zu einem Abbruch ihres Hungerstreiks bewegen konnte. Hätte man ihr etwas anderes serviert, Pfannkuchen zum Beispiel, oder Hasenpastete, wäre es ihr vermutlich nicht mehr so leichtgefallen, das Essen zu verweigern. Aber das konnte sie nicht äußern, denn damit hätte sie ja ihr Schweigegelübde gebrochen, auf das sie sich versteift hatte.

»Willst du mir nicht sagen, was passiert ist?«

Charlotte wollte nicht.

»Eine Tochter in dem Alter ist schwierig«, versuchte Lisbeths Schwiegermutter Wilhelmine sie zu beruhigen. »Sie denkt, man kämpft gegen sie. Dabei versucht man doch nur, sie vor dem Schlimmsten zu bewahren. Jedenfalls hat sie nicht die spanische Grippe, das ist doch immerhin beruhigend.«

Tatsächlich hatte der Arzt keine medizinisch bekannte Krankheit feststellen können. Das Fieber war am nächsten Tag schon gefallen. Charlotte hatte längst wieder normale Temperatur.

»Es wird Liebeskummer sein, Lisbeth«, sagte ihre Schwiegermutter und zog den Faden einer bestickten Tischdecke nach innen. Sie waren dabei, zusammen die Bestände der Tisch- und Bettwäsche zu überprüfen. Ein Dienstmädchen stand auf der Leiter und holte nach und nach jedes einzelne Laken und jeden Kopfkissenbezug aus den Schränken der Wäschekammer, die vom Boden bis zur Decke reichten. Dann breiteten sie das Stück auf dem Tisch in der Mitte des Raumes aus und trugen seinen Zustand in eine Liste ein.

»Unsinn, das ist doch gar nicht möglich! Herr Händel hat ihr einen Antrag gemacht, und sie hat ihn ausgeschlagen. Wie sollte sie Liebeskummer haben, wenn sie diejenige ist, die ihn zurückweist. Und ich wüsste bei bestem Willen nicht von einem anderen jungen Mann, für den sie sich interessieren könnte. Es war schon viel zu lange keiner mehr hier.«

Sie sah Wilhelmine in die verblassten Augen. Ihre Haare waren weiß, das rosige Gesicht allerdings nicht so faltig, wie man es bei einer Sechzigjährigen erwartet hätte. Trotz ihres Alters war sie noch eine geistreiche und imposante Frau, die darauf bestand, in den Arbeitsablauf im Haus eingebunden zu werden, und zudem stickte und Novellen las.

»Irgendetwas muss ja dahinterstecken. Womöglich hat es mit Edith zu tun. Ist sie nicht sehr überstürzt abgereist? Und hat Charlotte nicht sogar ihren Abschied verpasst? Nach immerhin vier Jahren, die sie hier zusammen verbracht haben!«

Lisbeth dachte darüber nach, was ihre Schwiegermutter sagte. Sie legte die Tischdecke zusammen und holte den nächsten Stapel aus dem Schrank.

»Meinst du wirklich? Schade, dass ich Edith nicht mehr fragen kann. Und ich werde jetzt, wo es Lotte so schlecht geht, nicht nach Leipzig reisen.«

»Du könntest zuerst noch einmal versuchen, mit Lotte darüber zu sprechen. Oder ich tue es. Aber wenn wir beide nichts aus ihr herausbekommen, wird dir gar nichts anderes übrig bleiben. Ich bin sicher, dass Edith weiß, was vorgefallen ist. Du bleibst eine Nacht bei Cäcilie. Sie freut sich bestimmt, wenn du sie besuchst.«

Wilhelmine fuhr mit der Hand über einen großflächigen Kaffeefleck auf der Damasttischdecke. »Den Fleck muss man nochmals bleichen. Es wundert mich, dass das Tischtuch in diesem Zustand in den Schrank gelegt wurde«, murmelte sie. Dann sah sie auf: »Schade, ich würde meine Tochter auch gerne wiedersehen. Aber eine von uns muss hier bei Lotte bleiben.«

Lisbeth legte einen Finger an den Mund. »Ist es nicht ein bisschen übertrieben, wegen dieser vagen Annahme extra nach Leipzig zu fahren? Ich könnte versuchen, über den Fernsprecher mit Edith zu reden.«

Wilhelmine winkte ab. »Diese neumodische Erfindung mag ja dazu taugen, einen Arzt oder die Feuerwehr zu rufen. Aber doch nicht, um solche delikaten Themen zu besprechen.« Sie drehte sich zu dem Dienstmädchen um. »Marie, das alles hier bleibt unter uns, nicht wahr?«

Das Mädchen nickte artig.

Lisbeth legte drei Bettbezüge beiseite, an denen Knöpfe fehlten, dann strich sie ihren hellblauen Rock glatt. »Wahrscheinlich hast du recht. Aber mir kommt da eine Idee: Warum fährst du nicht nach Leipzig? Du hast doch einen viel besseren Zugang zu deiner erstgeborenen Enkelin als ich. Wenn jemand herausfinden kann, was geschehen ist, dann du!«

»Ich soll alleine nach Leipzig reisen?«

»Du könntest eines unserer Dienstmädchen mitnehmen.«

»Nun ja …« Wilhelmine spitzte die Lippen. Sie schien sich mit der Vorstellung anzufreunden. »Aber bevor ich mich in dieses Abenteuer stürze, gehe ich lieber noch einmal zu Lotte und sehe, was ich erreichen kann. Am liebsten wäre es mir nämlich, wenn sie mich nach Leipzig begleiten würde. Hätte ich denn vor dem Mittagessen noch genug Zeit für ein Gespräch?«

Lisbeth sah aus dem Fenster, dessen Aussicht auf den zugefrorenen Karpfenteich und die Birkengruppe hinausging. Sie brauchte keine Uhr, um die Tageszeit bestimmen zu können. Ein Blick auf die fahle Wintersonne, die genau hinter den kahlen Birken stand, reichte ihr. Sie teilte ihrer Schwiegermutter mit, dass es erst elf Uhr sei und bis zum gemeinsamen Mittagsmahl noch eine Stunde Zeit verbliebe. Vermutlich werde sie ohnehin kein Wort aus ihrer Enkeltochter herausbekommen. Dann sah sie ihrer Schwiegermutter nach, als sie aufrecht den Gang entlangschritt, zu Charlottes Schlafzimmer.

»Ach, Großmutter, du jetzt auch noch!«, sagte Charlotte entnervt, als Wilhelmine ihr Zimmer betrat. Erna, die in einem Armlehnsessel am Fenster eingenickt war, stand sofort auf.

»Das sind immerhin mehr Worte auf einmal, als du in den letzten zwei Tagen gesprochen hast, wie mir deine Mutter berichtet hat«, erwiderte Wilhelmine und bat Erna, ihr den Sessel ans Bett zu schieben. Die Dienstmagd hatte Tag und Nacht an Charlottes Bett gewacht und sie umsorgt.

»Am besten legst du dich selbst einmal hin, Erna. Du musst ja vollkommen erschöpft sein. Ruh dich aus.«

»Ganz wie Sie möchten, Frau Feltin«, sagte Erna und versicherte Charlotte, dass sie in einer Stunde wieder nach ihr sehen werde.

»Geh nur, Erna«, entließ Charlotte sie. »Du hast schon viel zu lange bei mir ausgehalten.«

Erna machte einen Knicks und verließ gehorsam den Raum, und Wilhelmine nahm auf dem Sessel Platz.

»Wir alle machen uns große Sorgen um dich.«

Charlotte verdrehte die Augen. »Ihr macht euch Sorgen? Mir kommt es eher so vor, als sei ich von Gouvernanten umgeben, die mir alle sagen wollen, was ich zu tun oder zu lassen habe.«

Wilhelmine nestelte am obersten Perlmuttknopf ihrer hochgeschlossenen Bluse. Ein Stück darunter steckte eine ovale Brosche mit einem eingelassenen Emailleschmetterling. Sie öffnete den Verschluss, zog die Nadel aus dem Stoff und knöpfte die Bluse auf. Es war überraschend warm in dem Zimmer, und die Luft war stickig. Sie erinnerte sich daran, wie ihre Schwiegertochter die Dienstmädchen angewiesen hatte, das Kaminfeuer während Charlottes Unpässlichkeit nicht erlöschen zu lassen. Zu gerne hätte sie ein Fenster geöffnet und die frische, klare Winterluft hereingelassen. Da die Vorhänge zugezogen waren, wurde der Raum nur durch das Feuer erleuchtet. Es tauchte die dunkelroten Wände mit dem zarten Rankenmuster auf der Tapete in ein gelbes, zuckendes Licht. Wilhelmine betrachtete das Profil ihrer Enkelin. Sie lag unbeweglich auf dem Rücken und hatte die Augen starr nach oben gerichtet. Vollkommen unnahbar. Irgendetwas musste sie so tief verletzt haben, dass sie diese unsichtbare Mauer um sich herum errichtet hatte. Wie konnte man bloß einen Zugang zu ihr finden?

»Weißt du, Lotte, in einem Punkt unterscheide ich mich sehr deutlich von einer Gouvernante«, begann Wilhelmine.

Charlotte drehte ihr das erste Mal das Gesicht zu. Und Wilhelmine erschrak. Wie schmal und bleich sie war!

»Ach ja? Und was wäre dieser Punkt?«, antwortete sie schnippisch.

»Der Punkt ist, dass ich dich sehr, sehr lieb habe.«

Wilhelmine beugte sich nach vorne und griff nach Charlottes Hand, die trotz der Wärme im Zimmer eiskalt war.

Sekundenlang starrte Charlotte wieder an den Betthimmel. Dann füllten sich ihre Augen mit Tränen, und sie richtete sich auf, um ihre Großmutter zu umarmen, legte ihr Gesicht auf ihre runde Schulter.

Wilhelmine strich ihr über die zerzausten, weichen Haare. »Wein du nur. Wein dich endlich richtig aus. Das muss manchmal sein«, murmelte sie und wiegte ihre Enkelin in den Armen.

»Du musst es mir nicht erzählen, wenn du nicht willst.«

Charlotte schluchzte auf. Dann begann sie stockend zu sprechen: »Edith und Leo, ich habe sie gesehen, Großmama … im Garten, er hat ihr die Füße gewaschen und … sie haben sich geküsst … ich weiß jedenfalls, dass er sie möchte und nicht mich … und trotzdem macht er mir einen Antrag … das ist so … unehrlich, so widerlich.«

Sie musste wieder laut weinen.

»Ja, das scheint es in der Tat zu sein«, bestätigte Wilhelmine.

Charlotte sprach weiter: »Und ausgerechnet Edith. Ich dachte, wir sind Freundinnen … aber schon bei ihrer ersten Begegnung war Leo von ihr beeindruckt. Doch später glaubte ich fest daran, er würde mich bevorzugen, er hat mir ja offenherzig den Hof gemacht … ich hatte gar keinen Zweifel mehr an seiner Liebe, fast hätte ich …« Charlotte unterbrach sich und musste an den Augenblick denken, als sie kurz davor gewesen war, sich ihm in dem ausgedienten Heuschober hinzugeben. Ihr Blick traf den ihrer Großmutter, und sie merkte, wie sie errötete.

Wilhelmine schien ihre Gedanken zu erraten.

»Natürlich ist Edith auch viel schöner als ich«, fuhr Charlotte fort. »Und außerdem so musikalisch und graziös …«

»Du hast recht, Edith ist außergewöhnlich schön, aber das bist du auch, Lotte. Nur auf eine andere Weise. Du hast so unendlich viele

Vorzüge. Jeder Mann kann sich glücklich schätzen, der dich bekommt.«

»Das sagst du jetzt nur. In Wirklichkeit dreht sich alles nur um Edith. Ich war ja stolz darauf, dass sie meine Freundin war. Aber jetzt habe ich zwei Menschen auf einmal verloren. Meine beste Freundin und meinen Verehrer.«

Die weiße, gestärkte Bluse ihrer Großmutter sah inzwischen nicht mehr so adrett aus wie vorher, denn Charlotte nahm sich nicht besonders in Acht. Aber das machte Wilhelmine nichts aus, so erleichtert war sie darüber, dass Charlotte endlich redete. Insgeheim beglückwünschte sie sich zu ihrer Menschenkenntnis. Denn es war genau das eingetreten, was sie schon seit einiger Zeit gefürchtet hatte. Als Edith sich von dem unscheinbaren Kind zur Frau entwickelt hatte, war ihr klar geworden, dass ihre betörende Anziehungskraft nicht nur Vorzüge haben würde. Sie barg auch Gefahren. Ihre erstgeborene, außergewöhnliche Enkelin brachte womöglich nicht immer das Gute in den Menschen, denen sie begegnete, zum Vorschein.

Wilhelmine nahm Charlottes Gesicht zwischen ihre Hände und hielt sie ein Stück von sich entfernt, strich ihr mit den Fingern über die nasse Wange. Dann suchte sie eines ihrer feinen Taschentücher aus der Rocktasche und trocknete ihr die Tränen.

»Glaubst du denn, dass Edith es darauf angelegt hat, Leo für sich zu gewinnen?«, fragte sie. »Manchmal kann man das denken, wenn jemand auf einen anderen so eine Ausstrahlung hat. Aber es steckt vielleicht nicht unbedingt Absicht dahinter.«

Charlotte rückte von ihr ab, setzte sich in ihrem Bett auf und legte sich ein Kissen in ihrem Rücken zurecht. Dann zuckte sie mit den Schultern.

»Sonst saß sie immer in Wolljacken und Decken gewickelt im Salon. Aber wenn Leo kam, trug sie ihre feinen Chiffonblusen.«

»Und was ist mit Leo. Liebst du ihn denn?«

Charlotte schüttelte langsam den Kopf. »Ich weiß es selbst nicht. Aber es spielt auch keine Rolle mehr. Ich werde ihn auf keinen Fall heiraten.« Auf einmal fiel ihr etwas ein, und sie sah Wilhelmine beschwörend in die Augen: »Du darfst Papa auf keinen Fall erzählen, warum ich Leos Antrag abgelehnt habe!«

Wilhelmine antwortete nicht sofort, sondern schien zu überlegen.

Von unten ertönte der Gong zum Mittagessen. Der durchdringende, nachhallende Ton war so laut, dass man ihn sogar in den Stallungen hören konnte. Beide wussten, dass dieses Signal, das Frau Leutner oder Erna immer um Punkt zwölf Uhr schlugen, von allen Familienmitgliedern strengstens zu beachten war. Sofern man nicht eine unaufschiebbare Arbeit verrichtete, hatte man sich pünktlich im Speisezimmer einzufinden. Von Charlotte erwartete natürlich im Moment niemand, dass sie dort erschien. Doch auch Wilhelmine rührte sich nicht. Nach einer Weile sagte sie: »Ich glaube, in diesem Punkt muss ich dir zustimmen. Dein Vater sollte deine Gründe besser nicht erfahren. Und es ehrt dich, dass du dieser Ansicht bist.«

Charlotte nickte. Sie wollte nicht, dass Richard gegen Edith einen Groll hegte oder sie in einem falschen Licht sah. Sie hätte nicht erklären können, weshalb, aber sie konnte ihrer Cousine nicht wirklich böse sein. Sie wusste nur, dass sie sie vorerst nicht mehr sehen wollte.

»Fühlst du dich schon imstande, aufzustehen, Lotte?«, fragte Wilhelmine und erhob sich.

Charlotte senkte die Lider. »Gib mir noch einen Tag, Großmama. Aber sag bitte Erna, dass sie mir etwas zu essen nach oben bringen möchte. Ich sterbe vor Hunger. Und zieh endlich die Vorhänge auf!«

»Dem Herrn sei's gedankt!«, sagte Wilhelmine und klatschte in die Hände. Sie konnte nicht ahnen, wie voreilig ihr Ausruf war.

ANNA

Als sie um fünf Uhr im Dunkeln das Haus verließen, war die Straße schon erstaunlich belebt. Berlin schien nie wirklich zu schlafen. Wenigstens regnete es heute nicht. Anna sah nach oben und schlug ihren Mantelkragen hoch. Der Himmel war sternenklar, deshalb war es auch so viel kälter als gestern, so kalt, dass ihr Atem kondensierte und sich eine glitzernde Eisschicht auf die Pfützen im Rinnstein gelegt hatte. Sie war froh, dass sie in letzter Sekunde noch ihre dunkelrote Wollmütze angezogen hatte. Gerade als sie losgehen wollten, bemerkte sie auf der anderen Seite der Straße eine kleine Gestalt, die zusammengekauert auf der Bürgersteigkante saß: Ida. Das Mädchen aus der Wäscherei hatte entweder die Nacht hier verbracht, oder sie war sehr zeitig aufgebrochen, um sie nicht zu verpassen. Als sie Anna erkannte, stand sie auf und kam über das Kopfsteinpflaster auf sie zu gerannt. Sie trug heute eine gewalkte, dunkelgrüne Jacke, die ihr viel zu groß war. Aber auch diese würde bei Weitem nicht genügen, um sie vor der Eiseskälte zu schützen.

»Ida! Was tust du denn hier? Wie lange wartest du schon? Es ist doch viel zu kalt, um hier draußen auf den Steinen zu sitzen«, sagte Anna.

»Ich bin erst seit einer halben Stunde hier«, antwortete Ida.

Das Mädchen sah zu ihr auf und schien sich zu freuen, dass sie endlich kam. Anna fiel zwar auf, dass sie weniger niedergeschlagen als gestern aussah, aber ihr Mäusegesicht wirkte noch spitzer. Sie merkte, dass Adelheid das Mädchen von der Seite musterte, und setzte zu einer Erklärung an: »Das ist Ida. Sie hat bis gestern bei Frau Lehmann als Plätterin gearbeitet, aber dann …«

»Ach, sie ist das!«, wurde sie von Adelheid ungeduldig unterbrochen.

»Von der Geschichte habe ich schon gehört.«

Sie wandte sich direkt an Ida: »Und was willst du jetzt von Anna?«

Die Kleine zuckte hilflos mit den Schultern.

»Na, ich kann es mir schon denken«, sagte Adelheid ein wenig zu barsch. Aber Anna glaubte, in ihrem Gesicht eine Spur von Sympathie für das Mädchen zu entdecken, das ganz offensichtlich noch ärmer dran war als sie selbst. Sie ging in die Hocke, um mit Ida auf gleicher Augenhöhe zu sein: »Ich bin Tante Adelheid. Also pass auf, Ida: Ich kann weder Anna noch dir versprechen, dass wir für euch eine Arbeit finden. Aber wir werden es versuchen. Als Erstes muss ich jetzt die Zeitungen abholen. Und zwar hurtig, denn ich bin schon spät dran.«

Sie lief so flott den Bürgersteig entlang, dass Anna und Ida Mühe hatten, ihr zu folgen. Sie mussten aufpassen, dass sie nicht ausrutschten. Die Straßenbeleuchtung war spärlich, und man sah die Eisflächen nicht rechtzeitig. Immer wieder stießen sie fast mit anderen Menschen zusammen, denn jeder, der um diese Zeit unterwegs war, hatte es eilig und war mürrisch. Anna bemerkte, dass Ida kaum mitkam, und griff nach ihrer Hand. Sie war eiskalt. Aber wenigstens würde sie das schnelle Gehen aufwärmen. Nach etwa zehn Minuten kamen sie vor einem Backsteingebäude zum Stehen. Sie durchquerten zwei Hinterhöfe, voll mit Mülltonnen und Gerümpel. Über dem Eingang einer Tür hing ein schief angebrachtes Schild mit halb verblassten grünen Buchstaben. »Druckerei Borchhard« stand darauf. Adelheid nahm zwei auf einmal, als sie die Stufen zum Eingang im Hochparterre hinaufstieg. Durch das Glasfenster der Tür fiel Licht. Sie schob die schwere Tür auf und stieß fast mit einem untersetzten Mann zusammen. Ein zwei Nummern zu großer Hut verdeckte sein halbes Gesicht. Er trug einen Packen Zeitungen, die mit einer Schnur zusammengehalten wurden, und war auf dem Weg nach draußen.

»Sind die anderen schon alle weg?«, fragte Adelheid.

»Fast alle, aber ein paar sind heute nicht gekommen«, brummte er und zeigte hinter sich. Vor einem großflächigen Sprossenfenster, das den Blick auf einen hell erleuchteten Raum mit mehreren Druckmaschinen freigab, lagen noch genau sechs geschnürte Zeitungspakete. »Na, hast du heute Verstärkung mitjebracht? Det passt ja wie die Faust aufs Auge!«, sagte der Mann und nickte in die Richtung von Anna und Ida.

»Der Borchhard ist hinten. Ick muss los.«

Er hielt ihnen die Tür auf und lief dann eilig die Treppen hinunter.

»Ihr wartet hier und rührt euch nicht vom Fleck!«, sagte Adelheid zu den beiden Mädchen. Dann verschwand sie durch die nächste Tür. Anna und Ida konnten durch die großen Industriefenster beobachten, wie sie durch den Raum mit den Druckmaschinen ging. Ganz am Ende der Halle sprach sie einen Mann an, von dem man nur die Beine sehen konnte. Der Rest des Körpers lag unter einer Druckerpresse. Kurz darauf sahen sie seinen Kopf, als er sich aufrichtete und in ihre Richtung schaute. Sein rundes Gesicht war voller Druckerschwärze. Nach einer Weile, während der Adelheid scheinbar ununterbrochen auf ihn einredete, nickte er. Er stand auf und ging zu einem Regal an der Wand, kramte in einem Papierstapel. Dann gab er ihr einige Blätter. Als sie wieder zurückkam, lächelte sie ein wenig. Anna fiel auf, dass sie sie erst einmal, und zwar anlässlich ihrer Begrüßung, mit diesem entspannten Gesichtsausdruck gesehen hatte. Das Lächeln ließ sie viel jünger erscheinen, sie sah fast hübsch aus, wenn da nicht die schlechten Zähne wären, dachte sie.

»Er hat zugestimmt, dass ihr jede einen eigenen Bezirk bekommt. Aber erst mal nur für heute, weil drei Austräger nicht gekommen sind!«, sagte sie. Sie griff sich zwei der Zeitungspacken an der Kordel und deutete auf die anderen. »Ich nehme zwei und ihr jeder einen.«

Sie ging vor ihnen her die Treppe hinunter. Neben dem Eingang standen Rollwagen mit aufmontierten Holzkästen. Adelheid legte ihr Zeitungspaket hinein, Anna und Ida machten es ihr nach. Dann drückte sie jeder von ihnen eine maschinengeschriebene Liste in die Hand.

»Das sind die Namen und Adressen der Abonnenten. Es steht auch dabei, ob die Zeitungen vor die Tür gelegt oder in den Briefkasten gesteckt werden sollen. Für Anna wird es vielleicht schwieriger, denn sie kennt sich hier noch nicht so gut aus. Aber du, Ida, bist doch sicher eine echte Berlinerin?«

Ida nickte und starrte auf das Papierblatt in ihrer Hand. Anna bemerkte, dass sie gar nicht glücklich aussah.

»Glaubst du, die Karre ist dir zu schwer? Oder ist dir kalt?«, fragte sie.

Ida schüttelte den Kopf.

»Vielleicht könnte ich die Strecke gemeinsam mit Ida ablaufen. Erst werfen wir ihre Zeitungen ein und dann meine«, schlug sie ihrer Tante vor.

Adelheid gab zu bedenken, dass die Zeit dafür zu knapp sei. Die Kunden wollten die Zeitung vor dem Frühstück haben.

»Es pressiert jetzt wirklich, Mädchen. Ach und übrigens: Es gibt Stücklohn. Einen Pfennig je zwanzig Zeitungen. Noch Fragen?«

Die Mädchen schüttelten den Kopf, und alle drei machten sich auf den Weg, zogen die Wagen über den Hof, aber Ida sprach kein Wort.

»Was ist denn bloß los, Ida?«, fragte Anna sie. »So schlecht ist das doch gar nicht, vor allem gegenüber dem Plätten bei der Lehmann. Ja, sicher, heute ist es besonders kalt, aber beim Laufen wird uns bestimmt warm und …«

Sie zog ihre Wollmütze aus und setzte sie Ida auf den Kopf. Zupfte sie so zurecht, dass sie ihr gerade noch die Augen frei ließ.

»Danke«, murmelte Ida, sah sie kurz an und starrte dann weiter geradeaus.

»Sieh mal, Ida«, versuchte es Anna weiter. »Du bist hier aus der Gegend, da ist es doch für dich ein Klacks, die Straßen abzulaufen. Ich habe es da sicher schwerer.«

Als immer noch keine Reaktion kam, wurde Anna langsam ungeduldig. Warum war Ida auf einmal bloß derart verstockt? Eigentlich fand sie sie jetzt ziemlich undankbar. Sie begann sich zu fragen, warum sie sich überhaupt mit diesem kleinen, mürrischen Mädchen abgab. Mit aufkommendem Ärger sah sie sie an. Erst jetzt realisierte sie, dass Ida kurz davor war zu weinen. Ihr blasses Gesicht verfärbte sich langsam rötlich, weil sie mit aller Kraft versuchte, die Tränen zu unterdrücken. Sofort musste Anna an ihre kleine Schwester Dora denken. Was, wenn sie es wäre, die so unglücklich vor ihr gestanden hätte? Hätte sie dann nicht alles getan, um sie aufzuheitern? Sie ging vor Ida in die Hocke, hielt sie an den Oberarmen und fragte: »Was hast du denn bloß? Willst du es mir nicht endlich sagen?«

Über Idas Mäusegesicht liefen jetzt die Tränen. »Ich kann die Arbeit nicht machen, weil ich nicht lesen kann«, platzte sie heraus.

Anna drehte sich zu Adelheid um. Keine der beiden hatte daran gedacht, dass die meisten Kinder aus den Arbeiterfamilien nicht zur Schule gegangen waren und weder Schreiben noch Lesen gelernt hatten.

»Das ist doch kein Beinbruch«, beruhigte Adelheid sie und bückte sich jetzt auch zu ihr herunter. Anna wusste, wie sehr Adelheid unter Zeitdruck stand. Natürlich hätten sie schon vor einer halben Stunde losgemusst. Trotzdem suchte sie nach einer Lösung. Sie erklärte den beiden, dass dann nichts anderes übrig blieb. Sie mussten die Touren zusammen ablaufen.

»Umso besser. Dann bist du die Ortskundige, und Anna liest die Adressen vor. So machen wir es. Aber jetzt trödelt bloß nicht mehr herum! Ihr müsst versuchen, die Strecke so schnell ihr nur könnt zurückzulegen. Sonst komme ich in Teufels Küche. Wenn die Leute sich beschweren, dass ihre Zeitung zu spät geliefert wurde, ist es nicht nur für euch vorbei, sondern auch für mich. Leider haben wir jetzt nicht dieselbe Richtung. Aber um 7 Uhr treffen uns wieder hier.«

Sie zeigte den beiden die Straße, in die sie gehen mussten, und verschwand eilig in die entgegengesetzte Richtung. Anna wäre fast mit einem schäbig gekleideten jungen Mann zusammengestoßen, der ein Schild um den Hals trug. In großen handgeschriebenen Buchstaben stand darauf: »Ich suche Arbeit jeder Art«. Erstaunt wandte sich Anna nach ihm um, doch Ida schien das nicht außergewöhnlich zu finden.

»Na los, Ida«, forderte Anna sie auf. »Jetzt zeigst du mir Berlin.«

Endlich war auch das Zeitungspaket auf Idas Wagen zusammengeschrumpft. Die beiden waren nicht gut vorangekommen. Es waren zwar nur zwei Stationen mit der Elektrischen gewesen, und sie hatten die erste Straße nach Adelheids Beschreibung auch gefunden. Doch Ida tat sich schwer, die weiteren Adressen auszumachen. Tatsächlich kannte sie nur das Viertel, in dem sie wohnte und noch ein zwei Straßen darum herum. Jetzt stand Anna auf dem Bürgersteig der Bremer Straße, und Ida legte gerade ein Exemplar zwischen die

Milchflaschen vor einer Haustür. Hier gab es sogar Vorgärten, wunderte sich Anna, als sie Ida das schmiedeeiserne Tor aufhielt und es hinter ihr ins Schloss fallen ließ. Idas Gesicht war vor Eifer leicht gerötet. Sie schien fast ein wenig Spaß an der neuen Arbeit zu haben. In einer Hand hielt Anna die Liste mit den Namen der Abonnenten und las laut vor: »Der Nächste ist: A. Lehmann, Hausnummer 45, zweiter Stock, und dann wäre es geschafft. Der Letzte ist nur noch ein paar Häuser weiter.«

Sie zeigte die Straße hinunter. Ida griff nach einem Zeitungsexemplar und rannte vorneweg, während Anna die letzte Ausgabe der Täglichen Rundschau aus dem Kasten nahm. Ihr wurde bewusst, dass sie viel zu spät dran waren. Sicher war es längst nach acht Uhr, und sie mussten noch die leeren Wagen zurückbringen. Tante Adelheid würde ungehalten sein.

Ihre rot gefrorenen Finger hielten die Zeitung. Noch nicht einmal die Schlagzeile hatte sie bisher angesehen.

»Friedenskonferenz in Versailles findet ohne Vertreter der besiegten Mächte statt«, las sie leise vor. Darunter stand in kleinerer Schrift: »Was haben die ›Großen Zehn‹ mit uns Deutschen vor?« Die »Großen Zehn« war mit kantiger, fetter Schrift gedruckt. Sicher würde Günter sich heute Abend wieder darüber echauffieren. Sie blätterte weiter zu den Anzeigenseiten. Ida stand jetzt wieder neben ihr und sah ihr über den Arm.

»Das ist die Letzte, deshalb wollte ich wenigstens mal einen Blick reinwerfen«, murmelte Anna.

»Sieh mal hier«, sagte sie. »Im Kaufhaus des Westens sucht man Verkäuferinnen. Kennst du das?«, fragte sie.

Ida schüttelte den Kopf.

»Das Kaufhaus des Westens sucht für seine Konfektionsabteilung zwanzig tüchtige und adrette Verkäuferinnen«, las Anna vor, » welche in dieser Branche bewandert sind und längere Zeit hierin tätig waren. Zur Vorstellung meldet man sich bei Herrn Körner, Eingang Passauer Straße, Berlin-Charlottenburg.«

Als Anna fertig gelesen hatte, sah sie Ida ins Gesicht, bemerkte, dass ihre Lippen bläulich gefärbt waren, und das, obwohl sie eben gerannt war. Anna zog ihr die Mütze weiter in die Stirn.

»Es wird Zeit, dass wir uns irgendwo aufwärmen«, sagte sie, und Ida nickte.

»Die Anzeige ist schön gestaltet, nicht wahr?«

Sie deutete auf die verschnörkelte Schrift und die schwarze Silhouette einer vornehmen Dame in einem engen Rock, die daneben abgedruckt war. Dann drückte sie die Zeitung an sich, legte den Kopf in den Nacken und drehte sich im Kreis.

»Ach, das wäre was: Verkäuferin in einem Warenhaus, mit feinen Stoffen und Kleidern umgehen und den ganzen Tag in der Wärme stehen.«

»Was heißt das: in der Branche bewandert?«, fragte Ida.

Anna ließ die Zeitung sinken, faltete sie wieder ordentlich zusammen, glättete sie mit der flachen Hand, damit sie ungelesen aussah.

»Hier, jetzt legen wir sie schnell dem letzten Abonnenten vor die Tür, und dann haben wir es geschafft.«

Als sie wieder auf der Straße waren, machten sie sich eilig auf den Weg zurück zur Druckerei, erwähnten die Anzeige nicht mehr. Dafür hörten sie ihre Mägen laut knurren. Während der Adressensuche hatten sie den Hunger nicht so sehr bemerkt, weil sie abgelenkt gewesen waren. Anna fühlte sich schwach, und sie fror erbärmlich. Als sie zu Ida sah, merkte sie, dass es ihr genauso ging und die Kleine sogar anfing zu taumeln. Wenn sie doch nur mit der Straßenbahn zurückfahren könnten, um sich ein wenig auszuruhen und aufzuwärmen, doch sie hatten keinen Pfennig Geld mehr. Sie setzten sich auf die oberste Stufe vor eine Haustür, um kurz zu verschnaufen. Anna legte den Arm um Idas Schultern und versuchte, sie warm zu reiben.

Auf dem Bürgersteig gegenüber stellte sich ein krummer Leierkastenmann auf. Er nahm seinen Hut vom Kopf und übergab ihm dem Äffchen, das wie selbstverständlich auf seinem Instrument saß. Ganz gemächlich begann der Mann, an der Kurbel zu drehen, und die beiden Mädchen lauschten dem alten Berliner Lied. Schon nach kurzer Zeit merkten sie, wie die Kälte aus den Steinstufen in ihre Körper zog und sie noch heftiger frieren ließ. Aufstehen, einen Fuß vor den anderen setzen, in Gang kommen, damit sich die Beine wieder von alleine bewegen. Da oben, der Klang der Kirchturmuhr ließ sie erschrecken. Sie zählten mit: Acht mal schlug sie. Sie waren viel zu spät dran. Jetzt war Adelheid sicher längst nicht mehr bei der Druckerei. Sie beschleunigten ihre Schritte, stützten sich auf die Griffe der Rollwagen, benutzten sie wie Tretroller, um schneller vorwärtszukommen. Doch als der Bürgersteig schmaler wurde, war die Gefahr, mit Passanten zusammenzustoßen, zu groß. Schließlich tauchte die graue Häuserlinie auf, hinter der sich die Druckerei befand. Sie stellten die Rollwagen im Hof ab.

»Nun müssen wir uns wohl alleine unser Geld abholen«, sagte Anna zu Ida, die ratlos mit den Schultern zuckte. Anna atmete tief ein, schob die schwere Tür zur Druckerei auf. Schon in dem Vorraum war es so viel wärmer als draußen. Sie gingen weiter hinein, auf das große Fenster mit den schwarzen Metallsprossen zu. Dahinter lag der Raum mit den Druckmaschinen. Gerade war nur eine Presse in Betrieb, und der Mann, mit dem Adelheid heute früh gesprochen hatte, stand dahinter. Er drehte an der Kurbel eines schmiedeeisernen Rads, und die Presse senkte sich nach unten ab. Annas und Idas Schritte verursachten einen Nachhall in dem hohen Vorraum. Ida zupfte Anna am Ärmel und flüsterte: »Hoffentlich schimpft er nicht, weil wir doch viel zu lange gebraucht haben …«

Der Mann sah auf, und augenblicklich konnten sie an seinem Gesicht ablesen, dass er sie wiedererkannte. Er bewegte die Lippen, seine Worte waren durch die Scheibe nicht zu hören. Dann ließ er den Hebel los und kam auf sie zu. Anna fiel auf, dass er ein Bein nachzog. Durch seine Gehbehinderung hätten sie genug Zeit gehabt, um wegzulaufen.

»Lass uns lieber abhauen!«, sprach Ida ihren Gedanken laut aus und ging langsam rückwärts in Richtung Ausgang. Doch Anna blieb wie angenagelt stehen und wartete darauf, dass Borchhard in den Vorraum trat.

»Seid ihr etwa jetzt erst fertig mit der Auslieferung?«, fragte er in scharfem Ton.

Seine rot geäderten Wangen und die wenigen Haare auf dem Kopf ließen ihn älter erscheinen, als er vermutlich war. Die Ärmel seines karierten Hemds waren hochgekrempelt, und Anna registrierte, dass seine Haut an den Armen bläulich verfärbt war.

»Wir mussten noch etwas anderes auf dem Rückweg erledigen. Mit den Zeitungen waren wir schon viel früher fertig«, antwortete sie geistesgegenwärtig.

Er lief noch röter an und streckte plötzlich den rechten Arm in die Luft. Mit einer blitzschnellen Bewegung duckte sich Ida vor ihm weg und schirmte ihren Kopf mit den Händen ab. Borchhard ließ seine Schulter rotieren und lachte schallend auf: »Na, du beziehst wohl zu Hause öfter mal Prügel?«

Dann machte er die gleiche Bewegung mit dem anderen Arm und sagte: »Keine Angst! Ich schlage keine Kinder. Muss nur manchmal die Muskeln lockern. Aber mit den Abonnenten werde ich wohl einigen Ärger kriegen.«

Anna sah ihn unverwandt an, ohne darauf einzugehen. Eigentlich wirkte er gutmütiger auf sie, als er tat.

»Na schön!«

Er machte eine Handbewegung, wonach sie ihm folgen sollten. Ida nahm die Hände vom Kopf, und Anna nickte ihr aufmunternd zu. Sie gingen hinter Borchhard her und durchquerten die Halle mit dem offenen Mauerwerk an den Wänden. Es roch intensiv nach Druckerschwärze. Kein unangenehmer Geruch, sondern eher einer, von dem man nicht genug bekommen konnte, fand Anna. In der Presse, an der er eben noch Hand angelegt hatte, lag die erste Seite der Berliner Illustrierten Zeitung. Anna hätte sie sich gerne näher angeschaut, denn es war die erste Zeitschrift, die sie jemals bei einer Kundin in Vetschau gesehen hatte. Sie enthielt sogar Modefotografien. Doch Borchhard wartete nicht, sondern öffnete die Tür zu einem überladenen Büro, in dem ein vollgepackter Schreibtisch und ein kleiner Ofen, der gemütlich bullerte, standen. Daneben ein Armlehnsessel, mit einer karierten Wolldecke über dem abgeschabten Leder.

»Papierbriketts«, sagte Borchard zur Erklärung und nickte in Richtung des Ofens, denn es war angesichts der Kohleknappheit ungewöhnlich, ein Büro zu beheizen. Er ging zu einer großen Thermoskanne, holte zwei Emailletassen aus einem Regal und sagte zu den Mädchen: »Na gut, ihr zwei seht ja ziemlich verfroren aus. Wollt ihr Kaffee?«

Beide nickten heftig. Er goss jeder von ihnen eine Tasse mit einer hellbraunen, dampfenden Brühe voll. Anna fiel auf, dass ihm an der linken Hand die mittleren Finger fehlten. Als er ihren Blick bemerkte, sagte er: »Ne, nicht im Krieg, wie du vielleicht denkst. Das ist hier passiert. Willst nicht wissen, wie.«

Er zeigte in die Richtung der Halle. Anna nahm einen Schluck, und obwohl er nicht nach Kaffee, sondern nach Gerste schmeckte, genoss sie den Augenblick, als die heiße Flüssigkeit ihre Kehle hinunterrann.

»Ist nur Lorke, aber wenigstens heiß«, kommentierte Borchhard und sah wohlwollend zu, wie sich die beiden über das Gebräu hermachten. Er folgte Idas Blick auf ein halbes Brot, das neben der Kanne lag.

»Und Hunger habt ihr auch noch«, brummte er und schnitt ihnen zwei dicke Scheiben ab. Die beiden bedankten sich und bissen gierig hinein. Das Brot war steinhart, aber wenn sie es in den Kaffeeersatz tunkten, war es essbar. Ida sah Borchhard dankbar an. Sie hätte sich nicht träumen lassen, dass er so nett zu ihnen sein würde.

»Na, setzt euch nur!«, brummte er und deutete auf zwei Bürostühle. »Ihr könnt euch hier aufwärmen und ausruhen, solange ihr wollt.«

Als Ida ihre Lodenjacke auszog und über die Stuhllehne legte, hatte Anna das Gefühl, dass Borchhard sie etwas zu auffällig musterte. Fand er etwa Gefallen an ihr? Sie war doch noch ein Kind.

»Na jut«, brummte er. »Ich muss jetzt wieder an die Arbeit.«

Er drehte sich weg und humpelte wieder in die Halle zurück.

Anna hörte auf zu kauen. Sie war fest davon ausgegangen, dass Borchhard ihnen jetzt und hier ihren Lohn auszahlen würde. Ratlos sah sie zu Ida, die schon wieder zufrieden ihre Brotkante einweichte. Als sie aufgegessen hatte, stand Anna auf und ging Borchhard nach. Während er an einer Druckerpresse hantierte, näherte sie sich von hinten und stellte sich neben ihn. Nach einer Weile drehte er sich zu ihr um.

»War noch was?«, fragte er.

Anna räusperte sich.

»Was ist mit unserem Lohn?«

»Eurem Lohn?«

Borchhard richtete sich auf, stemmte eine Hand in die Hüfte, und seine Augen verengten sich zu Schlitzen. Auf einmal sah er gar nicht mehr gutmütig und freundlich aus.

»Was glaubst du, was die Abonnenten sagen, wenn sie ihre Zeitung eine Stunde später bekommen als gewohnt? Die wollen sie vor dem Frühstück und basta.«

Er schlug sich mit dem Rücken der rechten Hand in die linke Handfläche. »Wahrscheinlich kündigt mir jetzt die Hälfte. Da fragst du nach eurem Lohn! Ihr könnt froh sein, wenn ich keinen Schadensersatz von euch verlange. Gerade habe ich euch noch durchgefüttert, und jetzt werdet ihr frech!«

Er schrie jetzt eher, als dass er sprach, sodass Ida sich gar nicht traute, näher zu kommen.

»Schert euch raus und lasst euch hier nie wieder blicken, undankbare Gören!«

»Aber wir haben doch dafür gearbeitet und haben uns extra beeilt«, sagte Anna kleinlaut. »Und wir brauchen das Geld! Bitte!«

Ihr war allerdings schon klar, dass es aussichtslos war. Und Borchhard hob den Zeigefinger.

»Pass lieber auf, dass ich deine Tante nicht auch noch rausschmeiße. Ich hab ihr einen Gefallen tun wollen und es bitter bereut. Und jetzt verschwindet endlich.«

Erst am Abend stand Anna wieder vor dem Häuserblock, in dem ihre Tante wohnte. Auf ihrem Weg durch die Hinterhöfe sah sie an den schmucklosen Fassaden hoch, die sich im fahlen Licht des Vollmonds nur wenig vom Himmel abhoben. Über die Ecken hatten einige Bewohner Leinen gespannt. Als seien es tote Vögel, hingen einzelne Wäschestücke daran und bewegten sich sachte im Wind. Anna fühlte sich entmutigt und nutzlos. Wie sollte sie ihrer Tante gegenübertreten? Seit sie in Berlin angekommen war, hatte sie ihr nur Ärger bereitet und keinen Pfennig zu ihrem Lebensunterhalt beigetragen. Wieder kam sie mit leeren Händen zurück. Es war, als hätten sich auch in den umliegenden Stadtteilen alle gegen sie verschworen. Keiner wollte sie haben. Außer der Brotscheibe in der Druckerei hatte sie den ganzen Tag nichts in den Magen bekommen. Niedergeschlagen und schwach stieg sie die Treppenstufen hoch. Die Kinder, die in dem kaum beleuchteten Treppenhaus saßen, verstummten bei ihrem Anblick. Ein kleiner, struppiger Hund lief ihr winselnd entgegen. Sie bückte sich und wollte ihn streicheln. Doch ein Junge mit magerem Gesicht rief: »Nicht! Der ist krank!«

Erschrocken zog sie die Hand zurück. Jetzt erst sah sie die kahlen, ungesunden Stellen in seinem Fell.

»Warum sitzt ihr denn hier vor der Tür?«, fragte sie die Kinder leise.

»Mama und Papa haben uns rausgeschickt«, sagte ein Mädchen mit langer Nase und strähnigen Haaren.

»Die wollen mal ihre Ruhe haben«, antwortete der älteste Junge mit wissendem Gesichtsausdruck, während das Mädchen versuchte, den wimmernden Säugling auf seinem Arm zu beruhigen. Anna schüttelte verwundert den Kopf. Ihr taten die Kinder leid, die in dem ungeheizten, dunklen Treppenhaus ausharren mussten. Das hätte sie sich von ihren Eltern niemals vorstellen können. Sie fragte sich, wie es Ida wohl gerade erging. Ob sie auch ausgesperrt oder von ihrem Vater wieder geschlagen wurde, weil sie ohne Lohn nach Hause kam?

Tante Adelheids Wohnung lag noch einen Treppenabsatz höher. Schon von Weitem sah sie, dass die Wohnungstür verschlossen war und nicht, wie sonst, nur zugeklappt. Sie klingelte und klopfte, obwohl sie schon ahnte, dass niemand öffnen würde. Dann streckte sie den Arm aus und tastete die Zarge über dem Türrahmen ab, auf der Adelheid den Schlüssel deponierte. Vergeblich! Anna pustete den Staub von ihren Fingerkuppen. Kraftlos und entmutigt ließ sie sich auf die oberste Stufe sinken, lehnte sich an den bröckeligen Putz der Wand. Hatte Adelheid sie mit Absicht ausgesperrt? Von weiter unten hörte sie das Flüstern der Kinder, den winselnden Hund, den jammernden Säugling. Jetzt teilten sie das gleiche

Schicksal. Die Geräusche vermischten sich und schienen sich immer weiter zu entfernen. Schon nach kurzer Zeit war Anna fest eingeschlafen.

Sie kam nur langsam zu sich, als jemand an ihrer Schulter rüttelte. Eiskalte Finger strichen ihr über die Wange

»Anna, wach endlich auf!«

Es war Adelheid, die sich über sie beugte.

»Anna, du musst doch nicht auf der Treppe schlafen! Ich hab dir doch gesagt, wo der Schlüssel ist. Sie stellte ihren Korb ab, aus dem ein Brot und ein Kohlkopf herausschauten, wippte auf die Zehenspitzen und tastete den Türrahmen ab.

»Da habe ich auch schon gesucht«, murmelte Anna noch halb benommen.

»Also, das ist mir ein Rätsel, ob Günter ihn mitgenommen hat?«, sagte ihre Tante. »Warte, ich bin gleich zurück.«

Sie stieg die Treppen wieder hinunter ins Erdgeschoss. Nach einer Weile kam sie zurück und hielt einen Schlüssel in die Höhe.

»Zur Not kann man immer bei unserem Hausmeisterehepaar klingeln. Die haben Schlüssel zu allen Wohnungen.«

Anna folgte ihr zögernd in die dunkle Wohnung und stand unschlüssig herum, während Adelheid Licht machte und Geschirr vom Tisch abräumte. Sie seufzte laut, als sie sah, dass der Kohleeimer schon wieder leer war, und griff sich den Henkel.

»Das kann ich doch machen!«, sagte Anna und streckte die Hand danach aus, obwohl es ihr davor graute, in den unheimlichen, dunklen Kohlekeller hinunterzusteigen.

»Lass mal!«, sagte Adelheid, die ihr ansehen konnte, wie schwach sie war. »Hast wohl den ganzen Tag nichts gegessen?«

Sie hantierte mit der Zange, fand noch einige Briketts unter der Herdplatte, heizte sie an. Dann legte sie wieder einen Brotlaib auf den Tisch. Anna fragte sie, wo sie jeden Tag die Lebensmittel besorge. Alle Läden, an denen sie vorbeigekommen war, hatten rein gar nichts in der Auslage, oder die Schlange davor war so lang, dass man sich schon ausrechnen konnte, nicht rechtzeitig an der Reihe zu sein, bevor der Vorrat verbraucht war. Man müsse nur wissen, wo, und ohne gute Beziehungen ginge es gar nicht, erklärte ihr Adelheid. Dann begannen sie, den Kohl für die Suppe zu schneiden.

Eine Stunde später hatte Anna ihren Hunger gestillt und war wieder aufgewärmt. Sie hatte Adelheid von ihren Erlebnissen des Tages erzählt und dabei versucht, nichts zu beschönigen. Es hatte gutgetan, mit ihr darüber zu sprechen und zu spüren, dass sie ihr verzieh. Vor allem war sie erleichtert, sie endlich einmal alleine anzutreffen. Adelheid schnitt ihr noch eine Scheibe Brot ab.

»Hier, du bist doch sicher noch nicht satt.«

Anna schüttelte den Kopf und bedankte sich. Sie wollte nicht gierig wirken, außerdem merkte sie, wie sich ihr Magen schmerzhaft zusammenkrampfte. Sie hatte viel zu schnell gegessen, und er war keine Nahrungszufuhr mehr gewöhnt.

»Sieht so aus, als könntest du heute Nacht mal in einem richtigen Bett schlafen, das wird dir guttun. Ich lass von innen den Schlüssel stecken, dann kann er nicht aufschließen, falls er doch noch zurückkommt.«

Zu gerne hätte Anna nachgefragt, wie sie bloß an Günter geraten war und warum er heute Abend nicht hier war. Doch das traute sie sich nicht und schwieg.

»In der Zeitung war eine Anzeige vom Kaufhaus des Westens. Sie suchen Verkäuferinnen«, fiel ihr plötzlich ein, und sie wartete auf Adelheids Reaktion. Als sie aber nichts antwortete, versuchte sie, den Text der Anzeige aus dem Kopf aufzusagen. »Warst du schon mal dort?«, fragte sie schließlich.

»Gott bewahre!«, sagte Tante Adelheid. »Was sollte ich arme Kirchenmaus wohl in einem Warenhaus? Es soll das größte in Deutschland sein. Die Eingangshalle ist ganz und gar mit australischem Plantagenholz ausgekleidet, und im ganzen Haus liegen feine Teppiche, habe ich gehört.«

Anna stützte ihr Kinn auf die Hand und lauschte mit großen Augen. »Erzähl weiter!« ermunterte sie ihre Tante.

»Da gibt es einen orientalischen Raum mit seidenbespannten Wänden, und erst die Damenkonfektion! Empfangsräume, Anprobesalons und ein Lichtzimmer mit so vielen Kronleuchtern wie in einem Schloss, in dem die Damen die Wirkung der Kleider bei Festbeleuchtung sehen können.«

»Woher weißt du das bloß alles?«

»Ach, man hat so seine Quellen«, lautete Adelheids vage Antwort. »Aber mich wundert, dass sie noch Ware haben. Wo doch sonst überall die Auslagen leer sind. Wie kommen sie da bloß dran?«

Anna hob die Schultern. »Du hast doch selbst gesagt: Man muss wissen, wo, und ohne gute Beziehungen geht es nicht.«

Adelheid musste lachen. »Und du willst dich für die Stellung bewerben?«, fragte sie.

Anna senkte den Kopf, sah vor sich auf die Tischplatte und überlegte. »Na ja, leider suchen sie nur jemanden mit Erfahrung im Verkauf.«

»Das macht doch nichts, Anna. Also wenn du mich fragst, solltest du einfach mal hingehen«, sagte Adelheid sofort. »Wahrscheinlich hättest du gleich hinfahren sollen, nachdem du die Anzeige gelesen hattest. Womöglich sind die Stellen heute schon besetzt worden.«

Anna schoss das Blut in den Kopf. Darauf war sie nicht gekommen. Hatte sie jetzt womöglich die Chance verpasst?

»Ich weiß gar nicht, ob ich das überhaupt kann, die Damen aus der feinen Gesellschaft bedienen.«

Adelheid begann, den Rest Brot in eine Zeitung einzuwickeln, und Anna fiel auf, wie viele Schrammen und aufgeplatzte Stellen die rote Haut an ihren Händen überzogen.

»Du bist gelernte Schneiderin, Anna. Du kennst dich mit Stoffen aus, weißt, wo und wie eine Naht zu sitzen hat. Was Besseres kann denen gar nicht passieren. Ich wünschte, ich hätte einen Gesellenbrief wie du. Das hat Sophie richtig gemacht, als sie dich was Ordentliches hat lernen lassen. Das Lehrgeld aufzubringen, ist deinen Eltern sicher nicht leichtgefallen.«

»Meinst du wirklich, dass ich Chancen hätte? Es ist so ein großes und berühmtes Kaufhaus. Sogar Frau Willnitz in Vetschau kannte es!«

Adelheid sah ihre Nichte an und griff eine Strähne ihrer langen braunen Haare, die sich aus dem Zopf gelöst hatte. »Vielleicht nicht, so wie du jetzt gerade aussiehst. Da müssen wir dich schon noch ein wenig rausputzen.«

Anna wurde bewusst, dass sie sich seit drei Tagen nicht richtig gewaschen hatte, was auch daran gelegen hatte, dass Günter immer in der Wohnung herumgeschlichen war.

»Wenn du die Kohlen hochholst, kann ich das Wasser anheizen, und dann wäschst du erst einmal deine Haare. Du wirst sehen. Morgen siehst du aus wie ein neuer Mensch.«

CHARLOTTE

Charlotte litt unter dem eisigen Schweigen. Sie litt mehr, als sie hätte zugeben wollen. So ging es nun bei jeder gemeinsamen Mahlzeit. Man saß zusammen beim Mittagessen, und außer dem leisen Klappern der Löffel auf dem Boden der Suppenteller herrschte nur eine beklemmende Stille. Der trübe, kalte Januar und die erste Hälfte des Februars hatten sich unendlich lange hingezogen. Charlottes niedergeschlagene Stimmung war dadurch noch verstärkt worden. Und natürlich förderte die Atmosphäre zwischen ihr und ihrem Vater ihre Schwermut. Richard trug selten jemandem etwas nach. Normalerweise war sein Jähzorn so schnell verraucht, wie er aufflackerte. Doch diesmal war es anders: Nicht genug damit, dass er ihr die Entscheidung gegen Leo nicht verzieh. Nach seiner Überzeugung hatte Charlotte Leos Antrag aus einer Laune heraus abgelehnt, obwohl er eigentlich genau der richtige Ehemann für sie, vor allem aber der passende Schwiegersohn für ihn gewesen wäre. Seit dem Tag, an dem Charlotte ihm in seinem Arbeitskontor scheinbar hochmütig erklärt hatte, sie habe an jedem Finger zehn andere, hatten sie kein einziges Wort mehr miteinander gewechselt.

Als Richard jetzt anfing zu sprechen, sahen ihn Lisbeth, Charlotte und Wilhelmine verwundert an. Demonstrativ richtete er das Wort ausschließlich an seine Mutter: »Was mögen die Siegermächte in Paris wohl in diesem Augenblick aushecken?«

»Wie kommst du nun gerade darauf, Richard?«, fragte Wilhelmine und tupfte sich den Mund mit der Damastserviette ab.

»Nun, Mutter, dieser Tage entscheiden die Alliierten über Wohl und Wehe Deutschlands. Man hat es sich kaum je so schlimm vorgestellt. Die Realität übertrifft eben oft unsere Fantasie, und zwar in diesem Fall auf das Ärgste.«

»Wir können es ja doch nicht ändern«, sagte Lisbeth und öffnete den Deckel der Suppenterrine. »Wer möchte noch einen Nachschlag? Richard?«

Ohne zu antworten, hielt er ihr seinen Teller entgegen.

»Was dort stattfindet, sind keine Friedensverhandlungen«, fuhr er fort, nachdem er seinen vollen Teller abgestellt hatte. »Man sieht es ja allein daran, dass Deutschland gar nicht geladen wird. Die Bedingungen werden diktiert, und jedem wirtschaftlich und politisch halbwegs vernünftig denkenden Deutschen muss klar werden, dass sich unser Land in den nächsten Jahrzehnten von den jährlichen Reparationszahlungen und Auflagen nicht wird erholen können. Deutschland wird in die Knie, ja, in den Dreck gezwungen.«

Er ließ die Faust auf den Tisch niedersausen, und das Geschirr klirrte.

»Ja, nun, Richard. Ist das so verwunderlich? Glaubst du denn, unser Kaiser Wilhelm und seine Generäle hätten sich im Fall eines Sieges gnädiger verhalten?«, fragte Wilhelmine.

Charlotte und Lisbeth ließen ihre Löffel sinken. Normalerweise traute sich niemand, noch einen Mucks zu machen, wenn Richard kurz vor einem Wutausbruch stand, selbst seine Mutter nicht. Er antwortete nicht gleich, sondern kippte seinen Teller ein wenig, um den Rest der Suppe auszulöffeln. Charlotte sah ihn von der Seite an. Sein Schnurrbart vibrierte. Brodelte er innerlich?

»Du hast recht, Mutter«, sagte er auf einmal, und Lisbeth atmete hörbar auf. »Mit Ruhm bekleckert haben wir uns wahrlich nicht. Da sollten wir das Jammern wohl besser sein lassen. Was gibt es als Hauptgericht? Diese Brühe kann ja nicht alles gewesen sein! Ich habe noch einen langen Tag vor mir.«

»Gewiss, Richard. Frau Leutner hat Kutteln gekocht«, sagte Lisbeth.

Sofort hellte sich Richards Gesicht auf. »Ah, hab ich's doch gerochen«, sagte er, und Charlotte musste grinsen, denn sie durchschaute die Absicht ihrer Mutter, ihn bei Laune zu halten. Kutteln waren eine von Richards Leibspeisen. Sie selbst hasste diese Innereien, die zehn Stunden lang in Salzwasser gekocht werden mussten, weshalb der Geruch schon gestern durch den Küchentrakt gezogen war. Normalerweise erwartete niemand in der Familie von ihr, dass sie auch nur einen Bissen davon zu sich nahm. Als Erna erschien, um die Teller abzuräumen, erhob sich Charlotte und murmelte leise: »Entschuldigt mich bitte.«

Sie wollte zur Tür gehen, doch ein dumpfer Knall ließ sie zusammenzucken. Zum zweiten Mal während des Mittagessens schlug Richard mit der Faust auf den Tisch.

»Wer hat eigentlich deiner Tochter erlaubt, während der Mahlzeit vom Tisch aufzustehen?«, sagte er mit bebender Stimme zu seiner Frau.

»Lass sie doch, Richard. Du weißt doch …«

Lisbeth sprach nicht weiter, sondern sah ihn beschwörend an. Charlotte war sofort stehen geblieben und wagte nicht, sich zu rühren. Ebenso Erna, mit dem vollen Tablett in den Händen. Wilhelmine betrachtete ihren Sohn und konnte in seiner gesamten Haltung lesen, wie sehr er in diesem Augenblick mit sich selbst rang. Wie oft hatte sie seinen Zwiespalt schon erlebt. Sie wusste, dass er seine einzige Tochter über alles liebte. Doch die Verärgerung über ihr Verhalten saß tief und beförderte seine schlimmste Seite zutage.

»Sag ihr, dass sie sich auf der Stelle wieder hinsetzen soll.«

Lisbeths Gesicht erstarrte zu einer Maske. Erst nach einer Weile presste sie die Worte hervor: »Lotte, du hast gehört, was dein Vater gesagt hat.«

Charlotte drehte sich um und ging mit hölzernen Bewegungen zu ihrem Platz zurück.

»Erna, trag die Kutteln auf«, befahl Richard dem Dienstmädchen, das Charlotte einen mitleidigen Blick zuwarf und dann eilig das Zimmer verließ. Keiner wagte zu sprechen. Charlotte versuchte, sich zu wappnen, denn sie ahnte, was sie erwartete. Als die große Schüssel auf dem Tisch stand, war es Richard selbst, der ihr auftat. Er lud ihren Teller mit den ringförmig geschnittenen Pansenstreifen voll und füllte die Kelle mit Soße, um sie darüberzugießen. Dann gab er den anderen und sich selbst kleinere Portionen und begann zu essen. Seine Augen ruhten dabei auf Charlotte, die stocksteif auf ihrem Stuhl saß.

»Sag deiner Tochter, dass sie anfangen soll«, befahl er seiner Frau. Doch Lisbeth sah ihn nur stumm an.

In Charlottes Kopf arbeitete es fieberhaft. Zuerst versuchte sie, den aufkommenden Ekel zu unterdrücken und sich zu überwinden. Einfach alle Geschmacks- und Geruchsnerven ausschalten und durch, versuchte sie sich anzufeuern. Alles hinunterschlingen, ohne viel zu kauen, und dann weg hier. Doch der Teller war randvoll, und sie ahnte, dass ihr Vater sie nicht mit zwei bis drei Stücken davonkommen lassen würde. Inzwischen hatte er seinen Teller schon zur Hälfte geleert.

»Die Kutteln sind wirklich wieder vorzüglich, ein Lob an die Mamsell!«, rief er betont munter aus und nickte anerkennend.

Charlotte griff nach Messer und Gabel. Sie stocherte im Teller herum und spießte schließlich einen der gummiartigen Streifen auf. Als sie die Gabel zum Mund führte, spürte sie, wie das dumpfe Gefühl der Übelkeit aus ihrem Magen aufstieg und ihr die Kehle zusammenschnürte. Gleich würde der Ekel übermächtig werden, er würde die Kontrolle übernehmen. Sie sah zu ihrer Mutter und Großmutter, konnte das Mitgefühl und die Scham in ihren Augen sehen. Das Schuldbewusstsein wegen ihrer eigenen Untätigkeit. Doch sie blieben stumm und unternahmen nichts gegen die Demütigung. Sie öffnete den Mund und schob die Gabel hinein, drückte die Zunge in den Unterkiefer, um möglichst wenig von der wabenartigen Struktur der Stücke zu ertasten. Doch ohne Kauen ging es nicht, dafür waren sie zu groß. Mit mechanischen Bewegungen zerkleinerte sie sie, spürte, wie der Würgereiz langsam übermächtig wurde. Doch es gelang ihr, ihn zu unterdrücken und zu schlucken. Tränen traten ihr in die Augen, vor Anstrengung und dem Bewusstsein ihrer Unterwerfung. Sie spießte die nächsten Stücke auf, zog die Gabel zwischen den Zähnen heraus. Kaute. Schluckte, versuchte, an etwas Schönes zu denken, doch die drei Augenpaare, die auf ihr ruhten, verhinderten das Abschweifen ihrer Gedanken. Schlucken. Würgen. Soße lief ihr über den Mundwinkel. Neue Stücke aufspießen. Der Teller war noch immer randvoll, der Inhalt schien nicht weniger zu werden. Ihre Hand, die die Gabel hielt, begann zu zittern. Soße tropfte von dem Pansenstück herunter auf die Serviette, die sie über ihrem Rock ausgebreitet hatte. Sie bewegte die Gabel zurück über den Teller, hielt sie etwa zwanzig Zentimeter darüber. Es war keine willentlich gesteuerte Bewegung, als sich ihre Hand ganz plötzlich öffnete und die volle Gabel zurück in den Teller fallen ließ. Die Soße spritzte nach allen Seiten, übersäte das strahlend weiße Tischtuch mit bräunlichen Flecken, sprenkelte den blauen Blusenstoff über ihrer Brust. Mit einer ruckartigen Bewegung schob Charlotte den Teller in die Mitte des Tischs, sodass die Pansenstücke über den Rand glitschten. Sie stand auf und sah ihrem Vater mit festem Blick in die Augen. Er hatte aufgehört zu kauen. Und er war sprachlos. Auf einmal war es ganz leicht. Es war so überraschend einfach, sich gegen seine Anordnung aufzulehnen. In Richards Gesicht lag Erstaunen, wenn nicht sogar ein Anflug von Bewunderung. Ohne ein Wort zu sagen, verließ Charlotte das Speisezimmer.

ANNA

Es war der 19. Februar 1919, als Anna das erste Mal vor der fast hundert Meter langen Hauptfront des KaDeWe an der Tauentzienstraße stand. Der großzügig gestaltete Eingang reichte über zwei Geschosse und führte die Besucher dank seines tief in die Sandsteinfassade hineingeschnittenen Portals wie durch eine Vorhalle in das Warenhaus. Doch jetzt war es erst kurz vor acht, und die hohen Glastüren waren noch verschlossen. Über dem Eingang prangte eine kunstvoll gearbeitete Uhr mit einem riesigen Zifferblatt aus Bronze. In dem Moment, als Anna sich näherte, sprang der große Zeiger auf die Zwölf, und zu ihrer Überraschung öffneten sich die Flügel der zu beiden Seiten angebrachten kleinen Tore. Staunend beobachtete sie, wie ein bronziertes Schiff mit geblähten Segeln aus dem Dunkel auftauchte und eine stolze Kurve vor dem Zifferblatt fuhr. Schade, dass Ida oder Dora das nicht sehen konnten, dachte sie. Aber Dora war weit weg bei ihren Eltern, und Ida hatte heute früh nicht wie verabredet vor ihrem Haus gestanden. Und sie hatte keine Zeit mehr gehabt, noch länger zu warten. Sie musste unbedingt bei den Ersten sein, die zum Vorsprechen kamen. Als die Türen sich wieder hinter dem Segelschiff geschlossen hatten, drehte Anna sich um und ging in Richtung der rechten Seitenfront zur Passauer Straße. Schon von Weitem sah sie die Menschenmenge, die sich vor dem Personaleingang versammelt hatte. Als sie näher kam, fiel ihr auf, dass darunter auch viele Frauen waren, die eine Art Spalier gebildet hatten. Jede einzelne Person, die zum Eingang wollte, musste sich einer johlenden Menge stellen, wurde von zwei Seiten beschimpft und angerempelt. Anna hatte nicht bemerkt, wie jemand neben sie getreten war. Erst als sie eine Frauenstimme sagen hörte: »Das sind Angestellte, die die Streikbrecher mit Gewalt zum Einknicken zwingen wollen«, wandte sie den Kopf zur Seite. »Und natürlich wollen sie auch die neuen Bewerberinnen verjagen, denn die braucht der Jandorf ja genau aus dem Grund.«

Es war eine hübsche, junge Frau mit kinnlangen Haaren, die unter einem hellgrünen Glockenhut herausschauten, die sie angesprochen hatte. Als sie merkte, dass Anna nicht verstand, wovon sie sprach, fügte sie hinzu: »Seit sieben Tagen wird in den meisten Geschäften gestreikt. Auch im KaDeWe.«

Anna merkte, wie ihr Herz anfing, heftig zu klopfen. Das durfte nicht wahr sein! Sie hatte all ihre Hoffnungen auf dieses Vorsprechen gesetzt. Was sollte sie jetzt tun? Soeben wurde eine Frau, die versuchte, durch das Menschenspalier zum Eingang zu rennen, grob zu Boden geschleudert und bespuckt. Um keinen Preis hätte sie an ihrer Stelle sein wollen.

»Wer ist Jandorf?«, fragte Anna.

Die junge Frau ließ ein helles Lachen hören.

»Du weißt nicht, wer Adolf Jandorf ist? Das ist der Inhaber. Der Eigentümer des größten Warenhauses Deutschlands. Du bist doch bestimmt wegen der Stellenanzeige hier.«

Ohne auf den letzten Satz einzugehen, frage Anna: »Und was heißt das: ›Es wird gestreikt‹?«

»Na, du bist ja vollkommen ahnungslos: Die Angestellten wollen mehr Lohn und die Einführung des Achtstundentags. Und um das durchzusetzen, haben sie die Arbeit niedergelegt.«

Sie streckte die Hand aus, die in einem dunkelgrünen Lederhandschuh steckte.

»Ich bin Elisabeth, genannt Ella, und du?«

»Anna«, sagte sie und schüttelte ihre Hand.

Ella zeigte auf ihre Frisur und sagte anerkennend: »Das sieht sehr elegant aus. Die Banane hast du dir aber nicht alleine gesteckt?«

Anna tastete mit der Hand über ihre glänzenden, braunen Haare. Die voluminöse Rolle an ihrem Hinterkopf fühlte sich ungewohnt an. »Nein, das war meine Tante. Extra für das Vorsprechen. Ich wohne zurzeit bei ihr.«

Im selben Moment hörten sie eine Trillerpfeife schrillen, und aus dem Hintergrund kam eine Truppe Gendarmen in grauen Uniformen auf die Streikenden zugerannt. Sie trieben die Menge auseinander, und die Männer, die sich widersetzten, bezogen sofort Hiebe. Atemlos beobachteten Anna und Ella die tumultartigen Szenen auf der Straße und dem Bürgersteig. Wenigstens waren sie weit genug entfernt, um nicht mit hineingezogen zu werden. Schon nach wenigen Minuten hatten die Polizisten die Menge zerstreut und diejenigen der Streikenden, die sich nicht gleich fügten, in einen Polizeilaster gesperrt. Als das schwarze Fahrzeug mit den vergitterten Fenstern an ihnen vorbeifuhr, legte Ella die Hand seitlich an ihren Hut und tat so, als würde sie salutieren.

»Viel Spaß im Knast!«, rief sie hinter dem Automobil her.

Plötzlich war die Straße vor dem Seiteneingang gespenstisch leer.

»Na dann«, sagte Ella ungeniert, »ist der Weg für uns ja jetzt frei geräumt. Aufgepasst, Jandorf: Hier kommen deine neuen Verkäuferinnen!«

Anna zögerte. Sie hatte ein ungutes Gefühl dabei, die Lage der anderen Angestellten auszunutzen. Derlei Skrupel schienen Ella fremd zu sein. Mit einem triumphierenden Lächeln hakte sie sich bei Anna ein, und ehe sie's sich versah, zog sie sie mit über die Straße, auf den Eingang zu.

Als sie das KaDeWe durch den Seiteneingang betraten, war Anna überrascht, dass sie die Einzigen waren und der Portier in dunkelroter Livree direkt hinter ihnen die kunstvoll verzierten Gitter schloss. Doch dann hörten sie ein Summen, ein leises Stimmengewirr, und ganz automatisch gingen sie in die Richtung, aus der die Geräusche kamen. Dabei sahen sie sich um, und Anna musste daran denken, wie Tante Adelheid die Innenausstattung beschrieben hatte. Bei der Gestaltung der Vorhalle, die sie jetzt durchquerten, war auf Prunk oder ornamentale Überladung verzichtet worden. Die holzgetäfelten Wände und die eleganten Bogenlampen kamen ihr sehr modern und gediegen vor. Einzig die Eisengitter neben dem Eingang, die der Portier gerade geschlossen hatte, waren verschnörkelter als die übrige Ausstattung. Sie näherten sich der Haupthalle, und die Stimmen wurden lauter. Als sie die hohe Einkaufshalle betraten, die sich über zwei Etagen erstreckte, sahen sie, wer da versammelt war. Unter einem Ballonlüster mit einer Spannweite von mindestens vier Metern standen an die fünfzig Frauen. Alle redeten durcheinander, halfen sich gegenseitig, ihre derangierten Frisuren in Ordnung zu bringen oder den Straßenstaub von den Kleidern zu klopfen.

»Ich hab's befürchtet, komm schnell mit«, sagte Ella und zog Anna am Arm. Über den feinen Parkettboden gingen sie weiter nach vorne, an allen Frauen vorbei, die vor ihnen da gewesen waren. Vereinzelt hörte Anna Ausrufe wie: »So eine Frechheit!« oder »Stellt euch gefälligst hinten an!«.

Doch Ella achtete gar nicht darauf. Sie bugsierte Anna zielstrebig bis in die erste Reihe, sodass sie vor einer Glasvitrine voller edler Toilettenartikel zum Stehen kamen. Anna hätte sich die Parfümflakons, Seifen und silbernen Puderdosen gerne genauer angesehen. Für sie war schon ein kleines Stück Kernseife der pure Luxus, und hier schien es Seife aus aller Welt, in allen Duftrichtungen im Überfluss zu geben. Ella schob sie auf einen Platz zwischen zwei Frauen, indem sie einfach zu ihnen sagte: »Sie erlauben doch!« und die beiden derart energisch musterte, dass sie freiwillig zur Seite rückten. Anna entschuldigte sich bei ihnen, hielt ihre Tasche verkrampft mit beiden Händen fest und traute sich kaum, den Kopf zu drehen, als sie ihre Umgebung betrachtete. Links und rechts von ihnen befand sich jeweils eine ausladende Treppe, die zum oberen Zwischengeschoss führte.

»Die Chancen stehen jetzt halbe-halbe, ob der Personalchef auf der rechten oder linken Treppe herunterkommt«, raunte ihr Ella zu. »Wenn wir hier in der Mitte stehen bleiben, wird er uns übersehen. Wir sollten uns für eine Seite entscheiden.«

Anna antwortete nicht. Sie schämte sich dafür, sich so dreist vorzudrängeln, und hatte das Gefühl, als starrten die anderen Frauen sie wütend an. Möglichst unauffällig drehte sie ihr Gesicht zur Seite, um die Bewerberinnen aus dem Augenwinkel zu betrachten. Sie alle mussten sich durch das Spalier der Streikenden gewagt haben. Sonst wären sie nicht hier. Umso mehr bewunderte sie ihren Mut. Manche der Wartenden waren wesentlich älter als sie und sahen weniger gepflegt aus. Verstohlen sah sie an sich herunter und war froh, dass sie den Mantel noch einmal ausgebürstet hatte. Außerdem hatte Adelheid ihr ihre besten Sonntagsschuhe ausgeliehen, die Anna allerdings zu klein waren und drückten. Sie merkte, wie Ella neben ihr angespannt, wie ein nervöses Rennpferd, auf der Stelle trippelte. Was hatte diese junge Frau an sich, das Anna bis jetzt dazu gebracht hatte, sich von ihr widerspruchslos leiten zu lassen? Ella schien ihre Ziele ohne jeden Skrupel zu verfolgen, und vielleicht brauchte Anna gerade in diesem Augenblick genau so einen Menschen an ihrer Seite. Auf einmal rammte Ella ihr den Ellbogen in die Rippen und raunte: »Da kommt er. Auf der linken Treppe.«

Sie fasste ihren Oberarm und zerrte sie, an den anderen Frauen vorbei, auf die linke Seite der Halle.

»Oh mein Gott: Es ist Jandorf persönlich!«, stieß sie hervor.

Und als Anna in die Richtung sah, kam tatsächlich ein Mann mit dunklem, buschigem Schnurrbart und einer runden Brille die Treppe herunter. Seine Schläfen waren weiß und bildeten einen starken Kontrast zu seinem pechschwarzen Haupthaar. Er musste ungefähr fünfzig sein, schätzte Anna, doch trotzdem wirkte er in seinem dunklen Anzug noch agil und sehnig, als er mit schnellen Schritten die Stufen herunterlief. Eine Frau und ein Mann folgten ihm und hielten drei Stufen Abstand. Auf dem untersten Treppenabsatz, genau vor Ella und Anna, hielt Jandorf an, für alle gut sichtbar. Seine Geleitpersonen stellten sich rechts und links hinter ihm auf. Dann legte er die Fingerspitzen beider Hände vor seiner Brust aneinander. Anna überraschte seine hohe Stimmlage, als er anfing zu sprechen.

»Guten Morgen, meine Damen. Ich danke Ihnen, dass Sie gekommen sind, und möchte Sie bitten, die etwas ungewöhnlichen Umstände, unter denen Sie unser Haus heute betreten haben, zu entschuldigen. Es ist sonst sicherlich nicht meine Art, Angehörige des weiblichen Geschlechts einem unberechenbaren und sogar gewalttätigen Pöbel auszusetzen. Umso mehr freut es mich, dass so viele von Ihnen meinem Aufruf in den Tageszeitungen gefolgt sind. Wie Sie sehen können, bleibt unser Haus heute, an einem Werktag, geschlossen. Dies ist das erste Mal seit der Eröffnung am 27. März 1907, und es soll auch das letzte Mal bleiben.«

Vor dem nächsten Satz machte er eine kurze Pause und senkte den Kopf. Bisher hatte er über sie hinweggesehen, doch jetzt blickte er Anna und Ella an. Sofort machte Ella einen winzigen Schritt nach vorn, riss die Augen auf und lächelte ihn strahlend an. Und Jandorf machte fast den Eindruck, als brächte sie ihn aus dem Konzept, denn die Pause in seiner Ansprache währte auffällig lange. Dann räusperte er sich, straffte den Rücken und hob den Blick.

»Meine Damen, dies sind Herr Körner und Frau Brettschneider.« Er drehte sich um und deutete auf die Frau und den Mann, die hinter ihm standen.

»Sie werden Sie alle gleich einzeln befragen und dann entscheiden, wen wir von Ihnen beschäftigen können.«

Jetzt richteten sich alle Augen auf die beiden, die eine wichtige und unnahbare Miene aufsetzten.

»Na, Prost Mahlzeit!«, flüsterte Ella.

Die Frau trug ihre mit grauen Strähnen durchsetzten Haare in einem strengen Dutt. Ihr tiefschwarzes Kleid war gut geschnitten, doch der hohe Kragen unterstrich die Strenge ihres Gesichts. Der Mann hatte ein Monokel in einem Auge, das eigentlich schon lange vor der Abdankung des Kaisers aus der Mode gekommen war. Anna wurde bewusst, dass diese Menschen heute über ihre Zukunft entscheiden würden, und dieser Gedanke war nicht gerade beruhigend.

»Da der Andrang trotz der besonderen Umstände unerwartet groß ist«, sprach Jandorf weiter, »kann ich Sie nicht alle in unser Personalbüro bitten. Wir haben uns deshalb entschieden, Sie, sozusagen als kleine Entschädigung für Ihre Unannehmlichkeiten, in unseren Teesalon im zweiten Stock einzuladen. Dort werden Ihnen Erfrischungen gereicht, während Sie warten.«

Ein Raunen ging durch die Menge, und es gab einige begeisterte Ausrufe, »Wie großzügig!« und »Oh ja!«, die Jandorf mit einem wohlwollenden Nicken zur Kenntnis nahm.

»Menschenskind, in den Teesalon! Den wollte ich schon immer mal sehen!«, zischte Ella Anna zu. »Der soll ja hochelegant sein!«

Jandorf gab ein Handzeichen, und alle Frauen verstummten.

»Ich darf Sie bitten, mir zu folgen.«

Er drehte sich um und stieg die Treppen hinauf. Die meisten Frauen zögerten noch, doch Ella packte Anna schon wieder am Arm und zog sie mit. Anna dachte daran, dass sie sich heute ziemlich viele blaue Flecken einhandeln würde. So häufig und unerbittlich hatte noch niemand ihren Arm misshandelt. Doch wieder ließ sie es sich anstandslos gefallen. Sie kamen zu der Stufe, die von Herrn Körner und Frau Brettschneider flankiert wurde. Täuschte sich Anna, oder bedachte Frau Brettschneider sie beide mit einem missbilligenden Blick? Als sie weitergingen, drehte Anna sich kurz um. Das ungleiche Paar blieb am Geländer stehen und schien zu warten, bis alle Frauen sie passiert hatten. Die Frauen durchquerten das Zwischengeschoss, liefen über seidige Orientteppiche, und Anna bedauerte es schon wieder, die Auslagen auf den Verkaufstheken und in den Vitrinen nicht näher betrachten zu können. Hier wurden Porzellan, Service und Silberbestecke präsentiert, wie Anna sie noch nie zuvor gesehen hatte.

Als sie den Teeraum betraten, verstummten die Tuscheleien, und es trat eine ehrfürchtige Stille ein. Anna fand die Ausstattung sehr eigenartig. Es herrschten die Farben Gelb und Grün vor. Ein gelber Bouclé-Teppich bekleidete den gesamten Boden. Die Täfelung bestand aus einem hellen Holz, das Anna noch bei keinem Möbelstück gesehen hatte, während die Decke über dem Paneel mit grüner Wachsfarbe gestrichen war. Davon hingen Hunderte Lampen mit zierlichen milchigen Glasschirmen herab, die den gesamten Raum in ein weiches Licht tauchten. Vor allem aber waren es die unzähligen deckenhohen Palmen, die dem Salon seine exotische Atmosphäre verliehen. Erst als Jandorf in Richtung der Vierertische deutete, kam wieder Bewegung in die Gruppe der Frauen, und das Stimmengewirr brandete von Neuem auf.

»Bitte nehmen Sie Platz, meine Damen!«

Anna wollte schon auf einen Tisch vor der hinteren Wand zugehen, als Ella sie zurückhielt. Sie zeigte auf die beiden Einzeltische in der Mitte des Saals, vor denen eine größere Fläche frei gehalten worden war. Und genau dort platzierten sich jetzt Herr Körner und Frau Brettschneider.

»Wir sollten aufpassen, dass wir nicht als Letzte drankommen. Sonst haben sie womöglich schon alle freien Stellen besetzt.«

Anna nickte und folgte ihr zu einem Tisch in unmittelbarer Nähe der beiden.

»So haben wir die Konkurrentinnen auch besser im Blick.«

Anna fiel gleich das gestärkte Damasttischtuch auf, als sie sich hinsetzten. Sie zog ihren Mantel aus und sah an sich herunter. Das blaue Wollkleid mit dem weißen Kragen war ihr zu klein. Sie hatte an den Ärmeln ein Stück Stoff angesetzt und jetzt das Gefühl, dass es in einem unschönen Grünton leuchtete. Ella holte als Erstes einen Schminkspiegel aus ihrer Handtasche und zog dann ihren Hut aus. Sie trug ein karamellfarbenes Kostüm, das mit vielen Abnähern enger gemacht worden war, was Anna sofort erkannte. Ella setzte sich, hielt sich mit einer Hand den Spiegel vors Gesicht und zupfte an ihrer Frisur herum. Dabei sah Anna aufmerksam zu. Ohne Hut wirkte sie ganz anders, und erst jetzt konnte man sehen, dass ihre Haare zu einem Bubikopf geschnitten waren wie bei einem kleinen Mädchen. Keine Frau trug ihr Haar normalerweise so kurz. Doch Ella gab es ein kesses, modernes Aussehen, was anscheinend genau ihrem Charakter entsprach.

»Bist du eigentlich aus Berlin?«, stellte Anna ihr das erste Mal eine Frage.

Ella nickte. »Jawoll, aus Neukölln, und du?«

»Aus Vetschau im Spreewald. Also Brandenburg.«

»Ach so, das erklärt einiges«, sagte Ella. »Aber deine Frisur …« Sie legte Daumen und Zeigefinger zu einem O zusammen, »… ist wirklich sehr elegant.«

Inzwischen hatten die beiden Personaler den Frauen neue Anweisungen erteilt. Sie sollten jeweils tischweise nach vorne kommen und sich vorstellen. Anna hoffte insgeheim, dass sie nicht zu Frau Brettschneider kam. Die Frau mit dem strengen Gesicht hatte etwas an sich, das ihr Angst einjagte. Die vier am Tisch vor ihnen standen auf und strichen ihre Röcke glatt. Dann gingen sie nach vorne. Eine davon fiel durch ein Muttermal auf, das ihre halbe Wange bedeckte.

Zwei durften sich setzen und die anderen in gebührendem Abstand dahinter warten. So sehr sich Ella auch anstrengte, konnte sie leider kein Wort von dem, was gesprochen wurde, verstehen. Anna wurde immer nervöser. Sie waren schon als Übernächste an der Reihe. Bei der Frau mit dem Muttermal ging die Befragung sehr schnell, dann deutete Herr Körner in Richtung Treppenhaus, und sie stand auf.

»Ist doch klar, dass sie die nicht genommen haben. Die vergrault doch die ganze Kundschaft«, kommentierte Ella ohne jedes Mitgefühl. Jetzt kam ein Kellner an ihren Tisch und stellte ihnen ungefragt zwei silberne Teekännchen auf den Tisch. Dazu Tassen aus hauchdünnem, weißem Porzellan und einen Teller mit winzig kleinen runden und eckigen Gebäckstücken, die mit Zuckerguss und sogar Schokolade überzogen waren. Die beiden sahen sich kurz an, und als hätten sie nur auf ein Startzeichen gewartet, stopften sie sich jede eine Handvoll der Köstlichkeiten in den Mund. Ella verdrehte genussvoll die Augen, und Anna hatte das Gefühl, noch nie etwas so Herrliches gegessen zu haben. Außer vielleicht den Marmorkuchen ihrer Großmutter, den sie vor den Kriegsjahren zu Geburtstagen gebacken hatte. Seit Anna in der Stadt angekommen war, hatte sie das Gefühl, dass ganz Berlin hungerte. Doch an diesem wunderbaren Ort schienen der Krieg und die Lebensmittelverknappung spurlos vorübergegangen zu sein. Ehe sie es sich versahen, war der Teller auch schon leer.

»Na, das war aber nur was für den hohlen Zahn«, sagte Ella.

»Ja, aber trotzdem großzügig, finde ich«, meinte Anna und versuchte, dem Geschmack in ihrem Mund nachzuspüren. In ihr wuchs der Wunsch, um jeden Preis in diesem Haus arbeiten zu wollen. Sie musste unbedingt eine der freien Stellen kriegen.

»Hast du schon als Verkäuferin gearbeitet?«, fragte sie, während sie sich Tee eingoss.

»Ja, habe ich. Du etwa nicht?«

Anna schüttelte langsam den Kopf.

»Ich glaube, meine Chancen sind nicht besonders gut.«

Ella legte den Finger an den Mund und machte: »Schscht.«

Sie beugte sich nach vorne. Anna fielen ihre dichten, schwarzen Wimpern auf. Dann griff sie Annas Arm. Diesmal war es zur Abwechslung eine sanfte Geste.

»Das darfst du nicht mal denken, geschweige denn laut aussprechen! Überleg dir lieber, was du besser als die alle hier kannst. Bestimmt gibt es da etwas. Was macht dich zu etwas Besonderem? Man muss nur fest genug an sich glauben, dann tun es die anderen auch!«, sagte sie eindringlich.

»Möchten die Damen nun näher treten oder lieber weiter ein Schwätzchen halten!«, hörten sie auf einmal eine durchdringende, tiefe Männerstimme. Als Anna merkte, dass Herr Körner aufgestanden war und sie ansprach, hätte sie sich am liebsten in Luft aufgelöst. Schon wieder starrten sie alle anderen Frauen an.

»Erst drängeln sie sich vor und dann merken sie noch nicht einmal, wenn sie dran sind«, rief jemand von weiter hinten.

»Wirklich unerhört«, stimmte eine andere zu.

Anna spürte sofort, wie sie rot anlief. Als sie aufstand, flüsterte Ella ihr leise zu: »Ganz ruhig, das klappt schon, geh du am besten zu der Frau, die mag mich nicht.«

Anna sah sie entsetzt an, denn das war genau das, was sie nicht wollte. Doch Ella lief schon mit erhobenem Kopf und einem Lächeln im Gesicht auf den Tisch von Herrn Körner zu. Jetzt blieb ihr nichts anderes übrig, als sich vor Frau Brettschneider zu setzen. Deren kleine, wache Augen beobachteten sie bereits genau, als sie den Stuhl zurückzog und sich vor sie setzte.

»Ihr Name?«, fragte sie.

»Anna Tannenberg.«

»Familienstand?«

»Ledig.«

»Wie alt sind Sie, Fräulein Tannenberg?«

»Neunzehn Jahre.«

Frau Brettschneider trug alles in eine Liste ein. Bei der Nennung ihres Alters hob sie den Kopf und sah ihr in die Augen. Anna fragte sich, was sie wohl über sie dachte. Ihr Gesicht verriet keinerlei Regung.

»In welchem Geschäft haben Sie vorher gearbeitet?«

Anna sah auf ihre Hände hinunter und begann, sie zu kneten. »Ich habe leider keine Erfahrung als Verkäuferin, aber ...«

»Haben Sie den Anzeigentext nicht gelesen?«, wurde sie von Frau Brettschneider jäh unterbrochen. »Wir suchen nur Kräfte, die in der Branche bewandert sind.«

»Aber, ich bin gelernte Schnei-«, setzte Anna an und öffnete ihre Tasche. Doch Frau Brettschneider ließ sie nicht ausreden. In freundlichem, aber bestimmtem Tonfall, der keine Widerrede duldete, sagte sie: »Es tut mir leid, Fräulein Tannenberg. Wir können Ihnen keine Stelle anbieten. Bitte machen Sie den Stuhl für die nächste Bewerberin frei.«

Anna drehte ihren Kopf hilfesuchend zu Ella. Bei ihr schien es besser zu laufen. Sie führte ein angeregtes Gespräch mit Herrn Körner, der sein Monokel einige Zentimeter entfernt vor sein Auge hielt. Abwechselnd betrachtete er Ella und seine Liste, in die er immer wieder etwas eintrug und dabei freundlich nickte. Anna hatte fast den Eindruck, als sehe er Ella etwas zu wohlwollend an.

»Fräulein Tannenberg. Ich muss Sie jetzt aber wirklich bitten«, hörte sie Frau Brettschneiders laute Stimme. »Bitte dort entlang!« Sie zeigte auf den Ausgang des Teesalons.

Einige der anderen Bewerberinnen fingen an zu kichern, manche murrten laut: »Die hat aber ne lange Leitung!«

Anna stand langsam auf. Sollte ihr Traum wirklich so schnell geplatzt sein? Das konnte einfach nicht wahr sein. Sie erinnerte sich an Ellas Worte. Etwas Besonderes … aber was machte sie zu etwas Besonderem?

»Fräulein Tannenberg!« Jetzt erhob sich auch Frau Brettschneider von ihrem Stuhl. »Bitte, sonst muss ich jemanden rufen«, sagte sie.

»Ich kann Ihnen genau sagen, aus welchem Stoff Ihr Kleid ist«, fing Anna leise an. »Aus Gabardine.«

Frau Brettschneider sah sie verwundert an.

»Das ist ein Kammgarngewebe aus Köperbindung«, fuhr Anna fort.

Als sie merkte, dass Frau Brettschneider sie nicht unterbrach, sprach sie lauter.

»Eine Webart mit diagonal verlaufenden Verbindungen. Wenn ich es mal anfassen dürfte?«

Frau Brettschneider sagte nichts, was Anna als Zustimmung wertete. Sie ging um den Tisch herum und strich über den Stoff an ihrem Ärmel. Die Gespräche im Salon waren verstummt. Auch Herr Körner und Ella beobachteten die ungewöhnliche Szene.

»Typisch für Gabardine ist nämlich der feste Griff«, fuhr Anna jetzt unbeirrt fort. »Für Gabardinegewebe werden häufig reine Baumwolle oder reinwollene Kammgarne eingesetzt.«

Sie strich ihr über den Stoff am Rücken. Frau Brettschneider, die wesentlich kleiner war als Anna, sah zu ihr hoch und ließ sie gewähren.

»Bei Ihrem Kleid hier würde ich auf reine Wolle tippen, denn es hat trotz der Festigkeit eine weiche Oberfläche. Und am Kragen wurde etwas Chantillyspitze angesetzt. Das nimmt dem Ganzen die Strenge, wenn ich mir die Bemerkung erlauben darf.«

Frau Brettschneider berührte mit den Fingerspitzen die schwarze Spitze an ihrem Kragen und schluckte.

»Die Knöpfe sind aus Gagat, nicht wahr?«

Frau Brettschneiders Augen weiteten sich.

Ohne eine Antwort abzuwarten, sprach Anna weiter: »Und es wurde enger gemacht, das sehe ich an den Seitennähten, sie sind nicht ganz gerade, und der Übergang zu ihrem Rock ist unsauber. Leider keine hervorragende Schneiderarbeit. Frau Willnitz hätte das nicht durchgehen lassen.«

Jetzt hob Frau Brettschneider die Augenbrauen.

»Das war in den letzten Jahren eine meiner häufigsten Änderungsarbeiten … Leider wurden fast alle Menschen immer nur dünner und nicht andersherum.«

Frau Brettschneider nickte zustimmend und antwortete: »Ja, wem sagen Sie das!«

Anna ging wieder um den Tisch herum, öffnete ihre Tasche und legte Frau Brettschneider ihren Gesellenbrief auf den Tisch. »Ich bin gelernte Schneiderin, und mit Verlaub, die Änderung an Ihrem Kleid hätte ich perfekt erledigt, und zwar so, dass auch der beste Fachmann nicht auf Idee käme, es sei umgearbeitet worden.«

»Sind Sie jetzt fertig?«, fragte Frau Brettschneider.

»Ja«, lautete Annas Antwort.

»Dann gehen Sie endlich!«

Anna sah sie ungläubig an. Sie hatte die ganze Zeit den Eindruck gehabt, Frau Brettschneider mit ihrer Demonstration überzeugen zu können. Aber offenbar hatte sie sich getäuscht. Die Personalerin hielt ihr den Gesellenbrief entgegen, und Anna nahm ihn. Die Bitterkeit der Entscheidung machte sie fast schwindelig. Sie würde jetzt zurück auf die Straße und weiter auf Arbeitssuche gehen müssen. Anna steckte das Dokument zurück in ihre Tasche und schob ihren Stuhl zurück vor den Tisch.

»Das Personalbüro ist im vierten Stock. Dort bekommen Sie alles Weitere erklärt«, sagte Frau Brettschneider. »Willkommen im Ka-DeWe, Fräulein Tannenberg!«

Es war das erste Mal, dass Anna sie lächeln sah.

CHARLOTTE

Als sie die ersten gelben und violetten Krokusse im Obstgarten entdeckte, hätte sie fast einen kleinen Jauchzer getan. Doch der dicke Kloß in ihrem Hals saß noch zu tief. Sie hatte das Gefühl, noch nie so lange auf die Anzeichen des Frühjahrs gewartet zu haben. Ihr war, als hätte sie täglich die empfindlichen Knospen beschworen, endlich ihre Spitzen der eisigen Luft auszusetzen. Charlotte bückte sich und berührte mit der Fingerspitze behutsam einen der gelben Stempel.

»Darin wohnt der Frühling«, flüsterte sie den Hunden zu, doch die beiden waren mit Herumtollen beschäftigt. Jeden Morgen aufs Neue waren Charlottes Hoffnungen auf wärmere Tage bei ihrem Blick aus dem Fenster durch Eisblumen an der Scheibe oder eine neue Schneeschicht zerstört worden. Und nun war es schon Ende März. Selbst die beiden Spaniel hatten sie jedes Mal nur ungläubig angesehen, wenn sie ihnen die Tür ins Freie geöffnet hatte. Die bittere Kälte hielt wochenlang sogar die bewegungsfreudigen Tiere davon ab, gern das Haus zu verlassen. Doch heute war ein ganz anderer Tag. Gerade rauften sie miteinander in dem winterbraunen Gras und konnten gar nicht genug bekommen. Ihre Spielfreude ließ Charlotte fast eine Art Zufriedenheit empfinden. Die beiden hatten sie in Zeiten ihrer tiefen Schwermut immer wieder aufzuheitern versucht. Instinktiv hatten die sensiblen Tiere gespürt, wie sehr ihre Seele litt.

Charlotte richtete sich wieder auf, drehte ihr Gesicht zur Sonne und ließ das schwarze Wolltuch ein wenig ihre Schultern herunterrutschen. Plötzlich hörte sie ein langgezogenes Trompeten aus der Höhe und schirmte ihre Augen vor der Sonne ab. Sie kannte den Ton und wusste augenblicklich, was er zu bedeuten hatte: Es waren Kranichschreie. Und dann sah sie auch schon die Keilformationen der großen grauen Vögel, die sich gegen den hellblauen Himmel abzeichneten. Eine nach der anderen. Es mussten Hunderte sein, vielleicht Tausende. Sie kehrten aus ihren Winterquartieren im Süden Frankreichs oder aus Spanien zurück. Und hier in Sachsen würden sie eine Rast einlegen. So sehr sie alle auf Feltin die herrlichen Vögel als Vorboten von wärmeren und längeren Tagen liebten, so sehr hatte man gelernt, ihren Appetit nach der langen, anstrengenden Reise zu fürchten. Die frisch ausgebrachte Maissaat würde für sie ein gefundenes Fressen bedeuten. Obwohl ihr Vater sie in der letzten Zeit von den Abläufen auf dem Hof ausgeschlossen hatte, war ihr nicht entgangen, wie schwierig die Maissaat zu bekommen gewesen war und wie teuer man sie hatte bezahlen müssen. Ihre Antriebslosigkeit der letzten Wochen wich einem plötzlichen Tatendrang. Sie raffte ihren Rock und rannte los, um ihren Vater zu suchen. Riss die Tür zu seinem Arbeitskontor auf, sodass sie in den Angeln knackte. Starrte die aufgewirbelten Staubkörnchen an, die durch die fast waagerechten Sonnenstrahlen am Fenster sichtbar wurden. Der Raum war leer. Charlotte drehte wieder um. Dicht gefolgt von ihren beiden Hunden, die das Ganze für ein Spiel hielten, rannte sie hinüber zu den Stallungen.

»Papa? Die Kraniche sind da!«, rief sie laut, als sie den Marstall betrat. Sie lief die Stallgasse entlang, sah aber schon von Weitem, dass die Tür der Box seines Wallachs, den er letzte Woche zusammen mit zwei anderen Pferden gekauft hatte, offen stand. Als sie sich umdrehte, kam der neue Stallmeister aus der hintersten leeren Box. Er klopfte sich Stroh von der Hose und den Ärmeln seiner blauen Arbeitsjacke.

»Wenn Sie Ihren Vater suchen: Der ist runter zum Fluss geritten. Durch das Tauwasser ist die Zwönitz über die Ufer getreten und hat die angrenzenden Felder überschwemmt. Das wollte er sich ansehen. Soll ich Ihnen Falstaff satteln?«

Charlotte sah an sich hinunter. In dem Rock konnte sie auf kein Pferd steigen. Schon seit einiger Zeit ritt sie nicht mehr im Damensattel, obwohl ihre Mutter und Großmutter jedes Mal die Augenbrauen hochzogen, wenn sie sie in Reithosen sahen. Sie überlegte, was schneller ginge: mit dem Automobil zu den Maisfeldern zu fahren oder sich umzuziehen. Womöglich waren die Wege durch das Tauwasser zu schlammig, um sie zu befahren.

»Ja, gut, aber sattle mir lieber die neue Stute … wie war noch dein Name?«

Der Mann sah sie überrascht an.

»Ich heiße Werner, Fräulein. Sicher, die Stute? Die ist erst vorgestern angekommen. Keiner hier hat sie bisher geritten, und sie ist noch sehr jung.«

»Dann wird es endlich Zeit, dass jemand es tut. Leg ihr den Sattel von Trajan auf. Der sollte ihr passen, Werner«, sagte sie mit fester Stimme.

Der Mann drehte sich einfach um. Charlotte registrierte, dass sein Rücken mit Stroh übersät war. Über seine Schulter hinweg rief er ihr zu: »Ohne die Erlaubnis von Herrn Feltin kann ich das nicht tun.«

»Bleib gefälligst stehen, wenn ich mit dir spreche!«

Auf der Stelle hielt er theatralisch in der Bewegung inne und kippte mit dem Oberkörper nach hinten, so als ob er ihre Anordnung ins Lächerliche ziehen wollte.

Charlotte straffte sich, hob das Kinn und musterte ihn von oben herab, während er ihr nach wie vor den Rücken zukehrte. Er war einer der wenigen Männer, die nahezu unversehrt aus dem Kriegsdienst zurückgekehrt waren. So wie Leo, dem sie es in gewisser Weise auch übel nahm, wie unbeschadet er die vier Jahre überstanden hatte. Außerdem hatte der Knecht seine Stelle auf dem Nachbarhof nicht zurückerhalten, die Gründe dafür hatte man nicht erfahren. Da sie auf Feltin dringend jeden Arbeiter brauchten, hatte ihr Vater ihn dennoch eingestellt. Nun würde sie diesem Burschen mal eine Lektion erteilen.

Charlotte merkte, dass sie im Begriff war, die Beherrschung zu verlieren. Was bildete sich dieser Flegel eigentlich ein? Sie ballte die Hände zu Fäusten. »Sieh mich an!«, befahl sie.

Er machte eine Art Pirouette, bei der er sich auf der Fußspitze um hundertachtzig Grad drehte, und sah sie an. Sein flächiges Gesicht, die tief liegenden Augen mit den zusammengewachsenen, buschigen Augenbrauen, seine gesamte Haltung strahlte Herablassung aus.

»Nimm die Mütze ab, wenn du mit einer Dame sprichst!«, herrschte sie ihn an.

Mit einer betont langsamen Bewegung zog er sich die Kappe vom Kopf. Darunter kamen strohige blonde Haare zum Vorschein.

»Du weißt wohl nicht, wen du vor dir hast. Du sattelst mir jetzt sofort die Stute, und wage es ja nicht noch einmal, mir zu widersprechen. Sonst fliegst du hier in hohem Bogen wieder raus, ehe du bis drei zählen kannst.«

»Ihr Herr Vater wird es nicht gutheißen, wenn ich Sie mit der jungen Stute alleine losreiten lasse. Und an ihn halte ich mich.«

Während er sprach, drehte er seine braune Kappe auf dem Zeigefinger in einem schlingernden Kreis und sah ihr dabei herausfordernd ins Gesicht.

Charlotte konnte sich gut vorstellen, dass er ihre Anweisung aus einem anderen Grund nicht befolgte. In seinen Augen blitzte Rebellion auf. Sie hatte schon verschiedentlich gehört, dass die Arbeiter auf den umliegenden Gutshöfen seit der Abdankung des Kaisers und der Ausrufung der Republik aufbegehrten. Hatten sie sich hier einen Kommunisten eingehandelt, der ihnen bald hinterrücks eine Mistgabel in den Rücken stechen würde? Oder war er wirklich nur besorgt? Natürlich hatte er nicht Unrecht hinsichtlich der Stute, doch Charlotte war jetzt angriffslustig.

»Na schön, langsam reicht es mir«, sagte sie ruhig. »Und ich habe jetzt auch keine Zeit mehr, mit einem Pferdeknecht herumzudiskutieren. Ich bin in fünfzehn Minuten wieder hier. Dann steht die Stute gesattelt in der Stallgasse. Und dir selbst sattelst du Falstaff. Wir können jede Hand gebrauchen, die mithilft, die Kraniche von den Maisfeldern zu vertreiben. Hast du mich verstanden?«

»Sehr wohl, Fräulein.«

Er setzte sich die Kappe wieder auf den Kopf und tippte mit zwei Fingern gehorsam an den Schirm. Doch sein Gesichtsausdruck sagte etwas anderes. Ein nur halb unterdrücktes süffisantes Lächeln zeigte Charlotte deutlich, wie sehr er sie und ihresgleichen verachtete. Mit strenger Stimme rief sie ihre Hunde zu sich und lief mit ihnen in Richtung des Herrenhauses. Als Erstes ging sie geradewegs in das Arbeitskontor und holte sich ihre Flinte aus dem Gewehrschrank. Als sie kurz darauf in einer hellbraunen Jodhpurhose und einem warmen Tweedblazer wieder über den gepflasterten Hof rannte und zu dem weiß getünchten Stallgebäude abbog, stieß sie fast mit Erna zusammen. Diese riss die Augen auf.

»Was tust du denn hier?«, fragte Charlotte erstaunt. »Hast du mich gesucht?«

»Ja … ich dachte … also, es wurde jetzt wieder kühler …«, stotterte das Dienstmädchen, »… und da dachte ich, Sie bräuchten vielleicht einen wärmeren Schal.«

»Aha, und wo ist der Schal?«, fragte Charlotte.

Ihr fiel auf, dass aus Ernas Dutt einige Strähnen heraushingen. So unordentlich hatte sie sie noch nie gesehen. Erna hielt sich die Hand vor den Mund und errötete.

»Oh, jetzt habe ich ihn wohl doch im Haus vergessen. Ich hole ihn gleich.«

»Nicht nötig, ich reite sofort …«

Erna war schon an ihr vorbeigegangen, und Charlotte drehte sich verwundert nach ihr um. Die hellgelben Strohhalme auf der Rückseite ihres dunkelblauen Dienstkleids bildeten einen merkwürdigen Kontrast.

»… zu den Maisfeldern«, vollendete sie ihren Satz und sah ihr hinterher, wie sie zum Herrenhaus eilte.

Als Charlotte im Stall erschien, standen tatsächlich beide Pferde gesattelt in der Gasse. Sie hängte sich den Lederriemen des Gewehrs schräg über die Brust. Einen kurzen Augenblick betrachtete sie Werner, der gerade dabei war, dem Apfelschimmel die Trense anzuziehen. Er hatte einen schwarzen Regenmantel übergezogen und trug zweifarbige Reitstiefel, die sie als die alten Stiefel ihres Vaters wiedererkannte. Charlotte trat neben die zierliche Fuchsstute, strich ihr über die weiße Blesse und flüsterte ihr ein paar einschmeichelnde Worte zu.

»Hast du schon einen Namen?«, fragte sie sie leise.

Dann löste sie die Karabinerhaken, mit denen sie angebunden war, und führte sie hinaus in den Hof.

»Hilf mir rauf!«, rief sie Werner zu.

Er ließ den Apfelschimmel stehen, kam in den Hof, griff ihr linkes Bein und stemmte sie in den Sattel. Sofort verspannte sich die Stute und machte einige kleine Buckler auf der Stelle. Charlotte nickte Werner zu, um ihm zu signalisieren, dass sie damit zurechtkäme. Mit einem Schnalzen trieb sie die Stute an, trabte über die

Pflastersteine zum Hoftor hinaus, dann die Lindenallee entlang. Hinter sich hörte sie, wie Werner ihr folgte. Als sie in den Feldweg einbog, schloss er bereits zu ihr auf.

»Siehst du das?«, fragte Charlotte und zeigte auf die Vogelformationen, die immer noch aus dem Süden heranzogen. Die meisten hatten schon zum Sinkflug angesetzt und peilten, wie an einer Schnur gezogen, exakt die Richtung des Breitenlehn an, wo die Maisfelder lagen. Als wüssten sie instinktiv, selbst aus der großen Höhe, wo die üppigste Mahlzeit auf sie wartete.

Charlotte war sich bewusst, dass sie nicht quer über die Felder reiten konnte. Die Gefahr war zu groß, dass die Erde zum Teil noch gefroren war. Sie blieb auf dem Feldweg und versuchte, die Stute in einem ruhigen Trab zu halten. Doch diese hatte lange im Stall gestanden, Freiheit und kalte Luft machten sie jetzt munter. Werner merkte, dass Charlotte Mühe hatte, die Stute zurückzuhalten.

»Lassen Sie mich besser vorne reiten!«, rief er ihr zu und preschte an ihr vorbei.

Doch das heizte der Stute erst richtig ein. Sie galoppierte sofort an und gab alles daran, wieder in Führung zu gehen. Charlotte versuchte, sie mit halben Paraden zu zügeln, doch sie merkte, dass sie nicht mehr zu ihr durchdrang und dem Tier nicht ihren Willen aufzwingen konnte. Die Stute fiel in einen gestreckten Galopp und jagte an dem Wallach vorbei, den schlammigen Weg entlang. Bloß nicht ausrutschen, dachte Charlotte. Bitte, lass sie jetzt nicht ins Rutschen kommen, schickte sie ein Stoßgebet gen Himmel.

Der Wind pfiff ihr scharf ins Gesicht, und ihre Augen tränten. Sie konnte nur noch versuchen, in ihrem Jagdsitz die Balance zu halten, und hoffen, dass ihr Pferd am Ende des Weges nicht kopflos geradewegs in die sumpfige Wiese rasen würde, die sich daran anschloss. Werner war dicht hinter ihr, und Charlotte ahnte, was er vorhatte: Er wollte sie vor der Wegkreuzung einholen, um ihrem Pferd die Abbiegung zu zeigen. Sie wusste, dass dies die einzige Möglichkeit war. Vorsichtig zog sie die Stute ein wenig an die Seite, gerade so weit, dass Werner passieren konnte. Zehn Meter weiter bog er auch schon scharf nach rechts ab. Charlotte sah die Dornenbüsche vor dem Sumpf rasend schnell auf sich zukommen und hielt die Luft an. Sie zog den inneren Zügel nach rechts, die Stute beschleunigte. Charlotte gab ihr halbe Paraden, und die Stute reagierte, donnerte um die Kurve hinter dem Apfelschimmel her. Charlotte atmete tief durch. Sie merkte jetzt erst, wie ihr das Herz in der Brust hämmerte. Werner verringerte behutsam die Geschwindigkeit, und diesmal folgte die Stute. Auch sie wurde langsamer. Beide Pferde fielen in Trab, und schließlich parierte Werner den Wallach durch, klopfte ihm lobend den Hals. Jetzt ritten sie im Schritt nebeneinander her. Unter ihnen dampften die nass geschwitzten Pferde. Charlotte sah verstohlen zu Werner hinüber. Sie wollte keinesfalls zugeben, dass er mit seiner Warnung recht gehabt hatte. Bei seinem Anblick musste sie gegen ihren Willen lachen. Sie deutete auf sein Gesicht und seine Jacke. Er war über und über mit braunem Schlamm bespritzt.

»Du solltest dich sehen können!«, rief sie.

Er senkte den Kopf und schaute an sich hinunter. Doch dann zeigte er auf sie. »Glauben Sie ja nicht, dass Sie viel besser aussehen.«

Sie konnte schon bei einem Blick auf ihre Ärmel sehen, dass er recht hatte.

»Wussten Sie, was das Wichtigste ist, wenn jemand vor einem her galoppiert?«, fragte er.

»Nein, aber du wirst es mir sicher gleich erzählen.«

Er drehte sich zu ihr und zeigte auf sein rechtes Auge: »Das eine muss man immer zukneifen, damit man noch eines hat, mit dem man etwas sieht.«

Charlotte presste die Lippen zusammen, um nicht zu lachen. »Das ist ja ein besonders intelligenter Rat. Überhaupt scheinst du mir ein Neunmalkluger zu sein.«

»Jedenfalls hatte ich mit der Stute wohl recht.«

»Jedenfalls sind wir jetzt wesentlich schneller bei den Maisfeldern angekommen, als ich dachte«, antwortete sie. »Da vorne sind sie schon. Siehst du diese Heerscharen von hungrigen Kranichen? Die werden wir jetzt mal kräftig verscheuchen.«

Sie parierte ihr Pferd durch und band die Zügel um den Sattelknauf. Dann zog sie den Gurt ihrer Flinte über den Kopf und entsicherte.

»Wollen Sie die Vögel wirklich abschießen?«, fragte Werner.

Im selben Moment krachte von der anderen Seite des Feldes ein Schuss. Eine große Menge der Kraniche stieg flatternd in die Luft auf. Das war für die junge Stute zu viel: Sie stellte sich auf die Hinterbeine, drehte und galoppierte los. Bei der plötzlichen Wendung verlor Charlotte das Gleichgewicht und landete auf dem Feldweg. Es folgten noch weitere Schüsse.

»Das muss mein Vater gewesen sein«, sagte Charlotte, während sie aufstand und sich den Dreck von Hose und Jacke klopfte.

»Haben Sie sich wehgetan?«, fragte Werner.

»Natürlich nicht!«, antwortete Charlotte schnippisch. »Fang lieber mein Pferd ein.«

Die Stute ließ sich erstaunlich brav am Zügel von ihm zurückholen. Ohne ein Wort des Dankes wies Charlotte ihn an, ihr beim Aufsteigen zu helfen.

Kurz darauf kam ihnen ihr Vater am Maisfeld entlang entgegengetrabt. Er trug einen langen Mantel, der über dem Rücken seines Pferdes flatterte, in einer Hand hielt er die Flinte.

»Diese verdammten Viecher vernichten mit einem Schlag unsere gesamte Aussaat!«, schimpfte er schon von Weitem.

Als er näher kam, musterte er sie kurz, und ihr wurde bewusst, dass sie voller Schlamm war. Richard schüttelte voller Unverständnis den Kopf und wandte sich an Werner: »Warum reitet sie die Stute? Wie konntest du das zulassen? Du weißt doch, dass die noch zu jung und wild ist! Bist du sie überhaupt schon mal geritten, seit sie hier ist?«

Werner setzte zu einer Antwort an, und Charlotte wappnete sich schon, ihm über den Mund zu fahren. Doch dann hörte sie ihn einen Satz sagen, den sie von ihm niemals erwartet hatte: »Ja, das war mein Fehler, Herr Feltin.«

Sie sah ihn überrascht an. Er fuhr in gleicher Weise fort: »Ich dachte, die Stute wäre schon so weit. Fräulein Charlotte ist auch sehr gut mit ihr zurechtgekommen. Das Tier scheint nur noch nicht schussfest zu sein. Sofort, als Sie gefeuert haben, ist sie durchgegangen.«

Richard herrschte ihn an: »Das war unverantwortlich. Lotte hätte sich den Hals brechen können. Noch ein einziger falscher Handgriff, und du bist entlassen.«

Werner senkte den Kopf, und Charlotte registrierte die unterwürfige Geste mit zunehmendem Staunen.

»Jawohl, Herr Feltin.«

Richard knurrte etwas Unverständliches. Die Angelegenheit schien damit für ihn erledigt zu sein. Er richtete seine Aufmerksamkeit wieder auf die Maisfelder, hielt sich den Feldstecher an die Augen. Einige Vögel kreisten noch über der frisch umgepflügten Erde und schienen abzuwarten, ob sich die Lage wieder beruhigte. Die meisten Kraniche hatten sich von den Schüssen gar nicht stören lassen.

»Da scheint noch Arbeit vor uns zu liegen«, brummte er. Dann wandte er sich wieder an Werner: »Tausch das Pferd mit meiner Tochter.«

Werner sprang sofort gehorsam ab, ging auf Charlotte zu und wollte nach den Zügeln der Stute greifen. Doch statt vom Pferd zu steigen und ihm die Zügel zu übergeben, fasste Charlotte sie kürzer und blieb fest im Sattel sitzen. Kampflustig schob sie den Unterkiefer nach vorne. Sie hatte nicht die Absicht, sich vor den Augen des Stallmeisters von ihrem Vater demütigen zu lassen. Richard stützte beide Hände auf den Sattelknauf, beobachtete die Szene und schwieg. Charlotte hob den Kopf, sah ihm in die Augen und hielt seinem Blick stand. Nach einer Weile brummte er: »Na schön!« und nickte Werner zu, der daraufhin wieder in den Sattel des Wallachs stieg. Richard wendete sein Pferd und zeigte mit dem ausgestreckten Arm in Richtung Tal.

»Da unten an der nächsten Wegkreuzung trennen wir uns. Ich reite nach rechts, Werner nach links und Lotte geradeaus.«

»Jawohl, Herr Feltin«, sagte Werner.

In dem Moment, als sie losreiten wollten, setzte Richard hinzu: »Ich nehme ein paar von ihnen aufs Korn. So leid es mir um die schönen Vögel tut, aber wir müssen einige abschießen, damit die anderen merken, dass wir es ernst meinen.«

Charlotte atmete tief durch und sagte: »Da hast du leider recht … Vati.«

Es waren die ersten Sätze, die sie seit dem unglückseligen Mittagessen miteinander gewechselt hatten. Charlotte drückte der Stute die Schenkel an die Flanken, die sofort darauf reagierte. Für einen kurzen Moment sah sie den Männern in die Augen. Was sie darin sah, bereitete ihr Genugtuung. In ihren Blicken lag Anerkennung.

ANNA

Anna sah die beiden Frauen schon von Weitem. Sie kamen zielstrebig auf sie zu. Es mussten Mutter und Tochter sein, so sehr glichen sich die rundlichen Gesichter mit den zierlichen Stupsnasen. Den Rücken durchgedrückt, stand Anna in dem dunkelblauen, wenig vorteilhaften Kittelkleid, das alle Verkäuferinnen tragen mussten, vor den Auslagen und lächelte die Damen mit geschlossenen Lippen an. Ganz so, wie es sie Frau Stieglitz, die Leiterin der Damen-Konfektionsabteilung, gelehrt hatte. Schon als sie noch zehn Schritte von ihr entfernt waren, rief ihr die Ältere der beiden entgegen, sie möge ihnen die neuesten Modelle der Abendkleider zeigen. Ihr herrisches Auftreten verhieß nichts Gutes, dachte Anna. Diese Art Kundin war ihr leider während der letzten zwei Monate, die sie nun schon im KaDeWe arbeitete, häufiger begegnet. Umso höflicher musste ihre Erwiderung sein, auch wenn es schwerfiel.

Anna deutete einen Knicks an und sagte: »Sehr gerne, meine Damen. Einen Augenblick, bitte. Möchten Sie so lange Platz nehmen?«

Sie zeigte auf zwei gepolsterte Armlehnsessel. Doch die Frauen ignorierten ihren Vorschlag, stürzten sich auf eine Kleiderpuppe, die mit einem Nachmittagsensemble dekoriert war, und zupften an dem dunkelvioletten Stoff. Anna blieb neben ihnen stehen, um ihnen zu erklären, dass dies das letzte Exemplar sei und es leider nicht mehr in ihrer Größe verfügbar sei. Gleich herrschte sie die Ältere an: »Habe ich Sie danach gefragt? Worauf warten Sie? Bringen Sie endlich die Abendkleider her, oder wollen Sie hier Wurzeln schlagen?«

»Ich bitte um Verzeihung«, antwortete Anna und fragte: »Für welche der Damen soll das Abendkleid denn sein?«

Die Mutter sagte von oben herab: »Für meine Tochter.«

Anna versicherte ihnen, dass sie dies gerne tun werde, drehte sich um und versuchte, ihre Kollegin auf der gegenüberliegenden Seite des Empfangsraums durch Blickkontakt auf die beiden aufmerksam zu machen. Sie wollte sie nicht sich selbst überlassen, während sie die verlangten Kleider holte. Doch diese reagierte nicht auf ihren

Versuch, sondern sah demonstrativ an ihr vorbei. Und Anna kannte den Grund: Iris war eine der Angestellten, die sich an den Streiks beteiligt hatten. Und sie hatte es Anna nicht verziehen, dass sie genau zu jener Zeit eine Stelle im KaDeWe angenommen hatte. Anna konnte sie sogar irgendwo verstehen. Dadurch, dass sie so wie vierundfünfzig andere Frauen bereit gewesen war, sofort einzuspringen, konnte Adolf Jandorf die Angestellten entlassen, die während des Arbeitskampfs nicht einlenkten.

Anna sah hilfesuchend zu Olga. Sie war die junge Frau, über die Ella bei ihrer Vorstellung gesagt hatte, sie habe wegen ihres Muttermals auf der Wange keine Chance. Ella hatte sich ausnahmsweise einmal geirrt. Olga sprach fließend Russisch und bediente hervorragend die wohlhabenden Exilrussen, die vor der Roten Armee aus ihrer Heimat geflohen waren und sich in Charlottenburg angesiedelt hatten. Anna verstand sich gut mit ihr. Aber Olga war gerade mit einer exaltierten Kundin aus St. Petersburg beschäftigt und schüttelte nur unauffällig den Kopf, um Anna zu bedeuten, dass sie ihr nicht helfen könne. Anna blieb nichts anderes übrig, als sich zu beeilen.

»Ich bin gleich wieder da«, sagte Anna und öffnete einen Vorhang. Jetzt stand sie vor einem langen Gang, der zu beiden Seiten von Kleiderstangen gesäumt war. Als sie ihn abschritt, merkte sie, wie schwierig es war, Modelle zu finden, die dem Geschmack dieser verwöhnten Kundinnen entsprechen könnten. Noch entbehrte das Nachkriegsangebot Jandorfs jeglicher Ausgefallenheit. Hauptsächlich wurden unscheinbare Kleider mit schlichtem geradem Schnitt gezeigt. Sie fielen lose über den Körper, der nun kaum noch in ein Korsett gezwängt wurde. Durch einen Gürtel wurden diese Kleider zusammengehalten, die Höhe der Schnürung war wahlweise dem Geschmack der Trägerin überlassen. Anna strich mit dem Handrücken über die herunterhängenden Ärmel, doch die Berührung der Stoffe löste keine Emotionen in ihr aus. Die Materialien waren zumeist noch aus dem alten Bestand. Sie waren eher haltbar als edel und raffiniert. Aus Frankreich bezog man nun seit fünf Jahren weder Stoffe noch Modelle. Es wurde Zeit, dass endlich wieder frischer Wind in die Damenkonfektion kam.

Anna holte einige Modelle in den üblichen gedeckten Farben von den Stangen. Als sie damit zurückkam, waren beide Frauen verschwunden. Anna blickte sich nach ihnen um und fragte eine ihrer Kolleginnen, ob sie die zwei gesehen habe. Als sie sie ihr beschrieb, wusste sie gleich Bescheid: »Ach diese beiden Damen ... Mutter und Tochter ... sind schon bei der Anprobe.«

Anna ging weiter zu dem Raum mit den geräumigen Ankleidekabinen. Die ältere der Damen stand bereits in der Mitte auf dem weichen Teppich und betrachtete sich in einem riesigen Standspiegel. Sie trug das violette Ensemble von der Kleiderpuppe, drehte sich hin und her, posierte darin, als stünde sie auf einer Bühne. Anna konnte auf den ersten Blick erkennen, dass das Kostüm viel zu eng für sie war, denn trotz der schlechten Zeiten war sie erstaunlich korpulent. Über ihren Oberschenkeln spannte der Popeline, sodass der Futterstoff sich nach oben schob. Anna fand auch das Dunkelviolett unvorteilhaft für ihren blassen Teint.

»Wundervoll!«, rief Iris in dem Moment aus. »Als wäre es für Sie gemacht! Damit werden Sie alle Männer betören, und die anderen Damen werden vor Neid erblassen.«

Wie konnte sie ihr nur eine solche Lüge erzählen?, dachte Anna. Sie hatte es schon öfter auch bei anderen Verkäuferinnen beobachtet, dass sie alles daran setzten, den Kundinnen Kleider aufzuschwatzen, die ihnen gar nicht standen oder passten. Aber Iris war bei Weitem die Schlimmste. Es schien ihr vollkommen gleichgültig zu sein, ob die Käuferinnen später zufrieden waren. Sie näherte sich den beiden Damen mit den Abendkleidern über dem Arm und hängte sie an einen Haken.

»So, ich habe Ihnen einige Modelle mitgebracht«, sagte sie.

»Möchten Sie etwas davon probieren?«

Die Jüngere der beiden kam auf sie zu und befühlte den Stoff.

»Ich fange an, bringen Sie das Grüne in meine Kabine.«

Sie deutete auf den zurückgezogenen Vorhang. Anna folgte ihr mit einem der Kleider hinein und half ihr, es anzuziehen. Als sie sich vor den Spiegel stellte, trat Anna hinter sie und steckte die Nähte an den Seiten mit Stecknadeln ab.

»Wir müssten es nur ein wenig abnähen, dann bekommt es Konturen. Die kleinere Größe würde Ihnen an den Schulter zu eng«, ließ sie sie wissen.

Während die Dame ihr Spiegelbild betrachtete, hatte Anna plötzlich eine Idee. Sie nahm den dunkelroten Gürtel von einem anderen Kleid, schlang ihn der Dame um die Taille und knotete ihn lose zusammen. Durch den Kontrast sah das grüne Kleid auf einmal viel pfiffiger aus.

»Ja, das gefällt mir!«, rief die junge Frau und legte die Hände in die Hüften.

Die andere Dame hatte das violette Kostüm mit Mühe wieder ausgezogen und übergab es Iris. »Packen Sie mir das ein«, wies sie sie an. Iris nickte zufrieden und fing an, es in Papier einzuschlagen.

Inzwischen wandte sich die Käuferin ihrer Tochter zu. Anna nutzte den Augenblick, trat neben sie und flüsterte: »Sie sollten das violette Kostüm nicht kaufen.«

»Warum in aller Welt sollte ich das wohl nicht tun?«, antwortete sie erstaunt.

»Erstens ist es Ihnen zu klein, und zweitens steht es Ihnen nicht«, sagte Anna und sah nervös zu Iris hinüber. Bis jetzt hatte diese nichts von ihrer Unterhaltung mitbekommen.

»Hast du gehört, was diese kleine Verkäuferin da zu mir sagt?«, fragte die Dame jetzt mit lauter Stimme ihre Tochter, die die Hände in die Taille legte und sich hin und her drehte. »Ich soll das violette Kostüm nicht nehmen!«

Jetzt wurde Iris aufmerksam und kam dazu. »Hören Sie nicht auf sie. Sie ist neu hier und kennt sich noch nicht so gut aus«, sagte sie und warf einen abschätzigen Seitenblick auf Anna. »Das Kostüm ist perfekt für Sie.«

»Ich weiß nicht, vielleicht hat sie recht«, sagte die Tochter, die das Abendkleid probierte. »Aber diese Abendrobe hier ist elegant. Vor allem mit den Abnähern und dem roten Gürtel. Gehört der dazu?«

Anna nickte: »Ja, jetzt schon. Warten Sie, dürfte ich vielleicht noch genau Ihre Maße nehmen? Dann können wir die Änderung schneller durchführen.«

Die Dame nickte, und Anna begann, sie geschickt mit einem

Maßband zu vermessen und die Zahlen auf einem kleinen Block zu notieren, während die andere Dame sie beobachtete.

»Sie scheinen etwas von der Sache zu verstehen. Also dann werde ich auf Ihren Rat hören und das Kostüm lieber nicht nehmen.«

Als die beiden gegangen waren und Anna das Kleid für die Schneiderin einpackte, stellte sich Iris dicht neben sie. »Wage das ja nicht noch einmal«, zischte sie Anna zu. »Ohne dich hätte sie das Kostüm gekauft, und ich hätte meine Provision bekommen. Das wirst du noch bereuen.«

»Aber hast du denn nicht gesehen, dass es ihr viel zu klein war? Und es stand ihr auch nicht.«

Iris' Augen verengten sich. »Was geht dich das an! Kümmere dich in Zukunft um deine Angelegenheiten, und misch dich nicht ein, wenn ich einer Kundin was verkaufe«, giftete sie. »Und ich habe gesehen, dass du die Gürtel der Kleider vertauscht hast. Du weißt, dass du das nicht tun darfst. Das nächste Mal melde ich es Frau Stieglitz.«

Ihre Stimme klang so wütend, dass Anna die Auseinandersetzung nicht vergessen konnte. Sie bekamen nur ein Promille Provision, wenn sie ein Kleid verkauften, und sie wurde erst im nächsten Monat abgerechnet. Der Betrag war keine unzufriedene Kundin wert. Was steckte bloß hinter Iris' Verhalten?

Als sie in ihrer Mittagspause zusammen mit Ella die Treppen ins Erdgeschoss hinunterging, erzählte sie ihr von dem Vorfall. Der Portier öffnete ihnen die Tür am Seitenausgang, und beide mussten blinzeln, als sie ins Freie traten. Es war ein strahlender Frühlingstag, endlich hatte die Sonne wieder Kraft. Sie gingen weiter über den Wittenbergplatz und sahen schon von Weitem, dass die wenigen Bänke bereits besetzt waren. Heute strebten alle, die um diese Zeit ihre Mittagspause machen durften, aus dem Gebäude heraus. Jeder sehnte sich danach, die erste milde Aprilluft zu genießen. Gerade als sie umdrehen wollten, erspähte Anna noch zwei freie Plätze ganz am Ende der Grünanlagen, und sie beschleunigten ihren Schritt.

»Herrlich!«, stöhnte Ella, als sie sich nach einem kurzen Gruß auf dem Rand der Holzbank niederließ. Die beiden älteren Verkäuferinnen aus der Kurzwarenabteilung rückten ein Stück zur Seite. Ella wandte ihr Gesicht der Sonne zu und schloss die Augen. Anna bückte sich und massierte ihre Wadenmuskeln. Das stundenlange Stehen war anstrengend. Nicht einmal für wenige Minuten durften sich die Verkäuferinnen während der Arbeitszeit setzen. Selbst wenn sie sich anlehnten, erhielten sie sofort eine Ermahnung von Frau Stieglitz.

»Warum macht sie das nur?«, fragte Anna mit gedämpfter Stimme und warf einen Seitenblick auf die beiden fremden Kolleginnen. Da sie nicht wusste, ob sie Iris womöglich kannten, sprach sie ihren Namen nicht aus.

»Ist es ihr denn vollkommen egal, ob die Kundinnen zufrieden sind? Spätestens wenn sie das Kostüm zu Hause ihrem Mann vorgeführt hätte, wäre ihr klar geworden, dass es ihr nicht passt.«

Ella antwortete nicht, sondern stöhnte wohlig. Anna drehte sich zu ihr um und rüttelte sie sanft an der Schulter.

»He da, jetzt ist keine Zeit für einen Mittagsschlaf!«

»Bosheit!«

Ella öffnete nicht einmal die Augen, als sie das Wort aussprach.

»Na komm schon, so schlimm war das jetzt auch nicht!«, sagte Anna zu ihr, aber Ella hielt die Augen immer noch geschlossen. Anna fielen ihre geschwungenen, dichten Wimpern auf.

»Ich meine nicht dich, sondern Iris«, sagte Ella.

Jetzt blinzelte sie und schirmte die Augen mit der Hand vor der Sonne ab.

»Wenn du mich fragst, ist es bei ihr reine Bosheit, gepaart mit Neid und Schadenfreude.«

Anna sah Ella nachdenklich an. Ihr Urteil war ihr wichtig. Seit ihrer ersten Begegnung vor zwei Monaten war zwischen ihnen eine enge Freundschaft entstanden. Für Anna war es eine neue Erfahrung. Denn sie hatte während ihrer Schulzeit keine Mädchenfreundschaften gepflegt. Ihre Schwestern und Erich waren ihr immer genug gewesen. Und Ida sah sie auch eher als eine Art kleine Schwester an. An Ella faszinierte sie ihre Lebenslust und ihre gnadenlose Offenheit, die ihr aber auch manchmal Angst einjagte. Sie bildete sich über jeden, dem sie begegnete, sofort ein Urteil, und meistens war es nicht gerade wohlwollend. Umso geschmeichelter fühlte sich Anna, dass sie ausgerechnet sie als ihre Freundin auserkoren hatte.

»Glaubst du wirklich?«, fragte sie.

»Na, glaubst du es etwa nicht? Sie ist einfach ein durch und durch missgünstiger Mensch. Sie hasst jede Kundin, die es sich leisten kann, im KaDeWe einzukaufen. Und uns beide hat sie auch auf dem Kieker.«

Anna nickte. »Aber das muss ja einen Grund haben.«

»Nicht alles hat einen Grund. Manche Menschen sind einfach so«, antwortete Ella abgeklärt.

Anna wickelte ihre mitgebrachten Stullen aus dem Zeitungspapier und hielt Ella eine hin.

»Was hast du denn drauf?«, fragte diese.

»Dauerwurst. Ist das nicht himmlisch? Noch vor zwei Monaten hätte ich mir nicht träumen lassen, wie gut es mir bald gehen würde.«

Ella griff zu und holte ihr eigenes Pausenbrot hervor. »Ich habe sogar Leberwurst. Ist das zu fassen?«

Sie tauschten jeweils ein halbes belegtes Brot aus und bissen in das dunkle, frische Roggenbrot, gaben sich einen Moment lang dem herrlichen Geschmack hin. Dabei betrachtete Anna die breite Seitenfassade des KaDeWe. Im Erdgeschoss waren sogar schon die Markisen heruntergelassen worden und gaben der strengen Fassade ein fast mediterranes Aussehen. Die beiden Verkäuferinnen, die neben ihnen gesessen hatten, standen jetzt auf, nickten Anna und Ella zu und machten sich auf den Rückweg in das Warenhaus. Anna rückte weiter in die Mitte der Bank und breitete die Arme auf der Lehne aus.

»Wir bekommen Bezugsscheine, wir kriegen Brot und Wurst zu kaufen, müssen uns nicht mal lange anstellen, haben achtzig Mark Monatslohn, einen freien Sonntag. Die Sonne scheint … eigentlich könnte alles wunderbar sein.«

»Nur eigentlich?«, fragte Ella kauend und drehte sich zu Anna um. »Oh, sieh mal, du hast schon Farbe im Gesicht bekommen.«

»Und du Sommersprossen«, erwiderte Anna und deutete mit dem Zeigefinger in Richtung der Pünktchen auf Ellas Nase.

»Oh, Gott, nein!«, rief diese entsetzt und wand sich von der Sonne ab. »Aber zurück zum Thema: Ich finde auch nicht alles wunderbar im KaDeWe. Wir müssen ganz schön schuften. Jeden Tag von acht bis acht Uhr immer nur stehen. Immer freundlich sein, egal wie eingebildet und ungerecht die Kundinnen sind. Und in den weißen Wochen, wenn uns die Kundinnen wegen der Sonderpreise für Weißwaren die Türen einrennen, haben wir jeden Tag noch weit länger gearbeitet, ohne Extrabezahlung.«

»Acht bis acht stehen stimmt nicht ganz: Wir haben schließlich auch einige Pausen«, wandte Anna ein. »Und wenn du mich fragst: Ich für meinen Teil bin heilfroh, dass ich hier arbeiten darf, auch wenn ich gerne wieder schneidern würde. Ich hätte so viele Ideen, weißt du? Und die Kleider, die wir hier verkaufen, sind alle so eintönig, eigentlich vollkommen einfallslos.«

»Da hast du allerdings recht!«, sagte Ella und klopfte sich die Krümel von ihrem Rock.

»Aber ich meinte was ganz anderes, als ich sagte, dass es wunderbar sein könnte, aber nicht ist.«

»Und was?«

»Ich habe dir doch von Ida erzählt …«

Ella rollte mit den Augen.

»Die kleine Göre? Mensch, Anna, komm schon! Was geht sie dich eigentlich an? Du bist noch nicht einmal mit ihr verwandt!«

Anna hatte befürchtet, dass Ella so reagieren würde. Ihre Freundin hatte sicher viele Qualitäten, aber sie war nicht gerade der selbstloseste Mensch, den sie kannte.

»Aber ich fühle mich irgendwie für sie verantwortlich. Wegen mir hat sie ihre Stelle als Plätterin verloren, und außerdem erinnert sie mich an meine kleine Schwester.«

Ella wickelte das nächste Brot aus dem Zeitungspapier. »Und?«

»Sie braucht eine Arbeit.«

»Da geht es ihr gerade so wie fast jedem in Berlin.« Sie stutzte einen Moment. »Aber vielleicht fragst du mal die beiden da!«

In einiger Entfernung kamen zwei Verkäufer aus der Lebensmittelabteilung auf sie zu. Der eine lang und schmal, mit zu kurzen Ärmeln. Der andere mittelgroß und kompakt. Hastig packte Ella ihr Brot wieder ein und legte es hinter ihren Rücken.

»Vielleicht wird in der Fleischerei oder Bäckerei noch eine Hilfe gebraucht, jedenfalls eher dort als in der Konfektion«, sagte sie, drehte sich zu Anna um und bleckte die Zähne. Die schüttelte den Kopf, nein, Ella hatte keine Krümel am Mund.

»Es schadet jedenfalls nicht, sich mit diesen Jungs dort gutzustellen. Sie sitzen schließlich an der Quelle. Und der Große gefällt mir. Du kannst den anderen haben.«

Anna sah Ella von der Seite an. Sie hatte sich aufgesetzt, ins Profil gedreht und die Beine übereinandergeschlagen. Dabei versuchte sie, vollkommen desinteressiert zu wirken.

»Hallo, die Damen!«, sagte der Lange und zog seinen Hut. Darunter kamen aschblonde Haare zum Vorschein, die in alle Richtungen abstanden.

»Hätten Sie noch zwei Plätze für uns frei?«, fragte der andere. Er tippte sich an den grauen Hut, den er schräg auf dem Kopf trug. Im Gegensatz zu dem Blonden nahm er ihn nicht ab.

»Das kommt ganz darauf an!«, antwortete Ella keck.

»Und worauf?«, fragte der Blonde, während er seine Hutkrempe in den Händen knautschte.

»Was Sie für eine Stulle dabeihaben.«

Anna sah Ella von der Seite an. Es schien ihr nicht im Geringsten peinlich zu sein.

»Presskopf«, lautete seine Antwort.

Daraufhin klopfte Ella wortlos mit der Handfläche auf den Platz neben sich. Beide Männer mussten grinsen. Der Blonde setzte sich neben sie. Der andere wartete noch auf Annas Einverständnis. Erst als sie nickte, ließ er sich auf den äußeren Platz links neben sie nieder. Doch es war ihm anzumerken, dass ihm an der Platzwahl etwas missfiel. Vermutlich hätte er lieber neben Ella gesessen, dachte Anna. Sie hatte schon gemerkt, dass sie mit ihrem hübschen Gesicht und ihrer kessen Art bei den meisten Männern gut ankam. Gerade wollte sie aufstehen, um ihn neben sie zu lassen, als ihr die Kriegsverletzung auffiel. Seine rechte Ohrmuschel fehlte, die rötliche, vernarbte Haut sah nach einer Brandwunde aus. Sofort wurde Anna klar, dass er sich deshalb nicht auf ihre linke Seite hatte setzen wollen. Auf dem rechten Ohr hörte er nichts. Und es war vermutlich auch der Grund, weshalb er den Hut nicht abnahm, der durch die fehlende Ohrmuschel so schief saß. Sie versuchte, sich nichts anmerken zu lassen. Schlug ihm vor, ihn lieber in die Mitte zu nehmen. Dankbar wechselte er mit ihr den Platz, begann, seine Brote auszupacken, und bot Anna und Ella jeweils eines davon an. Sie nahmen beide sein Angebot an, und Anna schloss für einen Moment genießerisch die Augen, als ihr der Wurstgeruch in die Nase stieg.

»Davon habe ich manchmal nachts geträumt«, sagte sie.

»Ja, in den letzten Jahren konnte das vorkommen«, sagte er. Dann streckte er ihr die Hand hin: »Gestatten? Emil Köstner.«

»Anna Tannenberg«, sagte sie und schüttelte seine Hand.

Die förmliche Vorstellung kam ihnen beiden ungelenk vor. Anna wickelte ihr halbes Brot aus und bot es ihm an. Es kam ihr unfair vor, wenn sie ihm seine wegaßen.

Doch er schüttelte den Kopf: »Danke vielmals, aber wir aus dem zweiten Stock sind wirklich immer sehr gut versorgt.«

Von ihrer Position aus konnte man die KaDeWe-Uhr nicht sehen, aber Anna hatte das Gefühl, als bliebe ihnen nicht mehr viel Zeit. Deshalb redete sie nicht lange darum herum, sondern fragte einfach ganz direkt: »Wird bei Ihnen in der Lebensmittelabteilung vielleicht eine Aushilfe gesucht? Eine Freundin von mir braucht dringend eine Arbeit.«

Sofort lachte der Blonde bitter auf: »Fast jeder, den ich kenne, braucht dringend Arbeit. Und wir haben selbst genug ehemalige Kriegskameraden oder Verwandte, die uns dauernd löchern. Aber das KaDeWe stellt jetzt nach Ende der Streiks niemanden mehr ein. Da hat Ihre Freundin Pech, und Sie beide haben gerade Glück noch gehabt.«

»Na, Sie aber ganz offensichtlich auch!«, sagte Ella schlagfertig.

Anna wunderte sich, dass er über die Umstände, unter denen sie beide eingestellt worden waren, Bescheid wusste. Aber seine Antwort war für sie ernüchternd. Sie stand auf, und Emil tat es ihr sofort nach.

»Jedenfalls vielen Dank für das Brot, das war sehr freundlich von Ihnen«, sagte Anna. »Wir müssen leider zurück. Wenn wir nicht rechtzeitig aus der Mittagspause kommen, kriegen wir eine Ermahnung. Aber Sie wissen ja sicher selbst, wie das ist.«

»Es tut mir leid«, sagte er.

»Kommen Sie morgen wieder hierher?«, fragte der Blonde, blieb aber sitzen.

»Vielleicht, vielleicht auch nicht«, antwortete Ella in herablassendem Tonfall, bevor Anna etwas sagen konnte. Sie hakte sich bei Anna ein, um sie wegzuziehen.

»Was bildet der sich eigentlich ein, dieser Lackaffe?«, raunte sie ihr zu, als sie außer Hörweite waren. »Dich so arrogant abzuwimmeln!«

Doch Anna antwortete nicht. Der junge Mann mit der Verwundung hatte ihre Erinnerung an Erich geweckt. Auf einmal sehnte sie sich nach ihm, und sie bekam ein schlechtes Gewissen, weil es ihr hier so gut ging. Warum meldete er sich nicht bei ihr? Ob Dora ihm ihren Brief ausgehändigt hatte? Oder war er gar nicht nach Hause zurückgekehrt?

CHARLOTTE

Charlotte fuhr aus ihrem Bett hoch. Ein lautes Klirren hatte sie geweckt. Sie streckte die Hand aus und tastete blind nach dem Schalter der Nachttischlampe. Als das Licht anging, stieg sie aus dem Bett, angelte mit den nackten Füßen nach ihren Pantoffeln und ging in ihrem langen weißen Nachthemd zur Tür. Obwohl im Kamin noch ein paar Scheite glommen, war es kalt in ihrem Zimmer. Der Jahreswechsel 1919/1920 ließ ahnen, dass dieser Winter den letzten noch übertreffen wollte. Sie warf sich ein wollenes Tuch über die Schultern. Auf dem Gang wäre sie fast mit Wilhelmine zusammengestoßen, die ebenfalls durch das Geräusch geweckt worden war und in ihrem wallenden Morgenrock vor ihrem Zimmer stand. Ihre weißen Haare lagen zu einem dünnen Zopf geflochten über ihrer Schulter. Charlotte wurde bewusst, dass sie ihre Großmutter so noch nie gesehen hatte. Sonst trug sie immer einen strengen, durch viele Nadeln und ein feines Netz im Zaum gehaltenen Dutt. Jetzt ließen sie die Aufmachung und das blasse Licht der Deckenlampe fast wie ein Gespenst erscheinen.

»Hast du auch dieses Klirren gehört, Lotte? Ich dachte schon, es käme aus deinem Zimmer. Ist bei dir alles in Ordnung?«, fragte Wilhelmine besorgt.

»Ja, das Klirren hat mich auch geweckt. Aber von hier kam es nicht.«

»Es wundert mich, dass deine Eltern nicht wach geworden sind.«

Wilhelmine drehte sich um, und sie schlichen hintereinander auf Zehenspitzen den Gang entlang. Als sie vor dem Schlafzimmer von Richard und Lisbeth standen, legte Wilhelmine ihr Ohr an die Tür und sah Charlotte dann fragend an. Sie zuckte mit den Schultern, woraufhin Wilhelmine an die Tür klopfte. Nach kurzer Zeit wurde sie von innen einen Spaltbreit geöffnet. Lisbeth stand in ihrem Flanellnachthemd und einer Bettjacke vor ihnen, und fast dachte Charlotte, sie könnte geheult haben. Aus dem Türspalt kam ein eiskalter Lufthauch, sodass Charlotte sofort fröstelte und sich das wollene Tuch weiter um die Schultern zog. Von drinnen hörte sie ein lautes gleichmäßiges Schnarchen. Lisbeth legte ihren Finger auf den Mund: »Schscht, weck ihn bloß nicht wieder auf. Ich bin froh, dass er endlich Ruhe gibt.«

Sie machte einen Schritt nach vorne auf den Gang und zog die Tür ganz vorsichtig hinter sich zu.

»Wir hatten eine Meinungsverschiedenheit«, flüsterte sie, und Charlotte konnte sehen, dass sie vor Kälte zitterte. »Er fand es zu warm im Zimmer und wollte, dass das Fenster geöffnet bleibt. Aber es sind mindestens zwölf Grad minus draußen. Also habe ich es zugemacht.«

Charlotte merkte, wie sehr sich ihre Mutter jetzt zusammennehmen musste, um weitersprechen zu können.

»Da hat er den schweren Schuh genommen, der vor seinem Bett stand, und mit voller Wucht die Scheibe eingeworfen.«

Wilhelmine tat einen eigenartigen Ausruf, der Überraschung, aber auch Erleichterung darüber ausdrückte, dass nichts Schlimmeres passiert war. Sofort hielt sie sich die Hand vor den Mund. Charlotte hatte den Eindruck, als hätte sie am liebsten losgelacht, wenn ihr nicht bewusst gewesen wäre, wie bedrohlich Lisbeth die Situation empfunden haben musste. Und natürlich waren die Nächte so eisig, dass es in dem Zimmer trotz der gut gefüllten Daunendecken kaum auszuhalten sein konnte.

»Warum schläfst du nicht einfach in Ediths früherem Zimmer?«, schlug Charlotte leise vor. »Es steht doch leer, seit sie wieder in Leipzig ist, und dort ist es sicher wärmer. Ich wecke Erna, damit sie dir schnell das Bett bezieht.«

Lisbeth antwortete nicht gleich. Umringt von ihr vertrauten Menschen, vermochte sie es dennoch nicht, ihre Gefühle zu offenbaren. Ihre Schwiegermutter und ihre Tochter konnten ihr ansehen, wie sehr sie mit sich haderte. Wie verlockend die Aussicht für sie war, ganz alleine in einem weichen, warmen Bett zu liegen. Ohne ihre Antwort abzuwarten, lief Charlotte auf Zehenspitzen den Gang bis ans Ende. Dort führte eine Treppe ins Dachgeschoss, wo die Zimmer der Dienstmädchen lagen. Sie stieg leise nach oben und bückte sich, denn die Dachschräge war so niedrig, dass kein Erwachsener darunter stehen konnte. Es war dort oben deutlich kälter als in der ersten Etage, stellte sie fest, während sie nach einem Lichtschalter suchte, bis ihr einfiel, dass es hier oben kein elektrisches Licht gab und sie eine Petroleumlampe hätte mitnehmen müssen. Das zweite Zimmer auf dem Gang teilten sich Erna und Luise. Ohne zu klopfen öffnete Charlotte vorsichtig die Tür, horchte auf das gleichmäßige Atmen, roch die Ausdünstungen von schlafenden Mädchen, die tagsüber harte, körperliche Arbeit verrichteten, und tastete sich in der Dunkelheit zu Ernas schmalem Metallbett vor.

»Erna«, flüsterte sie und legte ihre Hand auf die Bettdecke, da, wo sie ihre Schulter vermutete. Es war unmöglich, in der Dunkelheit ihr Gesicht zu erkennen. Erna rührte sich nicht. Charlotte rüttelte sachte, fühlte keine Konturen, realisierte nach und nach, dass es kein warmer menschlicher Körper war, den sie unter ihrer Handfläche spürte. Sie zog die Bettdecke zurück, ertastete die zusammengerollten Decken darunter und erschrak. Erna lag gar nicht in ihrem Bett. Langsam richtete sie sich auf, so weit es unter der Dachschräge möglich war. Inzwischen hatten sich ihre Augen an die Dunkelheit gewöhnt, und sie erkannte in dem Mondlicht, das durch die kleine Dachluke fiel, das zweite Bett, in dem Luise fest zu schlafen schien. Unschlüssig stand sie da und sah ihrem kondensierenden Atem zu. Sollte sie das Dienstmädchen aufwecken, sie nach Erna fragen und anweisen, das Bett des Gästezimmers zu beziehen? Doch dann entschied sie sich dagegen. Luise war noch nicht lange genug auf dem Hof, als dass Charlotte ihr genug getraut hätte, um ihr gleich zwei delikate Vorkommnisse auf einmal anzuvertrauen. Schritt für Schritt suchte sie sich den Weg zurück auf den Gang. Nachdem sie die Tür zugezogen hatte, stand sie wieder im Stockdunkeln. Nur der Lichtschein, der noch immer aus dem ersten Stockwerk fiel, diente ihr zur Orientierung. Als sie endlich wieder im Gang vor dem Zimmer ihrer Eltern angekommen war, stand dort nur noch ihre Großmutter.

»Wo bleibst du denn so lange?«, fragte sie.

»Ich konnte Erna nicht wach kriegen und beziehe das Bett selbst«, log Charlotte.

Wilhelmine sah sie forschend an. Es kam ihr natürlich merkwürdig vor, dass man ein Dienstmädchen nicht aus dem Schlaf rütteln konnte.

»Es hat sich ohnehin erledigt«, sagte sie. »Deine Mutter ist in ihr Ehebett zurückgekehrt. Ich habe hier nur noch auf dich gewartet.«

»Warum hat sie das gemacht?«, fragte Charlotte.

»Sie sagt, sie müsse das durchstehen.«

Als Charlotte wieder in ihrem Bett lag, hielten sie die Ereignisse der Nacht wach. Was Ernas Aufenthaltsort betraf, war sie sich sicher, ihn zu kennen. Seit dem Tag, als sie das Dienstmädchen derangiert vor dem Marstall angetroffen hatte, wusste sie von ihrem Verhältnis mit Werner. Der neue Stallmeister war für Charlotte ein rotes Tuch. Gegenüber ihrem Vater zeigte er sich unterwürfig und devot, aber im Leutehaus führte er große Reden, warf mit Begriffen wie Enteignung der besitzenden Klasse, Umverteilung des Eigentums und Umsturz um sich. Sie hatte Erna angemerkt, wie sie sich nach und nach veränderte, Anweisungen nur noch widerwillig ausführte, die althergebrachte Ordnung infrage stellte. Doch dass sie es tatsächlich wagte, die Nacht mit ihm zu verbringen? Zweifellos würde dies einen Skandal verursachen, wenn es auf dem Gut bekannt würde. Und was ihre Mutter betraf, hatte sie auf einmal eines klar vor Augen: Sie mussten Feltin verlassen, und zwar beide. Sie konnte weder sich noch ihre Mutter weiter den Demütigungen ihres Vaters aussetzen. Aber wohin konnten sie gehen? Es kam nur das Haus ihrer Tante Cäcilie in Leipzig infrage. Und dazu würde sie über ihren Schatten springen müssen, denn die Begegnung mit ihrer Cousine Edith wäre dann natürlich unvermeidbar. Doch Charlotte fasste in dieser Nacht den festen Entschluss. Von nichts und niemandem würde sie sich abbringen lassen. Ihr Vater sollte endlich sehen, wie er ohne sie zurechtkam. Sie würde es tun, und Erna würde sie einfach mitnehmen.

Zwei Tage später kamen sie um zwölf Uhr mittags auf dem Leipziger Bahnhof an. Als sie aus dem Zug stiegen, folgte ihnen Erna mit dem Gepäck und einem beleidigten Gesichtsausdruck. Sie war von der überstürzten Reise nach Leipzig genauso wenig begeistert gewesen wie Charlottes Vater, allerdings unterschieden sich ihre Gründe gravierend von seinen. Charlotte ignorierte den donnernden Protest ihres Vaters ebenso wie den still zur Schau getragenen ihres Dienstmädchens. Beide mussten sich ihrem Willen fügen. Da ihr Vater Leutner verbot, sie zum Bahnhof zu fahren, hieß sie Werner, der zum Abschied im Hof herumstand, die Koffer einzuladen. Als Erna nicht gleich einstieg, genügte ein strenger Blick von ihr, und schon saß sie auf dem Beifahrersitz. Lisbeth nahm im Fond Platz. Einzig um ihre Großmutter und ihre beiden Hunde tat es ihr leid. Doch Wilhelmine hatte ihre Bedenken zerstreut. Sie kannte Richard lange genug, um alleine mit ihm zurechtzukommen, und sie versicherte ihr, für die Spaniel zu sorgen. Mit beiden Hunden zu ihren Füßen stand sie zum Abschied auf dem Hof und winkte ihnen mit einem ihrer Spitzentaschentücher hinterher. Charlotte lenkte den Wagen selbst und ließ ihn einfach auf dem Rondell vor dem Bahnhofsgebäude stehen. Sollte ihr Vater sehen, wie man ihn wieder zurück zum Gut brachte.

Jetzt sah sie sich auf dem Leipziger Bahnsteig um. Hatte ihnen ihr Onkel keinen Chauffeur geschickt? Zwei Kofferträger standen ganz in der Nähe, und sie winkte sie heran, wies sie an, ihr Gepäck zu nehmen.

»Hier entlang!«, sagte sie mit dem selbstbewussten Tonfall eines Menschen, der es gewohnt war, Befehle zu erteilen. Dann stolzierte sie auf dem Bahnsteig vor ihnen her. Was für ein gigantischer Bahnhof, dachte sie. Er war damals von den stolzen Leipzigern als größter Kopfbahnhof Europas präsentiert worden. Die Höhe der Halle, deren Ausmaße man gar nicht mit einem Blick erfassen konnte, beeindruckte sie, und sie wies ihre Mutter auf die verglasten, runden Oberlichter hin. Lisbeth staunte angesichts des riesigen, modernen Bauwerks. Während sie weitergingen, musterte sie ihre Tochter von der Seite. Sie trug ein mokkafarbenes Kostüm mit einem Fuchskragen und einem knöchellangen, engen Rock, den sie von Erna hatte umändern lassen. Das Ensemble kleidete sie ausgezeichnet. Ihre langen Haare hatte sie zu einem voluminösen, tief im Nacken sitzenden Dutt gesteckt. Lisbeth kannte sie kaum wieder. Sie selbst kam sich dagegen in ihrem altmodischen schwarzen Kleid und dem

Wolltuch vor wie eine uralte Bäuerin. Dennoch war sie froh über Charlottes Verwandlung. Seit sie die düsteren, schwermütigen Tage hinter sich gelassen hatte, war sie zielstrebiger denn je. Um so vieles selbstsicherer kam sie ihr vor. Es hatte den Anschein, als sei Charlotte durch die Kränkung und Trauer, die sie durchlitten hatte, zu einer erwachsenen Frau geworden.

Gerade als sie durch das Hauptportal des Bahnhofsgebäudes aus hellem Sandstein schritten, traf der Chauffeur der Familie Liebermann ein. Er steuerte die schwarze Limousine an den Straßenrand. Eilfertig stieg er aus, zog seine Mütze und entschuldigte sich für die Verspätung, gab jedoch keine Begründung an. Dann öffnete er ihnen die Fondtüren und war ihnen beim Einsteigen behilflich. Erna ließ er auf den Beifahrersitz steigen, dann verstaute er die Koffer und die große Weidentruhe mit den Mitbringseln. Natürlich hatte Wilhelmine nicht eher geruht, bis die Truhe für die Familie ihrer Tochter mit Wildpasteten, Schinken, sorgfältig verpackten frischen Eiern und Wintergemüse gefüllt war, die von Frau Leutner eiligst aus der Speisekammer herbeigebracht worden waren.

Schon nach fünfzehn Minuten bogen sie in die breite, von Ulmen gesäumte Karl-Tauchnitz-Straße ein, in der die Liebermann'sche Stadtvilla lag. Die weißen Stuckfassaden wirkten an diesem Frühlingstag besonders hell. Der Wagen fuhr durch das geöffnete schmiedeeiserne Tor mit den drei Meter hohen Speeren, deren goldene Spitzen in der Mittagssonne strahlten, und hielt vor dem Portal, genau zwischen den beiden Säulen. Ihre Tante erwartete sie schon. Mit ausgebreiteten Armen schritt sie die breite Marmortreppe herunter. Lisbeth und Charlotte waren einen Moment lang sprachlos angesichts ihrer Erscheinung. Wo in aller Welt hatte sie nur in diesen Zeiten ein so umwerfendes Ensemble aufgetrieben, fragten sie sich. Der plissierte, puderfarbene Rock umspielte ihre Knöchel. Dazu trug sie einen Pullover aus hauchdünnem, lindgrünem Stoff, der weit über den Rockbund fiel. Trotz der Kälte trug sie keinen Mantel. Auf der Brust steckte eine großformatige, mit Edelsteinen besetzte Brosche in Form eines Paradiesvogels. Man sah ihrem Gesicht an, dass sie inzwischen die vierzig überschritten hatte, und eine weiße Strähne durchzog ihre dunklen Haare. Dennoch wirkte ihre modische Aufmachung nicht unpassend. Cäcilie breitete die Arme aus, wodurch die Trompetenärmel des Oberteils erst zur Geltung kamen, und strahlte sie an: »Lisbeth, Charlotte, ihr könnte euch gar nicht vorstellen, wie sehr ich mich über euren Anruf gefreut habe!« Sie drückte zuerst ihre Schwägerin, dann ihre Nichte innig an sich. »Es ist so unglaublich schön, dass ihr hier seid! Eine entzückende Idee von Lotte, uns endlich einmal wieder einen Besuch abzustatten.«

Charlotte wurde klar, wie sehr sie diese Art von Herzenswärme und Lebensfreude vermisst hatte. Natürlich liebte sie ihre Mutter und Großmutter, und sie wusste, dass dies auf Gegenseitigkeit beruhte. Doch beide konnten ihre Zuneigung nie so unverblümt zeigen wie Cäcilie. Die lebenslange Bangigkeit vor Richards Jähzorn hatte ihre Haltung und die Stimmung auf Feltin geprägt. Auch wenn es Tage oder Wochen gab, an denen er umgänglich und freundlich sein konnte, so war doch in seiner Gegenwart jeder immer und zu jeder Zeit auf der Hut. Aber jetzt war sie hier und würde die Zeit zu gerne unbeschwert genießen.

Cäcilie hatte sie immer noch an den Oberarmen gefasst und sah ihr ins Gesicht. »Was bist du für eine bildhübsche, erwachsene Frau geworden, Lotte. Ich glaube, für deine blonden Engelshaare wäre so manch eine Dame der Gesellschaft bereit zu morden.«

»Ach, Cäcilie! Jetzt übertreibst du aber«, ermahnte sie Lisbeth. »Du machst uns ja ganz verlegen.«

Zwei Diener nahmen dem Chauffeur das Gepäck ab. Charlotte entging es nicht, wie genau die beiden Erna von oben bis unten beäugten. Doch das Dienstmädchen ließ sie kalt abblitzen. Als einer der beiden die Weidentruhe an den Damen vorbeitrug, bemerkte Lisbeth: »Wilhelmine hat euch ein paar Lebensmittel einpacken lassen. Wie immer haben sie und Frau Leutner es besonders gut gemeint, aber du wirst ja sehen.«

Cäcilie wies die Diener an, die Truhe abzusetzen, klappte den Deckel hoch und schlug das karierte Tuch auseinander, in das die Lebensmittel eingeschlagen waren.

»Oh, wie herrlich! Ist das etwa Frau Leutners legendäre Wildpastete? Da wird sich Salomon aber besonders freuen!«

Lisbeth nickte zufrieden. Die Pastete war einzigartig, und so gab es wenigstens eine Sache, mit der sie ihren Schwager und ihre Schwägerin beeindrucken konnte. Charlotte spähte durch die offen stehende Eingangstür, suchte mit den Augen die Treppe zur Beletage ab. Ob Edith nicht doch sogleich über den feinen persischen Läufer herunterkommen würde? Charlotte war sich über ihre Gefühle nicht im Klaren: Diese Begegnung war unvermeidlich, und der Gedanke daran verunsicherte sie. Es war kein Hass, den sie Edith gegenüber empfand, sondern eine Art Enttäuschung darüber, wie sehr sich ihre leise schwelende Eifersucht als berechtigt erwiesen hatte. Charlotte hatte schon während der Bahnfahrt über ihre Begegnung gegrübelt und den Vorsatz gefasst, Edith auf Distanz zu halten. Nie wieder würde sie jemandem ihr Innerstes so offenbaren, wie sie es ihr gegenüber getan hatte. Cäcilie bemerkte ihren Blick.

»Falls du Edith suchst: Sie ist noch im Konservatorium bei einer Probe. In zwei Wochen gibt sie ein Konzert im Gewandhaus. Da müsst ihr unbedingt noch hier sein. Versprecht ihr mir das? Ach, und das ist noch lange nicht alles, doch sie soll es euch am besten selbst erzählen …«

Charlotte war erleichtert, das Wiedersehen mit Edith noch ein wenig vor sich herzuschieben.

»Aber jetzt kommt erst einmal herein!«, rief Cäcilie. »Ihr möchtet euch gewiss frisch machen. Martha wird euch eure Zimmer zeigen. Charlotte, du hast wieder das mit der chinesischen Tapete, gleich neben Ediths, wie das letzte Mal, ist dir das recht? Und dich, Lisbeth, habe ich im grünen Zimmer untergebracht. Es wird dir sicher gefallen. Auch wenn ich zugeben muss, dass wir nun, nachdem dieser schreckliche Krieg zu Ende ist, nur darauf warten, wann es wieder neue Stoffe und Tapeten zu kaufen gibt. Unsere Räume haben alle eine Renovierung nötig. Aber das wird wohl noch ein paar Wochen oder gar Monate dauern.«

Lisbeth sah ihre Schwägerin die ganze Zeit über nur staunend an. Cäcilie war schon immer sehr extrovertiert gewesen, aber heute war sie in ihrem Redefluss überhaupt nicht mehr zu bremsen. Doch auch ihr gefiel diese Lebhaftigkeit.

»Wunderbar, Cäcilie, mach dir bitte nicht zu viel Mühe mit unserem Besuch. Du weißt, dass wir nicht anspruchsvoll sind.«

Cäcilie hob die Augenbrauen. »Das solltet ihr aber, meine Liebe. Und wenn ihr es bisher nicht wart, dann bringe ich es euch in den nächsten Tagen bei. Ihr werdet hier verwöhnt, da gibt es kein Wenn und Aber.« Sie stieg vor ihrer Schwägerin die Treppen hinauf. »Wir hatten doch so lange keine Freude mehr, und ihr habt Edith im Krieg durchgefüttert. Wir stehen tief in eurer Schuld.«

»Papperlapapp, Cäcilie«, widersprach Lisbeth. »Ihr schuldet uns gar nichts! Sie ist unsere einzige Nichte. Das war selbstverständlich!«

Cäcilie blieb stehen, drehte sich dankbar lächelnd um, und Lisbeth strahlte zurück. Obwohl die Schwester ihres Mannes immer so viel eleganter war und es ganz offensichtlich auch mit ihrem Ehemann um einiges leichter hatte als sie, hatte Lisbeth niemals Missgunst gespürt.

»In einer halben Stunde treffen wir uns zu einem leichten Mittagessen im Speisezimmer, und dann besprechen wir, was wir alles zusammen unternehmen werden.«

Gerade als sie hinter den beiden die Treppe hinaufgehen wollte, hörte Charlotte jemanden ihren Namen rufen. Sie drehte sich um, und da stand Edith im Eingangsportal und stellte gerade ihren Cellokasten auf den Boden. Charlotte spürte, wir ihr Herz anfing zu klopfen. Es hämmerte so heftig in ihrem Brustkorb, dass sie glaubte, jeder müsste es hören können. War Edith noch schöner geworden? Oder war nur ihre Erinnerung an sie schon verblasst? Ihre Cousine trug die Haare zu einem französischen Zopf geflochten, der an ihrem Hinterkopf in einem losen Knoten zusammengesteckt worden war. Die feminine Frisur und der burgunderrote Umhang mit einem Zobelkragen und schwarzen Knebelknöpfen gaben ihr ein aristokratisches Aussehen. Doch ihre Ausstrahlung schien nicht nur sie gefangenzunehmen.

»Mein Gott, Edith!«, rief Lisbeth aus. »Du siehst ja aus wie die älteste Zarentochter.«

Sogleich als sie es ausgesprochen hatte, hielt sie sich erschrocken die Hand vor den Mund. Sogar Cäcilie sah sie schockiert an.

»Oh Gott, was habe ich nur gesagt«, murmelte Lisbeth peinlich berührt.

Die brutale Ermordung der gesamten russischen Zarenfamilie durch die Bolschewiken hatte sich in das Gedächtnis der Menschen eingebrannt. Natürlich waren die Bilder der schönen Zarentöchter nach der monströsen Tat um die Welt gegangen. Einen Vergleich mit einem in so jungen Jahren ermordeten Mädchen war ein Faux pas.

»Liebe Tante Lisbeth, das wurde mir schon öfter gesagt«, erwiderte Edith ruhig, kam die Stufen herauf und nahm sie an den Händen. »Ich werde versuchen, ihrem Andenken Ehre zu machen.«

Sie half Lisbeth damit aus der unangenehmen Lage, und alle entspannten sich wieder. Dann drehte sich Edith zu Charlotte um, an der sie eben vorbeigegangen war. Sie stieg die Treppe langsam wieder drei Stufen herab, dann stand sie vor ihr. Kurz legten sie die Wangen aneinander. Charlotte erkannte sofort den sanften Duft wieder, der sie umgab. Beide vermieden den Augenkontakt, spürten, wie ihre Mütter jede ihrer Regungen beobachteten. Ediths schmale Hand ruhte auf dem Treppengeländer aus schwarzem Ebenholz. Als säße er schon immer auf ihrem rechten Ringfinger, schimmerte der Saphir in einer schlichten, weißgoldenen Fassung, umringt von feurigen, kleinen Brillanten. Der tiefblaue Edelstein symbolisierte die Treue und war ein traditioneller Verlobungsring. Edith folgte Charlottes Blick, und ihr Körper verspannte sich. Sie sahen sich nur für einen kurzen Moment in die Augen, da erkannte Charlotte die Wahrheit: Edith hatte sich mit Leo verlobt.

ANNA

Anna stieg die Treppen hinauf. Ein langer Tag im Warenhaus lag hinter ihr, und das anhaltende Stehen war anstrengend. Sie spürte ihre Füße kaum noch. Doch am Ende des Tages hatte sie ihren Monatslohn bekommen, und das war immer noch etwas Besonderes. Sie war nicht unzufrieden mit ihrem Leben, so wie es jetzt war. Es ging ihr besser als den meisten Menschen in Berlin. Sie hatte eine gut bezahlte Arbeit, ein Dach über dem Kopf und genug zu essen. Wenn sie nur endlich etwas von Erich hören würde. Als sie zu Weihnachten bei ihren Eltern in Vetschau gewesen war, hatte sie sich sogar getraut, auf seinem Hof nach ihm zu fragen. Die Antwort war niederschmetternd: Anderthalb Jahre nach Kriegsende galt er als vermisst.

Sie bog um die Ecke, zum nächsten Treppenabsatz. Ein Fußbad, einen Happen essen und dann ins Bett, dachte sie. Heute saßen keine Kinder im Treppenhaus, nur der kleine Hund lag zusammengerollt auf der Fußmatte. Anna blieb kurz bei ihm stehen. Sie wickelte eine der Stullen aus, die sie noch von der Mittagspause übrig hatte, und brach ihm einige Stücke ab. Gierig schnappte er sie ihr aus den Fingern.

»Na, du Armer, haben sie keinen Platz für dich da drin?«, sagte sie leise.

Vorsichtig strich sie ihm über das Fell, was er mit einem trägen Wedeln der Rute hinnahm. An den kahlen Stellen wuchs dünnes Fell nach. Es schien ihm besser zu gehen, seit sie ihm regelmäßig etwas zu fressen mitbrachte. Aus der Wohnung drangen Streitereien und das leise Quengeln des Säuglings. Alles schien wie immer zu sein, nur dass die Kinder ausnahmsweise den Abend innerhalb der Einzimmerwohnung verbringen durften. Anna stieg eine Etage höher und öffnete die Wohnungstür. Sie sah den vertrauten, warmen Lichtschein aus der Küche. Meistens war Adelheid vor ihr zu Hause. Sie mochte ihre Tante, und schließlich war sie als einzige Blutsverwandte in Berlin eine Art Ersatz für ihre große Familie, die sie im

Spreewald zurückgelassen hatte. Seit Günter vor über einem Jahr aus unerfindlichen Gründen verschwunden war, hatte sich das Leben für sie beide zum Besseren gewendet. Durch ihrer beider Gehalt konnten sie in der Einzimmerwohnung bescheiden leben, und Anna konnte sogar jeden Monat ein paar Mark zur Seite legen.

»Tante Adelheid!«, rief sie und zog ihren Mantel aus. »Ich habe heute meinen Monatslohn bekommen, jetzt kann ich dir auch wieder meinen Anteil an der Miete zahlen.«

Während sie ihren Mantel an den Garderobenhaken hängte, freute sie sich, ihrer Tante nun schon seit Monaten so viel beisteuern zu können, dass sie ihre Betten nicht mehr an Schlafburschen vermieten musste. Sie hatte es gehasst, ihrer Tante auf der Tasche zu liegen.

»Tante Adelheid?«

Anna lauschte auf eine Antwort. Doch es blieb stumm. Sie durchquerte den langen, dunklen Flur, schob die angelehnte Küchentür auf, und fast blieb ihr das Herz stehen, als sie sah, wer auf dem Stuhl saß.

»Na, da staunste!«, sagte Günter. »Hast wohl nich mehr mit mir jerechnet, nachdem du dich hier ins jemachte Nest gesetzt hast.«

Auf dem Teller vor ihm sah sie den Zipfel von der Dauerwurst liegen, die sie gestern mitgebracht hatte. Direkt neben dem Teller lag seine speckige Kappe. Er folgte ihrem Blick und sagte: »Die Landjäger war mal was Ordentliches zwischen de Zähne. Biste zu Reichtum gekommen? Wurst kaufste? Lohn haste?«

Dann rieb er sich mit dem Ärmel über seine rote, tropfende Nase. Anna bemerkte, dass sein Haarkranz noch länger und fettiger aussah als früher. Auch der säuerliche Geruch, der von ihm ausging, ließ sie vermuten, dass er sich seit Langem nicht mehr gewaschen hatte. Wo mochte er übernachten? Sie wollte es lieber gar nicht wissen.

»Ich bin nicht reich, sondern ich habe eine feste Stelle, arbeite jeden Tag acht Stunden und werde dafür bezahlt. Das ist alles«, sagte sie.

»So, so, det ist also alles.«

Anna ging in die Hocke, zog den grauen Vorhang unter dem

Spülstein auf und griff nach einer Emailleschüssel. Dann feuerte sie den Herd an und setzte den Wasserkessel auf die Platte, nahm eine Prise getrockneter Kamillenblüten aus einem Einweckglas, warf ihn in die Schüssel. Mit mechanischen Bewegungen führte sie dieselben abendlichen Vorbereitungen aus, wie sie es in den letzten Wochen immer getan hatte, wenn sie nach Hause kam. Dabei wunderte sie sich über sich selbst. Instinktiv wusste sie, dass der Abend nicht so verlaufen würde wie sonst. Adelheid hatte nie mehr über Günter gesprochen, aber Anna war es nicht entgangen, dass sie die Wohnungstür jeden Abend vor dem Schlafengehen gewissenhaft von innen abschloss und den Schlüssel im Schloss stecken ließ, was sie früher nie gemacht hatte. Ohne dass sie es ansprachen, wusste sie, es war nur seinetwegen. Sie wollte sichergehen, dass er sich nicht nachts in die Wohnung schleichen konnte. Hätte sie doch nur das Türschloss ausgetauscht, dachte Anna. Als das Wasser im Kessel kochte, goss sie es in die Schüssel, füllte kaltes dazu. Sie zog ihre Stiefel und Strümpfe aus, schob die langen Unterhosen etwas nach oben und stellte mit einem leisen Stöhnen beide Füße hinein. Günter drehte seinen Stuhl so, dass er sie dabei beobachten konnte.

»Du lässt es dir jut jehn, wa?«, sagte er. »Wo arbeiteste denn seit Neuestem?«

»Im KaDeWe, in der Damenkonfektion, seit mehr als einem Jahr«, antwortete Anna leise.

»Im KaDeWe, ja? Damenkonfektion! So fein biste geworden?«, sagte er.

»Fein sind nur die Kundinnen, die ich bediene«, antwortete sie. »Wir Verkäuferinnen dürfen uns nie setzen, deshalb tun mir die Füße weh. Aber ich danke Gott jeden Tag, dass ich diese Arbeit habe.«

Sie bewegte die Zehen, und als sie zu ihm hochsah, war da wieder der lauernde Blick aus seinen schmalen Augen, den sie schon ein paarmal an ihm gesehen hatte.

»Schöne Füße haste.«

Erst jetzt kam ihr die Erkenntnis, dass sie die Schuhe besser angelassen hätte. Ihr Herz begann wieder wie wild zu klopfen, und ihre

Gedanken rauschten in ihren Ohren. Wie hatte sie nur so dumm sein können?

»Soll ich sie dir massieren? Det tut dir sicher jut, nach dem langen Stehen!«

Er schob den Stuhl näher heran und bückte sich.

Anna brachte mit Mühe ein Kopfschütteln zustande. Ihre Hände legten sich über ihren Schoß, ihr Kopf drehte sich zur Seite, und ihr Blick richtete sich senkrecht nach unten. Gegen ihre Körpersprache war sie machtlos, und das Fatale war, wie leicht sie es ihm damit machte, wie deutlich sie ihm damit ihre Angst verriet. Und gerade die war es, die ihn besonders anstachelte. Günter fasste mit einer Hand in das Wasser und griff nach ihrem Fuß, fuhr mit dem Finger die bläulichen Adern auf ihrem Spann nach. Innerhalb von wenigen Sekunden waren beide Hände in der Schüssel. Jetzt ging alles rasend schnell. Sie konnte kaum Luft holen, da packte er ihre Fesseln und zog sie mit einem Ruck von ihrem Hocker herunter, sodass sie heftig auf ihr Steißbein knallte. Sie schrie auf. Der Schmerz durchbohrte ihren Körper tief wie ein Pfeil. Das Wasser aus der Schüssel ergoss sich über den Küchenboden. Sie versuchte, Günter abzuwehren, als er ihren Rock hochschob und sich auf sie warf.

»Nein!«, schrie sie gellend. »Hör auf!«

Mit aller Kraft drückte sie beide Fäuste gegen seine Brust, während er ihr grob die Unterhose herunterriss. Da holte er aus und schlug ihr mit der flachen Hand so fest ins Gesicht, dass ihr Kopf zur Seite geschleudert wurde. Etwas in ihrer Wange knirschte, und Anna sah nur noch Sternchen. Sie spürte, wie ihr das Blut aus der Nase strömte.

»Wenn du noch einen Mucks machst, schlag ich dir die Zähne aus!«, zischte er.

Schon griff er ihre Handgelenke, so fest, als steckten sie in einem Schraubstock, bog ihre Arme nach hinten über ihren Kopf. Jetzt war nur noch der Stoff seiner Hose zwischen ihnen. Sein fauliger Atem stieg ihr in die Nase, Schweiß tropfte von seiner Stirn auf ihre Lippen. Sie spürte, wie erregt er war. Sein Becken drängte sich an sie. Seine Hand legte sich auf ihre Brust, knetete sie und suchte vergeblich nach einer Öffnung in ihrem Kleid. Dann legte er seinen

Mund auf ihre Lippen, schob ihr die Zunge zwischen die Zähne. Sie hörte ihn stöhnen. Er ließ ihre eine Hand los, fasste nach unten in seinen Schritt, um die Knöpfe zu öffnen. Sie wusste, dass es gleich passierte. Er würde sie missbrauchen. Er würde sie schänden und besudeln. Auf einmal hatte sie Erichs Gesicht vor Augen. Sein geliebtes, sommersprossiges Bubengesicht und dann das kantige Soldatengesicht. Erich! Warum konnte er sie nicht retten? Warum konnte er nicht hier sein? Was würde er sagen, wenn er wüsste, was dieser Dreckskerl ihr antat?

Da wusste Anna plötzlich, was er sagen würde: »Bring ihn um!« »Bring ihn um!«, würde er sagen.

Sie hörte Günter fluchen. Dabei blies er ihr seinen ekelhaften Atem ins Gesicht. Er war wütend, weil er seine Knöpfe nicht aufbekam. Ihre freie Hand begann, den Boden um sie herum abzutasten, suchte fieberhaft nach irgendeinem Gegenstand, den sie als Waffe verwenden konnte. Viel Zeit blieb ihr nicht. Dann war sein Hosenschlitz offen, und er versuchte, ihre Schenkel zu spreizen. In dem Augenblick bekam sie ein Bein des Hockers zu fassen, auf dem sie gesessen hatte. Ohne lange nachzudenken, umklammerte sie es so fest sie konnte, nahm alle Kraft zusammen und zog ihm den schweren Holzhocker mit voller Wucht über den Kopf. Blut spritzte nach allen Seiten und sprenkelte ihr Gesicht und den Boden. Günter sackte bewusstlos über ihr zusammen. Anna verlor jetzt keine Zeit mehr. Sie wand sich mühsam unter seinem schweren Körper hervor und richtete sich auf. Der Schmerz in ihrem Steißbein war fast unerträglich. Mit von Tränen fast blinden Augen zog sie ihre Unterhose hoch, ordnete ihren Rock und sah sich um. Ihre Schuhe und Strümpfe lagen in der Küche verstreut. Sie begann, sich die Strümpfe anzuziehen. Fragte sich, warum sie das tat, wo sie sich doch kaum bewegen konnte. In dem Moment hörte sie Günter aufstöhnen. Er bewegte sich, tastete mit der Hand nach seinem Kopf.

Anna sah sich hastig nach ihrem kleinen Stoffbeutel um, in den sie ihren gesamten Monatslohn gesteckt hatte, doch sie konnte ihn nirgends entdecken. Jetzt stützte sich Günter mit den Händen vom Boden ab. Voller Entsetzten realisierte Anna, dass er kurz davor war, sich langsam wieder aufzurichten. Sie wusste, dass ihr keine

Zeit mehr blieb, griff nach ihren Schuhen. Wo war bloß der Beutel? Auf einmal entdeckte sie das kleine Stück von dem roten Stoffband, mit dem seine Öffnung zusammengezogen wurde. Es schaute unter Günters Körper hervor. Sie streckte die Hand aus. Der Lohn für einen Monat Arbeit, haargenau achtzig Mark in Scheinen, lag ausgerechnet exakt unter ihm. Sein Hinterkopf war voller Blut, das immer noch aus der klaffenden Wunde über seinen Nacken und seine Ohren rann. Aber ihre Angst, sich Günter so weit zu nähern, dass sie den Beutel berühren konnte, war zu groß. Zumal Günter Anstalten machte, sich hinzuknien. Während sein Kopf vornüberhing, schob er schwerfällig einen Fuß nach vorne, gleich würde er aufstehen.

Annas Augen glitten über die Ablagen, suchten sie nach einem Gegenstand ab, mit dem sie sich wehren konnte. Sie sah das Messer auf dem Teller neben dem Wurstzipfel. Doch was, wenn sie ihn damit umbrachte? Würde man ihr glauben, dass er sie hatte vergewaltigen wollen? Auf einmal kamen ihr Bedenken. Er heulte auf, brüllte etwas Unverständliches, und seine Stimme hatte den durchdringenden Klang eines verwundeten Raubtiers. Gerade als er nach der Tischkante fasste und im Begriff war, sich aufzurichten, entschied sich Anna im Bruchteil einer Sekunde nicht für Angriff, sondern für Flucht. Die Schuhe in einer Hand rannte sie, so schnell es ihr verletzter Rücken zuließ, auf Strümpfen aus der Küche. Jeder Schritt war eine Tortur.

»Bleib gefälligst hier, du verdammtes Luder!«, hörte sie Günter schreien.

Sie kam an der Tür zum Schlafzimmer vorbei. Einen kurzen Moment blieb sie stehen und zögerte. Sollte sie rasch die Tasche mit ihren Sachen holen? Doch da hörte sie ein Poltern aus der Küche. Und voller Entsetzen sah sie Günter gebückt im Türrahmen stehen. Jetzt wankte er auf sie zu. Sie riss ihren Mantel von dem Garderobenhaken, öffnete die Wohnungstür und stieg, halb ohnmächtig vor Schmerz, die Treppen hinunter. Jeder Schritt war wie ein Dolch, der in ihr Rückenmark gestoßen wurde. Günters Gebrüll schallte durch das Treppenhaus hinter ihr her: »Na, warte, das wirst du mir büßen. Ich werd dich finden, da kannste Gift druff nehmen!«

Offenbar hatte er es bis zur Wohnungstür geschafft. Ob er in der Lage war, ihr die Treppe hinunter zu folgen?

Sie stieß die Haustür auf und humpelte auf den Hof. Erst jetzt fiel ihr ein, dass sie in Strümpfen war. Doch hier war sie nicht sicher. Sie konnte sich nicht hinsetzen und die Schuhe anziehen. Womöglich kam er hinter ihr her, und in dem dunklen Hinterhof konnte ihr keiner helfen. Sie musste wenigstens auf die Straße, da waren bestimmt noch einige Menschen unterwegs. Dort würde er sich nicht trauen, erneut über sie herzufallen. Sie hinkte weiter, durch den ersten Hinterhof, zur Haustür heraus und merkte erleichtert, dass sie recht gehabt hatte. Gleich gegenüber gingen ein Mann und eine Frau Hand in Hand auf dem Bürgersteig entlang. Anna überquerte die Straße. Die Frau sah sie mit einem merkwürdigen Gesichtsausdruck an, fast so, als hätte sie Angst vor ihr. Anna fasste sich an die schmerzende Nase, denn sie hatte nicht bedacht, dass sie ganz blutig sein musste. Trotzdem ging sie dem Paar nach, auch wenn die beiden ihre Schritte beschleunigten. Mehrfach drehte sie sich um und sah nach, ob sie verfolgt wurde. Erst als sie in die nächste Seitenstraße abbogen, setzte sie sich auf eine Stufe vor den Bäckerladen und zog ihre Schuhe an. Dann versuchte sie, sich das Blut von der Nase zu wischen. Wo sollte sie bloß hin? Sie hatte nur noch das, was sie auf dem Leib trug. Und sie kannte niemanden in Berlin außer Adelheid, Ida … und Ella. Ella! Ihre Wohnung in Neukölln war viel zu weit weg, so weit konnte sie auf keinen Fall mehr laufen mit diesen Schmerzen im Rücken. Anna stand auf und merkte, dass es durch das Sitzen noch schlimmer geworden war. Langsam hinkte sie die Straße entlang, sah sich immer wieder um, doch es schien ihr niemand zu folgen. Schon nach kurzer Zeit stand sie vor einem Häuserblock, der noch heruntergekommener war als jener, in dem ihre Tante wohnte. Sie kannte ihn, doch sie hätte nicht zu sagen vermocht, weshalb sie genau dort hingegangen war. Anna schob die Haustür auf, durchquerte die drei schmuddeligen, dunklen Hinterhöfe, in denen ihre Schritte unheimlich widerhallten. Sie stolperte fast über einen kaputten, alten Hasenstall, den jemand einfach dort hingeworfen hatte. Sie betrat das vierte Hinterhaus, atmete den modrigen Geruch von Armut und Krankheit ein, stieg einige Treppenstufen hoch und merkte, wie ihr schwindelig wurde. Ihr war, als hörte sie die Baritonstimme ihres Vaters. Sein liebes Gesicht mit den buschigen Augenbrauen tauchte vor ihr auf. Dann hörte sie ihre Mutter vorwurfsvoll sagen: »Es war deine Schuld, Anna!«

Sie suchte an dem Treppengeländer Halt und stützte sich ab. Neben dem nagelnden Schmerz spürte sie auf einmal etwas anderes, das sie noch viel heftiger traf. Das Gefühl reichte bis in die Tiefe ihrer Seele, und sie ahnte bereits, dass es nie mehr vergehen würde. Es war die Scham. Niemals durften ihre Eltern davon erfahren, was ihr gerade passiert war. Auf einmal drehte sich alles um sie herum, die ausgetretenen Holzstufen kamen auf sie zu, und die Wände mit der abgeblätterten braunen Farbe versanken in einem undurchdringlichen Nebel.

CHARLOTTE

Das Pfauenmännchen mit dem ausladenden Federkleid in leuchtendem Türkis reckte seinen langen Hals weit nach vorne, um an die roten Beeren heranzureichen. Es sperrte bereits gierig den Schnabel auf, doch die saftigen Früchte waren unerreichbar. Es saß auf dem Ast eines chinesischen Baums mit weißen Blüten. Und die atemberaubende Farbenpracht des Vogels hob sich in sattem Kontrast von dem hellgelben Hintergrund ab. Charlotte betrachtete die Szene von ihrem Bett aus. Sie hatte den Arm um einen der vier hohen Bettpfosten geschlungen und die Wange an das polierte Mahagoni gelegt. Erst jetzt fiel ihr der Widerspruch auf: Ein blühender Obstbaum trug keine Früchte. Das konnte auch in China nicht anders sein. Womöglich war die Fantasie mit dem Künstler, der die chinesische Tapete entworfen hatte, durchgegangen.

Die exotische Tier- und Pflanzenwelt, die jede Wand ihres Zimmers schmückte, fesselte ihre Gedanken. Doch es war nicht der dekorative Wandschmuck allein, der ihren Rückfall in die Schwermütigkeit verhinderte. Es war ihr eigener, neu erstarkter Wille. Der zermürbende Machtkampf mit ihrem Vater hatte lange gedauert. Vermutlich bereits die ganzen zwanzig Jahre, die sie auf der Welt war. Und in den letzten Wochen vor ihrer Abreise nach Leipzig wäre sie fast daran zugrunde gegangen. Sie war der völligen Unterwerfung so nahe gewesen. Sie hatte den bleiernen Atem der Selbstverleugnung gespürt. Die totale Missachtung durch ihren Vater hatte ihren Willen gelähmt, ihre Persönlichkeit nach und nach ausgelöscht. Sie war so sehr mit sich im Unreinen gewesen, hatte immer mehr an ihrer Entscheidung gezweifelt und geglaubt, sie habe einen fatalen Fehler gemacht, hätte Leos Antrag annehmen sollen, hätte die Szene im Garten, bei der sie Edith und Leo beobachtet hatte, als harmlos abtun und vergessen sollen. Hätte Leo nachlaufen und um Verzeihung bitten sollen, ihn anflehen, seinen Antrag zu wiederholen.

Der Anblick von Ediths Verlobungsring war schockierend für sie gewesen. Die Erkenntnis, wie kurz nach ihrer Ablehnung sich Leo für Edith entschieden hatte, zerriss ihr das Herz. Doch tatsächlich war dies die Bestätigung: Charlotte hatte richtig gehandelt. Er liebte sie nicht, vielleicht liebte er Edith, womöglich auch keine von beiden. Jedenfalls gelangte Charlotte zu der festen Überzeugung: Ihre Ehe wäre niemals glücklich geworden. Und gestärkt durch dieses Wissen würde sie Leo bei ihrem ersten Wiedersehen mit erhobenem Kopf entgegentreten.

Als es an der Tür klopfte und Erna das Zimmer betrat, wurde Charlotte bewusst, wie spät es schon war. Sie musste sich umkleiden. Heute fand einer von Cäcilies Salonabenden statt, bei dem Edith einige kleine Kostproben ihres anstehenden Konzerts geben würde.

»Welches Kleid möchten Sie heute Abend tragen, gnädiges Fräulein?«, fragte Erna.

»Bitte lass doch endlich diese förmliche Anrede sein, Erna«, ermahnte sie Charlotte zum wiederholten Mal. »Nenn mich einfach Charlotte, so wie früher.«

»Sehr wohl, Fräulein Charlotte«, antwortete Erna immer noch förmlich und machte einen Knicks. Hier in Leipzig hatte sie keine anderen Aufgaben außer jene als Charlottes Kammerzofe. Für beide war es ungewohnt, dass sie ihr bei jedem An- und Auskleiden half, und anscheinend hatte sie sich die Anrede von den anderen Dienstboten abgeguckt. Es war umso erstaunlicher, da sie durch Werners Einfluss die alten Rangordnungen in letzter Zeit häufiger infrage gestellt hatte.

»Ich habe mich für das neue, schulterfreie mit der Spitze am Rücken entschieden, Erna. Und leg bitte die passenden Abendhandschuhe heraus.«

»Ja, gerne«, antwortete Erna, holte das smaragdgrüne Kleid heraus, das Cäcilie gleich nach ihrer Ankunft für Charlotte hatte anfertigen lassen. Sie hängte es an den Schrank und fragte, welchen Schmuck Charlotte dazu anlegen wolle. Sie entschied sich für eine lange Perlenkette ihrer Großmutter, die normalerweise mehrfach um den Hals geschlungen wurde. Doch sie würde sie lang bis über die Taille herunterhängen lassen, wie sie es schon bei einigen Frauen der Leipziger Gesellschaft gesehen hatte.

Als sie vor der Spiegelkommode saß und Erna ihr das Haar aufsteckte, fragte sie: »Wie gefällt es dir hier in Leipzig, Erna? Verstehst du dich gut mit den Dienstboten meiner Tante und meines Onkels?«

Dabei beobachtete sie Ernas Spiegelbild. Sie hatte den Eindruck, dass sie nicht mehr so unglücklich aussah wie seit ihrer Abreise aus Feltin. Ihre hellbraunen Augen hatten wieder Glanz, und ihre Wangen wirkten, trotz der Stadtluft, wie reife Äpfel.

»Ich habe es mir schlimmer vorgestellt. Das Personal ist sehr nett zu mir. Wir spielen manchmal Karten am Abend, das ist immer lustig.«

Charlotte zog die grünen Satinhandschuhe an und zupfte sie über den Ellbogen zurecht.

»Der Kammerdiener meines Onkels ist ein attraktiver Mann, nicht wahr?«

Wie erhofft entdeckte sie ein verschämtes Zucken der Mundwinkel bei Erna. Sie hatte also richtig vermutet: Er gefiel ihr. Doch Erna wollte dies natürlich nicht zugeben und antwortete scheinbar desinteressiert: »Sie meinen diesen Eberhard?«

Charlotte nickte: »Ja, genau den meine ich.«

Erna hob betont gleichgültig die Schultern und sagte: »Schon möglich, aber mir ist er nicht weiter aufgefallen.«

Dabei errötete sie so stark, dass Charlotte sofort Bescheid wusste. Es war also genau das eingetreten, was sie sich für Erna erhofft hatte. Sie sollte sich in einen anderen Mann verlieben und Werner vergessen, der einen negativen Einfluss auf sie hatte. Leider hatte Charlotte ihren Einfluss auf ihren Vater verloren, sonst hätte sie ihn gebeten, den Stallmeister während ihrer Abwesenheit zu entlassen.

»Vielleicht könnte ich es arrangieren, dass Eberhard dich an seinem freien Abend einmal ausführen dürfte, zum Beispiel in die Lichtspiele, um gemeinsam einen Film anzusehen? Ich würde euch Karten kaufen.«

Ernas Gesicht hellte sich auf. »Das würden Sie tun, Fräulein Charlotte?«

Charlotte nickte. Als Erna ihr den Schmuck umlegte, fuhr sie mit den Fingerspitzen über die glatte Perlenoberfläche.

»Ja, das würde ich. Ich freue mich, dass du wieder bessere Laune hast als in den letzten Wochen.«

»Es tut gut, einmal etwas anderes zu sehen … als Feltin«, antwortete Erna. Dann rollte sie den hohen Standspiegel mit dem Mahagonirahmen in die Mitte des Zimmers und trat einen Schritt zurück.

Charlotte betrachtete sich im Licht des kleinen Kristalllüsters. Das Kleid fiel in gerader Linie über ihre Hüften, ohne die Taille zu betonen, und dieser neue Schnitt war ungewohnt. Als ihre Tante sie zu dem Kleid überredet hatte, war sie deshalb skeptisch gewesen. Aber die schmalen Träger betonten ihre schönen, runden Schultern, und als sie sich umdrehte, fand sie den durchsichtigen Spitzeneinsatz am Rücken geradezu atemberaubend. Mit den langen Handschuhen und der Perlenkette wirkte sie modisch und distinguiert zugleich. Ihr Spiegelbild gefiel ihr, und auch Erna war beeindruckt: »Sie sehen so elegant aus, Fräulein Charlotte. Wie eine Gräfin oder so.«

Charlotte musste zugeben, dass Erna nicht unrecht hatte. Eines musste man der Schwester ihres Vaters lassen: Sie hatte einen unglaublich stilsicheren Geschmack.

Sie betrat den Salon durch die breiten Flügeltüren und war überrascht, wie viele Besucher schon vor ihr eingetroffen waren. Der Salon strahlte durch unzählige elektrische Wandlampen und fünf funkelnde Kronleuchter, wovon der mittlere Sacklüster enorme Ausmaße hatte. Lisbeth stand zusammen mit Cäcilie und zwei weiteren Damen ihres Alters direkt darunter. Als Charlotte auf sie zukam, unterbrachen sie ihr Gespräch

»Lotte, du siehst einfach bezaubernd aus!«, flüsterte Cäcilie ihr zu. Ihre Mutter nickte mit einem stolzen Lächeln.

Auch Lisbeth hatte sich von Cäcilie zu einer neuen Kombination überreden lassen. Über einem gerafften Rock trug sie ein loses Oberteil mit Fransen am Saum. Das dunkle Türkis kleidete sie erstaunlich gut. Auf ihre Fragen nach der Quelle für die feinen Stoffe und die Schnittmuster hatte Cäcilie nur geheimnisvoll den Finger auf die Lippen gelegt. Während ihre Tante sie mit den beiden Damen bekannt machte, ließ Charlotte ihre Augen über den Raum gleiten. Sie suchte ihn nach zwei Personen ab. Eine davon war Edith, doch diese hatte sich bis zu ihrem Auftritt in ein Nebenzimmer zurückgezogen. Vereinzelt drangen Tonfetzen ihres Cellos durch die verschlossenen Türen. Die zweite Person war Leo, doch Charlotte konnte ihn nirgends entdecken. Cäcilie ging den nächsten Gästen entgegen, um sie zu begrüßen. In der Nähe des aufgeklappten Flügels stand eine Gruppe junger Männer zusammen, die Charlotte musterten und scheinbar über sie sprachen. Einer davon trug seinen Arm in einer Schlinge, und die Hand, die heraussah, war mit einem schwarzen Lederhandschuh überzogen. Als sie die Blicke der Männer bemerkte, wandte sie sich der Dame zu, die Cäcilie ihr als Frau Kommerzienrat Taubner vorgestellt hatte und die sofort begann, von den Salons ihrer Tante zu schwärmen und darüber, dass sich in ihrem Haus regelmäßig das gesamte Leipziger Stiftungsbürgertum versammele. Wie schade es doch sei, dass die Ehrentitel nun wegen einer grundfalschen Entscheidung der Sozialdemokraten nicht mehr verliehen würden, da ihr lieber Onkel ansonsten aufgrund seiner großzügigen Spenden für das königliche Konservatorium ein klarer Anwärter gewesen wäre.

»Und Ihr Herr Onkel ist einer der wenigen in Leipzig, der erstaunlicherweise immer noch über Champagnervorräte verfügt und sie bereitwillig mit seinen Gästen teilt …«

Sie schirmte ihren Mund mit der cremefarben behandschuhten Hand ab und fügte mit gedämpfter Stimme hinzu: »Obwohl uns der prickelnde Stoff angesichts der empörenden Bedingungen des Schandvertrags von Versailles eigentlich im Halse stecken bleiben müsste.«

Die Äußerung politischer Ansichten aus dem Mund einer Frau war ungewöhnlich und immer noch verpönt. Allerdings kam es inzwischen häufig vor, dass Menschen, denen man es nie zugetraut hatte, über Ausplünderung und Quälerei der Deutschen durch die Alliierten schimpften. Charlotte interessierten derartige Parolen schlicht nicht, und sie hörte ihr nur mit halbem Ohr zu. Einer der jungen Männer hatte sich von der Gruppe gelöst und kam mit selbstsicheren Schritten auf sie zu. Er hatte ein schmales Gesicht mit dunklen Augenbrauen über auffällig hellen Augen, die er, seit sie den Raum betreten hatte, nicht mehr von ihr abgewandt hatte. Seine mittelbraunen Haare waren an den Seiten millimeterkurz geschoren und standen über der Stirn wie Borsten nach oben. Ein Haarschnitt, wie er beim Militär üblich war. Doch er trug keine Uniform, sondern wie alle anwesenden Herren einen Schwalbenschwanz, dem man ansah, dass er jemand anderem auf den Leib geschneidert worden war. Der Mann musste ungefähr Mitte zwanzig sein und war nicht viel größer als Charlotte, was sie erst feststellte, als er genau vor ihr stehen blieb.

»Wie ich sehe, haben Sie noch gar nichts zu trinken, verehrtes Fräulein Feltin. Darf ich Ihnen vielleicht etwas bringen lassen?«, fragte er.

Charlotte lächelte verhalten. »Vielleicht … wie ich höre, kennen Sie bereits meinen Namen, ich den Ihren jedoch nicht, Herr …?«, sagte sie und wartete darauf, dass er sich vorstellte.

Seine Lippen waren auffallend schmal, bemerkte sie, als er ihr so nah war. Nicht annähernd so schön geschwungen wie die von Leo.

»Gestatten?«, fragte er, schlug die Hacken zusammen, sodass ein leises Klacken zu hören war, und machte einen Diener. »Ernst Trotha.«

»Angenehm«, antwortete Charlotte.

»Sie sind …?«, fragte sie, ohne den Satz zu vollenden.

»… ein Freund des Hauses«, sagte er.

Charlotte nickte lächelnd, und da keiner von beiden noch etwas sagte, schauten sie etwas verlegen aneinander vorbei. Dennoch fiel ihr auf, dass seine rechte Augenbraue unregelmäßig wuchs und nur zum Teil eine Vielzahl von kleinen Narben verdeckte. Charlotte räusperte sich, und Trotha sah sie fragend an. Offenbar hatte er vergessen, dass er ihr etwas zu trinken besorgen wollte, es geziemte sich aber für eine Dame nicht, den Herrn daran zu erinnern. Zum Glück gesellte sich ihr Onkel zu ihnen, gab einem der Diener ein Zeichen. Sogleich kam er heran und bot Charlotte Champagner an.

»Ah, Lotte! Wie ich sehe, habt ihr euch schon bekannt gemacht. Als ich Dr. Trotha das erste Mal getroffen habe, musste ich sogleich an meinen Schwager, deinen Vater, denken.«

»Wieso das denn, Onkel? Mein Vater braucht doch keinen Arzt!«, fragte Charlotte und sah ihn verwundert an.

»Nun, Herr Dr. Trotha ist auch kein Arzt. Vielmehr hat er über Schweinezucht promoviert und einen Lehrauftrag an der Leipziger Universität. Seine agrarwissenschaftlichen Theorien würden Richard sicherlich interessieren.«

Charlotte sah den Mann mit den kühlen Augen von der Seite an. Für einen Landwirt hätte sie ihn zuallerletzt gehalten.

»Ach, Sie haben Agrarwirtschaft studiert? Wie kamen Sie dazu? Besitzt ihre Familie denn Land?«, fragte sie.

»Entschuldigt mich bitte«, sagte ihr Onkel und ging schon wieder weiter, um die nächsten Gäste zu begrüßen.

»Nicht in dem Umfang, dass es der Rede wert wäre. Meine Studienwahl hatte andere Gründe. Die Agrarindustrie wird immer eine wichtige Rolle in Deutschland und Europa spielen. Während des Kriegs haben wir es alle zu spüren bekommen, wie die Bevölkerung und das Heer leiden, wenn die Lebensmittel knapp werden. Das muss nicht so sein. Ich habe gelernt, wie man die Produktion effizienter gestaltet«, erklärte er ihr, ohne sie zu Wort kommen zu lassen. Jetzt schien er in seinem Element zu sein.

»Das würde Vater sicher beeindrucken«, sagte Charlotte schnell, als er eine Sekunde still war. »Sie sollten ihn einmal kennenlernen.«

»Ich schließe daraus, dass Ihre Familie in größerem Maße Landwirtschaft betreibt?«

Sein Gesichtsausdruck veränderte sich kaum und zeigte keine Anzeichen einer besonderen Wissbegier. Charlotte konnte er nichts vormachen. Ihr war klar, dass er sich längst über sie und die Ausmaße des Feltin'schen Besitzes erkundigt hatte. Ganz sicher hatte er vorhin mit den anderen Männern über sie geredet. Bevor sie antworten konnte, wurde ihre Aufmerksamkeit durch einen der letzten Gäste abgelenkt: Es war Leo.

Charlotte hatte ihn noch nie im Abendanzug gesehen, und ihrer eigenen Eitelkeit tat es weh zu sehen, wie blendend ihm Stehkragen, betonte Taille und Seidenkrawatte standen. Er trug das dunkle, füllige Deckhaar inzwischen länger, und es war nicht mehr so akkurat gescheitelt. Nur der Nacken war kurz rasiert. Die neue Frisur gab ihm fast das Aussehen eines Künstlers. Als er den Salon betrat, blieb er zunächst stehen und sah sich suchend um. Natürlich hielt er nach Edith Ausschau, doch dann trafen sich ihre Blicke. Sofort wandte sich Charlotte wieder ihrem Gesprächspartner zu und stellte eine Frage, die völlig aus dem Zusammenhang gerissen war. Gleichzeitig versuchte sie, ihre Atmung zu kontrollieren und mit inneren Parolen ihre Gedanken einzuschwören: Leo war nicht der Richtige für sie, und er gehörte nun zu einer anderen.

»Wie meinen Sie das, Fräulein Feltin? Nein, ich habe keine große Familie«, antwortete Trotha etwas verwundert.

Charlotte wusste gar nicht mehr, was sie ihn gefragt hatte, denn Leo steuerte geradewegs auf sie zu, und sie merkte, wie ihr das Blut den Hals hinauf in die Wangen stieg. Sie hasste sich dafür. Als Leo zielstrebig den Weg über den riesigen ovalen Gobelin zurücklegte, der das Parkett bedeckte, hatte sie das Gefühl, sein brennender Blick werde sie in wenigen Sekunden zum Verglühen bringen. Mit einem gemurmelten »Sie erlauben doch« drängte er sich an Trotha vorbei, der ihn empört ansah. Leo öffnete den Mund und sagte etwas. Wie konnte er sie nur mit einem derart durchdringenden Ausdruck anstarren. Er hatte sich doch für eine andere entschieden, dachte Charlotte wütend. In genau diesem Moment ertönte ein helles Klingeln. Alle drehten sich zur Mitte des Raums um, wo ihre Tante mit einem silbernen Löffel an das Kristall ihrer Champagnerflöte schlug. Die Gespräche verstummten, und sie bat die Gäste, auf den bereitgestellten Stühlen Platz zu nehmen, soweit sie ausreichten. Die Herren wurden aufgefordert, den Damen und den betagteren Zuhörern die Sitzplätze zu überlassen. Dann kündigte sie ihre Tochter mit bescheidenen und den Pianisten mit überschwänglichen Worten an.

Die Gäste setzten sich, Trotha und Leo blieben, seitlich an die Wand gelehnt, stehen. Als Edith in einem burgunderroten Mousselinekleid, gefolgt von ihrem Pianisten, den Saal betrat, gab es höflichen Beifall. Nur Leo klatschte ihr mit in die Luft gereckten Händen besonders enthusiastisch zu. Charlotte beobachtete genau, wie die beiden sich kurz in die Augen sahen.

Edith kündigte mit knappen Worten als Erstes ein Fantasiestück

von Robert Schumann an. Dann begann sie zu spielen. Schon der
erste satte Ton, den sie ihrem wertvollen italienischen Instrument
entlockte, veränderte Charlottes Empfindungen. Ihr Körper, der sich
bis dahin fiebrig angefühlt hatte, entspannte sich. Ihre Hände hörten
auf zu zittern, stattdessen merkte sie, wie sich die kleinen blonden
Härchen an ihren Armen aufstellten: Sie bekam eine Gänsehaut. Von
ihrem Stuhl in der zweiten Reihe aus war sie nur wenige Meter von
Edith entfernt und konnte sie genau betrachten. Ihre Cousine hatte
die Lider mit den langen Wimpern geschlossen und schien sich in
eine Art Trance zu spielen, ging mit den Bewegungen des Bogens in
ihrer rechten Hand mit. Die nackte Haut über ihren Schlüsselbeinen,
die der Stoff ihre Kleides frei ließ, schien zu pulsieren.

Charlotte ließ die Augen über die Zuschauer vor und neben sich
gleiten. Sah zu Leo, der Edith voller Verzückung anstarrte. Sogar
Trotha hatte ein hingerissenes Lächeln auf seinen schmalen Lippen.
Zwei Männer, die unterschiedlicher nicht sein könnten, doch etwas
verband sie, dachte Charlotte voller Bitterkeit: Beide schwärmten
für Edith, und beide hatten es auf Feltin abgesehen. Sie sah wieder
nach vorne zu Edith, die immer ekstatischer spielte, fixierte ihren
langen Hals, die kleine Grube unter ihrem Kehlkopf, und da entdeckte sie ihn: den winzigen Blutstropfen, der über ihre nackte Haut
lief. Er trat aus einem kleinen Schnitt aus. Mit angehaltenem Atem
beobachtete Charlotte, wie sich die Wunde immer weiter verbrei-
terte, ganz so, als ritze ihr jemand die Haut mit einem scharfen Ra-
siermesser ein, bis er quer über ihren Hals verlief. Das Blut floss
jetzt in Strömen auf ihr Dekolleté, durchtränkte den Stoff ihres Kleides. Edith spielte weiter, als wenn nichts wäre, als würde sie gar
nichts davon spüren. Charlotte öffnete den Mund und wollte einen
Schrei ausstoßen, doch es kam kein Laut heraus. Sah denn niemand
außer ihr, was mit Edith geschah? Sie schloss die Augen.

Ein tiefer, klagender Ton beendete das erste Stück. Eine Art Seuf-
zen ging durch den Saal. Nicht ein Einziger, der dem Spiel gelauscht
hatte, war unberührt geblieben. Von Ediths Darbietung des tieftrau-
rigen Stücks war ein Zauber ausgegangen, der bei jedem der Anwesenden Spuren hinterließ. Charlotte öffnete die Augen, und ihre
Cousine stand vollkommen unversehrt vor dem Publikum.

Als das Konzert zu Ende war, brandete Applaus in einer Lautstärke auf, wie man ihn dem kleinen, erlesenen Zuhörerkreis nicht zugetraut hätte. Charlotte sah auf die eigenen Hände in ihrem Schoß. Die nicht derb waren, die nötigenfalls zupacken konnten, aber die so wenig den langen, feingliedrigen Händen von Edith glichen. Es ertönten laute Bravorufe der Männer. Leo allen voran, aber auch Trotha und die anderen Herren waren außer sich, schienen Edith geradezu fanatisch anzuhimmeln. Schon wieder hatte Charlotte das Gefühl, niemals auch nur im Entferntesten an ihre schöne, begabte Cousine heranzureichen. Doch sie besann sich, straffte ihre Schultern und drückte den Rücken durch. Ihre Hände begannen zu klatschen, immer schneller, immer lauter, konnten nicht anders, als ebenfalls unaufhörlich und heftig zu applaudieren. Sie stand von ihrem Stuhl auf, reckte die Hände in die Luft und jubelte Edith zu. Die anderen Zuhörer erhoben sich ebenfalls, einer nach dem anderen. Edith sah sie überrascht an. Dann senkte sie den Kopf zu einer tiefen Verbeugung ... vor Charlotte.

ANNA

Als sie wieder zu sich kam, war das Erste, was Anna undeutlich wahrnahm, ein Vorhang, an dem Hunderte von kleinen Ansteckknadeln befestigt waren. Sie befreite ihre Arme und betastete die weiße Bettdecke, mit der sie zugedeckt war. Erst jetzt kehrte der Schmerz zurück. Er strahlte von ihrem Lendenwirbel hinunter in das linke Bein und war kaum zu ertragen. Sie versuchte, ihr Becken anzuheben, und stöhnte auf. Plötzlich legte sich eine kleine kalte Hand auf ihre Stirn. Verschwommen sah sie das spitze Mäusegesicht eines Mädchens über sich: Ida.

»Du bist aufgewacht«, sagte Ida leise, und dann wiederholte sie noch einmal lauter: »Sie ist aufgewacht.«

Im nächsten Moment wurde der Vorhang zurückgezogen.

»Du bist aufgewacht«, sagte eine helle Frauenstimme. Dann erschien ein freundliches Gesicht, das von kinnlangen Haaren eingerahmt wurde. Ella legte die Stirn in Falten und sah Anna besorgt an, als sie sich über sie beugte: »Hast du sehr große Schmerzen?«

Anna versuchte zu lächeln, was ihr jedoch nicht gelang. Etwas schien mit ihrem Gesicht nicht in Ordnung zu sein. Es war ihr anzusehen, wie sie litt.

»Wir wussten nicht, wie schlimm es ist, und haben dich erst einmal schlafen lassen. Wer hat dir das angetan, Anna?«, fragte Ella unumwunden.

Anna wurde unruhig und drehte den Kopf auf dem Kissen hin und her. Die Erinnerung kam nur langsam zurück, und sie tat fast genauso weh wie die Schmerzen in ihrem Rücken.

»Ganz ruhig«, sagte Ella. »Hier bist du in Sicherheit. Du musst es mir jetzt nicht sagen, wenn es dich zu sehr aufregt.«

Ida nahm einen Lappen aus einer Schüssel mit kaltem Wasser, wrang ihn aus und tupfte Anna vorsichtig die Haut unter der Nase ab. Als sie mit dem kalten Lappen weiter hoch zu ihrem Jochbein ging, jaulte Anna auf wie ein getretener Hund. Sofort zog Ida die Hand zurück und flüsterte: »Tut mir leid!«

»Ja, ich kann mir vorstellen, dass es da wehtut«, sagte Ella mitfühlend. »Da hast du ein wunderbares Veilchen. Dein rechtes Auge ist fast ganz zugeschwollen.«

Anna merkte, wie ihr die Tränen kamen.

»Keine Angst! Ich glaube nicht, dass da was gebrochen ist. Die Nase ist noch gerade, und die Zähne, sind, soweit ich sehen kann, auch noch alle drin. Wir kriegen dich schon wieder hin.«

Als Anna versuchte zu sprechen, legte Ella ihr den Finger auf die Lippen und machte: »Schscht … du musst nichts sagen. Ich kann mir denken, was dich beschäftigt: Du fragst dich, wo du hier bist?«

Sie breitete theatralisch die Arme aus und deutete auf die ungewöhnlich gestalteten Wände. »Bei mir zu Haus. Willkommen in meinen Palast, und der steht mitten in Neukölln.«

Anna drehte den Kopf zur Wand. Direkt über ihr hing ein großes Werbeschild für französisches Parfüm. Ella folgte ihrem Blick: »Und bevor du dich wunderst: Das stand im Abstellraum. Ich dachte nicht, dass die es noch mal brauchen. Keiner macht doch jetzt mehr Werbung für Produkte der verhassten Sieger! Aber mir gefällt's!«

»Wer hat mich …«, Anna sprach undeutlich, und Ella hob den Zeigefinger, um ihr zu bedeuten, dass sie schweigen sollte.

»Wer dich gefunden hat?«

Anna nickte.

»Das war deine kleine Freundin hier, die ist gar nicht so dumm, wie ich dachte.«

Sie legte den Arm um Idas schmale Schultern.

»Ida? Du warst das?«, fragte Anna.

Ida nickte und sah beschämt zu Boden.

»Genau die Ida hier!«, sagte Ella. »Du hast bewusstlos bei ihr im Treppenhaus gelegen. Weiß der Himmel, wie du dich da hingeschleppt hast, so übel zugerichtet, wie du warst.«

Anna wurde wieder unruhig und wollte etwas sagen, aber Ella machte ihr ein Zeichen, still zu sein: »Zu sich konnte sie dich nicht holen, denn sie wohnt mit ihrer ganzen Familie in einem einzigen Rattenloch von Zimmer.«

»Wir haben keine Ratten!«, widersprach Ida vehement.

»Mag sein, das ist doch nur so ein Ausdruck! Ich war ja niemals dort; muss übrigens auch keineswegs sein«, sagte Ella, wandte sich, nachdem Ida es dabei beließ, auf ihrer Unterlippe zu kauen, wieder an Anna und fuhr fort: »Sie hat ihren Bruder dazu überredet, dich mit einem Kumpel zusammen zu mir zu bringen. Insofern war es sogar gut, dass sie mal hier war, auch wenn ich damals, ganz offen gesagt, nicht verstehen konnte, warum du sie mitgeschleppt hast.«

Ida sah sie eingeschüchtert von der Seite an. Aber dann griff Ella sie um die Taille und drückte sie an sich. »Die Kleine ist schon in Ordnung. Bisschen rausfüttern müsste man sie, und ein neues Kleid könnte sie auch mal gebrauchen.« Ella zog an dem zerschlissenen Stoff von Idas Bluse. »Vielleicht fällt im KaDeWe ja mal ein Stoffrest ab.«

Annas Gewissen meldete sich. Alle ihre Versuche, für Ida eine Arbeit zu finden, waren gescheitert. Jeden Morgen hatte Ida voller Hoffnung auf sie gewartet und sie ein Stück begleitet. Und immer wieder hatte sie sie vertrösten müssen. Irgendwann war Ida weggeblieben, und Anna war fast erleichtert gewesen, ihren enttäuschten Gesichtsausdruck nicht mehr sehen zu müssen. Vielleicht hätte sie noch häufiger bei Frau Brettschneider nachfragen sollen, aber irgendwann hatte sie gemerkt, dass die strenge Dame aus der Personalabteilung kurz davor gewesen war, die Geduld zu verlieren.

»Wie geht es dir, Ida? Hast du Arbeit?«, fragte Anna. Wenn sie sprach, fühlte es sich an, als hätte sie einen Wattebausch im Mund.

Ida nickte: »Ich arbeite wieder in einer Wäscherei.«

Annas Augen wanderten zu ihren Händen, die Ida rasch hinter ihrem Rücken versteckte. Doch der kurze Moment hatte gereicht, um ihre rote, verätzte Haut zu sehen. Anna spürte eine heiße Welle des Mitleids. Ihr kam wieder der Vergleich mit ihrer kleinen Schwester Dora in den Sinn. Um wie viel besser hatte sie es, dass sie noch zur Dorfschule gehen durfte.

»Es tut mir so leid«, sagte Anna leise.

»Schon gut, so schlimm ist es nicht«, versuchte Ida sie zu beruhigen.

Anna nahm sich vor, sofort, wenn sie zurück im KaDeWe war, wieder nach einer Arbeit für Ida zu fragen.

»Oh Gott«, entfuhr es ihr da plötzlich.

Was war überhaupt mit ihrer Stelle? Hatte sie sie inzwischen schon verloren, da sie nicht zur Arbeit erschienen war? Sie holte Luft, doch Ella machte ihr ein Zeichen, um sie erneut am Sprechen zu hindern.

»Du machst dir Sorgen um deine Stelle!«

Anna nickte kaum merklich.

Ella setzte sich zu ihr auf das Bett. Erst jetzt bemerkte Anna, dass es das breiteste Bett war, in dem sie je gelegen hatte. Auch wenn der Raum klein war, hatte Ella ihn doch außergewöhnlich ausgestattet. Sie hatte bei ihrem Besuch nur das Wohnzimmer gesehen und nicht das kleine Schlafzimmer hinter dem Vorhang.

»Die Stieglitz hat natürlich gleich gegeifert, dass du sofort entlassen werden musst, wenn du länger fehlst.«

Anna riss die Augen weit auf. »Um Gottes willen, nein!«, nuschelte sie.

»Reg dich nicht auf! Es ist alles in Butter. Ich habe mit Frau Brettschneider gesprochen, bei der scheinst du einen Stein im Brett zu haben.«

Sie grinste schwach über die Anspielung auf den Namen der Personalerin.

»Ich habe ihr natürlich etwas vorflunkern müssen. Konnte ihr schlecht sagen, dass du verprügelt wurdest oder so …«, sagte Ella und deutete mit einem Räuspern ihre Vermutung an, dass womöglich Schlimmeres hinter Annas Zustand steckte.

»Nein, bloß nicht!«, versuchte Anna zu sagen.

»Also habe ich ihr erzählt, du wärst von einer Droschke angefahren worden. Was Besseres ist mir nicht eingefallen. Aber so schlecht ist die Ausrede gar nicht, oder?«

Anna sagte nichts und schien darüber nachzudenken. Nach einer Weile flüsterte sie: »Wasser!«

»Jedenfalls sagt die Brettschneider, sie hat mit Jandorf persönlich gesprochen. Du sollst dich auskurieren, und sie halten dir die Stelle frei. Das will was heißen, in diesen Zeiten!«, sprach Ella weiter.

Als Ida sie abstützte und ihr aus der Tasse, die auf dem Nachttisch stand, zu trinken gab, legte Anna ihr die Hand auf den Arm und sah abwechselnd beiden Freundinnen in die Augen: »Danke!«, sagte sie.

»Das war doch selbstverständlich!«, sagte Ella, und Ida lächelte.

»Sag mal, eine letzte Frage noch, bevor wir dich zu einem Arzt bringen: Sollen wir deine Eltern verständigen?«, fragte Ella.

Anna drehte ihren Kopf zur Seite und fragte sich, ob Adelheid ihnen schon geschrieben hatte? Was wusste sie überhaupt? Bruchstücke ihrer Erinnerung kehrten unvermittelt zurück. Wie sie die Treppen hochstieg, ihre Tante war nicht da gewesen. Plötzlich hatte sie den dunklen Flur vor sich, an dessen Ende der fahle Lichtschein aus der halb geöffneten Küchentür fiel. Anna schloss die Augen. Nie in ihrem Leben würde sie diese Wohnung freiwillig noch einmal betreten. Doch irgendwie musste sie Adelheid benachrichtigen. Sie sollte wissen, dass sie in Sicherheit war. Ein Schreck durchfuhr sie. Hoffentlich hatte Günter Adelheid nichts angetan!

»Könntet ihr nach meiner Tante sehen?«

Ida und Ella nickten.

»Aber geht nur zusammen hin … und sagt ihr, dass es mir gut geht.«

»Und deine Eltern?«, fragte Ella noch einmal.

Anna stellte sich vor, was ihre Mutter für Fragen stellen, wie besorgt ihr Vater sein würde. Dann sah sie Ella an und sagte: »Auf gar keinen Fall!«

CHARLOTTE

Es dauerte nur einen Tag, dann trat genau das ein, womit Charlotte insgeheim bereits gerechnet hatte. Es klingelte an der Tür, und einer der Diener erschien mit einem Strauß roter Rosen und einem Brief am Frühstückstisch.

»Oh, was für herrliche Blumen, mitten im Winter!«, sagte Cäcilie. »Wie aufmerksam von Leo. Sieh doch nur, Edith!«

Der Diener blieb kurz vor Cäcilie stehen: »Mit Verlaub, gnädige Frau, die Blumen wurden für Fräulein Charlotte abgegeben.«

»Ach, sieh da!«, sagte Salomon und senkte die Zeitung. Mit einem amüsierten Lächeln fuhr er fort: »Ich habe sogar eine sehr greifbare Vorstellung von demjenigen, der sie geschickt hat. Das muss man ihm lassen. Er verschwendet keine Zeit.«

Er biss von einem Stück Weißbrot mit Marmelade ab und sah gespannt zu, wie Charlotte mit ihrem Frühstücksmesser das schlichte Kuvert öffnete. Es schien sie nicht im Geringsten zu kümmern, ob sie es dabei mit Butter beschmierte.

»Mit den besten Empfehlungen von Dr. Ernst Trotha«, las sie vor.

»Ach, wie schön, das freut mich aber für dich!«, rief Edith aus.

Charlotte bedachte sie mit einem vielsagenden Blick. Natürlich erleichterte es Ediths Gewissen, wenn sie einen neuen Verehrer hatte.

Lisbeths Augen ruhten auf Charlotte, und sie schien gespannt auf ihre Reaktion zu warten.

Cäcilie nahm die bauchige Porzellankanne und goss erst ihrem Mann und dann sich Kaffee in die Tasse. Dann tat sie sich zwei Löffel Zucker hinein und rührte lange um.

»Herr Dr. Trotha«, wiederholte sie den Namen nachdenklich. »Salomon, hilf mir doch bitte auf die Sprünge. Ich habe sein Gesicht gerade gar nicht vor Augen.«

»Das ist der junge Mann mit dem Bürstenschnitt, der an der Universität Vorlesungen über Agrarwirtschaft hält. Ich habe ihn dir neulich vorgestellt, erinnerst du dich nicht?«

»Bei meinem Konzert stand er direkt neben Leo an der rechten

Wand«, ergänzte Edith aufgeregt. »Und hinterher hat er mir noch persönlich gratuliert.«

»Ja, aber offensichtlich hat er in besonderem Maße an deiner charmanten Cousine Lotte Gefallen gefunden. Und ich kann ihn sehr gut verstehen«, sagte Salomon.

Charlotte unterließ es, die Unterhaltung zu kommentieren. Sie hatte sich ihre Meinung über Trotha gebildet und war davon überzeugt, dass sein Interesse einzig und allein Feltin galt und nicht ihrer Person. Trotzdem entschied sie sich, gute Miene zum bösen Spiel zu machen. Sollte er ihr doch den Hof machen! Sie würde sich seine Bemühungen mit der nötigen Distanziertheit gefallen lassen.

»Ist das alles, was er schreibt? Bittet er denn nicht um ein Wiedersehen?«, fragte Edith.

»Sei doch nicht so neugierig, Edith!«, wurde sie von ihrer Mutter getadelt.

»Doch, das tut er«, antwortete Charlotte kühl auf Ediths Frage. »Er möchte mir heute Nachmittag seine Aufwartung machen.«

Lisbeth beobachtete Charlotte die ganze Zeit über mit stiller Zurückhaltung. Sie kannte ihre Tochter gut genug, um in ihrem Gesicht zu lesen. Charlotte hatte den Unterkiefer trotzig nach vorne geschoben, und ihre hellblauen Augen strahlten eine Art kalter Lebensverachtung aus, die Lisbeth Angst machte. Sie sah ihr an, dass sie etwas im Schilde führte. Und ihr Gefühl sagte ihr, dass es nichts Gutes war.

Fünf Monate später, am Vormittag des 6. Juni 1920, stand Charlotte vor dem mannshohen Standspiegel in ihrem Zimmer. Um sie herum waren Erna und ein weiteres Dienstmädchen damit beschäftigt, ihr Kleid in Form zu zupfen. Lisbeth stand daneben und drehte ein silbernes Diadem, an dem weiße Buschröschen befestigt waren, in ihren Händen. Als es an der Tür klopfte, murmelte Charlotte in ungeduldigem Tonfall: »Was ist denn jetzt schon wieder …«, dann rief sie laut: »Herein!«

Die Tür wurde einen Spaltbreit geöffnet, und ihre Großmutter steckte ihren Kopf herein. Ihre Augen weiteten sich vor Ergriffenheit, als sie ihre Enkelin im Brautkleid sah.

»Du siehst wunderschön aus, Lotte!«, flüsterte sie.

Charlottes angespannter Ausdruck wurde weich: »Ach, du bist es, Großmama!«

Sie schenkte Wilhelmine ein kurzes Lächeln, doch gleich darauf kniff sie wieder unzufrieden den linken Mundwinkel ein.

»Irgendwie will der Stoff nicht richtig fallen. Sieh doch mal diese Naht an der Seite, die sieht doch schrecklich aus. Was hat sich die Schneiderin nur dabei gedacht?«

Sie nahm den dünnen Seidencrêpe über der Hüfte zwischen Daumen und Zeigefinger und zerrte daran herum.

Wilhelmine beugte sich nach vorne, um die Stelle genauer zu betrachten.

»Also wirklich, Lotte. Ich kann da beim besten Willen nichts entdecken, was nicht in Ordnung sein sollte. Aber meine Augen sind auch nicht mehr die besten.«

Sie schüttelte verwundert den Kopf und richtete sich wieder auf.

»Was sagst du dazu, Lisbeth?«, fragte sie ihre Schwiegertochter.

Lisbeth machte einen Schritt nach vorne und besah sich die Naht zum dritten Mal. »Es ist die verständliche Nervosität einer jungen Braut am Tag der Trauung. Das Kleid ist ganz sicher nicht das Problem. Cäcilie hat es extra in Leipzig für Lotte anfertigen lassen. Es sitzt perfekt und sieht traumhaft aus«, sagte sie, drehte ihr Gesicht so, dass Charlotte es nicht sehen konnte, und warf ihrer Schwiegermutter einen Blick zu, der ihre gesammelten Sorgen der letzten Monate ausdrückte.

Wilhelmine presste die Lippen zusammen und nickte wissend. Dann sagte sie zu Lisbeth und den Dienstmädchen: »Könntet ihr mich einen Augenblick mit Lotte alleine lassen?«

Lisbeth nickte den beiden Mädchen zu, die sich mit einem Knicks verabschiedeten. Dann legte sie das Blumendiadem auf die Frisierkommode und zog die Zimmertür hinter sich zu. Wilhelmine ließ sich auf dem Armlehnstuhl neben dem Fenster nieder. Sie stellte ihren Gehstock mit ausgestrecktem Arm vor sich auf den Boden und schwieg so lange, bis Charlotte die Augen von ihrem Spiegelbild löste und sich zu ihr umdrehte.

»Du musst das nicht tun, Lotte. Es ist immer noch Zeit, die Hochzeit abzusagen.«

»Wie kommst du darauf, dass ich die Hochzeit absagen sollte?«, stieß Charlotte hervor.

Wilhelmine hielt ihren Blick auf den seidigen Teppich mit den eingewebten Bildern von Jagdszenen gesenkt, der zu ihren Füßen lag. Das gab Charlotte die Gelegenheit, zur Ruhe zu kommen.

Charlotte atmete tief ein und aus, betrachtete das von unzähligen kleinen Fältchen übersäte Gesicht ihrer Großmutter. Ihr wurde bewusst, wie viel Lebensweisheit hinter der hohen Stirn unter den fein frisierten, dünnen, weißen Haaren versammelt war. Und eine Stimme sagte ihr, dass sie auf sie hören sollte.

Wilhelmine hob den Kopf und richtete ihren Blick auf ihre Enkeltochter, als sie leise sagte: »Lotte … bist du dir wirklich sicher, dass dies der Mann ist, mit dem du dein ganzes Leben verbringen willst?«

Charlotte verdrehte die Augen, um zu zeigen, wie überflüssig sie die Frage fand. Aber wie oft hatte sie sich in den letzten Wochen und Monaten genau diese Frage gestellt? Und jedes Mal war sie zu einer anderen Antwort gekommen. Den einen Tag war sie überzeugt, dass Ernst genau der Richtige war. Er war intelligent, ehrlich und zuverlässig, stand für Stabilität. Er würde Feltin mit seinem Fachwissen in ein neues Zeitalter führen, und vor allem: Er würde ihrem Vater die Stirn bieten können.

Charlotte stand mitten in ihrem Zimmer, ließ die Arme unbeholfen herabhängen. Sie setzte sich nicht, um das Kleid nicht zu zerknittern. Wilhelmine sah sie durchdringend an, während in Charlottes Herz ein Kampf tobte. Ernst warb um sie. Unermüdlich machte er ihr den Hof und ließ nicht locker. Irgendwann hatte sie den Gedanken beiseitegeschoben, dass er nur an der Erbin von Feltin interessiert war und nicht an ihrer Person. Sie hatte glauben wollen, dass sie es war, die er meinte. Dann wieder lag sie abends im Bett, und ihr wurde bewusst, wie hölzern sich ihre bisherigen, sparsamen Berührungen angefühlt hatten. Die wenigen Male, wenn sie sich küssten, hatte sie vergeblich auf das überschwängliche Gefühl gewartet, wie sie es bei Leo hatte. Aber Leo war vergeben. Er hatte sich vor einem Monat mit Edith vermählt.

Charlotte tupfte sich mit ihrem Ringfinger vorsichtig den Augenwinkel ab. Sie merkte, dass sie nicht mehr lange die Contenance wahren konnte, wenn sie sich weiter mit ihren eigenen Zweifeln beschäftigte. Gleich würden ihr die Tränen in die Augen steigen. Und eines wollte sie jetzt auf gar keinen Fall: Sie wollte nicht anfangen zu weinen.

»Woher soll ich das wissen?«, schleuderte sie Wilhelmine harscher als beabsichtigt entgegen. »Hast du das etwa genau gewusst, als du meinen Großvater geheiratet hast?«

»Nein das habe ich nicht. Aber das waren auch andere Zeiten. Damals haben meine Eltern bestimmt, wen ich zu heiraten habe. Und wie häufig ist das auch heute noch der Fall. Doch du hast dir deinen Mann jetzt selbst ausgewählt und …«

»Was … und? Du kannst Ernst nur einfach nicht leiden, genau wie Mutter«, unterbrach sie Charlotte und merkte selbst, dass ihr Tonfall viel zu schnippisch war.

Wilhelmine spitzte die Lippen. Sie konnte ihrer Enkelin schlecht sagen, dass sie den Nagel auf den Kopf getroffen hatte.

»Darauf kommt es nicht an, Lotte.«

Sie streckte ihr die Handflächen entgegen, und Charlotte kam zwei Schritte auf sie zu, legte ihre Hände hinein.

»Hat er dir jemals gesagt, dass er dich liebt … und was noch wichtiger ist … liebst du ihn, Lotte?«

Charlotte zögerte. Dann hörten sie plötzlich vom Gang eine donnernde Männerstimme rufen: »Kommt ihr jetzt endlich herunter? Oder muss ich euch holen? Die Kirchenglocken läuten schon seit einer halben Stunde. Zum Donnerwetter noch einmal.«

Es war Richard. Charlotte ließ Wilhelmines Hände los.

»Ach, Großmama, natürlich hat er das, und natürlich liebe ich ihn«, sprach sie hastig zwei Lügen hintereinander aus. Sie wusste nicht, warum sie es tat. Sie schlüpften ihr einfach aus dem Mund.

»Komm jetzt. Ich will meinen Bräutigam nicht länger warten lassen.«

»Ach, das hat noch nie geschadet«, sagte Wilhelmine voller Enttäuschung und stand auf. Als sie die Tür öffnete, stieß sie fast mit Lisbeth zusammen, die direkt davor wartete. Wilhelmine raunte ihr zu: »Warum hat sie es bloß so eilig, in ihr Unglück zu rennen?«

»Sie tut es nur für Feltin …«, flüsterte Lisbeth zurück und nickte mit dem Kopf zur Treppe, an deren Ende Richard wartete. »Und für ihn!«

Als sie am Arm ihres Vaters durch den Mittelgang der Lutheranischen Kirche auf den Altar zuschritt, war Charlotte so nervös, dass sie kaum die einzelnen Gäste in den Kirchenbänken links und rechts von ihr erkannte. Die Seitenholme der Bänke waren mit weißen Buschröschen, den gleichen wie auf ihrem Diadem, geschmückt. Wie gut, dass sie den Schleier vor ihrem Gesicht trug, dachte sie, so konnte keiner so leicht ihre Aufregung bemerken. Das Kirchenschiff war bis auf den letzten Platz gefüllt. Sogar auf der umlaufenden Galerie, hinter dem weißen Holzgeländer, saßen Zuschauer. Charlottes Augen suchten nach vertrauten Gesichtern. Sie kam an Cäcilie und Salomon vorbei, die ihr liebevoll zulächelten. Direkt daneben standen Edith und Leo, Arm in Arm. Charlotte merkte erst, als ihre Cousine ihr eine Kusshand zuwarf, dass sie die ganze Zeit die Zähne zusammengebissen hatte. Sie öffnete ein wenig die Lippen und hob die Mundwinkel. Sofort entspannte sich ihr Gesicht. Am Ende des Gangs stand Ernst in einem maßgeschneiderten Schwalbenschwanz und erwartete sie mit unbewegtem Gesicht. An seinem Revers steckte ein weißes Buschwindröschen mit Schleierkraut. Warum lächelte er nicht? Seine schmalen Lippen ergaben einen geraden Strich, seine Augen sahen sie mit einem merkwürdig ironischen Ausdruck an. Hatte ihre Großmutter recht gehabt? Würde er sie unglücklich machen? Konnte sie jetzt noch zurück?

Richard spürte, wie sie sich verspannte und ihren Schritt verlangsamte, und wandte ihr fast unmerklich die Augen zu. In dem Moment wurde ihr bewusst, dass sie Ernst nur aus einem Grund heiratete: um ihrem Vater zu beweisen, wie schnell sie nach der Ablehnung von Leos Antrag in der Lage gewesen war, eine passende Partie zu finden. Richard legte seine Hand kurz auf die ihre und übergab sie ihrem Bräutigam.

ANNA

Seit sie in Ellas Wohnung gezogen war, hatte sich Annas Leben erneut zum Guten gewendet, resümierte sie, als sie nebeneinander auf Ellas kleinem Canapé saßen. Auf ihrem Schoß lag ein fleischfarbenes Stützkorsett, an dessen Mittelteil aus Stahl feste Lederriemen befestigt waren. Ein junger Arzt, zu dem Ella und Ida sie gebracht hatten, stellte einen angebrochenen Steißbeinwirbel fest und trug ihr auf, das Korsett mindestens sechs Monate zu tragen.

»Hinter mir liegt die erste Nacht ohne«, verkündete sie, warf es hoch in die Luft und fing es mit einer Hand wieder auf.

»Keine aufgescheuerten, blutigen Stellen mehr am Rücken, damit ist jetzt Schluss! Ich habe geschlafen wie ein Baby! Und vor mir liegt der erste Tag, an dem ich dieses Folterinstrument nicht mehr tragen muss.«

»Das müssen wir feiern!«, sagte Ella vergnügt. »Du hast jetzt lange genug Trübsal geblasen. Heute ist Sonntag, und wir gehen tanzen!«

Sie nahm Anna das Korsett aus der Hand, warf es aufs Sofa und zog sie mit sich.

»Ist das nicht ein bisschen gewagt? Nachdem mein Steißbein gerade erst richtig verheilt ist?«

Doch Ella hörte nicht auf sie. Sie begann, ein Lied zu summen, und machte einige Tanzschritte im Takt, wiegte die Hüften, hob den Arm, um Anna zu einer Damendrehung zu führen.

»Du solltest nicht die beste Zeit deines Lebens verplempern. Wer arbeiten geht, kann auch tanzen gehen, und schließlich bist du schon seit drei Monaten wieder jeden Tag acht Stunden auf den Beinen.«

Beide trugen noch ihre langen Nachthemden, und Anna merkte, dass der Stoff sich um ihre Beine wickelte und ihre Bewegungsfreiheit behinderte, um wirklich Tanzschritte zu machen. Außerdem hatte sie nie Tanzen gelernt. Doch ohne das enge Stützkorsett, das sie jetzt, wie verordnet, sechs Monate lang Tag und Nacht unter ihrer Kleidung getragen hatte, fühlte sie sich wie befreit und verspürte Lust, dem Vorschlag ihrer Freundin zu folgen.

»Und was soll ich da anziehen? Ich habe gar nichts!«

Ella wirbelte sie herum und lachte. »Und was ist mit dem da?«, rief sie. Sie deutete auf die Schneiderpuppe in der Ecke, die mit einem weißen Stoff bedeckt war.

»Das ist doch nur ein altes Laken«, sagte Anna und winkte ab.

Ehe sich Anna versah, ließ Ella sie los, zog der Puppe das Laken weg, und ein hellblaues Kleid kam darunter zum Vorschein.

»Meinst du wirklich, ich hätte nicht gemerkt, dass du daran nachts heimlich herumgestichelt hast?«, fragte Ella. »Wo hast du eigentlich das Schnittmuster und den Stoff her?«

Anna versuchte vergeblich, sie daran zu hindern, mit der Kleiderpuppe im Arm durch das Zimmer zu tanzen.

»Ella! Das Kleid ist nur geheftet und noch gar nicht richtig zusammengenäht!«, rief Anna aus und versuchte, ihr die Puppe wieder abzunehmen. »Du wirst den Stoff zerreißen! Und den muss ich erst noch abstottern.« Als sie sah, dass sie gegen Ellas aufgekratzte Stimmung nichts ausrichten konnte, ließ sie sich wieder auf das Sofa fallen. »Das kriege ich niemals bis heute Nachmittag fertig«, sagte sie und machte eine wegwerfende Handbewegung.

In Wirklichkeit hatte sie das Kleid nach einem eigenen Entwurf für Ella zugeschnitten und wollte es ihr als Überraschung zum Geburtstag schenken. Sie hatte vorgehabt, es in ihren Mittagspausen im Atelier des KaDeWe zusammenzunähen. Falls eine der Schneiderinnen sie an ihre Nähmaschine ließ, denn eine eigene besaß sie nicht.

»Ich kann es ja nicht mit der Hand zusammennähen«, erklärte ihr Anna.

»Warum ziehst du es nicht einfach so an?«, fragte Ella.

Anna schüttelte vehement den Kopf. »Das kann doch nicht dein Ernst sein. Wie lange arbeitest du jetzt in der Konfektionsabteilung, dass du auf so eine absurde Idee kommst?«

Mit einem gespielten Schmollgesicht stellte Ella die Puppe wieder zurück. »Dann eben nicht! Also müssen wieder mal die Bestände unseres reich ausgestatteten Boudoirs herhalten.«

Sie öffnete den Schrank und fuhr mit dem Finger über die wenigen Kleidungsstücke, die dort hingen, holte zwei schlichte Kleider in gedeckten Farben heraus und hielt sich eines davon an.

»Vielleicht sollten wir uns wenigstens Locken eindrehen, wenn wir schon diese ollen Klamotten anziehen. Ich habe mir das Vorführmodell des neuen Lockenstabs aus dem zweiten Stock ausgeliehen.«

Anna musste lachen, als Ella das Gerät in die Höhe hielt. Mit den zwei Holzgriffen und den verzierten Metallbügeln glich es eher einer großen Schere oder Zange. Das Neue daran war, dass es nicht mehr auf dem Herd erhitzt wurde, sondern sich von selbst aufheizte, sobald man das lange Kabel in die Steckdose steckte.

»Irgendwas Verrücktes fällt dir aber auch immer ein«, kommentierte Anna.

Ihre neuen Locken, die sie nur mit zwei Spangen am Hinterkopf zusammengesteckt hatte, wippten bei jedem Schritt. So kam es Anna vor, als sie an der Seite von Ella die Treppen hinaufstieg, die aus dem Schacht der U-Bahn zurück in das gleißende Nachmittagslicht führten. Die Fahrt zum Prenzlauer Berg war ihr kurz vorgekommen, obwohl er fast am anderen Ende der Stadt lag. Sie war noch nicht oft mit der Untergrundbahn gefahren, und die Schnelligkeit, mit der der Zug durch die dunkle Röhre schoss, war ihr nicht ganz geheuer.

Jetzt gingen sie nebeneinander auf den Biergarten zu, der in einem Hinterhof unter dicht belaubten Kastanien lag. Schon von Weitem hörte man das laute Stimmengewirr und die Musik einer Kapelle. Immer noch war es ein ungewohnt leichtes Gefühl ohne das Korsett. Über dem einfachen Kleid trug sie eine rostrote Strickjacke, die mit einer Kordel in der Taille zusammengezogen wurde. Daran hingen zwei Bommel. Fast die gleiche Jacke trug Ella in Dunkelgrün. Nachdem sie unter dem bunten Schild der Eingangspforte des »Prater« durchgegangen waren, blieb Ella stehen, und sie sahen sich um.

Das riesige Gartenlokal war gut gefüllt, doch es fiel sofort auf, dass der Anteil der Frauen wesentlich höher war. Zu viele Männer waren gefallen oder vermisst. Da erhob sich ein junger Mann in der Nähe der Tanzfläche von seinem Stuhl und winkte. Anna musste unwillkürlich an Erich denken. Ihr blieb fast das Herz stehen. Von Weitem sah er ihm allzu ähnlich. Genau so eine Mütze hatte Erich besessen. Konnte das wirklich sein?

»Komm schon!«, sagte Ella und griff ihren Arm. »Das sind die beiden aus der Lebensmittelabteilung. Lass uns auf die andere Seite gehen.«

Als auch der groß gewachsene Theo aufstand, erkannte Anna die beiden. Ihr Gedächtnis hatte ihr einen Streich gespielt, dachte sie enttäuscht. Sie musste Erich endlich vergessen. Als Theo auf sie zukam, drehte sich Ella in die entgegengesetzte Richtung.

»Sollen wir uns nicht zu ihnen setzen?«, fragte Anna.

Ella zog die Augenbrauen hoch: »Bist du verrückt? Das sieht ja so aus, als wollten wir was von denen. Und außerdem spricht uns dann den ganzen Abend kein anderer mehr an.«

Sie zog Anna am Arm: »Die beiden sind ja ganz nett, aber irgendwann müssen wir uns schon mal nach besseren Partien als einem Metzger und einem Bäcker umschauen, Anna«, erklärte ihr Ella. »Das ist nun wirklich nicht das, was ich mir als meinen zukünftigen Galan vorstelle.«

Anna betrachtete ihre Freundin von hinten, während sie zum anderen Ende des Biergartens gingen. In ihrem kurzen Bob wirkten die Wellen, die sie ihr vorhin gebrannt hatte, besonders modern. Keine andere Frau hatte so eine Frisur. Sie zog die Blicke der Männer an den Tischen auf sich. War sie wirklich so berechnend, wie sie sich gerade gab? Die Wurststullen der beiden hatte sie in den Mittagspausen niemals abgeschlagen.

Sie setzten sich nebeneinander auf die Brauereistühle, und als die Kellnerin kam, bestellten sie jede ein Glas Limonade. Zwei Tische entfernt saßen drei Männer zusammen mit nur einer Frau am Tisch, was das vorherrschende Zahlenverhältnis der Geschlechter auf den Kopf stellte. Sie trug ein hellblaues Kleid und schien die Aufmerksamkeit in vollen Zügen zu genießen.

»Schau mal, da drüben«, sagte Ella. »Das Kleid sieht ja fast so aus wie das auf deiner Schneiderpuppe. Du hättest es eben doch noch rasch fertignähen sollen. Dann wärst du jetzt vielleicht an ihrer Stelle.«

Anna drehte ihren Kopf in die Richtung und taxierte es. »Na ja, es ist auch blau. Das ist aber auch die einzige Ähnlichkeit.«

Sie fragte sich, wann Ella endlich ein Gefühl für Stoffe und Schnitte bekommen würde. Manchmal kam ihr der Gedanke, dass Ella in der Konfektionsabteilung fehl am Platze war. Allerdings kam ihre eloquente, gut gelaunte Art bei den meisten Kundinnen gut an.

»Das Kleid dort hat Puffärmel und ist eng geschnitten. Meines ist viel schlichter gehalten, mit einer Drop-Taille. Und außerdem ist dieses dort aus einem viel festeren Stoff, eher eine Art Popeline.«

»Das kannst du von hier aus sehen?«, fragte Ella und kniff die Augen zusammen.

»Schau doch nicht so auffällig hin!«, schimpfte Anna.

Doch es war schon zu spät. Die Frau in dem hellblauen Kleid hatte offenbar gemerkt, dass sie über sie sprachen. Jetzt drehte die ganze Gruppe die Köpfe in ihre Richtung. Ella schien es nicht das Geringste auszumachen. So wie Anna es schon öfter bei ihr beobachtet hatte, hob sie den Kopf und drehte ihr Gesicht ins Profil, legte zwei Finger unter das Kinn. Anna errötete. Einer der Männer und die Frau standen jetzt auf und gingen zur Tanzfläche. Ein zweiter Mann erhob sich ebenfalls und schlenderte mit den Händen in den Hosentaschen auf ihren Tisch zu. Er sah nicht schlecht aus. Jedenfalls war er groß, die Hose, die er trug, schlackerte an seinen Beinen, aber die meisten Menschen hatten noch nicht wieder den Gewichtsverlust der Kriegsjahre aufgeholt. Fast alle litten immer noch Not. Die braune, lockige Haartolle fiel ihm in die Stirn, das ovale Gesicht war gleichmäßig geschnitten. Mit einem markanteren Kinn hätte er ihr noch besser gefallen. Dann hätte er sogar auffallend gut ausgesehen, dachte Anna. Die dunkelblauen Augen sprangen zwischen ihnen beiden hin und her.

»Dürfte ich um diesen Tanz bitten?«, fragte er.

Wieder dachte Anna, er meinte Ella, als er vor ihnen stand und eine kleine Verbeugung machte. Doch er meinte sie. Ella klimperte arrogant mit den Lidern, um zu überspielen, dass ihre Eitelkeit verletzt war. Aber ein anderer Anwärter ließ nicht lange auf sich warten.

Mit einem mulmigen Gefühl ging Anna zur Tanzfläche, mal neben dem Fremden, mal halb hinter ihm. Ihr rauschten die Gedanken durch den Kopf. Würde sie sich überhaupt trauen, ihren Körper den Bewegungen beim Tanzen auszusetzen? Als Ella sie zu den wenigen Tanzschritten im Zimmer genötigt hatte, waren ihr ihr Rücken noch steif und ihre Beine ungelenk vorgekommen. Insgeheim schimpfte sie sich, dass sie sich zu dem Ausflug hatte überreden lassen. Doch da war auch ein gewisser Reiz, das konnte sie, nicht leugnen. Ihr Tanzpartner war einen Kopf größer als sie, und das kam selten vor, denn mit ihren ein Meter siebzig war sie unter den Mädchen immer die Längste gewesen. Während sie sich durch die Reihen schlängelten, hielt er ihre Hand, und sie wunderte sich, dass sie es nicht unangenehm fand.

Er entpuppte sich als leidenschaftlicher Tänzer, der entschlossen die Führung übernahm, nach ihren Händen griff, sie festhielt und dann wieder unter seinem Arm hindurchwirbeln ließ. Gleich fing er sie wieder auf, legte ihr die Hand auf den Rücken, und ihre Körper berührten sich. Anna staunte, wie leicht es ihr fiel, wie geschmeidig seine und sogar ihre eigenen Bewegungen ausfielen, wie er sie zum Schwingen brachte. Sie merkte schnell, was er von ihr wollte, und wenn sie seinen Blick auffing, war er im einen Moment ernst und im nächsten lachte er sie mit blitzenden Zähnen an.

Als sie mit glühenden Wangen zurück am Tisch waren, bestellte er ihr eine Berliner Weiße mit Schuss, die sie nie zuvor getrunken hatte. Das Weißbier wurde in einem hohen Pokal aus Pressglas serviert, und man konnte zwischen Himbeer- oder Waldmeistersirup als Zugabe wählen. Anna entschied sich für Waldmeister und hoffte, der Duft werde sie vielleicht an den Spreewald erinnern. Er fragte, ob er sich zu ihr setzen dürfe, und erst jetzt stellte er sich vor: »Carl Liedke.« Anna nannte ihm ihren Namen.

»Sie tanzen gut!«, sagte er.

»Sie aber auch.«

Beide lächelten verlegen. Als ihre Getränke gebracht wurden, beobachtete er genau ihren Gesichtsausdruck, während sie den ersten Schluck probierte.

»Und? Schmeckt es Ihnen?«

Sie sog zum ersten Mal in ihrem Leben an einem Strohhalm. Dabei merkte sie, wie ihr das frische Aroma des Waldmeisterkrauts in die Nase stieg, und schloss kurz die Augen. Der Geschmack war süßlich, versetzt mit einem Hauch würziger Bitterkeit. Im Mai war der Waldboden in ihrer Heimat mit dem grünen Kraut bedeckt gewesen. Sie hatten Körbe davon gesammelt, und ihre Mutter hatte ein Getränk daraus hergestellt, das sie Kindersekt nannte. Anna musste daran denken, wie gerne sie ihre Eltern und Geschwister wiedergesehen hätte. Doch dann lächelte sie Carl an und nickte.

»Herrlich!«, sagte sie, und Carl ließ wieder seine blitzenden Zähne sehen. Er schien sich richtig mit ihr zu freuen.

»Sind Sie häufiger hier?«, fragte Anna.

»Es ist erst das zweite Mal. Und Sie?«

Anna schüttelte den Kopf. Sie überlegte kurz, ob sie ihm erzählen sollte, dass sie noch nie in einem Biergarten und schon gar nicht zum Tanzen war. Doch dann hätte er sie vielleicht für eine Landpomeranze gehalten. Zu gerne hätte sie etwas über ihn erfahren, doch bevor sie sich zu einer Frage durchringen konnte, kam Ella zurück und ließ sich undamenhaft auf ihren Stuhl plumpsen. Sie war noch ganz außer Atem und schien keine besonders gute Laune zu haben. Ihr erster Partner war auf der Tanzfläche schnell von anderen Tänzern abgelöst worden, doch ganz offenbar hatte sie keinen für würdig befunden, sie zu ihrem Tisch zu begleiten.

»Puh!«, stieß sie hervor und strich sich mit dem Handrücken über die Stirn. »Das war ganz schön anstrengend.«

Dann spuckte sie auf ihren Zeigefinger, bückte sich und rieb damit über ihre Schuhspitzen.

»Und der lange Lulatsch ist mir ständig auf die Füße getreten. Das grenzte schon an Körperverletzung. Ich hoffe, dein Kavalier hier war weniger grobschlächtig.« Sie nickte in Carls Richtung. »Wollen wir Beruferaten spielen?«, fragte sie plötzlich und taxierte ihn. »Zeigen Sie doch mal Ihre Hände.«

»Also, Ella!« Anna war es peinlich, dass ihre Freundin so aufdringlich war. Doch Carl hielt ihr ganz arglos seine offenen Handflächen entgegen.

»Wenn ich mir die so betrachte: Körperliche Arbeit haben Sie noch nicht viel gemacht.«

Carl sagte nichts.

»Stimmt's?«, fragte Ella

Er nickte, und sie betrachtete sein Gesicht.

»Drehen Sie sich mal ins Profil!«, wies sie ihn an, und er gehorchte.

»Diese Wölbung: Ganz klar eine Denkerstirn, was meinst du, Anna?«

»Vielleicht«, sagte Anna verlegen und sog an ihrem Strohhalm.

»Schreiben Sie viel?«

Carl bewegte den Kopf hin und her und wiegelte ab.

»Schade, ich dachte, sie wären vielleicht Schriftsteller.«

»Nicht ganz. Ich bin Beamter … beim Arbeitsamt.«

»Siehst du?«, rief Ella und sah triumphierend in Annas Richtung.

Diese betrachtete Carl verwundert und war fast ein wenig enttäuscht. Sie hatte sich bei ihm einen spannenderen Beruf vorgestellt, nicht so etwas Profanes. Mit seiner langen Lockentolle und seinem guten Rhythmusgefühl hätte sie ihn fast für einen Musiker oder Schauspieler gehalten.

»Oh nein, ich hab's befürchtet«, sagte Ella auf einmal.

»Was denn?«, fragte Anna und wollte sich umdrehen.

Ella zischte ihr zu, sie solle nicht hinsehen.

»Unsere beiden Verehrer aus der Lebensmittelabteilung sind auf dem Weg zu unserem Tisch.«

Als Emil und Theo vor ihr standen, tat Ella so, als würde sie sie gar nicht kennen. Doch Anna begrüßte die beiden freundlich und fragte, ob sie sich nicht zu ihnen setzen wollten. Aber die beiden wollten mit ihnen tanzen. Der blonde Theo starrte Ella an, und erst jetzt bemerkte Anna, dass sein Blick leicht glasig wirkte.

»Gerade nicht!«, sagte Ella mit desinteressiertem Tonfall und verdrehte entnervt die Augen.

»Vielen Dank, Emil, ich bin etwas erschöpft. Später vielleicht«, sagte Anna. Emil nickte ihr verständnisvoll zu. An diesem Abend trug er keinen Hut, sondern eine karierte, schräg über sein fehlendes Ohr gezogene Schiebermütze, die ihm besser stand. Anna wusste, dass er nur während der Arbeitszeit auf eine Kopfbedeckung verzichtete. Es tat ihr leid, ihn so abblitzen zu lassen, denn sie mochte ihn. Doch sie hatte das Gefühl, sich mit dem letzten Tanz schon übernommen zu haben.

Emil drehte sich zum Gehen um, da hielt Theo ihn am Arm zurück.

»Was ist?«, fragte Emil.

»Willst du dich einfach so abfertigen lassen?«, sagte Theo mit schwerer Zunge.

Es war offensichtlich, dass er einige Bier zu viel getrunken hatte.

»Komm schon, Theo, wir gehen besser nach Hause.«

Doch Theo blieb einfach wortlos vor dem Tisch stehen. Jetzt erst wurde er auf Annas Tanzpartner Carl aufmerksam, der die ganze Zeit schweigend am Tisch gesessen hatte. Theos Gesicht verzog sich auf einmal zu einer Grimasse. In Carl hatte er endlich einen Rivalen entdeckt, an dem er sich abreagieren konnte.

»Was sitzt du da so rum und sagst nichts? Bist wohl ein Drückeberger?«, pöbelte er.

Ganz langsam erhob sich Carl von seinem Stuhl. Anna bemerkte, dass er die Hände zu Fäusten geballt hatte.

»Haben Sie nicht gehört? Die Damen wünschen gerade nicht zu tanzen«, sagte er. »Gehen Sie zurück zu Ihrem Tisch!«

»Komm schon, Theo«, versuchte Emil erneut, seinen Freund umzustimmen.

Doch Theo baute sich breitbeinig vor Carl auf. Carl war zwar genauso groß wie er, wirkte aber bei Weitem nicht so kräftig wie der blonde Hüne.

»Hast du überhaupt gedient?«, fragte Theo und hob herausfordernd das Kinn.

»Allerdings! 231. Infanterie-Division!«

Carl nahm jetzt die Haltung eines Boxers ein, hielt die Fäuste vor seinen Körper und stellte einen Fuß vor den anderen. Die beiden Männer zogen die Aufmerksamkeit der Gäste an den umliegenden Tischen auf sich. Die Gespräche in unmittelbarer Nähe erstarben. Nur die Kapelle spielte noch. Anna hielt den Atem an. Die Männer fixierten einander wie zwei Raubtiere. Sie standen kurz davor, eine Prügelei anzufangen, und Anna wusste nicht, wie sie es verhindern sollte.

»Lass uns gehen, Theo«, sagte Emil nochmals beschwörend.

In dem Moment, als er »Theo« sagte, landete ein rechter Haken an Carls Kinn. Dessen Kopf wurde zurückgeschleudert, er taumelte nach hinten, konnte sich aber noch abfangen. Sofort legte Theo nach, schlug ihm gegen Brust, Schultern und auf die Nase, dann folgte ein linker Haken. Carl schien vollkommen überrumpelt zu sein. Er stützte sich mit einer Hand auf einem der Tische ab, von dem die Biergartenbesucher entsetzt geflüchtet waren, und ließ den Kopf hängen. Aus seiner Nase floss das Blut in Strömen. Inzwischen hatte die Kapelle aufgehört zu spielen. Theo tänzelte hinter Carl auf den Zehenspitzen und schien nur darauf zu warten, erneut zuzuschlagen.

»Komm, Theo, lass gut sein! Der hat jetzt aber wirklich genug!«, versuchte Emil seinen Kollegen zu beschwichtigen. Erstaunlicherweise schien Theo auf ihn zu hören und drehte sich wirklich um. Allerdings nur, um Carls volles Bierglas hochzuheben und den Inhalt in einem Zug hinunterzukippen. Inzwischen hob Carl den Kopf und rappelte sich mühsam auf. Schwankend stand er wieder auf den Beinen. Doch er wirkte so instabil, dass Anna dachte, er würde jeden Moment endgültig zusammenbrechen.

»Nein, nicht, Carl«, sagte sie. Aber ihre Worte machten Theo wieder auf ihn aufmerksam. Er drehte sich um und begann wieder herumzutänzeln, hielt die Fäuste angriffslustig vor seinen Brustkorb. Wieder landete ein Schlag in Carls Gesicht. Er strauchelte erneut, blieb aber auf den Beinen. Theo drehte den Kopf zu Ella und feixte: »Na, wie macht sich dein Verehrer? Gefällt er dir noch?«

Dann holte er mit der Rechten weit aus. Doch da traf ihn plötzlich ein so mächtiger Schlag gegen die Schläfe, dass ein Raunen durch die Besuchermenge des Biergartens ging. Theos Kopf schnellte zurück, doch er hielt sich aufrecht. In seinem Gesicht lag ein merkwürdig erstaunter Ausdruck. Einen Moment lang hatte man den Eindruck, dass ihm der Schlag gar nichts ausgemacht hatte. Doch dann knickten ihm die Knie ein, er sackte in sich zusammen und stürzte mit dem Gesicht zuerst auf den zertrampelten Rasen.

»Dem hat er aber eine versetzt!«, sagte eine Männerstimme.

»Geschieht ihm recht!«, rief eine Frau.

»Meine Güte, hoffentlich hat er ihn nicht totgeschlagen. Was haben wir da bloß für Burschen kennengelernt«, flüsterte Ella Anna zu und hielt sich theatralisch die gespreizte Handfläche auf die Brust. Anna hatte die Hände vor den Mund geschlagen. Ein Eimer Wasser wurde herangereicht, und jemand schüttete ihn Theo über den Kopf. Sofort richtete der sich ein Stück auf und schüttelte sich, sodass das Wasser von seinen Haaren spritzte.

»Na warte, dcine Fresse merk ich mir«, knurrte er undeutlich. Doch von seinem Kampfeswillen war ihm nichts mehr anzusehen.

Es war schon dunkel, als Carl sie nach Hause brachte. Ella war weniger erfreut, als er sie mit seiner blutigen Nase unbedingt begleiten wollte. Sie wollte nicht die Blicke der anderen Passanten auf sich ziehen, wenn sie mit ihm unterwegs war. Doch Anna hatte das Gefühl, als sei sie schuld an der Prügelei gewesen. Schließlich waren Ella und sie die Auslöser für Theos Angriff gewesen.

»Hier sind wir!«, sagte sie und verlangsamte ihren Schritt, als sie vor dem Häuserblock in Neukölln ankamen.

»Wollen Sie vielleicht noch kurz mit hinaufkommen, und wir versorgen Ihre Blessuren?«

Ella räusperte sich laut: »Wir müssen morgen früh raus, Anna. Komm jetzt endlich!«

Carl schüttelte den Kopf: »Schon gut!«

Bis auf das Blut unter der Nase sowie zwei Platzwunden an der Augenbraue und Lippe sah er gar nicht so schlimm aus, dachte Anna. Doch sie wusste aus eigener Erfahrung, dass sein Gesicht morgen zugeschwollen sein würde.

»Sie müssen das unbedingt über Nacht kühlen. Legen Sie sich ein feuchtes Taschentuch darauf!«, sagte sie und deutete auf sein Auge. »Und ein dickes Kissen unter den Kopf.« Fast hätte sie »Ich kenne das!« hinzugefügt, doch dann schluckte sie die Worte hinunter. Natürlich wollte sie ihm keinesfalls erklären, woher ihre Erfahrung mit einem zerschlagenen Gesicht rührte.

Ella fasste Anna wieder am Arm: »Komm jetzt!«

Doch Carl stand noch immer vor der Eingangstür des Vorderhauses und schien auf etwas zu warten. Anna sah ihn an.

»Dürfte ich Sie vielleicht wiedersehen, Anna?«, fragte er nach einer Weile.

Anna zögerte. Sie bemerkte den missbilligenden Blick ihrer Freundin. Doch Carl ließ sich nicht abschrecken.

»Nächsten Sonntag?«, fragte er. »Am Denkmal von Königin Luise im Tiergarten, zwölf Uhr?«

»Anna!«, sagte Ella vorwurfsvoll und öffnete die Haustür.

Während sie von Ella ins Innere des grauen Mietsblocks gezogen wurde, sagte Anna leise: »Bis nächsten Sonntag. Gute Nacht, Carl.«

Seine Augen leuchteten auf und zeigten überdeutlich seine Freude über ihre Zusage.

»Blau ist doch Ihre Lieblingsfarbe, oder?«, rief er ihr hinterher. Doch da fiel die Tür schon ins Schloss.

CHARLOTTE

Charlotte merkte, wie das Morgenlicht durch die Ritzen neben den Vorhängen fiel. Als Erstes bewegte sie ihre Hand, fühlte eine ungewohnte Unebenheit auf dem Kopfkissen aus glattem Damast und strich mit den Fingerspitzen darüber. Dann schlug sie die Augen auf. Es war das Monogramm mit den elegant geschwungenen Buchstaben *L T*, das ihre Mutter auf jedes Wäschestück ihrer Aussteuer hatte sticken lassen. »L T«, murmelte Charlotte leise. Lotte Trotha. Warum hatte ihre Mutter ihren Kosenamen gewählt? Und warum, um Himmels willen, hieß sie Trotha und nicht Händel? Sie spürte einen Kloß in ihrem Hals und war kurz davor zu weinen. Dann bewegte sich die Matratze unter ihr, und sie hörte das Rascheln der Bettdecke. Charlotte drehte sich um.

Da lag ihr Ehemann und hatte die Augen mit den hellen Wimpern noch fest geschlossen, die Lippen ganz leicht geöffnet. Fasziniert betrachtete sie die kurzen, blonden Bartstoppeln des Schlafenden, streckte die Hand aus, um sie zu berühren, und hielt inne. Sie musste an die letzte Nacht denken. Vollkommen ahnungslos war sie in ihre Hochzeitsnacht gegangen. Die verschlüsselten Andeutungen ihrer Mutter hatten ihr nicht viel geholfen. Die anzüglichen ihres Vaters auch nicht. Es konnte unmöglich so werden wie die Begattungen zwischen Kuh und Stier oder Hengst und Stute, die sie häufig mitangesehen hatte. Keine Frau würde sich freiwillig einem derart animalischen Akt unterwerfen. Und Edith, die einen Monat zuvor getraut wurde, hatte sie natürlich nicht fragen können. Keinesfalls hatte sie wissen wollen, wie glücklich sie mit Leo war.

Ernst war ein erstaunlich zärtlicher Liebhaber, und ihr Körper hatte auf die Berührungen seiner Lippen und Hände reagiert. Sie war überrascht von seinem Begehren und davon, wie sehr sie es genoss, ihm so nah zu sein. Sie wünschte im Moment der Vereinigung, dass er nie vorübergehen möge. Doch der Rausch hielt kürzer an, als sie erwartet hatte. Zu gerne hätte sie Ernst danach gefragt, wie er ihr Zusammensein empfunden hatte und ob es Frauen vor ihr gegeben hatte. Doch er hatte sich auf die Seite gedreht und war sofort eingeschlafen.

Charlotte hatte noch lange wach gelegen. Es schien ihr unmöglich, nach dem Aufwallen ihrer Gefühle innere Ruhe zu finden und ihre Gedanken im Zaum zu halten. Sie begann, die beiden Männer gegeneinander abzuwägen, verglich die Küsse dieser Nacht mit jenem Nachmittag, meinte fast, Leos warme Stimme zu hören, spürte dem brennenden Begehren nach, das sie damals im Heuschober empfunden hatte, als es fast passiert wäre. Und dann stellte sie sich doch die eine Frage: Wie wäre die Hochzeitsnacht wohl mit Leo verlaufen?

Ernsts Augenlider öffneten sich, und er zuckte zusammen, als er ihr Gesicht direkt über sich sah.

»Hast du mich etwa im Schlaf beobachtet?«, fragte er.

»Nur ganz kurz!«, sagte Charlotte und gab ihm einen Kuss auf den Mund. Dann legte sie den Kopf auf seine Brust und hörte sein Herz klopfen.

»Erzähl mir was! Ich will alles wissen von dir, heute Morgen«, sagte sie.

Ernst küsste ihren Haaransatz. Dann schob er sachte ihren Arm von seiner Schulter und rutschte zur Seite.

»Das wird noch warten müssen, Lotte«, erklärte er und schwang die Beine aus dem Bett. »Ich treffe mich um neun mit deinem Vater im Schweinestall.«

Er ging in seinem Nachthemd zum Fenster, riss die Vorhänge auf und öffnete die beiden Flügel. In einem zackigen Rhythmus begann er, auf der Stelle zu marschieren und machte dazu gymnastische Übungen mit den Armen, was so komisch aussah, dass Charlotte kaum ihr Lachen verbergen konnte. Doch Ernst verzog keine Miene und ging zu Kniebeugen über.

»Wir machen eine Bestandsaufnahme. Ich möchte keine Zeit verlieren und so schnell wie möglich Tiere auswählen, mit denen ich eine eigene Versuchsreihe beginnen werde«, erklärte er ihr atemlos. »Übermorgen muss ich schon wieder zurück nach Leipzig reisen.«

Dann begann er zu dozieren: Er habe eine Theorie entwickelt über verschiedene Zusammensetzungen des Futters, die Zugabe von bestimmten Ergänzungsmitteln und wie sich diese auf das Gedeihen des Tieres und dessen Fleischqualität auswirkten. Da es sich um Langzeitexperimente handele, müsse er nun eiligst damit anfangen.

Charlotte hörte gar nicht mehr so genau zu. Ihr waren das Wohl des Viehzeugs und der Ertrag durchaus nicht unwichtig, und sie schätzte es, dass er so eifrig zum Erfolg von Feltin beitragen wollte. In erster Linie sollte er aber ihr Ehemann sein. Sie hatte seine Augen in der letzten Nacht nicht sehen können, denn natürlich hatten sie das Licht gelöscht. Ihr Gefühl hatte ihr gesagt, dass es Leidenschaft war, die er für sie empfand. Doch sie hätte sich gewünscht, dass die Inbrunst und Passion, wie sie jetzt in seinen Augen aufblitzten, am Morgen nach ihrer Hochzeitsnacht ihr gegolten hätten und nicht der Schweinezucht.

Nach einer Viertelstunde schloss er das Fenster wieder, suchte geschäftig seine Kleidung zusammen. Als er an ihrer Seite des Bettes vorbeikam, breitete Charlotte die Arme aus und sagte mit weicher Stimme: »Ein paar Minuten deiner kostbaren Zeit wirst du deiner Braut sicher noch schenken können, oder? Und außerdem wollten wir doch noch über unsere Hochzeitsreise sprechen.«

»Ja, aber doch nicht jetzt, Lotte.«

Er blieb nicht eine Sekunde stehen, sondern öffnete die Tür zum Flur, um sich ins Badezimmer zu begeben. Gerade als er die Tür hinter sich schließen wollte, steckte er den Kopf noch einmal in den Spalt: »Das Vergnügen muss leider warten, wenn die Pflicht ruft. Aber ich wünsche dir einen wunderschönen Tag.«

Damit schloss er die Tür hinter sich.

Charlotte machte eine wütende Grimasse. Mit einem Ruck schlug sie die Decke zurück und sprang aus dem Bett. Sie stampfte zu ihrem Kleiderschrank und zog sich mit ungeduldigen Bewegungen ihre Reitsachen an. Vor Zorn waren ihre Finger so ungeschickt, dass sie die vielen kleinen Knöpfe ihrer Bluse kaum zubekam. Sie überlegte kurz, ob sie noch ein Frühstück zu sich nehmen sollte, doch dann entschied sie sich dagegen. Auf die fragenden Blicke von Lisbeth oder Wilhelmine, wenn sie nach ihrer Hochzeitsnacht so früh und ohne ihren Bräutigam zum Frühstück erschien, wollte sie lieber verzichten.

Als sie in Begleitung ihrer Hunde über den Hof auf den Marstall zulief, sah sie Richard und Ernst gerade noch auf dem gepflasterten Weg hinter den Birken verschwinden. Das niedrige Gebäude des Schweinestalls hatte ihr Vater aufgrund der Geruchsentwicklung weit südlich des Herrenhauses und der übrigen Stallungen bauen lassen. Dabei hatte er meteorologische Aspekte bedacht und den Bauernkalender zurate gezogen, wonach südliche Winde in den letzten Jahrzehnten am seltensten vorkamen. Charlotte überlegte kurz, ob sie ihnen nachgehen und Interesse an Ernsts Theorien vorschützen sollte. Doch so geschäftig und nüchtern, wie er vorhin gewesen war, entschied sie sich dagegen. Sie würde ihm sein Wissensgebiet überlassen. Wenn er sich der Viehzucht widmete, würde sie sich eben ein anderes Gebiet suchen. Noch als sie die Boxengasse durch die hohe Stalltür betrat, sprach sie leise Verwünschungen aus. Sie traf Werner auf einem Strohballen sitzend an. Er schlug mit dem Hammer auf die Zinken einer Mistgabel ein, die sich offenbar verbogen hatten. Neben ihm stand eine Schubkarre, auf die ein Knecht aus der nächsten Box den Mist aufhäufte.

»Morgen, gnädiges Fräulein!«, sagte er und stand betont langsam auf.

Kein einziger Dienstbote auf Feltin nannte sie so. Sie wurde immer mit Fräulein Charlotte angesprochen. Allein aufgrund des Tonfalls konnte sie sich denken, dass er die Anrede ironisch meinte.

»Guten Morgen, Werner, sattle mir bitte die Stute!«, sagte sie.

»Das wird warten müssen. Bis neun müssen alle Boxen ausgemistet sein.«

Es war das zweite Mal an diesem Morgen, dass ihr jemand erklärte, ihr Anliegen müsse warten. Und am meisten erboste sie die herablassende Art.

»Ich denke, das Ausmisten kannst du getrost verschieben, wenn ich dir einen anderen Auftrag erteile, oder es übernimmt eben ein anderer Knecht«, gab Charlotte zurück.

Ungerührt fuhr Werner fort, mit kräftigen Bewegungen auf die Zinken einzuhauen, und sagte: »Das müsste mir Ihr Herr Vater dann schon persönlich sagen, gnädiges Fräulein.«

Charlotte versuchte, ihre aufsteigende Wut zu beherrschen. Sie könnte sich das Pferd einfach allein satteln. Doch ihr war bewusst, dass sie sich dieses Verhalten nicht bieten lassen konnte. Der Tonfall und die Wortwahl waren betont provokativ. Ihr war klar gewesen, dass die Begegnung mit dem verhassten Stallmeister unvermeidlich war. Und sie ahnte, dass er ihren taktischen Schachzug seinerzeit durchschaut hatte, als sie Erna mit nach Leipzig genommen hatte, um ihn von ihr fernzuhalten. Dass der Plan dann so perfekt funktionierte, indem sich Erna sogar in den Kammerdiener ihres Onkels verliebte und Werner den Laufpass gab, hätte sie gar nicht erwartet, aber erfreut zur Kenntnis genommen. Erna hatte sich sogar noch vor ihrer Abreise mit Eberhard verlobt.

Charlotte sah auf die derben, schrundigen Hände des Stallmeisters. Sie wusste, dass er nicht aufgehört hatte, kommunistisches Gedankengut im Leutehaus zu verbreiten, und sie fragte sich, warum ihr Vater nicht längst die Konsequenzen gezogen hatte. Ohne zu antworten, drehte sie sich auf der Stelle um und rannte den ganzen gepflasterten Weg entlang zu den Schweineställen. Völlig außer Atem kam sie dort an und riss die Tür auf. Ihre Augen brauchten einige Zeit, ehe sie sich an die Dunkelheit gewöhnten, und auch ihre Nase wehrte sich gegen den strengen Geruch. Dann hörte sie die Stimmen der Männer. Als sie den Gang langsam weiter entlangging, entdeckte sie die beiden über die Ferkelbox gebeugt. Sie reagierten nicht auf ihre Anwesenheit, obwohl sie sie doch sicher hatten kommen hören. Die beiden waren so in ihre Diskussion vertieft, dass Charlotte fast eine Art Eifersucht verspürte.

»Eine wesentliche Ursache der hohen Jungtierverluste liegt in den ungeeigneten massiven Aufzuchtställen im Winterhalbjahr«, erklärte Ernst gerade. »Sie sind kalt, feucht und ohne ausreichende Lüftung.«

»Hm«, machte Richard nur und hörte ihm weiter zu.

»Deshalb wäre meine Empfehlung, Holzställe zu errichten, die auch billiger außerhalb des Hofs gebaut werden können. Sie besitzen eine bessere Wärmedämmung und Feuchtigkeitsableitung als massive Ställe.«

»Na gut, ich werde darüber nachdenken«, sagte Richard.

»Als wichtigste Prophylaxe gegen die ständig zunehmenden Krankheitserscheinungen gilt für Zuchtbestände die Freilufthaltung unter Schutzdächern oder in Hütten, verbunden mit großen Ausläufen oder täglichem Weideaustrieb. Nur Masttiere sollten ganzjährig in massiven Ställen gehalten werden.«

Charlotte hörte immer noch stumm zu. Sie wunderte sich, wie verfangen Ernst in seinen Theorien war.

»Dann sehen wir uns nachher mal die Flurstücke an, die dafür in Betracht kämen«, sagte Richard und klopfte Ernst auf die Schulter. Die Männer schienen sich ausnehmend gut zu verstehen und teilten offenbar die Passion für die Optimierung der Viehzucht. Von dieser ganz eigenen Welt fühlte Charlotte sich in diesem Moment vollkommen ausgeschlossen. Nach einer Weile räusperte sie sich, und Richard drehte sich zu ihr um.

»Lotte! Was führt dich hierher?«, fragte er und setzte mit ironischem Unterton nach: »Hattest du schon wieder Sehnsucht nach deinem Ehemann?«

Charlotte überhörte seine anzügliche Bemerkung, baute sich vor den beiden auf und stemmte die Arme in die Hüften. »Ich verlange, dass du Werner auf der Stelle entlässt! Er ist impertinent und missachtet meine Anweisungen.«

Trotz der Dunkelheit konnte sie erkennen, wie Ernst sie interessiert, aber nüchtern musterte. Ganz so, als sei sie eines seiner Versuchsobjekte, dachte sie verärgert.

»Du *verlangst*?«, fragte Richard.

»Allerdings!«

»Nun gut, Lotte«, antwortete Richard mit leicht belustigter Stimme. »Aber wer soll denn dann seine Arbeit erledigen? Wer übernimmt die Verantwortung für die Gäule, bis wir einen neuen Stallmeister mit Werners Qualitäten gefunden haben?«

»Seine Qualitäten, wie du sie nennst, bestehen vor allem darin, unsere Leute aufzuwiegeln. Kaum dreht er dir den Rücken zu, redet er über Umsturz, Weltrevolution und dass es bald vorbei ist mit der

Knechtschaft. Dass die Dienstboten auf Feltin zu schlecht bezahlt werden und du sie ausbeutest. Das erzählt er den Leuten. Und jetzt sag bloß nicht, du hättest es nicht gewusst.«

Richard ließ sich nicht anmerken, ob ihn ihre Schilderungen überraschten. Doch Charlotte war sicher, dass sie durch ihr Vertrauensverhältnis zu Erna in diesem Punkt einen Wissensvorsprung hatte. Sie warf einen Seitenblick auf Ernst, um zu sehen, wie ihre Worte auf ihn wirkten. Denn sie hatte nicht die Absicht, vor Ernst als dummes, kleines Mädchen dazustehen, das seine Entscheidungen nicht wohl überlegte. Immerhin schien es ihr tatsächlich gelungen zu sein, ihn zu beeindrucken.

»Nun, wenn es stimmt, was du sagst, wo auch immer du das her hast, sollten wir Werner tatsächlich entlassen«, sagte Richard. »Doch wir müssen einen guten Ersatz für ihn bekommen.«

»Das habe ich bereits bedacht, Vati. Lass das meine Sorge sein. Die Arbeit wird erledigt, und in jedem Fall besser als jetzt«, antwortete sie und hoffte inständig, man möge es ihrer Stimme nicht anmerken, dass sie gerade eben erst begann, angestrengt über eine Lösung nachzudenken.

»Na gut, ich lasse mir die Sache durch den Kopf gehen«, erwiderte Richard und wandte sich wieder den Ferkeln zu.

Doch Charlotte hatte nicht vor, sich von ihm auf diese Weise abspeisen zu lassen. Ehe sie gründlicher darüber hätte nachdenken können, wie schwierig zuverlässige Leute zu finden waren, platzte sie bereits mit der Frage heraus: »Wenn ich dir einen Ersatz präsentiere, Vati, habe ich dann dein Wort, dass Werner geht?«

Richard stützte sich auf dem Holm der Box ab und stellte einen Stiefel hinter den anderen. »Von mir aus!«, brummte er.

Erst als Charlotte mit federnden Schritten zurück zum Herrenhaus ging, reifte in ihrem Kopf langsam ein Plan. Sie wusste, dass sie nicht die Einzige war, die ein Interesse daran hatte, Werner loszuwerden. Sie hatte schon oft beobachtet, wie Leutner, die gute Seele des Hofs, den Kopf über ihn geschüttelt hatte. Und jetzt würde sie sich Werners Unbeliebtheit schnellstens zunutze machen. Wenn jemand wusste, wo auf den umliegenden Höfen Stallpersonal frei wurde, dann war es Leutner. Sie würde ihrem Vater und ihrem Ehemann schon zeigen, dass sie in der Lage war, vernünftiges Dienstpersonal zu finden. Vielleicht konnte das sogar eines ihrer künftigen Aufgabengebiete werden. Sie warf jedem ihrer Englischen Cockerspaniel ein Stöckchen und sah zu, wie sie ihm hinterherjagten. Die beiden hatten es gut, dachte sie. Sie wurden einfach so von ihr geliebt und mussten nicht jeden Tag um Anerkennung und Respekt kämpfen.

ANNA

Anna wusste, dass sie nicht viel Zeit hatte, und sie hoffte inständig, dass sie nicht entdeckt wurde. Die Näherinnen waren alle in der Mittagspause, und da sie sich mit einer von ihnen angefreundet hatte, ließ sie sie heute während dieser Zeit an ihre Nähmaschine. Unzählige Male war Anna schon in dem engen Raum gewesen, um Konfektionsteile, die geändert werden mussten, zu bringen oder abzuholen. Manchmal hatte sie dabei überlegt, ob sie lieber an der Stelle der Näherinnen gewesen wäre. Sie taten schließlich das, was sie gelernt hatte. Allein die Änderungsarbeiten auszuführen, war es nicht, wonach sie sich sehnte. Entwürfe und Schnittmuster zu gestalten schon eher. Das KaDeWe verfügte über keine eigene Kollektion. Es war eben ein Warenhaus, sagte sich Anna, und da war es ihr wesentlich lieber, im Verkauf zu arbeiten als hier in der Änderungsschneiderei. Man sah es schon an der Ausstattung der bescheidenen Räumlichkeiten, die in der hintersten Ecke des Stockwerks untergebracht waren, welche unbedeutende Rolle die Schneiderei in Jandorfs Augen spielte.

Als Anna sich über die Maschine beugte und den weichen Stoff mit der Hand durch die ratternde Nadel schob, hatte sie das Gefühl, jeden Moment würde die Willnitz hinter ihr auftauchen und prüfen, ob die Naht auch gerade war. Wie viele Stunden hatte sie damals in der kleinen Schneiderstube auf diese Weise verbracht? Es kam ihr fast vor, als sei seitdem ein halbes Leben vergangen. Sie stoppte die Maschine, schnitt den Faden ab und hielt das Kleid in die Höhe. Anna war zufrieden mit dem, was sie sah, und stellte sich den Augenblick vor, wenn sie Ella mit dem fertigen Kleid überraschen würde. Dann drehte sie den zarten Stoff um. Jetzt nur noch den Saum umnähen, dann hätte sie es schon geschafft. Mit geübten Bewegungen führte sie das Kleid erneut in die Maschine.

»Was machen Sie da, Fräulein Tannenberg?«, sagte da eine Frauenstimme hinter ihr.

Fast hätte sie aufgeschrien, doch es kam nur ein erschrecktes Stöhnen aus Annas Mund. Sie wusste sofort, wem die Stimme gehörte, und die Erkenntnis jagte ihr einen Schauer über den Rücken. Ausgerechnet Frau Stieglitz stand hinter ihr und starrte auf den Stoff, an dem sie nähte. Seit wann betrat die Leiterin der Konfektionsabteilung höchstpersönlich die Änderungsschneiderei des KaDeWe? Und warum ausgerechnet heute Mittag? Normalerweise schickte sie eine der Verkäuferinnen, um die Kleidung, die abgeändert werden musste, zu bringen oder zu holen. Anna spürte, wie ihr das Blut in den Kopf stieg. Sie konnte nur ahnen, dass sie gerade purpurrot anlief, während sie aufstand.

»Es tut mir leid, Frau Stieglitz. Es ist nur … ich musste dieses Kleid dringend zusammennähen, und ich besitze keine Nähmaschine … und in der Mittagspause wird diese hier ja nicht genutzt, und da dachte ich …«

»Schluss mit diesem Gestammel!«, herrschte Frau Stieglitz sie an.

Anna merkte, wie ihr die Hände zitterten. Auf einmal wurde ihr bewusst, was sie alles mit ihrer Unbedachtheit aufs Spiel gesetzt hatte. Sie benutzte unbefugt das Eigentum von Herrn Jandorf. Das konnte sie ihre Stellung kosten.

»Wer hat Ihnen das erlaubt?«

Anna sah zu Boden.

»Weiß die Näherin, die sonst an dieser Maschine sitzt, davon, dass Sie sie benutzen?«

Anna schüttelte den Kopf. Auf keinen Fall würde sie sie verraten.

»Zeigen Sie mal her!«, sagte Frau Stieglitz barsch.

Anna schnitt den Faden vorsichtig mit der Schere ab und übergab der strengen Frau schweren Herzens das Kleid. Sie konnte sich denken, dass sie es nicht mehr zurückbekommen würde, und sie ahnte auch, dass sich ihr Leben an diesem Tag verändern würde.

Während Frau Stieglitz das Kleid mit beiden Händen von sich weghielt und hin und her drehte, musterte Anna das Gesicht ihrer Vorgesetzten. Sie war hochgewachsen, so wie sie selbst, und trug die Haare stets zu einem strengen Dutt frisiert. Allein die tiefen Zornesfalten und der harte Blick machten sie so missliebig. Fast jeder im Haus wurde von ihr eingeschüchtert. Noch nie hatte jemand ein nettes Wort von ihr gehört. Sogar Jandorf selbst schien Respekt vor ihr zu haben, war es Anna einmal bei einem seiner unangekündigten Besuche in ihrer Abteilung in den Sinn gekommen. Mit den langen, knochigen Fingern fuhr Frau Stieglitz jetzt die Nähte entlang und schüttelte den Kopf.

»Woher haben Sie den Stoff?«, fragte sie nach einer Weile.

»Aus unserer Stoffabteilung«, antwortete Anna, und als sie sah, wie sich Frau Stieglitz' Augen verengten, fügte sie rasch hinzu: »Natürlich habe ich ihn bezahlt.«

»So, so!«

Inzwischen kamen die ersten Näherinnen plappernd zurück aus ihrer Mittagspause und blieben stumm und ehrfurchtsvoll stehen, als sie sahen, was gerade vor sich ging. Anna bemerkte einige mitleidige Blicke, aber bei einer der Frauen war unverhohlene Schadenfreude zu erkennen.

»Was stehen Sie da herum?«, herrschte Frau Stieglitz sie an. »Gehen Sie zurück an Ihre Arbeit.«

Doch dann fiel ihr etwas ein: »Warten Sie!«, sagte sie, und die Frauen zuckten zusammen.

»Wusste hier vielleicht jemand darüber Bescheid, dass Fräulein Tannenberg unbefugt ihre Nähmaschine benutzt, während Sie in der Mittagspause sind?«

Die Näherinnen standen da wie erstarrt. Frau Stieglitz ging zu jeder einzelnen von ihnen und unterzog sie einer sekundenlangen, strengen Musterung wie auf einem Kasernenhof. Doch keine von ihnen sagte einen Ton.

»Na, das habe ich mir schon gedacht«, sagte Frau Stieglitz, und Anna überlegte, ob sie ihr glaubte oder ob sie unterstellte, dass eine von ihnen log.

Dann wandte sich Frau Stieglitz wieder an Anna: »Ich muss den Vorfall melden, und dann werden wir sehen, was passiert. Bis dahin erledigen Sie Ihre Aufgaben.«

Anna blieb stehen und sah sie erwartungsvoll an. Vor Nervosität öffnete und schloss sie die seitlich herabhängenden Hände ein paarmal hintereinander.

»Ist noch etwas?«, fragte Frau Stieglitz.

»Das Kleid«, sagte Anna und schaute flehentlich auf den hellblauen Chiffon in ihrer Hand. »Bekomme ich es nicht zurück?«

Frau Stieglitz spitzte voller Wichtigkeit die Lippen: »Na, Sie haben Nerven. Das ist Beweismaterial, und bis alles geklärt ist, verbleibt es in meinem Besitz.«

Mit gesenktem Kopf verließ Anna hinter ihrer Abteilungsleiterin den Raum und fühlte sich fast wie damals, als sie in der Schule so oft zu spät kam und bereits wusste, dass sie ihrer Bestrafung nicht entkommen würde. Doch in der Dorfschule stand nie so viel auf dem Spiel, und außerdem hatte sie Erich an ihrer Seite gehabt.

Als sie zurück in die Damenkonfektionsabteilung kam und den Anprobesaal betrat, empfand sie das strahlende Licht der Kronleuchter zum ersten Mal als grell und aufdringlich. Ella, die gerade einer Kundin den Rock zurechtzupfte, sah nur kurz zu ihr hinüber und erschrak. Annas Gesicht war leichenblass.

»Was ist passiert?«, flüsterte sie ihr zu, nachdem ihre Kundin gegangen war und sie nebeneinander im Präsentationssalon vor den Auslagen standen. Anna gelang es kaum, einen klaren Gedanken fassen. In der Mitte des Raums stand eine hohe Amphore mit einem kunstvollen Blumenarrangement. Anna hatte sich oft gefragt, wo man in Berlin so herrliche, frische Blumen herbekam. Doch jetzt verursachte ihr der süße Duft der Jasminblüten Kopfschmerzen. Sie sah sich nach allen Seiten um, um sicherzugehen, dass sie niemand hörte. Dann schilderte sie Ella schnell die Situation. Natürlich verschwieg sie dabei, dass das Kleid ihr Geburtstagsgeschenk werden sollte, um ihr kein schlechtes Gewissen zu bereiten.

Ella hielt sich erschrocken die Hand vor den Mund. »Oh je, das hätte mir dann mit dem ausgeliehenen Lockenstab auch passieren können. Wir müssen unbedingt Frau Brettschneider informieren, um ihr die Sache aus deiner Sicht zu schildern. Sie ist die Einzige, die dir helfen kann. Vielleicht hast du Glück und sie legt wieder ein gutes Wort für dich ein.«

»Ich glaube nicht, dass sie da noch etwas ausrichten kann, und wenn sie hört, was ich getan habe, wird sie das auch gar nicht wollen«, sagte Anna resigniert und hielt sich die Hände vor das Gesicht. Iris stand auf der anderen Seite des Raums an die Wand gelehnt und sah zu ihnen hinüber. Ihr süffisantes Lächeln ließ fast vermuten, dass sie bereits über den Vorfall im Bilde war.

»Reiß dich jetzt zusammen und benimm dich nicht so auffällig«, zischte Ella ihr zu. »Tu so, als sei gar nichts gewesen, und warte hier. Ich werde versuchen, unbemerkt und vor der Stieglitz in den vierten Stock zu kommen.«

Sie verschwand hinter dem Vorhang und erschien nach kurzer Zeit mit einer runden Schachtel.

»Ich bringe den Hut hier rasch hinüber zur Kasse. Ich dumme Pute habe doch glatt vergessen, ihn für die Kundin mitzunehmen«, sagte sie laut.

Iris zog die Augenbrauen hoch, als sie an ihr vorbeiging. Anna wandte sich einer Kundin zu, die sich nach einem Abendmantel erkundigte. Während sie begann, ihr die Modelle zu zeigen, war sie nur mit halbem Herzen bei der Sache. Immer wieder schaute sie hinüber zum Eingang. Wann kam Ella endlich zurück? Es dauerte weniger als eine halbe Stunde, da wurde Anna zum Direktor gerufen. Auf dem Treppenabsatz kam ihr Ella entgegen. Anna schöpfte Hoffnung, als sie ihre Freundin sah, doch diese sah nicht sehr zuversichtlich aus und schlug die Augen nieder. Frau Brettschneider habe bereits Bescheid gewusst und bedauert, sie könne in so einem Fall wahrscheinlich nichts mehr für Anna tun.

Jetzt war alles verloren. Anna fühlte, wie mit einem Mal jeder kleinste Anflug von Hoffnung aus ihren Gedanken wich. Warum hatte sie das bloß getan? Wie hatte sie nur so leichtsinnig sein können? Mit hölzernen Schritten ging sie den langen Gang auf das Büro der Direktion zu. An den Wänden war die gleiche Vertäfelung aus schwedischem Birkenholz wie im Teesalon angebracht. Sie meinte, den Geruch der nordischen Wälder wahrzunehmen, und fand ihn wohltuend frisch gegenüber dem schweren Blumenduft. Doch als sie sich der raumhohen Flügeltür mit den Milchglasscheiben näherte, lachte sie sich im Stillen selbst aus. Es war unmöglich, dass das Holz immer noch einen Eigenduft verströmte. Sie hatte sich nur etwas Angenehmes einbilden und ablenken wollen. Hatte vergessen wollen, dass sie diesen Gang heute zum ersten und letzten Mal entlangging. Und das Schlimmste daran war, dass sie die Entlassung ihrer eigenen Unbedachtheit und Dummheit verdankte.

Sie blieb vor dem Doppelschreibtisch von Jandorfs beiden Sekretärinnen stehen und nannte ihren Namen. Die Ältere der beiden, mit weißblonden Haaren und einer Brille auf der Nase, sah zu ihr auf und sagte in neutralem Ton: »Nehmen Sie bitte noch einen Augenblick Platz, Fräulein Tannenberg. Herr Jandorf hat gleich Zeit für Sie.«

Sie deutete zu einem Armlehnsessel auf der gegenüberliegenden Seite.

Anna setzte sich und beobachtete die Frauen, die beide in rasender Geschwindigkeit auf riesige schwarze Schreibmaschinen einhämmerten, ohne jemals die Tasten anzusehen. Ihre Augen waren ausschließlich auf die handgeschriebenen Vorlagen gerichtet. Es schien ihr eine faszinierende Fertigkeit zu sein. Wie konnten ihre Finger bloß blind die richtigen Tasten finden? Wenn sie sich vorstellte, eine Naht zu nähen, ohne hinzusehen … das Ergebnis wäre eine Katastrophe gewesen.

Nach einigen Minuten wurde ein Flügel der Tür zu Jandorfs Büro ruckartig aufgestoßen, und Frau Stieglitz rauschte mit versteinertem Gesicht heraus. Als sie Anna erblickte, verengten sich ihre Augen zu Schlitzen. Zu Annas Erstaunen sagte sie kein Wort, sondern stampfte mit wütenden Schritten den Gang entlang. War das ein gutes oder schlechtes Zeichen? Gleich danach kam Frau Brettschneider durch die Tür. Sie kniff nur kaum merklich die Mundwinkel ein, als sie an Anna vorbeiging. Auch ihren Blick wusste Anna nicht zu deuten.

Die blonde Sekretärin nickte ihr zu.

»Sie können jetzt hineingehen.«

Sofort als sie durch die Tür mit der ovalen Milchglasscheibe ging, nahm sie den veränderten Geruch war. In der Luft hing kalter Zigarrenrauch. Jandorf saß hinter einer riesigen, glänzenden Schreibtischplatte, die vollkommen leer war. Es stand nur ein Telefonapparat darauf, und direkt vor ihm lag eine Ledermappe mit einigen Papieren, die er gerade studierte. Und noch etwas fiel Anna sofort ins Auge, weil es einen strahlenden Kontrast zu dem schwarzen

Lack bildete: Es war ihr hellblaues Kleid. Was für ein Hohn: Auf dem dunklen Untergrund war der zarte Stoff besonders gelungen in Szene gesetzt, dachte Anna. Sie blieb zwei Schritte vor seinem Schreibtisch stehen, verschränkte die Hände vor ihrem Rock und wartete. Ihre Handflächen waren feucht vor Schweiß. Ihr Herz hämmerte so heftig, dass sie dachte, Jandorf müsste es hören können. Sie wünschte, sie könnte an irgendetwas anderes denken als an ihre Angst.

Kaum traute sie sich, den Kopf zu bewegen. Sie ließ ihre Augen durch den Raum wandern, über die schwere Sitzgruppe aus schwarzem Leder, das Ölgemälde, auf dem die prachtvolle Außenfassade des KaDeWe abgebildet war. Dies hier war also der Ort, von dem aus das berühmte Warenhaus geleitet wurde. Die Schaltstelle, in der täglich über den Einkauf von unvorstellbar vielen Waren und darüber, wie sie am besten an die Kunden gebracht wurden, nachgedacht wurde. Von diesem Platz aus entschied Adolf Jandorf über das Schicksal von fast zweitausend Mitarbeitern und heute nun über ihres. Ihr ging durch den Kopf, was sie über den drahtigen Mann mit den dunklen, vollen Haaren gehört hatte. Er stammte aus einem kleinen württembergischen Dorf und hatte sich zum Kaufmann ausbilden lassen. Aber es hieß, er sei schon im Alter von zwanzig Jahren nach Amerika gegangen, um dort die modernsten Verkaufstechniken zu lernen. Dieser unerhörte Schritt unterschied ihn von allen Menschen, die Anna je kennengelernt hatte. Wie viel Mut musste dazu gehören, nicht nur mit dem Zug in die nächste Großstadt zu fahren, so wie sie es gemacht hatte, sondern mit dem Schiff auf einen entfernten Kontinent.

Anna malte sich aus, wie lange wohl die Reise dorthin dauerte, wie anders die Menschen dort waren, wie sich ihre Sprache anhörte, und das tat ihr gut. Denn es lenkte sie von ihrer Angst ab und ließ ihr Herz langsamer klopfen. Ihr fiel ein, was die älteren Angestellten erzählten: Jandorf habe nach seiner Rückkehr aus Amerika schon mit zweiundzwanzig Jahren sein erstes Warenhaus gegründet.

Nach einer scheinbaren Ewigkeit legte Jandorf seinen Füller aus der Hand, hob den Kopf, und seine Augen musterten sie durch die schwarz gerahmten, runden Brillengläser.

»Fräulein Tannenberg«, sagte er.

Anna wusste nicht, ob sie etwas antworten sollte. Denn er schwieg danach wieder und sah sie einfach nur an.

»Ich habe Sie mir anders vorgestellt, aber lassen wir das.«

Anna öffnete den Mund, um zu fragen, wie er sie sich denn vorgestellt habe, doch im letzten Moment hielt sie inne und sagte nichts. Die Frage hätte vorlaut klingen können.

»Sie haben sich also während der Arbeitszeit auf einer meiner Nähmaschinen ein Kleid genäht.«

»Es war in meiner Mittagspause«, antwortete Anna leise.

»Da hat mir Frau Stieglitz aber etwas anderes erzählt. Wie dem auch sei: Geben Sie zu, dass Sie eine der Nähmaschinen des KaDeWe für Ihre privaten Zwecke benutzt haben?«

Anna nickte: »Ja, das habe ich.«

»Dann ist der Fall klar. Ich kann Sie nicht mehr als Verkäuferin beschäftigen. Sie sind entlassen.«

Anna merkte, wie ihre Knie weich wurden. Sie würde doch jetzt nicht umfallen, dachte sie entsetzt und stellte die Füße weiter auseinander, um einen festeren Stand zu haben. Sie hatte nicht erwartet, dass er derart kurzen Prozess mit ihr machen würde. Das war also alles: Ihre Anstellung im KaDeWe hatte genau ein Jahr, vier Monate und drei Tage gedauert. Jetzt stand sie wieder auf der Straße, und es war alles ihre eigene Schuld.

»Ich verstehe«, sagte sie. »Kann ich jetzt gehen?«

Sie wollte nur noch eines: Raus aus seinem Büro, denn lange würde sie sich nicht mehr beherrschen können.

Jandorf nickte, und sie drehte sich um. Als sie den Raum durchquert hatte, legte sie die Hand an die kalte Messingklinke der Flügeltür und schob die eine Seite auf. Nur die blonde Sekretärin hob ihren Kopf, als Anna wieder das Vorzimmer betrat. Als sie Annas enttäuschtes Gesicht sah, kniff sie mit traurigem Blick die Lippen zusammen und drückte Anna dadurch ihr Mitgefühl aus. Anna nickte zum Dank. Der Weg durch den langen Gang zurück fiel ihr noch schwerer als der Hinweg. Jetzt war es also endgültig. Hoffnungslosigkeit und Wut auf sich selbst schienen ihre Schultern wie eine tonnenschwere Last nach unten zu drücken. Was sollte sie jetzt bloß tun? Ein paar Wochen würde ihr gespartes Geld noch reichen, aber dann?

Ich weine nicht. Wenn ich jetzt weine, höre ich nicht mehr auf, sagte sie sich. Sie würde sich zusammenreißen, ihre Papiere in der Personalabteilung abholen. Nach Hause gehen. Aber was war dann ihr Zuhause, wenn sie keine Miete mehr zahlen konnte? Ellas Gastfreundschaft konnte sie nicht ewig ausnutzen. Zurück zu Adelheid? Sicher würde ihre Tante sie wieder aufnehmen. Doch allein der Gedanke an den dunklen Flur ihrer Wohnung, an den fahlen Licht strahl aus der Küche, jagte ihr einen Schauer über den Rücken. Nie wieder könnte sie die Wohnung ihrer Tante betreten! Auch wenn Günter seit dem schrecklichen Abend verschwunden war, zusammen mit ihren achtzig Mark Monatslohn. Gerade als sie am Treppenhaus angelangt war, kam ein junger Mann mit einem weißen Kittel die Stufen hoch. Als Anna ihn erkannte, drehte sie sich schnell um, doch er hatte sie schon bemerkt. Es war Theo. Seit der Schlägerei im Prater war Anna ihm möglichst aus dem Weg gegangen. Ausgerechnet jetzt musste sie ihn treffen.

»Anna! Was ist denn los? Ist dir eine Laus über die Leber gelaufen?«

Es kam ihr vor, als freute es ihn fast, dass sie so unglücklich wirkte.

»Ich wollte dich und deine Freundin sowieso fragen, ob ihr vielleicht mal wieder mit Emil und mir ausgehen würdet.«

Anna presste die Lippen zusammen. »Danke, aber ich glaube nicht«, antwortete sie und wollte rasch an ihm vorbeigehen, um die Treppe nach unten zu nehmen.

Theo machte ein beleidigtes Gesicht und rief ihr hinterher: »Hältst dich wohl für was Besseres!«

Als sie schnelle Schritte hinter sich hörte, befürchtete sie schon, er käme ihr nach.

»Fräulein Tannenberg!«, rief da eine Frauenstimme.

Anna drehte sich um. Es war die weißblonde Sekretärin, die ihr hinterhergelaufen war.

»Sie sollen noch einmal zurück zu Herrn Jandorf kommen«, teilte sie ihr atemlos mit.

»Hat er gesagt, weshalb?«, fragte Anna. Sie konnte sich keinen Reim darauf machen, was er wohl noch von ihr wollte.

»Nein, leider nicht«, sagte sie und lächelte aufmunternd. »Aber an Ihrer Stelle würde ich mitkommen. Schlimmer kann es doch nicht mehr werden, oder?«

Anna lächelte verhalten zurück und folgte ihr den Gang entlang. Sie fühlte sich wie betäubt. Was hielt dieser schreckliche Tag noch alles für sie bereit? Die Sekretärin öffnete ihr die eine Seite der Flügeltür und ließ sie durchgehen. Anna betrat zum zweiten Mal das geräumige Büro. Jandorf stand am Fenster und hielt ihr Kleid in die Höhe. Der hellblaue, leichte Stoff schien in dem gleißenden Licht der Nachmittagssonne fast von innen zu leuchten.

»Haben Sie das Schnittmuster selbst entworfen?«, fragte er und gleich danach: »Wo haben Sie das gelernt?« Er zeigte mit der ausgestreckten Handfläche auf einen der breiten Ledersessel. »Setzen Sie sich, Fräulein Tannenberg!«, sagte er, und Anna ließ sich ganz langsam auf die vorderste Kante nieder. Schon wieder begann ihr Herz schneller zu schlagen, aber diesmal war es eine innere Erregung, die ihre Angst und Enttäuschung überlagerte.

»Ich habe eine Schneiderlehre gemacht. Bei uns zu Hause, in Vetschau, im Spreewald ...« Als sie sah, dass er nicht reagierte, fügte sie hinzu: »Das ist im Brandenburgischen.«

»Und da haben Sie auch Entwurf und Schnittzeichnen gelernt?«

Er nahm das Kleid wieder in beide Hände und kam um den Schreibtisch herum, lehnte sich mit dem Rücken an die Kante der Platte. Anna wurde jetzt erst bewusst, wie klein gewachsen er war. Vermutlich war er kaum größer als sie.

»Ja, schon, das gehört bei einer Schneiderlehre dazu. Wir hatten in Vetschau natürlich nur ganz wenige wohlhabende Kundinnen, die es sich leisten konnten, feinere Garderobe anfertigen zu lassen. Genau genommen war es nur eine. Ab und zu gab es mal eine Spreewälder Tracht zu nähen. Das war sehr aufwendig, mit Stick- und Häkelarbeiten. Und in den Kriegsjahren fehlten uns die Stoffe. Wir haben viel aus alten Gardinen, Tischtüchern oder abgelegter Kleidung gearbeitet.«

Plötzlich legte sich Jandorf das Kleid über den ausgestreckten

Unterarm und durchquerte mit schnellen Schritten den Raum, öffnete die Tür und sprach leise mit seinen Sekretärinnen. Anna konnte nicht verstehen, was er sagte. Als er wieder zurückkam, wartete sie, dass er sie weiter befragte, doch er lehnte sich nur nachdenklich an seinen Schreibtisch und rieb sich das Kinn. Als das Telefon klingelte, nahm er den Hörer ab und antwortete nach wenigen Sekunden: »Nicht jetzt, er soll später wieder anrufen. Ich möchte nicht gestört werden.«

Kurz darauf betrat die dunkelhaarige Sekretärin schüchtern sein Büro. Anna riss erstaunt die Augen auf: Sie trug ihr Kleid. Da sie ungefähr die gleiche Statur hatte wie Ella, nach deren Maßen Anna es angefertigt hatte, passte es ihr fast perfekt. Auch Jandorf musterte sie und sagte dann zu Anna: »Würden Sie ein paar Worte zu Ihrem Modell sagen, Fräulein Tannenberg?«

Anna stand auf und stellte sich neben die Dunkelhaarige. Sie sah ihr kurz in die Augen und merkte, wie unangenehm ihr die Situation war. Doch natürlich schlug man Adolf Jandorf keine Bitte ab, auch wenn sie noch so ungewöhnlich war.

»Sie sehen bezaubernd darin aus. Es ist wie für Sie gemacht, Frau …?«, sagte sie leise zu der Dunkelhaarigen und merkte, dass sich ihre Worte wie die ihrer unangenehmen Kollegin Iris anhörten, wenn sie einer Kundin unbedingt ein Kleidungsstück aufschwatzen wollte. Aber im Gegensatz zu Iris drückte Anna ihre ehrliche Meinung aus, und das merkte Jandorfs Sekretärin.

»Anke Kleinert«, antwortete sie.

»Frau Kleinert«, wiederholte Anna. Dann begann sie, das Kleid zu beschreiben, so wie sie es in der Konfektionsabteilung gelernt hatte: »Wir haben hier ein lichtblaues Nachmittags-Kleid.« Sie musste sich räuspern, stockte für einen Moment. »Es ist aus Chiffonstoff gefertigt, der sehr weich im Griff ist und wunderschön fällt.« Sie deutete mit der Hand auf den Rock, sah zu Jandorf hinüber, und als sie merkte, wie aufmerksam er ihr lauschte, sprach sie flüssiger: »Bitte beachten Sie dieses Detail aus einem Volant, der von der Front des Kleides um den Rücken reicht.« Anna wandte sich an Frau Kleinert und bat sie: »Würden Sie sich bitte einmal langsam um die eigene Achse drehen, Frau Kleinert?«

Frau Kleinert tat, worum Anna sie gebeten hatte, trippelte mit kleinen Schritten eine Pirouette und entspannte sich erst, als sie Jandorf wohlwollend nicken sah.

»Ein kleiner Rollsaum ist für den Volant verwendet worden, sodass er fließen kann und sich frei drapieren lässt«, fuhr Anna fort und hob den Saum an.

Jandorf kam näher und setzte die Brille ab, als er ihn sich vor die Augen hielt.

Jetzt zeigte Anna auf den Ausschnitt: »Die Vorderseite des Oberteils ist mit Reihen von V-Form-Nähten verziert, die der fließenden Form des Kleides ein besonderes Detail hinzufügen.« Sie trat wieder einen Schritt zurück. »Würden Sie bitte die Arme anheben, Frau Kleinert?«

Als diese die Arme hob, wies Anna auf die neue Form der sogenannten Trompetenärmel hin, die fließend, ebenfalls mit einem kleinen Rollsaum versehen, in der Mitte des Handrückens endeten. Dann gab sie der Sekretärin mit einem Nicken zu verstehen, dass sie die Arme wieder senken solle.

»Das Kleid ist komplett gefüttert, hat eine locker anliegende, sehr schmeichelhafte Drop-Taille mit einem fast geraden Mieder. Die Kleiderlänge endet einige Zentimeter oberhalb des Knöchels und lässt einen Blick auf die Fesseln der Trägerin zu«, endete sie. Ihr Blick blieb an den altmodischen, schwarzen Schnürstiefeln hängen, die Frau Kleinert trug, und sie fügte hinzu: »Die passenden cremefarbenen oder dunkelblauen Halbschuhe finden Sie in unserer Schuhabteilung im dritten Stock.«

Jandorfs Mundwinkel zuckten bei ihrer letzten Bemerkung. Er hatte ihr die ganze Zeit aufmerksam zugehört. Anna und Frau Kleinert blieben auf dem weichen, orientalischen Teppich in der Mitte des Büros stehen und waren begierig darauf zu hören, was er sagen würde. Frau Kleinert schien mindestens genauso gespannt zu sein wie Anna.

»Und der Stoff stammt aus unserem Haus?«, fragte Jandorf nach einer Weile.

Anna nickte.

»Was kostet er?«

»Eine Mark achtzig pro Meter.«

»Erstaunlich«, sagte er, ohne zu erklären, ob er den Preis für erstaunlich niedrig oder, im Gegenteil, für überteuert hielt.

Jandorf machte seiner Sekretärin ein Zeichen und sagte: »Danke, Frau Kleinert. Sie können jetzt wieder an Ihre Arbeit gehen … und natürlich auch das Kleid ausziehen.«

Anna konnte ihr die Enttäuschung darüber, dass sie nicht länger bleiben sollte, deutlich ansehen. Anscheinend war die Vorführung eine willkommene Abwechslung von ihrem Büroalltag gewesen. Doch Jandorf wartete ab, bis sie das Büro verlassen hatte, bevor er weitersprach: »Fräulein Tannenberg, ich will offen zu Ihnen sein: Ihr Entwurf und auch die Verarbeitung Ihres Kleides gefallen mir. Sie verstehen etwas von Ihrem Fach. Die meisten unserer Modelle beziehen wir von den Berliner Konfektionshäusern. Was ich brauche, sind außergewöhnliche, aufsehenerregende Entwürfe für unsere anspruchsvolle Kundschaft. Bei ausländischen Modehäusern kann ich mit der schwachen Reichsmark nichts mehr einkaufen, auch wenn manche Geschäftsbeziehungen aus Vorkriegszeiten wieder aufgelebt sind. Der Nachholbedarf und die Sehnsucht nach Extravaganz der wohlhabenden Kundinnen ist enorm. Unsere Herausforderung ist es, sie zu befriedigen.«

Hatte es einen besonderen Grund, dass er so viel von seinen kaufmännischen Überlegungen preisgab?

»Was glauben Sie, wie viele von diesen Kleidern Sie in zwei Wochen anfertigen könnten, Fräulein Tannenberg?«

Sie senkte den Kopf und atmete tief durch. Das war es also: Er wollte sie zukünftig nicht mehr als Verkäuferin, sondern stattdessen als Näherin und Schnittzeichnerin einstellen. Anna schickte ein Dankgebet in den Himmel. Sie stand also doch nicht wieder auf der Straße.

»Das Schnittmuster habe ich bereits, also kann ich diese Zeit abziehen«, antwortete sie. »Dann müsste ich es nur für etwa vier verschiedene Größen entsprechend anpassen.«

»Das leuchtet mir ein«, sagte er. »Wie viele in zwei Wochen?«, wiederholte er.

Sie merkte, wie Jandorf sie unablässig musterte. Warum war das so wichtig? Anna überschlug die Zahlen im Kopf: Für die Zuschneide- und Näharbeiten hatte sie acht Stunden gebraucht. Sie hatten seit fast einem Jahr per Gesetz einen Achtstundentag und arbeiteten sechs Tage in der Woche. Wenn sie anfangs nur ein Kleid am Tag schaffte, bekäme sie sicher schnell mehr Routine, und es ginge nach und nach zügiger voran. In zwei Wochen sollte sie mindestens zwölf Kleider schaffen können. Sie hob den Kopf und sagte: »Vierzehn.«

»Abgemacht«, sagte Jandorf sofort. »Sie haben den Auftrag. Mit dem Material gehe ich in Vorlage. Ich zahle sechzehn Mark pro Kleid. Aber sie müssen in zwei Wochen liefern. Wenn Sie das einhalten und ich mit der Qualität Ihrer Ware zufrieden bin, sehen wir weiter.«

Anna saß auf ihrer Stuhlkante und sah Jandorf mit offenem Mund an. Sie merkte, wie ihr rechtes Bein vor Überraschung anfing zu vibrieren. Er hatte gar nicht vor, sie als Näherin einzustellen, sondern er behandelte sie wie einen unabhängigen Lieferanten. Ihr Kopf fühlte sich seltsam leer an, als sie ausrechnete, was sie dann bekäme. Das waren hundertzwölf Mark für eine Woche Arbeit. Selbst wenn der Stoff noch verrechnet wurde, war das ein unvorstellbarer Betrag. Doch woher sollte sie eine Nähmaschine bekommen? Jandorf schien ihre Frage zu erraten. Aber er machte ein ernstes Gesicht.

»Wie Sie an eine Nähmaschine kommen, ist allerdings Ihr Problem. Unsere kann ich Ihnen, nach dem, was passiert ist, nicht mehr zur Verfügung stellen. Wir könnten allenfalls über einen Kredit für eine neue Maschine reden.«

Anna verließ sofort der Mut. Es war für sie unmöglich, eine Maschine zu kaufen, sie war viel zu teuer, und wer verlieh in diesen Zeiten schon eine Nähmaschine?

»Also, was ist? Schlagen Sie ein?«

Er streckte ihr die Hand entgegen.

»Nur Mut: Werden Sie Unternehmerin, Fräulein Tannenberg«, redete er ihr gut zu.

Anna zögerte. Hatte er überhaupt eine Ahnung, welches Risiko das für sie bedeutete? Sie war doch nur eine einfache kleine Näherin aus dem Spreewald. Wie sollte sie die Nähmaschine bezahlen? Aber sie musste an Ellas Worte denken, die sie ihr damals vor ihrem Bewerbungsgespräch mit Frau Brettschneider zugeflüstert hatte: »Es gibt bestimmt etwas, das du besser als die anderen kannst. Was macht dich zu etwas Besonderem? Dann musst du nur fest genug an dich glauben.«

Nähen konnte sie, Schnittzeichnen konnte sie auch. Und jetzt hatte sie die einmalige Chance zu beweisen, dass sie ihr Fach beherrschte.

»Einverstanden«, sagte sie. »Aber die erste Rate für die Nähmaschine wird erst fällig, wenn Sie die Kleider bezahlt haben.«

Jandorf stutzte. Offenbar hatte er nicht erwartet, dass sie in ihrer Situation auch noch den Mut hatte, Forderungen zu stellen. Doch er willigte ein. »Einverstanden«, sagte er, und sie schüttelten sich die Hände.

Zum ersten Mal sah sie ein Lächeln auf seinem Gesicht, und es ließ ihn um viele Jahre jünger aussehen. Für einen kurzen Moment konnte Anna in ihm den jungen, abenteuerlustigen Mann erkennen, der im Unterdeck eines Ozeandampfers nach Amerika gefahren war. Er drehte sich um, ging um seinen Schreibtisch herum. Sobald er auf seinem Sessel saß, war er wieder der Respekt einflößende Direktor des KaDeWe, der ihr ankündigte: »Meine Sekretärinnen werden den Auftrag zur Unterschrift vorbereiten. Und … Fräulein Tannenberg … enttäuschen Sie mich nicht.«

Als Anna sich nicht von der Stelle rührte, fragte er: »Ist noch etwas?«

Anna räusperte sich: »Mein Kleid … könnte ich es zurückhaben … nur um die exakte Vorlage für Ihren Auftrag zu haben?«

Jandorf hob die Augenbrauen und schien überrascht. Doch dann machte er eine generöse Handbewegung: »Natürlich, meine Sekretärin soll es Ihnen aushändigen.«

Anna strich mit der Handfläche über das schwarze, glänzende Metall mit dem goldenen Schriftzug »Singer«. Dann fädelte sie eine neue Rolle des hellblauen Garns in die Öse der Nähnadel. Während sie den Stoff für die Ziernaht durch die Maschine zog, musste sie wieder daran denken, was wohl ihre Mutter dazu sagen würde. Sie hatte sich mit dreihundertachtzig Mark verschuldet, um die

Maschine zu kaufen. Das war ein unfassbar hoher Betrag. Noch nie hatte sie so viel Geld auf einmal gesehen. Und eine dermaßen teure Ware auf Kredit zu kaufen, wäre für ihre Eltern unvorstellbar gewesen. Die Unsicherheit, ob sie die Entscheidung nicht zu voreilig getroffen hatte, verursachte ihr Magenschmerzen. Als sie das Laufrad mit der Hand stoppte, um den Stoff rückwärts in die andere Richtung zu ziehen, hob sie kurz den Kopf. Sie sah die fünf fertigen Kleider hintereinander auf Bügeln neben der Tür hängen, und das erfüllte sie mit Stolz. Erst in den letzten Tagen war ihr bewusst geworden, dass sie als Verkäuferin zwar in der herrlichen Umgebung und mit der beruhigenden Sicherheit der festen Anstellung gearbeitet hatte. Die Befriedigung, ihre selbst entworfenen Stücke mit ihren eigenen Händen herzustellen, war aber ungleich größer.

»Warst du heute nicht mit deinem neuen Verehrer aus dem Prater verabredet?«, fragte Ella, die auf dem kleinen Sofa lag und ihr von da aus gelangweilt beim Nähen zusah.

Anna zuckte zusammen. Das hatte sie vollkommen vergessen.

»Wie spät ist es denn?«, fragte sie.

»Gleich halb zwölf!«

Anna sah auf den Stapel mit den fertigen Stoffzuschnitten.

»Unmöglich. Das schaffe ich auf keinen Fall. Ich muss heute noch mindestens dieses Kleid hier fertig nähen und ein zweites anfangen.«

Ella drehte den Kopf, um die fertigen Kleider zu betrachten.

»Meine Güte, du arbeitest seit drei Tagen fast rund um die Uhr, und soweit ich sehen kann, hast du eine Menge geschafft. Hängen da nicht schon fünf fertige Kleider? Da kannst du dir doch mal eine kleine Pause gönnen.«

Anna antwortete nicht, sondern drehte den Stoff wieder in die andere Richtung und nähte konzentriert weiter. Sie war besessen von der Vorstellung, die mit Jandorf vereinbarte Anzahl Kleider mindestens zwei Tage vor der vereinbarten Frist fertigzustellen. Und sie hatte sich vorgenommen, so wenig Pausen wie möglich zu machen.

»Sag mal, hörst du mich nicht, oder willst du mich nicht hören?«

Ella wälzte sich von dem Sofa und ließ sich wie ein Reptil, das lange in der Sonne gelegen hat, langsam auf den Boden gleiten.

Plötzlich hielt Anna die Maschine an.

»Herrlich, diese Ruhe kannte ich gar nicht mehr«, seufzte Ella.

Anna schnitt vorsichtig den Faden ab und zog den Stoff unter dem Nähfuß heraus. Sie hielt ihn in die Höhe und sagte: »Sieh mal! Das ist schon Nummer sechs! Ich hätte nie gedacht, dass ich so schnell bin. Da hätte ich Jandorf eine noch höhere Stückzahl anbieten können.«

Dadurch, dass sie die Abläufe vereinfacht hatte, indem sie zuerst für alle Kleider die Zuschnitte, dann das Futter und anschließend die Bestickung der Vorderseite durchführte, brauchte sie wesentlich weniger Zeit je Kleid, als sie veranschlagt hatte. Sie streckte die Arme in die Höhe und drehte den Kopf mehrmals hin und her. Erst jetzt merkte sie, wie verspannt ihre Muskeln und Sehnen durch die immer gleiche angespannte Haltung waren.

»Na also!«

Ella stand langsam vom Boden auf.

»Das ist genau der richtige Zeitpunkt, um für ein Stündchen raus in die Sonne zu gehen.«

Anna lehnte sich in ihrem Stuhl zurück und sah durch das schräge Dachfenster. Im Winter ließ die große Fläche mit den einzelnen bleigefassten Scheiben die Kälte ungehindert in das Zimmer und im Sommer die Hitze. Doch im Gegenzug hatten sie es in der kleinen Wohnung immer hell. Der Himmel, den man über den anderen Dächern sehen konnte, war heute strahlend blau.

»Würdest du denn mitkommen?«

An Ellas Gesichtsausdruck ließ sich leicht ablesen, dass sie nur auf die Frage gewartet hatte.

»Warum ist es dir eigentlich so wichtig, dass ich ihn wieder treffe? Im Prater hatte ich nicht gerade den Eindruck, dass du ihn besonders mochtest«, fragte Anna.

Ella zuckte mit den Schultern: »Einfach so, ich dachte, es würde dich aufheitern.«

»Ach, Ella, geh doch einfach du für mich hin. Ich bin so müde.«

Während sie Ella zusah, wie sie sich die Haare bürstete, musste Anna an ihre Begegnung mit Carl denken. Sie schloss die Augen und begann, leise die Melodie zu summen, nach der sie mit ihm getanzt hatte. Wie er sie mit seinen Händen nach den Drehungen wieder aufgefangen hatte. Fest und gleichzeitig sanft war ihr sein Griff vorgekommen. Sie versuchte, sich an sein Gesicht zu erinnern. Da war die aufgeplatzte Augenbraue nach der Schlägerei, doch ihr Gedächtnis spielte ihr einen Streich: Die hässliche Wunde war mit einem dicken, schwarzen Faden vernäht. Waren das Carls Gesichtszüge, die sie vor sich sah? Das Kinn war kantiger, die Augen mehr grau als blau. Es war Erich. Mit der genähten Wunde an der Stirn war er auf Heimaturlaub gewesen, an dem heißen Sommertag, als sie sich am Bachufer geliebt hatten. Inzwischen waren zwei Jahre vergangen ohne ein Lebenszeichen von ihm.

»Sag mal, träumst du?«, sagte Ellas Stimme direkt neben ihr, und sie öffnete die Augen. Ella hatte sich inzwischen fertig gemacht und hielt ihr ungeduldig die rostrote Strickjacke entgegen: »Hier, zieh die an. Wenn du dich jetzt nicht endlich beeilst, wird er sowieso nicht mehr da sein.«

»Moment!«, sagte Anna und nahm eines der blauen Kleider vom Bügel, hielt es Ella entgegen. »Ich komme nur mit, wenn du das hier trägst. Es ist mein bescheidenes Geschenk für dich, nach allem, was du für mich getan hast.«

Ella riss die Augen auf: »Für mich? Das kann ich auf gar keinen Fall annehmen.« Doch ihr Widerstand hielt kaum länger als einen Wimpernschlag an, dann war sie auch schon in das Kleid geschlüpft.

Anna stand hinter ihrer Freundin, als diese sich im Spiegel betrachtete, und nickte zufrieden: »Es ist wie für dich gemacht.«

»Verstehst du das?«, fragte Anna, als sie zum dritten Mal das Denkmal der Königin Luise umkreist hatten.

»Na, da hast du dir ja einen schönen Kavalier angelacht!« Ella schnaubte verächtlich, und wie so oft packte sie Anna am Arm. Anna sah ihre Freundin von der Seite an. Bei jedem anderen Menschen hätte sie sich gegen diese dominante Geste vermutlich zur Wehr gesetzt. Aber bei Ella machte es ihr erstaunlicherweise nichts aus.

»Wir sind ja auch eine Stunde zu spät. Da ist es ein bisschen viel verlangt, dass er so lange wartet, oder?«

Ellas Griff wurde fester.

»Komm, lass uns einfach eine Runde spazieren gehen und die Sonne genießen. Morgen stehe ich mir wieder den ganzen Tag im KaDeWe die Beine in den Bauch.«

»Warte«, sagte Anna, machte sich von ihr los und beugte sich nach vorne, um eine Stelle unterhalb der überlebensgroßen Skulptur näher zu betrachten. Auf dem Sockel lag eine einzelne Schwertlilie, und darunter sah sie an dem weißen Marmor blaue Farbe schimmern. Beides gehörte dort eigentlich nicht hin.

»Siehst du die Blume da und den blauen Pfeil oberhalb des Namenszugs?«, fragte Anna.

Ella schirmte die Hand vor der Sonne ab, besah sich die Stelle und hob die Lilie in die Höhe. »Ja, allerdings … sieht aus, als hätte jemand diesen Pfeil mit blauer Kreide da hingemalt.« Sie richtete sich wieder auf und drehte den Stiel der blauen Blume zwischen ihren Fingern. »Du glaubst doch aber nicht, dass die von ihm ist?«

»Also ich glaube jedenfalls nicht an Zufälle. Er hat mich doch noch beim Abschied gefragt, ob Blau meine Lieblingsfarbe sei.«

Anna wandte sich in die Richtung um, in die der Pfeil zeigte. Ungefähr zehn Meter entfernt stand eine Baumgruppe. Als sie darauf zuging, sah sie schon von Weitem den nächsten blauen Pfeil, der auf die knorrige Baumrinde gemalt worden war. Er zeigte nach rechts. Ella war ihr gefolgt. Sie gingen weiter und fanden wieder einen Pfeil, diesmal auf der Emaillelasur eines Abfalleimers. Aus dem Inneren ragte die Blüte einer Kornblume auf. Ella zog sie heraus und lachte auf: »Ich kann mir zwar nicht vorstellen, dass diese Zeichen wirklich von deinem Verehrer sind, aber so viel Spaß hatte ich schon lange nicht mehr. Mal sehen, wo das noch endet.«

»Warte es ab«, antwortete Anna. Langsam fand sie Gefallen an dem Suchspiel. Sie liefen von einem Pfeil zum nächsten, manche waren viel schwieriger zu finden als die ersten, doch das erhöhte den Reiz, wenn sie sie trotzdem entdeckten. Einmal war es kein gemalter Pfeil, sondern ein hellblaues Taschentuch, das an einen Zaun geknotet war. Sie sahen sich nach allen Seiten um, denn es fehlte die Richtungsangabe.

»Sieh mal dort!«, rief Ella und lief los, stieß fast mit einer Familie zusammen, die mit ihren Kindern einen Ausflug in den Tiergarten machte. Der kleine Junge im Matrosenanzug rollte einen Holzreifen vor sich her. Überhaupt waren die Wege so voller Menschen wie selten. Atemlos rannten sie eine Treppe hinunter, fanden das nächste Zeichen an einem Laternenmast. Dann standen sie auf einmal vor einem Gartenlokal. Anna wippte auf die Zehenspitzen, um über die Kirschlorbeerhecke schauen zu können, und ließ ihren Blick über die Gäste gleiten. Schon nach wenigen Sekunden hatte sie ihn entdeckt, obwohl er heute einen runden Strohhut trug, wie sie neuerdings bei den Männern in Mode kamen. Er saß ganz in ihrer Nähe alleine an einem der Tische, hatte die Beine übereinandergeschlagen. Seine Hände bauten mit den Bierdeckeln ein Kartenhaus auf dem weiß lackierten Holztisch. Daneben lagen ein kleines Stück blauer Kreide und ein Strauß Glockenblumen.

»Gar nicht übel. Der helle Pullunder mit dem V-Ausschnitt könnte fast aus unserer Herrenabteilung stammen«, sagte Ella, die neben ihr stand und ihrem Blick folgte. »Er gefällt dir, stimmt's?«

Anna wurde rot, denn ihre Freundin hatte ins Schwarze getroffen.

»Na los, geh schon zu ihm hin.« Sie drehte sich um, lief ein paar Schritte weit weg, warf Anna einen Handkuss zu.

»Willst du denn nicht mitkommen?«, fragte Anna.

»Ich glaube, du brauchst kein Anstandshündchen.«

Ella hielt inne, kam wieder zurück, steckte in Annas Haar eine Strähne, die sich aus dem Knoten gelöst hatte, fest und legte ihr die Hände auf die Schultern. »Mit einem Beamten wirst du wenigstens gut versorgt sein. Aber du musst mir eines versprechen, Anna: dass du nie im Leben deine Träume aufgibst. Entwirf und nähe weiter deine Kleider, bleib so erfinderisch und einfallsreich, so hartnäckig und so mitfühlend, wie du bist.«

CHARLOTTE

Ernst, was machen die Schweine?«, fragte Richard, ohne hinter seiner Zeitung hervorzuschauen.

Sein Schwiegersohn legte den Leipziger Anzeiger beiseite und schnitt sich ein Stück Butter ab. »Gut, gut! Ich habe heute früh bereits nach ihnen gesehen.« Mit großer Sorgfalt schmierte er die Butter auf eine Brotscheibe und wischte das Messer so lange an der harten Kante ab, bis auch nicht die kleinste Spur mehr an der Schneide blieb. Er schnitt sie längs, dann quer, sodass viele kleine Vierecke vor ihm auf dem Teller lagen. »Der Pole schreibt die Messergebnisse täglich an die Tafel. Ein Glücksfall, dass er des Lesens und Schreibens mächtig ist, was ja bei Gott keine Selbstverständlichkeit ist. Ich werde dir nachher meine ersten Auswertungen zeigen.«

Richard ließ jetzt auch seine Zeitung, die Chemnitzer Neue Presse, sinken: »Hoffentlich hält ihn das nicht von seiner Arbeit ab.«

»Genau das ist seine Arbeit.«

»So, so. Na, ich bin gespannt, ob sich der ganze Aufwand lohnt«, knurrte Richard und runzelte die Stirn.

Ernst trank einen Schluck Kaffee, aß ein Viereck, dann nahm er den nächsten Schluck und noch ein Viereck, und sein Gesicht verschwand wieder hinter der Zeitung. Er wechselte einfach das Thema: »Von Jagow wird nun wegen Hochverrats angeklagt. Man fragt sich ja wirklich, ob es nicht besser gewesen wäre, wenn der Kapp-Putsch Erfolg gehabt hätte.«

»Und dann?«, fragte Richard sofort zurück. »Hätte das Freikorps gesiegt, das es nach den Versailler Verträgen gar nicht mehr geben dürfte. Wie hätte Deutschland dann dagestanden?«

Charlotte seufzte laut, wandte die Augen von ihrem Vater zu ihrem Ehemann, die jeweils an den Tischenden im Speisezimmer saßen. Es gefiel ihr ganz und gar nicht, dass die beiden sich über ihren Kopf hinweg unterhielten. Sobald Ernst an drei Tagen in der Woche am gemeinsamen Tisch Platz nahm, schien ihr Vater die weiblichen

Familienmitglieder gar nicht mehr wahrzunehmen. Lisbeth und Wilhelmine nahmen es klaglos hin und aßen schweigend ihr Frühstücksbrot. Charlotte rollte die Augen Richtung Decke und schaute betont gelangweilt aus dem Fenster in den Obstgarten, wo der Herbstwind das gelbe Laub vor sich hertrieb. Sie hoffte, dass Ernst endlich einmal Notiz von ihr nahm.

»Nun, die Begrenzung des deutschen Heeres auf hunderttausend Mann lässt Deutschland in der Welt auch nicht mehr glänzen«, erklärte dieser gerade mit hochgezogenen Augenbrauen. »Wen wundert es denn, wenn mit einem Mal dreihunderttausend Soldaten freigesetzt werden, dass die einstigen stolzen Kämpfer auf die Straße gehen?«

Er trank seinen Milchkaffee aus, tupfte sich mit der Spitze seiner Damastserviette den Mund ab und spreizte dabei den kleinen Finger in die Luft. Was für eine betuliche Geste, dachte Charlotte, als sie ihn beobachtete. Jetzt hielt er die schlichte weiße Tasse hoch und studierte die Unterseite.

»Wo ist eigentlich das Meissner Porzellan mit dem Hofdrachen, von dem wir bei unserer Hochzeit gegessen haben?«, fragte er unvermittelt.

Wilhelmine, die gerade ein wenig eingenickt war, hob abrupt den Kopf.

»Das holen wir nur für besondere Anlässe heraus«, erklärte Lisbeth ihrem Schwiegersohn mit dem geduldigen Tonfall, mit dem man einem unwissenden Kind eine Selbstverständlichkeit erklärt.

»Ich fände es durchaus angemessen, es auch am Wochenende zu benutzen«, meinte Ernst.

»In der Landwirtschaft gibt es kein Wochenende«, brummte Richard.

Diesmal war er es, der das Thema wechselte: »Ich stimme dir zwar voll und ganz zu, dass die Bedingungen des Versailler Vertrags eine Schande sind. Doch muss man hier doch eines ganz klar sehen: Es waren die politischen Generäle, die ihre Macht nicht abgeben wollten und eine Revolution angezettelt haben«, gab Richard zurück und schüttelte voller Unverständnis den Kopf. »Wie kann man ihnen dann auch noch eine Amnestie gewähren? Das ist mir vollkommen schleierhaft. Da hätte das Kabinett von Fehrenbach Stärke zeigen müssen. Aber dazu ist dieser Sauhaufen von einer Minderheitsregierung nicht in der Lage.«

Gerade als Ernst wieder Luft holte, um erneut dagegen zu argumentieren, sah Charlotte ihre Chance, sich am Gespräch zu beteiligen: »Immerhin haben wir der Auflösung des Freikorps unseren neuen Stallmeister Jacobi zu verdanken.«

Ernst ließ die Zeitung sinken, und Richard hörte auf zu kauen.

»Und du musst zugeben, Vati, dass Jacobi tausendmal besser ist als Werner! Er besitzt alle deutschen Tugenden, die du so schätzt. Er ist pünktlich, ehrlich, fleißig, zuverlässig …« Zur Unterstreichung ihrer Aufzählung legte sie bei jedem Attribut nacheinander einen Finger ihrer rechten Hand in die linke Handfläche, »… hat Pferdeverstand, und außerdem ist er kein solch widerlicher Kommunist wie Werner …«

Charlotte verstummte, als sich die Tür öffnete, Erna mit einer Kaffeekanne hereinkam und sichtlich aufhorchte, als sie den Namen ihres früheren Liebsten hörte.

»Nur zu, Lotte«, ermunterte sie ihr Vater, ohne Rücksicht auf die Gefühle des Dienstmädchens zu nehmen: »Sprich es nur laut aus. Dieser Lump … Die Sattelgurte hat er zum Abschied zerschnitten, Terpentin in die Reitstiefel gekippt und mir zwei meiner besten Pferde ruiniert. Der wusste genau, dass sie nur auf die Magerkoppel durften. Nun stehen sie mit Hufrehe im Stall.«

Erna stellte die Porzellankanne auf dem Tisch ab und drehte sich zur Tür. Sie wäre liebend gern unauffällig verschwunden. Richard hob die Stimme: »Der Respekt vor dem hart erarbeiteten Eigentum anderer geht so manchem der Jungrevolutionäre ab. Umverteilung, wenn ich das Wort schon höre. Mag ja sein, dass so mancher Landjunker sein Erbe nicht genügend zu schätzen wusste. Doch auch das ist noch lange kein Grund, es ihm streitig zu machen.«

Als Erna die Klinke herunterdrückte, war ein lautes Knarren zu hören.

»Erna?« Richard drehte sich zur Tür.

»Ja, Herr Feltin?«

Charlotte bereute es mit einem Mal, dass sie ihren Vater damals über Ernas Verhältnis mit Werner aufgeklärt hatte. Nun machte er das Dienstmädchen für dessen Taten verantwortlich.

»Gleichheit gibt es nicht. Die einen haben Geld und die anderen nicht. Enteignung ist nichts anderes als Diebstahl im ganz großen Stil«, sagte Richard mit bebender Stimme und hob den Zeigefinger.

»Jawohl, Herr Feltin.«

»Lass die Erna doch gehen, Richard«, meldete sich Lisbeth das erste Mal an diesem Morgen zu Wort. »Sie hat mit den ganzen politischen Ideen doch gar nichts im Sinn.«

Ernst gab Charlotte ein Zeichen und ließ sich von ihr frischen Kaffee eingießen. Dann lehnte er sich in seinem Armlehnstuhl zurück und rührte in seiner Tasse. Es war das einzige Geräusch, das die Stille durchbrach. Von seinem Platz am hinteren Ende des Tisches genoss er den besten Überblick. Charlotte hatte wieder einmal das Gefühl, als beobachte er die Szene aus dem Blickpunkt des unbeteiligten Wissenschaftlers. Die Schlüsse, die er zog, behielt er in aller Regel für sich. Sie sah wieder zu ihrem Vater und erschrak. Über seinem weißen Kragen stieg eine auffällige dunkle Färbung seinen Hals hoch. Auf seinen Wangen hatten sich unnatürliche rote Flecken gebildet, und sein Schnurrbart zitterte. In diesem Zustand hatte sie ihn lange nicht mehr gesehen. Sie schob ihren Stuhl zurück, ging langsam zu seinem Platz, beugte sich zu ihm hinunter und legte ihm die Hand auf die Schulter.

»Komm, Vati, ich muss dir etwas zeigen.«

Er hob den Kopf und sah ihr in die Augen. Sein Kopf zitterte leicht. Charlotte erkannte auf einmal, wie hilflos er in seiner aufwallenden Wut gefangen war.

»Wusstest du, dass Cosima trächtig ist? Der Tierarzt war gestern da und hat gesagt, dass die Beschälung erfolgreich war.«

»Wirklich?«, fragte Richard und legte seine Hand dankbar auf ihre. »Cosima hat gute Anlagen!«

Charlotte wusste, wie sehr die Zuchtstute ihrem Vater am Herzen lag.

»Ja, wirklich, Vater. Das war übrigens auch eine der ersten Taten von Jacobi. Er hat den richtigen Hengst und den richtigen Zeitpunkt für sie ausgewählt. Willst du sie dir einmal ansehen?«

Wilhelmine nickte ihr unmerklich zu, und Lisbeth atmete erleichtert auf.

»Dann will ich hoffen, dass sich derartige Erfolge in Bälde auch im Herrenhaus einstellen«, bemerkte Ernst, ohne eine Miene zu verziehen. »Auch in jenem Fall kann es jedenfalls nicht an einer unsorgfältigen Auswahl der von dir genannten Faktoren liegen.«

Wilhelmine tat einen entsetzten Ausruf, während Richard in ein schallendes Gelächter ausbrach. Charlotte funkelte Ernst wütend an. Währenddessen wurde die Tür leise geöffnet und wieder geschlossen. Erna hatte die Gelegenheit genutzt und unauffällig den Raum verlassen.

ANNA

Anna sah von ihrem Platz an der Nähmaschine aus hinüber zu Ida. Das Mädchen stichelte geduldig an einem Saum und hatte vor Eifer rote Backen. Die verätzten und aufgeplatzten Stellen an ihren Händen waren noch nicht ganz verheilt, aber sie leuchteten nicht mehr so rot wie Feuer. Im Stillen beglückwünschte sich Anna zu ihrer Entscheidung. Als sie den nächsten Auftrag von Jandorf bekommen hatte, war ihr klar geworden, wie dringend sie Hilfe gebrauchen konnte. Denn diesmal waren es fast doppelt so viele Kleidungsstücke wie bei ihrem blauen Kleid. Ella kam als Hilfe nicht infrage, sie wollte ihre Stelle in der Konfektionsabteilung natürlich nicht aufgeben. Und Anna musste sich ohnehin eingestehen, dass aus ihr vermutlich niemals eine Schneiderin geworden wäre. Wohingegen Ida sich gar nicht schlecht anstellte. Sie hatte mit Freuden ihre Stelle in der Wäscherei für sie aufgegeben. Natürlich konnte Anna ihr anfangs nur Arbeiten geben, die sich nicht gleich auf die Qualität der fertigen Stücke auswirkten. Sie ließ sie zunächst nur an Stoffresten üben. Doch in diesem Augenblick versah sie den ersten Kleidersaum mit einer verdeckten Naht, die von Hand ausgeführt werden musste.

»Möchtest du sie mir mal zeigen?«, fragte Anna.

Ida stand sofort auf und durchquerte das kleine Wohnzimmer. Sie war im letzten Jahr in die Länge geschossen, hatte dabei aber anscheinend kein Gramm zugelegt. Ihr zerbrechlicher, schmaler Körper versank in einem viel zu weiten Kittelkleid. Anna nahm sich vor, ihr bei nächster Gelegenheit einige Kleidungsstücke zu nähen, die ihr besser passten. Und sie musste dafür sorgen, dass sie mehr zu essen bekam. Aber die Traurigkeit war aus ihren Augen gewichen, ihr Gesicht strahlte, sie wirkte endlich wie ein junges Mädchen und nicht mehr wie ein hungriges, verängstigtes kleines Tier. Anna ließ sich den Rock geben und besah sich den Saum.

»Pannesamt ist natürlich kein leichter Stoff«, bemerkte Anna, »und ein schrecklich teurer dazu«, setzte sie leise hinzu. Sie hielt das

Stück, an dem Ida gearbeitet hatte, ins Licht: »Aber du hast es nicht schlecht gemacht.«

Sie deutete mit dem kleinen Finger auf einen winzigen Knick in der Naht. »So etwas solltest du vermeiden. Bis dorthin musst du sie leider noch einmal auftrennen.«

Ida seufzte und sagte leise: »Das sieht doch niemand.«

Doch sie kannte Annas Antwort schon. »Darum geht es nicht. Du weißt es, ich weiß es, und das reicht aus. Wir liefern nur allerbeste Qualität. Niemals darf man seinem eigenen Anspruch untreu werden.«

Ida nickte zwar, doch Anna ahnte, dass sie nicht überzeugt war. Sie musste daran denken, wie sie sich damals gefühlt hatte, als die Willnitz ihr diesen Grundsatz immer und immer wieder gepredigt hatte. Wie häufig hatte sie Nähte wieder auftrennen und von vorne anfangen müssen. Sie hatte ihre strenge Lehrmeisterin dafür gehasst, hatte sie für pedantisch, manchmal sogar für sadistisch und in jedem Fall für überkorrekt gehalten. Doch in der Rückschau war sie ihr sogar dankbar. Jandorf war mit ihrer Arbeit mehr als zufrieden gewesen. Ihre Ware hatte auch der Begutachtung durch den Chefeinkäufer, Herrn Peters, und den strengen Augen von Frau Stieglitz standgehalten. Natürlich ohne dass Jandorf ihnen offenbarte, von wem die hellblauen Kleider stammten. Nur Anna hatte seinem Gesicht ansehen können, wie hervorragend deren Urteil ausgefallen sein musste. Auch wenn er es nicht ausdrücklich aussprach, vermutlich um ihren Preis nicht in die Höhe zu treiben. Ella berichtete ihr in allen Einzelheiten, wie gut sich ihre hellblauen Tageskleider verkauften, und schmückte die Gelegenheiten aus, wenn Frau Stieglitz deren Qualität und Schnitt in höchsten Tönen lobte. Peters erteilte ihr sofort den nächsten Auftrag. Sie sollte ihren eigenen Entwurf eines winterlichen Ensembles umsetzen. Er bestellte fünfundzwanzig Samtjacken nebst passenden Röcken bei Anna. Mit den Einnahmen würde sie wieder einen Teil ihrer Schulden abtragen können. Was ihr nur Sorgen bereitete, war, dass sie Ida bald an die Maschine lassen müsste, doch wie sollte sie das machen, wenn sie selbst fast ununterbrochen daran saß?

Einige Stunden später fielen die Sonnenstrahlen nur noch matt und rötlich durch das Dachfenster. Sie zeigten an, dass der Nachmittag langsam in den Abend überging. Die Tage waren kürzer geworden. Nur widerwillig beugte Anna sich dem Diktat des weniger werdenden Lichts. Ihre Lampen reichten nicht aus, um wirklich exakt zu arbeiten.

»Wir machen Schluss für heute!«, sagte sie zu Ida. »Ich kann dich noch ein Stück begleiten, bis zum Lichtspielhaus an der Ecke Hermannstraße.«

Ida bekam große Augen. »Ein Film?«

Anna konnte ihr ansehen, wie gerne sie mitgekommen wäre.

»Ja, ein Bekannter hat mich eingeladen. Aber wenn ich das Geld für die Samtkostüme bekomme, gehen wir zusammen in den Zoopalast, Ida. Versprochen.«

Als sie aus dem Hauseingang auf den Bordstein traten, fuhr gerade ein Wasserwagen an ihnen vorbei. Dahinter liefen Männer mit Besen und kehrten Staub und altes Laub auf. Als sie vor dem Kino ankamen, hatte sich dort schon eine Schlange an dem Kassenhäuschen gebildet. Carl stand in der Reihe und sah konzentriert geradeaus. Anna drehte sich zu Ida um und verabschiedete sich von ihr. Mit ihren dunklen Augen starrte das junge Mädchen sehnsüchtig auf das riesige Banner über dem Eingang, das ein unnatürliches Wesen zeigte, um das herum Menschen knieten, die zu ihm aufschauten.

»Der Golem, wie er in die Welt kam, Paul Wegener, UFA-Union«, buchstabierte sie stockend. »Worum geht es da?«

Anna drehte sich erstaunt zu ihr um. »Hast du inzwischen lesen gelernt?«, fragte sie.

Ida nickte stolz. »Ja, mein Bruder hat abends mit mir geübt. Er ist der Erste in der Familie, der seit letztem Jahr die Schule besuchen darf.«

Anna drehte sich zu Ida und strich ihr über die Haare. »Das ist wunderbar! Ich erzähle dir morgen alles von dem Film, versprochen, Ida. Ich glaube, es geht um eine jüdische Sage.«

Ida nickte und sah Anna hinterher, als sie über die Straße lief.

Als sie aus dem Lichtspielhaus kamen, wehte ein kühler Wind durch die Straßen von Berlin. Als Vorbote des Winters erinnerte er daran, dass die dunklen Tage anbrachen, die Zeiten wieder härter würden, Kohlen herangeschafft werden müssten. In ihrer Dachwohnung würde es eisig werden, dachte Anna. Die düsteren Bilder des Films hatten die Menschen, die aus der Vorführung strömten, nicht eben heiter gestimmt. Ein Leierkastenmann drehte mit wollenen Handschuhen an der Kurbel, und aus seiner Walze ertönten die tragischen Klänge der Filmmelodie. Seine Hoffnung auf die Mildtätigkeit der Kinobesucher wurde enttäuscht. Kaum einer hatte noch ein paar Pfennige für ihn übrig. Mit verschlossenen Mienen machte man sich rasch auf den Nachhauseweg, um ins Warme zu kommen. Carl blieb kurz stehen, suchte in seiner Manteltasche nach Münzen und warf sie in die umgedrehte Mütze des alten Mannes. Dieser nickte ihm dankbar zu. Anna schlug den Kragen ihres Mantels hoch, und Carl legte wie selbstverständlich den Arm um ihre Schultern. Tatsächlich hatte sich Anna ein wenig gewundert, dass er während des Stummfilms zunächst keinerlei Annäherungsversuche gemacht hatte. Wie gebannt hatte er die ganze Zeit auf die Leinwand gestarrt. Erst bei der Szene, als der Rabbi dem unheimlichen Wesen aus Lehm Leben einhauchte und es die Augen öffnete, hatte er ihre Hand gegriffen. Anna genoss den festen Druck seiner Hand. Er vermittelte ihr ein tiefes Gefühl der Geborgenheit, ganz so, als könne er sie vor allem Schlechten in der Welt bewahren. Und auch jetzt gefiel es ihr, wie er ihre Schulter umfasste. Als sie an eine Kreuzung kamen, lenkte er sie auf einmal sanft in eine andere Richtung, fort von ihrer Wohnung. Sie wandte ihm den Kopf zu und sah ihn fragend an. Doch er wirkte so selbstsicher und unbeirrbar, dass sie ihm einfach wortlos folgte. Die Mietsblöcke wurden niedriger, die Straßen waren von jungen Bäumen gesäumt, deren Äste noch vereinzelte Blätter trugen.

»Zwiestädter Straße«, las Anna das blaue Straßenschild. Das Kopfsteinpflaster erschien ihr heller beleuchtet als in dem Teil Neuköllns, in dem sie mit Ella wohnte. Die Häuserfassaden waren von kleinen, gemauerten Balkonen durchbrochen, die Fenster kamen ihr besonders großflächig vor. Carl blieb stehen und wandte sich einer Hausfront auf der anderen Straßenseite zu. Ein blaues Emailleschild mit einer weißen Acht wurde über dem Hauseingang von einer kleinen Gaslaterne beleuchtet. Davor stand ein junger Kastanienbaum.

»Wie gefällt dir das Haus hier?«, fragte Carl.

»Schön, so hell und friedlich, wohnst du hier?«, fragte Anna, ohne ihn anzusehen, und zählte die Balkons. Es waren vier.

»Bis jetzt noch nicht. Aber wir könnten hier bald wohnen.« Er gab dem Wort »Wir« eine besondere Betonung. »Das heißt, wenn dir eine Zweizimmerwohnung mit Balkon im vierten Stock recht wäre. Ich habe sie mir angesehen. Dort sollte das Licht gut genug sein.«

Gut genug wofür? Wie meinte er das? Sie konnte doch nicht einfach mit ihm zusammenziehen. Anna wandte ihm ihr Gesicht zu. Carl zeigte auf den obersten Balkon und sprach weiter: »In dem vorderen Zimmer könntest du dein Atelier einrichten. Und das hintere wäre unser Schlafzi-« Er stockte.

Anna schluckte.

Auf einmal war sein Gesicht ganz nah vor ihrem.

»Willst du mich heiraten, Anna?«, flüsterte er.

Anna schlang die Arme um seinen Hals. Ihr Herz hätte vor Glück zerspringen können.

»Und ob ich das will.«

Er hob sie hoch und küsste zart ihre Lippen.

Anna warf den Stift auf das Papier und stützte resigniert das Kinn auf ihre Hände. Sie hatte an einigen Skizzen mit Entwürfen gearbeitet. Auf der Tischplatte lagen zerknüllte Blätter, winzige Stofffetzen, aufgeklappte Modezeitschriften, die Ella ihr neuerdings aus der Abteilung mitbrachte. Außerdem hatte sie begonnen, ab und zu kurze Streifzüge durch die Berliner Damenkonfektionshäuser zu unternehmen. Goetz lag ganz in der Nähe des KaDeWe, am Kurfürstendamm. Regelmäßig sah sie sich auch bei den alteingesessenen Firmen wie Nathan Israel an der Spandauer Straße und Gerson am Werder'schen Markt um. Sie hatte im Kaufhaus Wertheim Modelle der Maßsalons von Johanna Marbach und Marie Latz gesehen und bewunderte die beiden Frauen, die es in der Männerdomäne so weit gebracht hatten. Manchmal kam sie voller Euphorie zurück und sprudelte über vor neuen Ideen. Dann wieder fühlte sie sich nur noch klein und unbedeutend. Da draußen gab es so viel kreativere und genialere Köpfe als sie, die nicht unter dem Druck standen, die von ihnen entworfenen Modelle auch noch eigenhändig zu nähen.

Ihre Augen wanderten zu Idas leerem Platz. Sie war seit zwei Tagen nicht mehr zur Arbeit gekommen, weil sie ihre kleine Schwester hüten musste. Ihre Mutter lag mit einer Lungenentzündung, die sie sich in den eisigen ersten Wochen des neuen Jahres zugezogen haben musste, im Bett.

Das schlichte, weiße Kleid auf ihrer unfertigen Skizze hätte aus Mousseline sein sollen. Ein besonders edler, weich fließender Stoff, aber auch ein besonders teurer. Was sollte der Unsinn, dachte sie jetzt. Das konnten sie sich doch gar nicht leisten. Ihre Hand griff wieder nach dem Stift und zerkritzelte die Zeichnung mit fahrigen Bewegungen. Anna wusste nicht mehr, wo ihr der Kopf stand. Der Chefeinkäufer des KaDeWe, Peters, hatte sie inzwischen fest als Lieferantin der Konfektionsabteilung eingeplant und wollte ihr einen Auftrag nach dem anderen erteilen. Doch sie konnte seine Nachfrage nicht befriedigen. Sie hätte rund um die Uhr arbeiten müssen, und selbst dann wäre sie nie auf seine geforderten Stückzahlen gekommen. Nachts lag sie wach und überlegte hin und her, ob sie eine oder sogar zwei weitere Nähmaschinen kaufen sollte, ob sie eine zweite Näherin einstellen sollte, aber zu diesem Schritt konnte sie sich nicht durchringen. Die Verantwortung für eine weitere Arbeiterin neben Ida zu übernehmen, weitere Schulden zu machen, überstieg ihre Vorstellungskraft. Sie musste sich eingestehen, dass ihr dazu schlicht die nötige Courage fehlte. Doch ihr war auch bewusst, dass Peters sie wegen ihrer geringen Kapazitäten womöglich bald fallen ließ. Wie sollte es nur weitergehen? Und jetzt musste sie auch noch ihr eigenes Brautkleid nähen. Mit den Fingerspitzen berührte sie die kleinen rechteckigen Stoffproben, schob sie hin und her, manche strahlend weiß, einige eierschalenfarben. Eigentlich hätte sie sich doch freuen sollen. Aber schon heute früh hatte sie wieder diese innere Unruhe erfasst, sie konnte sich auf nichts konzentrieren, keinen Entwurf zu Ende bringen, keine Naht fertig nähen.

Schon kurz nach Carls Antrag hatten sie das Datum für ihre

Hochzeit festgelegt, das Aufgebot bestellt und die Namen auf der bescheidenen Gästeliste besprochen. Sie würden noch vor dem Sommer in Neukölln heiraten. Sie wusste, dass es die richtige Entscheidung war. Carl passte zu ihr. Und doch hätte sie heute am liebsten alles verschoben, sich ins Bett gelegt und die Decke über den Kopf gezogen.

Anna rückte den Stuhl zurück, griff nach ihrem Mantel und einem Wolltuch, ließ die Tür hinter sich ins Schloss fallen. Sie lief auf die Straße, ohne zu wissen, wohin sie eigentlich wollte. Unschlüssig stand sie auf dem Bürgersteig. Ein Fuhrwerk, gezogen von vier dampfenden Brauereipferden, bog in die Straße ein und kam auf sie zu. Der Kutscher schien es eilig zu haben, knallte mit der Peitsche und ließ die Pferde antraben. Die Hufe der schweren Tiere dröhnten über das Kopfsteinpflaster und verursachten einen Höllenlärm. Anna blieb stehen wie betäubt. Die Luft war so eisig, dass sie sich das Wolltuch um den Kopf wickelte, ihre Hände anhauchte. Sie ärgerte sich, dass sie keine Handschuhe angezogen hatte, und steckte die Hände in die Manteltaschen. Als der Wagen vorübergerollt war, sah sie auf der anderen Straßenseite einen Mann. Er stand einfach nur da und sah zu ihr herüber. Er war groß gewachsen, trug einen langen grauen Mantel, der an seinem Körper schlackerte, einen dicken Schal um den Hals und einen tief in die Stirn gezogenen Hut. Sie konnte sehen, wie er mit den Lippen zwei Silben formte. Es war ihr Name.

»Erich!«, hauchte Anna.

Sie rannte über die Straße und sah ihm ins Gesicht. Er war es wirklich. Hohlwangig, unrasiert, mit müdem Blick stand er vor ihr. Sie legte die Wange an sein kratziges Mantelrevers, und nach einer Weile spürte sie, wie er die Arme um sie schlang. So standen sie mehrere Minuten unbeweglich auf dem Bürgersteig mitten in Berlin, und die Welt um sie herum schien stillzustehen. Als hätte jemand die Zeit angehalten.

Es war diese eine Frage, die sie über zwei Jahre lang mit sich herumgetragen hatte. Die sie sich damals, vor ihrer Abreise nach Berlin, noch stündlich gestellt hatte. In ihren ersten Tagen im Wedding noch morgens beim Aufstehen und abends beim Einschlafen. Dann nur noch alle paar Tage, unregelmäßig. Schließlich hatte sie die sechs Worte nur noch selten gedacht. Vielleicht in Momenten, wenn sie in der ersten Zeit nach ihrer Ankunft in Berlin den kleinen Holzteller mit dem eingelassenen Farn zufällig berührt hatte. Längst war das Andenken verloren. Er war wohl in Adelheids Wohnung abhandengekommen, nachdem sie sie fluchtartig verlassen hatte. Manchmal spielte ihr das Gedächtnis einen Streich, wenn sie jemanden sah, der Erich ähnelte. Erst jetzt wurde ihr bewusst, wie tief in ihrer Seele sie diese eine Frage begraben hatte. Sie legte sich beide Hände auf den Bauch und drückte ganz langsam und immer fester die Fingerspitzen in ihre Haut. Da, unter der Bauchdecke, hatte diese eine Frage gewohnt und ein unerklärliches Unbehagen, eine innere Unruhe verbreitet, die sie sich nie bewusst gemacht hatte. Doch jetzt ließ sie die Worte heraus. Sie konnte sie aussprechen. Anna öffnete den Mund, und er wandte ihr sein Gesicht zu. Seine Bartstoppeln waren ganz dicht vor ihren Lippen, als sie sagte: »Erich?«

»Ja, Anna.«

»Warum hast du mich allein gelassen?«

Er wich ihrem Blick aus und schlug die Augenlider nieder. Erleichterung spürte sie keine, nun, da sie ihm die Frage endlich gestellt hatte. Was, wenn die Antwort eine ganz andere war als die, die sie sich insgeheim gegeben hatte? Vielleicht war sie schlimmer als die Ungewissheit. Sie folgte seinem Blick und beobachtete, wie unruhig seine Hände waren, wie er sie knibbelte und knetete. Als er ihr wieder in die Augen sah, wusste sie es bereits und wollte es nicht mehr hören.

»Es war auf einem französischen Bauernhof, bei Aisne. Erst waren wir in einem Lager, dann haben einige von uns dort als Kriegsgefangene gearbeitet. Sie haben uns nicht freigelassen, als der Krieg vorbei war.«

»Aber nach dem Friedensvertrag kamen doch alle Gefangenen zurück. Es hieß, die Franzosen hielten sich daran.«

Das hatte man ihr immer wieder gesagt. Sie erinnerte sich genau, denn damit wurde ihr ein letztes bisschen Hoffnung genommen. Die ganze Zeit hatte sie sich daran geklammert, dass er noch lebte.

Erich sah wieder zur Seite, als er weitersprach: »Sie haben uns nicht schlecht behandelt. Irgendwann kam der Tag, an dem wir gehen durften. Dann gab es da eine …«

Anna legte ihm die Finger auf die Lippen. Sie fühlten sich eiskalt, rau und fremd an. »Lass«, sagte sie. »Ich will es gar nicht mehr wissen.«

Erich zog Anna zur Seite, lehnte sie gegen die kahle Häuserwand, nahm ihr Gesicht zwischen die kalten Hände. Danach hatte sie sich doch so lange gesehnt.

»Anna, ich bin zurückgekommen. Ich musste dich wiedersehen. Ich habe nie aufgehört, an dich zu denken.«

Sein Mund näherte sich dem ihren. Doch Anna drehte den Kopf zur Seite. Eine junge Frau schob einen Kinderwagen aus Korbgeflecht an ihnen vorbei und musterte sie. Erst jetzt hörte Anna wieder die Straßengeräusche, nahm die Menschen und Fahrzeuge um sie herum wahr. Sie standen immer noch auf dem Bürgersteig, gegenüber von Ellas Wohnung. Hier war jetzt ihr Leben. Mit Ella, Ida, ihrer Schneiderei … und Carl. Sie hatte ihm doch ihr Wort gegeben!

Erich strich ihr über die Wangen. Seine Hand fühlte sich stark, rissig und zäh an. »Dein Gesicht ist für mich wie die strahlende Sonne in all dem Grau. Anna, komm mit mir zurück!«

Anna öffnete den Mund. Etwas in ihr wollte seine Lippen auf ihren spüren, seinen Geruch in sich aufnehmen, sich das schwere Wolltuch von den Haaren ziehen, seine Hand greifen, den Kopf in den Nacken werfen, laut lachend losrennen, so schnell sie konnten, zurück in die unbeschwerten Tage, über die Brücke mit dem Holzgeländer, zurück an ihre Stelle am Fluss. Aber sie konnte es nicht. Die Worte formten sich zuerst in ihrer Kehle, dann lösten sie ihre Zunge und bewegten ihren Mund: »Es ist zu spät, Erich. Ich bin verlobt.«

Die Hochzeit fand am 9. April 1921 statt. Anna trug ein Kleid aus weißer Mousseline. Adolf Jandorf hatte ihr den Stoff zur Hochzeit geschenkt. Ihr bodenlanger Brautschleier wurde von einem zweigliedrigen Kranz aus Efeu und weißen Stoffblüten gehalten. Als sie am Arm ihres Vaters den Mittelgang der Neuköllner Martin-Luther-Kirche entlangging, war sie ganz mit sich im Reinen. Vor dem Altar wartete der Mann, für den sie sich entschieden hatte, dem sie ihr Wort gegeben hatte. Carl trug Frack und Zylinder und sah ihr mit festem, glücklichem Blick entgegen. Ihr Vater übergab sie ihrem Bräutigam, und sein selbstloses Lächeln schmerzte sie. Sie beide wussten, dass sie sich auch zukünftig kaum noch sehen würden. Durch den Schritt in eine Ehe mit Carl Liedke wandte sie Vetschau und ihrem Leben im Spreewald endgültig den Rücken zu.

Nach der Trauung traten sie ins Freie und stellten sich vor den mächtigen Backsteinmauern der neugotischen Kirche für den Fotografen auf. Er war kurz davor, die Geduld zu verlieren, rief ihnen zu, sie sollten endlich still halten und aufhören zu lächeln. Auf Hochzeitsfotos müsse man ernsthaft schauen. Sie wandten sich die Gesichter zu, sammelten sich, und als der Blitz des Fotografen zuckte, fing er den einzigen Moment ein, an dem das Hochzeitspaar feierlich und gesetzt wirkte. Damit war er endlich zufrieden.

Anna umarmte lange ihre Schwestern, merkte erst jetzt bei ihrem Wiedersehen, wie sehr sie ihr gefehlt hatten, mehr noch als ihre Brüder, die sie kaum wiedererkannte. Lange drückten ihre Mutter und ihr Vater sie an ihr Herz. Philipp Tannenberg war hager geworden. Die Jahre in den Schützengräben und der Entbehrungen hatten ihn gezeichnet. Seine Haare waren indessen immer noch füllig und nur an den Schläfen ergraut. Adelheid war gekommen und hielt Annas Hände. In ihren Augen lag tiefes Bedauern über das, was passiert war. Wie viel sie davon wirklich wusste, konnte Anna nur erahnen. Aus Scham und einem falschen Schuldbewusstsein hatte sie es nie über sich gebracht, ihr die ganze Wahrheit zu erzählen. Das schreckliche Ereignis stand seitdem zwischen ihnen. Sie hatten sich kaum noch gesehen. Doch jetzt tat es ihr leid, wie selten sie sich bei ihrer herzensguten Tante gemeldet hatte. Sie küsste ihre beste Freundin und Trauzeugin Ella auf beide Wangen und freute sich, dass Ida und ihre kleine Schwester Dora, die fast gleichaltrig waren, sich so gut verstanden. Als ihr Blick wieder auf Emma mit ihrem kleinen Sohn auf dem Arm fiel, wurde ihr bewusst, wie sehr ihre ältere Schwester ihr gefehlt hatte. Ihre Ratschläge, ihre Besonnenheit hatten ihr früher oft Halt gegeben. Anna kam etwas in den

Sinn: Emma war eine gute Schneiderin. In ihrem Kopf formte sich eine Art Plan …

Was für ein glücklicher Tag, dachte sie, während sie von ihrem Schwiegervater zu ihrem Bräutigam sah. Beide hatten denselben Humor. Carl lächelte stolz und glücklich zurück.

Sie hatte alle Menschen, die ihr etwas bedeuteten, um sich versammelt, dachte Anna. Alle, bis auf einen.

CHARLOTTE

Leutner hatte sich angewöhnt, im Wagen sitzen zu bleiben, wenn er Ernst vom Bahnhof abholte. Vor allem, wenn es, wie er es nannte, Bindfäden regnete. In der Regel stellte er die Limousine in der Nähe des Eingangsportals ab und machte ein Schläfchen. Doch heute ließ er sich von einem Zeitungsausträger, der laut sein Extrablatt anpries, ein druckfrisches Exemplar durch die heruntergelassene Scheibe reichen. Es war der 9. November 1923, und zum ersten Mal stand der Name Adolf Hitler auf dem Titelblatt des Chemnitzer Anzeigers: *Marsch auf die Münchner Feldherrnhalle endet im Kugelhagel, 20 Tote, Erich Ludendorffs und Adolf Hitlers Sturz der Reichsregierung vereitelt*, lautete die Schlagzeile.

Leutner begann den Artikel zu überfliegen und schrak zusammen, als es laut an die Scheibe klopfte. Ernst stand mit ungeduldigem Gesichtsausdruck neben der Limousine und gestikulierte, damit Leutner endlich ausstieg. Nachdem er sein schweres Gepäck im Kofferraum verstaut hatte, wollte Leutner die prall gefüllte Reisetasche greifen, doch Ernst kam ihm zuvor und nahm sie mit in den Fond.

Leutner sah ihn im Rückspiegel an, und Ernst klopfte mit der flachen Hand auf den grob gewebten Stoff.

»Eine Tasche voll Geld«, erklärte er mit einem verächtlichen Lachen. »Und es taugt höchstens als Brennmaterial. Man holt am Abend seinen Lohn ab, und am nächsten Morgen ist er schon nichts mehr wert.«

»Ne, ne, ne, Herr Professor«, sagte Leutner. »Was die mit uns machen, das ist nicht recht. Für ein Pfund Butter oder ein Ei blättert man jetzt Milliarden hin. Ich kann heilfroh sein, dass Herr Feltin mich zum großen Teil in Naturalien bezahlt.«

Er fuhr los und hörte nicht auf, den Kopf schütteln.

»Ja, das können Sie, Leutner. Wir Staatsbediensteten haben jetzt das Nachsehen.«

»Kein Wunder, dass da einige zur Revolution aufrufen. Recht hat er, dieser Hitler«, sagte Leutner

Ernst nickte: »Ich habe es schon im Zug gelesen. Und nun muss ausgerechnet einer wie Stresemann die Republik verteidigen, im Herzen ein glühender Anhänger des Kaisers.«

»Verbrecherbande!«, schimpfte Leutner. »Die lassen einfach Geld drucken, um die Reparationen an die Siegermächte und die Kosten des Generalstreiks an der Ruhr zu begleichen, und wir kleinen Leute bezahlen die Zeche.«

Er musste scharf bremsen, als eine andere Limousine achtlos aus einer Straße einbog.

»Der Verkehr ist auch nicht ordentlich geregelt!«, sagte er und schimpfte weiter auf die Regierung: »Erst versprechen sie uns beim Kauf von Kriegsanleihen das Blaue vom Himmel herunter, und jetzt sollen die nichts mehr wert sein. Uns bürden sie die Kriegsschulden auf. Hätte ich auf Herrn Feltin gehört, der hat immer gesagt, ›lass die Finger davon, Leutner‹, hat er gesagt. Nun sind sie weg, die Ersparnisse.«

Ernst sah aus dem Fenster. Er überlegte, ob er die Verquickung von Kriegsanleihen und Inflation richtigstellen sollte, aber dann befand er, dass Leutner im Grund recht hatte. Der Staat entschuldete sich durch das Inumlaufbringen des Papiergelds auf Kosten der Bevölkerung. Als sie durch die Chemnitzer Innenstadt fuhren, sah man wieder Schlangen vor den Geschäften. Fast alle Ladenbesitzer hatten Schiefertafeln aushängen, auf die sie die Preise schrieben, damit sie sie im Laufe des Tages mehrfach korrigieren konnten. Die Menschen rechneten in Bündeln statt in Scheinen. Geld wurde in Wäschekörben und Schubkarren transportiert. Von seinem Lohn als Hochschullehrer hätte er kaum noch seinen Lebensunterhalt bestreiten können. Bevor er sonntagabends von Feltin nach Leipzig zurückfuhr, ließ er sich von Frau Leutner immer einen Korb voll Lebensmittel einpacken, mit denen er sich bis zum nächsten Wochenende über Wasser hielt. Das Jahr 1923 ging zu Ende, und die Reichsmark war fast vollständig verfallen. Die Inflation hatte sich schon länger abgezeichnet, aber das Ausmaß, das sie nun erreicht hatte, hätte sich niemand ausmalen können.

»Heute Morgen haben wir die Ferkel zu zwei Billionen Reichsmark das Stück auf dem Markt verkauft. Wohin soll das noch führen?«, nahm Leutner die Unterhaltung wieder auf.

»Die Ferkel«, wiederholte Ernst und begann, mit den Fingernägeln auf den metallenen Türgriff zu trommeln. Dann beugte er sich nach vorne: »Wissen Sie, welche? Waren Sie zufällig mit dabei, als sie aufgeladen wurden, Leutner?«

»Nein, wieso, Herr Professor? Ich hab's nur von Herrn Feltin gehört, als er mit den Futtersäcken zurückkam. Er hat natürlich direkt wieder Ware eingekauft, man kann das Geld ja nicht einen einzigen Tag liegen lassen.«

Ernst nickte und schwieg den Rest der Fahrt. Erst als sie um die Straßenbiegung kamen, an der die Außenmauer des Gutshofs begann, sagte er: »Fahren Sie mich bitte direkt vor den Schweinestall. Ich steige dort aus.«

Leutner drehte sich zu ihm um und antwortete: »Möchten Sie sich nicht lieber erst umziehen, Herr Professor? Sie werden Ihre gute Kleidung verschmutzen.«

»Das spielt jetzt keine Rolle«, blaffte Ernst unfreundlich.

Er stieg aus dem Wagen, knallte die Tür zu. Während Leutner ihn im Stallgebäude verschwinden sah, schüttelte er wieder den Kopf.

»Launisch bis zum Gehtnichtmehr!«, sagte er vor sich hin. Dann zögerte er einen Moment lang, denn Ernst hatte ihm nicht gesagt, ob er hier auf ihn warten solle. Doch als er sich ausmalte, wie er die Limousine später vom Schweinemist reinigen müsste, fuhr er an und lenkte den Wagen weiter zur Freitreppe vor dem Herrenhaus.

Charlotte legte die Karten auf dem kleinen, mit grünem Leder bezogenen Tisch aus. Gerade als die Patience aufging und sie die letzten Karten ablegen wollte, hörte sie den Wagen in den Hof fahren. Sie stand auf und sagte: »Leutner ist zurück. Er hat Ernst vom Fünf-Uhr-Zug abgeholt.«

Mit den Karten in der Hand ging sie zum Fenster, beobachtete, wie Leutner das Gepäck auslud.

»Merkwürdig, Ernst steigt gar nicht aus. Meine Güte, das ist heute aber auch ein Wetter«, murmelte sie.

»Er wird warten, bis der Regen nachlässt«, sagte Lisbeth, ohne von ihrer Stickarbeit aufzusehen.

»Na, da wird er wohl im Wagen übernachten müssen«, bemerkte Wilhelmine.

Inzwischen hatte sich der Himmel so verdüstert und der Niederschlag war so stark geworden, dass das einheitliche Grau die Konturen der schwarzen Limousine fast vollständig verschluckte. Sie hörten, wie die Haustür geöffnet, Schuhe abgetreten und schwere Koffer abgestellt wurden. Charlotte wollte gerade zurück an den Kartentisch gehen, als sie eine Bewegung auf dem Hof wahrnahm. Nur schemenhaft schälte sich der Umriss einer Person aus dem Dunkel des Novembernachmittags, die auf das Herrenhaus zurannte. Wenige Sekunden später hörten sie Schritte im Flur, und die Tür des Salons wurde aufgerissen. Ernst ignorierte Lisbeths entsetzten Ausruf, als er durchnässt, mit schlammigen Schuhen und triefendem Mantel, in den Raum stürmte. Charlotte wollte ihm entgegengehen, doch als sie seinen durchdringenden Geruch nach Schweinedung wahrnahm, blieb sie vor ihrem Sessel stehen.

»Wie kommst du dazu, meine Ferkel zu verkaufen?«, brüllte Ernst ohne jede Begrüßung seinen Schwiegervater an. Charlotte ließ sich langsam auf ihren Stuhl sinken.

»*Deine* Ferkel?«, fragte Richard betont ruhig. »Es wäre mir neu, dass es sich dabei um *deine* Ferkel handeln sollte.«

»In diese Tiere habe ich drei Jahre Arbeit gesteckt. Wie kannst du sie dann, ohne mich vorher zu fragen, so einfach auf dem Ferkelmarkt verkaufen?«

Richard legte die Zeitung, in der er gelesen hatte, auf seinen Schoß. Er schlug lässig die Beine übereinander, lehnte sich zurück und faltete die Hände hinter seinem Kopf. Seine Stimme klang vollkommen entspannt, als er sagte: »Ganz einfach: Weil ich Geld für Futter brauche. Das Viehzeug muss nämlich auch etwas fressen.«

Ernst ballte die Hände zu Fäusten. »Das brauchst du mir nicht zu erzählen.« Seine Stimme klang ungewohnt schrill. Um seine Schuhe hatte sich eine stinkende, braune Lache auf dem Teppich gebildet, die von Lisbeth mit stummer Abscheu beobachtet wurde. »Wie du weißt, habe ich mich lange genug intensiv mit der Futterzusammensetzung beschäftigt und die Mischung aus Getreideschrot, Kartoffeln, Fischmehl, Sojamehl und Grünfutter bei jeder einzelnen Muttersau unterschiedlich kombiniert. Du hättest wenigstens noch zwei Wochen warten können, bis ich die Auswertungen beendet hätte, und was noch viel wichtiger ist: Es ist von eminenter zuchtstrategischer Bedeutung, von jedem Wurf einen Eberläufer und eine Sau zu behalten.«

»Ich bin hier der Landwirt«, sagte Richard. Er schien völlig unbeeindruckt. »Ferkel kann man nur verkaufen, wenn sie zwischen acht und zehn Wochen alt sind. Danach nimmt sie dir keiner mehr ab. Und in anderen Ställen grassiert der Ferkelruß. Wir müssen froh sein, wenn wir noch was absetzen, bevor die Krankheit auch unseren Bestand trifft.«

Ihr Vater blieb erstaunlich gelassen, dachte Charlotte. Es schien fast so, als bereite es ihm besondere Genugtuung, Ernst derart aufgelöst zu sehen. Sie musste zugeben, dass sie ihn in diesem Zustand noch nie erlebt hatte. Normalerweise spielte er die Rolle des emotionslosen, nüchternen Wissenschaftlers in Perfektion. Charlotte begann mit geschickten Bewegungen, ihr Kartenspiel neu zu mischen. Sie war sich über ihre Gefühle nicht im Klaren. Sie war zwiegespalten und hätte sich nicht entscheiden können, für wen sie Partei ergreifen sollte. Aber das musste sie ja auch nicht, die beiden Männer würden sich schon wieder zusammenraufen, dachte sie gerade und legte die erste Karte auf dem grünen Leder ab: Es war der Pik-Bube.

In dem Moment hörte sie ihren Namen.

»Charlotte!«, rief ihr Ehemann mit bebender Stimme. Normalerweise nannte er sie Lotte. Er hatte die Hand nach ihr ausgestreckt. Die fordernde Geste verunsicherte sie. Was wollte er von ihr? »Pack deine Sachen. Wir fahren zurück nach Leipzig.«

»Zurück nach Leipzig? Wie meinst du das?«, fragte sie.

»Du ziehst zu mir nach Leipzig. Ich beende meine Versuchsreihe mit dem heutigen Tag, und ab sofort gibt es keinen Grund mehr, dass du hier auf Feltin bleibst. Eine Frau gehört an die Seite ihres Ehemanns.«

Lisbeth ließ ihren Stickring fallen und hielt sich die Hand vor den Mund. Richard sagte gar nichts. Nur Wilhelmine leistete einen praktischen Beitrag: »Heute fährt doch gar kein Zug mehr nach Leipzig«, gab sie zu bedenken.

»Na, gut!«, sagte Ernst. »Dann nehmen wir morgen früh den Sechs-Uhr-Zug. Und jetzt rufst du das Mädchen. Sie soll dir packen helfen, Lotte.«

»Das kannst du doch nicht wirklich ernst meinen!«, rief Lisbeth aus. »Richard, tu doch etwas!«

»Ich glaube, da lässt sich nichts machen. Deshalb heißt er ja Ernst«, lautete Richards Kommentar. Er griff wieder zu seiner Zeitung: »Anscheinend ist heute der Tag der Umstürzler. Nun, die werden schon sehen, was sie davon haben.«

ANNA

Auf dem Höhepunkt der Inflation führte Reichskanzler Stresemann im November 1923 eine neue Währung ein: die Rentenmark. Der Wechselkurs war eine Billion Reichsmark zu einer Rentenmark. Die deutschen Sparer verloren dadurch alles. Existenzen wurden vernichtet. Angesichts der katastrophalen Folgen der Inflation änderten die Alliierten ihre Politik gegenüber dem Deutschen Reich. Die Staatschefs der Siegermächte hatten erkannt, dass nur ein wirtschaftlich erstarkendes, gesundes Deutschland die geforderten Reparationszahlungen leisten konnte. Besonders durch ein großes amerikanisches Darlehen gestützt, konnte die neue Währung stabilisiert werden. Langsam normalisierte sich das Wirtschaftsleben, und aufgrund der Beruhigung der innenpolitischen Situation wurde vom »Wunder der Rentenmark« gesprochen.

Anna schob die Wohnungstür mit dem Ellbogen auf, denn sie hatte unter jedem Arm einen Stoffballen und in der Hand eine Tasche voller Bordüren, Garne und Muster.

»Jemand zu Hause?«, rief sie laut und schaltete das Licht an. Beides hatte sie sich sofort angewöhnt, seit sie wieder einen Flur betrat, wenn sie nach Hause kam. In Ellas Dachwohnung stand man direkt im Wohnzimmer, sobald man die Wohnungstür öffnete. Sie hatte nie offen ausgesprochen, dass es mit ihrem schrecklichen Erlebnis in Adelheids Wohnung zusammenhing. Einen unbeleuchteten Flur, an dessen Ende ein Lichtschein aus der Tür fiel, konnte sie seitdem nicht mehr ertragen.

»Ja, hier!«, hörte sie Emmas Stimme.

»Ich bin auch da!«, rief Ida.

Anna stieß die Tür zu ihrem Wohnzimmer auf, das sie zum Atelier und Nähzimmer umfunktioniert hatten, schlängelte sich an den Kleiderpuppen vorbei und legte die Stoffballen auf dem großen Zuschneidetisch in der Mitte ab.

»Mädels, der nächste Auftrag winkt! Diesmal sind es sogar

Abendkleider. Seht euch mal die Seide an, die ich mitgebracht habe.«

Ida und Emma standen auf und befühlten vorsichtig den lachsfarbenen Georgette.

»Wie zart!«, sagte Ida. »Ist sicherlich nicht leicht zu nähen.«

Anna sah sie an. Ihr spitzes, erschrockenes Mäusegesicht hatte sich verwandelt. Es zeigte inzwischen den Ausdruck einer ernsthaften jungen Frau, die eine klare Vorstellung von ihrer Zukunft hatte.

»Hast du schon einen Entwurf?«, fragte Emma gespannt. »Zeig mal!«

Anna holte die zusammengerollten Skizzen aus der Tragetasche und legte sie auf den Tisch.

»Eine große Robe, schulterfrei. Sind das Perlen am Dekolleté?«, fragte Emma. als sie sich darüberbeugte.

Anna griff wieder in ihre Tasche und zog eine Papiertüte heraus. Sie ließ Emma einige zierliche Perlen, die jeweils mit einer kleinen Öse versehen waren, in die ausgestreckte Hand rieseln. »Süßwasserperlen! Sieh mal, dieser geheimnisvolle Schimmer«, schwärmte sie und freute sich selbst am meisten darüber, dass sie sie in der Kurzwarenabteilung gefunden hatte.

Es war ein Glücksfall für Anna gewesen, dass ihre Schwester inzwischen für sie arbeitete. Es hatte nicht viel Überzeugungsarbeit gebraucht. Emma bekam als Schneiderin in Cottbus kaum noch Aufträge, und ihr Mann war schon seit einem Jahr auf Arbeitssuche. Schon kurz nach Annas Hochzeit vor gut zwei Jahren waren sie nach Berlin gezogen. Hierher in ihre Wohnzimmerschneiderei konnte sie ihren kleinen Sohn mitbringen. Matthias schlief jetzt in einem kleinen Bettchen neben ihrer Nähmaschine. Das gleichmäßige Rattern schien ihn nicht zu stören. Neben Emma und Ida beschäftigte sie inzwischen zwölf Näherinnen in Heimarbeit. Von manchen ließ sie nur Kragen und Ärmel zu einem Stücklohn nähen. Andere fertigten lediglich das Futter an. Auch das Bügeln gab sie inzwischen außer Haus. In ihren Händen lagen der Entwurf und das Kaufmännische. Emma war die Direktrice, die die Schnittmuster erstellte. Ida, die sie inzwischen zu einer hervorragenden Schneiderin ausgebildet hatte, war für das Endprodukt zuständig und fügte die einzelnen Teile zusammen. Doch auch Anna und Emma legten meistens noch Hand an, wenn die Zeit knapp wurde. Anna hatte sich das Geschäftsmodell bei den großen Konfektionshäusern abgeschaut. Dadurch konnte sie ihre Kosten gering halten, was sich insbesondere während der Hyperinflation als existenziell erwies. Unzählige Kleinunternehmer waren während der Wirtschaftskrise in Konkurs gegangen. Dank ihres Geschäftsmodells hatte sie überlebt. Und weit mehr als das: Ihre Schulden für die zwei zusätzlichen Nähmaschinen hatten sich nach der Währungsreform 1923 sogar in Luft aufgelöst.

»Du hast es richtig gemacht!«, hatte Carl ihre Freude mit verbittertem Unterton kommentiert. »So wie die Regierung durch die Einführung der Rentenmark mit einem Schlag ihre Kriegsschulden losgeworden ist, sind dir deine Nähmaschinen einfach in den Schoß gefallen.«

»In den Schoß gefallen ist mir gar nichts, Carl. Ich arbeite jeden Tag mindestens zehn Stunden, wie du wissen solltest.«

»Ist ja schon gut. Ich hätte eben auch Schulden machen sollen. Aber etwas weniger Arbeit würde dir vielleicht guttun.«

Anna wusste genau, woher seine Verbitterung kam. Als Verwaltungsbeamter im gehobenen Dienst hatte er unter der Inflation am meisten gelitten, denn die Gehälter wurden nie an die unermessliche Steigerung der Lebenshaltungskosten angepasst.

»Dafür bekommt man nur Hunger«, hatte er zu sagen gepflegt, wenn er mit der Tasche voll Geld nach Hause gekommen war. Für Anna ging Jandorf inzwischen bei jedem Auftrag in Vorlage, so wie es auch gegenüber den großen Konfektionären üblich war. Ohne ihr Einkommen hätten sie sich nicht einmal das Nötigste zum Leben leisten können. Doch Carls Anspielung darauf, dass sie zu viel arbeitete, hatte noch einen anderen Grund, den sie gerne verdrängte. Sie hatte schon fünf Monate nach ihrer Hochzeit eine Fehlgeburt erlitten. Seitdem hoffte sie vergeblich darauf, wieder schwanger zu werden.

Anna holte eine Illustrierte aus ihrer Tasche. »Habt ihr schon gesehen? Jetzt tragen die ersten Frauen Herrenhosen.« Sie zeigte auf die Fotografie einer blonden Diva mit kinnlangen, welligen Haaren.

Sie hatte kamelfarbene Hosen mit weiten Beinen und einer hochsitzenden, engen Taille an. »Wie findet ihr das?«

»Ich finde es pfiffig!«, sagte Ida.

»Unweiblich!«, lautete Emmas Urteil. »Soll das so eine Art Rebellion sein? Wie bei diesen Suffragetten in London? Also ich finde das abstoßend.«

Anna betrachtete ihre Schwester. Warum musste sie immer alles Neue ablehnen?

»Die Welt verändert sich, Emma. Wenn du nicht mitmachst, dreht sie sich ohne dich. Sieh mal, du hast es doch bis gestern auch noch verweigert, dir die alten Zöpfe abzuschneiden. Und nun hast du es doch getan«, sagte Anna und fasste nach einer von Emmas kinnlangen, welligen Haarsträhnen.

»Und das merkst du erst jetzt?«

»Das fandest du zunächst auch zu wenig feminin.«

Kaum eine Frau trug noch lange Haare, auch Anna und Ida hatten sich vor zwei Jahren einen Bubikopf schneiden lassen. Da sie beide sehr schmale Gesichter hatten, wirkte die Frisur bei ihnen ganz anders als bei Emma. Deren blonder Bob umschmeichelte ein rundes, weibliches Gesicht mit einer kleinen Nase. Gegenüber ihrem strengen Dutt, den sie vorher immer getragen hatte, wirkte sie jetzt jünger und weicher. Anna musste wieder einmal zugestehen, dass ihre Schwester zwar einen Kopf kleiner war als sie, aber sie war auch die Hübschere von ihnen beiden.

»Das wäre etwas für Ella!«, sagte Ida und tippte auf das Foto. »Die würde, ohne mit der Wimper zu zucken, in Hosen herumlaufen.«

Anna wusste, dass sie recht hatte. Wie bei ihrer Frisur war Ella bei allen modischen Extravaganzen eine Vorreiterin. Sie arbeitete noch immer in der Damenkonfektion des KaDeWe, obwohl sie nach wie vor viel von Stil, aber wenig von Schneiderarbeit verstand. Anna belieferte die Abteilung nun seit Jahren, doch sie hatte sie seit ihrem Rausschmiss nie wieder betreten. Sie ließ sich von Ella berichten, wie gut ihre Kreationen bei den Kundinnen ankamen. Und wenn es sich um einfachere Modelle handelte, die auch in den fünf anderen Jandorf'schen Kaufhäusern angeboten wurden, besuchte sie sie von Zeit zu Zeit, um die Stücke im Verkauf zu sehen. Die Genugtuung, ihre eigenen Modelle auf den Kleiderpuppen der elegantesten Damenkonfektionsabteilung der Hauptstadt, der des KaDeWe, anzuschauen, blieb ihr allerdings verwehrt. Manchmal hatte sie sich schon vorgestellt, wie Frau Stieglitz mit der wahren Identität hinter dem Namen Anna Liedke Couture konfrontiert wurde.

»Da hast du recht! Und diese Hosen würden Ella vermutlich auch perfekt kleiden. Ich werde sie heute Abend fragen. Wir gehen zusammen aus«, antwortete sie.

Anna bemerkte gleich den sehnsüchtigen Ausdruck in Idas Gesicht und fügte hinzu: »Sie liegt mir schon seit Wochen damit in den Ohren, dass sie mir unbedingt das Berliner Nachtleben zeigen will. Wir sehen uns eine Varietéschau in der Nähe der Friedrichstraße an.«

Emma presste missbilligend die Lippen aufeinander. Sie war inzwischen wieder zurück an ihre Arbeit gegangen und zog mithilfe eines langen Holzlineals Linien auf dem dünnen Schnittpapier.

»Schön! Wenn du dafür Zeit und Geld übrig hast. Kommt Carl auch mit?«, fragte sie.

Anna nickte, während sie die neueste Order in ihr dickes, lederbezogenes Auftragsbuch eintrug.

»Ja, es wird ihm guttun. Er ist in letzter Zeit immer so …«, sie suchte nach dem richtigen Wort, um Carls schlechte Stimmung zu umschreiben. »… unzufrieden. Und für mich ist es eine Gelegenheit, endlich einmal die neuesten Abendkleider an ihren Trägerinnen aus nächster Nähe zu sehen. Nicht nur auf Schneiderpuppen.«

»Du solltest lieber aufpassen, dass sich nicht immer alles nur um dich dreht. Das geht in keiner Ehe gut«, sagte Emma mit ernster Miene. »Sieh dich doch hier um!«

Sie machte eine Handbewegung und deutete auf Annas Modellskizzen, die überall an die Wände gepinnt waren. Auf dem schäbigen Canapé und den zwei alten Sesseln stapelten sich die Stoffrollen, und es gab keinen freien Stuhl.

»Zeig mir mal einen Mann, der das hier in seinem Wohnzimmer dulden würde.«

Anna presste die Lippen zusammen. Sie wusste, dass ihre Schwester recht hatte. Wenn Carl nach Hause kam, zog er sich meistens in die kleine Küche zurück und las dort alleine in der Zeitung oder in einem Buch.

»Und das ist ja noch lange nicht alles, was du ihm zumutest.« Emma hob belehrend den Finger und zog die Augenbrauen hoch. »Kein Mann kann es ertragen, wenn seine Frau mehr verdient als er.«

Schwaden von Zigarettenrauch kamen ihnen entgegen. Als sie die Treppen in das Kellerlokal hinunterstiegen, vermischte sich der Geruch mit Alkohol und schwerem Parfüm. Ella hatte sich bei ihrem neuen Galan, den sie ihnen nur kurz als Hermann vorgestellt hatte, untergehakt. Dank seines beachtlichen Körperumfangs bahnte er ihnen mit Leichtigkeit den Weg durch das Gedränge. Anna und Carl versuchten, ihnen zu folgen, vorbei an nackten Armen und Beinen der Damen, die an der Bar lehnten. Die Hände in eleganten Abendhandschuhen, hielten sie lange Zigarettenspitzen in die Luft, spielten mit endlosen Perlenketten und schlürften Champagnercocktails. Männer in weißen Anzügen tranken Whiskey und wippten dabei im Takt der Musik.

Anna merkte, wie sie der schnelle Rhythmus der Kapelle sofort in seinen Bann zog. Der Trompeter beugte sich weit nach vorne und warf die Beine nach hinten, genau in dem Moment, als sie an der Bühne vorbeiliefen, um zu ihrem Tisch zu gelangen. Zum ersten Mal sah sie einen schwarzen Menschen so nah vor sich. Die Stimmung in dem stickigen Saal war rauschhaft. Alle um sie herum schienen nur an ihr Amüsement zu denken und vorzuhaben, die Genüsse dieser Nacht bis zum Äußersten auszukosten. Das Tempo der Stadt hatte eine Art Hysterie erreicht. Auf dem Weg hierher waren sie an unzähligen ähnlichen Lokalen und Kabaretts vorbeigekommen. Mit seltsamen Namen auf den Schildern wie »Die drei Affen« oder »Der rote Elefant«, deren Türsteher sie mit betörenden Versprechungen in die Vorstellung zu locken versuchten. Dazwischen lehnten Dutzende von leicht bekleideten Prostituierten mit schwarz umrandeten Augen an den Hauswänden und warteten auf Freier, sprachen Männer an, die alleine unterwegs waren. Manche erschienen Anna erschreckend jung.

Anna und Ella setzten sich nebeneinander an den kleinen runden

Tisch, eingerahmt von Hermann und Carl. Dieser wirkte in seinem schlichten, braunen Dreiteiler ein wenig deplatziert, und so schien er sich auch zu fühlen, merkte Anna. Doch die gute Laune von Ellas Begleiter mit seinem dünnen Menjoubärtchen und dem gestreiften Anzug war ansteckend. Kaum dass sie saßen, winkte er die Kellnerin an ihren Tisch. Ohne Anna oder Carl zu fragen, bestellte er für die Damen eine Flasche des teuersten Champagners, einen alten Whiskey für die Männer. Ella machte unter dem Tisch eine beschwichtigende Geste, als sie ihre Unruhe spürte, und versuchte, ihnen damit zu bedeuten, dass sie sich um die Rechnung keine Sorgen machen müssten. Anna betrachtete ihre Freundin: Die dunklen Haare glänzten so auffällig, als seien sie mit schwarzem Lack überzogen. Sie trug ein glitzerndes Stirnband, an dessen Rückseite eine schwarze Straußenfeder befestigt war. Ihr ärmelloses Kleid war am Rock und Dekolleté mit Fransen versehen. Mit ihren dunkelroten Lippen und falschen tiefschwarzen Wimpern passte sie perfekt in das verruchte Umfeld. Anna fragte sich, ob ihr Begleiter ihr das Kleid geschenkt hatte, denn sie erkannte auf den ersten Blick, dass es ein teures Modellkleid war.

Der Mann schien um einiges älter als sie zu sein, und Ella hatte ihr noch nie von ihm erzählt. Doch bevor sie ihrer Freundin dazu eine Frage zuflüstern konnte, zog sich der Trompeter von der Mitte der Bühne an den Rand zurück, und ein Conférencier betrat die Bühne. Anna musste zweimal hinsehen, denn er war wie eine Frau geschminkt. Er kündigte die erste Nummer an, und kurz darauf trat eine aparte, blonde Frau auf. Sie war mit nicht viel mehr als Netzstrümpfen, einer Frackjacke und einem Zylinder bekleidet, und ihre atemberaubend langen Beine zogen die männlichen Zuschauer in ihren Bann. Sie tanzte mit aufreizend langsamen Bewegungen um einen einzigen Stuhl herum, knallte ihre roten Schuhe auf die Bretter, schwenkte die Hüften und sang mit einer tiefen, rauchigen Stimme: »Lieben, lieben, das ist gut, wer es recht verstehen tut. Wer es aber nicht recht kann, der fange nicht zu lieben an …«

Das Publikum im Saal tobte, als sie sich verkehrt herum mit gespreizten Schenkeln auf den Stuhl setzte und den letzten, langen Ton sang. Sie ließ den Kopf nach vorne über die Stuhllehne hängen.

Der Applaus wurde von Gejohle und Bravorufen begleitet. Anna beobachtete Carl aus dem Augenwinkel, als er begeistert auf den Fingern pfiff. Offenbar hatte die Sängerin seine Stimmung merklich gehoben. Hermann bot ihm eine Zigarre an, und zu Annas Erstaunen nahm Carl sie an, beugte sich über den Tisch, um sie sich mit Hermanns silbernem Feuerzeug anzünden zu lassen.

»Nicht schlecht, die Kleine, was?«, fragte Hermann und zwinkerte Carl verschwörerisch zu. »Wartet ab, es kommt noch besser.«

Kurz darauf trugen vier muskulöse Männer mit freien Oberkörpern einen Käfig auf die Bühne. Ein Raunen ging durch das Publikum. Zu Annas Überraschung und dem der meisten Zuschauer, die die Schau noch nicht kannten, befanden sich darin zwei Menschenaffen. Erst nach mehrmaligem Hinsehen bemerkte man, dass nur einer davon echt war, der andere war ein Mensch im Affenkostüm.

»Ist das nicht verrückt?«, flüsterte Ella und stieß Anna an. »Also, ich würde mich nicht freiwillig zu so einem Ungetüm in den Käfig sperren lassen.«

Mit angehaltenem Atem verfolgten sie das merkwürdige Schauspiel, bei dem der echte Orang-Utan die Bewegungen des verkleideten Menschen kopierte, sich am Kopf kratzte, wenn dieser es tat, die Beine übereinanderschlug und Whiskey aus einem Glas schlürfte. Nach einer Weile fragte Anna leise: »Seit wann gehst du mit ihm aus?« Sie nickte unmerklich mit dem Kopf in Hermanns Richtung.

»Seit einem Monat. Er ist wahnsinnig großzügig, weißt du?«, antwortete Ella.

»Und was verlangt er dafür?«

»Mensch, Anna! Was denkst du denn von mir!«

»Aber er ist doch viel zu alt für dich!«

Ella antwortete nicht, sondern schlug die Augenlider nieder und schnippte etwas abgefallene Asche von ihrem Knie. Erst jetzt konnte Anna sehen, was ihr vorher an ihrem Blick so ungewöhnlich vorgekommen war: Sie hatte sich winzige glitzernde Steinchen in einer dichten Reihe über die Wimpern geklebt. Das musste Stunden gedauert haben. Aber der Effekt war unglaublich glamourös. Auf einmal hörte man ein »Ah« und »Oh« von den Zuschauern, denn der

Affe hatte seinem menschlichen Zellengenossen die Zigarettenspitze aus der Hand genommen, hielt sie zwischen zwei Fingern und zog daran. Anna sah wieder zu Carl hinüber, der sich vor Lachen auf die Schenkel schlug. Hermann deutete mit seinem vollen Whiskeyglas in Richtung Käfig und sagte: »Passt auf, ihr werdet's nicht glauben.«

Seine Augen blitzen vor Vergnügen, als er sie beobachtete und auf ihre Reaktion wartete, denn im nächsten Moment zog der Affe eine Schnute und blies einen Ring nach dem anderen in die stickige Luft des Kellerraums. Das Publikum brüllte vor Begeisterung und trampelte mit den Schuhen, woraufhin der Affe ebenfalls applaudierte und mit den Füßen aufstampfte. Hermann bestellte, ohne zu fragen, die nächste Runde. Anna konnte immer noch nicht glauben, dass dies wirklich Ellas Liebhaber war. Doch sie beobachtete, wie die beiden immer wieder zärtliche Gesten austauschten und sich manchmal fast schmachtend in die Augen sahen. Es wirkte fast wie Liebe. Ella beugte sich zu Anna herüber und raunte ihr ins Ohr: »Er gehört zum Tietz-Clan. Du weißt doch, die Kaufhäuser.«

Natürlich kannte Anna den Namen Tietz. Er stand für die größte Warenhauskette in Eigenbesitz. Der einzige wirkliche Konkurrent Jandorfs. Sie wusste auch, dass der Gründer, Oscar Tietz, vor zwei Jahren gestorben war, und die Firma von den Söhnen weitergeführt wurde. Sollte Ella sich etwa einen der Tietz-Erben geangelt haben? Sie musterte Hermann von der Seite. Er zog an der Zigarre und prostete ihnen schon wieder zu.

»Du kannst das nicht verstehen, Anna, denn du hast es geschafft: Hast deine eigene kleine Konfektionsfirma und einen netten Mann. Ich möchte nicht für immer eine ledige Verkäuferin bleiben. Hermann macht mich in einem der Warenhäuser zur Leiterin der Damenkonfektion. Wenn ich schon keinen reichen Mann finde, der mich heiratet, dann wenigstens einen, der mich fördert.«

Jetzt ging Anna ein Licht auf. Hermann war bereits verheiratet. Und zwar mit einer Tietz-Erbin. Anna biss sich auf die Lippen. »Ach, Ella!«, seufzte sie leise. »Das hast du doch gar nicht nötig! Du hast doch dein festes Gehalt. Was glaubst du, wie oft ich dich darum schon beneidet habe!«

»Und auch wenn du es nicht glaubst, Anna …«, fügte Ella leise hinzu, »… ich liebe ihn.«

»Was tuschelt ihr denn da die ganze Zeit!«, fragte Hermann sie jetzt neugierig.

»Gar nichts, Liebster! Nur langweilige Frauengespräche«, sagte Ella und wedelte ihm mit dem Ende ihrer Federboa über die Nase. Er zündete Ella und sich die nächste Zigarre an. Carl lehnte diesmal mit einer Handbewegung und einem dankenden Nicken ab.

»Die sind vielleicht interessanter für uns Männer, als ihr denkt, nicht wahr, Carl?«, fragte Hermann und versuchte, Carls Blick aufzufangen.

»Ich glaube eher nicht«, antwortete dieser mit einem verlegenen Lächeln. Anna wusste, dass ihm solche Gespräche unangenehm waren. Die Affen-Nummer war vorbei, und der Conférencier sang ein anzügliches Lied über die Leiden der Liebe. Anna hatte Mühe, sich auf den zweideutigen Text zu konzentrieren, konnte nicht mehr mitlachen, wenn er die deftigen Pointen setzte. Sie nippte an ihrem Champagner, der auf einmal schal schmeckte. Als sie sich umsah, kamen ihr die Gesichter der Zuschauer mit den weit aufgerissenen, lachenden Mündern wie zu stark geschminkte Fratzen vor. Sie musste darüber nachdenken, ob Ella mit Hermann wohl glücklich war oder ob sie sich gegenseitig nur benutzten.

»Wollen wir noch in eine schicke Bar gehen? Vielleicht ins Adlon?«, fragte Ella. »Auf Dauer ist es mir hier zu schnöde.«

Hermann zögerte mit der Antwort, und Anna konnte ihm sofort ansehen, wie unangenehm ihm die Frage war. Natürlich! In der berühmten Bar der besseren Berliner Gesellschaft wollte er sich mit seiner Geliebten nicht zeigen. Anna sah zu Carl, und im selben Moment drehte er ihr sein Gesicht zu, griff nach ihrer Hand. In einer stillen Übereinkunft wussten sie beide, was sie wollten: tanzen.

In Hugos Tanzpalast war die Stimmung eine andere. Keiner saß mehr auf seinem Stuhl. Alle Besucher hatten sich auf der Tanzfläche aufgestellt und sahen zu dem Sänger auf der erhöhten Bühne empor wie zu einem Prediger. Als der Schlagzeuger den harten, klopfenden Rhythmus des Charleston vorgab, begannen sich alle wie Marionetten zu bewegen. Anna, Carl und Ella standen in der zweiten

Reihe und führten die Bewegungen wie an einer Schnur gezogen gleichzeitig mit den anderen aus. Ella drehte sich zu Hermann um, der an der Wand lehnte und ihr freundlich zuwinkte. Tanzen war nicht seine Sache. Doch Ella ließ sich den Spaß nicht verderben. Sie rissen die nackten Arme in die Luft, warfen den Kopf, nickend, erst nach links und dann nach rechts. Die Musik wurde lauter, und der Sänger in dem weißen Anzug mit dem kleinen runden Hut machte ihnen die rasend schnellen Tanzschritte vor. Als er sich nach vorne beugte, tat es ihm das vergnügungssüchtige Publikum nach. Als er die Hände abwinkelte und die Beine nach außen kickte, kopierten es Hunderte von jungen Menschen in Abendgarderobe. Abwechselnd drehten sie die Knie nach außen und innen, brachten die Beine in die X- und die O-Stellung. Mit den Armen wurde gerudert. Die nackten Waden der Damen in kurzen Kleidern schnellten seitlich in die Luft. Absätze trafen auf Schienbeine. Die Musik wurde immer lauter, der Rhythmus hämmernder und fordernder. Die Menschen schwitzten, ihre Leiber dampften. Annas lachsfarbenes Crêpekleid klebte an ihrer Haut. Von den dunkelgrünen Wänden tropfte das Kondenswasser. Plötzlich stoppte die Musik, und es herrschte Stille. Man verharrte auf der Tanzfläche und sah angespannt zur Bühne. Dann griff einer der Musiker zu einem Akkordeon. Das Lied, das jetzt folgte, war ein Tango mit einem Refrain, den offenbar die meisten kannten. Denn sie grölten ihn aus voller Kehle textsicher mit:

Vorgestern Nacht hab ich von zwei Mädchen geträumt,
die waren furchtbar kregel und aufgeräumt.
Die eine hatte nen' schwarzen Bubikopf und die andre einen braunen,
und sie hatten einander so lieb, das war einfach zum Staunen.
Sie waren leicht gekleidet – glatt zum Erkälten,
und sie taten einander immer Gleiches mit Gleichem vergelten.

Anna bewegte nur die Lippen, sah hinüber zu Ella und dann zu Carl. Beide schienen von der ekstatischen Atmosphäre mitgerissen zu werden. Ihre Körper berührten sich in der Enge. Noch mehr

Menschen drängten von hinten und von den Seiten auf die Tanzfläche. Die Kabarett- und Varietévorstellungen waren zu Ende, aber die Berliner suchten immer noch das rauschhafte Vergnügen dieser Nacht. Manche hielten Gläser in der Hand, schütteten sich den Alkohol in die Kehle oder schwappten ihn wahllos über billige oder teure Abendkleider aus hauchdünnem Stoff. Der Sänger streckte zwei Finger in die Luft und gab damit ein Zeichen, forderte die Zuschauer zum Paartanz auf. Anna spürte eine Hand, die sich zwischen ihre Schulterblätter legte, und drehte sich um. Es war Carl, der sich wie sie, wie alle hier, der Ekstase dieser Nacht hingab. Er hielt sie in seinen Armen und übernahm wieder die Führung, er tat dies mit der Entschlossenheit, die sie schon bei ihrem ersten Tanz im Prater so hingerissen hatte. Wieder griff er nach ihren Händen, hielt sie fest, um sie dann unter seinem Arm hindurchzuwirbeln. Fing sie wieder auf, legte ihr die Hand auf den Rücken, und ihre Körper schmiegten sich aneinander. Anna wollte das euphorische Gefühl festhalten. Doch da war ein Schatten, der sich über ihre Stimmung legte. Der Rausch, in den sie sich begaben, hatte etwas Ungesundes an sich. Von der aufgeheizten Stimmung ging eine dumpfe Bedrohung aus.

Am frühen Morgen wachte Anna auf und wusste, dass sich etwas verändert hatte. Durch das Fenster zum Hof fiel noch kein Lichtschimmer in ihr Schlafzimmer. Vermutlich war es noch vor sechs Uhr. Sie tastete über ihrem Baumwollnachthemd nach ihren Brüsten und merkte, dass sie verhärtet waren und spannten. Dann stieg auch schon die Übelkeit in ihr auf. Sie kannte die Anzeichen, und die Vorstellung, wieder schwanger zu sein, löste gemischte Gefühle in ihr aus. Neben sich im Ehebett hörte sie Carls gleichmäßiges Atmen. Unmöglich, es ihm jetzt schon zu sagen. Er würde nicht wollen, dass sie trotzdem weiterarbeitete. Und die Enttäuschung, wenn sie wieder eine Fehlgeburt hätte, würde er kaum verkraften, so sehnlich, wie er sich Kinder wünschte. Anna drehte sich zur Seite und stand, ganz vorsichtig darauf bedacht, ihn nicht zu wecken, aus dem Bett auf. Im Dunkeln ertastete sie ihre Kleidung auf dem Stuhl, legte sie sich über den Arm und schlich barfuß aus dem Zimmer. In der Küche zog sie sich an, holte ein Stück Brot aus dem Tontopf, begann sich kleine Bröckchen davon abzubrechen und in den Mund zu schieben. Nie einen leeren Magen zu haben war das Einzige, das gegen die Übelkeit half. Sie feuerte den Herd an. Und als die Kohlen endlich glühten, hielt sie ihre eiskalten Hände darüber.

Eine Stunde später war Carl bereits aus dem Haus gegangen. Nacheinander erschienen Ida und Emma zur Arbeit. Ihrer Schwester genügte ein Blick, um zu wissen, was mit Anna los war. Emmas Ausdruck wurde weich. Sie hatte bereits zwei Kinder und freute sich für Anna.

»Seit wann weißt du es?«, fragte sie.

»Seit heute Morgen bin ich mir sicher.« Anna senkte die Stimme. »Ich bin seit einer Woche überfällig.«

Ida sah von ihrer Nähmaschine auf, als sie die beiden tuscheln hörte. »Vor mir müsst ihr das nicht verheimlichen. Ich weiß Bescheid«, plapperte sie drauflos. »Ich habe schon so viele jüngere Geschwister bekommen, eines war eine Totgeburt, zwei von ihnen sind kein halbes Jahr alt geworden …«

»Ida!«, schrie Emma entsetzt auf. »Um Gottes willen! Halt endlich den Mund!«

Ida merkte erst jetzt, was sie gerade angerichtet hatte. Anna war blass geworden. Ihr stand die nackte Angst im Gesicht. Auch ihre eigene Mutter hatte nach Dora noch eine Totgeburt gehabt und wäre danach fast verblutet. Hilfesuchend sah sie zu ihrer großen Schwester, die genau wusste, was sich jetzt in ihrem Kopf abspielte.

»Tut mir leid!«, murmelte Ida, und dabei stieg ihr die Röte in das Gesicht. »Aber das heißt ja nicht, dass Anna das auch passiert. Meine Mutter hat auch während ihrer Schwangerschaften immer noch schwer in der Wäscherei gearbeitet und …«

»Ida! Sei still. Jetzt sofort!«, herrschte Emma sie in einem so drohenden Tonfall an, wie ihn Ida noch nie von ihr gehört hatte. Emma legte Anna den Arm um die Schultern. Dann flüsterte sie ihr zu: »Mach dir keine Sorgen! Schließlich habe ich zwei gesunde Kinder bekommen. Bei dir wird es genauso werden.«

Doch in Annas Gedanken stiegen die Bilder jener Nacht hoch. Ihre Mutter hatte schon den ganzen Tag in den Wehen gelegen. Ihre nur halb unterdrückten Schreie hatten die Kinder nicht schlafen lassen. Auf der steilen Treppe vor der Schlafkammer hatten sie alle aufgereiht gesessen, sich aneinandergepresst und darauf gewartet, dass sie endlich den erlösenden Schrei des Neugeborenen hörten. Der versteinerte Blick ihres Vaters, das Bündel auf den Armen. Ein winziger, lebloser Körper. Ganz blau sei der kleine Junge gewesen, hatte sie hinterher gehört. Emma griff ihre Hand und sah ihr in die Augen: »Weißt du, wie man solchen Sorgen am besten begegnet?« Ohne Annas Antwort abzuwarten, gab sie sie selbst: »Mit Arbeit. Und keine Angst: Am Zeichentisch oder an der Nähmaschine zu sitzen, hat in der Hinsicht noch keiner Frau geschadet!«

CHARLOTTE

Charlotte rückte die bauchige Blumenvase aus geätztem Glas auf dem Couchtisch gerade, sog den süßen Duft der Callasblüten tief ein. Sie sah sich in ihrem Wohnzimmer um. Auch nach fast anderthalb Jahren fühlte sie sich hier immer noch wie eingesperrt. In kürzester Zeit nach ihrer überstürzten Abreise hatte sie die geräumige Wohnung im Leipziger Musikviertel gefunden, die neuen Möbel ausgesucht und den Umzug durchgeführt. Ernsts überschaubare Habseligkeiten von seinem Zimmer in der Kupfergasse zur Mozartstraße bringen zu lassen, hatte nicht viel Zeit in Anspruch genommen. Das meiste, was er besaß, waren Fachbücher. Für einen ihrer neuen Räume hatte sie Regale anfertigen lassen, die vom Boden bis zur Decke reichten. Sie öffnete beide Flügel des Fensters und lehnte sich über die schmiedeeiserne Brüstung des kleinen Balkons. Der ungeliebte Geräuschpegel der Stadt drang an ihre Ohren. Die dreijährigen Ulmen schluckten mit ihren spärlich belaubten Ästen nur wenig Verkehrslärm. Ein offenes Automobil fuhr direkt unter ihr vorbei, und die Topfhüte der zwei elegant gekleideten Damen schienen zum Greifen nah. In der Gegenrichtung kam ein zweispänniger Landauer angerollt. Charlotte konnte nicht anders: Sie taxierte das Alter und die Qualität der zwei Rappen. Es waren edle, gut gepflegte Tiere. Im großstädtischen Straßenbild waren Pferdekutschen inzwischen seltener geworden.

Wehmut befiel sie. Ob sie sich jemals daran gewöhnen würde, von Stein und Asphalt umgeben zu sein statt von goldgelben Kornfeldern und grünen Wiesen? Keinen Hahn mehr um fünf Uhr früh krähen zu hören, danach das Muhen der Kühe, die auf den Melker warteten? Nie mehr vor Morgengrauen zur Jagd aufzubrechen oder mit ihrer Stute im Frühnebel über die Felder zu galoppieren? Sollte ihr Leben jetzt wirklich hier in Leipzig stattfinden? Nun, im fünften Schwangerschaftsmonat, hätte sie zwar ohnehin nicht mehr reiten können. Die jahrelangen offenen Vorwürfe von Ernst über ihre offensichtliche Unfruchtbarkeit und entsprechenden

Repliken ihres Vaters, wie sehr die häufige Abwesenheit des Ehemanns dem Kinderwunsch zuwiderlaufe, hatten nun ein Ende. Ihr Vater hatte mit seinen Sticheleien wieder einmal recht behalten. Aber gerade im Hinblick auf ihr bevorstehendes Kindbett hätte sie sich auf Feltin besser aufgehoben gefühlt. Und das alles nur, weil sich Ernst und Richard über ein paar dumme Ferkel gestritten hatten? Sie wusste, dass das nicht der tiefere Grund war, sondern nur der Anlass für ihr Zerwürfnis. Die dauernden Machtkämpfe zwischen ihrem Vater und Ehemann hatten darin ihren Höhepunkt gefunden. Sie hätte sich denken können, dass er Ernsts Versuchsreihen nur so lange tolerieren würde, wie sie nicht mit seinen ertragorientierten Vorstellungen kollidierten. Richard war ein Gutsherr durch und durch. Er ließ sich von nichts und niemandem in seine Entscheidungen hineinreden. Sie würde sich, zumindest vorerst, damit abfinden müssen und das Beste daraus machen, und wenigstens hatte Lisbeth ihr versprochen, nach ihrer Niederkunft nach Leipzig zu kommen.

Charlotte sah auf die Kaminuhr, die von zwei bronzenen Panthern gehalten wurde. Es war gleich halb vier, und sie erwartete Cäcilie, Edith und zwei ihrer Freundinnen zum Kaffee. Mit den Handflächen bauschte sie ihre schimmernden Haare auf, die sie heute Morgen mit einer Wasserwelle hatte in Form bringen lassen. Cäcilies Einfluss war nicht nur bei ihrem Äußeren zu spüren, sondern auch bei der Einrichtung. Sie hatte sie sofort davon abgebracht, den Stil des Herrenhauses ihrer Eltern zu kopieren, sondern einen zeitgemäßen, modernen Geschmack walten zu lassen. Wie unvorstellbar mondän: Cäcilie und Salomon hatten die neuen Ideen von der Weltausstellung in Paris mitgebracht. Wände tapezierte man nicht mehr mit Rankenmustern, sondern in dunklen Smaragdtönen oder geheimnisvollem Bronzeschimmer. Man drapierte schwere Vorhänge aus kostbaren Samtstoffen. Gegen die Stilsicherheit ihrer Tante war sogar Ernst machtlos und gab irgendwann seinen anfänglichen Widerstand auf. Seine Einkünfte erlaubten ihnen keinen aufwendigen Lebensstil. Doch Charlotte hatte von ihrem Vater eine ordentliche Mitgift erhalten, und Ernst ließ ihr im Rahmen dieses Budgets freie Hand. So waren sie bei einem Tischler vorstellig geworden, der dem in Deutschland inzwischen verbreiteten lieblichen Jugendstil die neuen französischen Art-déco-Formen entgegensetzte. Seine Möbel waren viel wuchtiger, eckiger, mit hochglänzendem, schwarzem Klavierlack überzogen oder in gelb schimmerndem, poliertem Wurzelholz gearbeitet. Es ging ja wieder besser in Deutschland. Seit Anfang des Jahres 1925 war Deutschland wieder zahlungsfähig. Selbst der internationale Frieden war weniger gefährdet als zu irgendeinem anderen Zeitpunkt seit 1914. Die Menschen, die so lange krisengeschüttelt und politikverdrossen waren, sahen einen Silberstreif am Horizont. Vor allem der Jugend kam es vor, als sei ein neues, unbeschwertes Zeitalter angebrochen. Das Schlimmste war überstanden. So dachte man jedenfalls.

Als die Türglocke schellte, kontrollierte Charlotte mit einem letzten Blick die glasierten Kuchenstücke auf der Étagère. Erna öffnete die Tür und geleitete ihren Besuch in den Salon. Charlotte bat das Dienstmädchen, ihnen den Kaffee zu servieren, und Erna verschwand in Richtung Küche. Sie war Charlotte ohne jeden Widerspruch nach Leipzig gefolgt. Seit ihrer Hochzeit bewohnte sie mit Eberhard, dem Kammerdiener von Charlottes Onkels, eine kleine Mansardenwohnung in der Villa der Liebermanns. Doch sie arbeitete weiterhin für Charlotte und Ernst, und sie war das einzige Dienstpersonal, das sie sich leisten konnten.

»Ein Radiogerät! Soll das wirklich für mich sein?«, rief Charlotte entzückt aus.

Erna trug den schwarzen Holzkasten, um den eine hellblaue Schleife gebunden war, ins Wohnzimmer.

»Damit du ein wenig Ablenkung hast, wenn du zukünftig mehr an das Haus gefesselt bist!«, erklärte ihr Cäcilie, während sie ihre Handschuhe auszog. »Direkt von der Funkausstellung in Berlin: Das erste Röhrenradio. Salomon hat gleich drei Stück gekauft. Du kennst ihn ja. Für neue technische Erfindungen kann er sich sehr begeistern.«

Charlotte fiel ihrer Tante um den Hals. »Tausend Dank. Was für ein unglaubliches Geschenk! Stell es dort auf die Anrichte, aber vorsichtig, Erna.« Sie zeigte auf das breite Sideboard. Dann drehte sie sich zu ihren anderen Gästen um: »Frau Kommerzienrat, bitte entschuldigen Sie, dass ich Sie nicht eher begrüßt habe. Was für eine Ehre!«

»Natürlich entschuldige ich das. Bei so einer ungewöhnlichen Gabe habe ich jedes Verständnis der Welt für eine Bevorzugung der Schenkerin«, sagte die ältere ihrer Besucherinnen, die die Szene stumm beobachtet hatte. »Frau Trotha, wie schön. Ich freue mich sehr über die Einladung.«

Charlotte erinnerte sich an sie. Sie war ihr damals anlässlich von Ediths Salonkonzert vorgestellt worden. Ihre Tante hatte Charlotte dazu überredet, sich endlich mehr am Leipziger Gesellschaftsleben zu beteiligen, und dann kam man an Frau Kommerzienrat Taubner einfach nicht vorbei. Ihre Familie hatte ihr Immobilienvermögen durch den Aufschwung der Leipziger Messe seit den Kriegsjahren vervielfacht. Sie erschien in Begleitung ihrer Tochter Helene.

»Und haben Sie sich gut in Leipzig eingelebt?«, fragte sie, biss in einen der kleinen Kuchen und sah sich um.

»Wie ich sehe, haben Sie den gleichen extravaganten Geschmack wie unsere liebe Cäcilie.«

»Nun, um auf ihre erste Frage zu antworten: Ich fühle mich inzwischen recht wohl in der Stadt, aber …« Charlotte senkte den Kopf und drehte an ihrem Ehering.

»Aber?«, fragte Frau Taubner.

»Manchmal vermisse ich die Pferde … und den Wald und den Geruch nach frischem Heu …«

»Und womöglich auch nach Jauche«, fügte Frau Taubner hinzu und bat gleich darauf um Verzeihung: »Wie taktlos von mir, meine Liebe. Das ist mir einfach herausgerutscht.«

Edith und Cäcilie schwiegen. Sie wussten nur zu gut, dass der erfahrenen Meisterin der beiläufigen Konversation niemals ein Wort einfach so unbedacht herausrutschte. Charlotte würde es wohl schwerhaben, nachdem sie mit der Einladung der wichtigsten Dame der Leipziger Gesellschaft so lange gewartet hatte.

»Und zu ihrer zweiten Feststellung«, fuhr Charlotte fort, ohne darauf einzugehen. »Diese Möblierung ist natürlich kein Zufall. Meine

Tante hat hier ihre Hände im Spiel gehabt. Ich selbst bin ja nur eine einfache Landpomeranze.«

»Eins zu null für Sie!«, gestand ihr Frau Taubner zu.

Die Frauen lachten entspannt, und Cäcilie widersprach Charlotte: »Das ist aber wirklich falsche Bescheidenheit, Lotte! Du selbst verfügst über ein sehr gutes Stilgefühl. Ich habe dich doch nur zu dem richtigen Tischler geführt.«

Edith nahm ein Petit Four mit grüner Kuvertüre von ihrem Teller, und Charlotte konnte die Augen sekundenlang kaum von ihrem Saphirring abwenden. Seit ihre Cousine damals aus Feltin abgereist war, hatten sie nie wieder Zeit allein miteinander verbracht. Sie wusste kaum noch etwas über sie, außer den Erfolgsmeldungen über ihre Bühnenkarriere und ihre ersten Konzertreisen. Es hatte Charlotte überrascht, dass sie überhaupt die Zeit für so etwas Profanes wie einen Kaffeeklatsch am Nachmittag gefunden hatte. Als sie den Kopf hob, begegneten sich ihre Blicke. Charlotte erschrak. In Ediths hellen Augen lag ein Ausdruck, den sie von ihr nicht kannte. Sie wusste ihn nur als Schmerz und Verzweiflung zu deuten, konnte sich aber nicht erklären, was ihrer Cousine so zusetzte. Sie hatte doch alles, was man sich nur wünschen konnte.

»Ich habe gehört, dass Ihr Mann Dozent an der Leipziger Universität ist«, wurde sie jetzt von Frau Taubners Tochter angesprochen. Helene war etwa in ihrem Alter, hatte aber bereits die matronenhafte Art ihrer Mutter angenommen.

»Ja, so ist es. Er unterrichtet Agrarwissenschaften«, antwortete Charlotte.

»Und …?«, führte ihre Mutter die Befragung fort. »Wie gedenken Sie sich hier in Leipzig die Zeit zu vertreiben? Möchten Sie sich ehrenamtlich engagieren?« Sie nahm eines der Kuchenstückchen zwischen Daumen und Zeigefinger. »Wir könnten Ihre Unterstützung bei der Organisation unseres Balls zugunsten der Kriegsveteranen gut gebrauchen. Oder sind Sie in Ihrem Zustand nicht mehr beweglich genug? Helene hat ja bereits zwei entzückende Kinder. Einen Buben und ein Mädel. Aber sie hat jeweils bis kurz vor der Geburt noch tatkräftig mitgeholfen.«

Frau Taubner musterte jetzt unverhohlen Charlottes Taille, die sich in dem gerade geschnittenen, plissierten Nachmittagskleid nicht sehr deutlich abzeichnete.

Charlotte schüttelte den Kopf: »Ich habe noch einige Monate, da kann ich ja nicht nur herumsitzen«, sagte sie.

»Und wie steht es mit Ihnen, Edith?«, fragte Frau Taubner.

»Edith plant gerade eine Konzertreise nach Wien und muss natürlich unendlich viel üben und proben«, kam Cäcilie zu Hilfe.

Frau Taubner löffelte sich Zucker in den Kaffee, während sie sagte: »Natürlich. Nur … meinte ich eigentlich Ihre Planungen privaterer Natur, aber lassen wir das.«

Sie rührte in ihrer Tasse und lächelte harmlos in die Runde.

Edith senkte den Kopf, sah auf ihre Hände, begann ihre Finger zu reiben, als müsse sie einen Tintenfleck abrubbeln. Charlotte realisierte erst in diesem Augenblick, dass Frau Taubner auf Ediths Kinderlosigkeit angespielt hatte. Wie impertinent! Sie wusste genau, wie Edith sich jetzt fühlen musste. Also war es womöglich das, was sie so unglücklich machte? Der äußere Druck wuchs ins schier Unermessliche, wenn sich, genau wie bis vor Kurzem bei ihr, nach fünf Jahren Ehe noch kein Nachwuchs einstellte.

»Ich würde gerne bei der Vorbereitung des Balls mithelfen«, sagte Charlotte rasch, bevor das unangenehme Thema des Kinderkriegens noch vertieft werden konnte.

»Wie wunderbar!«, rief Frau Taubner und klatschte in die Hände. »Ihre Tante ist natürlich auch dabei, und zwar federführend für die Dekoration … wie sollte es anders sein, bei ihrem Talent.«

Sie sah Cäcilie an, deren Mund lächelte, wobei, wie Charlotte sofort bemerkte, ihre Augen kühl blieben. Insgeheim bewunderte sie ihre Beherrschtheit.

»Wir hatten so sehr gehofft, Frau Trotha für unser Komitee gewinnen zu können, nicht wahr, Helene?«, sprach Frau Taubner weiter.

Ihre Tochter stimmte ihr beflissen zu.

»Vielleicht könnten Sie gleich morgen Vormittag zu unserer wöchentlichen Besprechung kommen. Sie findet reihum bei den Mitgliedern des Ballkomitees statt. Diesmal wird es bei Gerlings in der Beethovenstraße sein. Das ist ja gleich hier um die Ecke. Also meine Liebe …« Sie stand auf und bedeutete ihrer Tochter, die sich gerade noch ein Petit Four in den Mund schob, sich ebenfalls zu erheben. »Dann sehen wir uns morgen um zehn.«

Kurz bevor sie den Raum verließ, schirmte sie ihren Mund mit der Hand ab und tat so, als gäbe es ungebetene Mithörer: »Bitte seien Sie pünktlich, liebe Frau Trotha. Frau Gerling kann es auf den Tod nicht ausstehen, wenn jemand zu den Sitzungen zu spät kommt, da ist sie ein wenig pedantisch.«

Erna begleitete die beiden hinaus, doch sie vergaß, die Tür des Salons hinter sich zu schließen. Deshalb konnten sie deutlich hören, wie Frau Taubner ihrer Tochter im Vorraum zuraunte: »Völlig übertrieben, was die Liebermann ihrer Nichte bei der Einrichtung eingeredet hat. Das arme Ding! Diese Geldjuden glauben auch, sie könnten sich guten Geschmack erkaufen.«

Cäcilie, Charlotte und Edith sahen sich stumm an. Ohne das soeben behörte zu kommentieren, legte Cäcilie ihrer Nichte die Hand auf den Arm. »Du Ärmste! Was habe ich dir da nur aufgehalst!«

»Wirklich, Mutter!«, schimpfte Edith. »Wie konntest du Lotte nur in diesen Hyänenzirkel hineinziehen?«

Charlotte musste wegen des Ausdrucks lachen. »Schon gut«, sagte sie. »Den Verlauf des Gesprächs konnte Cäcilie sicher nicht voraussehen.«

»Oh, doch, das konnte sie! Und wie sie das konnte«, bemerkte Edith und klang verbittert.

Charlotte horchte auf. Sie hatte diese Misstöne zwischen den beiden vorher noch nie gehört. »Jedenfalls wird es mir jetzt in Leipzig nicht mehr so leicht langweilig«, sagte sie.

Edith sah sie mitleidig an: »Im Gegenteil. Das Ganze verspricht gähnenden Stumpfsinn! Mich haben sie schon so oft gefragt. Aber ich bin bis jetzt immer mit der Ausrede, eine Probe oder ein wichtiges Konzert zu haben, davongekommen.«

Cäcilie wischte ein paar Krümel von der Tischplatte in ihre Hand und straffte den Rücken. Charlotte bemerkte in dem harten Licht der Nachmittagssonne, die jetzt zum Fenster hereinfiel, die ersten Fältchen in dem schönen Gesicht ihrer Tante. Sie war gerade dreiundvierzig Jahre alt geworden. Wenn sie sie mit ihrer Mutter Lisbeth verglich, die sogar noch ein Jahr jünger war, hatte sie sich ihr jugendliches Aussehen wesentlich besser bewahrt. Doch gerade wirkte sie abgekämpft und müde. Charlotte stand auf und zog die Vorhänge ein Stück weit zu.

»Besser so?«, fragte sie.

Cäcilie nickte dankbar: »Wisst ihr: Manchmal kann ich diese Heuchelei auch kaum noch ertragen. Aber glaub mir, Lotte: In der Leipziger Gesellschaft kommst du an diesem Kreis nicht vorbei. Entweder du machst mit, oder sie wenden sich gegen dich, und du stehst alleine da.«

Ediths Gesichtszüge verhärteten sich: »Also wenn ihr mich fragt? Da wähle ich lieber Letzteres.«

ANNA

Die Wehen kamen am frühen Morgen. Der schneidende Schmerz erinnerte sie sofort an ihren Steißbeinbruch. Anna stöhnte laut auf und umklammerte die Schneiderpuppe, der sie gerade einen Mantel aus Nesselstoff überzog. Sie waren dazu übergegangen, jeweils ein Modell aus dem billigen Stoff zur Probe vorzufertigen. Die wertvollen Stoffbahnen wollte man dafür nicht verschwenden. Anna war allein. Carl war bereits zur Arbeit gegangen, Ida und Emma waren noch nicht da. Sie keuchte und krümmte sich. So plötzlich, wie die Wehe gekommen war, ging sie auch vorbei. Anna setzte sich auf ihren Stuhl und sah auf die Wanduhr. Es war zehn Minuten nach sechs. Vor sieben Uhr würde hier niemand auftauchen. Gerade als sie in die Küche gehen wollte, um sich ein Glas Wasser zu holen, überfiel sie die zweite Wehe. Sie lehnte sich an den Türrahmen und ließ sich langsam daran herunterrutschen. Der Abstand zwischen den zwei Wehen war zwanzig Minuten gewesen. Bei ihrem letzten Arztbesuch hatte man ihr gesagt, dass Wehen im Halbstunden-Takt das sichere Signal seien, um sich in die Klinik zu begeben. Doch bis es dringend würde, würde beim ersten Kind in der Regel einige Zeit vergehen, manchmal ein ganzer Tag, hatte man sie beruhigt. Sie hatte keine Angst. Emma hatte recht gehabt: Gegen ungute Gedanken half ihr am besten ihre Arbeit. Anna drehte sich zu dem unfertigen Modell um. Daneben hatte sie ihre kolorierte Skizze mit kleinen aufgeklebten Stoffproben an die Wand gepinnt. Peters war begeistert von dem Mantel mit dem aufwendig drapierten Revers gewesen. Er hatte fünfzig Stück geordert, die in zwei Wochen fertig sein sollten. Wer sollte das alles, was sie vorbereiten wollte, für sie tun? Sie entschied sich, noch so viel wie möglich zu schaffen, und ging zurück zu ihrem Modell. Begann, die Schulter enger zu stecken, und zupfte an der Drapierung, die ihr nicht voluminös genug erschien. Dann presste sie sich wieder ihre Hände auf den Unterleib, versuchte, trotz des Schmerzes zu atmen, sah wieder auf die Uhr: Viertel vor sieben. Gleich würden Emma und Ida kommen. Sie zog der Puppe den Mantel wieder aus und trennte mit einer Rasierklinge die Nähte der Drapierung am Kragen auf. Dann hörte sie den Schlüssel im Schloss und atmete erleichtert auf.

»Guten Morgen!«, rief jemand.

Es war Emmas Stimme. Anna antwortete ihr. Als sie die Wohnzimmertür aufstieß, sah ihre Schwester zuerst den Mantel aus Nessel auf dem Tisch.

»Ach, du hast ihn wieder aufgetrennt. Dachte ich mir schon. Die Drapierung am Kragen ist zu mickrig, nicht wahr?«

Dann sah sie Annas Gesicht. »Stimmt etwas nicht? Du bist so blass!«

Anna legte die Hände auf ihren Leib und nickte.

»Hast du etwa Wehen?«, fragte Emma, und in ihrem Gesicht zeichnete sich eine Mischung aus Freude und Mitleid ab. Sie wusste, was ihrer Schwester jetzt bevorstand, und auch wenn eine Geburt etwas so Normales und Natürliches war, gab es doch etliche Unwägbarkeiten.

»In welchem Abstand?«, fragte sie.

»Zwanzig Minuten.«

Emma war entsetzt, aber sie versuchte, es vor Anna zu verbergen. Sie wusste, dass ihre Schwester schon seit Wochen eine Tasche mit dem Notwendigsten für die Klinik gepackt hatte. Aber jetzt fragte sie sich, ob sie sie überhaupt noch schnell genug dorthin bringen konnte.

»Ich rufe die Hebamme«, sagte sie. »Bin gleich wieder da.«

Sie selbst hatten keinen Fernsprecher, aber die Kohlehandlung im Nachbarhaus, von dem sie in so einem Notfall sicher telefonieren durfte. Sie ließ sich mit der Hebammenpraxis verbinden und bekam eine Frau zu sprechen, die sie wissen ließ, die Hebamme sei unterwegs bei einer anderen Hochschwangeren. Emma schilderte der Frau aber Annas Zustand und bekam den Rat, sie schnellstmöglich in die Klinik zu bringen. Sie lief auf die Straße und hob den Arm. Zwei Automobile hupten und fuhren an ihr vorbei. Als Nächstes kam ein Pferdefuhrwerk auf sie zu. Es zog eine schwarze Kutsche, und der Kutscher brachte die braunen Rösser direkt vor ihr zum

Stehen. Emma sank der Mut, als sie sah, was das Fuhrwerk geladen hatte. Es war ein Leichenwagen. Direkt an der nächsten Kreuzung lag ein Bestattungsinstitut. Doch sie entschied, dass sie jetzt nicht wählerisch sein konnte. Der Kutscher war ein netter, rotgesichtiger Mann, und als sie ihm erklärte, um was es ging, versprach er ihr, auf Anna zu warten und sie zur Frauenklinik in den Mariendorfer Weg zu fahren. Zusammen mit Ida, die inzwischen eingetroffen war, brachten sie Anna zur Kutsche. Sie schluckte, als sie den schwarzen Wagen mit dem Sarg sah. Ihre Mutter war abergläubisch, und die ständigen Hinweise auf allerlei bedenkliche Anzeichen, die sie in ihrer Kindheit gehört hatte, konnte sie nicht ganz abschütteln. Niemals wäre Sophie freiwillig auf den Kutschbock eines Leichenwagens gestiegen, und schon gar nicht auf dem Weg zur Geburt ihres Kindes.

»Komm schon! Wir haben jetzt keine andere Wahl!«, versuchte Emma, ihr Mut zu machen. In dem Moment merkte Anna, wie plötzlich ihre Unterhose durchnässt wurde und ihr eine Flüssigkeit die Innenseiten der Schenkel herunterrann. Ihre Fruchtblase war geplatzt.

Klinik-Hebamme Sigrid war erfahren in ihrem Beruf und hatte schon mehr als tausend Kinder geholt, wie sie Anna immer wieder beruhigend versicherte. Doch Anna hörte kaum noch ihre einlullenden Worte. Ihre eine Hand krallte sich in ihren gestärkten Kittel und die andere umklammerte das kalte Metall des Handgriffs an dem gynäkologischen Stuhl. Sie hatte das Gefühl, in der Mitte zerrissen zu werden, als sich das Kind direkt nach ihrer Ankunft im Kreißsaal mit aller Macht seinen Weg bahnte. Doch mit einem Mal war der Schmerz Vergangenheit. Kurz darauf streckte sie die Arme aus, und man legte ihr einen kleinen, kräftigen Säugling mit dunklen Haaren auf den Bauch, deckte ein Handtuch darüber. »Gratuliere!«, sagte der Arzt. »Ein gesundes Mädchen. Das war eine Sturzgeburt wie aus dem Lehrbuch.«

Ein Glücksgefühl breitete sich in Anna aus. Sie hatte eine Tochter. Das Nähen des Dammrisses, das der Arzt gleich darauf durchführte, empfand sie kaum noch als schmerzhaft.

Als Carl eine Stunde später an ihre Zimmertür klopfte, lag ihr Kind in einem Gitterbettchen dicht neben ihrem Bett. Anna wusste, dass sie gleich abgeholt und auf die Säuglingsstation gebracht werden würde. Ein paar Minuten hatten sie noch allein mit ihr. Sie beugten ihre Köpfe über ihr zerknautschtes Gesichtchen, sprachen über die Ähnlichkeiten. Carl strich zart über die winzige Hand, die sich sofort um seinen Finger schloss. Sie sah sie ruhig mit riesigen dunkelblauen Augen an.

»Sie hat deine Augen!«, sagte er.

»Alle Kinder haben blaue Augen«, belehrte ihn Anna. »Aber das ist auf jeden Fall deine Nase!«, meinte sie und deutete auf das winzige platt gedrückte Näschen.

»Danke!«, sagte er. »Hoffentlich wächst sich das noch aus. Jedenfalls sind es deine Haare! Wie wollen wir sie nennen?«

Anna sah von ihm zu dem Säugling und dann wieder zu ihm. Sie hatte den Namen schon lange im Kopf.

»Anita«, sagte sie.

Er setzte sich zu ihr auf die Bettkante, küsste Anna vorsichtig auf die Lippen, und sie merkte, wie ihr die Tränen kamen.

Wenn sie doch die Zeit anhalten könnte und in diesem Moment verweilen, dachte sie.

CHARLOTTE

Charlotte saß vor ihrem Frisiertisch und ließ sich von Erna mit dem Kreppeisen Wellen in die Haare brennen. Sie hatte das Gefühl, dass ihre Haare seit der Geburt nur noch stumpf und langweilig herunterhingen. Als ihr der verbrannte Geruch in die Nase stieg, fuhr sie das Dienstmädchen an: »Pass doch auf, Erna! Sonst habe ich bald gar keine Haare mehr auf dem Kopf!«

Sie merkte selbst, wie ungerecht sie war, und sie hasste sich dafür. »Entschuldige! Es war nicht so gemeint!«, sagte sie und suchte Ernas Augen im Spiegel.

»Schon gut!«, murmelte diese, mied aber ihren Blick. Charlotte wusste, dass sie ihre Umgebung mit ihrer ständigen schlechten Laune drangsalierte. Die frühere Vertrautheit mit Erna hatte darunter gelitten. Sie sprachen nur noch das Nötigste und tauschten keinerlei Privatheiten mehr aus. Ihre Mutter war nicht zuletzt wegen Charlottes unerträglicher Launenhaftigkeit schon bald wieder abgereist.

Komm zurück nach Feltin. Dort wird alles wieder gut. Die Worte standen unausgesprochen im Raum, als sie sich auf dem Bahnsteig verabschiedeten.

Nicht mehr lange, und Erna würde ihren Dienst quittieren, wenn sie sich weiterhin so verhielt. Charlotte wusste es und konnte trotzdem nichts dagegen tun. Vor drei Monaten war ihr Sohn auf die Welt gekommen. Felix war anstrengend. Er schrie viel, und obwohl sie mit Salomons finanzieller Unterstützung eine Kinderfrau angestellt hatten, raubte er ihr nachts den Schlaf, wenn sie sein dauerndes Weinen hörte. Frau Toepfer erzog ihn nach der gängigen Auffassung, man müsse ihn schreien lassen, um ihn nicht zu verwöhnen. Charlotte kam es grausam vor, doch sie hatte nicht die Kraft einzugreifen. Ernst schien es nicht zu stören. Er hatte einen so festen Schlaf, dass er von dem Weinen nicht aufwachte. Doch er hatte sie auch seit der Nachricht von ihrer Schwangerschaft nicht mehr angerührt. Anfangs hatte sie Felix gestillt. Wegen ihrer anhaltenden Brustentzündung wurde der Kleine inzwischen mit der Flasche ernährt. Sie sah in den Spiegel: Die dunkelgrau umrandeten Augen passten perfekt zu ihrer melancholischen Verfassung. Sie ließ sich von Erna den Schmuck anlegen und fuhr mit den Fingerspitzen über das Rubincollier an ihrem Hals.

»Wunderschön!«, sagte Erna.

Charlotte seufzte. Es war so altbacken. Ernst hatte ihr den Schmuck zur Geburt geschenkt. Doch es entsprach so gar nicht der aktuellen Mode. Sie nahm den Glasstöpsel von einem Kristallflakon und tupfte sich damit Parfüm auf den Hals und auf die Innenseiten ihrer nackten Arme. Es klopfte an der Tür, und Ernst kam ins Zimmer. Sie fragte ihn, ob er sie wirklich nicht begleiten wolle, doch es war nur eine rhetorische Frage. Sie kannte bereits seine Antwort. Ernst ging prinzipiell nie aus. Lieber setzte er sich abends in sein Arbeitszimmer und brütete stundenlang über seinen Büchern und Tabellen. Unterschwellig war ihm eine dauernde Unzufriedenheit anzumerken. Seit er keine eigenen Feldversuche mehr durchführen konnte, war seine Forschungstätigkeit zum Erliegen gekommen, und er hatte keine Schriften mehr publiziert. Sie wusste, dass seine Reputation als Wissenschaftler darunter litt, und das machte ihm schwer zu schaffen. Allein das Unterrichten der Studenten reichte ihm nicht.

»Es freut mich, dass du den Schmuck trägst«, sagte er und tätschelte ihren Arm. Seinem abwesenden Gesichtsausdruck konnte sie entnehmen, dass er in Gedanken schon wieder bei seinen Lehrbüchern war.

»Sicher tut es dir gut, etwas Abwechslung zu haben«, sagte er.

Charlotte warf ihm eine Kusshand zu. »Spätestens um elf bin ich zu Hause!«

Edith wollte unbedingt, dass sie zu einer Kabarettvorführung kam, und hatte so lange auf sie eingeredet, bis Charlotte zugesagt hatte. Wenn ihre Cousine schon neben den vielen Konzerten und Proben Zeit für sie hatte, wollte sie nicht Nein sagen. Sie drehte sich um, wartete, bis Ernst das Zimmer verlassen hatte. Dann sagte sie zu Erna: »Nimm es mir wieder ab! Und gib mir dafür die lange Kette mit den Zuchtperlen.«

Charlotte bemerkte sofort die Blicke, die sie auf sich zog, als sie das verräucherte Lokal mit den schwarzen Wänden betrat. Nicht nur die Augen der Männer richteten sich auf sie. Einige Frauen unterbrachen sogar ihre Gespräche, starrten auf Charlottes von einzelnen Goldfäden durchzogenes Kleid, musterten sie, fast anzüglich. In dem Moment war sie dankbar, dass ihre Appetitlosigkeit ihr nach der Geburt schnell zu ihrer alten Figur verholfen hatte. Eine Hand schnellte in die Luft und winkte ihr. Edith stand auf: Sie trug einen Hosenanzug mit Weste und Krawatte. Die kurzen Haare mit der in die Stirn gekämmten Locke und den wippenden dunklen Spitzen dicht neben ihrem dunkelrot geschminkten Mund veränderten Ediths Gesicht vollkommen. Aus der entrückten Schönheit war eine bourgeoise Künstlerpersönlichkeit geworden. Doch ihrer Faszination tat das keinen Abbruch. Edith stellte sie vor. Zwei Männer, an deren Tisch sie gesessen hatte, standen ebenfalls auf und gaben Charlotte mit übertriebenen Gesten Handküsse. Ihr Verhalten war ganz anders als das der Männer, die Charlotte kannte. Sie rückten zur Seite, und jemand stellte für sie einen Stuhl dazu.

»Kennst du viele hier?«, fragte Charlotte, als sie sich gesetzt hatten. Sie zog ihren Rock glatt.

»Ja, einige. Und sieh mal dort.«

Edith deutete auf die Kapelle.

»Die Bassistin und die Klarinettistin haben mit mir am Konservatorium gespielt, und ich bin inzwischen auch dabei. Gleich habe ich wieder einen Einsatz.«

Charlotte wunderte sich, dass die Kapelle nur aus Frauen bestand. Sie trugen alle keine Röcke, sondern Hosen.

»Was möchtest du trinken?«, fragte Edith. »Nein, warte. Ich bestelle etwas für uns, das trinken hier alle.«

Sie winkte dem Kellner und hielt Daumen und Zeigefinger hoch, woraufhin er wissend nickte. Edith stützte den Arm auf und beugte sich zu Charlotte: »Ich wollte lieber mit dir alleine sein, Lotte. Aber zuerst muss ich spielen. Wir haben uns so lange nicht mehr zu zweit getroffen. Ich glaube, unser beider Leben hat sich inzwischen vollkommen verändert.«

»Ja, das stimmt allerdings. Wo ist eigentlich …?«

»Leo?«

Ediths helle Augen veränderten ihren Ausdruck, so als hätte Charlotte etwas Trauriges gesagt. Sie senkte die Lider und antwortete: »Ach, er ist für diese Art satirisches Kabarett nicht so zu haben. Dazu ist er zu ernsthaft.«

Wie meinte sie das?, fragte sich Charlotte. Sie sprachen von Leonhard Händel. Charlottes erster und einziger Liebe, die sie kampflos ihrer Cousine überlassen hatte. Und Charlotte kannte niemanden, der so gerne lachte wie er.

Sein Lachen.

Charlotte musste plötzlich schlucken, als sie an sein kehliges Glucksen dachte.

Der Kellner stellte zwei Gläser mit einer hellgrünen Flüssigkeit vor sie auf den Marmortisch. Edith hob ihr Glas, und Charlotte tat es ihr nach. Die beiden Männer prosteten ihnen ebenfalls zu.

»Auf uns und darauf, dass wir uns jetzt endlich wieder öfter treffen.«

»Auf uns!«, wiederholte Charlotte.

Der Absinth roch nach Anis, schmeckte nach Kräutern und hochprozentigem Alkohol. Die Schärfe in ihrer Kehle erinnerte sie an den Obstbrand ihres Vaters, den er nur bei besonderen Gelegenheiten ausschenkte. Anscheinend sollte dies ein Abend voller wehmütiger Erinnerungen werden, dachte Charlotte, doch sie täuschte sich. Auf der kleinen Bühne stellten sich jetzt zwei Männer für die erste Nummer auf. Die kurzen Haare waren mit glänzender Pomade nach hinten gekämmt, beide Gesichter waren weiß geschminkt, mit einem schmalen Oberlippenbart. Sie trugen die gleichen Anzüge mit gestreifter Hose und schwarzem Jackett, einen Stresemann. Sie sahen sich so ähnlich, als seien sie eineiige Zwillinge. Ihre synchron ausgeführten, zackigen Tanzbewegungen mit kreisenden Spazierstöcken erinnerten an den neuen, krummbeinigen Stummfilmstar aus Amerika, Charlie Chaplin. Doch zu Charlottes Erstaunen bauten sie schockierend anzügliche Gesten ein, fassten sich in den Schritt oder drehten den herausgestreckten Hintern in Richtung des Publikums, wozu die Trompeterin den entsprechenden eindeutigen Laut machte. Charlotte wurde einerseits abgestoßen, aber die eigenartige Darbietung faszinierte sie auch.

»Sind fünfundzwanzig Haare zu viel oder zu wenig, was meinst du?«, fragte einer der beiden, und erst an seiner hohen Stimme erkannte Charlotte, dass es sich um eine Frau handeln musste. Jetzt erst fiel ihr der weibliche Körperbau der beiden auf.

»Das kommt ganz darauf an!«, antwortete der andere ebenfalls mit einer Frauenstimme. »Auf dem Kopf eines Mannes sind es wenig. Aber in der Suppe wären es ein paar zu viel.«

Einige schrille Lachsalven hallten durch den Raum. Charlotte sah sich im Publikum um. An den kleinen Tischen saßen nur wenige gemischte Paare. Es waren entweder reine Frauen- oder Männertische. Die beiden auf der Bühne gingen zu derberen Witzen über, die meisten hatten die Leiden der langjährigen Ehe zum Thema, und der Stimmungspegel im Saal stieg. Dazwischen spielte die Frauenkapelle Charleston- und Jazzrhythmen. Als Nächstes wurde ein Tisch mit einer Kristallkugel hereingetragen, vor die sich eine als Wahrsagerin verkleidete Frau setzte: »Morgen stirbt Ihr Mann ganz plötzlich«, sagte sie zu der elegant gekleideten Schauspielerin.

»Weiß ich! Mich interessiert nur, ob ich freigesprochen werde!«, antwortete diese.

Der gesamte Saal brach in Gelächter aus. Charlotte sah Edith an, die mit der Kapelle auf der rechten Seite der Bühne saß, ihr Cello zwischen den Beinen. Sie schien sich hervorragend zu amüsieren. Waren das die Gedanken, die ihr durch den Kopf gingen? Kein Wunder, dass sie den Damenzirkel um Kommerzienrätin Taubner nicht ertragen konnte. Sie schien sich in einer ganz anderen Welt zu bewegen. Inzwischen hatte Charlotte ihr viertes Glas vor sich stehen. Ihre beiden Tischnachbarn hatten ständig nachbestellt. Sie merkte, wie der Raum um sie herum langsam anfing, sich zu drehen.

»Gefällt es dir?«, fragte der Mann neben ihr, der sich als Moritz vorgestellt hatte. Er duzte sie einfach. Sein Gesicht war gut geschnitten, mit hervorstehenden Wangenknochen und einer geraden Nase. Doch sie musste zwei Mal hinsehen: Dem Ausdruck seiner Augen hatte er mit schwarzem Kajalstift nachgeholfen. Charlotte registrierte verwundert, dass er die Hand auf dem Oberschenkel seines Begleiters liegen hatte.

»Es ist interessant«, sagte Charlotte, und er grinste, als hätte er ihre Gedanken erraten.

Dann kam Edith zurück an ihren Tisch. Sie trank ihr frisch gefülltes Glas aus, zündete sich eine Zigarette an und fragte: »Rauchst du?«

Charlotte schüttelte den Kopf.

»Und, gehst du noch regelmäßig zu den Taubner'schen Wohltätigkeitskränzchen?«

Charlotte nickte. »Ich war gerade letzte Woche bei einem Treffen. Das nächste findet bei mir statt. Wir sammeln jetzt für die Kriegswaisen. Möchtest du kommen? Aber sicher bist du mit Proben und Konzerten beschäftigt.«

»Eure guten Taten in allen Ehren«, antwortete Edith, ohne auf ihre Frage zu antworten. »Aber dass du diese Konventionen, dieses Getratsche und die Heuchelei ertragen kannst …«

Plötzlich griff Edith nach ihrer Hand und sah sie so eindringlich an, dass Charlotte ein Schauder über den Rücken lief. Ihr Gesicht war ganz nah vor ihrem. Selbst die einzelnen kleinen Klümpchen an ihren langen tiefschwarz getuschten Wimpern konnte sie in dem rötlichen Licht erkennen. Edith senkte ihre Stimme: »Kennst du dieses Gefühl, wenn man plötzlich merkt, dass man sich etwas vorgemacht hat?«

Charlotte musste den Blick abwenden. Sie machte ihr Angst. Ein rasendes Flimmern lag in Ediths Augen.

»Jahrelang dachte ich, das klassische Cellospiel, das sei ich. Das sei es, das mich ausmacht. Mozart, Brahms, Sibelius, die kompliziertesten Kadenzen, das ausdrucksvollste Pianissimo. Es war das Einzige, was ich an mir geliebt habe … und was meine Umwelt in mir gesehen hat. Du weißt, dass ich von klein auf fünf Stunden am Tag geübt habe … ich kannte gar nichts anderes.«

Charlotte nahm noch einen Schluck aus ihrem Glas, aber ihr wurde bewusst, dass sie schon zu viel getrunken hatte. Ediths offene Worte verwirrten sie. Sie hatte ihre Cousine immer beneidet, gerade weil sie glaubte, sie bestimme selbst über ihr Leben und könne ihre Leidenschaft ausleben.

»Aber inzwischen weiß ich, dass ich nur in einem Korsett stecke und mir diktieren lasse, wann und wo ich auftreten muss … und immer musste ich perfekt sein.«

Sie schlug die Hände vor das Gesicht. Wie nackt und weiß ihre schmalen, langen Finger waren. Erst jetzt realisierte Charlotte, dass an ihrer rechten Hand etwas fehlte: Sie trug weder einen Ehering noch den auffälligen Saphirring, den sie zur Verlobung bekommen hatte. Edith wischte sich die Augen trocken und sprach weiter: »Liebst du deinen Mann?«

Charlotte sah auf ihre eigenen Hände und drehte mit Daumen und Zeigefinger ihren schlichten goldenen Ehering. Sie wusste die Antwort auf die Frage, und am liebsten hätte sie sie laut herausgeschrien. Sie öffnete die Lippen, aber es kam kein Ton heraus.

»Lotte …« Edith umfasste ihre Hände, hielt sie fest. »Es tut mir so leid, dass ich dir Leo damals weggenommen habe. Es war falsch. Ich muss so oft daran denken, was ich dir damit angetan habe. Wir sind nicht glücklich zusammen. Ihr alle denkt, ich könne keine Kinder bekommen, aber ich habe selbst dafür gesorgt, dass ich nicht schwanger werde.«

Charlotte hob den Kopf. Dazu war sie imstande? Sie hatte davon gehört, mithilfe von Tabellen und Fieberkurven vermieden Frauen die ehelichen Pflichten an den empfängnisbereiten Tagen. Aber doch nur dann, wenn sie schon viele Kinder hatten.

»Du wärst die Richtige für ihn gewesen«, brach es aus Edith heraus.

Charlotte hatte das Gefühl, als würde ihr gleich der Kopf platzen. Der Alkohol, die laute Musik, die stickige Luft und dann noch Ediths Bekenntnis. Das alles war zu viel auf einmal. »Ich glaube, ich muss an die frische Luft«, murmelte sie und stand von ihrem Stuhl auf. In dem Moment kam eine der beiden Darstellerinnen im Stresemann zu ihnen an den Tisch, zog sich einen Stuhl dicht neben Edith und küsste sie voller Leidenschaft auf den Mund.

»Lotte? Ich möchte dir Hannah vorstellen!«, sagte Edith und drehte sich um. Doch sie sah Charlotte nur noch von hinten, als sie gerade durch den schwarzen Vorhang verschwand.

Am nächsten Morgen war Charlotte unpässlich. Sie konnte ja schlecht offen zugeben, dass sie einen monströsen Kater hatte. Die

Kinderfrau schob Felix, frisch gewickelt und gefüttert, mit dem Kinderwagen in den Park, und Charlotte lag mit einem kalten Lappen auf dem Kopf im abgedunkelten Zimmer. Was war sie nur für eine Mutter? Sie fühlte sich so überflüssig und unnütz. Ihr Leben erschien ihr vollkommen sinnlos. Was tat sie hier in Leipzig? Niemals würde diese Stadt ihr Zuhause werden. Ernst hatte ihr noch nie das Gefühl gegeben, von ihm begehrt, geschweige denn geliebt zu werden. Und nach Ediths Geständnis über ihre unglückliche Ehe mit Leo fragte sich Charlotte, was sie eigentlich dazu getrieben hatte, dessen Antrag abzulehnen. Warum war sie ohne jede Gegenwehr mit Ernst nach Leipzig gezogen? Sie musste verblendet gewesen sein. Aber warum hatte Edith ihr überhaupt erzählt, wie unglücklich sie in ihrer Ehe war? Hatte sie sich deshalb mit ihr getroffen? Um sie darauf hinzuweisen und ihr quasi eine zweite Chance zu geben? Und wer war diese Hannah? Etwa ihre Liebhaberin? Dafür fehlte Charlotte jede Vorstellungskraft. Je länger Charlotte über das gestrige Gespräch nachdachte, um so klarer glaubte sie, Ediths Absicht zu erkennen. Sie wollte ihr sagen, dass sie Leo freigab. Doch eine Scheidung war vollkommen undenkbar. Ob er sich überhaupt noch an sie erinnerte? Sie wusste, dass er schon kurz nach ihrer Hochzeit seine eigene Rechtsanwaltskanzlei in Leipzig eröffnet hatte. Doch gesehen hatten sie sich seitdem kaum noch. Vielleicht musste sie ihr Schicksal endlich selbst in die Hand nehmen?

Lange hatte Charlotte sich zu keinem Handeln durchringen können. Dann jedoch hatte sie einen Entschluss gefasst. Hätte sie an diesem Montagmittag im August 1926 jemand beobachtet, wäre ihm die blonde, sorgfältig, aber dezent geschminkte Frau in ihrem lindgrünen Sommermantel vor dem Haus mit der Stuckfassade nur aus einem Grund aufgefallen: Sie war in dem Alter, in dem Frauen ihrer Klasse sich um die Kinder, ihre Hausangestellten und, vor allem, das Wohlergehen des Ehemanns kümmerten. Doch diese Dame mit den halblangen, modisch gewellten Haaren stand mitten am Tag scheinbar unschlüssig vor einem Gebäude aus der Jahrhundertwende herum. Sie drehte sich nach allen Seiten um, zog den feinen Seidenhandschuh aus und fuhr mit der Fingerspitze über die eingelassenen Buchstaben eines halbblinden Messingschilds. Es hatte schon ein wenig von seinen Glanz verloren. Täglich poliert wurde es wohl nicht.

Leonhard Händel
Rechtsanwalt
Notar

Ihr Finger näherte sich dem Klingelknopf. Auf einmal zog sie den Handschuh wieder an, lief, ja, rannte auf die nächste Kreuzung zu und stieß mit einem Mann in weißem Maleranzug zusammen. Er schimpfte: »Verdammt noch mal! Können Sie nicht aufpassen?«

Charlotte murmelte eine Entschuldigung. Blieb stehen, drehte sich wieder um, und da kam er direkt auf sie zu: Leo. Ihr Herz machte einen Sprung. Doch was sollte sie jetzt sagen?

»Lotte! Was tust du denn hier?«, rief er, und gleich darauf lachte er auf: »Sieh mal, du hast weiße Farbe abbekommen, das bringt sicher Glück.«

Sein Lachen. Charlotte hätte am liebsten die Arme um seinen Hals geschlungen und ihn geküsst, als sie das kehlige Glucksen hörte. Es war so, als hätten sie sich erst gestern zum letzten Mal gesehen, nachdem er mit ihrem Vater über die neuesten Grundstückszukäufe beraten hatte. Sie sah an sich herunter und stellte fest, dass er recht hatte. Auf ihrem Ärmel war ein breiter weißer Streifen. Doch das kümmerte sie gerade überhaupt nicht. Sie musste selbst darüber lachen. Sein Haar war an der Stirn etwas lichter, aber das stand ihm gut. Dadurch wirkte er reifer und nicht mehr so jungenhaft wie früher, fand sie. Er trug einen hellgrauen Anzug, ein leicht zerknittertes Hemd. Nicht ganz so adrett, wie sie ihn kannte. Er musste jetzt fünfunddreißig Jahre alt sein, hatte sie errechnet.

»Ich war gerade auf dem Weg zum Park«, sagte er. »Mittags bin ich gerne draußen an der frischen Luft und esse eine Kleinigkeit.« Deshalb hatte er diesen leicht gebräunten Teint. Von den Städtern, die sie kennengelernt hatte, setzte sich normalerweise keiner freiwillig der Sonne aus. »Aber vielleicht möchtest du den Fleck lieber gleich auswaschen?«

Sie sah ihn mit großen Augen an.

»Wir könnten kurz zurück in meine Kanzlei gehen. Dort gibt es sogar heißes Wasser aus der Leitung.«

Er deutete mit dem Daumen hinter sich in Richtung seines Büros.

Charlotte errötete und nickte.

Die Kanzlei lag im Hochparterre. Im Flur half Leo ihr aus dem Mantel und streifte dabei versehentlich über die Haut an ihrem Oberarm. Die Berührung verursachte ihr eine Gänsehaut. Merkte er es etwa? Sie trug ein schlichtes Kleid mit kurzen Ärmeln. Ihre Blicke trafen sich, und sie war sich nicht sicher, ob das, was sie in seinen Augen zu erkennen glaubte, ein Aufflackern seiner früheren Gefühle für sie war.

»Ich zeige dir, wo die Küche ist«, sagte er.

»Arbeitest du allein, ich meine …« Die Frage hätte er missverstehen können, so als wolle sie herausfinden, ob sie ungestört waren. »Ich meine, hast du keine Sekretärin?«, ergänzte sie, als sie über das knarrende Parkett gingen. Die halb geöffnete Tür gab den Blick auf einen Raum mit einem wuchtigen Schreibtisch frei. Stapel von Büchern und Aktenordnern. Staub in der Luft. Halb geschlossene Läden, um die Mittagssonne auszusperren.

»Sie geht in ihrer Pause immer nach Hause zu ihren Eltern.«

Er setzte sich auf einen Stuhl und sah ihr zu, während sie vorsichtig den Fleck bearbeitete. Sie wusste genau, dass die Farbe so nicht herausgehen würde und sie den Stoff durch das Reiben ganz verderben könnte. Aber um nichts in der Welt hätte sie das jetzt zugeben wollen. Langsam drehte sie sich um.

»Am besten lasse ich ihn ein wenig einweichen.«

Charlotte setzte sich neben ihn auf den Stuhl und sah sich in der kleinen Küche um. Sie war bescheiden eingerichtet. Auf dem Tisch stand noch benutztes Frühstücksgeschirr. Auf einmal kam ihr ein Gedanke: Wohnte er hier?

Wieder trafen sich ihre Blicke, und er schien ihren Gedankengang nachzuvollziehen, denn er nickte. »Ich bin ausgezogen … und wohne vorübergehend in meiner Kanzlei.«

Charlotte fröstelte und verschränkte die Arme. Die Küche lag zum Hof, und es fiel hier niemals Sonne durch das hohe, schmale Fenster. Ohne sie anzusehen, spürte Leo die Bewegung.

»Ist dir kalt?«

»Ja!«

Er zog sein Jackett aus und legte es ihr um die Schultern, blieb vor ihr stehen.

»Es ist ein merkwürdiges Gefühl, wenn man seine Träume verliert. Kennst du das?«, fragte er.

»Ja«, sagte sie zum zweiten Mal.

Sie hob den Kopf. Schweigend nahm er ihre Hände, zog sie vom Stuhl hoch. In dem fahlen Licht sah sein Gesicht auf einmal verletzlich aus. Charlotte strich ihm mit den Fingern über die Wange. Er fasste ihr in den Nacken, und sein Gesicht kam näher. Sie spürte seinen Atem und fühlte sich zum ersten Mal seit langer Zeit wieder lebendig. Endlich waren da wieder dieses Brennen, die weichen Knie, das Kribbeln. Alles war wieder da, wovon sie so oft geträumt hatte. Als sie ihm in die geweiteten Pupillen schaute, war sie sich sicher, dass er genauso empfand. Charlotte öffnete die Lippen und schloss die Augen. Was immer jetzt geschah, dachte sie, geschah aus einer tiefen, ungestillten Sehnsucht heraus. Es geschah aus Liebe, und das konnte nicht falsch sein.

Ihre Treffen fanden fast ausschließlich mittags statt. Wenn Leos Sekretärin das Büro verließ, wartete Charlotte schon an der nächsten Häuserecke. Das fast leere, kahle Zimmer mit dem schmalen Bett in Leos Kanzlei wurde zu ihrem geheimen Treffpunkt, und beide entwickelten bald eine Art Sucht nach ihren Zusammenkünften. Manchmal nahm Charlotte sogar den kleinen Felix mit, um einen Vorwand zu haben, schon wieder mittags das Haus zu verlassen. Erstaunlicherweise schlief er im Kinderwagen sofort ein und blieb auch noch eine Weile ruhig, wenn sie ihn im Flur der Kanzlei abstellte. Ihnen blieb nie viel Zeit, denn vor der Rückkehr von Fräulein Klöß musste Charlotte wieder verschwunden sein. Sie liebten sich zärtlich, staunend, manchmal auch hungrig, hastig und fast grob. Es gab Tage, da fielen sie wie Verdurstende übereinander her. Atemlos und erschöpft blieben sie danach nur kurze Zeit aneinandergepresst liegen. Schon begann Charlotte, ihre Kleidung zusammenzusuchen. Sie schlüpfte in ihre Schuhe, huschte in das kleine Badezimmer, immer auf der Hut, ob Frau Klöß nicht doch einmal früher zurückkam. Aber nach der jungen, beflissenen Sekretärin konnte man die Uhr stellen. Charlotte wusch sich in dem kleinen Waschbecken, kämmte vor dem Spiegel ihr zerwühltes Haar, schminkte ihre von Küssen geschwollenen Lippen, puderte die geröteten Wangen ab und machte wieder die brave Ehefrau aus sich, die sie der Öffentlichkeit, ihren Hausangestellten, ihrem Mann präsentieren musste. Manchmal wünschte sie sich, sie und Leo könnten zusammen einschlafen, den Nachmittag, den Abend, sogar die Nacht miteinander verbringen. Doch dann schimpfte sie mit sich. Sie musste mit dem zufrieden sein, was sie hatten. Es war schon so viel mehr Leben als in den letzten sechs Jahren. Sie nannte es ihr zweites Leben.

Erna bemerkte es als Erste. Charlotte war von einem auf den anderen Tag wie ausgewechselt. Sie wirkte zufriedener und ausgeglichener, ging nicht mehr jedes Mal in die Luft, wenn jemand einen kleinen Fehler machte oder etwas vergaß. Sie interessierte sich wieder für ihre persönlichen Belange, fragte sie nach Eberhard und behandelte sie nicht mehr wie eine Fremde. Sie herzte ihren Sohn, hielt ihn lange auf dem Arm oder spielte mit ihm und nahm endlich Anteil an seiner Entwicklung. Auf einmal glänzten ihre Augen glücklich und energiegeladen.

Eines Mittags standen Erna und Frau Toepfer zusammen in der Küche. Frau Toepfer bereitete Milch für Felix' Brei zu.

»Pass auf, dass die Milch im Topf nicht überkocht!«, sagte sie zu Erna und setzte sich auf den Stuhl am Küchentisch. Wieso ist das meine Sache?, dachte Erna, doch sie schluckte die Worte herunter. Die ältliche Frau hätte ihr nur wieder von ihrem Wasser in den Beinen vorgejammert. Frau Toepfer schlug ihren Groschenroman auf. Erna schüttelte den Kopf, als sie den Titel sah: »Armes blondes Hannerl«. Jede freie Minute verbrachte die Toepfer mit ihren Schundromanen. Doch jetzt legte sie das Heft zurück auf den Tisch und ließ ihren Gedanken freien Lauf: »Was tut unsere gnädige Frau nur jeden Mittag? Sie hat doch früher ausnahmslos zu Hause gegessen, als ich hier in die Dienste trat. Wenn auch nur so viel wie ein Piepmatz. Kein Wunder, dass sie keine Milch hatte. Und dass sie neuerdings den kleinen Felix ausfahren möchte? Monatelang hat sie sich kaum für ihn interessiert.«

Erna drehte sich mit einem Teller und dem Geschirrtuch in der Hand zu ihr um: »Nun, anfangs konnte sie ja kaum ausgehen, sie war ja noch von der Geburt geschwächt. Dann hatte sie starke Schmerzen durch die Brustentzündung. Zu wenig Milch hatte sie ja nie. Und ich habe gehört, dass sich die Seele mancher Frauen nach der Geburt verändert. Das Kindbett macht sie schwermütig.«

Frau Toepfer winkte ab: »Kalter Kaffee. Wie kann es denn sein, dass die Schwermut von einem auf den anderen Tag wie weggeblasen ist? Das kommt mir seltsam vor. Aber selbst wenn. Das zieht sich jetzt schon über längere Zeit, dass sie jeden Mittag um Punkt halb zwölf das Haus verlässt. Pünktlich um halb zwei ist sie zurück. Meistens stürzt sie sich dann auf die Reste in der Küche. Isst auf einmal wie ein Scheunendrescher. Gestern hat sie einen halben Hackbraten verschlungen. Also irgendetwas stimmt da nicht.«

Erna mochte Charlotte, auch wenn sie eine Zeit lang ungerecht zu ihr gewesen war. Das schrieb sie ihrer Schwermut nach der Geburt zu. Doch sie hatte sie früher immer gut behandelt, und ihre Heirat mit Eberhard wäre ohne sie nicht zustande gekommen. Wen Erna hingegen nicht mochte, war die neunmalkluge Kinderfrau, die hier neu in den Haushalt kam und glaubte, sie herumkommandieren zu können.

»Die Milch wallt hoch«, sagte sie.

Frau Toepfer sprang auf, griff den Topfstiel mit ihrer Schürze und zog ihn von der Gasflamme herunter. »Das kannst du auch mal früher sagen! Nun ist sie zu heiß.« Sie warf Erna einen vernichtenden Blick zu. Erna wandte sich ab und griff ein Glas aus der Edelstahlspüle. In einem Haushalt zusammen mit dieser launischen Kinderfrau konnte sie es einfach nicht mehr länger aushalten. Während sie das Glas mit dem Küchentuch blank rieb, fasste sie einen Entschluss.

Am Abend klappte sie eine Ecke der Bettdecke auf und legte Charlottes Nachthemd aufgefächert auf dem Laken bereit, als Charlotte das Schlafzimmer betrat.

»Danke, Erna, du kannst jetzt auch schlafen gehen. Ich komme alleine zurecht!«, sagte sie.

Doch Erna blieb stehen.

»Ist noch etwas?«, fragte Charlotte und sah Erna ins Gesicht. »Hast du Sorgen?«

Erna legte die Stirn in Falten und biss sich auf die Unterlippe.

»Komm, setz dich zu mir, Erna«, sagte Charlotte und zog den Armlehnstuhl vor dem Spiegelschrank zu sich heran, während sie sich auf das Bett setzte. »Willst du mir nicht erzählen, was los ist?«

Erna ließ sich langsam auf dem Stuhl nieder. »Es ist wegen Frau Toepfer.«

»Ja? Was ist mit ihr?«

Erna senkte den Kopf, knetete ihre Hände. »Ich glaube, sie behandelt den kleinen Felix nicht besonders gut.«

Charlotte horchte auf. Die Kinderfrau war ihr von Anfang an nicht geheuer gewesen. Es war nur ein Gefühl, doch sie hatte es nie abschütteln können. »Warum glaubst du das, Erna?«

»Sie hat ihm heute Mittag kochend heiße Milch in die Flasche gefüllt, und er hat wie am Spieß gebrüllt, als sie ihn damit gefüttert hat.«

Charlotte hielt sich die Hand vor den Mund, ihre Augen füllten sich augenblicklich mit Tränen. Ihr süßer, kleiner Junge! »Oh mein Gott. Bist du dir da sicher? Aber sonst prüft sie sie doch immer. Ich habe schon oft gesehen, wie sie die Flasche an ihre Wange gehalten hat, um die Temperatur festzustellen.«

»Ja, aber das macht sie nur, wenn Sie es sehen. Wenn sie sich unbeobachtet fühlt, ist ihr das vollkommen egal.«

Charlotte wurde es fast übel vor Mitleid und Sorge um ihren Sohn. Wie grausam, ihm mit Absicht den Mund und die Kehle zu verbrennen.

»Womöglich schreit er deshalb so viel«, murmelte sie und dachte, wer weiß, was sie ihm sonst noch angetan hatte, schließlich war er ihr hilflos ausgeliefert. Sie machte sich selbst die größten Vorwürfe. »Kannst du das offen bezeugen, wenn ich sie zur Rede stelle?«

Erna schüttelte den Kopf. »Bitte nicht, Frau Charlotte. Dienstboten können sich gegenseitig sehr schaden, wenn sie auf jemanden wütend sind.«

»Das verstehe ich. Und ich glaube dir, Erna. Wir kennen uns von klein auf. Du bist schon seit ich denken kann in unseren Diensten.«

Erna senkte den Kopf und wurde rot. Sie hatte zwar Gewissensbisse wegen ihrer Lüge, doch sie beruhigte sich damit, dass sie den Plan wegen Frau Toepfers Verdächtigungen vor allem zu Charlottes Schutz ausführte.

Noch am selben Abend sprach Charlotte mit Ernst über den Vorfall, und am nächsten Tag wurde Frau Toepfer entlassen. Es war nicht besonders schwierig, eine neue Kinderfrau zu finden. Mit Helene Taubners Hilfe stellte sich schon bald eine junge ausgebildete Kinderkrankenschwester vor.

Frau Toepfer konnte sich mit ihrer ungerechtfertigten Entlassung ohne Zeugnis indessen nicht abfinden. Sie war sich sicher, dass Charlotte etwas zu verbergen hatte. Die fünfzigjährige Kinderfrau war ein wenig einfältig, aber sie besaß auch ein großes Maß an Lebenserfahrung. Charlotte war nicht die erste Frau, die ihren Ehemann betrog. Die Lektüre der unzähligen Kitschromane bestärkte sie in ihrem Verdacht. Und es war ganz leicht: Sie brauchte Charlotte bloß ein paarmal unbemerkt zu folgen, wenn sie mittags das Haus verließ. Ging ihr mit großem Abstand nach bis in die Haydnstraße.

Beobachtete von Weitem, wie Charlotte auf der anderen Straßenseite wartete und das Haus mit der Stuckfassade anstarrte. Fein säuberlich notierte Frau Toepfer die Zeiten, zu denen Frau Klöß die Kanzlei verließ. Wann Charlotte die schwere eichene Haustür aufschob und im Haus verschwand. Sie vermerkte auch, um wie viel Uhr genau die Läden in dem zweiten Zimmer von links zur Straße geschlossen wurden und wann sie wieder auf der Straße erschien und, zum Schluss, welcher Name auf dem halb blinden Messingschild stand.

Als Charlotte zwei Wochen später von ihrem Treffen mit Leo zurückkam, blieb sie kurz vor dem facettierten Spiegel im Flur stehen. Der Bund ihres hellrosa Pullovers war nach oben geklappt, und sie drehte ihn um, nahm den cremefarbenen Hut ab, ordnete sich die Haare, musterte ihr Spiegelbild. Sie war ungeschminkt, so wie Leo es liebte. Durch die blonden Augenbrauen und Wimpern wirkte ihr Gesicht nackt und unschuldig!

»Erna?«, rief sie laut. Sie blieb still stehen und lauschte. In der Wohnung herrschte eine tiefe Stille. Sie öffnete die Tür zur Küche: menschenleer.

Normalerweise war Erna um diese Zeit längst mit ihren Einkäufen zurück. Charlotte durchquerte den Flur zum Kinderzimmer, schob leise die angelehnte Tür auf. Felix schlief in seinem Bettchen, den Kopf zur Seite gedreht, die offenen Handflächen ruhten neben seinem Kopf. Die blonden Wimpern an den von Träumen bewegten Lidern, die kaum sichtbaren Augenbrauen – ein so engelsreiner Anblick.

Dann entdeckte Charlotte den Koffer neben der Kommode. Der Lederdeckel gegen die Wand geklappt. Akkurat waren Felix' Strampelanzüge, Windeln und Jäckchen darin gestapelt. Charlottes Herz begann heftig zu klopfen. Ganz leise, um Felix nicht zu wecken, zog sie die Schubladen der weiß lackierten Wickelkommode auf: leer!

Sie ging wieder in den Flur, hörte ihre eigenen leisen Schritte auf dem Läufer. Auch die Schlafzimmertür war nur angelehnt. Sie konnte den hochkant gestellten Schrankkoffer schon durch den Türspalt sehen. Der Ärmel ihres golddurchwirkten Plisseekleids schaute hervor, bewegte sich im Windhauch der aufgeschobenen Tür. Bevor sie näher trat, wusste sie, dass es alles ihre Kleider waren, die darin hingen. Ihre Seite des Kleiderschranks, ihre Kommode, die Schubladen ihres Schminktischs, alles war leer geräumt und in Koffern und Reisetaschen verstaut. Und das alles musste während der eineinhalb Stunden ihrer Abwesenheit vonstatten gegangen sein. Nur Ernsts Sachen waren noch unberührt an Ort und Stelle. Sie setzte sich kurz auf das Bett: Was ging hier vor?

Als sie das Wohnzimmer betrat, merkte sie sofort, dass sie jemand anstarrte. Sie wandte den Kopf um und sah in Richards Augen.

»Vati!«, sagte sie. »Wo kommst du denn her?«

Langsam ging sie auf ihn zu. Doch er stand nicht aus dem tiefen Sessel auf. Als sie sich hinunterbeugte, um ihm einen Kuss auf die

Wange zu geben, ließ er die Hände auf den breiten Armlehnen liegen und war wie versteinert.

»Interessanter wäre die Frage, wo du gerade herkommst«, sagte er gepresst.

Sein kalter Blick verriet ihr, dass er bereits über ihr Verhältnis mit Leo im Bilde war.

Schuldig!, sagten seine Augen.

Charlotte stieg alles Blut in den Kopf. Sie spürte, wie sie bis unter ihren Haaransatz eine purpurne Röte überzog. Vor Scham wäre sie am liebsten in den Boden versunken. Ihr wurde schlagartig klar, dass dies die Rache ihres Ehemanns war. Sie hatte ihm wehgetan, und er wusste genau, wie er sie am tiefsten verletzen konnte. Indem er ihr die Achtung ihres Vaters nahm.

»Hol den Jungen«, sagte Richard. »Wir reisen ab!«

ZWEITES BUCH

ANNA

Die drei Mädchen rannten die Treppen des Wohnhauses Zwiestädter Straße 8 in Berlin-Neukölln hoch. Anita war die Älteste
und Schnellste. Sie nahm zwei Stufen auf einmal. Ihre langen, geflochtenen Zöpfe tanzten auf ihrem Rücken.

Sie sog den Geruch von frischem Bohnerwachs ein, der immer
montags und donnerstags im Treppenhaus hing, und wusste, dass
es gleich Ärger geben würde. Frau Kalinke, die Frau des Hausmeis-
ters aus der Parterrewohnung, achtete auf peinliche Sauberkeit, und
wenn sie nur einen Fußabdruck auf den Stufen fand, explodierte sie
jedes Mal. Als Anita im dritten Stock ankam und auf den Klingelknopf drückte, war sie völlig außer Atem. Von unten hörte sie die
schrille Stimme der Hausmeisterfrau: »Was fällt euch ein! Ich hab's
euch schon hundertmal gesagt: In meinem Treppenhaus wird nicht
gerannt!«

Anita äffte ihre Worte nach und zog dabei eine Grimasse. Einige
Sekunden später kam Gisela oben an, gefolgt von Regina.

»Erste!«, sagte Anita und legte demonstrativ die flache Hand auf
die dunkelbraun lackierte Tür. Sie hörten die Schritte im Flur und
trampelten mit den Füßen, konnten gar nicht abwarten, dass endlich die Tür geöffnet wurde.

»Ach, du bist's«, sagte Anita und rannte an Emma vorbei.

Diese schloss die Tür hinter den Mädchen und rief ihr hinterher:
»Guten Tag, Emma, sagt man! Wie geht es dir heute, liebe Tante …
Sehr gute Manieren habt ihr, kriegt ihr das heutzutage in der Schule
beigebracht?«

Sie bückte sich zu ihrer Tochter Regina hinunter und gab ihr einen Kuss. Regina und Annas jüngere Tochter Gisela waren beide
sechs Jahre alt und gerade zusammen eingeschult worden. Anita
war jetzt zehn und besuchte schon die Oberschule. Sie stieß die Tür
zum Arbeitszimmer auf. Anna legte das Schneidrädchen ab, mit
dem sie gerade einen Bogen Schnittmusterpapier durchtrennte,
und sagte: »Man hört euch schon, wenn ihr noch auf der Straße

seid, und bei jedem eurer Schritte im Treppenhaus wackeln hier die
Wände.«

»Tag, Mama!«

Anita zog ihren Ranzen vom Rücken und holte ein Heft heraus.
Wie immer waren alle Stühle mit Stoffballen und Musterbüchern be-
legt, also ließ sie die Schultasche auf den Boden fallen. Gisela bückte
sich und legte ihren roten Lederranzen daneben. Ganz sachte, denn
er war noch nagelneu.

»So könnt ihr euch nicht benehmen«, tadelte Anna sie leise. »Wir
müssen froh sein, dass wir die größere Wohnung bekommen haben. Wenn Frau Kalinke sich noch einmal bei unserem Vermieter
beschwert, setzt er uns womöglich irgendwann an die Luft.«

Anna fuhr fort, das Papier entlang der vorgezeichneten Linie ab-
zurollen, als Anita ihr das aufgeschlagene Heft direkt vor das Gesicht hielt.

»Sieh mal! Ich habe eine Eins für meinen Aufsatz bekommen,
und unser Deutschlehrer hat ihn sogar vor der ganzen Klasse vorgelesen.«

Jetzt legte Anna das Schneidrädchen endgültig weg, kam um den
quadratischen Tisch herum und lehnte sich mit dem Schulheft in
der Hand an die Kante. Mit ihrer schwungvollen und selbstbewussten Schrift hatte ihre Tochter eine Seite zu dem Thema »Das deutsche Volk« verfasst. Anna begann, die ersten Zeilen zu lesen:

*Ich bin stolz auf die großen Eigenschaften des deutschen Volkes: sei-
nen heldenhaften Mut, seine körperliche wie geistige Kraft und
Ausdauer, seine Wahrheitsliebe, sein Streben nach allem Edlen und
Guten.*

Sie hob den Kopf und betrachtete ihre älteste Tochter. Das schmale Gesicht mit der geraden Nase, dem etwas zu breiten Mund. Nur
das tiefe Blau ihrer Augen war satter als bei ihr. Aus ihren Zöpfen
blitzten einige hellere Strähnen heraus, sicher würden sie im Laufe
der Jahre noch nachdunkeln. Wenn sie manchmal die einzige Fotografie herausholte, die sie aus ihrer Kindheit besaß, erkannte sie,
dass Anita nahezu ihr Ebenbild war. Anita sah sie gespannt an,

bewegte die Unterlippe und wartete auf ihre Anerkennung. Was sollte sie ihr sagen? Sie nickte langsam mit dem Kopf und las weiter:

Es erfüllt mich mit Freude, dass Deutschland wieder geeint und in Ehren dasteht und das ganze Volk voll Hoffnung und Vertrauen auf seinen Führer blickt.

Dann blätterte sie um und besah sich die Note und Bemerkung, die der Lehrer daruntergeschrieben hatte:

Der Aufsatz zeugt von einer bemerkenswerten Reife und Weitsicht. Weiter so!

»Reife und Weitsicht«, wiederholte Anna und musste sich zusammenreißen, um ihrer Stimme keinen ironischen Unterton zu geben, denn sie wollte Anita nicht kränken. Doch genau die Eigenschaften waren es, die diese Zeilen vermissen ließen. Natürlich: Die Sätze waren fehlerfrei und erstaunlich gut formuliert für eine Zehnjährige. Doch tatsächlich war es eine Wiederholung der Parolen und Denkweisen, die den Schülern nun seit der Machtergreifung Hitlers vor zwei Jahren systematisch eingeimpft wurden.

»Schön, Anita!«, sagte sie und versuchte zu lächeln.

Anita konnte ihrer Mutter ansehen, dass sie das Lob nur schwer hervorbrachte. Sie zog ihr stumm das Heft aus den Händen und schob es zurück in ihre Schultasche. Emmas Kopf erschien im Türspalt: »Wascht euch die Hände. Das Mittagessen ist fertig.«

»Was gibt es denn?«, wollte Gisela wissen.

»Kohlrouladen.«

»Hmm«, machte Gisela und lachte vor Freude auf, entblößte ihre Zahnlücken. Die beiden vorderen Schneidezähne waren noch nicht wieder nachgewachsen. Anna sah den Mädchen nach, als sie zur Küche rannten. Es klingelte abermals an der Tür, und sie hörte schwere Schritte, der Holzboden der Wohnung vibrierte. Jetzt war die Mittagstafel komplett. Emmas Ältester kam aus der Schule. Matthias war inzwischen ein kräftiger Junge. Mit seinen vierzehn Jahren übertraf er sie alle an Körpergröße und Appetit. Emma teilte die Rouladen und Kartoffeln aus. Die Kinder mussten auf der Bank dicht zusammenrücken, in der kleinen Küche ging es eng zu. Aber es war praktischer und billiger, wenn sie alle mittags bei Anna aßen, da Emma ohnehin an den Wochentagen hier arbeitete. Mit dem Kochen wechselten sie sich ab. Nur die Sonntage verbrachten die Familien jeweils getrennt.

»Anita ist in einen Jungen verliebt. Er hat vor der Bäckerei auf sie gewartet«, erzählte Regina.

Sofort boxte Anita ihrer Cousine so heftig gegen den Arm, dass diese die Gabel fallen ließ und zischte: »So ein Quatsch! Du solltest nicht von Dingen sprechen, von denen du nichts verstehst.«

Doch jeder konnte sehen, dass sie errötet war.

»Ach, wer war es denn?«, fragte Matthias interessiert. »Kennt man ihn?«

Regina presste die Lippen zusammen. Sie traute sich nicht, noch mehr zu verraten. Anita konnte ihr ganz schön zusetzen. Er würde es schon rausbekommen, wenn sie alleine waren, dachte sich Matthias. Eine Weile aßen alle schweigend und hungrig. Nur das Geklapper des Bestecks war zu hören. Anna sah auf Anitas über den Teller gebeugten Kopf mit dem gerade gezogenen Mittelscheitel. Sie musste auf einmal an die Zeit denken, als sie in dem Alter war wie ihre Tochter jetzt. Damals hatte sie einen Freund gehabt, den besten, den man sich vorstellen konnte. Jeden Morgen hatte er auf dem Schulweg auf sie gewartet: Erich. Ganz plötzlich war die Erinnerung da. Anna stand auf und drehte sich um. Sie holte ein Taschentuch aus ihrer Rocktasche und putzte sich die Nase, während sie versuchte, sein Gesicht wieder aus ihren Gedanken zu verbannen.

»Was hast du denn, Mama?«, fragte Gisela.

»Ach nichts, mir ist was ins Auge gekommen.«

Es war merkwürdig, wie real sein Bild auf einmal in ihr hochstieg. Jahrelang hatte sie nicht mehr an ihn gedacht.

»Hast du das Loch in meinem Uniformhemd gestopft, Mutti?«, fragte Matthias. »Heute ist Heimabend.«

Emma nickte: »Ja, sie liegt noch neben meiner Nähmaschine auf dem Stuhl.«

Er ließ seine Gabel auf den Teller fallen, stützte sich mit der Hand auf dem Tisch ab und machte einen Bocksprung über die Beine seiner Schwester.

»Na, hör mal! Wo bleiben die Manieren?«, rief ihm Emma hinterher, als er ins Nähzimmer rannte.

»Habt ihr viele Hausaufgaben auf?«, fragte Anna, als sie sich wieder auf ihren Platz setzte.

»Nicht so viele«, sagte Gisela, und Regina fing an zu kichern.

»Was ist denn so lustig, Regina?«, fragte Emma.

»Ach, nichts.«

Regina stützte den Ellbogen auf und hielt sich die Hand vor den Mund. Sie war kleiner als Gisela, dafür aber muskulöser. Ihre hübsche kleine Nase glich der ihrer Mutter. Die Haare trug sie zu geflochtenen Schnecken aufgedreht, die über den Ohren festgesteckt waren. Blitzschnell griff Emma nach ihrem Arm und schlug ihren Ellbogen unsanft auf den Tisch.

»Aua!«, machte Regina.

»Der Ellbogen gehört nicht auf den Tisch«, sagte Emma streng.

»Für'n Groschen Hau-mich-blau!«, flüsterte Gisela und musste wieder kichern.

»Was heißt das denn?«, fragte Anna.

»Wir haben zusammengelegt und einem Mädchen aus der Klasse zehn Pfennig gegeben, damit sie in den Laden geht und das sagt«, erklärte Regina. »Und sie war so dumm und hat es wirklich gemacht.«

Beide Mädchen prusteten los.

»Meine Güte, wie kann man nur so dämlich sein!«, war Anitas Kommentar.

Anna sah ihre Schwester an, doch Emma reagierte nicht darauf.

»Besonders nett ist das aber nicht«, sagte Anna. »Stellt euch mal vor, ihr wärt an ihrer Stelle.«

»Ach, Sara ist sowieso immer so gutgläubig wie ein einfältiges Kalb … sie ist ja auch Jüdin«, sagte Regina und machte eine wegwerfende Bewegung.

Wieder sah Anna zu ihrer Schwester und wartete auf eine Regung. Sag doch etwas, dachte sie. Emma stand auf.

363

»Stellt die Teller zusammen«, wies sie die Mädchen an.

Matthias kam wieder zurück in die Küche. In dem braunen Hemd seiner HJ-Uniform stellte er sich neben Emma, die gerade die Teller in die Spüle stellte, und zeigte ihr seinen linken Arm.

»Danke, Mutti. Der Riss ist wirklich fast nicht mehr zu sehen.«

»Zeig mal!«, sagte Anna.

Matthias hielt ihr den Ellbogen dicht vor das Gesicht und deutete mit dem Finger auf die Stelle.

»Dort war es ausgerissen.«

Direkt unter der aufgestickten rot-weißen Armbinde mit dem Hakenkreuz sah man eine feine Naht.

»Deine Mutter ist eben eine wahre Künstlerin mit der Nadel.«

»Zum Glück«, sagte Matthias. »Wenn die Uniform nicht in Ordnung ist, kriegen wir Strafexerzitien aufgedonnert.«

»Willst du jetzt schon weg? Erst werden aber noch die Hausaufgaben erledigt«, ordnete Emma an.

»Nein, erst um sechs.«

»Na, dann kannst du den Nachmittag ja noch in Zivil verbringen«, sagte Anna. Doch Matthias tat so, als habe er die Bemerkung überhört, und ließ das Hemd an. Die Kinder holten ihre Hefte aus den Ranzen und setzten sich damit wieder an den Küchentisch. Ihre Mütter gingen zurück ins Nähzimmer. Emma beugte sich über die Skizze für eine Abendbluse, die Anna auf ihren Platz gelegt hatte. Es war ein stark tailliertes, hochgeschlossenes Modell. Unter dem kleinen Kragen hatte Anna breite Biesen gezeichnet. Emma strich über die kleine goldfarbene Stoffprobe, die auf das Blatt geklebt worden war.

»Was ist das für ein Material?«, fragte sie.

»Ein Seidensatin.«

»Seide? Dann wird es kaum möglich sein, den Faltenbruch für die Biesen zu bügeln, ohne ihn zu verbrennen.«

»Ja, das habe ich schon bedacht. Wir müssen in die Falte eine unsichtbare Naht setzen.«

Anna griff einen Stoffballen aus einem Stapel im Regal und legte ihn auf den Tisch. Sie rollte einen Meter des hochglänzenden Materials ab.

»Hier, fühl mal. Das ist jetzt das Neueste. Er ist nicht billig, aber etwas ganz Besonderes, und er wird noch gar nicht offiziell in der Stoffabteilung verkauft.«

Emma zwirbelte eine Ecke des Stoffs zwischen Daumen und Zeigefinger und zuckte zurück, denn sie bekam einen elektrischen Schlag.

»Er fühlt sich an wie Metall«, sagte sie erstaunt.

Anna nickte zufrieden.

»Na ja, ich weiß nicht, ob das die Lösung ist. Sollten wir nicht eher etwas Preisgünstigeres anbieten?«, gab Emma zu bedenken.

»Im Gegenteil!«

Anna rollte den Stoff wieder ein und legte den Ballen zurück. »Überall sind Stoffe und Nähutensilien erhältlich, Schnittmusterhefte kursieren mit Modellen, die sich sogar an der Pariser Mode orientieren. Und die meisten Frauen können nähen. Diese ganzen selbst geschneiderten Kleider, die man überall sieht, sind teilweise voller Raffinesse.«

»Das ist es ja.«

»Wir müssen sie übertreffen. Das ganz Besondere bieten. Das, was nicht jeder hat und kann. Nur dann können wir noch weiter überleben. Die Bluse hier kann man sowohl zu einem knielangen als auch zu einem langen Abendrock tragen. Sie verwandelt jede Frau in eine Königin von Saba«, versuchte Anna ihre Schwester zu überzeugen.

»Morgen Vormittag gehe ich zu Ella. Das Beste wäre, ich hätte schon ein fertiges Modell der Bluse.«

»So schnell? Wie stellst du dir das vor? Ich habe noch jede Menge andere Arbeit.«

Anna sah auf ihre Armbanduhr. »Ida hat mir versprochen, dass sie heute Nachmittag wieder kommt. Sie könnte dir helfen. Eigentlich müsste sie längst hier sein.« Sie riss die letzte kleine Ecke des Papierbogens ab und hob das fertige Schnittmuster hoch. »Willst du nicht einmal mit ins KaDeWe kommen? Du warst schon so lange nicht mehr dort.«

Immer noch belieferten Emma und Anna das KaDeWe mit Konfektionsware. Der Eigentümer hatte inzwischen gewechselt, Adolf

Jandorf hatte sein Warenhaus schon 1927 an die Unternehmerfamilie Tietz verkauft. Seitdem war Annas beste Freundin Ella die Leiterin der Damenkonfektionsabteilung. Ihr Freund Hermann hatte Wort gehalten. Ella zahlte einen hohen Preis. Er würde sich niemals scheiden lassen. Doch Ella hatte sich damit abgefunden. Ihr hatte es Anna zu verdanken, dass sie immer noch auf der Lieferantenliste stand. Auch wenn sie zwischenzeitlich in ihrem kleinen Drei-Frauen-Betrieb die Rollen getauscht hatten und sie auch wieder mit Hand anlegte. Aber zumindest hatten sie in der größeren Wohnung ein eigenes Nähzimmer und mussten nicht mehr das Wohnzimmer nutzen. Dafür schliefen sie alle in einem Zimmer.

»Es würde dir guttun, einmal die anderen Modelle anzusehen und nur für einen Vormittag hier herauszukommen«, blieb Anna hartnäckig.

Emma schüttelte den Kopf. »Keine Zeit. Du siehst doch, was hier noch alles wartet.« Sie zeigte auf die halb fertigen geblümten Tageskleider, die auf einem Kleiderständer hingen. »Die müssen auch noch alle fertiggestellt werden.«

»Aber erst übermorgen«, sagte Anna. »Und Ida kommt bestimmt noch. Sie musste nur mit ihrer Schwester zu einer Behörde. Ihr Ausweis war abgelaufen. Danach kann sie dir helfen. Bitte setz dich doch an die Goldbluse, Emma, ja? Ich sage dir, die wird der große Renner dieser Saison.«

Emma hielt die Skizze ins Licht: »Am besten wäre, wenn sie eine prominente Person tragen würde. Eine Filmdiva, wie Marika Rökk oder Marlene Dietrich.«

CHARLOTTE

Die Blätter der Birken, die die Auffahrt zu Feltin säumten, waren bereits gelb gefärbt. Die klare Luft hatte noch eine angenehme Milde, doch der Geruch von Laub und Pilzen kündigte den Herbst an. Charlotte saß auf einer breiten Holzbank, die sie neben der Freitreppe des Gutshauses hatte aufstellen lassen. Von hier hatte sie einen Blick auf das Geschehen im Hof und fühlte sich nicht so abgeschieden wie im Obstgarten hinter dem Haus. Die breite, weiße Front des Herrenhauses lag nach Süden, sodass sie jetzt am Nachmittag noch von den Sonnenstrahlen gewärmt wurde. Sie half ihrer jüngsten Tochter, eine Puppe anzuziehen, und mühte sich mit den winzigen Knöpfen ab. Bärbel war erst zwei Jahre alt und wartete ungeduldig darauf, dass sie sie in den Puppenwagen legen konnte. Charlotte sah ihren anderen Kindern zu, die auf Steckenpferden über das Kopfsteinpflaster rannten. Trotz ihres lauten Gekichers und Gejohles hörte sie die Vogelschreie und legte den Kopf in den Nacken. Da waren sie wieder: Vor der durchsichtigen Bläue des Himmels zogen die V-förmigen Formationen der Kraniche vorüber. Als unwandelbares Gleichmaß aller Dinge sagte ihnen ihr Instinkt, wann es Zeit wurde, sich zu sammeln und die lange, anstrengende Reise anzutreten. Für sie spielte es keine Rolle, was in dem Land unter ihnen gerade vor sich ging, welche politischen Mächte gerade ihre Kräfte bündelten.

»Seht mal da!«, machte sie ihre Kinder darauf aufmerksam. »Die Kraniche ziehen in den Süden.«

Therese legte ihr Holzpferd ab und kam zu ihr, setzte sich neben sie auf die Bank. Charlotte schlang den Arm um ihre schmalen Schultern und zeigte auf den Himmel.

»Sie fliegen zu ihren Winterquartieren und legen riesige Strecken zurück. Bis nach Spanien, manche sogar nach Afrika.«

»Nach Afrika …«, wiederholte Therese sehnsüchtig.

Ihr Kopf lehnte an Charlottes Brust, und ihre riesigen braunen Augen waren in den Himmel gerichtet. Charlotte strich ihr eine

Strähne aus dem schiefen kleinen Gesicht. Therese stand ihr außergewöhnlich nahe. Nicht nur, weil Leo ihr Vater war oder weil sie ihre älteste Tochter war. Sondern auch wegen ihres Schicksals: Im Alter von zwei Jahren hatte eine Mittelohrentzündung auf den Fascialisnerv übergegriffen. Seitdem hing ihre rechte Gesichtshälfte leicht herunter. Sie war jetzt acht Jahre alt und wurde in der Schule häufig gehänselt.

»Im Frühling haben sie immer eine Zwischenstation auf den Maisfeldern am Breitenlehn gemacht«, sagte Charlotte. Sie musste an die Tage denken, als sie noch auf ihrer Lieblingsstute über die Felder galoppiert war, um die Vögel zu vertreiben. Ihre Schwangerschaften hatten sie in den letzten Jahren vom Reiten abgehalten. »Dann haben euer Opa und ich sie verscheucht, sonst hätten sie die ganze Saat aufgefressen.«

Der sechsjährige Klaus setzte sein Holzgewehr an und zielte damit in die Luft. »Und wieso müsst ihr sie jetzt nicht vertreiben?«, fragte er.

»Sieh mal, wie hoch sie fliegen. Die haben nicht vor, hier eine Pause einzulegen«, erklärte Charlotte. »Wir haben den Winterweizen noch nicht ausgesät. Ich glaube, dafür haben sie eine Art siebten Sinn.«

»Wir drillen wahrscheinlich erst Ende Oktober. Das hat Opa mir erklärt. Es hängt vom Wetter ab«, sagte Therese und machte ein wichtiges Gesicht.

»Na, siehst du!«, sagte Charlotte. »Aus dir wird mal eine gescheite Landwirtin.«

»Wann kommt Papa zurück?«, fragte ihr jüngster Sohn Heinrich, während er mit dem Holzpferd an ihr vorbeisprang.

»Erst in zwei Wochen, Heiner«, antwortete Charlotte. »Du musst Geduld haben.«

Es war der 3. Oktober 1935. Charlotte hatte inzwischen fünf Kinder.

»Alle zwei Jahre eines. So wie es sich für eine deutsche Frau gehört«, pflegte ihr Vater dazu zu sagen. Er meinte es ironisch, so wie er fast alle ideologischen Lehren der Nationalsozialisten kommentierte. Dennoch war er über Charlottes Gebärfreudigkeit nicht unglücklich. Nachdem er und Lisbeth nur eine Tochter bekommen hatten, war nun dank Charlotte und Ernst die Erbfolge für Feltin endgültig gesichert.

»Zum Glück habe ich damals in weiser Voraussicht ein Haus mit so vielen Zimmern bauen lassen«, sagte er jedes Mal, wenn sich das nächste Kind ankündigte.

Natürlich wusste er, dass Therese nicht Ernsts Tochter, sondern Leo ihr Vater war. Ein Blick in ihre braunen Augen genügte. Doch er hatte an Therese einen Narren gefressen. Er liebte es, wie sie jedem seiner Worte über landwirtschaftliche Dinge besonders aufmerksam lauschte, und Charlotte hatte manchmal den Eindruck, dass er sie sogar den Jungen vorzog.

Und auch Ernst wusste es. Doch er hatte Charlotte verziehen, und Therese behandelte er zwar nicht wie sein eigenes Kind, doch er duldete sie und war freundlich zu ihr. Erst ein halbes Jahr nach Charlottes Abreise aus Leipzig hatten sie sich wiedergesehen. Es gab keine Aussprache, sondern ein Arrangement. Danach kam er jedes zweite Wochenende nach Feltin, dann wieder jede Woche. Doch nie gelang es Richard und ihm, sich zu einer neuen Übereinkunft durchzuringen, wonach er seine Feldversuche in der Schweinezucht wieder aufnehmen konnte. Inzwischen hatte Ernst seine Stellung an der Universität verloren. Als 1930 eine Viehhaltungsschule in Pillnitz eröffnete, widmete er sich dort als Lehrer der Ausbildung junger Bauern und Bäuerinnen auf dem Gebiet der Schweinehaltung. Charlotte merkte ihm die ganze Zeit über an, wie unzufrieden er mit seinem Leben war. Deshalb traf sie seine Entscheidung nicht so überraschend wie ihren Vater: Im März 1935 trat er als Berufsoffizier der neugegründeten Wehrmacht bei.

Weit unten am Tor bog eine offene Limousine in die Hofeinfahrt ein und fuhr jetzt direkt auf sie zu.

»Passt auf, da kommt ein Automobil!«, sagte Charlotte, nahm den Arm von Thereses Schulter, griff ihre Hand und stand auf. Klaus und Heiner kamen zu ihr und stellten sich neben sie.

»Das ist ein Horch 850!«, sagte Klaus beeindruckt. »Den gibt es erst seit diesem Jahr.«

Charlotte beachtete weniger den Wagentyp als die Uniform des Mannes, der am Steuer saß. Es war die schwarze Uniform der SS.

»Das ist ja Felix neben dem anderen Jungen auf dem Rücksitz!«, rief Heiner.

Der Fahrer machte eine Kurve und kam quer vor der Treppe zum Stehen. Charlotte ging auf die Fahrerseite des eleganten zweifarbigen Wagens zu. Der Mann am Steuer stellte den Motor ab, blieb aber sitzen und streckte den rechten Arm aus: »Heil Hitler!«

»Heil Hitler«, antwortete Charlotte und hob kurz die Hand.

Der SS-Mann trug die braunen Haare im Nacken ausrasiert, die Gesichtszüge wirkten merkwürdig weich und wie ein Gegensatz zu seiner Uniform. Aber die schmalen Augen schienen ihre laxe Art des Grußes sofort zu registrieren.

»Frau Feltin?«

»Ja, die bin ich.«

»Obersturmführer Brandt.«

Charlotte nickte. Die Worte »Sehr erfreut« wollten ihr nicht über die Lippen kommen.

»Unsere beiden Buben sind in der gleichen Klasse und haben sich angefreundet.«

Er drehte sich zum Fond um.

»Erik?«

Sofort stand der Junge links neben Felix auf und streckte mit einer zackigen Bewegung den Arm aus. Er hatte die gleichen schmalen Augen wie sein Vater. Es waren Augen, die keinerlei Gefühle verrieten.

»Heil Hilter!«

Charlotte nickte nur und sagte: »Guten Tag, Erik.«

Sie wusste sofort, dass sie sowohl Vater als auch Sohn nicht ausstehen konnte.

»Felix sagte mir, er müsse zwei Stunden auf den Autobus warten, da habe ich angeboten, ihn zu fahren.«

»Das ist sehr freundlich von Ihnen, Herr Brandt.« Sie wandte sich an Felix: »Hast du dich bedankt?«

»Vielen Dank, Herr Obersturmführer«, sagte Felix.

Er öffnete die Autotür, stieg aus und kam um das Heck der Limousine herum. »Nichts zu danken. Wir haben uns auf der Fahrt sehr gut unterhalten. Felix ist ein aufgeweckter Junge. Sie sollten ihn bei der Hitlerjugend anmelden. Körperliche Ertüchtigung, Geländespiele, Lagerfeuer, Gemeinschaftsgeist, das ist es, was der Jugend heute fehlt. Dann bekommen sie mal das Hirn frei von all dem Ballast, den sie in der Schule eingetrichtert bekommen. Nicht wahr, Felix?«

Felix sah seine Mutter an. Dann sagte er: »Jawohl, Herr Obersturmführer!«

Charlotte nickte: »Wir werden sehen. Ich muss mit seinem Vater darüber sprechen. Felix wollte diesen Herbst noch das große Reitabzeichen ablegen. Da ist er die meisten Nachmittage im Reiterverein.«

Brandt lachte auf. Es war nur ein kurzer tiefer Lacher, mit dem er anzeigte, dass er gewonnen hatte: »Na, das trifft sich doch ausgezeichnet. Dann kommt er in die Reiter-HJ. Mit der Büchse weiß er sicher auch umzugehen. Der Herr Vater ist Offizier der Wehrmacht, höre ich?«

»Jawohl, Herr Brandt.«

»Na, dann wird er gewiss nichts dagegen haben. Im Gegenteil.«

Charlotte wusste, dass Ernst die Hitlerjugend mit Skepsis betrachtete, obwohl er jetzt Berufssoldat war. Doch es würde nun schwer werden, ihren Jungen herauszuhalten.

»Vielen Dank, dass Sie Felix nach Hause gebracht haben. Aber er ist es gewöhnt, auf den Autobus zu warten.«

Sie hob die kleine Bärbel hoch, drehte sich um und setzte einen Fuß auf die erste Stufe.

»Kommt, Kinder.«

»Sind das alles Ihre? Alle blond und blauäugig. Respekt!«, sagte Brandt. »Ist das die Älteste?«

Er nickte in Richtung von Therese.

»Ist sie nicht schon alt genug für den BDM?«, sagte Brandt. »Komm mal näher, wie heißt du?«

Therese ließ nur widerwillig die Hand ihrer Mutter los und ging zögernd zwei Schritte auf ihn zu. Sie sah zu Boden und sagte leise: »Therese.«

»Na, kannst du mir nicht in die Augen sehen, Therese?«

Langsam hob sie den Kopf. Charlotte bemerkte sofort, wie sich sein Gesichtsausdruck veränderte, als er ihren schief hängenden Mundwinkel und die braunen Augen registrierte. Wortlos richtete er seinen Blick auf Charlotte. Sie brachte alle Willenskraft auf und hielt ihm stand. Plötzlich streckte er wieder den rechten Arm aus.

»Heil Hitler!«, sagte er.

»Guten Tag!«, sagte sie, machte einige Schritte nach vorne und griff wieder nach Thereses Hand.

Sie sahen zu, wie das Cabriolet die Auffahrt hinunterrollte und hinter dem Torbogen nach links abbog.

»Warum hatte der Mann einen Totenkopf an seiner Kappe? An Vatis ist nur der Reichsadler«, fragte Therese.

»Weil er von der SS ist, Dummkopf!«, sagte Klaus und sprang mit zwei Sätzen zurück zu seinem Holzpferd.

Ein kalter, spröder Wind war aufgekommen, und mit einem Mal war das wärmende Sonnenlicht verschwunden. Charlotte drehte sich zum Herrenhaus um, öffnete die schwere eisenbeschlagene Tür und schickte ihre Kinder ins Haus. Sie hatte auf einmal das Gefühl, als könnten sie die starken Mauern einer Festung brauchen.

ANNA

Carl kam erst spät nach Hause. Die Mädchen waren schon im Bett, doch Anna saß noch immer in ihrem Nähzimmer und stichelte an den Biesen für die Goldbluse. Emma war schon vor sechs nach Hause gegangen, um für ihren Mann das Abendessen zuzubereiten. Als einzige Lichtquelle hatte Anna eine Schreibtischlampe direkt auf den Stoff gerichtet. Carl gab ihr einen Kuss auf die Schläfe und sagte: »Du wirst dir die Augen verderben.«

Anna nickte: »Ja, der Stoff reflektiert auch zu sehr. Könntest du bitte das Oberlicht anmachen?«

Carl drehte den Schalter. Die fünf gelben Glastüten an der Deckenlampe leuchteten auf und tauchten den Raum in ein kaltes Licht.

»Besser so?«, fragte er.

»Es ist zwar ungemütlich, aber wesentlich besser zum Arbeiten.« Sie hob den Kopf und lächelte ihn an. »Wo warst du so lange? Hast du schon zu Abend gegessen?«

Carl nahm den Stapel mit Musterbüchern von einem Stuhl und legte sie auf den Schneidetisch.

»Parteiabend. Ich habe eine Bockwurst mit Brot gegessen.«

»Das reicht dir?«

Carl schob den Stuhl neben sie und setzte sich. »Ja, es reicht mir.«

»Musst du denn da unbedingt hingehen?«, fragte Anna.

Carl verzog das Gesicht. Anna wusste, dass ihm das Thema zuwider war. Wie oft hatten sie schon darüber diskutiert.

»Bitte fang nicht wieder damit an.«

»Aber ich verstehe es einfach nicht. Wie kannst du die noch unterstützen? Siehst du denn nicht, was sie tun? Sogar unsere Kinder formen sie um. Anita kam heute stolz mit einer Eins im Aufsatz nach Hause, in dem sie über die großartigen Eigenschaften des deutschen Volkes und die Liebe zum Führer geschrieben hat.«

Carl fuhr sich mit den Händen durch die Haare. Wenigstens hatte er sich seinen Parteigenossen noch nicht äußerlich angepasst, dachte Anna. Er trug immer noch seine Lockentolle. Nur im Nacken und über den Ohren waren die Haare kurz geschnitten.

»Anna! Ich hätte meine Stellung beim Arbeitsamt verloren. Sie haben doch gleich nach der Machtergreifung das Gesetz zur Wiederherstellung des Berufsbeamtentums verabschiedet und sechstausend Angestellte wegen ihrer Gegnerschaft zum neuen Regime entlassen. Alles Mitglieder von Gewerkschaften, Arbeiterparteien und Juden. Es gibt dort keinen einzigen Mitarbeiter mehr, der nicht Mitglied der NSDAP ist. Man musste eintreten, um seine Gesinnung zu zeigen.«

»Aber das ist doch gar nicht deine Gesinnung! Dann hättest du dir eben etwas anderes gesucht.«

»Verdammt!«

Carl sprang auf und ging an den Kleiderständern vorbei zum Fenster. Er lehnte sich an den weiß lackierten Fensterrahmen und sah auf die Straße herunter. Am Mast der Gaslaterne war ein Plakat befestigt worden. Der Lichtkegel bestrahlte den abgebildeten Jungen in brauner Uniform, der eine Hakenkreuzfahne hielt.

»Meinst du wirklich, ich hätte dann noch was anderes gefunden? Und nur von deiner Näherei können wir unsere Familie nicht ernähren.«

Anna biss sich auf die Lippen. Normalerweise hätte sie sich über den Ausdruck »Näherei« aufgeregt. Doch sie wusste, dass er es nicht so abschätzig meinte, wie es sich anhörte. Sie begann, wieder an der Verzierung zu nähen, doch sie konnte sich nicht mehr richtig konzentrieren und merkte, dass die Arbeit unsauber wurde.

»Sogar die Erstklässler übernehmen schon die Denkweisen. Regina und Gisela finden gar nichts mehr dabei, wenn sie eine Mitschülerin piesacken mit der Begründung, sie sei doch Jüdin.«

Carl drehte sich zu ihr um. »Das haben sie dir erzählt?«

Anna nickte: »Ja, heute, Regina hat es gesagt. Einfach so beim Mittagessen.«

Sogar aus der Entfernung konnte sie sehen, dass ihn das nicht kalt ließ.

Carl zog eine Zigarettenschachtel aus seiner Hemdtasche und kramte in der Hosentasche nach seinem Feuerzeug.

»Nicht, Carl, bitte! Du weißt doch: die Stoffe! Ich kann sie nicht mehr verkaufen, wenn sie nach Rauch riechen.«

Er schob die Zigaretten zurück in die Tasche, stellte einen Fuß gegen den Fensterrahmen und rieb sich die Hände. »Ziemlich kalt hier drin.« Dann ging er durch das Zimmer zum Kachelofen neben der Tür. »Sieht aus, als ob das Feuer ausgegangen ist. Soll ich den Ofen noch mal anheizen?«

Anna nickte: »Ja, wenn noch Kohlen da sind. Ich muss das hier heute Abend fertigkriegen und hab schon ganz steife Finger.«

Carl griff sich die Kohlenzange und stocherte in der Glut. Dann legte er zwei Briketts aus dem Blecheimer nach. Ohne sich umzudrehen, sprach er weiter: »Nach den Entlassungen haben sie im Arbeitsamt neue Kräfte eingestellt: Vorrangig SA-Männer aus der Zeit vor Januar '33 und Parteigenossen der Mitgliedsnummern bis dreihunderttausend. Das sind die ›Alten Kämpfer‹.« Er lachte verächtlich. »Nur bewährte Nationalsozialisten rücken in die Schlüsselpositionen vor. Die ganze Behörde ist jetzt durchsetzt. Man kommt einfach nicht mehr an ihnen vorbei.« Er schloss die Ofentür und legte die Zange in den Eimer zurück. »Man muss sich eben anpassen, weißt du?«

Anna hauchte in die Hände und beugte sich wieder über den Stoff.

»Und schließlich schaffen sie doch Arbeitsplätze. Sieh mal, Anna: Wie schlecht stand Deutschland da, wie viel Elend gab es, vor allem seit der Krise '29. Seit Hitler an der Regierung ist, geht es doch wieder aufwärts.«

Anna ließ die Nadel wieder sinken. »Ich weiß nicht, Carl. Das kommt mir alles unwirklich vor. Das bist doch gar nicht du. Wie kannst du dich nur so verleugnen?«

Ohne hinzusehen, stach sie mit der Nadel zu und traf ihre Fingerkuppe. Sie zuckte zurück, doch auf den Stoff war Blut getropft.

»Oh nein, das darf nicht wahr sein«, stöhnte sie auf.

Carl kam sofort zu ihr, um ihr zu helfen, und sah sich nach etwas um, womit er das Blut wegwischen konnte.

»Hol schnell ein Küchenhandtuch«, sagte sie.

Er öffnete leise die Tür und kam schon nach wenigen Sekunden mit einem Geschirrtuch zurück. Ganz vorsichtig tupfte sie den goldenen Stoff ab, doch das Blut war schon in den Stoff eingezogen.

»So was Dummes«, murmelte sie. »Das war die Arbeit eines halben Tages.« Sie hielt den glänzenden Stoff ins Licht und drehte ihn um, beugte sich darüber und untersuchte ihn genauer. »Unglaublich!«, murmelte sie.

Auf der Vorderseite war nichts von dem Blutfleck zu sehen. Die Goldbeschichtung war vollkommen unversehrt.

»So kann ich es morgen vielleicht wenigstens als Modell mitnehmen, was meinst du?«

Sie sah Carl an. Er nahm ihr Gesicht in seine Hände. »Du machst dir viel zu viele Gedanken«, murmelte er, und seine Stimme klang warm und zärtlich. Sein Gesicht war ihrem ganz nah. Und ihr wurde wieder bewusst, warum sie ihn geheiratet hatte, wie sehr sie seine Augen liebte, die hohen Bögen seiner Brauen, die schmalen Linien neben den Nasenflügeln, die ihm sein intelligentes Aussehen gaben, und sein rundes Kinn, das gar nicht dazu passte. Er war doch noch der gleiche Mann. Der temperamentvolle Tänzer, der sich eine Schnitzeljagd für sie ausdachte, der Mann, der immer einen Groschen für den Bettler in der Straße übrig hatte, der Vater, der so liebevoll zu ihren Töchtern war. Sie wollte nicht glauben, dass er sich verändert hatte. Es durfte einfach nicht sein.

CHARLOTTE

Charlotte und Richard saßen nebeneinander im Arbeitskontor und beugten sich über das Wirtschaftsbuch. Es war der richtige Tag für Büroarbeit. Draußen regnete es in Strömen. Die Kinder waren in der Schule, und die kleine Bärbel war bei Frau Leutner in der Küche untergebracht. Der Vormittag lag noch vor ihnen.

Richard fiel es schwer, Aufgaben abzugeben, doch Charlotte drängte darauf. Die Bewirtschaftung des Gutshauses war Lisbeths Angelegenheit, und daran hatte Charlotte auch kein großes Interesse. Sie wollte in den Gutsbetrieb eingebunden werden. Schließlich hatte es schon eine Phase in ihrem Leben gegeben, in der Richard sie mit den landwirtschaftlichen Abläufen vertraut gemacht hatte. Das war, bevor andere Männer in ihr Leben getreten waren.

»Der Milchpreis macht mir Sorgen.« Er fuhr mit seinem schwarzen Füllfederhalter eine Zahlenkolonne herunter. »Zwar ist er im letzten Jahr wieder um einen Pfennig gestiegen. Aber dreiundzwanzig Pfennig je Liter sind immer noch zu wenig.«

Charlotte nickte: »Aber wir haben die Kosten reduziert, seit wir die Kräfte aus der Landjugend und vom Reichsarbeitsdienst haben. Mehr können wir nicht einsparen.«

Er strich sich über den dreieckigen Schnurrbart, der inzwischen grau meliert war.

»Allerdings dauert es immer seine Zeit, bis man die Neuen eingearbeitet hat. Sie wechseln häufig. Und nicht jeder von ihnen taugt etwas«, gab sie zu bedenken.

»Die Milchwirtschaft lohnt sich nicht mehr. Ich habe mir überlegt, ob wir nicht die Schweinezucht weiter ausbauen sollten. Sie bringt einfach die besseren Erträge«, sagte Richard.

»Aber dann müssten wir die Stallungen erweitern.«

»Wir könnten Holzställe errichten, die auch billiger außerhalb des Hofs gebaut werden können. Sie besitzen eine bessere Wärmedämmung und Feuchtigkeitsableitung als massive Ställe. Das ist wesentlich preiswerter, und die gute Belüftung soll sogar gesundheitsfördernd sein.«

Charlotte sah ihn von der Seite an und konnte nicht glauben, was sie da hörte. Sie erinnerte sich noch genau an diese Idee. Ernst hatte sie ihrem Vater am Morgen nach ihrer Hochzeitsnacht vorgeschlagen, als sie sich das erste Mal über Schweinezucht ausgetauscht hatten. Richard hatte sie nie umgesetzt. Und jetzt, fünfzehn Jahre später, wollte er sie auf einmal realisieren? Normalerweise sah es ihm gar nicht ähnlich, bei Innovationen hinterherzuhinken.

»Und du bist sicher, dass das immer noch der neueste wissenschaftliche Stand ist?«, fragte sie.

»Ja, und es hat sich inzwischen bewährt.«

Als das Telefon klingelte, zuckte Charlotte zusammen. Neuerdings hatte Richard einen zweiten Apparat auf seinem Schreibtisch stehen.

»Feltin?«, meldete er sich.

»Edith. Geht es gut? Du möchtest sicher Charlotte sprechen.« Er hatte mit seiner Nichte nicht viele gemeinsame Gesprächsthemen.

»Mit mir?«, fragte er dann, lehnte sich in seinem ledergepolsterten Schreibtischstuhl zurück und atmete tief ein.

Charlotte beobachtete ihn. Die Falten auf seiner Stirn zeichneten sich deutlich ab. In seinem Gesicht ging etwas vor, das sie nicht zu deuten wusste. Ediths Stimme schallte aus dem Lautsprecher. Charlotte verstand nur Wortfetzen. Eine ganze Weile schien Richard nur zuzuhören und sagte ab und zu »Ja« oder »Hm«. Charlotte drehte eine Haarsträhne über ihren Finger, blätterte die Seiten im Wirtschaftsbuch um.

»Ja, verstehe. Wir sollten in Ruhe darüber sprechen. Am besten nimmst du morgen den 9-Uhr-Zug. Leutner holt dich vom Bahnhof ab. Und ruhig Blut«, sagte er.

Dann war er wieder still, und er lauschte in den Telefonhörer. Worte wie: »Unerträglich«, »Ausweg« und »England« verstand Charlotte.

»Sei doch vernünftig!«, rief er plötzlich. »Das ist doch viel zu überstürzt! Dieser Zustand kann ja nicht ewig dauern … hm … gut, wenn du nicht kommst, dann komme ich eben zu euch. Sag deiner Mutter, ich nehme den ersten Zug«, knurrte er und legte auf.

Als Charlotte ihn jetzt ansah, war er gespenstisch blass.

»Was ist denn passiert?«, fragte sie.

Er zog sein Stofftaschentuch aus der Hosentasche und schnäuzte sich die Nase. »Ich muss morgen nach Leipzig.«

Es hatte aufgehört zu regnen, und Charlotte öffnete die Fenster. Ein Schwall der würzigen Luft zog ins Zimmer. Der starke Regen und Wind hatten die Bäume fast kahl gefegt, und die Birken in der Auffahrt trugen nur noch vereinzelte braune Blätter. Über den Stallungen schimmerte ein Stück blauer Himmel, die Wolkendecke schien sich zu heben. Charlotte drehte sich um. Ihr Vater saß in seinem Stuhl, hatte den Arm auf die Lehne gestützt und rieb sich nachdenklich die Stirn.

»Willst du mir nicht endlich sagen, was los ist?«, fragte Charlotte.

»Allzu viel weiß ich auch nicht.« Er schlug mit beiden Handflächen auf die Stuhllehnen und wollte sich wieder dem Wirtschaftsbuch zuwenden. Doch Charlotte dachte nicht daran, sich so abspeisen zu lassen. Sie hatte lange nichts mehr von Edith gehört. Im Sommer hatte sie Felix, dessen Patentante sie war, ein Buch von Karl May zu seinem zehnten Geburtstag geschickt. Vergeblich hatte Charlotte in dem Päckchen nach einem beigelegten Brief gesucht. Doch sie fand nur eine Geburtstagskarte mit den üblichen Glückwünschen. Wie es ihr wohl gerade erging?

»Was hat dir Edith erzählt?«

Von draußen waren die lauten Schreie der Kolkraben zu hören, die sich nach dem abgeklungenen Regen über die Würmer hermachten. Charlotte breitete die Arme aus und zog die Fensterflügel wieder zu.

»Die Nazis haben auf ihrem Nürnberger Parteitag neue Rassengesetze erlassen. Die sind jetzt in Kraft getreten.«

Charlotte sah ihn mit großen Augen an. Davon hatte sie schon gehört.

»Seitdem gelten Ehen zwischen Ariern und Juden als Rassenschande, allerdings gilt das offiziell nur für nach dem Gesetzeserlass geschlossene Ehen. Trotzdem scheint jetzt die Stimmung zu kippen ...« Er räusperte sich. »Deine Cousine lebt ja offenbar schon länger nicht mehr mit Händel zusammen, Näheres weiß ich nicht und möchte es auch gar nicht wissen.« Richard presste die Lippen zusammen und schüttelte den Kopf. »Und für Händel erweist es sich nun auch als Glücksfall. Edith ist Halbjüdin, und er betreibt die Annullierung der Ehe, da er sonst seine Anwaltszulassung verliert.«

Charlotte seufzte. Alleine um Richard das mitzuteilen, hätte Edith sicher nicht angerufen. »Und wie geht es nun weiter?«

Ihr Vater atmete laut hörbar ein und aus: »Sie hat eine Andeutung gemacht …«

»Was für eine Andeutung?«

»Von einem nahenden Auftritt in Bath … in England. Mehr wollte sie nicht am Telefon sagen.«

»Und du glaubst …?« Charlotte beendete den Satz nicht. Sie hatte schon davon gehört, dass bereits viele jüdische Künstler und Schriftsteller das Land verließen.

Richard nickte: »Ich denke, sie plant, von dort nicht mehr zurückzukehren. Und sie macht sich Sorgen um ihre Eltern. Das war wohl der Hauptgrund ihres Anrufs.«

Er nahm wieder seinen Füller in die Hand und trommelte damit auf die gelben, linierten Seiten des Wirtschaftsbuchs. Charlotte beobachtete ihn. Seine Haare hatten sich gelichtet, und um seine Augen zeichneten sich Krähenfüße ab. Doch dafür, dass er die Hälfte seines Lebens im Freien verbracht hatte, sah er nicht so wettergegerbt aus, wie man hätte erwarten können. »Ich weiß nicht, was die Nationalsozialisten sich noch für Schikanen ausdenken. Und ich muss auch ehrlich zugeben, dass ich damals nicht besonders begeistert war, als meine Schwester sich ausgerechnet mit einem Juden verheiraten musste. Unsere Eltern natürlich auch nicht. Aber inzwischen habe ich Salomon schätzen gelernt. Er war ein tüchtiger Geschäftsmann und ein fürsorglicher Ehemann.«

»War?«, fragte Charlotte.

Er ließ den Füller auf das Papier fallen und sagte: »Habe ich ›war‹ gesagt?«

Sie nickte.

»Jedenfalls werde ich hinfahren müssen.«

»Wenn du nach Leipzig fährst, komme ich mit«, sagte Charlotte.

Charlotte und Richard erreichten Leipzig am nächsten Tag um elf Uhr. Sie reisten mit kleinem Gepäck, denn sie gedachten, höchstens eine Nacht zu bleiben. Es war Jahre her, dass Charlotte das letzte Mal den Leipziger Bahnhof betreten hatte. Diesmal wurde ihre Aufmerksamkeit von der beeindruckenden Konstruktion der Halle abgelenkt. Über dem Bahnsteig waren Schnüre mit unzähligen rot-weißen Hakenkreuzwimpeln gespannt. Der Bahnhof wimmelte von Menschen. Überall standen Männer in braunen oder schwarzen Uniformen herum, manche einzeln, teilweise auch ganze Gruppen. Einige hielten Schäferhunde an der kurzen Leine. Die überdeutliche Präsenz der Uniformierten war ungewöhnlich.

Richard trug in einer Hand seine lederne Reisetasche, in der rechten hatte er neuerdings einen Gehstock. Charlotte ging neben ihrem Vater her. In ihrem dunkelroten Winterkostüm mit knielangem schwingendem Rock bahnte sie ihnen selbstbewusst einen Weg durch das Gedränge. Nach den fünf Kindern war sie ein wenig rundlicher geworden. Ihre schulterlangen Haare hatte sie zu einer voluminösen, tief im Nacken sitzenden Innenrolle frisiert, wie sie seit einiger Zeit in Mode war. Eine Gruppe Uniformierter teilte sich, und die Männer machten ihnen Platz, als sie mit erhobenem Kopf auf sie zu ging. Sie merkte, wie ihre Blicke ihnen folgten. Und sie wusste, dass sie mit ihrem Aussehen ziemlich genau dem derzeitigen Ideal der deutschen Frau entsprach. Einen Moment lang genoss sie dieses Gefühl.

Gleich als sie den Bahnhofsvorplatz betraten, spürte Charlotte eine heftige Windböe, die an ihren Haaren zerrte. Die überdimensionalen Fahnen blähten sich auf, und ihre blutrote Farbe dominierte den Platz voller Menschen. Darüber zeichnete sich der stahlblaue Himmel des Rückseitenwetters ab. Charlotte blieb stehen und hielt nach dem Automobil ihres Onkels Ausschau.

»Ich verstehe das gar nicht. Du hast uns doch angekündigt«, sagte sie zu ihrem Vater. Dann drängten sie sich durch die Menschenmasse zu der Haltebucht, in der üblicherweise eine ganze Reihe von Taxis wartete. Als sie zum Fenster des einzigen Wagens gingen, kam ein Mann mit Aktentasche angerannt, riss die Fondtür auf, schickte sich an einzusteigen. Richard hob seinen Stock, um ihm zu bedeuten, dass er das Vorrecht hatte. Doch der Mann reagierte gar nicht, sondern warf sich auf den Rücksitz und knallte ihnen die Tür vor der Nase zu. Charlotte sah dem Taxi wütend hinterher, drehte sich um und wollte losschimpfen, doch schon im nächsten Moment wurden sie von der Menge zur Seite gedrängt. Die Männer in braunen Uniformen sperrten mit Seilen eine breite Gasse ab und trieben die Menschen rücksichtslos zurück. Charlotte musste ihren Vater stützen, damit er nicht stolperte, als sie mehr als zehn Meter rückwärts geschoben wurden. Es gab ein solches Gedränge, dass eine ältere Frau das Bewusstsein verlor und von den Uniformierten weggetragen werden musste.

»Wissen Sie, was hier los ist?«, fragte Charlotte die Frau, die neben ihr stand. Sie wandte ihr das Gesicht zu, musterte sie kurz und sagte streng: »Wissen Sie denn nicht? Der Führer kommt. Er eröffnet die Mustermesse.« In ihren Augen blitzte glühende Begeisterung auf. »Der Sonderzug soll gerade eingetroffen sein«, raunte sie ihr heiser zu.

»Der Führer kommt«, hörte Charlotte es jetzt auch aus der Menge. Auf einmal strömten mehrere Hundert Jungen in den kurzen schwarzen Hosen und braunen Jacken der Hitlerjugend aus dem Bahnhofsgebäude und verteilten rote Hakenkreuzfähnchen an die Menschen. Danach kamen die BDM-Mädchen in ihren schwarzen Röcken und machten auf der anderen Seite der Gasse das Gleiche. Die Fähnchen wurden so lange nach hinten durchgereicht, bis jeder eines in der Hand hielt. Charlotte musste Richards Arm loslassen, um eines zu halten. Richard schüttelte mit zusammengepressten Lippen den Kopf, als ihm der untersetzte Mann neben ihm eine Fahne entgegenhielt: »Keine Hand frei!«, sagte er und zuckte mit den Schultern.

»Halt die Fahne, hoch, Alter, oder bist du lebensmüde?«, raunte ihm der Mann zu und wedelte damit direkt vor Richards Kopf. Charlotte blickte ihn an und konnte nicht einschätzen, ob er aus Angst so redete oder aus Fanatismus.

»Tu lieber, was er sagt«, flüsterte Charlotte ihrem Vater zu, woraufhin er den Griff der Reisetasche losließ und widerwillig den Holzstab der Fahne in die Hand nahm. Auch Charlotte wurde das Gewicht ihrer Tasche zu schwer. Sie standen so eng, dass sie gar

nicht bis zum Boden fiel, sondern zwischen den Körpern einge-
klemmt wurde. Das Jungvolk nahm jetzt in den vordersten Reihen
Aufstellung und drehte sich zu den wartenden Menschen um.

»Heil«, begannen sie laut im Chor zu rufen. Mit rudernden Arm-
bewegungen forderten sie die Menschenmasse auf, es ihnen gleich-
zutun. Dazwischen standen SS-Männer, die ihre Augen über die
Menge gleiten ließen und jeden Einzelnen nach und nach genau ins
Visier nahmen. Der Ruf wurde von so vielen Stimmen getragen,
dass Charlotte sich am liebsten die Ohren zugehalten hätte. Dann
bedeutete ihnen der Anführer der Hitlerjugend, still zu sein. Eine
Ewigkeit schien zu vergehen. Charlotte begann zu frieren und fragte sich, warum sie keinen Mantel angezogen hatte. Sie merkte, dass
Richard neben ihr zusammensackte, und griff wieder nach seinem
Arm. Er war kreidebleich im Gesicht.

»Geht es noch, Vater?«, flüsterte sie.

Er nickte.

Eine ungeheure Anspannung war unter den Menschen um sie
herum zu spüren. Aus dem Augenwinkel sah Charlotte, wie die
Frau neben ihr andächtig auf den Eingang der gelben Sandsteinfassade starrte. Etwa nach einer halben Stunde war aus dem Inneren
des mächtigen Gebäudes ein dumpfes Brummen zu hören, das immer lauter wurde. Im nächsten Moment spuckte der Bogen des
Haupteingangs zwei Motorräder aus, dann drei, dann noch mal
zwei. Das Jungvolk streckte den rechten Arm aus und begann zu
brüllen. »Heil!«

Langsam fuhr die Motorradstaffel als Formation durch das Menschenspalier. Die uniformierten Männer hockten, nach vorne über
die Motoren gebeugt, auf ihren bulligen Maschinen. Sie verursachten einen Höllenlärm.

In der linken Hand wedelte das Jungvolk mit den Hakenkreuzfähnchen. Die Menge tat es ihnen gleich. Charlotte spürte, wie die
Hand ihres Hintermanns gegen ihren Rücken stieß. Die Frau neben
ihr reckte den Arm in die Luft und drehte sich kurz zu ihr um. Ihre
hellgrauen Augen schienen sie zu durchbohren. Charlotte hob den
Arm. Aus dem Dunkel des Eingangs rollte der offene, schwarze
Mercedes. Adolf Hitler stand vor dem Beifahrersitz und hatte die

Hände auf der blitzenden Chromumrandung der Windschutzscheibe liegen. Er trug einen braunen Uniformmantel mit schwarzem,
eng geschnalltem Gürtel und ein schwarzes Koppel schräg über der
Brust. Die Schirmmütze war tief in die Stirn gezogen.

»Heil!«, jubelte die Menge.

Als die Limousine langsam durch das breite Menschenspalier
fuhr, hob Hitler den rechten Arm, klappte den Unterarm hinter die
Schulter, sodass seine Handfläche zu sehen war. Kurz darauf war er
genau vor ihnen.

»Schau mich an«, hörte sie die Frau neben sich beschwörend sagen und noch mal: »Schau mich an!«

Und in dem Moment wandte Hitler ihnen sein Gesicht zu und
sah genau in ihre Richtung.

»Heil!«, brüllte ihre Nachbarin mit sich überschlagender Stimme.
Tränen liefen über ihr Gesicht. Hitlers Limousine folgte die zweite
Motorradstaffel. Die Lautstärke der Motoren und der tosenden
Menge war körperlich zu spüren. Charlottes Brustkorb vibrierte, in
ihren Ohren summte und rauschte es. Erst jetzt merkte sie, dass sie
selbst mitschrie. Sie brüllte so laut und aus vollem Hals, dass ihr fast
die Luft wegblieb.

Sie schwiegen beide während ihrer Fahrt durch die Stadt. Von überall leuchtete die rote Reichsfahne mit dem Hakenkreuz.

»Und ... haben Sie den Führer zu sehen bekommen?«, fragte der
Taxifahrer in jovialem Ton.

Er bekam keine Antwort. Sie fühlten sich wie benommen.

Der Weg, den das Taxi nahm, führte sie durch die Haydnstraße
an dem Haus vorbei, in dem Leos Anwaltskanzlei lag. Charlotte war
sich nicht sicher, ob ihr Vater jemals dort war. Sie versuchte, sich
nicht zu auffällig nach der weißen Fassade umzudrehen, an der
ebenfalls eine Flagge im Wind flatterte. Das Haus rauschte an ihr
vorbei. Sie glaubte sogar, noch die Gardinen zu kennen, und musste
daran denken, wie sie auf Leos Zeichen gewartet hatte. Wenn Frau
Klöß in die Mittagspause gegangen war, hatte er einen Fensterladen
geschlossen. Wie viele Jahre waren inzwischen vergangen? Leo hatte sie seitdem nie wiedergesehen.

Nach zehn Minuten hielt ihr Taxi vor der Liebermannvilla. Das schwarze Eisentor mit den goldenen Speerspitzen, das früher immer weit offen stand und so breit war, dass sogar Kutschen die Auffahrt hochfahren konnten, war verschlossen. An der Schnur des Fahnenmasts fehlte die Flagge. Schon als sie ausstiegen, bemerkte Charlotte, dass jemand das großformatige Namensschild aus Messing mit Dreck beschmiert hatte. Sie drückte mehrfach auf den Klingelknopf, doch niemand öffnete. Im ersten Stock, hinter dem hohen Fenster, bewegte sich eine Gardine. Nach einer Weile wurde die schwere Tür aus Walnussholz ein Stück aufgezogen. Ein Gesicht erschien in dem Spalt. Erst bei genauerem Hinsehen erkannte Charlotte ihre Tante. »Moment, ich hole den Schlüssel«, flüsterte sie.

Cäcilie sah verändert aus, müde und abgekämpft, so als habe sie einige Nächte nicht geschlafen. Doch das hellgrüne Kleid und die Frisur zeigten die gewohnte Eleganz. Charlotte schlang die Arme um sie. Ihr Körper fühlte sich zerbrechlich an. Cäcilie erwiderte die Umarmung, doch sie wirkte kraftlos.

»Habt ihr keine Dienstboten mehr?«, fragte Richard, als sie in der Eingangshalle standen.

»Doch, doch, wir haben noch Eberhard und Erna, eine Köchin und eine Zugehfrau«, sagte Cäcilie. »Aber sie haben heute Ausgang. Sie wollten zu irgendeiner großen Veranstaltung gehen, mehr haben sie nicht gesagt.«

Charlotte senkte die Lider. Sie konnte sich denken, wohin das Personal gegangen war.

»Hättet ihr mir Bescheid gegeben, dass ihr nach Leipzig reist, dann hätte ich etwas vorbereitet. Aber kommt doch bitte mit in den Salon. Ich hole euch etwas zu trinken.«

»Ja, gerne. Die Reise war ziemlich anstrengend.«

Charlotte sah zu ihrem Vater, als sie die Treppen in die Beletage hinaufstiegen. In stillem Einvernehmen erwähnten sie ihr Erlebnis am Hauptbahnhof mit keinem Wort.

»Hat Edith denn nicht gesagt, dass wir kommen?«, fragte Charlotte.

Cäcilie öffnete die Flügeltüren des Salons und ging ihnen voraus. Der Raum wirkte dunkel, die Vorhänge waren fast alle zugezogen.

Dann drehte sie sich zu ihnen um. »Was hätte sie denn sagen sollen?«, fragte sie erstaunt.

»Wir haben gestern miteinander telefoniert, und unser Gespräch endete mit der Ankündigung unseres Besuchs«, erklärte Richard. »Weißt du, wo sie ist?«

Cäcilie antwortete nicht, sondern deutete auf das Sofa. »Setzt euch, ich bin gleich wieder da.«

Dann verließ sie den Raum. Ihre Schritte hallten auf dem Marmorboden, als sie sich entfernten. Man hörte, wie sie die Treppen zum Küchentrakt hinunterstieg. Charlotte lehnte sich auf dem Sofa zurück und sah sich um. Die hohen Palmen in den bronzenen Amphoren ließen die Blätter hängen. Sie musste an die glamourösen Empfänge und Soiréen ihrer Tante denken, als die feine Leipziger Gesellschaft in den eleganten Räumen versammelt war und es vor Stimmen im gesamten Haus schwirrte und summte.

»Sollte Edith denn nicht hier sein? Sie wusste doch, dass du kommst«, flüsterte Charlotte ihrem Vater zu.

»Ja, sollte sie«, antwortete er.

Erst jetzt bemerkte Charlotte, wie mitgenommen er war. Das lange Stehen in der Kälte war zu viel für ihn gewesen.

»Möchtest du dich vielleicht hinlegen, Vater?«, fragte sie.

»Kommt nicht infrage. Erst muss ich mit Cäcilie sprechen.«

»Aber du darfst ihr nichts von Ediths Plänen sagen. Vielleicht wissen sie es noch gar nicht«, sagte Charlotte.

»Ich weiß schon, was ich tue!«, war Richards barsche Antwort.

Nach einer Weile kam Cäcilie mit einem Tablett zurück, auf dem eine Wasserkaraffe, Gläser und eine Schale mit trockenen Keksen standen. Sie goss ihnen ein und setzte sich selbst auf einen Sessel. Cäcilie sah auf ihre Hände, streckte die Finger aus.

»Ich weiß nicht, wo Edith gerade ist. Offen gesagt habe ich sie seit Wochen nicht gesehen«, sagte sie. »Ihr Lebenswandel …« Cäcilie hob den Kopf, und ihre Augen wanderten unruhig von einem zum anderen. »… in letzter Zeit gab es deshalb fast nur noch Streit.«

Ihre Unterlippe zitterte leicht, und sie wirkte dünnhäutig.

»Cäcilie …«, begann Richard. »… die Entwicklung in Deutschland macht mir Sorgen … du weißt, warum.«

Cäcilie wurde noch blasser. »Ich werde Salomon nicht verlassen, falls du das meinst!«, brauste sie plötzlich auf. »Er ist mein Mann, und ich stehe zu ihm, egal was kommt.« Ihre Augen hatten auf einmal wieder Glanz.

»Das weiß ich doch«, sprach Richard mit ruhiger Stimme auf sie ein. »Aber ihr müsst der Realität in die Augen sehen, Cäcilie. Die neuen Rassengesetze, das Reichsbürgergesetz, Juden werden darin offiziell als Bürger zweiter Klasse eingestuft, die Entlassung der letzten jüdischen Beamten und Notare, die Meldepflicht aller jüdischen Gewerbebetriebe, das Berufsverbot für jüdische Ärzte, Zahnärzte, Tierärzte, Apotheker, Rechtsanwälte …« Er biss sich auf die Lippen, denn er wollte es vermeiden, über die Ehe von Edith und Leo Händel zu sprechen.

»Was soll uns denn passieren, Richard?«, fragte Cäcilie. »Sie werden uns doch nicht ernstlich etwas antun. Salomon hat im Krieg für Deutschland gekämpft. Er ist mit dem Eisernen Kreuz ausgezeichnet worden. Er ist Deutscher durch und durch und würde sogar seinem Glauben abschwören, wenn es nötig wäre. Also sag mir, warum sollten sie ihm etwas antun?«

»Ihr dürft nicht einmal mehr euer Haus beflaggen, wie sonst alle in der Stadt«, hielt ihr Richard vor.

»Darauf kann ich auch gut verzichten«, sagte sie schnippisch und lachte bitter auf. »Stell dir vor, Lotte, Frau Taubner und Frau Gerling laden mich nicht einmal mehr zu ihrem Wohltätigkeitszirkel ein. Früher konnten sie gar nicht genug von mir bekommen und von Salomons großzügigen Spenden, haben uns ständig umworben …« Im nächsten Moment seufzte sie: »Ach, Richard, was sollen wir bloß tun?« Und barg ihr Gesicht in den Händen.

Richard schluckte. Einen Moment lang hörte man nur das Ticken der mächtigen Kaminuhr aus schwarzem Marmor.

»Habt ihr schon einmal daran gedacht, das Land zu verlassen?«

Cäcilie nahm die Hände von ihrem Gesicht. Schweigend starrte sie die Kristallkaraffe an, die fein geschliffenen Gläser, die den Glanz ihres komfortablen Lebens spiegelten.

»Wohin sollen wir denn gehen?«, fragte sie leise.

ANNA

Anna betrat das KaDeWe durch den Haupteingang, durchquerte das Portal und schirmte ihre Augen mit der Hand ab. Inzwischen war die gesamte Holzverkleidung durch blankes Metall ersetzt worden. Hunderte von Lampen strahlten es an, und das Licht wurde so stark reflektiert, dass es fast blendete. Vor den Fahrstühlen mit den verschnörkelten, handgeschmiedeten Gittern hatten sich bereits Trauben von Wartenden gebildet. Anna trug einen Kleidersack über dem Arm, aber über die Treppen war sie schneller.

Seit den großen Umbau- und Erweiterungsarbeiten vor vier Jahren gehörten das erste und zweite Stockwerk jetzt voll und ganz der weiblichen Kundschaft. Hier waren die Wände wieder mit edlen Hölzern verkleidet worden. Schimmernde Metallrahmen dienten als Einfassung. Anna ging an den Auslagen der Accessoires vorbei. Tausende von Schals, Tüchern, Handschuhen und glitzerndem Modeschmuck waren in den Vitrinen und Regalen dekoriert. Sie blieb vor einer Kleiderpuppe in einem schwarzen Abendkleid mit einem tief dekolletierten Wasserfallausschnitt stehen. Über ihrem Handgelenk hing eine kleine Abendtasche in Form eines Zeppelins. Ehe die Kundinnen die Damenkonfektionsabteilung erreichten, mussten sie unzähligen Verführungen widerstehen.

Schon von Weitem konnte sie Ella sehen. Auch sie trug die Haare inzwischen wieder länger und weiblicher frisiert, so wie fast alle Frauen, die sich an der aktuellen Mode orientierten. Sie sprach mit einer hochgewachsenen Kundin, von deren Lockenkopf Anna nur die Rückenansicht sehen konnte. Sofort fiel ihr die knabenhafte Figur mit den breiten Schultern und schmalen Hüften auf. Die beiden waren von Verkäuferinnen umringt, die Kleider in die Höhe hielten, um sie der Kundin zu präsentieren.

»Nein, da ist einfach nichts für mich dabei«, hörte sie sie sagen. »Ich suche etwas Ausgefalleneres, schlicht, aber hochelegant. Ach, am liebsten würde ich mir meine Modelle selbst gestalten, wenn ich die Zeit dazu hätte.«

Als Ella Anna bemerkte, hob sie die dünn gezupften Augenbrauen und nickte kaum merklich mit dem Kopf. Die Kundin drehte sich nach ihr um. Sie war nicht nur auffallend schön, mit zarten, ebenmäßigen Gesichtszügen. Anna hatte augenblicklich das Gefühl, sie zu kennen.

»Anna, du kommst genau im richtigen Moment«, sagte Ella. Sie trug ein eng tailliertes Kleid in einem ungewöhnlichen, matten Bronzeton. Als Leiterin der Modeabteilung hatte sie die Freiheit, selbst keine Arbeitsuniform mehr anziehen zu müssen. Und auch die Kleider der einfachen Verkäuferinnen waren, seit sie darüber bestimmen durfte, wesentlich modischer geworden.

»Frau Berger, darf ich Ihnen eine unserer kreativsten Lieferantinnen vorstellen? Die Gründerin und Inhaberin des nach ihr benannten Konfektionshauses ›Anna Liedke Couture‹.«

Ella verzog selbst keine Miene bei ihrer offensichtlichen Übertreibung. Doch sie wirkte angespannt. Die anderen Verkäuferinnen zogen sich jetzt zurück und bedienten andere Kundinnen.

»Oh, wie reizend, Frau Liedke, warum lerne ich Sie erst jetzt kennen?« Frau Berger streckte ihr die Hand entgegen, und Anna ergriff sie.

»Anna«, fuhr Ella fort. »Frau Berger ist eine der erfolgreichsten Filmregisseurinnen Deutschlands. Aber sicher hast du schon von ihr gehört.«

Anna nickte: »Sehr erfreut.«

»Vielleicht sind Sie ja meine Rettung, Frau Liedke«, sagte Frau Berger und deutete auf den Kleidersack, der immer noch über Annas Arm hing.

»Ach so, ja, offen gesagt weiß ich gar nicht, ob da etwas für Sie dabei ist«, sagte Anna. Sie wusste, dass die geblümten Kleider, die Emma gestern noch fertig genäht hatte, keinesfalls ihrem Stil entsprechen würden.

»Bitte lassen Sie mich wenigstens einen Blick darauf werfen!« Frau Berger formte ihren Mund zu einer Schnute und legte die Handflächen aneinander. Ihre braunen Augen unter den geraden Brauen sahen Anna beschwörend an. »Ich suche so dringend etwas Passendes für die Filmpreisverleihung, und es ist gar nicht auszuschließen dass ich auf die Bühne muss, da mein letzter Film nominiert wurde. Aber wir wollen es nicht beschreien.« Sie sah sich suchend um, machte dann drei Schritte zu einem runden Tisch, auf dem ein Blumenarrangement in einer goldenen Amphore dekoriert war. Mit den Fingerknöcheln klopfte sie auf die Tischplatte. »Drei mal Holz! Ich bin leider sehr abergläubisch«, sagte sie zur Erklärung, drehte sich wieder um und schenkte Ella und Anna ein breites Lächeln.

»Mir geht es genauso«, sagte Anna. »Bloß keine Schuhe auf den Tisch, das bringt Unglück, wenn ich Salz verstreue, muss ich sofort eine Prise über die rechte Schulter werfen, und das Schlimmste ist natürlich, wenn ein Spiegel zerbricht …«

»Um Gottes willen: sieben Jahre Unglück!«, rief Frau Berger aus. »Da haben wir ja etwas gemeinsam! Die meisten Leute halten mich für verrückt, wenn ich darüber spreche.« Das Eis war gebrochen. Sie musterte Anna: »Also? Was haben Sie da bei sich?«

Anna öffnete die Knöpfe der Nesselstoffhülle und holte zwei der Kleider heraus. Ein blau geblümtes und ein rot geblümtes. Sie konnte Frau Bergers Gesicht sofort ansehen, dass sie enttäuscht war.

»Sehr hübsch«, sagte sie und wandte sich ab. »Aber leider nicht das, was ich suche. Wenn Sie sonst nichts haben … Was ist das Goldglänzende da hinten dran, darf ich?«

Sie kam näher und griff ins Innere des Kleidersacks. Anna nahm jetzt deutlich ihr Parfüm wahr, eine Mischung aus Jasmin, Aldehyden und Vanille. Sie war hin und her gerissen. Sollte sie ihr die Goldbluse zeigen? Schließlich brauchte man nur das Stoffstück mit den Biesen umzuklappen, schon würde man den daumennagelgroßen Blutfleck entdecken. Wie stand sie denn dann da?

»Ich habe noch eine Abendbluse«, hörte sie sich sagen. »Sie können sie zu einem bodenlangen oder knielangen Rock tragen. Je nachdem, wie …«

»Zeigen Sie mal!«, unterbrach sie Frau Berger ungeduldig.

Anna zögerte einen Moment, dann holte sie die Bluse heraus und hielt sie in die Höhe.

»Was ist das für ein Stoff? So etwas habe ich noch nie gesehen«, sagte Frau Berger und befühlte das Material.

»Eine beschichtete Seide. Goldsatin. Es ist tatsächlich eine absolute Neuheit.«

»Ist das meine Größe? Wissen Sie was? Ich probiere sie gleich mal an.«

»Gerne, bitte dort entlang!«, sagte Ella und ging ihr in Richtung des geräumigen Umkleideraums für die betuchteren Kundinnen voran. Anna bat eine der Verkäuferinnen, ihr noch verschiedene Röcke in die Ankleide zu reichen, und folgte ihnen.

Während sie vor dem Ankleideraum warteten, flüsterte Ella leise: »Sie hat angebissen. Das ist genau ihr Stil.« Sie griff nach Annas Arm, und ihr dezent geschminkter Mund näherte sich ihrem Ohr. »Anna, dich hat der Himmel geschickt, du kannst ja nicht wissen, wie dringend ich gerade Hilfe von oben brauchen kann. Es heißt, sie sei ein Günstling von Hitler persönlich, wenn nicht sogar mehr ...«

Annas Herz begann zu pochen. Jetzt erinnerte sie sich, dass sie ihr Gesicht in der Wochenschau gesehen hatte, neben dem des Propagandaministers Joseph Goebbels. Im selben Augenblick öffnete sich die Kabinentür, und Frau Berger trat heraus. Es genügte ein Blick, und man sah, dass die Bluse wie für sie gemacht war.

»Unglaublich«, murmelte Anna leise.

Frau Berger breitete die Arme aus und lächelte, als stünde sie vor einem riesigen Publikum. »Das ist es«, rief sie aus. »Genau das ist es, wonach ich gesucht habe.«

Der Stehkragen, an den sich die eng gefältelten Biesen des aufgesetzten Stoffteils anschlossen, kleidete sie mit ihrem langen, schlanken Hals schlicht ideal. Die halben gesmokten Ärmel ließen die ebenmäßige weiße Haut ihrer Arme zur Geltung kommen. Der Goldsatin reflektierte das strahlende Licht des Vorführraums so, dass er ihr einen kleinen Heiligenschein zauberte. Mit dem dunkelgrauen Samtrock, der an den Knöcheln glockig auslief, bildete die Bluse eine glamouröse Einheit. Anna flüsterte einer der Verkäuferinnen etwas ins Ohr. Ella und Frau Berger sahen sie erwartungsvoll an. In Ellas Gesicht konnte Anna die Erleichterung lesen.

»Was sagen Sie dazu, Anna? Ich darf Sie doch so nennen? Sie können Petra zu mir sagen.«

Anna nickte. »Natürlich, gerne. Sie sehen fantastisch darin aus.«

»Und Sie sind ein Genie! Kann ich die Bluse gleich mitnehmen?«

In dem Moment kam die Verkäuferin zurück und übergab Anna die kleine Abendtasche, die sie auf ihrem Gang durch die erste Etage gesehen hatte. Anna nahm sie ihr ab. Erst jetzt bemerkte sie das Hakenkreuz und die Aufschrift auf der äußeren Seite des Leders. Sie zögerte kurz, doch dann ging sie damit auf Frau Berger zu, hängte ihr die Zeppelintasche über den Arm. Als sie die Form der Abendtasche erkannten, lachten Ella und Frau Berger beide laut auf.

»Ich fand, die hat noch gefehlt«, sagte Anna.

»Die Hindenburg! Was für ein grandioser Einfall! Sie sind einfach wunderbar, Anna! Packen Sie mir die Bluse gleich ein … und die Tasche und den Rock auch.«

Anna schluckte. »Die Bluse ist eigentlich nur das Vorführmodell. Ich würde sie Ihnen lieber auf Maß schneidern.«

»Wozu das denn? Diese hier sitzt doch perfekt!« Frau Berger sah sie erstaunt an und klimperte theatralisch mit den Lidern.

»Nun, normalerweise geben wir unsere Vorführmodelle nicht aus der Hand.«

»Aber ich brauche sie unbedingt schon morgen.«

»Ach, komm schon, Anna, hier können wir doch mal eine Ausnahme machen«, sagte Ella.

Anna musste wieder an den Fleck denken. Sie konnte der berühmten Regisseurin doch keine Bluse mit einem Blutfleck verkaufen. Was, wenn sie sich einmal das Stoffstück mit den Biesen von unten ansah?

»Also ich entscheide das jetzt einfach«, antwortete Ella für sie. »Natürlich bekommen Sie die Bluse sofort, Frau Berger. Ihr Wunsch ist uns Befehl.«

Eine Stunde später standen sie zusammen in der dicht besetzten neuen Imbisshalle des KaDeWe. Der Steinboden mit dem Schachbrettmuster und die in Stufen angeordneten Oberlichter gaben dem hellen Raum ein außergewöhnlich modernes Aussehen. Eine Besonderheit war auch die riesige Auslage kalter Speisen, die man sich nach einem neuen amerikanischen System einfach auf sein Tablett stellte. An der Wand hing ein Emailleschild mit der Aufschrift: »Bediene dich selbst, zahle an der Kasse«. Direkt neben der Mahnung in großen schwarzen Buchstaben: »Unser Gruß ist ›Heil Hitler‹«.

Sie hatten sich beide einen Teller mit kaltem Braten und Remouladensoße geholt und hielten nach einem freien Tisch Ausschau, als sich auf einmal ein großer, schlanker Mann näherte. »Kann man den Damen vielleicht helfen?«

Anna und Ella drehten sich zu ihm um.

»Theo!«, sagte Anna und musterte ihn erstaunt. Außer den Geheimratsecken, die seine dunkelblonden Haare an der Stirn zurückdrängten, hatte er sich kaum verändert. Er trug den zweireihigen dunklen Anzug der leitenden Angestellten. An seinem Revers blitzte das Parteiabzeichen auf.

»Schon möglich. Wir suchen einen ruhigen Tisch, etwas abseits vom Gedränge«, antwortete Ella, und schon nahm ihr Gesicht wieder den arroganten Ausdruck an, den sie schon immer aufgesetzt hatte, wenn sie jemanden nicht mochte.

»Sehr gerne, die Damen«, sagte Theo und geleitete die beiden zu einem etwas größeren Tisch auf der anderen Seite des Saals. Er winkte einem Kellner und gab ihm zackige Anweisungen. Kurz darauf erschien dieser mit einem weißen Tischtuch, das er auf der Lacktischplatte ausbreitete. Dann drapierte er zwei gestärkte Stoffservietten auf den Plätzen und legte frisches Besteck dazu.

»Ich wusste gar nicht, dass du noch im KaDeWe arbeitest«, sagte Anna und bemerkte, wie die Leute sie anstarrten. Ihr Tisch war der einzige mit einem Tischtuch.

»Tja, ich war auch einige Jahre im Hertie-Kaufhaus am Alexanderplatz beschäftigt. Aber vor einem Jahr bin ich als Leiter des Restaurants ins KaDeWe zurückgekommen.«

»Ich dachte, ich hätte es dir erzählt«, sagte Ella kühl. »Aber wahrscheinlich war es mir nicht wichtig genug.«

Sie setzten sich auf die mit rotem Kunstleder bezogenen Stühle, nachdem Theo und der Kellner sie ihnen zurechtgerückt hatten.

»Darf ich den Damen etwas zu trinken servieren lassen?«, fragte Theo und ignorierte Ellas Unfreundlichkeit. »Selbstverständlich sind Sie Gäste des Hauses.«

Ella nickte. »Ja, eine Flasche Sekt«, sagte sie mit einem Tonfall, als wäre es die größte Selbstverständlichkeit. »Wir haben nämlich etwas zu feiern.«

Theos Gesicht nahm eine rötliche Farbe an. Ellas Bestellung überstieg anscheinend seine Befugnisse. Und sie war auch mehr als unverschämt.

»Ella, übertreibst du nicht ein bisschen? Also ich würde gerne ein Glas Limonade trinken«, sagte Anna und sah Theo in die Augen. Er nickte leicht mit dem Kopf und schloss kurz die Lider. Anna musste an den Abend zurückdenken, als er sich mit Carl im Biergarten geprügelt hatte, das war nun auch schon über zehn Jahre her.

»Schon gut!«, sagte Ella. »Dann nehmen wir eben zwei Gläser Limonade, wir wollen den Herrn Restaurantführer ja nicht in Verlegenheit bringen.«

Sie sprach so laut, dass die Gäste an den umliegenden Tischen kaum zum Essen kamen. Theo ließ ihnen die Limonade bringen und verabschiedete sich mit einer angedeuteten Verbeugung. Anna sah ihm nach, als er durch das Restaurant stolzierte.

»Ich weiß nicht, er hat irgendetwas an sich, das mir sagt, man sollte ihn sich nicht zum Feind machen. Ich weiß auch nicht, was es ist.«

»Er ist einfach ein eingebildeter Gernegroß, weiter nichts!«, sagte Ella.

Anna hatte die ganze Zeit darauf gewartet, dass sie endlich alleine waren. Sie musste Ella endlich von dem Blutfleck an dem Blusenmodell erzählen, um ihr Gewissen zu erleichtern. Doch Ella war vollkommen unbeeindruckt und winkte nur ab: »Du hast mich gerettet, Anna. Stell dir vor, die Berger hätte in meiner Abteilung nichts gefunden. Was meinst du, wie schnell sich so was rumspricht.«

Anna spießte eine Scheibe Fleisch auf und tunkte die Gabel in die Remoulade, doch dann legte sie sie wieder ab. »Aber ich hätte wenigstens ein neues Modell für sie anfertigen müssen. Was, wenn sie zu Hause beim An- oder Ausziehen den Fleck entdeckt?«

»Aber du hast es doch gesehen: So lange wollte sie nicht warten. Dann wäre sie zu Goetz oder Gerson gegangen, und ich hätte sie als Kundin verloren.« Ella legte ihr die Hand auf den Arm und beugte sich weiter zu ihr herüber: »Anna, ich stehe unter einem enormen Druck.«

Anna hörte auf zu kauen und sah sie gespannt an.

Ella sprach mit gesenkter Stimme weiter: »Sie haben die gesamte Tietz-Familie vor die Tür gesetzt.« Jetzt flüsterte sie: »Zur Herstellung eines arischen Übergewichts in der Geschäftsführung.«

Die beiden Frauen in Pelzmänteln, die sich gerade an den Nebentisch gesetzt hatten, sahen zu ihnen herüber.

Ella nickte ihnen zu, bevor sie sich ein Stück Braten in den Mund steckte.

»Aber das Kaufhaus gehört ihnen doch?«, fragte Anna leise.

Erst nachdem Ella sich versichert hatte, dass die beiden Frauen sich miteinander unterhielten, antwortete sie: »Du bist vielleicht naiv. Sie wurden zum Verkauf genötigt. Wie es heißt, zu einem Spottpreis. Karg hat die Geschäftsleitung übernommen.«

Anna schüttelte den Kopf. »Der Georg Karg? Der früher den Zentraleinkauf von allen Jandorf-Häusern nach dem Zusammenschluss mit Tietz geleitet hat?«

»Ja, genau der, jetzt ist er mächtiger denn je. Seitdem habe ich einen schweren Stand. Ich glaube, er weiß von meiner Liaison mit Hermann. Wir haben immer versucht, sie geheim zu halten, schon wegen seiner Ehefrau, aber das ist uns wohl nicht ganz gelungen … und Hermann ist nun mal Jude.«

Ella steckte sich hintereinander mehrere Gabeln mit Braten in den Mund.

»Das wusste ich alles nicht«, sagte Anna. »Und wo ist Hermann jetzt?«

Ella zuckte mit den Schultern. »Ich weiß es nicht genau, und das ist vielleicht auch besser so. Es heißt, die ganze Familie hat sich über verschiedene Wege ins Ausland abgesetzt.«

Anna musterte ihre Freundin. Sie war noch dünner geworden und hatte neuerdings Schatten unter den Augen. Aber ihr Gesicht war immer noch attraktiv. Besonders viel Anteilnahme zeigte sie nicht gerade am Schicksal ihres ehemaligen Liebhabers.

»Verstehst du jetzt, warum ich so dringend auf das Wohlwollen von so jemandem wie der Berger angewiesen bin?«

»Ja, schon«, sagte Anna. »Aber hast du denn gar keine Skrupel?«

»Skrupel? Wie meinst du das?«, fragte Ella.

»Du siehst doch, wie sie die Juden und Andersdenkenden überall rausdrängen und schikanieren.«

»Schscht! Sprich nicht so laut!«

Ihre Augen glitten unruhig zu den Nebentischen. Dann sagte sie kaum hörbar: »Ich unterstütze die ja nicht, aber ich will irgendwie durchkommen. Wem schadet es denn, wenn ich einer berühmten Filmregisseurin eine Bluse verkaufe? Und schließlich warst du es, die sie entworfen und genäht hat.«

CHARLOTTE

Edith hatte sich im Haus ihrer Eltern den ganzen Tag nicht blicken lassen. Erst am Nachmittag meldete sie sich am Telefon. Als sie hörte, dass Charlotte Richard begleitet hatte, ließ sie sie ans Telefon holen und nannte ihr für den Abend einen Treffpunkt. Sie ließ sich nicht umstimmen, als Charlotte sie bat, in das Haus ihrer Eltern zu kommen.

Um kurz nach sechs kam Charlotte die Treppe herunter, hörte leise Männerstimmen aus dem Salon und blieb stehen.

»Sollen wir wirklich alles hier zurücklassen, Richard?«, sagte ihr Onkel. »Unseren Besitz, unsere Heimat, unsere Sprache? Ist es das, was sie von uns wollen? Dass wir in alle Winde zerstreut werden oder uns in Luft auflösen?«

Durch die halb geöffneten Türen konnte sie sehen, dass Richard mit Salomon vor einer Menge von Papieren saß, die sie auf dem Couchtisch ausgebreitet hatten.

»Ich verstehe, dass es eine schwere Entscheidung ist. Aber sieh mal hier: Sie lassen dich Inventarlisten deines Betriebs ausfüllen. Was glaubst du, wozu das dient?«

Charlotte beugte sich ein wenig nach vorne und konnte sehen, wie ihr Vater einige Blätter in die Höhe hielt.

»Glaubst du, sie wollen uns Juden enteignen?«, fragte Salomon mit heiserer Stimme. »Das können sie nicht.«

Richard räusperte sich. »Ich fürchte, genau das haben sie vor. Sieh dich doch um, Salomon. Die jüdischen Geschäfte werden boykottiert. Es gibt kaum noch ein jüdisches Unternehmen, das nicht von arischen Kaufleuten übernommen wird. Glaubst du, das läuft alles mit rechten Dingen ab?«

»Ich weiß, ich sehe es jeden Tag ... Und was schlägst du vor?«

Salomon fuhr sich mit der Hand über das Gesicht und nahm dann das Cognacglas entgegen, das Richard ihm entgegenhielt. »Komm, Salomon, lass uns erst mal einen Schluck trinken!«

Charlotte hörte auf einmal Schritte hinter sich und drehte sich um. Es war Eberhard, der mit einem Tablett die Treppe heraufkam. Auch die Männer hatten ihn gehört und blickten zur Tür.

Salomon stand sofort auf, als er sie sah, und kam mit ausgebreiteten Armen auf Charlotte zu.

»Onkel!«, sagte sie.

Sein olivfarbener Teint wirkte fahler, als sie ihn in Erinnerung hatte, und auch bei ihm hatten sich die dunklen Haare über der Stirn gelichtet. Aber seine tiefbraunen Augen leuchteten, als er sie ansah. Er trug einen locker sitzenden Hausanzug aus feinem, grauem Garn. Charlotte drückte ihn an sich und umklammerte seine Schultern. Sie hatte das Gefühl, als müsse sie ihn festhalten, wie ein Andenken aus ihrer Kindheit, das nur mit glücklichen Erinnerungen behaftet war. Die Gelegenheiten, zu denen sie sich sahen, waren noch seltener geworden. Meistens hielt er sich im Büro auf, wenn sie nach Leipzig kam. Doch jedes Mal brachte er ihr etwas mit. Auch an diesem Abend zog er ein kleines Geschenk aus seiner Jackentasche und ließ es in ihre geöffnete Handfläche fallen. Es war eine dünne Goldkette mit einem Mondstein als Anhänger.

»Leider habe ich nichts Angemesseneres mehr besorgen können, mir hat ja vor heute Nachmittag keiner gesagt, dass ihr kommt«, entschuldigte er sich.

»Ach, Onkel. Du musst mir doch nicht immer etwas schenken«, sagte Charlotte. »Die Kette ist wunderschön.«

Sie drehte sich um und fasste ihre Haare im Nacken zusammen, damit er ihr die Kette umlegen konnte. Dann gab sie ihm einen Kuss auf die Wange.

»Störe ich euch, oder kann ich mich kurz zu euch setzen?« Sie deutete auf die Papiere, die auf dem Couchtisch ausgebreitet waren. »Wo ist überhaupt Cäcilie?«

»Natürlich störst du nicht. Setz dich ruhig, Lotte. Cäcilie hat sich kurz hingelegt. Sie müsste gleich herunterkommen«, sagte Salomon und sammelte die Blätter ein.

Auf dem obersten Blatt konnte Charlotte noch die Überschrift »Inventarliste« lesen, bevor er den Stapel auf den Kaminsims legte.

»Was macht deine Kinderschar? Ich beneide Richard und Lisbeth, dass sie nun schon fünffache Großeltern sind. Davon können Cäcilie und ich nur träumen.«

Charlotte sah ihm an, wie es ihn schmerzte, dass Edith kinderlos geblieben war.

»Sie entwickeln sich recht gut. Felix geht jetzt schon auf die Oberschule.«

»Isst du nicht mit uns?«, fragte Richard und deutete auf den Mantel, den Charlotte mit heruntergebracht hatte.

»Nein, Edith hat mich gebeten, mich mit ihr zu treffen.«

Das Gesicht ihres Onkels verdüsterte sich.

Charlotte setzte sich vor ihn auf den gepolsterten Hocker und griff nach seinen Händen. »Es tut mir leid. Ich werde versuchen, sie dazu zu bringen, dass sie nach Hause kommt.«

»Das ist nicht deine Sache, Lotte«, mischte sich Richard ein.

»Wo hat sie dich hinbestellt? Etwa in eines dieser zwielichtigen Lokale, in denen sie verkehrt?«, fragte Salomon und löste seine Hände von ihren.

»Nein, es ist eine Privatadresse.«

»Sei vorsichtig. Es herrscht eine ziemlich aufgewühlte Stimmung in der Stadt, durch den Führerbesuch ist alles voll mit Braunhemden und SS.«

»Keine Angst. Mir tun sie bestimmt nichts«, sagte Charlotte und merkte sofort, wie unbedacht die Äußerung war. Da saß ihr jüdischer Onkel vor ihr, voller Sorgen wegen seiner Zukunft in Deutschland, und sie war vollkommen unbekümmert.

»Trotzdem«, sagte er. »Lass dich besser von Brenner fahren.«

Um Viertel vor sieben setzte sich Charlotte auf die Rückbank der schwarzen Limousine und nannte dem Chauffeur die Adresse. Brenner brummelte etwas Unverständliches und nickte dann. An seiner vorgeschobenen Unterlippe konnte Charlotte erkennen, dass er nicht begeistert darüber war, sie heute Abend noch zu kutschieren. Er stand schon in Diensten der Familie Liebermann, seit Salomon das erste Automobil angeschafft hatte. Und Charlotte kannte ihn nicht anders, mürrisch, aber im Grunde gutmütig. Hier im Musikviertel, wo die Villen der wohlhabenden Leipziger standen, waren die Straßen nahezu leer gefegt. Wieder kamen sie durch die Haydnstraße. Als sie an Leos Kanzlei vorbeifuhren, sagte Charlotte plötzlich: »Könnten Sie bitte kurz anhalten?«

»Hier? Das ist aber nicht die Adresse, die Sie mir genannt haben.«

»Ich weiß«, sagte Charlotte. »Könnten Sie bitte trotzdem kurz stoppen?«

Der Chauffeur fuhr an die Seite und brachte den Wagen zum Stehen.

»Warten Sie bitte hier, Brenner. Ich bin gleich wieder da.«

Charlotte öffnete die Autotür und ging zum Eingang. Da hing immer noch das Messingschild mit der schwarz eingefrästen Schrift:

Leonhard Händel
Rechtsanwalt
Notar

Anders als damals war es so blank poliert, dass sich ihr Gesicht darin spiegelte. Es kam ihr fremd vor. Was tat sie hier? Charlotte fuhr mit dem Finger über die Buchstaben seines Vornamens. Dann trat sie einen Schritt zurück und versuchte, einen Blick durch die Fenster zu erhaschen, die alle erleuchtet waren. Entweder wohnte er immer noch in den Kanzleiräumen oder er arbeitete bis spätabends. Sollte sie einfach klingeln und den Chauffeur so lange warten lassen? Sekunden verstrichen. Sie konnte sich nicht entscheiden. Wie würde Leo nach so langer Zeit reagieren? Langsam drehte sie sich um und ging zurück zum Wagen. Sie öffnete die Fondtür, stieg ein.

»Fahren Sie bitte weiter, Brenner.«

Gerade als der Wagen anfuhr, sah sie ihn, wie er den Vorhang zur Seite zog, seine Augen, seinen fragenden Blick. Sie öffnete den Mund und wollte »Anhalten!« sagen. Doch es kam kein Ton heraus. Da steht mein Lebensglück, dachte sie.

»Kein Mensch kann die Zeit zurückdrehn«, brummte Brenner, als wisse er über alles Bescheid. Ihre Augen begegneten sich kurz in dem winzigen Rückspiegel.

Die Gassen wurden enger, die Fassaden grau und schäbig. Mülltonnen versperrten die schmalen Bürgersteige. Brenner drehte sich zu ihr um und sagte: »Verriegeln Sie besser mal die Türen!«

Charlotte tat, was er sagte. Vor düsteren Kneipeneingängen lungerten grell geschminkte Huren und zwielichtige Gestalten herum. Und ihr Onkel hatte recht gehabt: Hier waren Gruppen von SA-Leuten in braunen Uniformen unterwegs. Einige hielten Bierflaschen in der Hand. Einer trug die Reichsfahne. Sie waren ganz offensichtlich betrunken und skandierten Nazi-Lieder:

»Die Straße frei den braunen Bataillonen, die Straße frei dem Sturmabteilungsmann, es schau'n aufs Hakenkreuz voll Hoffnung schon Millionen, der Tag für Freiheit und für Brot bricht an …«

Teilweise liefen sie mitten auf der Straße, sodass der Wagen anhalten musste. Charlotte sah aus dem Fenster und beobachtete, wie zwei der SA-Männer eine Prostituierte in die Zange nahmen und gegen die Hauswand drängten.

»Wo bleibt der deutsche Gruß für die Fahne?«

Charlotte konnte ihre vor Angst aufgerissenen Augen sehen, als der eine der beiden ihr grob zwischen die Beine fasste, der andere ihre rechte Hand in die Höhe bog.

»Oder bist du etwa Jüdin? Und stiftest deutsche Volksgenossen zur Rassenschande an?«

Sie rissen ihr die blonde Perücke vom Kopf. Doch ganz plötzlich ließen sie von ihr ab und drehten sich um. Einen Moment lang war es merkwürdig still. Charlotte konnte ihr eigenes Herz laut und schnell schlagen hören. Offenbar waren sie von den anderen auf ihre Limousine aufmerksam gemacht worden. Grölend umringte der Haufen den Wagen. Sie bückten sich und schauten neugierig ins Innere. Charlottes Nerven waren zum Zerreißen gespannt, als sie ihre geröteten Köpfe direkt neben sich vor dem Fenster sah. Einer von ihnen drückte sein Gesicht gegen die Scheibe, öffnete den Mund und leckte das Glas ab. Ein anderer schüttete den Inhalt seiner Bierflasche über die Windschutzscheibe. Sie zogen an den Türgriffen, und versuchten, die Türen zu öffnen.

»Mach auf, schöne Maid!«, hörte sie eine Stimme.

Sie hörte ein hartes Wummern, das ihr durch und durch ging. Offenbar schlugen sie mit den Fäusten oder Handflächen auf das

Blech des Autodachs. Brenner gab vorsichtig Gas und rollte langsam vorwärts. Ihr war klar, dass er aufpassen musste, um die Männer nicht noch mehr zu reizen. Als er wieder in Fahrt kam, rannten einige neben dem Auto her und schrien: »Anhalten, Polizei!« Doch Brenner machte genau das Gegenteil: Er bog in die nächste Gasse ein und gab Gas. Charlotte atmete tief durch.

»Danke!«, sagte sie.

»Braunes Pack!«, war alles, was er sagte. Danach war er wieder stumm und chauffierte sie weiter durch das Gassengewirr. Nach einigen Minuten verlangsamte er die Fahrt. »Da vorne ist es!«, sagte er und deutete auf eine dunkle Fassade. Im Erdgeschoss war ein kleiner Lebensmittelladen, auf dessen heruntergelassene Rollläden in roter Farbe ein großer Judenstern geschmiert worden war. »Deutsche, kauft nicht bei Juden«, stand darunter.

»Wollen Sie hier wirklich aussteigen?«, fragte Brenner und hielt bei laufendem Motor. Charlotte sah sich um. Hier beleuchteten weit weniger Gaslaternen die Straßen als im Viertel ihres Onkels. Das ganze Haus war dunkel, nur weit oben, im vierten Stock, brannte überhaupt ein Licht. Von Weitem war immer noch das Gegröle der Nazi-Gruppen zu hören. Doch in dieser Straße gab es keine Kneipen und Prostituierten, die sie anlockten. Charlotte entriegelte die Tür.

»Nennen Sie mir eine Zeit, wann ich Sie wieder abholen soll«, sagte Brenner.

Charlotte überlegte. Sie wusste, dass es ein großzügiges Angebot war, und wollte ihn nicht allzu spät am Abend erneut durch die Stadt schicken.

»Vielen Dank, Brenner. Länger als bis zehn werde ich sicher nicht bleiben. Und könnten Sie vielleicht noch einen Moment warten, bis ich im Haus bin?«

»Wird gemacht«, antwortete er.

»Im Moment scheint die Luft rein zu sein«, fügte er hinzu.

Charlotte sah sich nach allen Seiten um. Doch durch die winzigen Rückfensterscheiben des Verdecks konnte man nicht viel erkennen. Sie gab sich einen Ruck und öffnete die Autotür. Im selben Moment bemerkte sie eine Gestalt im Hauseingang und erschrak.

Jetzt löste sie sich aus dem Dunkel und kam auf das Auto zu. Es war Edith. In eine grobgestrickte Jacke gehüllt, stand sie vor der Limousine und zog die Autotür auf. Sie griff Charlottes Hand und half ihr aus dem Wagen. Dann bückte sie sich nochmals ins Wageninnere, um ihren alten Chauffeur zu begrüßen: »Danke, dass Sie sie hergebracht haben.«

Brenner tippte sich an die Kappe und nickte ihr zu: »Gern geschehen. Schön Sie zu sehen, Fräulein Edith. Wenn ich Sie nachher mit nach Hause nehmen dürfte, wäre mir aber wohler.«

Edith presste die Lippen zusammen und schwieg. Sie richtete sich wieder auf. Am Ende der Straße waren die Silhouetten der Männergruppen zu sehen. Fetzen ihrer Gesänge drangen bis zu ihnen.

»Komm schnell hoch, bevor hier auch noch so eine Horde durchzieht.«

Als sie in dem dunklen Hauseingang standen, umarmten sie sich. Dann sagte sie zu Charlotte: »Diese Nazis ziehen schon den ganzen Nachmittag durch das Viertel. Inzwischen scheinen die meisten sturzbetrunken zu sein, dann sind sie noch unberechenbarer als ohnehin schon.«

Über eine enge Holzstiege gelangten sie in den vierten Stock. Auf dem Weg nach oben erklärte Edith mit gesenkter Stimme: »Es tut mir leid, dass ich dich hierherbestellt habe. Aber ich kann einfach nicht mehr zurück nach Hause, und ich musste unbedingt noch einmal mit dir sprechen.«

Charlotte verstand gar nichts. Die Wohnung bestand aus zwei Zimmern, einer winzigen Küche und einer Toilette mit einem Waschbecken. Warum lebte Edith bloß freiwillig in so einer ärmlichen Umgebung? Im Wohnzimmer stand ein Mann aus einem schäbigen Sessel auf, als sie hereinkamen. Neben ihm saß eine Frau. Charlotte war überrascht und auch enttäuscht, dass sie nicht alleine mit Edith war, und den beiden schien es ähnlich zu gehen. In ihren Augen sah sie eine Mischung aus tiefem Misstrauen und Angst. Der Mann bot ihr seinen Sessel an und zog den Stuhl von einem Tisch mit einer Schreibmaschine weg. Zusammen mit einem Hocker und einem Bücherregal war das die einzige Möblierung. In einer Ecke lehnte Ediths schwarzer Cellokasten.

»Das sind Maja und Joachim, ich wohne vorübergehend bei ih-
nen.« Sie deutete auf eine Flasche billigen Fusel, die in der Mitte des
Zimmers auf einer Holzkiste stand. »Möchtest du auch einen
Schluck?«

Charlotte nickte und musterte ihre Cousine, während diese ein
Wasserglas zur Hälfte füllte. Seit sie sie das letzte Mal gesehen hatte,
hatte sie sich wieder vollkommen verändert. Ihre welligen, fast
schwarzen Haare waren offen und fielen ihr bis zu den Ellbogen, so
wie damals, als sie Kinder waren. Sie umrahmten ihr blasses Gesicht, das fast nur aus den hellblauen Augen zu bestehen schien.
Edith war wieder so dünn geworden, dass ihre Wangen hohl wirkten. Doch selbst jetzt strahlte sie noch eine melancholische Schönheit aus. Nachdem sie etwas getrunken hatten, zündeten sich alle
drei Zigaretten an.

»Du rauchst nach wie vor nicht?«, fragte Edith.

Charlotte schüttelte den Kopf. Edith lachte auf einmal auf: »Du
bist eben die perfekte deutsche Frau: blond, blauäugig, rauchst
nicht, schenkst dem Führer fünf Kinder …«

»Edith!«, sagte der Mann. Er hatte struppige Haare und einen
Dreitagebart.

»… folgst deinem Vater und deinem Mann, opferst dich für Blut
und Boden …«

»Edith, hör auf damit!«, sagte Joachim. »Sie kann nichts dazu!«

Charlotte starrte die beiden an. Sie fragte sich auf einmal, ob er
und Edith ein Paar waren, oder er und Maja, oder womöglich Edith
und Maja?

»Wer sagt, dass sie nichts dazu kann?«, mischte sich jetzt Maja
ein.

Charlotte musterte sie. Sie war bestimmt zehn Jahre jünger als
Edith, hatte dunkle kurze Haare und fast schwarze Augen. Sie war
ihr von Anfang an feindselig begegnet, schon als sie den Raum betreten hatte.

»Du hast doch gesehen, wie sie alle mitjubeln, wenn sich der Führer durch die Straßen fahren lässt. Tausende, Millionen. Glaubst du,
die da bildet eine Ausnahme?« Sie zeigte mit dem Finger auf sie.
Charlotte stand auf. Ihre Worte trafen sie, und nach den Ereignissen

auf dem Bahnhof fühlte sie sich auf einmal schuldig. Maja durchbohrte sie mit ihren dunklen Augen, gerade so, als wäre sie selbst dabei gewesen und hätte sie beobachtet.

»Ich glaube, es ist besser, wenn ich wieder gehe«, sagte sie und drehte sich um. Edith schlug sich die Hand vor den Mund und sprang von ihrem Hocker auf: »Lotte, bitte entschuldige, das wollten wir nicht.« Sie legte beide Hände auf Charlottes Schultern und drückte sie wieder zurück in den Sessel. »Es ist nur … wir sind alle ziemlich am Ende mit den Nerven.«

»Ich verstehe«, sagte Charlotte, doch sie merkte, wie Maja sie weiter wütend anstarrte.

»Ich vertraue dir jetzt etwas an, denn ich weiß ganz sicher, dass du es für dich behältst, wenn ich dich darum bitte, was ich hiermit inständig tue. Ich werde aus Deutschland fortgehen. Wir drei … werden das Land verlassen.«

Sie wartete auf eine Reaktion von Charlotte und schien fast etwas enttäuscht, als sie keinerlei Überraschung in ihrem Gesicht sah.

»Das hat mein Vater bereits aus deinen Andeutungen herausgehört. Deshalb sind wir ja nach Leipzig gekommen. Aber ist das nicht ein wenig überstürzt?«

»Lotte! Sieh mich an! Das ist nicht mehr mein Land! Sie lassen mich hier nicht mehr auftreten, sie verbieten die Jazzmusik, sie schließen die Kabaretts, Joachim kann seine Bücher nicht mehr veröffentlichen, im Gegenteil, sie wurden auf einem Scheiterhaufen vor der Universität verbrannt … und Maja bekommt kein Engagement als Schauspielerin mehr.«

»Seid ihr beide auch …«, sie schluckte, »… Juden?«

Joachim nickte, Maja drehte den Kopf weg.

»Aber du bist doch nur Halbjüdin, Edith. Du hast doch eine arische Mutter. Könntest du nicht einfach zurück zu uns nach Feltin kommen? Dort würdest du doch keinem auffallen und …«

»Lotte! Was soll ich denn auf Feltin? Das ist dein Leben, aber nicht meines. Und außerdem machen die Nazis keinen Unterschied mehr zwischen Halbjuden, Volljuden und so weiter. Das haben sie doch in den neuen Rassegesetzen klargestellt. Wir sind Menschen zweiter Klasse in Deutschland.«

Charlotte kaute auf ihrer Unterlippe und nickte. Sie wusste, dass Edith recht hatte.

»Wie wollt ihr es machen? Habt ihr einen Ausreiseantrag gestellt?«

»Nein. Ich gehe auf eine kleine Konzertreise als Solistin durch England. Und diese beiden …«, sie machte mit der Hand eine schlenkernde Bewegung, »… begleiten mich, sozusagen als meine Entourage. Maja wird meine Friseurin sein und Joachim mein Agent. Wir werden nicht zurückkehren. Wenn man einen offiziellen Ausreiseantrag stellt, muss man hier eine Reichsfluchtsteuer bezahlen und bekommt vom englischen Generalkonsulat eine vierstellige Wartenummer zugeteilt. Seit die Rassegesetze in Kraft getreten sind, gibt es eine neue Ausreisewelle. Und wir können nicht mehr warten. Die Situation wird sich weiter zuspitzen.«

Charlotte hatte auf einmal eine schmerzliche Vorstellung: »Und du willst ohne Abschied von deinen Eltern einfach so verschwinden? Das wird ihnen das Herz brechen.«

Sie sah, wie Ediths blasses Gesicht rote Flecken bekam und merkte, dass sie nur mit Mühe die Fassung bewahren konnte. »Deshalb wollte ich dich ja treffen, Lotte, du und Richard … ihr müsst euch um sie kümmern. Gut um sie kümmern! Sie verstehen es nicht. Seit ich im Kabarett gespielt, mich von Leo getrennt habe, das Cello nicht mehr an erster Stelle in meinem Leben steht, kann ich einfach nicht mehr mit ihnen reden, ohne dass Vater explodiert und Mutter weint.« Edith begann wieder, ihre Hände zu reiben, so wie Charlotte es schon ein paarmal bei ihr gesehen hatte. »Und außerdem brauchen wir Geld für die Reise«, sagte sie. »Du bekommst es zurück, sobald ich meine Gage in England habe. Meinen Vater kann ich nicht danach fragen.«

Charlotte konnte ihr ansehen, wie unangenehm ihr die Bitte war.

»Wie viel?«, fragte sie.

»Tausend Reichsmark!«

Charlotte schluckte. Das war eine hohe Summe.

»Was ist mit Leo? Er ist immerhin noch dein Ehemann. Und wenn er schon die Annullierung betreibt, könnte er dir doch wenigstens noch finanziell unter die Arme greifen.«

406

»Schscht«, machte Edith und legte den Finger auf ihren Mund.

»Das will ich nicht. Die Episode ›Leo‹ ist längst abgeschlossen.«

Charlotte kaute auf ihren Lippen. Dann sagte sie: »Es wird einige Tage dauern, bis ich Geld flüssig machen kann. Wir sind nicht reich, falls du das denkst. Ich habe etwas gespart, als ich die Möbel der Leipziger Wohnung verkauft habe, ich bekomme den Sold von Ernst, aber der ist bescheiden. All unser Geld steckt in dem Gut.«

Edith wirkte enttäuscht.

»Aber keine Sorge, ich helfe dir. Acht Tage, schätze ich, wird es dauern. Könnt ihr so lange warten?«

Edith nickte. »Das erste Konzert ist in zwei Wochen. Dann muss ich spätestens in Bath sein.«

»Und wie treffen wir uns wieder?«

»Wir treffen uns nicht wieder.«

Edith nannte ihr Tag und Zeit, wann Joachim oder Maja zum Chemnitzer Bahnhof kommen würde. Charlotte fragte nicht nach, warum sie nicht selbst kam, obwohl ihr nicht wohl bei dem Gedanken war, das Geld in die Hände eines Fremden zu geben.

»Was soll ich deinen Eltern sagen?«

»Sag ihnen nur, dass ich auf Konzertreise gehe. Nichts weiter.«

Ediths Blick war beschwörend. »Und, Lotte, im Moment ist es noch einfach zu verreisen. Bitte versuche, meine Eltern zu überzeugen, es auch zu tun.«

Um kurz vor zehn trat Charlotte an das Fenster, sah hinunter auf die Straße. Im spärlichen Licht der Gaslaterne stand die schwarze Limousine und wartete. Sie umarmten sich lange und sahen sich gegenseitig in die hellblauen Augen, betrachteten die Herzform ihrer Oberlippen. Die beiden Merkmale, an denen man zweifelsfrei ihre Blutsverwandtschaft erkennen konnte. Als Cousinen, Freundinnen und Rivalinnen standen sie sich zum letzten Mal gegenüber. Sie hatten vollkommen unterschiedliche Leben gelebt, sich in verschiedenen Welten aufgehalten, selbst wenn sie Jahre am selben Ort verbracht hatten. Sich verbunden gefühlt, wenn sie getrennt waren. Die Zeit war um. Dieser Abschied fühlte sich an, als würde ein Stück aus ihren Herzen geschnitten.

ANNA

Frau Lampert aus der Kohlenhandlung ist da. Du sollst ans Telefon kommen«, gellte Anitas Stimme durch die Wohnung. Anna stoppte das Fußpedal der Nähmaschine, stand rasch auf und lief in den Flur.

»Musst du so schreien?«, sagte sie zu Anita, die gerade wieder zurück in die Küche schlüpfte. »Du könntest auch einfach zu mir ins Nähzimmer kommen, um mir das zu sagen.«

»Entschuldigung. Mach ich das nächste Mal«, antwortete Anita.

Als Anna sich zur offenen Wohnungstür umwandte, hörte sie nur noch die sich entfernenden Schritte auf der Treppe. Sie nahm ihren Mantel vom Garderobenhaken, schlüpfte in ihre Schuhe und lief ihr hinterher, aus der Haustür heraus, betrat das Ladengeschäft im Nachbarhaus. Die untersetzte Frau stand schon wieder hinter der Theke und atmete schwer. Das geblümte Muster ihrer Kittelschürze war schwarz vor Kohlenstaub. Sie machte eine Kopfbewegung und deutete auf den Telefonhörer, der neben dem Apparat lag.

»Frau Liedke, so geht das wirklich nicht weiter«, jammerte sie. »Sie bekommen zu viele Anrufe, ich kann doch nicht andauernd zu ihnen in den dritten Stock laufen, also, so geht das einfach nicht mehr weiter …«

Anna lächelte sie an: »Ja, ich weiß, Frau Lampert, es wird bald wieder besser«, sagte sie und nahm den Hörer in die Hand: »Anna Liedke am Apparat? … Ach, du bist es, Ella.«

Sie hörte eine Weile zu, während die Kohlenhändlerin sie gespannt beobachtete.

»Noch mal hundert, wie soll ich das denn schaffen? Und bis wann?« Sie schüttelte den Kopf, und Frau Lampert folgte jeder ihrer Bewegungen mit den Augen. »In einer Woche? Das ist unmöglich.«

Die Kohlenhändlerin formte den Mund zu einer Schnute und schüttelte bedauernd den Kopf, als die Türglocke schellte und eine Kundin das Ladengeschäft betrat.

»Du weißt doch, wie viel Handarbeit in jeder dieser Blusen steckt, alleine die Biesen ... ja, ich habe schon zwanzig neue Heimarbeiterinnen dazugenommen, und meine Tante und meine kleine Schwester ... Ella, ich weiß, dass es ein Riesenerfolg ist.«

»Was ist denn?« Frau Lampert platzte fast vor Neugier.

»Aber, ich bin nur eine kleine Konfektionärin und keine Textilfabrik ... wie bitte? ... Ella, untersteh dich!«

Frau Lampert holte tief Luft und sah Anna erwartungsvoll an. Inzwischen standen zwei weitere Kunden vor der Theke und lauschten mit ihr gemeinsam Annas Telefonat. Eine wohnte in der Wohnung unter ihr.

»Du kannst meinen Entwurf nicht einfach woanders nähen lassen!«

»Na, das wäre ja noch schöner!«, kommentierte Frau Lampert entrüstet und sah sich zustimmungsheischend um.

»Also gut, Ella. Du hast mich überredet. Ich liefere dir die hundert. Aber ich bekomme fünf Reichsmark zusätzlich pro Stück.«

»Richtig so!«, feuerte Frau Lampert sie an.

Alle im Laden konnten den lauten Aufschrei aus der Hörmuschel des Telefons hören.

»Doch, Ella, das muss ich verlangen, ich bekomme so schnell keine billigen Näherinnen, und du verlangst ja auch nur die allerbeste Qualität ... gut ... vier Reichsmark pro Bluse zusätzlich. Einverstanden. Bis nächsten Freitag. Auf Wiederhören.«

Anna legte den Hörer auf. Frau Lampert und die drei Kunden musterten sie erwartungsvoll.

»Das war wieder diese Frau aus dem KaDeWe, nicht wahr?«, fragte Frau Lampert atemlos.

Anna nickte: »Ja, das war sie.«

»Und jetzt sind Sie richtig groß im Geschäft mit denen, nicht wahr?«

»Richtig groß wäre vielleicht zu viel gesagt, aber der Entwurf einer bestimmten Bluse ist sehr gut angekommen. Die Berger hat sie bei der Verleihung des Nationalen Filmpreises getragen, und das wurde in der Wochenschau gezeigt. Obwohl ...«

»Was denn?«, fragte Frau Lampert.

»Das Besondere an der Bluse ist eigentlich der Goldlamé, und den kann man in der Schwarz-Weiß-Übertragung gar nicht erkennen.«

»Macht nichts, Frau Liedke. Wahrscheinlich waren die wichtigen Personen sowieso bei der Filmpreisverleihung dabei.«

»Das kann sein«, sagte Anna.

»Die Berger …«, wiederholte Frau Lampert ehrfürchtig und drehte den Kopf voller Stolz zu den anderen Kunden, als wäre Annas Erfolg auch ihr Verdienst.

Anna ging zur Tür und bedankte sich freundlich, während sie sie öffnete: »Ich hoffe, dass ich mir dann auch bald einen eigenen Telefonanschluss leisten kann«, sagte sie.

»Ach, machen Sie sich da keine Sorgen, Frau Liedke. Sie können mein Telefon nutzen, so oft sie wollen«, rief ihr Frau Lampert hinterher.

Erst als Anna die Tür hinter sich zuzog, bemerkte sie, dass ihre Hände, ihr Mantel, ihr blauer Wollrock und ihre Schuhe mit einer ganz feinen Schicht von Kohlenstaub überzogen waren. Sie würde sich umziehen und waschen müssen, bevor sie wieder an die Arbeit ging. Es wurde wirklich Zeit, dass sie ein eigenes Telefon bekamen. Vor ihren Augen tanzte auf einmal eine vereinzelte Schneeflocke und schwebte langsam auf das graue Pflaster zu. Sie hob das Gesicht in den milchigen Winterhimmel zwischen den Häuserlinien und sah, dass es immer mehr Flocken waren, die von dem eisigen Wind durch die Luft gewirbelt wurden. Ein paar Kinder, die auf dem Bürgersteig ihre Holzkreisel gepeitscht hatten, streckten die Hände in die Luft und jagten den Flocken hinterher. Ließen die Schnüre ihrer kleinen Peitschen zwischen den Schneekristallen hindurchsausen. Es war der erste Schnee des Dezembers 1935.

Anna hauchte sich in die Hände und musste daran denken, wie sehr sie damals im Spreewald dem Winter entgegengefiebert hatte. Wie sie täglich hinunter zum Kanal gestiegen war, vorsichtig den Fuß auf das schwarze Eis gesetzt hatte, um zu prüfen, ob es sie schon tragen würde, wie sie die Eiszapfen gelutscht hatte. Wie lange war das schon her? Sie beschloss, in den Weihnachtsferien mit den Kindern zu ihren Eltern zu fahren. Wenn sie den Blusenauftrag erfüllt hatte, würde sie sich die Zeit nehmen. In den letzten

Jahren war sie viel zu selten dort gewesen, hatte immer nur an ihre Arbeit gedacht.

In dem Moment wurde die Haustür aufgestoßen, und Anita trat auf die Straße. Als sie ihre Mutter vor der Kohlenhandlung stehen sah, wollte sie wieder umdrehen, doch Anna hatte sie sofort entdeckt. Rasch begann Anita, ihren grauen Mantel zuzuknöpfen.

»Wo willst du hin?«, fragte sie. Noch bevor Anita alle Knöpfe schließen konnte, fiel ihr Blick auf den schwarzen Krawattenknoten und den weißen Blusenstoff zwischen dem Revers. Sie kam näher und wollte den rauen Wollstoff zur Seite schieben, doch sie hätte ihn mit Kohlenstaub beschmutzt.

»Seit wann hast du die Uniform?«, fragte sie.

Anita senkte die Lieder und sah auf ihre abgestoßenen Schuhspitzen. Eine der Kundinnen aus der Kohlenhandlung ging an ihr vorbei und öffnete die Haustür.

»Heil Hitler, Frau Schneider«, grüßte Anita wohlerzogen und hob die Hand.

»Heil Hitler, Anita«, sagte die Frau.

»Also?«, fragte Anna.

»Erst seit letzter Woche«, sagte Anita.

Dann hob sie den Kopf, und auf einmal funkelten ihre Augen angriffslustig: »Mutti, alle gehen da hin. Ich bin die Einzige aus meiner Klasse, die nicht beim Jungvolk ist.«

Anna merkte, dass ihr die Kälte langsam durch die dünnen Strumpfhosen die Beine hinaufkroch. Und auch Anita war anzusehen, dass sie fror. Sie trug noch nicht einmal eine Mütze, und die weißen Flocken blieben auf ihren braunen gescheitelten Haaren liegen.

»Aber du gehst doch schon zweimal in der Woche in den Turnverein. Reicht das denn nicht? Ich könnte auch noch ganz gut Hilfe zu Hause gebrauchen.«

Anita ballte die Fäuste, was bei dem zehnjährigen Mädchen nahezu rührend aussah, fand Anna. »Aber Mutti, es gibt keinen Turnverein mehr. Sport machen wir jetzt beim Jungvolk. Und ich muss nun auch zum Heimnachmittag. Wenn man zu spät kommt, bekommt man Strafarbeiten aufgebrummt, hat Clara gesagt.«

Anna griff nach ihrem Oberarm und war überrascht, wie zartgliedrig er sich anfühlte. Anita war gerade erst in die fünfte Klasse gekommen. Ihr Körper war noch der eines Kindes. Doch sie wusste schon ziemlich genau, was sie wollte. Nur fand Anna, dass es das Falsche war. Warum sie dagegen war, dass Anita zum Jungvolk ging, hätte sie gar nicht näher begründen können. Ihr waren der Drill und die Selbstverständlichkeit, mit der sie die Kinder vereinnahmten, nicht geheuer.

»Kommt nicht infrage. Du gehst sofort wieder nach oben. Und du hast mir immer noch nicht gesagt, von wem du die Uniform hast.«

Mit gesenktem Kopf drehte sich Anita zur Tür um. Anna war klar, dass ihr jemand die Sachen geliehen hatte, umsonst gab es sie nicht. Emma hatte die HJ-Uniform für ihren Sohn extra kaufen müssen.

»Du sollst ja niemanden verpetzen«, sagte sie.

»Was denn sonst?«, fragte Anita patzig und sah über das Treppengeländer auf sie hinunter. Als sie weiterging, stampfte sie laut mit den Füßen auf die Holzstufen, und prompt öffnete sich die Tür der Hausmeisterwohnung. Ein Kopf voller Lockenwickler erschien im Spalt. Frau Kalinke hatte bereits den Mund geöffnet, um draufloszuschimpfen, als sie Anna auf dem unteren Treppenabsatz stehen sah. Sofort setzte sie ein Lächeln auf.

»Oh, Frau Liedke, Sie sind es! Ich wollte nur mal kurz durchlüften. Heil Hitler.«

»Ja, das kann von Zeit zu Zeit nicht schaden, Frau Kalinke. Einen schönen Tag noch.«

Woher kam diese plötzliche Freundlichkeit?

»Einhundert Goldblusen«, sagte sie leise, als sie die Treppen hinaufstieg.

CHARLOTTE

Am nächsten Morgen saßen Richard, Salomon und Cäcilie bereits im Frühstückszimmer, als Charlotte herunterkam. Der Raum öffnete sich zu dem kleinen Stadtgarten und wirkte mit seinen dunkelgrün gerahmten hohen Fenstern und den mannshohen Palmen wie ein Gewächshaus, auch die Luft war entsprechend schwül. Doch die exotischen Pflanzen ließen die Blätter hängen. Alle Augen richteten sich auf Charlotte, während sie einen der mit schwarzem Rosshaar bezogenen Stühle zurückzog. Etwas im Haus war anders als gestern.

»Und?«, fragte Cäcilie. »Hast du Edith getroffen? Wie geht es ihr? Kommt sie nicht her? Ich dachte, du würdest sie vielleicht mitbringen. Ich habe extra für sie eingedeckt.«

Charlotte betrachtete den liebevoll arrangierten fünften Teller, darauf der silberne Reif mit den eingravierten Initialen EL, der die eingerollte Serviette zusammenhielt. Eine kleine Blumenvase mit einer weißen Rose stand neben der Tasse. Mit fahrigen Bewegungen reichte Cäcilie einen Teller mit Schnittbrot und die Butterdose zu Charlotte. Sie sah ihre Tante an: Ihr Gesicht war gerötet, als hätte sie geweint, dunkle Ringe unter den Augen, die Lippen aufgesprungen. Einen Pulsschlag lang kam sie ihr fremd vor. Als sie Charlotte Kaffee eingießen wollte, klapperte der Deckel. Sie musste die Kanne absetzen, so sehr zitterten ihre Hände, deren Farbe sich kaum von dem weißen Porzellan abhob. Ein Tropfen löste sich von der Tülle. Sie starrten auf den braunen Fleck, der sich langsam auf dem weißen Tischtuch ausbreitete. Charlotte griff nach der Kanne.

»Ich mach das schon«, sagte Erna, die gerade den Raum betrat und rasch herbeikam.

»Vielen Dank, Erna«, sagte Charlotte und betrachtete das Profil ihres früheren Dienstmädchens, während diese ihr eingoss. »Wie schön, dich endlich einmal wiederzusehen. Ich hoffe, es geht dir gut?«

»Ja, danke, Fräulein Charlotte«, antwortete Erna, allerdings ohne sie anzusehen.

Sie wirkte nervös, blieb unschlüssig vor dem unbenutzten Gedeck stehen. Doch dann sagte sie nur: »Ich bringe gleich frischen Kaffee« und verließ das Frühstückszimmer.

»Lotte? Du hast gehört, was deine Tante gefragt hat«, sagte Richard, faltete die Zeitung zusammen und legte sie auf den Tisch. Das Deckblatt des Leipziger Anzeigers zeigte ein Foto von Adolf Hitler in seiner Limousine auf dem Weg zur Leipziger Messe. Die Menschenmassen, die ihm mit ausgestrecktem Arm und Tausenden von Papierfähnchen zujubelten. Charlotte nahm einen Schluck Kaffee. Schon auf der Rückfahrt am Abend hatte sie darüber gerätselt, ob sie sich mit der von Edith vorformulierten Antwort zufriedengeben würden.

»Meinst du nicht, du schuldest ihr eine Antwort?«

»Edith bricht in Kürze zu einer Konzertreise nach England auf«, erklärte Charlotte.

Jetzt merkte sie, was sich verändert hatte. In jedem Raum des Hauses tickte normalerweise eine Uhr. Doch die Tischuhr auf der Anrichte war stehen geblieben. Die Stille war vollkommen.

Salomon war der Erste, der sich regte. »Na schön, wir sind anscheinend die Letzten, die davon erfahren sollen, aber ich wusste es dennoch.«

»Und sie kommt vorher nicht mehr nach Hause?«, fragte Cäcilie.

Charlotte konnte ihrer Tante nicht ins Gesicht sehen, so unangenehm war es ihr, dass sie ihr Leiden nicht lindern konnte. Sie spürte Schweißtropfen auf der Oberlippe, ihr Winterkostüm war heute viel zu warm. Sie zog die Jacke aus und hängte sie über die Stuhllehne.

»Fühlst du dich nicht wohl?«, fragte ihr Onkel, stand auf und öffnete das Fenster.

»Sie muss sehr kurzfristig fort«, log Charlotte.

Im selben Moment kam ein schwarzer Kolkrabe zum Fenster hereingeflogen. Offenbar hatte er davor gewartet. Er ließ sich auf der Lehne von Ediths leerem Stuhl nieder. Ihre Tante brach ein Stück Brot ab und hielt es ihm unter den Schnabel. Das Licht der Morgensonne gab seinem schwarzen Gefieder einen metallisch grünen Schimmer.

»Sie sagt, ihr solltet auch verreisen, solange es noch so einfach ist«, brachte Charlotte den nächsten zurechtgelegten Satz hervor.

Alle beobachteten, wie Cäcilies blasse Hände das Brot weiter zerteilten und dem großen Vogel die Brocken gaben. Zwischendurch strich sie ihm mit der Seite ihres Zeigefingers über den Schnabel. Er war ganz zutraulich und ließ es sich gefallen. Auf Feltin galten Raben als unbeliebte Jagd- und Weidevieh-Schädlinge. Sie waren verhasst dafür, dass sie lebensschwache Jung- und Alttiere anpickten. Keiner wäre je auf die Idee gekommen, sie zu füttern, geschweige denn, sie an seinen Tisch zu lassen. Richards Schnurrbart vibrierte, während er seine Schwester und den Vogel beobachtete, doch er schwieg.

»Das werden wir, Lotte«, sagte Salomon mit ruhiger Stimme. »Ich habe deinem Vater gestern mein Unternehmen und das Haus verkauft.«

Charlotte krampfte die Hände zusammen, wandte ruckartig den Kopf um und sah Richard an. Noch immer schien sein dreieckiger Oberlippenbart fast unmerklich zu zittern. Sie kannte ihren Vater zu gut, um seinen Gesichtsausdruck mit dem ganz leicht nach vorne geschobenen Unterkiefer und dem Glanz in seinen Augen nicht deuten zu können. Oft genug hatte sie ihn so gesehen. Immer dann, wenn er ein besonders gutes Geschäft abgeschlossen hatte.

Der Rabe breitete ganz plötzlich seine breiten Schwingen aus und begann zu flattern. Auf dem Weg zum Fenster ließ er einen Klecks auf den Seidenteppich fallen. Dann verschwand er in der kalten Morgenluft.

»Jetzt sind wir frei und können reisen, wohin wir wollen«, sagte Salomon.

ANNA

In Annas Nähzimmer war es eng geworden. Sie saßen zu fünft in dem kleinen Raum, und man konnte sich zwischen all den Stoffballen, Kleiderständern und Schneiderpuppen kaum noch umdrehen. In der Mitte stand immer noch der alte Zuschneidetisch. Seine Oberfläche war bis zur Unkenntlichkeit zerkratzt und vermalt. Anna war klar, dass sie dringend eine neue Platte benötigten, da der Stoff darauf manchmal schon Fäden gezogen hatte. Auf beiden Seiten entlang der Wände reihten sich die Nähmaschinen auf. Außer Ida waren alle ihre Mitarbeiterinnen Familienangehörige, aber auch Ida gehörte für Anna längst zur Familie. Zusätzlich hatte sie in kürzester Zeit fünfzig Heimarbeiterinnen angeheuert, denn der Auftrag für die Goldblusen war nochmals um zweihundert Stück aufgestockt worden. Anna arbeitete seitdem nahezu rund um die Uhr. Doch es machte ihr nichts aus. Seit auch ihre kleine Schwester Dora und ihre Tante Adelheid in ihrer Nähstube saßen, war sie viel zufriedener geworden. Die Trennung von ihrer kleinen Schwester hatte ihr immer in der Seele gebrannt. Und Dora hatte sich mit der Aussicht auf einen Schlafplatz bei Emma und eine Arbeitsstelle leicht überreden lassen, nach Berlin zu ziehen. Die Hauptstadt übte eine sagenhafte Anziehungskraft aus.

Die Tür klappte, und trotz der ratternden Nähmaschinen hörte Anna, wie etwas Schweres über den Boden gezogen wurde. Als sie in den Flur ging, sah sie Carl, der hinter einer fast drei Meter hohen Fichte verschwand, die er gerade in die Wohnung bugsierte. Gisela stand daneben und sah gar nicht fröhlich aus.

»Ein Glück, du hast noch einen bekommen«, sagte Anna. »Aber ist er nicht viel zu mächtig?«

»Man hat ihn mir zum Sonderpreis gegeben, ich wollte diesmal einen richtig großen Baum, er ist … na ja, du wirst es ja sehen.«

»Der Baum ist ganz kahl!«, rief Gisela da und heulte fast.

In dem Moment kam Carl hinter dem Baum hervor, und vor

Schreck hielt sich Anna die Hand vor den Mund. »Was hast du mit deinen Haaren gemacht?«

»Papa war beim Friseur«, sagte Gisela.

Anna kam näher und fuhr ihm mit der Hand über die kurzen, welligen Haare, die mit Haarwasser zu einem strengen Seitenscheitel gekämmt waren. Sein Aussehen war vollkommen verändert. Von seiner Lockentolle war nichts mehr übrig.

»So ist es praktischer«, sagte er kurz angebunden und drehte sich wieder zu dem Baum um. »Wo hast du den Ständer hingetan?«

»Der ist in der Kiste im Keller, zusammen mit dem restlichen Schmuck.«

»Na gut, dann will ich ihn mal holen.«

Anna bückte sich, um Gisela zu trösten. »Lass Papa mal mit dem Baum alleine. Er wird ihn schon rausputzen. Du kannst Ida nachher ein wenig helfen«, flüsterte sie ihr zu. »Du nähst doch so gerne Säume.«

Giselas Gesicht hellte sich auf. Sie verbrachte immer mehr Zeit in der Nähstube und interessierte sich vor allem für die Arbeit an den Maschinen.

Als Carl die Wohnungstür öffnete, wäre er fast mit der Kohlenhändlerin zusammengestoßen.

»Frau Lampert!«, sagte Anna. »Doch nicht schon wieder das Telefon?«

Frau Lampert nickte: »Die Sekretärin von irgendwem. Ich habe den Namen nicht richtig verstanden. Es scheint wichtig zu sein. Kommen Sie schnell.«

Anna zog sich den Mantel an. »Ich bin gleich wieder da«, sagte sie zu Gisela und wunderte sich, dass Frau Lampert noch dastand. Demonstrativ schnüffelte diese mit ihrer kleinen Knollennase und sagte: »Bei ihnen riecht's verbrannt!«

»Um Gottes willen, die Plätzchen«, stöhnte Anna und stieß die Tür zur Küche auf, aus der ihr ein Schwall von schwarzem Rauch entgegenschlug.

»Anita, du solltest doch auf die Plätzchen achten!«, rief sie, doch von ihrer älteren Tochter war nichts zu sehen. Sie öffnete das Ofenrohr, griff nach den Topflappen und holte das Blech mit den verkohlten Plätzchen heraus. Warf es in den Spülstein, riss das Fenster auf. Frau Lampert war ihr gefolgt und betrachtete die schwarzen Überreste.

»Na, nun habt ihr selbst Kohle fabriziert, da braucht ihr keine mehr von mir zu kaufen. Aber jetzt schnell, sonst legt die Frau wieder auf.«

Anna zog ihre Schuhe an und rannte die Treppe hinunter.

Als sie wieder zurück in das Nähzimmer kam, war Dora die Erste, die erkannte, dass etwas passiert war. Sie sah von ihrer Nähmaschine hoch, stoppte das Pedal. Nach und nach hielt eine nach der anderen ihre Maschine an. Jetzt war nur noch die Marschmusik aus dem Volksempfänger zu hören. Ida stand auf, ging zu dem Regal und drehte ihn aus. Auf einmal war es ganz still in dem Raum. Keiner wagte, etwas zu fragen. Annas Mund fühlte sich trocken an, als sie sagte: »Jetzt ist es so weit. Sie hat es rausgefunden. Frau Berger hat mich zu sich nach Hause bestellt.«

»Heute noch? Einen Tag vor Heiligabend?«, fragte Emma. »Wie stellt sie sich das vor?«

Anna hob ratlos die Schultern.

»Und was hat sie rausgefunden?«, fragte Dora.

Anna sah ihre kleine Schwester an. Sie ähnelte ihr so sehr mit ihren glatten, braunen Haaren und dem schmalen Gesicht. Jetzt war sie schon eine junge Frau, und so viele Jahre ihrer Kindheit hatte Anna verpasst.

»Das Modell, die Bluse, die sie anprobiert und gleich mitgenommen hatte, war gar nicht zum Verkauf bestimmt, sondern ich wollte sie Ella nur vorführen. Auf der Unterseite der Biesen ist ein großer Blutfleck, weil ich mir am Abend in den Finger gestochen hatte.« Sie merkte selbst, dass es sich wirr anhörte, was sie von sich gab. »Jedenfalls wüsste ich nicht, warum sie mich sonst sprechen wollte.« Anna sah auf ihren abgetragenen Rock und den hellgrauen Pullover hinunter, drehte sich um und ging zur Tür. »Ich muss mich jetzt umziehen. Sie schickt einen Wagen … und ich soll meinen Pass mitbringen.«

Jetzt wich Emma die Farbe aus dem Gesicht. »Deinen Pass?«,

fragte sie. Was hat das zu bedeuten?« Sie stand auf: »Dann komme ich mit, das musst du nicht alleine durchstehen.«

»Ich auch«, sagten Dora und Ida gleichzeitig.

»Kommt gar nicht infrage. Ihr müsst weiterarbeiten, auch wenn wir die ganzen Modelle jetzt womöglich gar nicht mehr verkaufen können. Aber vielleicht kann ich sie ja beschwichtigen.«

Emma hielt sie am Arm fest: »Anna, diese Frau hat mächtige Freunde. In diesen Zeiten weiß man nie … ein falsches Wort, und schon wird man verhaftet.«

Anna löste vorsichtig ihre Hand von ihrem Arm: »Macht euch keine Sorgen.«

Als sie die Treppen hinunterstieg, kam ihr Carl entgegen. Er trug den Pappkarton mit dem Christbaumschmuck. Anna versuchte, sich zusammenzureißen. Sie wollte einer Diskussion mit ihm aus dem Weg gehen und sagte nur: »Ich muss schnell noch etwas einkaufen, bevor die Geschäfte schließen.« Dann legte sie ihm die Arme um den Hals und küsste ihn. Unter dem Mantel konnte er das elegante Kleid nicht sehen, das sie angezogen hatte.

»Ich bin gleich wieder da«, sagte sie. »Schaust du so lange nach den Kindern?«

Carl nickte und sah ihr nachdenklich hinterher. Das hatte sie noch nie zu ihm gesagt.

Der Mann, der sie abholte, trug einen schwarzen Ledermantel und einen tief ins Gesicht gezogenen Hut. Seine undurchdringliche Miene, als er ihr die Tür der schwarzen Limousine aufhielt, wirkte einschüchternd. Anna fand es merkwürdig, dass ein Chauffeur so gekleidet war, aber sie hatte nicht viel Erfahrung damit. Außer dem Hitlergruß sprach er keine einzige Silbe mit ihr. Während sie im Fond saß, gingen ihr die Szenarien durch den Kopf, von denen sie bereits nachts geträumt hatte. Wie die Berger sie empfing und ihr die abgeschnittenen Biesen mit einem riesigen Blutfleck entgegenhielt, wie sie sie herunterputzte und ihr prophezeite, dass sie in Berlin nie wieder auch nur ein einziges Kleidungsstück verkaufen würde. Die Fahrt dauerte lange. Sie fuhren durch Stadtteile von Berlin, die Anna noch nie gesehen hatte. Hohe, graue Häuserlinien glitten an ihr vorbei. Die Kirche von Friedenau wurde von den roten Strahlen der Abendsonne angeleuchtet. Anna drehte sich nach dem hohen Backsteingebäude um, als sie vorbeifuhren, denn es glich der Neuköllner Kirche, in der sie geheiratet hatte. Dann musste sie wieder an die Unterredung denken, die ihr bevorstand. Würde sie mit Frau Berger unter vier Augen sprechen können? Hoffentlich! Sie wägte die möglichen Antworten ab. Leugnen und jede Schuld an dem Fleck von sich weisen? Eine Näherin dafür verantwortlich machen? Doch was, wenn sie nach dem Namen fragte? Als sie in den Teil Berlins mit aufgelockerter Bebauung, großen Gärten, hohen Mauern und Zäunen kamen, senkte sich bereits die Dämmerung auf die Hauptstadt herab, und die Straßenlaternen wurden angeschaltet. Sie fuhren durch die breiten Alleen Dahlems. Anna hatte sich entschieden: Sie würde Frau Berger die Wahrheit sagen, sich entschuldigen und ihr Schicksal in ihre Hand legen. Was konnte dann schon passieren? Es war kalt in dem Wagen. Sie wollte den Fahrer nicht nach der Heizung fragen. Anna hatte ihr jüngstes Kleidermodell aus grauem Silberlamé unter dem Mantel, das sie sich selbst gar nicht leisten konnte, und sie trug Ellas abgelegte Riemchenpumps. Wenn sie schon die Schmach einer Strafpredigt erdulden musste, dann wenigstens gut angezogen und mit Haltung.

Der Wagen wurde langsamer, als sie auf eine breite Toreinfahrt zurollten. Vor jedem der Torpfosten stand ein Wachmann in schwarzer SS-Uniform, dahinter noch zwei Uniformierte mit Fackeln in der Hand. Sie grüßten mit ausgestrecktem Arm, als der Wagen in die Toreinfahrt einbog und anhielt. Der Fahrer kurbelte das Fenster herunter. Einer der Wachmänner beugte sich zu ihm in die Öffnung. Er trug Handschuhe und Koppel aus weißem Leder. Anna konnte den handgestickten Namenszug »Adolf Hitler« auf seiner Armbinde lesen. Auf einmal fühlten sich ihre Handflächen trotz der Kälte feucht an. Die Männer gehörten zur Leibstandarte des Führers.

Nach einem kurzen Wortwechsel winkte sie der SS-Mann durch. Links und rechts der Auffahrt standen noch mehr Uniformierte. Als sie an ihnen vorbeirollten, kam ihr ein Gesicht bekannt vor, und es durchzuckte sie, als hätte sie einen Stromschlag abbekommen. Nein, das konnte nicht sein! Dann hielt der Wagen erneut, und ihre Tür wurde von außen geöffnet. Der SS-Mann geleitete Anna zu einem roten Teppich, der über dem Kiesweg ausgerollt worden war, und brachte sie zum Portal der hell erleuchteten Villa. Aus dem inneren drangen Stimmen und Gelächter. Eine Abendgesellschaft? Anna schöpfte Mut. Bevor sie das Haus betraten, kam eine Frau mit abweisendem Gesicht in brauner Uniform auf sie zu. Sie wies sie in rüdem Ton an, beiseitezutreten und den Mantel auszuziehen. Dann tastete sie mit schroffen Bewegungen ihren Körper ab. Die Szene war demütigend, vor allem da die SS-Männer, die in der Nähe standen, sie dabei ganz genau betrachteten und mit ihren Blicken auszogen. Einer davon trat ein Stück nach vorne und starrte sie besonders auffällig an. Anna hätte fast aufgeschrien, als sie die rote, tropfende Nase und die schmalen, harten Augen erkannte: Es war Günter, angetan mit der schwarzen SS-Uniform. Ausgerechnet der widerwärtigste Mensch, dem sie je begegnet war, stand in dieser Situation vor ihr. Hätte sie doch bloß etwas weniger Extravagantes als das Lamékleid gewählt! In ihrer gewohnten Kleidung hätte sie sich jetzt sicherer gefühlt.

Die Frau nickte frostig und gab dem Wachpersonal ein Zeichen. Günter drängte sich nach vorne und fragte sie nach ihrem Pass, ließ ihn sich von ihr aushändigen. Der Ausdruck in seinem Gesicht verriet, wie sehr er über ihre zufällige Begegnung triumphierte. Er blätterte den Ausweis durch und nahm sich ausgiebig Zeit. Anna merkte, dass sie anfing zu zittern, und ihre Zuversicht verflüchtigte sich. Es herrschten Minusgrade, und sie hatte nichts am Leib außer einem dünnen Seidenkleid. Das kümmerte Günter nicht, ganz im Gegenteil. Er schien die wenigen Sekunden seiner kleinen Macht so lange wie möglich auskosten zu wollen. Sie musste direkt neben die Außenleuchte treten, und er verglich das Foto im Pass immer wieder mit ihrem Gesicht. So herabwürdigend konnte das Sicherheitspersonal unmöglich alle Gäste behandeln, ging es Anna durch den Kopf. Jetzt pochte ihr das Blut in der Halsschlagader. Was würde ihm noch einfallen, um sich zu rächen? Mit vielsagendem Blick und einem Kopfnicken gab er ihr ihren Pass zurück. Eine unbeherrscht schroffe Bewegung von Anna, als sie ihn aus seiner Hand riss. Im selben Moment trat ein erbarmungsloser Zug um seinen Mund. Seine Augen zeigten tiefe Genugtuung. Anna hätte sich ohrfeigen können. Wie dumm war sie eigentlich, ihm so eine Vorlage zu liefern? Er drehte sich betont langsam zu seinen Kollegen um, als wolle er fragen: »Was machen wir jetzt mit ihr?«

Zu Annas Erleichterung wurde in diesem Augenblick die Haustür geöffnet, und die Frau, die sie abgetastet hatte, winkte sie hinein. Es kostete Anna ihre ganze Willenskraft, nicht auf den Eingang zuzustürzen. Sie hob den Kopf, drückte den Rücken durch und betrat die Villa von Petra Berger, ohne Günter noch eines Blickes zu würdigen. Als die Tür hinter ihr zufiel, schloss sie ganz kurz die Augen. Dann blickte sie sich um: Das Innere der Villa war durch die großzügige, bis zur Gartenseite durchgängige Eingangshalle geprägt. Das gesamte Untergeschoss war voller Gäste. Die meisten Männer in Uniform, wenige im Anzug, fast alle hielten Tassen aus Glas mit einer dampfenden roten Flüssigkeit in der Hand. Sie tranken Punsch. Die Damen in knielangen, eleganten Cocktailkleidern hielten Champagnerschalen. Während Anna der Mantel von einem Dienstmädchen abgenommen wurde, versuchte sie, in dem Gewimmel die Gastgeberin auszumachen. In der Mitte verband eine freitragende Treppe den Wohnraum direkt mit dem Obergeschoss. Auf einmal wurden Verdunkelungsrollos vor den Fenstern heruntergezogen. Erst jetzt sah Anna, dass an der schmalen Seite eine großflächige Leinwand angebracht war. Der ganze Wohnraum verwandelte sich mithilfe eines kleinen angrenzenden Zimmers für den Filmprojektor zu einem privaten Kinosaal. Petra Berger kam durch die Tür des Vorführraums. Anna hielt den Atem an: Sie trug ihre Bluse. Mit selbstbewussten Schritten durchquerte sie das Wohnzimmer, sah auf ihre Armbanduhr und brachte zwei Gläser zum Klingen, die ihr jemand entgegenhielt. Die Gäste wandten sich ihr zu, und ihre Gespräche verstummten. Behände wie eine Katze sprang sie einige Stufen der Treppe hoch und drehte sich dann um.

»So, alle mal herhören: Die Vorführung beginnt in wenigen Minuten! Wir warten nur noch auf unsere Ehrengäste, die jeden Moment eintreffen müssten«, rief sie. Anna stand immer noch etwas abseits, nahe an der Eingangstür. Auf einmal entdeckte Petra Berger sie. Anna erwiderte ihren Blick, doch dann bemerkte sie ihn. Nur wenige Zentimeter unter dem Kehlkopf befand sich der Blutfleck. Ganz deutlich hob er sich von dem goldglänzenden Stoff ab. Er dehnte sich viel weiter aus, als Anna ihn in Erinnerung hatte. Jetzt erschien er ihr fast so groß wie eine Männerfaust. Anna realisierte auf einmal, dass Frau Berger verstummt war und die Hände in ihre Richtung ausstreckte. Alle Gäste hatten sich zu ihr umgedreht. Die Frauen taxierten ihr Kleid, und die Augen der Männer begutachteten ihre Figur. Was hatte sie gesagt? Erwartete man eine Antwort von ihr? Es herrschte eine angespannte Stille. Anna ballte ihre Hände zu Fäusten. Sie öffnete den Mund und merkte, dass es ihr der Kloß in ihrem Hals unmöglich machte zu sprechen. Sie räusperte sich. In diesem Moment wurde die Eingangstür geöffnet. Einer der SS-Männer ging an ihr vorbei und trat neben Frau Berger. Er flüsterte ihr etwas zu, und ihr Gesichtsausdruck verdüsterte sich für einen Moment. Enttäuschung oder sogar Zorn glaubte Anna in ihren Augen zu lesen. Doch gleich hatte sie sich wieder im Griff und setzte ihre strahlende Maske auf:

»Meine lieben, verehrten Gäste: Wir haben leider vergebens gewartet. Wie ich gerade höre, werden uns unser Führer und Reichsminister Goebbels heute nicht mit ihrer Anwesenheit beehren. Sie haben ihre Pläne kurzfristig geändert.«

Ein Raunen ging durch den Raum, und einige bedauernde Ausrufe von Frauenstimmen waren zu hören.

»Ja, ich verstehe Ihre Enttäuschung«, sagte Frau Berger. »Mir geht es ganz genauso. Aber wir alle müssen uns damit abfinden, wenn es um Höheres geht. Die Gründe darf ich Ihnen nicht nennen, dafür haben Sie sicher Verständnis.«

Anna atmete tief ein und aus, sah erneut auf Frau Bergers Bluse, die in reinem Goldglanz erstrahlte. Da war gar kein Fleck. In ihren Ohren rauschte es, ihr Herz klopfte. Ihr schlechtes Gewissen hatte ihr einen Streich gespielt. Doch jetzt wusste sie, warum Angehörige der Leibstandarte vor dem Haus gewartet hatten. Aber was hatte sie, Anna Liedke, hier verloren? Warum hatte man sie hierher gebracht?

Zwischen den Gästen entdeckte sie auf einmal ein vertrautes Gesicht: Ella. Von Weitem lächelte sie ihr zu. Annas Pulsschlag normalisierte sich bei ihrem Anblick.

»Aus diesem Grund muss ich die angekündigte, ganz private Premiere meines neuen Werkes leider, leider verschieben«, fuhr Frau Berger fort. »Sie werden gewiss einsehen, dass ich die erste Vorführung natürlich nur in seiner Anwesenheit durchführen möchte. Aber bitte, meine Lieben, lassen Sie sich nicht den schönen Abend verderben! Essen Sie, trinken Sie, vergnügen Sie sich! Es ist noch genügend Punsch und Champagner da.«

Frau Berger ging die Treppenstufen hinunter und kam auf sie zu. »Anna! Wie schön, dass Sie kommen konnten. Ein reizendes Kleid haben Sie da an, ist das auch von Ihnen? Das muss ich unbedingt haben.«

Sie hakte sich bei ihr ein und zog sie mit sich mit, auf eine Dreiergruppe zu. Unterwegs nahm sie ein Glas Champagner von einem Tablett, das ein Kellner bereithielt, und gab es Anna.

»Ich möchte Sie mit Herrn Lehnich bekannt machen. Er ist frisch ernannter Leiter der Reichsfilmkammer.« Der untersetzte Mann mit Halbglatze drehte sich zu ihr um. »Oswald, das ist Anna Liedke, Inhaberin des Modesignets Liedke Couture.«

Er deutete einen Handkuss an.

»Sehr erfreut!«, murmelte Anna.

»Liedke Couture? Nun, ich kenne mich mit Mode auch nicht aus. Das ist eher Sache meiner Frau.« Er zeigte auf eine vollschlanke Frau in einem Kleid mit einem tiefen Wasserfallausschnitt am Rücken, die in einer anderen Gruppe stand und in eine Unterhaltung vertieft war.

»Haben Sie schon mal Filmkostüme entworfen?«, fragte er Anna und musterte sie aus seinen kleinen Augen.

Sie nippte an ihrem Glas. Champagner hatte sie erst einmal getrunken. Er schmeckte bitter, und fast hätte sie das Gesicht verzogen.

»Nein, noch nie. Ich arbeite nur für die Konfektionsabteilung des KaDeWe, teilweise auch der anderen Hertiekaufhäuser. Ich habe nur ein ganz kleines …«

»… aber feines Modeunternehmen«, vollendete Frau Berger ihren Satz.

»Hätten Sie denn Interesse?«, fragte er.

»Ich weiß nicht«, sagte Anna.

Es entstand eine peinliche Pause.

»Na, falls Sie es sich überlegen …«, er zog eine Visitenkarte mit dem aufgedruckten Reichsadler aus der Brusttasche und hielt sie Anna entgegen, »… dann wissen Sie, wo Sie mich finden können.«

Anna nahm das Kärtchen aus grauem Karton und war so nervös, dass sie es gar nicht ansah.

Petra Berger überspielte ihre unhöfliche Reaktion. »Kommen Sie, Anna, ich muss Sie noch jemandem vorstellen. Es tut mir leid, Oswald, aber ich kann sie dir nicht alleine überlassen.«

Anna spürte, wie er ihr nachblickte, als Frau Berger sie mit sich zog, vorbei an dem prächtigen Christbaum. Nur aus dem Augenwinkel nahm Anna wahr, dass zwischen silbernen Kugeln und Lametta glitzernde Hakenkreuze an den bläulichen Zweigen der Edeltanne hingen.

Plötzlich stand Ella vor ihr: »Anna! Ich hatte so gehofft, dass du kommst, aber ich konnte dich leider vorher nicht mehr erreichen!«

»Na, dann lasse ich Sie beide mal kurz alleine, bitte entschuldigen Sie mich«, sagte Frau Berger und ging mit ausgebreiteten Armen auf eine andere Gruppe zu.

»Damit hättest du mir allerdings mindestens zwei Stunden voll der schlimmsten Befürchtungen erspart«, sagte Anna und musterte das dunkelrote Satinkleid, das Ella trug.

Ella hakte sich bei ihr ein und zog sie in eine Ecke. »Es tut mir leid, aber du solltest dir endlich mal ein Telefon anschaffen, Anna. Ich habe ja bei dieser dummen Kohlenhändlerin angerufen, bei dieser Lampert … ich könnte sie auf den Mond schießen … sie habe Kundschaft und könne nicht schon wieder zu dir hochlaufen. So eine träge Person. Na, Schwamm drüber, unter uns: Du siehst unglaublich aus. Das Modell kenne ich noch gar nicht.«

Anna senkte den Kopf und zupfte an dem silbernen Laméstoff über ihrer Hüfte. »Das wollte ich dir nächste Woche zeigen, es ist ganz gut geworden, oder?«

»Ganz gut? Es ist phänomenal!«, rief Ella theatralisch.

Anna sah in Ellas gekonnt geschminkte braune Augen und flüsterte: »Ich habe wirklich eine Zeit lang gedacht, ich werde von der Gestapo abgeholt, vor allem, weil ich den Pass mitnehmen sollte. Und dauernd musste ich an den Blutfleck denken.«

Ella riss die Augen auf und versicherte sich sofort, ob sie jemand gehört haben konnte. »Schscht! Bist du wahnsinnig?«, zischte sie. »Sprich nie wieder dieses Wort aus!« Doch gleich darauf lachte sie laut auf und tat so, als amüsierte sie sich bestens: »Ach, Anna, dein Humor ist wirklich Gold wert!« Um dann zu raunen: »Wenn du dich etwas klüger verhalten würdest, könntest du mithilfe dieser Leute hier noch ganz groß rauskommen! Anna, glaub mir, du musst einfach nur mit dem Strom schwimmen. Wem schadet das denn?« Sie griff nach ihrem Handgelenk, und Anna spürte, wie eiskalt die Finger ihrer Freundin waren, obwohl der Raum gut beheizt war.

»Na, die Damen? Sind Sie auch mit allem versorgt?«

Ella setzte augenblicklich ein strahlendes Lächeln auf: »Nun, zu zwei frischen Gläsern Champagner würden wir nicht Nein sagen, sei so gut, Hansi … ja?«

Anna hatte den kräftigen Mann mit dem rechteckigen Schnurrbart nicht kommen sehen. Er trug einen braun melierten schlichten Straßenanzug, an dessen Revers nur das goldene Parteiabzeichen ins Auge fiel.

»Möchtest du uns nicht bekannt machen?«, fragte er.

Ella sah ihn kurz fragend an, doch dann sagte sie: »Ganz wie du möchtest: Hansi? Darf ich dir Anna Liedke vorstellen? Meine begnadetste Konfektionärin oder Modemacherin, je nachdem … und Freundin natürlich …«

Sie ließ ein perlendes Lachen ertönen. Währenddessen starrte der Mann Ella fasziniert an. Er war mindestens zwanzig Jahre älter als sie. Die gleiche Konstellation wie damals bei Hermann, dachte Anna sofort.

»… Anna … das ist Hans Pfundtner, Staatssekretär des Inneren.«

Pfundtner nahm Annas Hand und schüttelte sie. Verwundert sah sie ihn an, denn es kam ihr ungewöhnlich vor, dass so ein hochrangiger Parteifunktionär auf den deutschen Gruß verzichtete, genau wie Lehnich.

»Hans ist Mitglied des Olympischen Komitees, du weißt doch:

'36 wird das Olympiajahr.« Ella sah Anna mit bedeutungsvoll großen Augen an. Dann strahlte sie Pfundtner ins Gesicht und sagte:
»Na? Was ist nun mit dem Champagner, Hansi?«

Sofort drehte er sich um: »Dein Wunsch ist mir Befehl. Nicht
weglaufen! Ich bin gleich wieder da!«

Als er außer Hörweite war, raunte Ella Anna zu: »Anna, das ist
unsere große Chance ... die Athleten müssen von Kopf bis Fuß ausgestattet werden ... kannst du dir eigentlich vorstellen, was das bedeutet? Und Petra hat schon den Auftrag für einen Olympiafilm
bekommen. Du wirst sehen: Jetzt kommen wir ganz groß raus!«

»Petra?«, fragte Anna.

»Na, Petra Berger«, antwortete Ella so ungeduldig, als sei es eine
Selbstverständlichkeit, dass sie sich mit allen hier duzte. »Hansi hat
übrigens viel für unser Warenhaus getan. Du weißt doch, dass es bei
der Parteispitze als Trutzburg des jüdischen Kapitals in Ungnade
gefallen war. Deshalb ...« Als sie Frau Berger auf sie zukommen
sah, verstummte sie.

Frau Berger stemmte eine Hand in die Hüfte und rief mit ge-
spielter Entrüstung: »Also, ich muss schon sagen – so habe ich mir
das aber nicht vorgestellt. Wenn ich schon so schöne und kluge
Frauen in meinem Haus habe, sollten doch auch meine übrigen
Gäste davon profitieren! Ella, darf ich dir Anna noch einmal ent-
führen?«

Ella nickte lächelnd: »Aber selbstverständlich!«

Anna spürte Frau Bergers Hand zwischen ihren Schulterblättern,
als sie sie mit sanftem Druck durch den Raum schob. »Übrigens war
ich sehr erleichtert zu hören, dass Ihr Mann Parteimitglied ist. Das
nächste Mal bringen Sie ihn mit.«

Anna sah sie fragend an.

Frau Berger presste die Lippen aufeinander und nickte ihr zu.
»Dachten Sie etwa, man hätte Sie nicht überprüft?«

Anna war so überrascht, dass ihr keine Antwort einfiel. Sie hatte
Mühe, die ganzen Eindrücke des Abends zu verarbeiten.

»Frau Werner, kennen Sie schon die talentierteste Konfektionärin
Berlins?«

Die schlanke, brünette Frau drehte ihr das Gesicht zu. Anna

kannte sie aus einem Spielfilm, den sie im Lichtspieltheater gesehen hatte. Sie war ein Star der deutschen Filmbranche. Auch die rotblonde Dame neben ihr kam ihr bekannt vor.

»Wir haben uns schon gefragt, wer Sie sind«, sagte Ilse Werner freundlich. »Eine so gut angezogene Frau fällt auf. Ist das Kleid von Ihnen?«

Anna nickte.

»Ja, und meine Goldbluse auch, ich habe sie deshalb extra heute angezogen«, sagte Frau Berger.

»Ahh, na dann wird mir einiges klar. Inzwischen wirst du schon die Goldresi genannt. Die Bluse ist ja das neue Objekt der Begierde von jeder modeinteressierten deutschen Frau, seit du sie bei der Preisverleihung getragen hast.«

»Machen Sie auch Maßkonfektion?«, fragte die Rotblonde.

Anna schüttelte den Kopf und senkte die Lider. Sie spürte immer noch eine innere Anspannung, und das viele Lob war ihr unangenehm. Aus irgendeinem Grund konnte sie es nicht genießen.

»Was ist denn?«, fragte Frau Berger. »Freuen Sie sich doch, dass Sie so viel Erfolg haben. Sie werden sehen, das kann noch viel, viel besser werden. Kommen Sie, probieren Sie die Canapés mit Eiernockerln.« Sie winkte einen Kellner mit einem Tablett heran und flüsterte ihr ins Ohr: »Das ist die Leibspeise des Führers.«

Anna holte tief Luft: »Frau Berger, es tut mir leid, aber ich muss jetzt wirklich wieder nach Hause. Ich habe noch einen größeren Auftrag zu erledigen, und morgen ist Heiligabend.«

»Ach, Sie Ärmste!«

Ihre Augen sagten etwas anderes, aber sie nickte und sagte: »Ich verstehe schon.«

Dann geleitete sie Anna zur Tür und sagte einem der SS-Männer, der Fahrer möge den Wagen vorfahren. Anna hielt Ausschau nach Ella, um sich von ihr zu verabschieden, aber sie konnte sie nirgends mehr entdecken.

»Warten Sie, ich habe noch etwas für Sie. Das bekommt heute jeder als Gastgeschenk«, sagte Frau Berger, während Anna ihren Mantel anzog.

»Petra, wo bleibst du denn!«, wurde sie von einigen Gästen gerufen. Sie hielten ihre Tassen hoch und winkten. »Es ist langweilig ohne dich!«

Neben dem Eingang war ein Tisch aufgestellt worden, auf dem sich kleine quadratische Schachteln stapelten. Frau Berger legte Anna eine davon in die Hand, nachdem sie ihren Mantel angezogen hatte. Sie beugte sich vor und flüsterte: »Seien Sie nicht dumm, Anna. Wir leben in einer großen Zeit. Ergreifen Sie Ihre Chance. Man wird selten zwei Mal gefragt.«

Anna sah ihr in die dunklen Augen. Sie wusste nicht, was sie antworten sollte. »Vielen Dank für alles, Frau Berger«, sagte sie nach einer Weile.

Frau Berger trat einen Schritt zurück und streckte zackig den rechten Arm aus: »Frohe Weihnachten und Heil Hitler.«

»Heil Hitler!«, sagte Anna und tat es ihr nach.

Als sie vor die Tür trat, sah sie sich nach allen Seiten um, in der bösen Ahnung, dass Günter die ganze Zeit auf sie lauerte. Doch es standen nur noch zwei SS-Männer neben der Tür, und er war nicht dabei. Doch sicher hatte er die Gelegenheit genutzt, um ihre Adresse herauszufinden. Von nun an musste sie auf der Hut sein.

»Kannst du mir bitte den zweiten von rechts reichen?«

Carl stand auf der Leiter vor dem Weihnachtsbaum und hatte einen kleinen Holzbohrer in der Hand. Gisela drehte sich um. Fein säuberlich lagen zwanzig Fichtenzweige nach Länge und Breite geordnet auf dem Esstisch bereit. Behutsam nahm sie einen in die rechte Hand und stützte ihn mit der linken Handfläche ab, als sei er eine wertvolle Kostbarkeit. Einige Nadeln lösten sich bereits und rieselten zwischen ihren Fingern hindurch auf den abgetretenen Teppich.

»Den hier, Vati?«

»Zeig mal!«

Er ließ ihn sich von ihr ganz vorsichtig übergeben und setzte ihn an das kleine Loch an, das er gerade in den Stamm gebohrt hatte. »Ja, der passt perfekt«, murmelte Carl, als er ihn in die kahle Stelle an den Stamm hielt. »Und jetzt den Holzleim.«

Anna öffnete die Tür zum Wohnzimmer und fragte: »Seid ihr immer noch nicht fertig? Es ist schon zwölf Uhr. Ein bisschen Zeit müsst ihr dem Christkind ja auch noch lassen, um die Geschenke unter den Baum zu legen.«

Gisela riss die Augen auf und sah sie erschrocken an. Anna bereute fast, was sie gesagt hatte. Ihre kleine Tochter glaubte noch fest an das Christkind und machte sich jetzt tatsächlich Sorgen.

»Na, es wird sicher noch Gelegenheit dazu haben, wenn wir in der Kirche sind«, versuchte sie, sie zu beruhigen.

»Das ist hier eine ziemlich diffizile Angelegenheit«, sagte Carl, während er das verleimte Ende des Zweigs in den Stamm presste. »Gisela, komm du mal hoch und halte den Zweig.«

»Mein Gott, Carl!«, sagte Anna. »Muss sie denn nun auch noch auf diese wackelige Leiter steigen?«

»Tja, wenn du möchtest, dass es schneller geht, schon. Und du wirst sehn, wenn wir fertig sind, wird das der prächtigste Baum, den wir je hatten.«

Anna musste lächeln. Sie hatte sich schon bei ihrem ersten Weihnachtsfest darüber gewundert, als Carl jeden Lamettafaden einzeln über die Zweige gelegt hatte.

»Passt mit der Leiter auf«, sagte sie, als sie in die Küche ging, sich die Schürze umband und die Schüssel mit den kalten Kartoffeln aus der Speisekammer holte, um sie zu pellen.

Sie musste an den gestrigen Abend in Dahlem denken. Das Erlebte kam ihr so unwirklich vor, fast als hätte sie alles nur geträumt. Carl hatte sie noch gar nichts davon erzählt. Dass sie bei Petra Berger zu einer Abendgesellschaft eingeladen wurde, zu einer privaten Filmpremiere im Beisein des Führers. Fast war sie erleichtert, dass er abgesagt hatte. Und sie hatte Ilse Werner kennengelernt. Alle waren so nett zu ihr gewesen. Warum konnte sie sich nicht darüber freuen? Anita kam in die Küche und fragte, ob sie ihr helfen könne.

»Du könntest die Spreewälder Gurken aus der Speisekammer holen und klein schneiden.«

Als Anita sich mit dem Weckglas zu ihr an den kleinen Küchentisch setzte, half Anna ihr, den breiten Gummiring unter dem Glasdeckel herauszuziehen. Sofort breitete sich der würzige Essiggeruch in der Küche aus. Für Anna war es ein Duft ihrer Kindheit. Sie fühlte, wie die enorme Anspannung der letzten Wochen langsam von ihr abfiel. Jetzt konnte sie locker lassen. Dies hier war ihr Leben: Mit ihrer Tochter in der Küche sitzen und Kartoffelsalat zubereiten, während Carl und Gisela den Baum putzten. Sie legte das Messer auf das Holzbrett und griff nach Anitas schmaler Hand.

Wie gerne würde sie die Zeit anhalten!

In der Nacht zuvor hatte es nochmals geschneit, und als sie nach der Kirche durch die weißen Neuköllner Straßen nach Hause gingen, machte Anna ihre Kinder auf die Silhouetten der Menschen hinter den Fenstern aufmerksam. Manche zündeten gerade die Kerzen am Christbaum an. Die Bilder waren still und friedlich.

»Das war immer einer meiner liebsten Augenblicke an Heiligabend«, erzählte sie ihnen. »Die Vorfreude war kaum noch auszuhalten, geht es euch auch so?«

Sie drückte Giselas Wollhandschuh. Carl legte ihr zärtlich den Arm um die Schultern.

Als er kurz darauf die roten Kerzen anzündete, beobachtete sie ihn. Wie ein Kind konnte er sich über den Baum freuen. Gemeinsam hatten sie die Geschenke daruntergelegt.

»Fertig?«, fragte sie.

»Fertig«, antwortete er, und sie sahen sich in die Augen.

Sie nahm die kleine Glocke mit dem verzierten Griff und klingelte.

Dann öffnete sie die Tür des Wohnzimmers und hätte dahinschmelzen können, als ihre zwei Mädchen mit leuchtenden Augen den märchenhaften Baum anstarrten und die Geschenke, die darunter lagen. Der Tannenduft erfüllte den ganzen Raum.

»Er sieht traumhaft aus«, flüsterte sie Carl zu.

Auch Adelheid trat in die Stube ein. Anna hatte sie eingeladen, weil sie sonst an Heiligabend alleine gewesen wäre. Sie bewunderte den ebenmäßigen Baum, und Carl zwinkerte Gisela verschwörerisch zu. Die Kinder stürzten sich auf ihre Geschenke. Gisela hatte den Einkaufsladen aus Holz schon von der Tür aus gesehen. Und auch Anita hatte ihr Geschenk erspäht. Für das Hohner-Akkordeon mit rotem Perlmuttgehäuse hatten Anna und Carl lange gespart. Und Anna sah voller Befriedigung, wie Anita es sich umschnallte und gleich versuchte, ihm die ersten Töne zu entlocken. Sie hoffte, sie damit von ihrem Wunsch abzubringen, unbedingt dem Jungvolk beizutreten.

»Nächstes Jahr spielst du uns darauf Weihnachtslieder vor, du bekommst jetzt Unterricht«, sagte sie zu ihr, und Anita lächelte sie glücklich an. Anna überkam ein Gefühl der Geborgenheit. Sie und Carl hatten verabredet, sich gegenseitig nichts zu schenken und das Geld lieber für die Kinder auszugeben. Aber Adelheid holte einen kleinen Gegenstand aus ihrer Handtasche, der in ein Taschentuch eingeschlagen war.

»Das ist kein Geschenk«, sagte sie zu Anna, »sondern ein Fundstück, das ich dir schon so lange zurückgeben wollte.«

Anna faltete das blütenweiße Taschentuch auseinander. Ihr entfuhr ein Seufzer, als sie den kleinen Holzteller mit dem eingelassenen Farn auswickelte. Ihr Finger fuhr über den Sprung in der Glasscheibe, und sie musste schlucken. So viele Erinnerungen waren damit verbunden. Sie umarmte ihre Tante, senkte den Blick und sagte leise: »Ich muss kurz in die Küche, schließlich wollen wir ja auch noch etwas essen.«

»Kann ich dir helfen?«, fragte Adelheid.

Anna schüttelte den Kopf, mit verschleiertem Blick sah sie zu Carl, der gerade den Kunden in Giselas Einkaufsladen mimte. »Nein danke, bleib nur hier und sieh den Kindern zu. Es ist nicht viel zu tun. Das meiste habe ich schon vorbereitet.«

Im Flur blieb sie stehen, lehnte sich mit dem Rücken an die Tür und drückte den Holzteller an ihre Brust. Gegen ihren Willen füllten sich ihre Augen mit Tränen. Das Andenken an Erich war so unerwartet wieder aufgetaucht. Doch warum löste es so starke Gefühle bei ihr aus? Sie konnte keinen klaren Gedanken fassen. In ihrem Kopf wirbelten die Bilder von ihren Treffen auf der Holzbrücke, an ihrem geheimen Platz am Bach, mit denen von ihrer letzten Begegnung durcheinander. Damals, es war an die fünfzehn Jahre her, hatte sie kurz zuvor die Hoffnung auf seine Rückkehr aufgegeben und sich für Carl entschieden. Sie ging mit schleppenden Schritten zum Badezimmer, schloss die Tür ab und schnäuzte sich die Nase. Dann betrachtete sie wieder den kleinen Farn unter der

Glasscheibe. Er war immer noch grün, obwohl er doch durch den Sprung im Glas nicht mehr luftdicht konserviert worden war. Jemand klopfte an der Tür.

»Anna? Ist alles in Ordnung?«, fragte Adelheid.

»Ja, ich komme sofort«, antwortete Anna.

Sie spritzte sich kaltes Wasser in das Gesicht, tupfte sich vor dem Spiegel die gerötete Haut ab und öffnete die Tür. Adelheid stand im Flur neben dem Garderobentisch und sah sie besorgt an, deutete auf den Holzteller in ihrer Hand: »Wenn ich gewusst hätte, was ich damit anrichte, hätte ich ihn gar nicht mitgebracht.«

»Schon gut, Adelheid. Du hast nichts falsch gemacht. Komm mit in die Küche. Kannst du den Kartoffelsalat aus der Speisekammer holen?« Sie stieß die Tür zur Küche auf, band sich die Schürze um und feuerte den Herd an. »Ich siede schnell die Würstchen ... In Carls Familie ist es das Traditionsessen an Heiligabend: Würstchen und Kartoffelsalat. Schade, dass seine Eltern nicht hier sind, aber die Fahrt von Frankfurt ist zu weit.«

»Ja, sehr schade«, antwortete Adelheid. »Ich habe sie ja nur einmal bei eurer Hochzeit gesehen, aber sie scheinen nette Menschen zu sein.«

»Freust du dich auf morgen, auf das Wiedersehen mit Sophie?« Anna versuchte, das Gespräch in Fluss zu halten, um nicht wieder in alte Erinnerungen zu verfallen. Am nächsten Tag würden sie zusammen in aller Frühe nach Vetschau aufbrechen. Sie wollte endlich wieder einmal den ersten Feiertag bei ihren Eltern verbringen. Bis dahin würde sie doch über die alten Geschichten hinweg sein, ermunterte sie sich in Gedanken.

»So, hier kommt das Essen!«, rief sie bemüht fröhlich, als sie mit den Würstchen in das Wohnzimmer zurückkam. Adelheid folgte ihr mit dem Kartoffelsalat.

»Anita, holst du bitte noch den Senftopf aus der Küche?«, sagte Anna und drehte sich wieder um.

Nach einer Weile kam Anita zurück. In der einen Hand hielt sie den Topf aus grauem Steingut, in der anderen eine kleine quadratische Schachtel.

»Mutti, was ist das, das lag auf dem Tisch in der Garderobe?«

»Ach, das habe ich ganz vergessen«, sagte Anna und wollte es ihr abnehmen.

Gisela kam neugierig dazu. »Ach, bitte, dürfen wir es öffnen?«, bettelte sie.

Schon hatte sie den Pappdeckel abgenommen und holte das mit schwarzem Glitzer beklebte Hakenkreuz heraus. Sie hielt es vorsichtig an dem grünen Faden in die Luft und hängte es sorgfältig an einen Zweig des Christbaums. Anita las laut vor, was mit einer gleichmäßigen Frauenhandschrift auf die beigelegte Karte geschrieben worden war: »Frohe Weihnachten und Heil Hitler, wünscht Petra Berger«.

CHARLOTTE

Richard hatte eine Reihe von Unterredungen mit dem Direktor seiner Chemnitzer Bank. Er benötigte einen Kredit und einen Sachwalter, der etwas vom Bank- und Versicherungsgeschäft verstand. Es war nicht seine Absicht, die Führung in Salomons Unternehmen selbst zu übernehmen. Tatsächlich ging er nur von einem begrenzten Zeitraum aus, während er als arischer Gesellschafter eine bevorstehende Enteignung verhindern wollte. Da er den Kredit kurzfristig abrufen musste, war der Zinssatz überhöht. Es war für ihn ein schmerzhafter Schritt, Feltin bis an die Grenze des Vertretbaren zu beleihen. Und ohne Landverkauf brachte er die Summe nicht auf. Doch dafür hatte er eine Lösung. Ein benachbarter Gutsherr wollte ihm schon seit langer Zeit einen Landstrich abkaufen, der direkt an dessen Gut grenzte, was er bisher immer abgelehnt hatte. Jetzt war die passende Gelegenheit gekommen, und der gebotene Preis war hoch. Gründlich und solide, wie er war, arbeitete er die Punkte einen nach dem anderen minutiös ab. In diesen Tagen erlebte ihn seine Familie noch wortkarger als gewohnt. Die nächste Schwierigkeit eröffnete sich beim Geldtransfer. Aufgrund der Devisensperre musste das Bargeld im Geheimen ins Ausland geschafft werden. Man hatte schon von jüdischen Familien gehört, die sich die Geldbündel um den Bauch schnallten und damit über die Grenze fuhren. Richard schloss diese Variante aus. Es musste ein vertrauenswürdiger Mittelsmann gefunden werden, und auch der war kostspielig. Charlotte beobachtete die Aktivitäten ihres Vaters. Er hatte sie nicht eingeweiht, obwohl sie fast sicher war, dass er mit dem vorgefassten Plan nach Leipzig gefahren war. Ihre Nachfragen beantwortete er ausweichend. Hatte er das Liebermann'sche Unternehmen und die Immobilie zu einem fairen Preis erstanden? Charlotte konnte es nicht beurteilen.

Wilhelmine war es, die die Verhältnisse ins rechte Licht rückte. »Du kennst deinen Vater mindestens ebenso gut wie ich: Feltin ist sein Leben. Glaubst du, er hätte das Gut bis zur Grenze des Tragbaren beliehen und sogar Land verkauft, wenn es nicht gleichzeitig um seine Schwester gegangen wäre? Aber geschenkt hat er Salomon sicherlich nichts.«

»Was geschieht jetzt mit der Villa?«, fragte Charlotte. »Können wir sie so lange leer stehen lassen, bis Cäcilie und Salomon zurückkommen?«

»Soviel ich weiß, hat Richard einen gut betuchten Mieter gefunden, allerdings nur für ein Jahr.«

»Bis dahin können sie ja sicher auch zurückkehren«, sagte Charlotte, doch Wilhelmine sah sie nur reglos an. In ihren Augen spiegelte sich keine Hoffnung.

Charlotte war erleichtert, dass die Liebermann-Villa nicht weiterverkauft wurde. Sie vermochte sich ihren Onkel und ihre Tante nur in einer angenehmen und geschmackvollen Umgebung vorzustellen. Unterdessen löste sie ihr Sparbuch auf, das sie nach dem Möbelverkauf aus ihrer Leipziger Wohnung angelegt hatte. Es war nicht ganz der Betrag, den Edith sich erhofft hatte, doch Richard konnte sie unter den gegebenen Umständen nicht nach Geld fragen. Sie wünschte so sehr, dass Edith sich in England mit ihren Eltern treffen würde. Auf Gleis 4 des Chemnitzer Bahnhofs übergab sie Joachim ein Buch. Der in braunes Leder gebundene Roman »Shylock unter Bauern« von Felix Nabor war ihr unverfänglich genug erschienen, um dem Geldtransport zu dienen. Joachim betrachtete ihn mit angewidertem Gesichtsausdruck, als er ihn entgegennahm. Es war ein völkisches Stück Literatur, eines der wenigen, das die Nationalsozialisten nicht verboten hatten.

»Ich dachte, das erregt am wenigsten Aufsehen«, sagte sie mit gesenkter Stimme. »Ich habe nicht viel Erfahrung im Schmuggeln.« Sie standen unter der Bahnhofsuhr und sahen sich verlegen an. »Alles Gute für die Reise, vielleicht kann Edith versuchen, mir einen Brief zu schreiben?«

»Besser nicht«, sagte er. Seine Pupillen bewegten sich unruhig in alle Richtungen. »Und … danke!«, sagte er leise. Er wollte sich gerade umdrehen und in den Zug einsteigen, als Charlotte im letzten Moment noch etwas einfiel: »Bitte sag ihr, dass ihre Eltern Deutschland jetzt auch verlassen werden.«

Seine Augen weiteten sich. »Das wird sie sehr freuen. Aber sei in Zukunft vorsichtiger. Je weniger man darüber spricht, umso geringer ist die Gefahr, dass doch noch die falschen Leute davon Wind bekommen.«

Einen Tag vor Heiligabend wurde Ernst von Leutner zusammen mit den Jungen vom Bahnhof abgeholt. Seine Söhne waren jedes Mal begeistert, wenn ihr Vater in Uniform aus dem Zug stieg. Sie schauten ehrfürchtig zu ihm auf, und die beiden Jüngeren, Klaus und Heiner, hängten sich an seine Arme, während sie zur Limousine gingen.

»So müsstest du einmal vor unserer Schule warten«, sagte Felix. »Damit die anderen dich sehen könnten … nur ein einziges Mal!«

»Nun sind ja erst einmal Weihnachtsferien«, sagte Ernst.

Als sie vor die Freitreppe des Herrenhauses fuhren, kamen die Mädchen die Treppe herunter. Ernst nahm die kleine Bärbel auf den Arm und küsste sie, Therese strich er über die Haare. Charlotte hatte sich ein Wolltuch umgelegt, als sie vor die Tür trat, und rief die Kinder ins Haus. »Passt auf, dass ihr euch nicht verkühlt. Es grassiert schon wieder eine schlimme Grippe im Dorf.«

Ernst küsste sie flüchtig auf die Wange. Aus der Tasche seines Uniformmantels holte er für jedes der Kinder ein kleines Mitbringsel. Für die Jungen gab es Blechorden, die Mädchen bekamen zierliche Ansteckenadeln mit dem aufgedruckten Reichsadler.

»Weihnachten ist doch erst morgen, Ernst«, sagte Charlotte mit leicht ironischem Unterton.

Beim Abendessen berichtete Lisbeth davon, dass Felix häufig von dem Vater eines Klassenkameraden nach Hause gebracht wurde.

»Schon wieder?«, fragte Charlotte.

»Ja, gestern am letzten Schultag auch. Du warst gerade in den Stallungen.«

Sie nahm sich noch eine Brotscheibe aus dem Korb und schmierte sich Leberwurst darauf. »Jetzt fällt mir ein … er hat merkwürdigerweise nach Therese gefragt und sie sogar holen lassen, kannst du das verstehen?«

Charlotte hörte auf zu kauen und sah Therese an. »Was wollte

Obersturmführer Brandt gestern von dir?«, fragte sie. »Er war es doch, Felix, oder irre ich mich?«

Felix nickte: »Ja, ist doch nett von ihm, sonst muss ich immer so lange auf den Autobus warten.«

»Schon gut«, sagte Charlotte. »Aber was hat er mit Therese zu schaffen? Was hat er von dir gewollt?«

Therese sah verschüchtert aus. Sie mochte es nicht, wenn sie im Mittelpunkt stand. »Weiß ich auch nicht genau. Er hat so komische Fragen gestellt, und ich sollte mich so hinstellen, dass er mein Gesicht von der Seite anschauen konnte.«

Therese drehte ihren Kopf ins Profil. Charlotte hatte eine unangenehme Ahnung, doch sie wollte Therese und die anderen Kinder ihre Unruhe nicht spüren lassen. Sie warf Richard einen Blick zu, den er mit einem fast unmerklichen Kopfschütteln erwiderte.

»Ist mir da während meiner Abwesenheit irgendetwas entgangen, das ich wissen sollte?«, fragte Ernst und sah von einem zum anderen.

Charlotte schüttelte den Kopf. »Das wird sicher nichts zu bedeuten haben.«

Bevor Therese am Abend ins Bett ging, holte Charlotte sie noch einmal zu sich in ihr Schlafzimmer. Therese hatte immer noch einen kleinen Teddybären, den sie mit ins Bett nahm. Jetzt drückte sie ihn an sich. Für ihre acht Jahre war sie ein wenig zu klein gewachsen. Charlotte nahm ihre Hände und setzte sich auf das Bett. Dann fragte sie sie erneut nach der Begegnung mit dem SS-Mann.

»Er hat mich gefragt, wie alt ich bin, in welche Schule und Klasse ich gehe, was ich für Noten habe. Dann sollte ich einige Rechenaufgaben lösen, aber die waren einfach … und er hat mich ausgequetscht, ob ich schon schreiben und lesen kann«, erzählte sie ihr.

Charlotte strich ihr über die Haare und drückte ihren zerbrechlichen, dünnen Körper an sich. Was bezweckte er mit diesen Fragen? Ein beklemmendes Gefühl in ihrer Brust sagte ihr, dass es nichts Gutes bedeuten konnte. Sie hatte Angst um ihre Tochter.

»Und dann hat er noch gefragt, was mit meinem Gesicht passiert ist, ob das schon immer so ausgesehen hat«, sagte Therese und senkte die Lider.

»Und was hast du geantwortet?«, fragte Charlotte leise.

»Ich habe ihm die Wahrheit gesagt. Man soll doch immer die Wahrheit sagen, Mutti.«

Sie hob den Blick und sah Charlotte mit ihren braunen Augen an. Es waren Leos Augen.

»Ja, du hast alles richtig gemacht, mein Engel. Jetzt geh schlafen und sorg dich nicht.« Sie gab ihr einen Kuss und flüsterte ihr ins Ohr: »Freu dich auf morgen, Weihnachten wird wunderbar.«

Therese legte ihr die Arme um den Hals, und Charlotte musste einen Kloß herunterschlucken, um die Fassung zu bewahren. Nachdem ihre Tochter die Tür hinter sich geschlossen hatte, blieb Charlotte auf ihrem Bett sitzen und schlug die Hände vor das Gesicht. Hin und wieder hatte sie an Leo gedacht, wenn sie Therese in die Augen sah. Es war ihr nie in den Sinn gekommen, ihn aufzusuchen und von ihrem gemeinsamen Kind zu erzählen. Aber jetzt hätte sie ihn gerne an ihrer Seite gehabt. Was hätte er gesagt, wenn er da gewesen wäre? Hätte er ihre Ängste verstanden? Hätte ihre Sorgen um seine leibliche Tochter geteilt und sie tröstend in den Arm genommen? Hätte er etwas gegen Brandts unverschämtes Geschnüffel unternommen?

Nach einer Weile stand sie auf, um nach den anderen Kindern zu sehen. Im Türrahmen des Jungenzimmers blieb sie stehen und lauschte. Ernst saß auf einem Stuhl zwischen ihren Betten und las ihnen aus Felix' Winnetou-Buch vor. Als er sie sah, sagte er: »So, nun aber Schluss« und klappte das Buch zu. »Morgen ist Weihnachten, und da wollt ihr sicher lange aufbleiben.«

»Kannst du morgen wieder die Uniform anziehen, wenn wir in die Kirche gehen, Vati?«, fragte Felix.

Ernst schob die Lippen nach vorne und nickte: »Die gefällt dir, ja? Aber das ist meine Berufskleidung. Der Schornsteinfeger geht auch nicht in seinem schwarzen Anzug voller Asche in die Kirche und der Müller nicht in seinem weißen Kittel voll Mehl.«

Charlotte musste lächeln, denn für solche Anlässe hatte Ernst natürlich eine Ausgehuniform. Doch sie hatte schon öfter den Eindruck gehabt, dass er mit der Wehrmacht nicht so verwachsen war, wie er es sich erhofft hatte. Sie gingen gemeinsam ins Mädchenzimmer, und er deckte die kleine Bärbel sorgfältig zu. Als er Therese sanft über die Wange strich, wunderte sich Charlotte über die zärtliche Geste. Hintereinander stiegen sie die Treppe hinunter, und plötzlich hielt er sie am Arm fest.

»Ich kann dir ansehen, dass du dich um sie sorgst. Was hat sie dir erzählt?«, fragte er.

Charlotte blieb stehen, lehnte sich an das Treppengeländer und berichtete von Thereses Schilderungen. Mit ernstem Gesicht hörte er ihr zu.

»Entweder vermutet er, dass jüdisches Blut in ihren Adern fließt … und man muss zugeben, dass man tatsächlich auf die Idee kommen könnte, wenn man nach ihrem Äußeren geht«, sagte er.

Charlotte wich seinem Blick aus. Sie hatten niemals offen ausgesprochen, dass Therese nicht Ernsts Kind war.

»Oder?«, fragte sie

»Oder er glaubt, dass sie geistig behindert ist, und will sie in eine Anstalt stecken.«

»Um Gottes willen!« Charlotte hielt sich die Hand vor den Mund. Es lief ihr eiskalt den Rücken herunter.

»Keine Angst. Wir wissen ja beide, dass sie sich ganz normal entwickelt hat, sie ist sogar ausgesprochen klug, und ihr schiefes Gesicht ist nur eine Äußerlichkeit.«

Ernst ging die Treppe einige Stufen weiter hinunter, dann blieb er wieder stehen und drehte sich um: »Allerdings, was den ersten Punkt betrifft, Lotte, kennen nur du und unser Herrgott die Wahrheit.«

Charlotte holte tief Luft. »Würde es denn für dich einen Unterschied machen?«

Er stützte sich mit einem Arm auf dem Treppengeländer ab. Den anderen Arm streckte er aus und strich ihr eine Haarsträhne aus dem Gesicht. Sie wich unwillig aus.

»Antworte mir«, sagte sie.

Ernst ließ die Hand sinken. »Für mich nicht. Glaube mir, Lotte: Ich liebe Therese, so gut ich eben kann. Und ich werde mich auch für sie einsetzen. Aber die Antwort auf meine Frage entscheidet über die Strategie. Lautet sie Ja, sollten wir uns in der derzeitigen

Lage eher defensiv verhalten. Lautet sie Nein, gehen wir zum Angriff über.«

»Tu nicht so. Du weißt genau, wer ihr Vater ist, Ernst«, sagte Charlotte barsch. Sie fühlte sich von ihm in die Ecke gedrängt. Als ob er nur ein Eingeständnis von ihr wollte, dass er es nicht war.

Ernst presste die Lippen zusammen. Nach einer Weile nickte er mit dem Kopf.

Am nächsten Abend, als sie sich für den Kirchgang fertig machten, beobachtete Charlotte erstaunt, wie er zur Jacke seiner Ausgehuniform griff.

»Ich dachte, du bevorzugst deine Zivilkleidung, wenn du außer Dienst bist?«, fragte sie.

»So ist es. Aber heute mache ich eine Ausnahme.«

Sein Gesicht verriet nichts über seine Gründe. In der kleinen Kirche angekommen, sorgte er dafür, dass er in den vordersten Bänken, die eigens für die Familie Feltin reserviert waren, genau zwischen Charlotte und Therese saß. Ab und zu beugte er den Kopf zu ihr hinunter und tuschelte mit ihr. Bärbel saß auf Charlottes Schoß, aber die Jungen sahen eifersüchtig zu Therese. Ausgerechnet sie hatte Ernst noch nie bevorzugt. Die Weihnachtslieder sangen Vater und Tochter inbrünstig mit. Ernsts tiefe Bassstimme undThereses feine Mädchenstimme klangen so ambitioniert durch das Kirchenschiff, dass einige alteingesessene Gemeindemitglieder die Köpfe nach ihnen reckten. Besonders als die elektrischen Lampen gelöscht wurden und nur noch die Kerzen der Christbäume ihr warmes Licht verbreiteten, schien Thereses heller Kindersopran sich deutlich von den übrigen Stimmen abzuheben. Charlotte beugte sich leicht nach vorne, um sie zu beobachten: Wie gut sie die Töne traf!

Als die Orgelmusik den Gottesdienst ausklingen ließ und alle durch den Mittelgang auf den Ausgang zustrebten, nahm Ernst Therese an der Hand und bahnte sich mir ihr einen Weg an der äußeren Seite der Bänke entlang. Sie standen als Erste draußen vor dem Eingang und warteten.

»Da ist er!«, flüsterte Therese kurz darauf und deutete auf den

Mann in der schwarzen Uniform. Ernst machte einen Schritt nach vorn.

»Heil Hitler!«, sagte er mit lauter Stimme, als Brandt auf ihn zukam, und streckte den rechten Arm zum deutschen Gruß aus. »Obersturmführer Brandt?«

»Ebendieser. Heil Hitler«, antwortete der kleine Mann mit wichtigtuerischem Gesichtsausdruck. »Und Sie sind …?«

Er musterte Ernst. Seine Augen glitten über seine Uniform und blieben an den zwei Schlingen auf dem Schulterstück hängen, um seinen Dienstgrad einzuordnen. Innerhalb weniger weiterer Sekunden taxierten seine Augen die Gesichtszüge von Vater und Tochter und schienen zu einem Schluss zu kommen.

»Oberleutnant Trotha«, sagte Ernst.

»Freut mich außerordentlich, Sie endlich kennenzulernen«, sagte Brandt mit schnarrender Stimme. »Ihr Sohn Felix drückt mit meinem Filius die Schulbank.«

Er deutete auf den schmächtigen Jungen, der neben seiner Mutter aus dem Kirchenportal kam. Doch Ernst reagierte nicht darauf, sondern sagte: »Meine älteste Tochter Therese kennen Sie ja auch bereits.«

Er hob sie hoch, sodass ihr Gesicht genau neben seinem war.

»Jawoll, das Mädchen kenne ich.«

Ernst setzte sie wieder ab und sagte leise zu ihr: »Lauf zu deiner Mutter.«

Dann nahm er Brandt am Oberarm und zog ihn beiseite. »Herr Brandt … da ist Folgendes: Mir ist zu Ohren gekommen, dass sie sich nach Therese erkundigt haben und ihr auf unserem Hof einige sehr persönliche Fragen gestellt haben.«

Brandts Augen verengten sich. Ernst stellte sich so dicht vor ihn, dass sein Kinn fast Brandts Stirn berührte. Er war annähernd einen Kopf größer.

»Ich möchte eines für die Zukunft klarstellen: Wenn Sie Fragen meine Tochter betreffend haben, so wenden Sie sich ausschließlich an mich. Verstehen wir uns?«

Brandt starrte ihn an.

»Sollte ich noch einmal hören, dass Sie sie belästigen, so wird das sehr ernsthafte Konsequenzen für Sie haben, und ich kann mir nicht vorstellen, dass Ihre Frau es gutheißt, wenn sie von ungesunden Neigungen ihres Ehemannes erfährt …«

Es sah so aus, als sei es Ernst gelungen, Brandt damit zu überrumpeln, dass er die Begegnung mit Therese in ein anderes Licht setzte.

»Ich wollte doch nur sichergehen, dass …«, stammelte Brandt und verstummte. Doch dann besann er sich, hob den Kopf und sagte frech: »Sind Sie denn sicher, dass sie überhaupt Ihre Tochter ist?«

Ernst blickte ihm in die Augen. »So sicher wie das Amen in der Kirche. Und nun wollen wir unsere Familien nicht weiter warten lassen und Weihnachten feiern. Ich bin sicher, dass wir uns verstanden haben … Obersturmführer Brandt.«

Er boxte ihm gespielt freundschaftlich mit der Faust gegen die Brust. Dann streckte er wieder den rechten Arm zum Hitlergruß aus, den Brandt erwidern musste. Ernst machte auf dem Absatz kehrt und ging auf Frau Brandt zu, nach einer höflichen Verbeugung sagte er: »Freut mich sehr, Sie kennenzulernen, Frau Brandt. Ihr Mann hat mir schon viel von Ihnen erzählt. Darf ich mich vorstellen? Ernst Trotha. Ich hoffe, dass wir uns in Zukunft öfter sehen.«

Er drehte den Kopf so, dass er Brandts Gesicht beobachten konnte, während dieser ihn mit schmalen Lippen anstarrte.

Charlotte betrachtete die Szene aus gebührender Entfernung. »Was hast du zu ihm gesagt?«, fragte sie ihn, als sie von der Kirche zurück zum Gut gingen. Der Himmel war sternenklar, das Mondlicht ließ die weiße Fläche der schneebedeckten Felder geheimnisvoll strahlen.

Ernst legte das erste Mal in der Öffentlichkeit den Arm um ihre Schultern. »Sei versichert, dass er sich nicht mehr an Therese herantrauen wird«, sagte er leise, damit es die Kinder nicht hörten. »Nur möglich, dass du Frau Brandt einmal zum Kaffee einladen müsstest.«

Erst spät am Abend gingen sie zusammen die Treppen zu ihrem Schlafzimmer hinauf. Charlotte zog sich schnell aus und glitt ohne

Nachthemd unter die Decke. Sie schmiegte sich eng an Ernst, als er ins Bett kam, legte ihren Kopf auf seine Brust, hörte seinen Atemzügen zu und spürte das gleichmäßige Schlagen seines Herzens. Keiner von ihnen sagte etwas, dann strich ihre Hand über den Stoff seiner Schlafanzugjacke, fuhr in den Schlitz und legte sich auf seine warme Haut. Ihre Finger begannen, die Knöpfe einen nach dem anderen zu öffnen. Zögernd streichelte er über ihren Rücken, seine Handflächen glitten nach vorne und liebkosten ihre Brüste. Charlotte merkte, wie ihr Körper zum ersten Mal seit langer Zeit wieder erwachte. Scham und Schuldgefühle hatten sie über Jahre wie ein Eisblock im Bett fühlen lassen. Sie hatte die ehelichen Pflichten ohne jede Regung über sich ergehen lassen. In dieser Nacht war alles anders: Unter seinen streichelnden Händen fühlte sie sich wieder begehrt. Sie glaubte, seine Liebe zu ihr zu spüren, sodass ihr Leib sich ihm voller Verlangen entgegendrängte, als er sich auf sie legte. Sie streifte ihm die Hose herunter, dann krallte sie ihre Hände in seinen Rücken, als er in sie eindrang. Sie wollte, dass es lange dauerte, nicht wie sonst, wenn sie nur die Sekunden zählte, bis er endlich fertig wurde. Zum ersten Mal bekam sie wieder ihre Erfüllung, ein Gefühl wie perlendes Wasser, das über ihren Körper lief. Für den Augenblick glaubte sie, Ernst von nun an lieben zu können.

Zwei Wochen nach Weihnachten bekam Richard eine Ansichtskarte von Cäcilie aus Klosters in der Schweiz. Er gab sie Charlotte zu lesen.

Herzliche Grüße aus dem Winterurlaub senden euch C. und S. Gepäck ist schon da. Wir warten nur noch auf das gute Wetter zum Wandern.

»Ich wusste gar nicht, dass sie gerne wandern«, sagte sie und betrachtete sich das Foto des verschneiten Alpendorfs auf der Vorderseite.

»Tun sie auch nicht. Das bedeutet: Sie sind ohne Zwischenfälle in der Schweiz angekommen. Sie haben das Geld in Empfang genommen und warten auf ihre Visa für die Vereinigten Staaten von Amerika«, sagte Richard auf, als hätte er den Text auswendig gelernt. Charlotte spürte Erleichterung, doch gleichzeitig sorgte sie sich um Edith. Von ihr hatte sie keine Nachricht bekommen. Wenn sie doch auch in der Schweiz wäre! Sie hätte Cäcilie, Salomon und Edith so gerne vereint und in Sicherheit gewusst.

»Es ist ein Jammer, dass sie nicht mit Edith zusammen in die USA gehen«, sagte Lisbeth. »Es wird den beiden das Herz brechen.«

»Abwarten!«, sagte Richard, und sein Gesicht verriet, dass er mehr wusste, als er sagte.

ANNA

Anna hatte es eilig, denn heute war sie an der Reihe, das Mittagessen zu kochen, bevor die Kinder aus der Schule kamen. Mit ihrem Einkaufsnetz in der Hand bog sie in das Treppenhaus ab. Vor
wenigen Tagen war in Deutschland die Rationierung eingeführt worden. Sie hatte ihre Bezugskarten gleich am Montag abgeholt. Über
das verzwickte Zuteilungssystem hatte sie sich mit Carl schon kurz
darauf gestritten. Er verteidigte es vehement und behauptete, es ge-
währleiste eine optimale Versorgung auch in Krisenzeiten. Was er
denn für Krisenzeiten meine, hatte Anna gefragt, wo doch die NSD-
AP dem deutschen Volk jederzeit »Arbeit, Freiheit und Brot« ver-
spreche. Anna stritt sich in letzter Zeit oft mit Carl, denn seine Iden-
tifizierung mit den Ideologien der Parteiführung schien immer mehr
Besitz von ihm zu ergreifen. Manchmal war er ihr fremd.

Kaum hatte sie drei Stufen genommen, öffnete sich die Tür der
Hausmeisterwohnung. Wie immer trug Frau Kalinke akkurat ange-
ordnete Lockenwickler auf dem Kopf.

»Ich gratuliere Ihnen, Frau Liedke!«, rief sie mit schriller Stimme.

Anna sah sie erstaunt an. Womöglich hatte sich Anita in der
Schule hervorgetan? Doch das würde wohl nicht so schnell zu den
Ohren der Hausmeisterin vordringen. Frau Kalinke kam näher, so-
dass Anna den Geruch ihres selbst angerührten Haarwassers rie-
chen konnte. Schon mehrmals hatte sie ihr die Formel anvertraut:
»Eine Tasse Wasser, ein Teelöffel Zucker, ein Schuss Bier, und die
Frisur hält eins A für mindestens zwei Wochen, glauben Sie mir.«

Jetzt wirkte der Blick aus ihren runden Augen fast unterwürfig.
»Ihr Mann macht's richtig, so wird man was in der Partei. Und auf
mich können Sie immer zählen, wenn Sie was wissen wollen.«

Als Anna sie weiterhin voller Unverständnis ansah, deutete sie
auf die schwarze Tafel im Hauseingang. Anna trat näher heran, bis
sie auf Augenhöhe mit dem weißen Reichsadler war. Seit zwei Jahren hing die Haustafel im Eingang jedes Häuserblocks. In grell roter,
gedruckter Schrift stand dort:

Hier spricht die NSDAP
Volksgenossen!
Braucht Ihr
Rat und Hilfe
so wendet Euch an die NSDAP

Darunter waren Spalten für den Namen und die Sprechstunden des Blockleiters und für Mitteilungen der Hausbewohner vorgesehen. Anna beugte sich nach vorne. Jemand hatte den Namen des Blockleiters weggewischt und mit leuchtender, weißer Kreide einen neuen Namen an die Stelle geschrieben. Sie hatte das Gefühl, den Boden unter den Füßen weggezogen zu bekommen, als Frau Kalinke ihn laut vorlas: »Blockleiter der NSDAP: Carl Liedke, Sprechstunden: montags und donnerstags 19 bis 20 Uhr.«

Carl hatte ihr kein Wort davon erzählt, dass er den verhassten Blockwart Bohne aus der Nr. 16 abgelöst hatte. Von jetzt an wachte Carl also über die rechte politische Gesinnung von ungefähr sechzig Haushalten. Obwohl eigentlich eine belanglose Randfigur, hatte Bohne seine nicht unerhebliche Macht immer so weit wie möglich ausgenutzt. Wer konnte, war ihm und seiner Frau aus dem Weg gegangen. Jetzt würde es ihr und Carl so gehen, dass die Leute sie hinter ihrem Rücken mit Spottnamen wie »Treppenterrier« oder »Schnüffler« belegen würden.

»Das ist ein sehr wichtiges Amt, was Ihr Mann da jetzt innehat, Frau Liedke«, sagte Frau Kalinke. »Sie können stolz auf ihn sein.«

»Ja, ganz wunderbar, Frau Kalinke«, sagte Anna und drehte sich wieder zur Treppe um. »Was Schöneres könnte ich mir gar nicht vorstellen.«

Frau Kalinke sah Anna mit begeistertem Blick nach, als sie die Treppen hinaufstieg. Vor ihrer Wohnungstür angekommen, hörte sie hinter sich ein blechernes Geräusch. Der Mann, der auf den Stufen zum vierten Stock kniete und den Linoleumbelag schrubbte, drehte ihr den Rücken zu. Normalerweise gehörte es zu den Aufgaben von Frau Kalinke, das Treppenhaus zu putzen, wunderte sich Anna.

»Guten Tag!«, sagte sie, und der Mann fuhr erschrocken herum.

Sofort ließ er die Wurzelbürste fallen, streckte den Arm zum deutschen Gruß aus und sagte: »Heil Hitler.«

Anna kannte ihn. Ihm hatte der Gemüseladen in der Straße gehört. Gerade hatte sie bei seinem Nachfolger Kartoffeln geholt. Insgeheim meldete sich ihr schlechtes Gewissen. Warum hatte sie sich nie danach erkundigt, was aus den langjährigen Besitzern geworden war? Jetzt sah sie den gebückten Mann an. In seinen dunklen Augen konnte Anna Resignation und sogar Angst sehen.

»Herr Grün! Ich wusste gar nicht …«, begann sie, doch sie beendete den Satz nicht.

Er richtete sich langsam auf: »Es ist die einzige Arbeit, die ich noch bekommen konnte.« Herr Grün hob den Blecheimer hoch und trug ihn zur anderen Seite des Treppenabsatzes. »Mit dem oberen Stockwerk bin ich fertig. Bis auf die Stufen zur Dachmansarde habe ich alles geputzt. Die soll ich auslassen …«, er senkte die Stimme: »… weil dort das Ehepaar Eppstein wohnt.« Als Anna nicht reagierte, deutete er auf das Linoleum. »Ist es gut so?« Zum ersten Mal, seit Anna hier wohnte, kam die eigentliche hellblaue Farbe zum Vorschein. »Sie können es gerne kontrollieren. Ich habe wirklich so gründlich geschrubbt, wie es ging.« Anna betrachtete er ganz offensichtlich als Respektsperson.

Von unten hörte sie Schritte, und kurz darauf kam Frau Kalinke keuchend die Treppenstufen herauf. Ihr entging wirklich gar nichts mehr im Haus. »Ach, Frau Liedke, lassen Sie sich von dem nicht in ein Gespräch verwickeln. Der sucht wirklich jeden Vorwand, um sich vor der Arbeit zu drücken. Wie Juden eben so sind.« Frau Kalinke schien auf ihre Zustimmung zu warten.

Anna räusperte sich. »Werden nicht eigentlich Sie für die Arbeit bezahlt?«, fragte sie.

Frau Kalinke holte tief Luft und lief rot an: »Ich beaufsichtige ihn und sorge dafür, dass hier alles seine Ordnung hat. Warum soll ich mir weiter die Hände schmutzig machen? Der kann froh sein, wenn er die Arbeit in so einem Haus machen darf.« Sie stemmte die Hände in die Hüften und inspizierte die oberen Treppenstufen, deutete auf eine einzelne dunkle Stelle. »Da! Das ist nicht sauber. Falls du die Bedeutung des Wortes ›sauber‹ überhaupt kennst.«

Grün stieg die drei Treppenstufen hoch und beugte sich über den Fleck. »Das geht leider nicht ab, ich habe es versucht! Es ist Teer. Dafür bräuchte ich Terpentin.«

»Terpentin? Wo soll ich das hernehmen? Dann schrubbst du noch mal dran! Und wenn's eine Stunde dauert. Was glaubst du, wozu du hier bist?«, bellte Frau Kalinke. Doch gleich darauf besann sie sich wieder auf ihre neue unterwürfige Rolle gegenüber Anna. »Aber wenn es Ihnen nicht recht ist, dass ich einen Juden beschäftige, Frau Liedke, dann setze ich ihn natürlich sofort auf die Straße.« Frau Kalinkes Gesichtsausdruck hatte etwas Lauerndes.

Anna zögerte, dann sagte sie: »Nein, schon gut, Frau Kalinke.« Sie steckte ihren Schlüssel in das Schloss. »Ich muss jetzt wirklich Mittagessen kochen. Gleich kommen die Kinder nach Hause.«

Als die Tür hinter ihr zufiel, lehnte sie sich an den Türrahmen und merkte, wie ihr Herz klopfte. In was für eine Rolle war sie da geraten? Sie musste unbedingt mit Carl darüber sprechen. Bestimmt konnte er von dem Amt wieder zurücktreten.

»Jemand zu Hause?«, rief sie.

»Wir sind hier!«, kamen die vertrauten Stimmen aus dem Nähzimmer. Natürlich hatte sie schon vorher gewusst, dass Emma, Dora, Ida und Adelheid wie jeden Wochentag auf ihren Plätzen saßen. Doch die Frage zu rufen war noch immer ihre Angewohnheit, wenn sie die Wohnung betrat.

Anna legte ihr Einkaufsnetz auf die Wachstuchdecke des Küchentischs. Die verschiedenfarbigen Lebensmittelkarten verstaute sie sorgsam in einer Schublade und zog den Schlüssel ab. Sie stieß einen Seufzer aus. Es verkomplizierte das Leben, da sie nun von allen, die am Essen teilnahmen, die Marken verwalten musste. Wie würde es weitergehen? Sie belieferte nach wie vor das KaDeWe. Ob jetzt auch die Kleidung wieder rationiert wurde? Anna zog sich die Schürze an, begann, die Kartoffeln abzubürsten. Plötzlich hörte sie einen Ausruf und schnelle Schritte im Flur. Ida stand im Türrahmen und flüsterte mit weit aufgerissenen Augen: »Komm schnell, das musst du dir anhören! Der Führer spricht vor dem Reichstag. Es ist etwas passiert …«

Anna lief ins Nähzimmer. Die Frauen hatten sich alle um den

Volksempfänger versammelt, und Emma drehte die Lautstärke noch höher. Langsam trat Anna näher und lauschte. Hitlers schnarrende Stimme hallte durch den Raum. Er sprach von den unerträglichen Zuständen, unter denen das deutsche Volk aufgrund des Versailler Vertrags leiden müsse, führte aus, wie oft er versucht habe, durch friedliche Vorschläge diese Zustände zu ändern, und dass diese von Polen abgelehnt worden seien. Seit Monaten führe Polen einen Kampf gegen die Freie Stadt Danzig, die deutsche, in Polen lebende Minderheit werde entrechtet und misshandelt …

Es klingelte an der Wohnungstür, und Ida rannte eilig durch den Flur, um sie zu öffnen, erschien aber sofort wieder im Nähzimmer. Der Volksempfänger stand auf einem nach Maß geschnittenen Regalbrett, das Carl eigens in Kopfhöhe an der Wand befestigt hatte. Jetzt hatte man den Eindruck, dass die dröhnende Stimme Adolf Hitlers den braunen Holzkasten zum Vibrieren brachte. Die Köpfe der Kinder erschienen im Türspalt. Emma legte den Finger auf die Lippen und deutete auf das Radio. Es herrschte eine eigenartige Atmosphäre, so als ahnte jeder, dass etwas Unheilvolles vor sich ging. Die Wehrmacht habe nicht die Absicht, den Kampf gegen Frauen und Kinder zu führen, sagte die Stimme aus dem Lautsprecher, und die Frauen im Raum blickten sich gegenseitig mit versteinerten Mienen an. Er wolle, sagte Hitler, dass die Luftwaffe sich auf militärische Ziele beschränke, daraus solle Polen aber keinen Freibrief ableiten.

»Was gibt's zu essen?«, fragte Gisela.

»Schscht«, machte Matthias und zog bedeutungsvoll die Augenbrauen hoch. »Der Führer spricht!«

Dann hörten sie die folgenschweren Worte aus dem Lautsprecher, die ihr Leben für immer verändern würden: »Polen hat heute Nacht zum ersten Mal auf unserem eigenen Territorium auch mit bereits regulären Soldaten geschossen. Seit 5 Uhr 45 wird zurückgeschossen!«

»Nein!«, riefen Anna und Emma aus. Dora und Ida klammerten sich aneinander, Adelheid schlug die Hände vor das Gesicht.

»Was ist denn, Mutti?«, rief Regina.

Gisela starrte die fünf Frauen an, die sich so eigenartig benahmen, und begriff, dass etwas Schreckliches passiert sein musste, aber was?

»Und von jetzt ab wird Bombe mit Bombe vergolten!«, hagelten Hitlers Drohungen aus dem Lautsprecher. »Wer mit Gift kämpft, wird mit Giftgas bekämpft. Wer selbst sich von den Regeln einer humanen Kriegsführung entfernt, kann von uns nichts anderes erwarten, als dass wir den gleichen Schritt tun …«

Aus Emmas Gesicht war alle Farbe gewichen, als sie sich zu den Kindern umwandte und leise sagte: »Krieg … Kinder, jetzt haben wir Krieg.«

Sie sahen sie ungläubig an, unfähig zu verstehen, was ihre Worte für sie bedeuten würden. Als die lauten »Sieg-Heil«-Rufe der Reichstagsabgeordneten den Lautsprecher zum Scheppern brachten, drehte Emma am Knopf des Volksempfängers und stellte ihn ab.

»Ich muss die Kartoffeln aufsetzen!«, sagte Anna.

Es war der 1. September 1939, als sich die fünf Frauen und vier Kinder eng aneinandergedrängt um den Küchentisch setzten und Kartoffeln mit Quark aßen. Sie waren schweigsamer als sonst. Anna bemerkte, wie Emma immer wieder ihren Sohn anstarrte. Matthias war jetzt achtzehn Jahre alt. Es würde nicht mehr lange dauern, und er würde eingezogen werden.

»Muss Vati jetzt in den Krieg ziehen?«, fragte Anita als Erste.

»Was denkst du denn?«, sagte Matthias. »Und ich melde mich auch.«

»Untersteh dich! Gar nichts wirst du tun!«, fuhr Emma ihn an.

Sie spießte mit der Gabel eine Kartoffel auf und begann, sie zu pellen.

»Das Beste wird sein, wenn wir alle erst einmal so weitermachen wie bisher«, sagte Anna.

Ida zerquetschte eine Kartoffel und vermengte sie mit dem Quark. Dann hob sie den Kopf und fragte: »Was wird mit unserer Arbeit?«

»Ich gehe morgen ins KaDeWe und bespreche mit Ella, ob wir weiter Aufträge bekommen. Und Carl wird sicher wissen, ob es auch eine Stoff- und Kleiderrationierung gibt. Aber ich vermute es«, sagte Anna.

Matthias hatte eiligst zwei Portionen verschlungen, stützte sich mit zwei Händen ab und sprang unversehens über die Beine seiner Schwester, um aus der Ecke herauszukommen. Regina boxte ihm gegen den Oberarm, was ihn nicht weiter kümmerte.

»Warum näht ihr nicht lieber Uniformen?«, rief er dabei. »Das wäre endlich mal was Sinnvolles statt immer nur diesen Weiberkram.«

Anna sah Emma an und wartete auf eine Erwiderung.

»Wo bleiben deine Manieren?«, fragte Emma nur, so wie jeden Tag, wenn er über die Küchenbank und die Beine der anderen sprang. Matthias drückte ihr einen Kuss auf die Wange.

»Ich muss los, Mutti. Um drei Uhr geht's schon ins Zeltlager der HJ.«

Anna hatte sich schon die ganze Zeit gewundert, warum er so aufgekratzt war. Ganz so, als sei die Nachricht vom Kriegsbeginn keine bedrohliche Neuigkeit, sondern ein Abenteuer, auf das er schon lange gewartet hatte.

»Heute, trotz Kriegsbeginn?«, fragte sie.

»Natürlich, gerade dann! Wir haben lange genug Krieg gespielt, es wird Zeit, dass wir endlich Ernst machen …«

Seine Augen blitzten voller Begeisterung. Er glich dem Jungen auf den Propagandaplakaten der Hitlerjugend, dachte Anna. Eins achtzig groß, blond, blauäugig und begeistert von den Ideen der Nazis.

»Vergiss nicht, eine zweite Garnitur Wäsche einzupacken, mein Junge. Und pass auf dich auf«, gab Emma ihm mit auf den Weg.

»Die Fahne hoch! Die Reihen fest geschlossen …«, hörte man Matthias laut singen, dann klappte schon die Wohnungstür.

Emmas Blick war voller Stolz. »Das letzte Mal kam er mit einem halb abgerissenen Ohr und gebrochenem Zeh zurück, aber dort machen sie wenigstens Männer und keine Jammerlappen aus ihnen.«

Anna schluckte eine Erwiderung herunter. Emma hatte nichts dabei gefunden, als ihr Sohn mit Begeisterung der Hitlerjugend beigetreten war, lange bevor sie für alle Jugendlichen zur Pflicht geworden war. Auch dass er häufig das Horst-Wessel-Lied sang, das nationalsozialistische Parteiprogramm auswendig aufsagen konnte und die Muskeln seines rechten Arms sich durch das andauernde Hochhalten zum deutschen Gruß weit kräftiger entwickelt hatten als die des linken, hatte sie nicht beunruhigt.

»Der hat es gut!«, maulte Anita und schob enttäuscht ihren Teller von sich weg. »Wäre ich nur einen Monat älter, dürfte ich auch mit, aber mit dreizehn bin ich immer noch bei diesem dummen Jungvolk …«

»Das fehlte gerade noch!«, sagte Anna und begann, die Teller zusammenzustellen.

Regina kicherte auf einmal und stieß Gisela mit dem Ellbogen an.

»Na, wen habt ihr denn heute geärgert?«, fragte Anna barsch. »Wieder mal die arme Sara?«

»Die ist schon lange nicht mehr auf unserer Schule!«, gab Regina mit einem Anflug von Triumph zurück. Und gleich darauf prusteten die Mädchen wieder los.

Anna knallte den Geschirrstapel in den Spülstein, sodass der unterste Teller in Scherben zersprang. Sie presste sich die Hände auf die Ohren. Regina und Gisela verstummten.

»Was hast du denn, geht es dir nicht gut?«, fragte Ida und stand auf. Sie schob Anna sanft zur Seite und sagte: »Lass mich das machen. Am besten setzt du dich hin und ruhst dich einfach mal eine Weile aus.«

Dann begann sie, die Scherben aus dem Becken zu sammeln.

CHARLOTTE

Felix freute sich darauf, Richard zu begleiten. Er hätte zwar lieber vorne neben Leutner auf dem Beifahrersitz gesessen, weil er von dort während der Fahrt einen besseren Rundumblick hatte. Aber das wäre seinem Großvater gegenüber zu unhöflich gewesen. So hatten sie Gelegenheit, sich auf der Fahrt nach Lichtenwalde zu unterhalten.

»Was macht die Schule, Felix? Die Zensuren sind ja recht ordentlich gewesen, soweit ich mich erinnere«, sagte Richard.

Felix nickte. »Ja, es hätte schlechter sein können. Aber die Ferien waren mir lieber.«

Richard lachte auf. »Na, das kann ich mir vorstellen. Du bist ja inzwischen einer meiner wichtigsten Männer auf dem Hof.«

Felix lief vor Stolz rot an, während sein Großvater, beide Hände auf den Stock gelegt, streng geradeaus in Fahrtrichtung blickte. Er schien es ernst zu meinen, dachte Felix.

»Ich werde jetzt vier Ochsen kaufen, Felix.«

»Ja, Großvater, ich weiß.«

»Gut, aber weißt du auch, warum?«

Felix schüttelte den Kopf.

»Weil sie uns die Pferde nehmen werden.«

»Alle Pferde?«, fragte Felix und musste schlucken. Er hatte noch nicht daran gedacht, dass auch sein Wallach Jago als Kriegspferd konfisziert werden würde.

»Ja, alle über Dreijährigen.«

Richard drehte sich zu ihm um: »Man darf sein Herz nicht zu sehr an die Tiere hängen, mein Junge.«

Felix unterdrückte seine Trauer, indem er seine Gedanken auf etwas anderes lenkte. Er kurbelte das Fenster herunter, sog den Dieselgeruch ein, betrachtete die Blätter der Pappeln neben der Straße, die das Sonnenlicht im Wind hell aufflackern ließ. So hatten sie es ihnen bei der HJ beigebracht. Es war alles eine Frage des Willens. Wer trotzdem weinte, wurde öffentlich an den Pranger gestellt und von allen verspottet. Ihre Erziehung war auf Härte und Brutalität ausgerichtet.

»Das war im letzten Krieg so, und das wird diesmal auch so sein, nicht wahr, Leutner? Wir haben schon unsere Erfahrungen gesammelt! Eigentlich hätte ich schon vor einem halben Jahr losfahren und Ochsen kaufen sollen, es war ja alles absehbar.«

Er suchte Leutners Blick im Rückspiegel.

»Sie machen das schon richtig, Herr Feltin«, sagte dieser. »Ich glaube nicht, dass die Preise schon gestiegen sind.«

Sie bogen in ein offen stehendes Hoftor ein, und der Wagen rumpelte über das Kopfsteinpflaster auf ein langgezogenes graues Gebäude zu.

»Und weißt du auch, wer die Ochsen einfahren darf, Felix?«, fragte Richard.

»Ich werde das sein«, sagte Felix.

Charlotte kam in den Hof getrabt und parierte ihre Stute durch. Sie stieg ab, öffnete den Kehlriemen der Trense und führte das Pferd zu der Tränke. Die achteckige Vieh- und Pferdetränke aus Sandstein war seit sie denken konnte der Mittelpunkt des Hofs gewesen. Felix kam mit den zwei Ochsen an ihr vorbei. Schon als sie vor zwei Stunden losgeritten war, hatte er seine Runden um den Brunnen gedreht und war neben den beiden dunkelbraunen, eingespannten Ochsen hergegangen. Es waren kräftige und anscheinend auch recht gutmütige Tiere, die ihr Vater in Lichtenwalde erstanden hatte. Während die Stute den Kopf in den Brunnen beugte, legte Charlotte ihre Wange an ihren schweißnassen Hals. Sie hätte viel darum gegeben, wenn sie sie hätte behalten können. Die Vorstellung, ihr Lieblingspferd als Kanonenfutter in den Krieg zu schicken, schmerzte so sehr. Schon bald würden sie kommen und sie holen, und es drohten drakonische Strafen, wenn man Pferde vor ihnen verbarg.

»Du bist ja immer noch mit den beiden zugange, haben sie eigentlich schon Namen?«, rief sie ihrem Sohn zu. »Schade, dass du nicht mitgeritten bist, Felix, viele Gelegenheiten werden wir nicht mehr haben!«

»Das ist das andere Paar«, rief Felix zurück. »Und sie bekommen keine Namen.«

»Warum nicht?«, fragte Charlotte und wischte sich den Pferdeschweiß von ihrer karierten Tweedjacke.

»Weil sie keine Namen bekommen!«, sagte Felix.

»Das ist keine Begründung, sondern eine Wiederholung.«

Sie taxierte die beiden und schlug vor: »Also den rechten würde ich Hannes nennen und den linken Xaver.«

Charlotte musste lachen, als die Ochsen ganz abrupt stehen blieben und Felix signalisierten, dass es nun erst einmal genug sei. Er sah zu ihr herüber und streckte resigniert die Arme aus. Der Anblick ihres ältesten Sohnes ließ die Erinnerung daran wieder aufleben, als sie die Ochsen hatte führen müssen. Was war es für eine Plackerei gewesen auf den schlammigen Feldern. Damals war sie kaum älter gewesen als Felix jetzt. Sie wollte es immer noch nicht wahrhaben, dass diese harten Zeiten wirklich wieder zurückkommen würden. Auch als Ernst schon seit Monaten Andeutungen machte, dass die Wehrmacht sich auf den Krieg vorbereitete, hatte sie es nicht hören wollen. Von ihm wusste sie auch, dass es in Wirklichkeit die Deutschen waren, die Polen überfallen hatten. Ein Wunder, dass er so offen mit ihr darüber sprach. Aber seit der Weihnachtsnacht vor zwei Jahren war er wie ausgewechselt. So zugänglich hatte sie ihn früher nie gekannt. Sie musste zugeben, dass sie ihn sogar vermisste, seit er an der Front war. Täglich wartete sie auf Feldpost von ihm.

»Nun lass sie noch eine Runde drehen, damit sie nicht auf die Idee kommen, sie könnten selbst bestimmen, wann Schluss ist, und dann gib ihnen erst mal was zu saufen«, sagte sie. »Nie die Belohnung vergessen, Felix.«

Ohne ein Wort hob Felix eine Gerte vom Boden auf. Charlotte wunderte sich, wie weit er damit ausholte. Normalerweise tippte man die Tiere nur an. Ihr entfuhr ein Schrei, als er dem Ochsen mit aller Kraft in die Flanke schlug, dass es knallte. Das Tier gab einen langgezogenen Schmerzenslaut von sich, ihre Stute wieherte und bäumte sich auf. Charlotte konnte sie nur mit Mühe am Zügel festhalten. Als sich ihr Pferd beruhigt hatte und Charlotte sich umdrehte, sah sie den tiefen Striemen in der Leiste des Ochsen.

»Felix!«, rief sie entsetzt. »Was hast du getan?«

Sie ließ ihr Pferd los, ging zu dem Ochsen, strich dem zitternden Tier beruhigend über den Rücken und betrachtete sich die Wunde. Blut floss über das in Fetzen hängende Fell und tropfte auf das Kopfsteinpflaster.

»Bist du verrückt geworden? Dem armen Tier so wehzutun? Was ist denn in dich gefahren?«

Sie drehte sich um und blickte wütend ihren Sohn an. Am liebsten hätte sie ihm eine Ohrfeige verpasst. Doch da merkte sie erst, in welchem Zustand er war. So hatte sie ihn noch nie gesehen: Das Gesicht purpurrot angelaufen, presste er fest die Lippen aufeinander, aus seiner schmalen Nase lief ein Rinnsal. Fast hatte sie den Eindruck, als würde er die Luft anhalten. Mit seinen gerade erst fünfzehn Jahren sah er immer noch aus wie ein Kind. Äußerlich war von einer beginnenden Pubertät nichts zu erkennen. Was ging bloß mit ihm vor?

»Felix, warum hast du das getan? So kenne ich dich gar nicht!«

Sie ging langsam auf ihn zu, aber er wich vor ihr zurück. Die Gerte rutschte ihm aus der Hand und fiel zu Boden. Charlotte konnte sehen, wie sich sein Brustkorb hob und senkte. Es waren Schluchzer, die er zu unterdrücken versuchte.

»Komm her, Felix!«, sagte sie mit sanfter Stimme.

Diesmal blieb er stehen, als sie sich ihm näherte. Sie legte ganz vorsichtig die Arme um ihn und drückte seinen Kopf gegen ihre Brust, strich ihm über die Haare. Jetzt endlich konnte er weinen. Sein Körper erzitterte unter seinen lauten, klagenden Schluchzern.

»Ich soll … mein Herz … nicht … an die … Tiere hängen. Ein Mann … muss Härte zeigen«, hörte sie ihn stottern.

»Ist ja schon gut … es ist wegen Jago, deinem Wallach, hab ich recht?«, fragte Charlotte leise.

Felix nickte.

»Wir müssen alle Opfer bringen. Ich weiß selbst, wie weh das tut … meine Jorinde werden sie auch holen.« Felix schluchzte wieder laut auf. Sie machte sich von ihm los und hielt ihn an den Schultern ein Stück von sich weg. »Aber versprich mir, dass du nie wieder mutwillig einem anderen Lebewesen Leid zufügst, Felix. So haben wir dich hier erzogen: Wir achten Mensch und Tier!«

Felix senkte die Lider. Er ging zu dem Ochsen und legte seine Arme um seinen Hals. Das Tier schien ihn nicht als seinen Peiniger zu erkennen und blieb ruhig stehen. »Verzeih mir«, hörte Charlotte seine tränenerstickten Worte.

Charlotte nagte an einem abgerissenen Fingernagel, während sie ihren Sohn beobachtete. Felix war immer liebevoll mit Tieren umgegangen. Niemals war er durch Jähzorn oder Grausamkeit aufgefallen, wie sie es bei manchem Knecht erlebt hatte, der daraufhin sofort entlassen wurde. Allein der bevorstehende Verlust seines Pferdes erklärte sein Verhalten nicht. Er hatte sich verändert, seit er zur Hitlerjugend verpflichtet worden war. Viel erzählte er nicht davon, aber sie merkte, dass er nur widerwillig zu den Heimabenden ging. Vor dem letzten Zeltlager hatte er Halsschmerzen vorgeschützt, um nicht mitfahren zu müssen, und sie machte sich Vorwürfe, dass sie ihn nicht ernst genommen hatte. Irgendetwas Ungutes ging dort vor.

Bitte lass mir meinen Mann und meine Söhne und mache sie nicht zu herzlosen Rohlingen!, schickte Charlotte ein stummes Gebet in den Himmel. Sie drehte sich zum Herrenhaus um. Das mächtige Gebäude mit den vielen Fenstern, dem Efeubewuchs an der einen Seite der Fassade, den Schwalbennestern unter dem heruntergezogenen Dach lag so ruhig und friedlich da, als könne seinen dicken Mauern keine Gefahr etwas anhaben. Ob es ihnen auch in diesem zweiten Krieg, der gerade begonnen hatte, noch genügend Schutz bieten würde? Die Tür öffnete sich, und ihre Mutter kam mit ihrer jüngsten Enkelin an der Hand die Treppen herunter. Die sechsjährige Bärbel trug ein geblümtes Schürzenkleid und ein gelbes Kopftuch, das ihre blonden Haare bedeckte. Mit dem kleinen Weidekorb über dem Arm ging sie einmal am Tag zum Eiersammeln. Kurz bevor sie den Brunnen erreichten, sagte Charlotte leise zu Felix: »Bring die Ochsen in den Stall und lass dir vom Schweizer eine Salbe für die Wunde geben, bevor es jemand sieht.«

ANNA

Ein letztes Mal durch die Lebensmittelabteilung des KaDeWe im sechsten Stock gehen, das wollte sich Anna nicht nehmen lassen. Sie wollte sich vergewissern, ob dieses Paradies des Überflusses noch vorhanden war, und blieb ehrfürchtig stehen, als sie die riesige Halle mit dem schwarz-weiß gemusterten Boden betrat. Sie schloss kurz die Augen und ließ die herrlichen Gerüche auf sich wirken. Am intensivsten tat sich der würzige Schinkenduft hervor. Die unzähligen geräucherten und luftgetrockneten Schweineschenkel aus dem Schwarzwald, aus Italien und Spanien baumelten direkt über ihrem Kopf an Ketten und Fleischerhaken von der Decke. Voller Wehmut betrachtete sie das Viereck aus breiten Gängen, die wie Einkaufsstraßen aus einer Traumwelt wirkten, in der immerfort Frieden und Überfluss herrschten. Rechts und links waren sie von ausladenden Glasvitrinen gesäumt. Darin eine überquellende Fülle aller Sorten Pasteten, Aufschnitt, Schinken, Würste, die zu Pyramiden aufgehäuft waren. In der Mitte ein gebratenes Spanferkel mit einer Orange in der Schnauze. Auf der anderen Seite ganze Edelfische, Kraken, Ungeheuer der Meere mit aufgesperrten Mäulern, geräucherter Lachs und Aal, Schillerlocken, goldene Kaviardosen mit aufgedruckten kyrillischen Buchstaben lagen auf Eisbergen. Eine satte, saftige und mundgerechte Verlockung neben der anderen. Hinter jeder Theke stand ein Aufgebot adretter Verkäuferinnen und Verkäufer in schwarz-weiß gestreiften Schürzen, jederzeit bereit, ihr etwas von den Köstlichkeiten einzupacken. Es kam Anna vor, als würde sie sich in dem Märchen-Urbild aus dem Kinderbuch wiederfinden, das sie Gisela und Anita früher vorgelesen hatte. Hier war das wahre, das echte Schlaraffenland. Ein trügerischer Überfluss. Sie hätte so gerne geglaubt, dass dies alles hier Bestand haben würde, dass keine neuen Jahre des Elends und des Hungers auf sie zukommen würden. Wenn sie Carls Worten glaubte, sorgte der Führer für sein Volk, und es würde kein deutscher Mann, keine deutsche Frau, kein deutsches Kind jemals wieder Not leiden müssen. Sie würden nur Siege davontragen und neuen Lebensraum für das deutsche Volk erobern. Carl schien, wie so viele andere, an Hitlers Versprechungen zu glauben. Sie beugte sich über die Vitrine, in denen appetitliche kleine Blut- und Leberwürstchen ausgelegt waren, ganz so wie Carl sie gerne aß. Im Kopf verglich sie die Preise mit denen ihres Metzgers in der Zwiestädter Straße und haderte mit sich, ob sie einige ihrer Fleischmarken dafür einsetzen sollte.

»Was darf's sein, gnädige Frau?«, fragte eine Männerstimme hinter ihr, und Anna fuhr herum.

»Emil!«, rief sie und wäre dem Mann im grauen Anzug fast um den Hals gefallen. Wie gut er aussah! Das blütenweiße Hemd mit dunkler Krawatte, der vorteilhafte Haarschnitt, der seine männlicher gewordenen Gesichtszüge gut zur Geltung brachte. Seine fehlende Ohrmuschel versteckte er nicht mehr unter einer Kopfbedeckung wie früher. Inzwischen waren die Narben verblasst und fielen weniger auf.

»Anna! Wie schön!«, sagte er. »Dich habe ich ja seit Ewigkeiten nicht mehr gesehen! Was tust du hier? Einkaufen?«

Er musterte sie. In ihrem dunkelgrünen Jerseykleid mit der passenden Spencerjacke und den frisch eingelegten überschulterlangen Haaren wirkte sie fast so elegant wie die betuchten Kundinnen des KaDeWe.

»Ich? Oh nein, das kann ich mir nicht leisten«, sagte Anna und sah in sein grinsendes Gesicht.

»Mehr musst du mir nicht sagen. Ich kenne das. Es ist wie ›Nase platt drücken am Schaufenster‹ … Viele machen das.«

Er breitete die Arme weit aus: »Sieh dir das alles ruhig noch einmal genau an und präge dir den Anblick gut ein. Die Tage des Schlaraffenlands sind gezählt.«

»Schlaraffenland … das trifft es genau. Ich fürchte, du hast recht. Wer kauft hier überhaupt noch ein, seit die Rationierung wieder eingeführt wurde?«

»Tja, was glaubst du wohl?«, sagte er leise und machte ein vielsagendes Gesicht.

»Bist du etwa inzwischen der Leiter der Wurstabteilung?«, fragte sie.

Emil lächelte: »So was Ähnliches.«

Er deutete auf den Kleidersack über ihrem Arm. »Soll ich dir den abnehmen? Nähst du immer noch für die Konfektion?«

Anna nickte. Sie litt in letzter Zeit unter Schmerzen in der Schulter, und mehrere Modelle über dem Arm zu tragen verschlimmerte ihre Beschwerden. Er nahm ihr die Nesselstoffhülle mit den Kleidern ab und schnickte mit den Fingern. Sofort kam einer der Verkäufer hinter der Theke hervor.

»Verstauen Sie das Gepäck der Dame bitte sorgfältig, solange sie hier einkauft.«

»Jawohl, Herr Köstner, wird gemacht!«, sagte der junge Mann, nahm den Kleidersack entgegen und drehte sich um.

»Aber hängen Sie es bitte nicht gerade neben den Harzer Käse!«, bat ihn Anna.

Er wandte sich auf dem Fuß wieder um und machte einen Diener. »Selbstverständlich nicht, meine Dame!«

Emil bot ihr seinen Arm an und sagte: »Komm, ich führe dich herum.«

Anna sah sein Gesicht von der Seite an. Sie freute sich für ihn, dass seine Kriegsverletzung so gut verheilt war, doch gleichzeitig fragte sie sich, ob er, genauso wie die meisten Verkäufer hier, nicht schon sehr bald wieder eingezogen werden würde.

»Ich bin NV eingestuft … nicht verwendungsfähig«, sagte er, als hätte er ihre Gedanken erraten. Mein rechtes Ohr ist taub.«

»Das merkt man dir gar nicht an«, sagte Anna, während sie vor den Vitrinen mit Süßigkeiten und Pralinen stehen blieb.

»Ich habe Lippen lesen gelernt«, erklärte ihr Emil und löste unauffällig ihre Hand von seinem Arm. Vor der Theke stand eine pummelige kleine Frau in einem dunkelroten Kleid und ließ sich mehrere Tüten voll Pralinen und anderer Leckereien von der Verkäuferin einpacken. Anna bemerkte, wie Emil seinen Rücken straffte. Er streckte den rechten Arm aus und sagte: »Heil Hitler!«

Die Frau wandte sich zu ihnen um.

»Herr Köstner … Heil Hitler!«

Sie deutete den deutschen Gruß nur an und hielt Emil ihre Hand entgegen. Anna betrachtete das runde, rosige Gesicht der wasserstoffblonden Frau und überlegte, wo sie sie schon einmal gesehen hatte. Dann schlenderte sie an ihr vorbei, wandte sich zur anderen Seite um und tat so, als würde sie die Auslage betrachten.

»Frau Lehnich! Wie schön, Sie zu sehen!«, sagte Emil in dem Moment und deutete einen Handkuss an. »Ich hoffe, Sie sind zufrieden mit unserem Angebot?«

Langsam dämmerte es Anna. Sie hatte sie bei Petra Bergers Weihnachtsumtrunk getroffen. Es war die Frau des Leiters der Reichsfilmkammer.

»Aber immer doch, Herr Köstner. Ich weiß gar nicht, was ich ohne Sie und Ihre wunderbaren Köstlichkeiten machen würde. Ich gebe eine Einladung, und Sie wissen ja, wie wählerisch diese Filmleute sind.«

»Ja, natürlich«, sagte Emil, und Anna sah ihn verstohlen von der Seite an. Er war also vom Wurstverkäufer zum Leiter der gesamten Lebensmittelabteilung aufgestiegen? Da hatte er eine steile Karriere gemacht. Anna wunderte sich nicht. Er war klug, zielstrebig, und sein strahlendes Lächeln wirkte echt. Die Frau des NS-Funktionärs schien er jedenfalls damit einzunehmen.

»Und ich bin diejenige, die dieses verwöhnte Völkchen bei Laune halten muss. Wir beide kämpfen an der Heimatfront, nicht wahr, Herr Köstner?«

Anna hätte sich am liebsten umgedreht und ihr ihre Meinung ins Gesicht gesagt. Wie sarkastisch sich das anhörte, während Tausende von Männern in den Krieg geschickt wurden! Falls Emil ebenso empfand, konnte er es jedenfalls gut verbergen.

»Wenn Sie Hilfe bei der Auswahl brauchen oder wir Ihnen die Lebensmittel nach Hause liefern sollen, wissen Sie ja, an wen Sie sich wenden können. Ich stehe Ihnen jederzeit zu Diensten.«

Frau Lehnich nickte: »Ich könnte in der Tat Ihre Hilfe gebrauchen. Ich benötige noch Belugakaviar, aber er muss natürlich frisch sein, am besten liefern Sie mir das Eis gleich mit, und unsere Champagnervorräte sind auch schon fast wieder aufgebraucht …«

Anna merkte, dass Frau Lehnich auf einmal Notiz von ihr nahm und sie aus dem Augenwinkel musterte. »Und wer ist diese Dame?«, fragte sie plötzlich und kam auf sie zu. »Kennen wir uns nicht?«

Anna zögerte. Sie hatte sich nie bei Lehnich gemeldet, obwohl er ihr ein ziemlich eindeutiges Angebot gemacht und sogar seine Visitenkarte gegeben hatte. Das konnte man ihr mindestens als unhöflich auslegen.

»Oh, Verzeihung, wie unaufmerksam von mir!«, sagte Emil. »Darf ich bekannt machen: Frau Liedke. Frau Lehnich.«

Anna streckte den rechten Arm aus und sagte: »Heil Hitler.«

Frau Lehnich nickte und deutete, wie vorhin bei Emil, den Gruß nur an. Dann legte sie die Hand an die Stirn und sagte: »Helfen Sie mir mal auf die Sprünge. Wo haben wir uns schon mal gesehen?«

»Ich kann mich nicht erinnern«, log Anna.

Frau Lehnich blickte auf einmal an ihr vorbei über ihre Schulter, von wo die klappernden Absätze von Frauenschuhen zu hören waren

»Anna!«, rief da eine weibliche Stimme hinter ihr, und sie drehte sich um.

»Gut, dass ich dich treffe! Wir haben gleich eine Sitzung aller Abteilungsleiter mit Karg höchstpersönlich, die ohne Vorankündigung angesetzt wurde, deshalb kann ich unseren Termin leider nicht einhalten«, rief Ella ihr schon zu, während sie noch mit schnellen Schritten auf sie zukam. Ihr hellgraues Kostüm und die weich fallende Lockenfrisur ließen sie attraktiv und respekteinflößend zugleich aussehen. Sie nickte Emil zu: »Herr Köstner, Sie sind natürlich auch gefragt.«

Ella blieb vor Frau Lehnich stehen und wollte sie begrüßen. Doch diese wirkte reserviert und behandelte sie wie Luft. Sie blickte zu Anna und sagte: »Jetzt weiß ich es wieder: Bei Petra Berger habe ich Sie gesehen! War das nicht Weihnachten vor dem Olympiajahr?«

»Ach so, ja, das kann sein«, sagte Anna.

Frau Lehnich deutete mit der Hand in die Luft, als habe sie eine plötzliche Eingebung, und schnickte mit den Fingern: »Sie haben die berühmte goldene Bluse entworfen. Warum hört und sieht man gar nichts mehr von Ihnen?«

»Herr Köstner, kommen Sie? Wir müssten längst in der Sitzung sein«, sagte Ella ungeduldig und machte eine Kopfbewegung in

Richtung Treppenhaus. Doch Frau Lehnich war eine zu wichtige Kundin, als dass er sie einfach stehen ließ. Er wollte höflich sein und die Unterhaltung abwarten.

»Ich weiß nicht …«, antwortete Anna zögernd auf Frau Lehnichs Frage. »Ich entwerfe immer noch Blusen … und Kleider … und Mäntel.«

Frau Lehnich musterte sie von oben bis unten. Dann fragte sie: »Sind Sie verheiratet?«

Warum wollte sie das wissen?, dachte Anna. Was ging sie das überhaupt an?

»Ja, das bin ich.«

»Und Ihr Mann dient bereits?«

»Nein, er ist Beamter im Arbeitsamt, und Männer aus seinem Jahrgang wurden nur vereinzelt einberufen.«

Sie wollte nicht laut aussprechen, dass er vor allem wegen seiner Funktion als Blockleiter bislang vom Dienst an der Waffe verschont geblieben war.

Frau Lehnich nickte wohlwollend. »Auch hier werden noch gute Männer gebraucht.«

»Anna, kommst du mal einen Augenblick?«, fragte Ella. Aus irgendeinem Grund schien sie die Unterhaltung zwischen Anna und Frau Lehnich unterbinden zu wollen. Doch Frau Lehnich duldete keine Unterbrechung und stellte sich zwischen sie und Anna.

»Kinder?«

»Ja, zwei Mädchen!«

»Wunderbar!«, rief Frau Lehnich aus. »Wir haben vier. So jung, wie Sie aussehen, könnten Sie dem Führer ja auch noch ein paar Buben schenken.«

Mit einem unübersehbar abschätzigen Seitenblick auf Ella gab sie deutlich zu erkennen, was sie von ledigen, kinderlosen Frauen hielt. Erst jetzt wurde Anna klar, was sich gerade unausgesprochen zwischen den beiden Frauen abspielte. Ella war die Geliebte des Staatssekretärs Pfundtner, das war ein offenes Geheimnis. Kein Wunder, dass die Ehefrauen der NS-Funktionäre sie ächteten. Frau Lehnich öffnete ihre Handtasche, holte ein braunes Kuvert heraus und hielt es Anna demonstrativ mit einem gönnerhaften Lächeln entgegen.

»Bitte sehr! Eine Einladung für Sie und Ihren Gatten. Und ich dulde keine Absagen!«

Als Anna es in die Hand nahm, hörte sie ein verächtliches Schnauben von Ella. »Wenn Sie nicht mitkommen, gehe ich eben alleine zur Sitzung«, ließ sie Emil wissen, und ihre Stimme klang schnippisch. »Ich kann Herrn Karg nicht mehr länger warten lassen!«

Als Emil sich nicht rührte, stampfte sie davon.

»Gehen Sie nur!«, sagte Frau Lehnich und nickte Emil zu. »Nicht dass Sie meinetwegen noch Ärger bekommen.«

Nachdem Anna sich hastig bei Frau Lehnich bedankt und verabschiedet hatte, rannte sie Ella hinterher. Auf der Treppe nach unten holte sie sie ein. »Ella!«, rief sie.

Ihre Freundin blieb stehen und drehte sich um. Ihr Blick war abweisend. »War noch etwas?«, fragte sie kühl.

»Wann kann ich dir die neuen Modelle zeigen? Und außerdem wollte ich mit dir über die Stoffrationierung sprechen.«

»Komm morgen wieder«, sagte Ella in dem Tonfall, mit dem man lästige Hausierer abwimmelt.

Anna konnte sich das schroffe Verhalten ihrer Freundin nicht erklären. Sie ging ihr noch zwei Stufen entgegen und fragte: »Was ist los, Ella, ich habe das Gefühl, du bist verärgert. Was habe ich getan?«

Ellas hübsches Gesicht hatte in den letzten Jahren etwas strengere Konturen bekommen. Aber sie war immer noch eine attraktive Frau. Ihre braunen Augen sahen Anna für einen Augenblick mit einem Anflug von Wärme und Wehmut an. Sie biss sich auf die Lippen und senkte den Kopf in Richtung der Marmorstufen. Als sie ihn wieder hob, war ihr Blick wieder kühl. »Anna, ich weiß nicht, wie ich es sagen soll, aber du hattest so viele Chancen. Und ich bilde mir ein, dass ich daran einen gewissen Anteil hatte. Ich habe durch alle Krisenzeiten hindurch immer dafür gesorgt, dass du Aufträge bekommst. Ich habe dich der Berger vorgestellt, die Goldbluse hat dich fast zu einer Berühmtheit gemacht. Ich konnte es ja noch verstehen, dass du keine Sporttrikots für die Olympiade entwerfen wolltest, obwohl du dir damit ein Riesengeschäft hast entgehen lassen. Auch dass du alle weiteren Einladungen von Petra Berger ausgeschlagen hast, war eine Entscheidung, die ich respektiert habe.«

»Ella, ich konnte einfach nicht … du hast doch ihre Filme gesehen, diese Verherrlichung …«, stammelte Anna.

Doch Ella streckte die Hand aus, um sie zum Schweigen zu bringen. »Sei still … für deine Äußerungen könnte ich dich anzeigen. Aber dass du jetzt die Impertinenz besitzt, dich bei Frau Lehnich derart einzuschmeicheln, dass sie dich zu ihrem Fest einlädt und mich demonstrativ nicht … das ist wirklich zu viel des Guten.«

Anna war fassungslos. Sie folgte Ellas Blick und merkte, dass sie auf das braune Kuvert starrte, das sie immer noch in der Hand hielt. Sie hob die Hand und begann, den Umschlag, ohne ihn geöffnet zu haben, in unzählige Stücke zu zerreißen, ließ die Schnipsel achtlos auf die Stufen fallen. »Ella, daran liegt mir doch gar nichts. Glaub mir: Ich hätte nicht im Traum daran gedacht hinzugehen.«

Ella schüttelte langsam den Kopf.

»Es ist zu spät, Anna. Das ist das Ende unserer Geschäftsbeziehungen …« Sie drehte sich um. »… und unserer Freundschaft.«

Ohne einen Abschiedsgruß lief sie die Treppen hinunter. Anna blieb stehen und sah ihr hinterher, bis sie verschwunden war. Dann drehte sie sich wieder um und ging zurück in die Lebensmittelabteilung, um ihre Modelle zu holen. Der Verkäufer war nicht mehr da, der ihren Kleidersack verwahrt hatte. Sie kam kurz mit einer der Frauen, die hinter den Theken bedienten, ins Gespräch. Die verbliebenen Dreizehner- und Vierzehner-Jahrgänge hätten in der letzten Woche Musterungsbescheide erhalten und müssten heute zum Wehrbezirkskommando, erklärte ihr die Wurstverkäuferin.

Am Ende des Ganges warf Anna einen Blick zurück. Sie wusste nicht, dass sie das KaDeWe so nie wiedersehen würde.

CHARLOTTE

Die Stimme, die aus der angelehnten Tür des Arbeitskontors drang, veranlasste Charlotte, ihre Schritte zu verlangsamen. Sie war auf dem Weg zu ihrem Vater, um mit ihm über die Ankunft der polnischen Arbeiter zu sprechen. Sie konnten sie dringend brauchen, nachdem bereits alle Knechte im besten Alter eingezogen worden waren. Nun mussten schnellstens die Unterkünfte hergerichtet werden. Sie legte die Hand auf die Messingtürklinke und bekam eine Gänsehaut, als sie das kehlige Lachen vernahm, schloss für einen Moment die Augen, spürte, wie ihr ein wohliger Schauer über den Rücken lief. Es war das wärmste und angenehmste Lachen, das sie kannte. Selbst das helle Gelächter ihrer Kinder vermochte es niemals, diese tiefen Empfindungen in ihr hervorzurufen: Es war Leo!

Was in aller Welt tat er hier? Sie hatte nicht daran geglaubt, ihn jemals wiederzusehen, und schon gar nicht im Arbeitskontor ihres Vaters, den sie jetzt reden hörte. Er stellte eine Frage. Es ging um Versicherungsgeschäfte und Immobilien. Der Name ihres Onkels fiel mehrfach und auch der Name Edith. Charlotte wusste längst, dass Cäcilie, Salomon und endlich auch Edith in New York in Sicherheit waren. In diesem Moment ging es ihr darum, Leos Stimme zu hören. Selbst das trockene Juristendeutsch, Worte wie »mündelsicher«, »Löschungsbewilligung«, »Notaranderkonto« hörten sich aus seinem Mund einnehmend und heiter an.

»Wir müssen unter allen Umständen vermeiden, dass ein Zusammenhang mit ihrer Auswanderung hergestellt wird, da sind wir uns wohl einig«, sagte Richard leise.

»Selbstredend!«, hörte sie Leo.

Was sollte sie jetzt tun? Ihr Atem ging heftiger, und ihr Pulsschlag beschleunigte sich. Wie lange hatte sie nicht mehr an ihn gedacht? Gab es nicht genügend andere Notare? Musste es ausgerechnet wieder Leo sein? Vor allem hätte sie nie erwartet, dass ihr Vater jemals wieder etwas mit ihm zu tun haben wollte und ihre erneute Begegnung billigend in Kauf nahm. Sicher wäre es ihm lieber gewesen, sie würde sich umdrehen und gehen. Charlotte hob den Kopf und drückte den Rücken durch. Sie war eine erwachsene Frau von zweiundvierzig Jahren, hatte fünf Kinder geboren und erzogen, führte einen Gutshof von beachtlicher Größe, denn ihr Vater ging auf die siebzig zu und überließ ihr weitgehend das Tagesgeschäft. Sie würde jetzt nicht unverrichteter Dinge umdrehen, nur weil sich ihr verflossener Liebhaber im Arbeitszimmer ihres Vaters befand. Sie strich sich mit den Handflächen über die Haare, presste die Lippen ein paarmal aufeinander, damit sie nicht zu blutleer wirkten, atmete tief ein und schob die Tür auf. Da war er, über einen Plan des Katasteramts gebeugt, stützte sich mit beiden Armen auf der Schreibtischplatte ab und hob den Kopf. Die braunen, welligen Haare, immer noch dicht, doch von vereinzelten grauen Strähnen durchzogen.

»Lotte!«, sagte er.

Seine dunklen Augen so voll aufrichtiger Überraschung und Freude.

»Leo!«

Sie hörte ein missbilligendes Schmatzen neben sich. Ihr Vater beobachtete sie beide, die Augen zu Schlitzen verengt, mit einem Gesichtsausdruck, der deutlich zeigte, dass er seine Entscheidung, Leo auf das Gut zu holen, in diesem Moment zutiefst bereute.

»Was gibt es, Lotte?«, sagte er missmutig. »Ich dachte, du kümmerst dich heute Vormittag um die Fertigstellung der Unterkünfte für die Fremdarbeiter! Aber wir sind hier gleich fertig, und dann wird Herr Händel auch schon wieder in die Stadt zurückfahren.« In seinem Blick lag etwas Beschwörendes, als er Leo ansah.

»Es ist das Thema der Fremdarbeiter, Vater, das mich zu dir führt, und es duldet keinen Aufschub!«

»Nun, ich lausche dir!«, sagte Richard und stemmte die Hand gegen die Hüfte.

»Das Dach über dem Leutehaus … es ist undicht. In den großen Schlafsaal hat es hineingeregnet, und ich hätte gerne, dass du dir das ansiehst. Ich wollte den Dachdecker Blei holen, aber Mutter sagt, der sei eingezogen worden und sein Geselle auch. Wenn wir keine

Fachleute bekommen, müssen wir es erst einmal notdürftig selbst flicken, aber …«

»So ist es wohl. Es müsste noch Dachpappe im Lagerschuppen sein«, brummte Richard. »Der Schweizer soll es machen.«

»Die letzte Dachpappe haben wir schon für den Schweinestall verwendet, Vater. Ich denke, wir müssen einen Dachdecker aus Chemnitz holen.«

Richard verscheuchte mit seiner Reitgerte, die er noch immer ständig bei sich trug, eine Stubenfliege und setzte sich auf seinen Sessel. Er zog ein weißes Taschentuch aus der Hosentasche und putzte sich die Nase. Ihr Vater sah erschöpft aus.

»Falls es Ihnen recht wäre …« Leo siezte sie, nach allem, was zwischen ihnen gewesen war. Aber vielleicht war es besser so, dachte Charlotte. »… könnte ich in Chemnitz nach einem Dachdecker fragen, wenn ich wieder dort bin.«

Chemnitz? Wohnte er denn nicht mehr in Leipzig?

»Nicht nötig!«, rief Richard sofort. »Ich lasse den Gieseler aus Flöha holen. Er ist ohnedies der Beste.«

»An ihn habe ich auch schon gedacht, aber er hat sein Handwerk Ende letzten Jahres an seinen Sohn übertragen, und der ist ebenfalls eingezogen worden«, gab Charlotte zu bedenken.

»Ich sehe es mir gerne einmal an. Vielleicht kann ich ja doch helfen«, sagte Leo, und Charlotte warf ihm einen dankbaren Blick zu. Sie fühlte sich von seinen warmen Augen und seiner einnehmenden Stimme wie betört. Und ihm schien es ebenso zu gehen. Er griff sich seinen Hut und kam auf sie zu. Richard wollte protestieren, doch dann schien er zu erkennen, was er angerichtet hatte: Leo war in Charlottes Leben zurückgekehrt.

ANNA

Frau Liedke!«, flüsterte eine unsichere Stimme hinter ihr, als sie gerade den Schlüssel in das Schloss ihrer Wohnungstür stecken wollte. Anna fuhr herum und sah die alte Frau aus der Dachmansarde, die sich langsam von der Treppenstufe erhob.

»Frau Eppstein! Warum sitzen Sie denn hier auf den Stufen?«, fragte Anna erstaunt.

»Psst!«, machte sie und zog Anna am Ärmel, ein paar Stufen nach oben. »Nur damit uns Ihre Nachbarin nicht durch den Spion sehen kann.«

Dann holte sie einen Umschlag aus ihrer Schürzentasche und faltete umständlich das graue Stück Papier auseinander. Mit zitternden Händen hielt sie es Anna entgegen. Anna sah als Erstes den Stempel mit dem Reichsadler. Sie hatte immer noch den Kleidersack mit ihren Modellen dabei und musste ihn sich über den Arm hängen, um den Brief halten zu können. Sie beugte sich über das Papier: »… im Zuge einer Umsiedlung … haben Sie sich um fünf Uhr am Ostbahnhof einzufinden … ein Koffer pro Person … Verpflegung für zwei Tage mitzunehmen …«, las sie leise vor. »Oh, nein, Frau Eppstein!«, entfuhr es ihr. Sie sah in die dunklen, vor Angst geweiteten Augen der alten Frau.

»Können Sie da nicht etwas tun, Frau Liedke? Ich weiß, dass Sie ein guter Mensch sind. Und Ihr Mann hat doch eine wichtige Funktion.«

Während Anna fieberhaft überlegte, was sie machen sollte, hörten Sie plötzlich im Erdgeschoss eine Tür klappen, dann schnelle Schritte auf den Stufen. Anna erkannte an dem leisen Klackern der Pantoffeln auf dem Linoleum sofort, wer da die Treppe hochkam: die Hausmeisterin, Frau Kalinke. Die konnte sie jetzt gerade am wenigsten gebrauchen. Wenn sie erst einmal mitbekam, dass Eppsteins deportiert werden sollten, würde sie, so wie Anna sie kannte, ihre Abreise minutiös überwachen. Ohne ein Wort nahm sie Frau Eppstein am Arm und zog sie weiter nach oben, zu ihrer Dachwohnung. Die Tür war nur angelehnt. Rasch schlüpften sie beide hinein, schlossen die Wohnungstür und blieben mucksmäuschenstill hinter der Tür stehen. Sie hörten, wie die Pantoffeln immer weiter hinaufstiegen, und hielten den Atem an, als sie direkt vor ihrer Tür zum Stehen kamen. Anna sah von dem faltigen Gesicht der zitternden alten Frau zu ihrem weißhaarigen Mann, der still auf einem Stuhl saß. Die Wohnung hatte nur ein Zimmer, und Herr Eppstein saß nur wenige Meter entfernt von der Tür. Er betrachtete sie mit ruhigem Blick. In seinen Augen sah sie keine Angst, sondern Resignation. Frau Eppstein griff nach Annas Hand. Nach einer gefühlten Ewigkeit hörten sie, wie Frau Kalinkes Pantoffeln die Stufen wieder hinunterklackerten. Anna merkte, wie ihr Herzschlag sich langsam normalisierte, und machte einige Schritte in die niedrige Wohnküche hinein.

»Hier, bitte setzen Sie sich«, sagte Herr Eppstein, stand auf und bot ihr seinen Stuhl an.

Doch Anna schüttelte den Kopf. »Bleiben Sie nur sitzen.« Sie drehte sich zu seiner Frau um: »Ich habe auch noch keine Lösung. Aber ich lasse mir etwas einfallen. Machen Sie alles bereit, so wie es in dem Brief steht, und verhalten Sie sich ruhig, bis Sie von mir hören.«

Als sie die Treppen zu ihrer Wohnung hinunterstieg, lastete die Bürde bleischwer auf ihrer Brust. Carl konnte sie unmöglich bitten, etwas für Eppsteins zu tun. Gesetze, Verordnungen und staatliche Anordnungen waren für ihn unausweichlich. Manchmal hatte sie den Eindruck, er hatte seinen eigenen Geist ausgeschaltet. Sie würde sich alleine etwas ausdenken müssen.

Sie schloss die Wohnungstür auf und wurde schon sehnsüchtig von Ida erwartet. »Stell dir vor: Paul ist auf Heimaturlaub in Berlin, wegen seiner Verwundung … Aber sie ist nicht besonders schlimm, er hat nur ein Fingerglied verloren, und Gott sei Dank ist es die linke Hand …«

Anna hängte den Kleidersack an den Garderobenhaken und zog ihre Hausschuhe an. »Wo ist er denn jetzt?«, fragte Anna. »Willst du dir nicht freinehmen? Du musst heute nicht arbeiten, vielleicht auch gar nicht me-«

Anna verstummte. Es war der falsche Zeitpunkt. Sie wollte Ida die Freude über das Wiedersehen mit ihrem Verlobten nicht verderben. Aber irgendwann würde sie ihren Schwestern, Adelheid und Ida alles sagen müssen: Sie hatten keine Aufträge mehr, und sie wusste nicht, woher sie noch welche bekommen sollte. Ida faltete die Hände, und in ihre Augen trat ein Leuchten: »Beim Standesamt. Wir wollen noch in dieser Woche heiraten, bevor er zurück zur Wehrmacht muss.«

»Oh, ist das nicht sehr überstürzt?«, fragte Anna. Doch sie wusste selbst, dass der Polenfeldzug viele Menschen in Angst und Schrecken versetzte und zu Kurzschlusshandlungen verleitete. Die Erinnerungen an den letzten Krieg und das Elend, das er über Deutschland gebracht hatte, waren noch zu präsent. Die Heiratswelle gehörte auch zu den Folgen der Kriegserklärung. Sie sah Ida an und suchte in ihrem schmalen Gesicht nach dem verängstigten Mädchen, mit dem sie 1919 auf Arbeitssuche durch die Berliner Straßen gezogen war. Hungrig und frierend. Ihre Freundschaft war ein fester Bestandteil ihres Lebens geworden. Hoffentlich kamen die schlimmen Zeiten jetzt nicht zurück. Arbeit hatten sie jedenfalls schon keine mehr.

»Vielleicht ist es richtig, dann bekommst du wenigstens einen Teil seines Solds und bist versorgt.«

Ida sah sie verwundert an: »Das ist aber nicht der Grund für unsere Heirat. Außerdem verdiene ich doch mein eigenes Geld.«

Anna schluckte. Sie nahm Idas Hände in ihre und sagte: »Ich weiß. Dann müssen wir dir aber noch ein schönes Kleid heraussuchen.« Sie wandte sich zu der Garderobe um, schlug den Nesselstoff des Kleidersacks hoch und brachte ein hellblaues Georgettekleid zum Vorschein. »Wenn es nicht weiß sein muss, hätte ich vielleicht sogar das Passende.«

Ida wurde rot und musste lachen: »Mit über dreißig heiratet man nicht in Weiß. Da käme ich mir ja lächerlich vor.«

Anna nahm das hellblaue Kleid am Bügel heraus und hielt es Ida an. Sie schob sie vor den Garderobenspiegel und stellte sich hinter sie. »Du und lächerlich? Du wirst die schönste Braut … außer meinen Töchtern natürlich … die ich mir vorstellen kann.«

Später nahm sie Adelheid beiseite und erzählte ihr von dem Ehepaar Eppstein und dem Brief, den die beiden erhalten hatten. Ihre Tante war die Einzige, der sie zutraute, dass sie den Mut aufbrachte zu helfen.

»Könnten sie nicht ein paar Tage bei dir unterschlüpfen? Nur so lange, bis ich etwas anderes gefunden habe.«

Adelheids Pupillen weiteten sich. »Anna, weißt du eigentlich, um was du mich da bittest? Das ist lebensgefährlich.«

Anna schlug die Augen nieder und schwieg. Nach einer Weile sagte sie: »Du schuldest mir noch etwas.«

Doch als sie den Blick wieder hob, sah sie nur Angst und Ablehnung in Adelheids Gesicht. Was, wenn sie die Eppsteins vorübergehend im Keller unterbringen würde? Immer wieder musste sie an das alte, verängstigte Ehepaar denken. Sie stellte sich vor, wie sie oben in ihrer Mansarde saßen und darauf warteten, dass sie etwas unternahm. Sie war der Strohhalm, an den sie sich klammerten. Eine Stunde später kam Anita nach Hause und berichtete von zwei Männern in schwarzen Ledermänteln, die ihr im Treppenhaus begegnet waren. Anna rannte zur Wohnungstür und blickte durch den Spion, genau auf einen Hinterkopf mit Lockenwicklern. Sie hörte Stimmen, dann war der Kopf verschwunden. Wenige Minuten später wurden die Eppsteins von der Gestapo die Treppen hinuntergeführt. Ihre Gesichter näherten sich ihrer Tür. Durch das Glas des Gucklochs sahen sie merkwürdig verzerrt aus und leichenblass. Anna bildete sich ein, dass Frau Eppstein ihr genau in die Augen sah. Ihr angstvoller Blick richtete sich auf ihre Tür. Sie legte die Hand auf die Klinke, atmete ein, und als die Schritte sich entfernten, ließ sie sie wieder sinken.

Sie waren nur achtzehn Gäste. Idas Mutter war vor einem Jahr gestorben, ihr Vater hatte die Familie schon vor Langem sitzen gelassen. Doch drei ihrer vier Geschwister kamen, die Eltern und die Schwester des Bräutigams, außerdem waren natürlich Emma, Dora, Adelheid, Carl sowie Gisela, Anita, Regina und Matthias dabei, und Anna war stolz, dass sie Idas Trauzeugin sein durfte. Sie wurden vor dem Standesamt in Neukölln getraut, und das Hochzeitsessen fand in Annas Nähzimmer statt, das sie extra dafür ausgeräumt hatten. Die Tatsache, dass sie es auch so bald nicht mehr brauchen würden, verschwieg Anna. Anita holte ihr Akkordeon heraus und begann, für die kleine Gesellschaft den Hochzeitsmarsch und einige Volkslieder zu spielen. Doch auf einmal stand Matthias auf und begann aus voller Brust zu singen: »Die Fahnen hoch, die Reihen fest geschlossen …« Er verständigte sich durch Blickkontakt mit Anita, und sie begann, ihn auf dem Akkordeon zu begleiten, sein Vater und Carl stimmten in das Lied mit ein. Auf ein Nicken hin sangen auch Emma, Paul und seine Mutter mit. Matthias' Stimme war nicht schön, aber laut. Textsicher sang er alle vier Strophen des Horst-Wessel-Liedes bis zum Ende durch, als alle anderen schon nur noch leise mitsummten. Seine Augen waren starr auf das Hitlerbild, das Carl letztes Jahr aufgehängt hatte, gerichtet. Am Schluss streckte er auch den rechten Arm zum Hitlergruß aus. Endlich war das Lied zu Ende, und Anna sagte: »Lass gut sein, Anita. Ich glaube, wir haben genug gehört«, und zu den Männern: »Nehmt doch einfach wieder Platz. Das hier ist eine Hochzeit und kein Reichsparteitag.«

Carl räusperte sich, und Anita warf ihr einen beleidigten Blick zu. Doch sie packte ihr Akkordeon wieder in den Koffer. Die Eltern des Bräutigams hatten Wein beigesteuert, und als Carl allen Erwachsenen nach dem Essen auch noch einen Schnaps ausschenkte, wurde Idas Zunge locker. Übermütig berichtete sie Pauls Eltern von dem Erfolg der berühmten Goldbluse und begann, die Zukunft von »Anna Liedke Couture« in den rosigsten Farben auszuschmücken. Pauls Eltern waren einfache Leute und hörten ihr mit großen Augen zu. Von Mode hatten sie nicht die geringste Ahnung. Aber der Name Petra Berger war ihnen ein Begriff.

»Das KaDeWe wird es immer geben. Die Berliner lieben es, und auch in Kriegszeiten kann man schließlich nicht nackt gehen«, frotzelten Ida und Dora.

»Dann trinken wir …«, sagte Paul und hob sein Schnapsglas: »… auf Liedke Couture.«

»Und auf den schnellen Sieg über Polen!«, fügte Carl hinzu.

Pauls blasses Gesicht bekam sofort Farbe: »Die Polen werden wir in kürzester Zeit vernichten!«

Ida sah ihren frisch angetrauten Mann erstaunt von der Seite an. Sie war seit einem Jahr mit ihm verlobt und kannte ihn nur als besonnenen und zurückhaltenden Menschen. Sein plötzlicher Eifer war ihr neu. Anna bemerkte ihre Verunsicherung und warf Carl einen Blick zu, um ihn von weiteren politischen Parolen abzuhalten. Adelheid kam ihr zu Hilfe und wechselte wieder das Thema.

»Wie viele Modelle von dem blauen Kleid, das Ida trägt, hat das KaDeWe geordert?«, fragte sie.

Anna schluckte.

»Anna?«, sagte Emma.

»Können wir nicht über etwas anderes als über den Polenfeldzug und unser Geschäft sprechen? Was habt ihr morgen geplant, Ida?«, fragte Anna.

»Ich wüsste nur gerne, ob ich noch einen Tag Urlaub nehmen kann, um mit Paul an den Wannsee zu fahren, bevor er wieder zurück nach Polen muss«, sagte Ida. »Aber wenn wir zu viele Aufträge haben, dann wird das ja nicht gehen.«

Anna sah einen Moment lang auf das eingestickte Muster der Tischdecke. Dann hob sie den Kopf. »Von mir aus kannst du eine ganze Woche an den Wannsee fahren oder auch einen Monat ...«

Acht Augenpaare richteten sich auf sie.

»Wie meinst du das?«, fragte Emma.

»So, wie ich es sage. Wir sind alle arbeitslos. Das KaDeWe gibt uns keine Aufträge mehr.«

Emma deutete auf die Schnapsflasche und nickte Carl zu: »Gib mit bitte noch einen. Das muss ich erst einmal verdauen.«

»Mir auch!«, sagte Adelheid.

Carl schenkte allen die kleinen Stumpen mit dem klaren Obstbrand voll, den er extra für einen besonderen Anlass aufgespart hatte. Er trank normalerweise keinen Alkohol. Adelheid fragte noch einmal nach: »Aber Anna, willst du uns dazu nicht mehr erzählen, wenn du die schlechte Nachricht schon ausgerechnet heute an Idas Freudentag mitteilst?«

Anna sah auf ihre Hände und drehte das kleine verzierte Schnapsglas auf der Tischdecke mit den Fingern im Kreis. Dann blickte sie Ida an: »Es tut mir leid. Ich weiß auch, dass es der falsche Augenblick war, ich hätte mich besser beherrschen sollen.« Nacheinander blickte sie in die Gesichter ihrer treuen Mitarbeiterinnen, Schwestern und Freundinnen. »Aber Ella gibt uns keine Aufträge mehr.«

»Oh nein!«, rief Dora.

»Da hast du es! Ich habe dir immer gesagt, dass wir uns nicht allein auf Ella und das KaDeWe verlassen sollten«, sagte Emma vorwurfsvoll.

»Nun lass sie doch! Du kennst doch gar nicht die Gründe dafür!«, versuchte Adelheid zu schlichten.

Pauls Vater erhob sich ganz langsam von seinem Stuhl. Sein Gesicht war leicht gerötet, und er öffnete den obersten Knopf seines steifen Kragens: »Ich kenne die Hintergründe eures Streits nicht, und ich möchte auch nichts davon wissen. Aber heute ist die Hochzeit von Ida und Paul, unserem einzigen Sohn, der in wenigen Tagen zurück an die Front muss. Da wird nicht gestritten!« Er prostete den anderen zu. »Auf Braut und Bräutigam!«

Die anderen standen ebenfalls auf und hoben ihr Glas: »Auf Braut und Bräutigam.«

Als Anna und Carl spätabends in ihren Ehebetten lagen, drehte sich Carl zu ihr um und flüsterte: »Ist es wirklich vorbei mit den Aufträgen des KaDeWe?«

»Aus und vorbei!«, sagte Anna. Sie richtete sich auf und lauschte auf die Atemzüge der Mädchen, um sich zu versichern, dass sie nicht mithörten. »Ella gibt mir keine Aufträge mehr, wir haben uns schrecklich gestritten.«

Anna wartete auf seine Frage nach den Gründen. Doch er schwieg. Dann schmiegte er seinen Körper an ihren und legte ihr seine Hand auf den Bauch. Als sie dachte, er sei schon eingeschlafen, flüsterte er plötzlich: »Dann können die Mädchen jetzt in das Nähzimmer ziehen.«

Carl und Paul sollten recht behalten: Innerhalb von fünf Wochen war Polen von der deutschen Wehrmacht besiegt, noch bevor Paul nach Danzig zurückbeordert wurde. Polens Verbündete, Frankreich und Großbritannien, erklärten Deutschland den Krieg, ohne jedoch in Polen einzugreifen. Am 17. September 1939 marschierte die Sowjetunion aufgrund des Hitler-Stalin-Paktes von Osten in Polen ein, und die eroberten Gebiete Polens wurden unter der Sowjetunion und Deutschland aufgeteilt. In rasendem Tempo schritt die deutsche Wehrmacht voran, und nichts schien sie aufhalten zu können. Im Mai 1940 begann die Westoffensive. Schon im Juni wehte die Hakenkreuzfahne auf dem Arc de Triomphe. Um die Zerstörung ihrer Stadt zu verhindern, traten die Franzosen Paris kampflos ab. Am 25. Juni kam es zur Kapitulation Frankreichs. Die deutsche Wehrmacht feierte ihren furiosen Sieg. Und auch unter der Zivilbevölkerung machte sich Euphorie breit. Mitte August 1940 begann die Luftschlacht um England. Hitlers Ziel war es, sich den Rücken für den geplanten Angriff auf die Sowjetunion freizuhalten. Doch die Briten schlugen zurück. Am 25. August 1940 griff die Royal Air Force erstmals Berlin an.

Als um 23 Uhr die Sirenen ertönten, sprang Carl sofort aus seinem Bett. In wenigen Minuten zog er sich an, während Anna die Kinder weckte und zur Eile antrieb. Carl war es, der in der Zwiestädter Straße dafür zu sorgen hatte, dass die Vorschriften der Luftschutzverordnung eingehalten wurden. »Habt ihr auch alle Lichter gelöscht, Badewannen mit Wasser gefüllt?«, wurde jeder gefragt, der sich vor dem Luftschutzkeller einfand. Anna kam gleichzeitig mit dem alten Herrn Grün am Eingang an.

»In meinem Haus haben sie mich nicht in den Keller gelassen«, sagte er leise zu ihr.

»Wieso das denn?«, fragte Anna entrüstet.

Herr Grün zuckte nur mit den Schultern. »Na, weil ich Jude bin.«

Noch bevor Carl etwas sagen konnte, hielt Anita dem gebrechlichen Mann ihren Arm entgegen, damit er sich einhaken konnte. Dann führte sie ihn, an Carl vorbei, die steile Treppe hinunter. Anna sah ihrer Tochter verwundert und stolz hinterher. Carl presste die Lippen zusammen und schwieg. Für die Zivilbevölkerung wurden Gasmasken bereitgehalten. Carl hatte andere Luftschutzhelfer rekrutiert, die kontrollieren mussten, ob sie auch von jedem richtig aufgesetzt wurde. Aufgrund der Erfahrungen aus dem Ersten Weltkrieg war die Furcht vor dem Einsatz von chemischen Waffen so groß, dass sie fast jeder freiwillig anzog. An der Wand entlang waren schon Wochen zuvor Bänke aufgestellt worden, auf die sich alle Bewohner dicht an dicht setzten. Für die größeren unter ihnen war es besonders unbequem, da die gewölbte Mauer sie dazu zwang, sich die ganze Zeit nach vorne zu beugen. Am Ende des Ganges standen einige Pritschen für Alte, Kranke und Kinder unter zehn. Doch sie reichten bei Weitem nicht aus. Gisela und Anita zählten aufgrund ihres Alters schon nicht mehr dazu und mussten sitzen. Alle trugen die grünen Atemschutzmasken, bis auf einen Säugling. Er wimmerte solange, bis er die Brust bekam. Eine Mutter mit Gasmaske vor dem Gesicht, die ihr Kind stillte, gab ein gespenstisches Bild ab. Die Masken strömten einen so starken Gummigeruch aus, dass alle mit Übelkeit zu kämpfen hatten. Anna legte Gisela den Arm um die Schulter und drückte Anitas Hand, während sie stumm vor Angst auf die Flugzeugmotoren lauschten. Doch in dieser ersten Nacht hörte man sie nur ganz in der Ferne, und auch die größte Befürchtung bewahrheitete sich nicht: Der Einsatz von Gasbomben unterblieb. Keiner von ihnen hatte eine Vorstellung davon, wie viele endlose Tage und Nächte im Luftschutzkeller diesem harmlosen Anfang folgen sollten.

CHARLOTTE

Sie hatte es ihm gar nicht sagen müssen. In dem Augenblick, als er Therese das erste Mal sah, wusste Leo, dass sie seine Tochter war. Seitdem war er jede Woche nach Feltin gekommen und hatte Zeit mit ihr verbracht, bis zu dem Tag, als er seinen Einberufungsbescheid in den Händen hielt. In diesem Krieg hatte er kein Glück und kam nicht in die Schreibstube: Er wurde der 3. Panzerdivision zugeteilt. Nun erhielt Charlotte abwechselnd Feldpost von drei Männern: Den beiden Vätern ihrer Kinder und ihrem ältesten Sohn Felix, der vom Reichsarbeitsdienst in die Tschechoslowakei beordert worden war. Wenn die Briefträgerin mit einem der sandfarbenen Kuverts auf den Hof kam, riss sie ungeduldig das dünne Papier auf, ohne zu wissen, von wem der drei er kam. Ernsts Zeilen aus Frankreich waren noch voller Euphorie gewesen. Doch inzwischen hatte der Russlandfeldzug begonnen, und beide Männer waren in verschiedenen Divisionen an dem zweitausend Kilometer langen Frontverlauf stationiert. Ernst hatte die Kesselschlacht von Minsk in vorderster Front mit angeführt. Von Felix hatte sie seit Wochen nichts gehört, und sie machte sich langsam Sorgen um ihn.

Ihre Großmutter kam ihr zusammen mit Therese entgegen, als Charlotte auf dem Weg zum Leutehaus war. Gebeugt, auf einen Stock gestützt und bei Therese eingehakt, bewegte Wilhelmine sich mit kleinen Trippelschritten auf sie zu.

»Eine Henne hat Uromas Ehering verschluckt!«, rief Therese schon von Weitem. Sie trug einen Korb mit Eiern. Als sie näher kamen, konnte Charlotte Wihelmines Kopfhaut durch das schlohweiße, dünne Haar schimmern sehen. Auf Höhe des Brunnens blieb sie stehen und versuchte mühsam, sich aufzurichten.

»Stell dir vor, was mir passiert ist!«, sagte sie kummervoll.

Charlotte blickte nervös zur Auffahrt, denn sie wartete darauf, dass die Briefträgerin jeden Moment auf den Hof kommen würde. Falls sie einen Brief von Leo brachte, wollte sie ihn lieber allein in Empfang nehmen.

Wilhelmine spreizte die Finger ihrer krallenartigen Hand. »Mein Ehering! Er ist mir beim Hühnerfüttern vom Finger gerutscht, und ehe ich es so richtig gemerkt habe, hat ihn schon eine Henne verschluckt.«

Charlotte musste ein Lachen unterdrücken, doch ihre eigene Tochter war es, die sie tadelnd ansah. Therese hatte ein besonderes Gespür für die Empfindungen ihrer Mitmenschen. Charlotte war es schon oft aufgefallen, dass sich keines ihrer Kinder so gut in andere hineinversetzen konnte wie sie.

»Hast du dir denn wenigstens gemerkt, welche Henne es war?«, fragte Charlotte, wieder ernst. »So schwer kann das nicht sein. Viele haben wir ja nicht mehr.«

»Ja, die dunkelbraune, eine unserer besten Legehennen«, sagte Therese.

»Nun, die werden wir wohl schlachten müssen«, sagte Charlotte. »Dann gibt es morgen Hühnersuppe.«

Doch Therese schüttelte heftig den Kopf: »Ich habe sie schon in ein kleines Gehege gesperrt, damit wir den Ring wiederfinden.«

Wilhelmine strich Therese über die braunen Haare. »Gutes Kind«, sagte sie und rieb sich den nackten Ringfinger. »Anscheinend sind meine Finger so dünn geworden, dass er nicht mehr gehalten hat.«

Charlotte blickte ihrer Großmutter ins Gesicht. Sie war hager und faltig geworden, die Haut nicht mehr rosig, sondern fahl. Das Schürzenkleid, das sie früher gut ausgefüllt hatte, schlotterte ihr am Körper. Mit ihren sechsundachtzig Jahren war sie eine Greisin. Auf einmal machte sie sich Vorwürfe. Sie war so mit den Kindern, dem Hof und nicht zuletzt ihren eigenen Gemütszuständen beschäftigt gewesen, dass sie nicht gemerkt hatte, wie schlecht es ihrer Großmutter ging.

»Großmutter, fühlst du dich nicht gut?«, fragte sie besorgt.

»Ach, es geht schon. Ich bin nur müde. Kannst du mich in mein Zimmer bringen?«

»Ja, aber natürlich.«

Von der Briefträgerin war weiterhin nichts zu sehen, und so reichte Charlotte Wilhelmine ihren Arm, damit sie sich einhaken konnte.

»Viele Eier sind das aber nicht!«, sagte Charlotte nach einem Blick in Thereses Korb.

»Ja, das habe ich auch schon zu Therese gesagt: Wie kann es sein, dass achtundfünfzig Hühner nur neunundzwanzig Eier legen?«, stimmte ihr Wilhelmine zu. »Die Pollacken und Russen klauen wie die Raben. Doch Therese will nichts davon wissen.«

»Wenn ihr ihnen zu wenig zu essen gebt, müssen sie sich eben anderweitig helfen«, sagte Therese. Sie hatte sich mit einigen der Kriegsgefangenen angefreundet und lauschte abends ihren Geschichten und Liedern. Seit einiger Zeit tat sie sich als ihre Fürsprecherin hervor. Besonders mit einem gut aussehenden jungen Polen, Witec, verbrachte Therese mehr Zeit, als Charlotte lieb war. Irgendwann würde es auf dem Hof Getuschel geben.

»Die Fremdarbeiter bekommen genug zu essen, Therese«, sagte Charlotte. »Sieh dir Igor mal genauer an.« Sie deutete auf den jungen Russen, der in einiger Entfernung dabei war, mit einer Holzharke den Rasen zusammenzukehren. »Er wiegt vermutlich zwei Zentner. Da kann er ja wohl kaum Hunger leiden.«

»Wie kann man nur so gemein sein!«, rief Therese aufgebracht. »Er hat eine Krankheit, durch die er so dick ist, auch wenn er wenig isst. Und er ist einer der Nettesten von allen.«

»Ein guter Futterverwerter, das ist keine Krankheit, sondern ein Segen«, röchelte Wilhelmine und sackte zusammen.

»Oh Gott!«, rief Charlotte und schlug sich die Hand vor den Mund. »Schnell, hilf mir, sie aufzuheben!«

Igor ließ augenblicklich seinen Rechen fallen und rannte zu ihnen. Mit beiden Armen hob der Riese Wilhelmine mühelos auf, als sei sie leicht wie eine Feder.

»Ich brauche keine Hilfe!«, versuchte Wilhelmine zu protestieren, doch sie brachte nur ein heiseres Flüstern hervor. Ihre Arme hingen schlaff herunter.

»Lauf schnell und such Lisbeth oder Richard, sie sollen den Arzt holen«, flüsterte Charlotte Therese zu.

Charlotte ging neben Igor her, als er Wilhelmine zum Herrenhaus und die Treppen hinauf in ihr Schlafzimmer brachte. Als Wilhelmine auf dem Bett lag, bedankte sie sich und schickte ihn aus dem Zimmer. Sie zog ihrer Großmutter die Schuhe aus und deckte sie zu. Das bleiche Gesicht hob sich kaum von dem weißen Kopfkissenbezug ab. Charlotte wurde auf einmal klar, wie viel ihr ihre Großmutter bedeutete und dass die Zeit, die sie noch zusammen hatten, endlich war. Auf dem Nachttisch sah sie ein kleines braunes Fläschchen stehen. Sie nahm es in die Hand: »Morphium«, las sie leise vor. »Hast du Schmerzen, Großmutter? Der Arzt wird gleich hier sein.«

»Der Arzt? Wozu?«, widersprach Wilhelmine auf einmal mit überraschend kräftiger Stimme. »Ich brauche keinen Arzt mehr.« Sie nahm Charlotte die Flasche aus der Hand und sah sie an. In ihren wässrigen, hellen Augen lag etwas Beschwörendes, als ob sie sie davon abhalten wollte, weiter zu fragen. »Aber eine Wärmflasche wäre schön. Mir ist so kalt …«

Es war Hochsommer, und in dem Zimmer war es stickig warm, doch Charlotte sah, dass Wilhelmine zitterte. Charlotte läutete nach dem Dienstmädchen.

»Ich friere so sehr«, sagte Wilhelmine wieder.

Charlotte griff nach einer Wollstola, die sie über der Bettdecke ausbreitete.

»Eine Wärmflasche … bitte«, wiederholte Wilhelmine.

»Natürlich, Großmutter. Ich hole dir eine Wärmflasche. Ich bin gleich wieder da.« Sie stand auf und wollte zur Tür gehen.

»Und Lotte …«, sagte Wilhelmine leise. »… mach dir keine Vorwürfe. Du hast alles richtig gemacht in deinem Leben. Doch du wirst dich zwischen den beiden Männern entscheiden müssen.«

Charlotte senkte den Kopf. »Ja, Großmutter, wir können gleich weitersprechen«, sagte sie und schloss die Tür hinter sich.

Am Fuß der Treppe kam ihr Lisbeth entgegen. Sie hatte ein Kopftuch umgebunden, trug ein schlichtes, blaues Kleid aus grober Baumwolle mit einer rot gefleckten Schürze darüber und sah nicht aus wie eine Gutsherrin, sondern wie eine einfache Bäuerin.

»Wie geht es Wilhelmine? Ich war auf der Obstplantage, um die Ernte zu beaufsichtigen, als nach mir geschickt wurde … Richard ist heute in Chemnitz.«

»Sie ist im Hof zusammengebrochen, und jetzt liegt sie im Bett und friert, obwohl es im Zimmer viel zu heiß ist.«

Lisbeth nickte, so als wisse sie mehr als Charlotte. »Ja, sie hat in letzter Zeit häufig gefroren. Das hängt mit dem Geschwür zusammen. Aber sie wollte ja nicht ins Krankenhaus.«

»Was für ein Geschwür?«, fragte Charlotte.

In Lisbeths Gesicht zeichneten sich Trauer und Resignation ab. Ihre Schwiegermutter war für sie während ihrer schwierigen Ehe immer eine Ratgeberin und Vertraute gewesen. »Deine Großmutter war schwer krank, aber sie wollte nicht, dass ich es euch sage …«

Plötzlich hatte Charlotte eine schreckliche Ahnung: Wilhelmines letzter Satz hatte wie ein Abschied geklungen. Als sie die Treppen hinaufstürmte und die Tür zu ihrem Zimmer aufriss, war es zu spät. Mit offenen, starren Augen lag ihre Großmutter da. Es war der 15. Juni 1942, als Wilhelmine Feltin starb.

Charlotte ging mit Therese und Bärbel an den Händen hinter dem Sarg her. Vor ihnen Richard, gebückt, mit dem einen Arm bei Lisbeth eingehakt, mit dem anderen auf den Stock gestützt. Sie fragte sich, wie es ihrer Großmutter wohl gefallen hätte, dass sie von einem Ochsenkarren zum Friedhof gezogen wurde. Schlimmer wog wahrscheinlich die Abwesenheit ihrer Tochter und ihrer zweiten Enkelin. Natürlich war es für Cäcilie und Edith unmöglich, zur Beerdigung zurück nach Deutschland zu kommen. Richard hatte es sogar für zu riskant gehalten, ihnen ein Telegramm zu schicken, da ihn die Mitarbeiter im Postamt mit ihrer Flucht in Verbindung hätten bringen können. Was womöglich Fragen über die Übertragung von Salomons Eigentum nach sich ziehen würde. Als sie an den Eigentümern des Nachbarguts vorbeikamen, die mit gesenkten Köpfen an der Straße standen, stockte ihr der Atem. Die gesamte Familie Bamberg trug Kleidung, auf der weithin sichtbar der gelbe Judenstern prangte. Sie wurden nicht mehr wie Deutsche, sondern wie Aussätzige behandelt, und Charlotte musste daran denken, dass Edith, Cäcilie und Salomon dieses Schicksal geteilt hätten, wenn sie ihr Heimatland nicht rechtzeitig verlassen hätten. Sie fasste nach dem kleinen Anhänger, den sie an der dünnen Kette um den Hals trug, und berührte ihn mit den Fingerspitzen. Es war der helle Mondstein, den ihr Salomon bei ihrer letzten Begegnung in Leipzig geschenkt hatte. Seitdem hatte sie ihn nur selten abgelegt.

Dann drehte sie sich nach Felix um. Mit verschlossenem Gesicht lief er ganz alleine, einige Meter abseits von seinen Brüdern, neben dem Trauerzug her. Ihr ältester Sohn war jetzt fast siebzehn Jahre alt. Seine Gestalt männlich und muskulös, er war aus seinem Anzug herausgewachsen. Von der Arbeit im Freien war seine Haut braun gebrannt, das Haar über dem ausrasierten Nacken von blonden Strähnen durchzogen. Doch sein Blick wirkte leer und ausdruckslos. Erst gestern war er mit dem Zug von seinem Arbeitseinsatz aus der Tschechoslowakei zurückgekommen. Gleich nach Wilhelmines Ableben vor einer Woche hatte sie Depeschen verschickt. Ernst wurde kein Heimaturlaub genehmigt, da der Verwandtschaftsgrad zur Großmutter seiner Ehefrau nicht eng genug war. Doch Felix hatte man vom Reichsarbeitsdienst für die Beerdigung nach Hause entlassen. Seitdem Leutner ihn am Bahnhof abgeholt hatte, waren kaum mehr als zwei Sätze über seine Lippen gekommen. So wortkarg hatte Charlotte ihren Sohn noch nie erlebt, und sie wunderte sich, dass ihm der Tod seiner Großmutter so naheging.

»Wenigstens haben wir ihren Ehering wiedergefunden«, sagte Therese.

»Und das haben wir dir zu verdanken!«, sagte Charlotte und betrachtete sie. Die schwarzen Kleider, die sie und Bärbel trugen, hatten sie eiligst aus Gardinentuch zusammengenäht, das für die Verdunkelungsvorhänge bestimmt war. Zu ihrem Glück war Chemnitz von der Royal Air Force bisher kaum angeflogen worden, Gut Feltin lag so stadtnah, dass sie bei einem Luftangriff betroffen sein konnten.

»Ich habe den halben Tag neben dem Gatter der Henne gesessen und gewartet, dass sie den Ring wieder hergibt«, erzählte Therese stolz. »Großmutter wäre sicher unglücklich gewesen, wenn sie ohne ihn begraben worden wäre.«

»Da hast du recht. Und das hast du wirklich sehr geduldig und gut gemacht!«, lobte Charlotte ihre Tochter erneut.

Bärbel hob den Kopf und sah ihre Mutter an. Der Ausdruck in ihren blauen Augen verriet einen Anflug von Eifersucht. Charlotte war sich bewusst, dass sie Therese manchmal bevorzugte, und tadelte sich im Stillen dafür. Sie nahm sich vor, besser darauf zu achten, alle fünf Kinder gleich zu behandeln.

Als sie vor dem offenen Grab standen, zog sie eine der weißen Buschrosen, die sie extra hatte schneiden lassen, aus dem Zinkeimer. Obwohl es erst elf Uhr war, hing bereits eine schwüle Hitze über dem Friedhof und ließ die Röschen welken. Charlotte warf sie mit einer matten Bewegung in die Grube. Dann schüttete sie eine kleine Schaufel voll Erde hinterher. Es schnürte ihr die Kehle zu. Ihre geliebte Großmutter war tot. Das Gefühl des Verlassenseins blieb zurück. Der Mensch, der sie seit ihrer Geburt so geliebt hatte, wie sie war, ohne je Ansprüche zu stellen, war für immer fort. Während ihr das Geräusch der Erde, die auf den Eichensarg prasselte, durch und durch ging, sah sie aus dem Augenwinkel, wie Felix langsam aus der Reihe der Familienmitglieder zurückwich. Sie wandte sich zu ihm um und sah ihn nur noch von hinten. Er ging den schmalen Kiesweg entlang auf den Ausgang zu. Die Arme hingen unbeweglich seitlich herunter. Seine Schritte wurden immer schneller, und schließlich lief er zu dem Eisentor des Friedhofs, stieß es auf und rannte über die Wiese. Sie sah seine Silhouette immer kleiner werden, als er auf den Waldrand zurannte. Wovor lief er bloß davon?, fragte sie sich.

Felix tauchte den ganzen Tag nicht mehr auf. Doch alle waren so beschäftigt mit dem Leichenschmaus und der Bewirtung der Trauergesellschaft, dass erst am späten Nachmittag die Frage aufkam, wo er eigentlich steckte. Charlotte wich die Farbe aus dem Gesicht. Wie hatte sie ihn einfach so vergessen können? Sie stutzte einen Moment, dann drehte sie sich um, durchquerte die Eingangshalle und riss die Haustür auf. Auf das Kopfsteinpflaster des Hofs drückte noch immer eine bleierne Schwüle, der Geruch von überreifem Obst hing in der Luft. Das Sonnenlicht war diesig, und eine pechschwarze Wolkenwand baute sich am Horizont über den Dächern der flachen Stallgebäude auf. Es würde nicht mehr lange dauern, bis ein Gewitter losbrach. Charlotte rannte über den Hof. Der schwere Stoff ihres Trauerkleids klebte an ihrer Haut. Felix musste einfach dort sein, dachte sie. Der leere Pferdestall drängte sich auf. Wenn sie ihn dort nicht fand, würde sie einen Suchtrupp losschicken müssen.

»Felix?«, rief sie schon vor dem Gebäude und stieß die massive Tür auf. Von dem Holz blätterte die dunkelgrüne Farbe ab. Das Knarren der Scharniere ließ sie zusammenzucken. »Felix, bist du hier?«

Unheimlich verhallte ihre Stimme zwischen den Mauern der verlassenen Boxen. Zwei Mäuse huschten an ihren Füßen vorbei. Die tief stehende Sonne schickte ihre Strahlen vergeblich durch die von Efeu überwucherten Oberlichter. In die Stallgasse drang kaum Licht. Charlotte setzte einen Fuß vor den anderen. Die Namen der Pferde standen noch an den Boxentüren. Als sie an der ihrer Stute Jorinde vorbeikam, blieb sie stehen. Zwischen vereinzelten Strohhalmen stoben Scharen von Mäusen auseinander, als sie die grünen Eisenstangen der Boxentür aufschob. Durch die Spinnweben zwischen den Gitterstäben sah sie, wie sich etwas in Jagos Box nebenan bewegte. Der Kopf mit den hellblonden Haarspitzen hob sich kurz. Wie sie erwartet hatte, hockte Felix dort auf dem blanken Boden. Die Beine angezogen, das Gesicht auf den Knien.

»Felix«, sagte sie mit weicher Stimme, voller Mitgefühl. Sie betrat die leere Box und musste einen Moment lang daran denken, wo ihre treuen Pferde wohl jetzt waren. Ob sie überhaupt noch am Leben waren? Oder in der russischen Steppe von Soldaten geschunden wurden? Sie ließ sich mit dem Rücken an der Holzwand neben ihm zu Boden gleiten.

»Ich weiß, was du durchmachst. Und ich finde es schön, dass du Jago nicht einfach vergisst. Die Seele unserer Pferde lebt für immer in uns weiter.«

»Gar nichts weißt du!«, stieß Felix hervor, ohne den Kopf von seinen Knien zu heben.

Charlotte streckte die Hand aus und wollte ihm über das Haar streichen, doch er stieß ruckartig ihren Arm weg und rückte ein Stück von ihr ab.

»Was ist bloß mit dir?«, fragte sie.

Doch Felix antwortete nicht.

»Ist es wegen Großmutter?«

Er schüttelte den Kopf. Sie saßen eine Weile stumm nebeneinander. Auf einmal schlug er sich die Hände vor das Gesicht und fing laut an zu schluchzen. Sein sehniger Körper bebte, als würde er von Krämpfen geschüttelt. Charlotte legte ganz zaghaft den Arm um die breiten Schultern ihres Sohns und zog ihn an sich. Sie barg sein nasses Gesicht an ihrer Brust und strich ihm über den Rücken. Jeden einzelnen Wirbel konnte sie unter ihren Fingern spüren. Dann begann er stockend zu sprechen: »... dem Erdboden gleichmachen ... jede Mauer, jeden Stein abtragen ... alles verkohlt ... der Geruch ... nach verbranntem Fleisch ... die Leichen ... Hunderte von Leichen, Mama.«

»In der Tschechoslowakei?«, fragte Charlotte leise.

Sie spürte, wie Felix versuchte zu nicken. »In Lidice ...«

Charlotte hielt ihn fest. »Was ist da passiert? War das nicht Sache der Wehrmacht, sich um die Kriegsgefangenen zu kümmern?«

»Da gab es keine Gefangenen«, sagte Felix heiser. »Da waren nur Tote ... wir mussten sogar die Särge auf dem Friedhof ausgraben und öffnen ...« Er stockte und schluchzte wieder auf.

Charlotte packte das Entsetzen. Deshalb war er auf dem Friedhof davongerannt.

»Eigentlich dürfen wir nicht darüber sprechen. Aber wir hatten den Befehl, die Gräber zu plündern und zu schänden ...«

Charlotte konnte in seinen Augen das Grauen ablesen, das er in den letzten Tagen erlebt haben musste.

»Nichts sollte von dem Dorf und den Bewohnern übrig bleiben ... gar nichts ... es hieß, das sei ein Vergeltungsschlag ... für die Ermordung von Heydrich. Die Dorfbevölkerung hat den Attentäter beherbergt«, flüsterte er.

Charlotte konnte sich keinen Reim darauf machen, warum man dafür den Reichsarbeitsdienst holte, der aus halben Kindern bestand. Sie sah Felix in die Augen, in denen jeder Glanz erloschen war, und im selben Moment sagte er: »Dahin gehe ich nicht zurück!«

Als sie wieder im Herrenhaus war, schickte sie ihren erwachsenen Sohn ins Bett, und er nickte dankbar.

»Hast du Felix gefunden?«, fragte Lisbeth sie, als Charlotte das Wohnzimmer betrat. Sie setzte sich zu ihren Eltern an den Kamin, die eine Flasche Rotwein aus dem Keller geholt hatten. Gegen ihre

Gewohnheit, ließ sich Charlotte auch ein Glas eingießen. Sie spürte erneut den Schmerz, den der Verlust ihrer Großmutter hinterließ, als sie ihren Ohrensessel betrachtete. Nun würde der Platz für immer leer bleiben.

»Felix scheint in der Tschechoslowakei Schreckliches erlebt zu haben.«

Richard griff nach seinem Glas: »Beim Arbeitsdienst? So schlimm kann das wohl nicht sein. Sei froh, dass er noch nicht eingezogen wurde!«

»Vater! Er ist kaum siebzehn! Ein halbes Kind! Und vollkommen verstört!« Sie trank einen großen Schluck und merkte, wie der schwere Bordeaux ihr sogleich in den Kopf stieg, was sie keineswegs als unangenehm empfand. »Er sagt, sein Einberufungsjahrgang ist beim Ostfeldzug unmittelbar hinter der Front eingesetzt. Sie bauen militärische Anlagen, Wege, Brücken … und räumen die Leichen weg.«

Als sie aufblickte, sah sie in Lisbeths mitfühlende Augen. »Wollen wir hoffen, dass der Krieg vorbei ist, ehe sie ihn in vorderste Front schicken … Was hört man denn von Ernst?«, fragte sie.

»Der letzte Brief kam vor vier Wochen, und da hat er nicht viel geschrieben, außer dass die deutsche Armee siegreich ist.«

»Was anderes darf er auch gar nicht schreiben«, brummte Richard.

Charlotte trank den Rest ihres Rotweins in einem Zug aus, dann wanderte ihr Blick von dem Gesicht ihres Vaters zu den geröteten Wangen ihrer Mutter. Ihre Züge waren weniger gealtert als die Richards, stellte sie fest. Sie alle saßen nah am Kamin, und erst jetzt fiel ihr auf, wie ungewöhnlich es war, im Juni ein Feuer anzuzünden.

»Felix weigert sich zurückzugehen«, sagte sie.

»Dann werden sie ihn holen«, antwortete Richard leise.

ANNA

Anna saß seit Stunden in der spärlich beheizten Fabrikhalle neben über hundert Frauen, die ihr Schicksal teilten. Sie spürte kaum noch ihre Fingerkuppen, die den gummierten Stoff unter dem Nähfuß der Maschine durchschoben. Vor einem halben Jahr hatte sie das Schreiben erhalten, mit dem sie zum Reichsarbeitsdienst eingezogen wurde. Seitdem musste sie jeden Tag zehn Stunden Uniformen und Ausrüstungen nähen.

»Wie lange hast du noch?«, fragte die hagere, junge Frau neben ihr leise, die, wie sie, ein graues Kopftuch trug.

»Noch genau zwei Wochen«, flüsterte Anna.

Sie betrachtete den gewölbten Bauch ihrer Nachbarin, der unter dem weiten Kittel kaum zu sehen war, und fragte sich, wie alt sie sein mochte. Sie schätzte sie auf höchstens achtzehn.

»Ich wünsche dir, dass sie sich daran halten. Aber bei allen, die ich kenne, haben sie den Dienst einfach verlängert. Ich glaube, es hängt davon ab, wie viele Zwangsarbeiterinnen nachkommen.«

Anna wusste, dass die junge Frau recht hatte, und fast schämte sie sich für den Gedanken, denn er ging einher mit dem Wunsch, dass viele kamen. Die ausgemergelten Kriegsgefangenen verrichteten die gleiche Arbeit wie sie. Doch sie waren kaserniert, saßen in einem durch ein Gitter abgetrennten Teil der Halle und wurden streng bewacht. Außerdem mussten sie auf nackten Holzbänken sitzen, während die deutschen Arbeiterinnen Stühle mit einem dünnen Filzkissen auf der Sitzfläche zugewiesen bekommen hatten, was gegen den gefürchteten Blasenkatarrh schützen sollte.

»Und wie lange ist es bei dir noch?«, fragte sie und nickte in Richtung des Bäuchleins.

Die junge Frau sah sie erschrocken an. »Sieht man es schon? Ich bin erst im fünften Monat. Bitte verrate mich nicht.«

Anna schüttelte mitleidig den Kopf. Sie konnte sich nicht vorstellen, dass das junge Mädchen den Bedingungen noch lange gewachsen sein würde. »Aber wenn du nichts sagst, bekommst du auch keinen Mutterschutz«, raunte sie, gerade so laut, dass sie das Rattern der Nähmaschinen übertönte.

Die junge Frau machte ein ängstliches Gesicht. »Bitte behalte es für dich. Ich bin nicht verheiratet, und das Kind käme in eine fremde Familie. Lebensborn nennt sich der Verein, der das organisiert.«

Sie sah Anna flehend an, und diese nickte ihr freundlich zu. Gerade als sie antworten wollte, schaltete sich der Lautsprecher ein, und eine wohlbekannte, hohe Männerstimme schallte pathetisch durch die Fabrikhalle:

»Das deutsche Volk hat hier seine heiligsten Güter, seine Familien, seine Frauen und seine Kinder, die Schönheit und Unberührtheit seiner Landschaft, seiner Städte und Dörfer, das zweitausendjährige Erbe seiner Kultur und alles, was uns das Leben lebenswert macht, zu verteidigen.«

»Goebbels!«, zischte die Frau neben ihr und rollte die Augen.

Am Rand ihres Blickfelds bemerkte Anna eine der Aufseherinnen und hoffte, dass sie den Gesichtsausdruck ihrer Nachbarin übersehen hatte. Sie wusste, dass Goebbels heute eine wichtige Rede im Sportpalast hielt. Carl hatte schon seit Tagen von nichts anderem gesprochen. Der Propagandaminister hatte das Publikum auf treueste Parteianhänger hin handverlesen, Carl war einer davon. Sprechchöre hatten Parolen einstudiert, eine Hundertschaft war instruiert, wann und wie lange sie applaudieren sollten. Und die gesamte Rede wurde im Radio übertragen.

»Weiterarbeiten!«, forderte sie die Aufseherin barsch auf, während sie durch die Reihen ging. Sie sah Anna und die junge Frau neben ihr scharf an. »Und hört gefälligst auf zu schwätzen!«

Goebbels Stimme senkte sich und wurde dramatisch leise, als er dem Publikum im Sportpalast eine Frage stellte: »Was hier vor mir sitzt, ist ein Ausschnitt aus dem ganzen deutschen Volk an der Front und in der Heimat. Stimmt das?«

»Stimmt nicht!«, sagte Anna leise in die zustimmenden Schreie aus dem Lautsprecher hinein. Nachdem die »Jaaa«-Rufe verebbt waren, setzte Goebbels hinzu: »Allerdings, Juden sind hier nicht vertreten!«

Das Rattern der Nähmaschinen ging unbeirrt weiter, während

seine Stimme immer schriller und aufpeitschender wurde. Er stellte eine Frage nach der anderen: »Glaubt ihr mit dem Führer und mit uns an den endgültigen, totalen Sieg der deutschen Waffen? … unter Aufnahme auch der schwersten persönlichen Belastungen?«

Jubel und »Jaaa«-Schreie tönten durch die Lautsprecher und brachten sie zum Klirren. Anna hatte plötzlich Carls Bild vor Augen. Wie er heute Morgen vor dem Spiegel gestanden, sich seinen Seitenscheitel glatt gezogen und mit dem Ärmel das Parteiabzeichen am Revers blank gerieben hatte. Ob er jetzt wirklich einer von den Tausenden war, die Goebbels begeistert und mit glänzenden Augen zujubelten? Wie hatte er sich nur so verändern können?

»Seid ihr von nun an bereit, eure ganze Kraft einzusetzen … die Menschen und Waffen zur Verfügung zu stellen … um den Bolschewismus zu besiegen?«, schepperte die sich überschlagende Stimme durch die Halle.

»Wollt ihr … dass die Frau … überall da, wo es nur möglich ist, einspringt, um Männer für die Front frei zu machen?«

Anna blickte zu ihrer Nachbarin. Sie waren sich auch ohne ein einziges Wort einig, wie grotesk sie die Frage fanden. Doch dann gellte der eine Satz, auf den Goebbels seine gesamte Rede hin ausgerichtet hatte, aus den scheppernden Lautsprechern: »Wollt ihr den totalen Krieg?«

Die »Heil«- und Jubelschreie aus dem Sportpalast waren so unerträglich laut, dass sich einige Frauen die Ohren zuhielten. Anna fragte sich, ob auch die Stimme ihres Mannes darunter war. Ob Carl jetzt ebenfalls brüllte und diesem teuflischen Goebbels frenetisch zujubelte?

»Selbstverständlich«, sagte er mit ruhiger Stimme und biss von einem Schmalzbrot ab. »Glaub mir, Anna, es hat keinen auf den Sitzen gehalten. Da wärst selbst du aufgesprungen und hättest mitgeschrien.«

»Mutti doch nicht!«, sagte Anita und machte eine wegwerfende Geste. »Niemals! Sie findet doch alles schlecht, was die Nazis machen. Emma hat erzählt, dass sie sogar Kostüme und Kleider für Ilse

Werner hätte entwerfen können, wenn sie sich nicht so angestellt hätte.

»Angestellt …«, wiederholte Anna und fragte sich, wie ihre Schwester überhaupt davon erfahren hatte, denn erzählt hatte sie es ihr nie. Sie musste es von Ella gehört haben.

»Tja, immerhin darf ich jetzt Uniformen und Lastwagenplanen in einer ungeheizten Fabrik nähen und springe für die Männer an der Front ein«, sagte sie bitter. Carl musterte sie. Und auf einmal konnte sie sich nicht beherrschen und setzte hinzu: »Wo immer es möglich ist, soll die Frau doch den Mann ersetzen. Vielleicht könnte ich dann lieber deine Stelle im Arbeitsamt und als Blockleiter übernehmen, damit du deinem Führer endlich so dienen kannst, wie es sich gehört.«

Carl warf ihr einen warnenden Blick zu: »Pass auf, was du sagst!«

»In meiner Küche werde ich ja wohl sagen dürfen, was ich denke«, gab sie zurück.

Gisela sah von einem zum anderen und fragte nach einer Weile, ob sie aufstehen dürfe. Anna erlaubte es ihr. Sie wusste, dass es falsch war, sich vor den Kindern zu streiten. Doch sie ärgerte sich so maßlos über Carls blinden Gehorsam. Manchmal wünschte sie ihm wirklich, er würde endlich eingezogen, um am eigenen Leib zu spüren, was die Nazis angerichtet hatten. Durch seine Funktionen war er bisher vom Dienst an der Waffe verschont geblieben. Schweigend kauten sie auf ihren harten Brotscheiben, als plötzlich der langgezogene Ton des Voralarms ertönte. Sofort standen alle auf. Anna verstaute den Rest Brot in einer kleinen Tasche, die immer bereitstand. Inzwischen waren die Fliegerangriffe zum Alltag geworden.

Routiniert griffen alle ihre Bündel mit dem Notwendigsten. Fast jede Nacht verbrachten sie im Luftschutzkeller. Gisela und Anita spielten Brett- und Kartenspiele mit den anderen Kindern aus dem Nachbarhaus, die zu ihnen kamen, weil sie selbst keinen sicheren Keller hatten. Anna war froh, dass ihre Töchter abgelenkt waren, denn an diesem Abend merkte sie sofort, dass die Motorengeräusche viel lauter waren als sonst. Es mussten heute Abend wesentlich mehr Flugzeuge sein, die durch die deutsche Flak kamen. Der schreckliche, heulende Ton vom Augenblick des Abwurfs bis zur

Detonation war angeblich gewollt, um Angst und Schrecken zu verbreiten. Die Engländer wollen die Zivilbevölkerung demoralisieren, hatte Carl mehrfach erklärt. Dann kam der Einschlag. Der Krach und die Erschütterung waren so enorm, dass Anna sie noch lange danach spüren konnte. Einige Frauen schrien gellend auf, Gisela kam zu ihr gerannt und verbarg ihren Kopf in ihrem Schoß. Putz und Staub rieselten von der Decke. Plötzlich flackerte das Licht, und dann war es auf einmal stockdunkel. Die Kinder wimmerten.

»Schnell, zündet die Karbidlampen an«, befahl Carl. Nach und nach gingen vereinzelte Lampen an und tauchten den Keller in ein schwaches Licht. Die Gesichter sahen gespenstisch aus. Keiner sprach ein Wort. Stumm saßen sie aufgereiht auf ihren Bänken und hofften und beteten. Erst nach einer Stunde ertönte die Sirene zur Entwarnung. Mit bangen Gedanken wollten sich alle nach oben begeben, aber die Kellertür klemmte. Carl warf sich mit der Schulter mehrfach dagegen, doch es half nichts.

Jetzt fiel ihm ein, dass in der Holzkiste, in der die Gasmasken gelagert wurden, auch eine Axt war. Als er die Tür damit aufschlug, kam ihnen eine Wolke aus Ruß und Kalk entgegen. Der feine Staub brannte in den Augen und verursachte einen starken Hustenreiz. Wer konnte, presste sich Tücher gegen Mund und Nase. Doch die Mauern ihres Hauses hatten standgehalten. Der Himmel war von den Scheinwerfern der Fliegerabwehr immer noch hell erleuchtet. Die Bombe war genau in der Mitte der Straße eingeschlagen. Durch die Druckwelle waren alle Fenster zersprungen und die Türen aus den Angeln gerissen. Angstvoll besahen sie sich den riesigen Krater in der Straße, dessen Grund man gar nicht genau erkennen konnte. Eine Wasserfontäne sprudelte aus den geborstenen Rohren.

»Kommt, Kinder«, sagte Anna und legte Anita und Gisela die Arme um die Schultern. »Wir gehen zu Emma. Wollen wir hoffen, dass es sie nicht noch schlimmer erwischt hat. Kommst du mit?«

Sie sah Carl an, doch ihr war klar, dass er in dieser Nacht erst noch seinen Aufgaben als Luftschutzbeauftragter nachkommen würde. Pflichtbewusst, das war er, ihr Carl. Und diesmal konnte sie nicht anders, als ihn dafür zu bewundern.

»Geht schon vor. Ich muss nach den anderen Kellern und dem Bunker am Böhmischen Platz sehen … ob alle unversehrt rausgekommen sind«, sagte er und ging auf sie zu, um seine kleine Familie zu umarmen. Sein Gesicht, seine Haare und die Kleidung waren voller Kalkstaub, und Anna wurde sich bewusst, dass sie alle genauso aussahen. Sie löste ihre Arme von den Schultern der Kinder und begann, die Kleider abzuklopfen.

»Lass es!«, sagte Carl und hielt ihr Handgelenk fest. »Es ist sinnlos. Seht lieber zu, dass ihr zu deiner Schwester kommt. Ich werde auch bald da sein.«‹

Anna ließ den Arm langsam sinken. Sie wartete darauf, dass sich irgendein Gefühl einstellte: Angst, dass er nicht kam, dass ihm etwas passierte, dass eines der Häuser über ihm einstürzen könnte, oder Sehnsucht nach den ruhigen Abenden zu zweit, wenn sie noch ein Modell fertig genäht und er ihr Gesellschaft geleistet hatte. Verlangen nach seinen starken Händen, die sie beim Tanzen herumgewirbelt hatten. Doch sie war wie betäubt. Alles, was sie gerade empfand, war die Sorge um ihre Schwestern und ihre Töchter.

Es war ein Uhr nachts, als sie zu dritt ihr Viertel durchquerten, zwischen Trümmerbergen, brennenden Ruinen und Bombenkratern hindurch. Auf den Straßen herrschte Chaos. Menschen standen vor den zerstörten Häusern, Mütter suchten nach ihren Kindern, verwaiste Kinder standen weinend vor den Trümmern. Der Weg zur Böhmischen Straße war durch ein eingestürztes Haus versperrt, und sie mussten wieder umdrehen. An der Kreuzung vor der Rixdorfer Schmiede kamen sie an einem umgestürzten Fuhrwerk vorbei. Eines der beiden Pferde lag auf dem Boden, das andere stand mit blutenden Wunden daneben. Fleischfetzen hingen aus seinen Flanken, doch es hielt sich immer noch auf den Beinen.

»Oh nein, Mutti«, sagte Anita voller Entsetzen.

Offenbar hatte der Kutscher sie nicht rechtzeitig vor dem Luftangriff in Sicherheit bringen können. Einige Männer waren dabei, die verängstigten Tiere auszuspannen. Sie hörten, wie einer sagte: »Mach dem Leiden ein Ende.«

Kurz darauf ein Schuss und ein kurzes klägliches Wiehern. Anna zog Giselas schmalen Körper an sich, um ihr den Anblick des sterbenden Tiers zu ersparen. Dann donnerte der zweite Schuss in ihren Ohren. Rasch führte Anna die Mädchen weiter, bis sie in die Schöneweider Straße einbogen. Hier war eine ganze Häuserreihe getroffen worden, und aus einem der oberen Stockwerke schlugen Flammen. Jetzt wurde es Anna wieder bang ums Herz. Sie waren nur noch fünfzig Meter von Emmas Haus entfernt. In der Rauchwolke konnte sie nicht erkennen, ob es noch stand. Rasch zog sie ihre Töchter weiter. Sie stiegen über einen Trümmerberg hinweg, und Anna atmete tief durch: Das Mietshaus mit der Nummer 16 stand. Auch ihre Schwester hatte den schweren Luftangriff unversehrt überstanden, und sie konnten die Nacht bei ihr verbringen.

Am nächsten Tag vernagelten sie alle Fenster des Hauses Zwiestädter Straße 8 mit Brettern und Pappe, auf neue Scheiben brauchten sie gar nicht zu hoffen. Es war eine von Carls letzten Handlungen in seiner Eigenschaft als Blockleiter in Berlin-Neukölln. Denn kurz darauf erhielt er seinen Einberufungsbefehl.

CHARLOTTE

Anfang Juni 1944 kam es zur Errichtung einer Westfront durch die alliierte Invasion in Frankreich. Etwa zwei Wochen später, am 22. Juni 1944, begann die Rote Armee an der Ostfront eine Großoffensive mit hundertfünfundzwanzig Regimentern gegen die Heeresgruppe Mitte. Diese deutsche Heeresgruppe, die nur noch aus fünfhunderttausend Mann bestand, hatte den rund sechstausend sowjetischen Flugzeugen nur vierzig eigene entgegenzustellen. Stalin schien über endlose Mengen von Soldaten, Waffen und Munition zu verfügen. Ohne Unterlass wurde neuer Nachschub aus den Weiten seines riesigen Landes herangefahren. Inzwischen stand der Russe an der Weichsel, bald würde Warschau fallen. Der Krieg war verloren und ging doch immer weiter.

Seit zehn Monaten hatte Charlotte weder Nachricht von Ernst noch von Leo erhalten. Sie wusste, dass sie beide der Heeresgruppe Mitte angehörten. Doch sie wusste weder, ob sie noch am Leben waren, noch ob sie verletzt waren, ob sie in Gefangenschaft geraten waren oder weiter auf dem Schlachtfeld kämpften. Nur Felix schrieb ihr regelmäßig Briefe. Er hatte sich auf Richards Rat hin freiwillig als Offiziersanwärter zur Marineartillerie gemeldet, was sich als kluger und möglicherweise lebensrettender Schachzug erwies. Charlotte hatte die Empfehlung ihres Vaters zunächst nicht nachvollziehen können. Musste man sich denn in diesem Kriegsstadium auch noch freiwillig melden? Richard hatte seine Gründe, denn als Freiwilliger durfte man die Einheit wählen, der man zugeteilt wurde. Nachdem Felix die Aufnahmeprüfungen für die Militärakademie in Stralsund bestand, wurde sie kurz darauf nach List auf Sylt verlegt.

»Unser Alltag besteht im Wechsel aus theoretischem Unterricht, Exerzieren, Übungen an der Flak und Wachdienst. Doch es gibt auch langweilige Aufgaben wie Taue wickeln oder Militärdecken zählen … und manchmal faulenzen wir einfach nur und lassen uns in den Dünen die Sonne auf den Bauch scheinen …«, las Charlotte beim Frühstück aus seinem letzten Brief vor. Sie schüttelte ungläubig den Kopf. Während die Kämpfe die Fronten zur Hölle auf Erden machten und die Schlachtfelder mit Blut getränkt wurden, klangen Felix' Schilderungen fast unwirklich.

»Drückeberger!«, lautete dann auch Klaus' Kommentar, woraufhin ihm Lisbeth beschwichtigend die faltige Hand auf den Arm legte. »So solltest du nicht über deinen Bruder sprechen«, tadelte sie ihn.

»Wie bist du nur auf diese grandiose Idee gekommen, Vater?«, fragte Charlotte.

»Grandios!«, wiederholte Klaus abfällig.

Charlotte sah ihn streng an.

Als Richard nicht antwortete, sondern sein Brot in den Malzkaffee tunkte, sagte sie lauter: »Vater!«

»Wie bitte?«, fragte Richard. Er sprach undeutlich, denn ihm waren vor Kurzem zwei Zähne ausgefallen. Seitdem konnte er nur noch weiche Speisen zu sich nehmen. Außerdem war er stark schwerhörig geworden. Das Alter zehrte an ihm, aber er dachte nicht daran, sich aus der Gutsleitung zurückzuziehen.

»Dass Felix sich freiwillig zur Marine melden soll«, erklärte Charlotte mit erhobener Stimme.

Seine Hand zitterte leicht, als er die Tasse zum Mund führte. »Das war gar nicht meine Idee, sondern die deines Ehemanns. Als Vater von drei Söhnen hat Ernst sich natürlich frühzeitig Gedanken gemacht, wie man sie am besten durchbringt, wenn es darauf ankommt. Er ist schon ein intelligenter Mann!«

»Eine späte Einsicht«, rutschte es Charlotte heraus. Sie musste daran denken, wie sich Ernst und Richard unbarmherzig bekriegt hatten, als es um die Schweinezucht ging. Doch Richard überhörte ihre Worte. Man wusste bei ihm nie, ob er absichtlich nicht antwortete oder aufgrund seiner Schwerhörigkeit.

»Wollen wir hoffen, dass Heiner und Klaus das Kriegsende erleben, ohne dass sie auch noch eingezogen werden, nicht wahr, ihr zwei Burschen?«, sagte er und wandte sich an seine Enkel, die sich gerade jeder das dritte Marmeladenbrot schmierten.

»Was redest du da, Großvater!«, widersprach ihm Klaus sofort. Wie immer trug er das braune Hemd der Hitlerjugend, das Charlotte zum Waschen jedes Mal heimlich aus dem Zimmer holen musste, sonst gab er es nicht her.

»Wenn mein Vaterland mich braucht, kämpfe ich bis zum letzten Atemzug, genau wie Vater«, rief er zackig, sprang auf und salutierte.

Richard war klug genug, darauf zu schweigen und den Fanatismus des Fünfzehnjährigen zu ignorieren.

»Hat jemand Therese gesehen?«, fragte Lisbeth, um das Thema zu wechseln.

»Bestimmt sitzt sie wieder bei den Russkis und Polacken herum«, feixte Klaus. »Es ist wirklich widerlich, dass sie sich dauernd mit diesem dreckigen Gesindel abgibt.«

Sein Bruder Heinrich begann zu kichern.

»Klaus!«, ermahnte Charlotte ihren Sohn. »Jetzt ist es aber genug! Hast du überhaupt deine Schularbeiten gemacht?«

Im selben Moment wurde die Tür aufgerissen, und Therese kam in das Speisezimmer gestürmt. Sie war purpurrot im Gesicht und konnte kaum sprechen, so sehr war sie außer Atem: »Sie holen Witec und Igor ab, Mutti, Großvater … ihr müsst sofort kommen.«

»Witec und Igor? Wieso das denn? Und wer holt sie ab?«, fragte Charlotte

»Drei Männer mit Uniformen, in einem schwarzen Auto. Dieser Mann von der SS ist auch dabei. Wenn du nicht sofort etwas unternimmst, verhaften sie sie!«

Charlotte wunderte sich zwar, was sie von den Fremdarbeitern wollten. Den Eierschwund hatten sie natürlich nicht gemeldet. Und warum nur regte sich Therese so maßlos auf? Aber sie stand auf und eilte zur Haustür. Als sie die Tür öffnete, sah sie von der obersten Treppenstufe aus eine schwarze Limousine in der Hofeinfahrt stehen. Offenbar war sie noch nicht zu spät.

»Du bleibst hier!«, sagte sie zu Therese und eilte los, über das Kopfsteinpflaster hinweg. Bis zur Einfahrt waren es gute hundert Meter, und sie erreichte den Wagen in dem Moment, als zwei Männer in Uniform zwei Arbeiter aus dem Leutehaus abführten. Die Fremdarbeiter trugen beide Handschellen. Tatsächlich waren es Witec und Igor. Witec war übel zugerichtet. Wahrscheinlich hatte er sich der Verhaftung widersetzt. Seine Nase war offenbar gebrochen und blutete, und auch an der Schläfe hatte er eine frische Platzwunde. Witec war einer der pfiffigsten Arbeiter unter den Polen, der schnell deutsche Sätze gelernt hatte und abends Lieder auf der Mundharmonika spielte, die sie durch die geöffneten Fenster hören konnten. Jeder mochte ihn. Charlotte verstellte den Männern den Weg, drückte den Rücken durch und stemmte die Arme in die Hüften.

»Was soll das? Wo bringen Sie sie hin?«, fragte sie scharf.

Der kräftige Uniformierte zögerte, als sie so couragiert auftrat, und drehte den Kopf fragend zu Brandt, der gerade aus dem Eingang trat und sich die Handschuhe anzog. Als Charlotte seinem Blick begegnete, erschrak sie. In seinen Augen las sie blanken Hass. Sie musste daran denken, wie Ernst ihn damals nach der Kirche an Heiligabend wegen Therese zur Rede gestellt hatte. Seitdem war er nie wieder auf Gut Feltin aufgetaucht. Ernst hatte ihr mit keinem Wort verraten, wie es ihm gelungen war, ihn fernzuhalten.

»Heil Hitler!«, sagte Brandt und streckte den rechten Arm zum Gruß aus.

»Heil Hitler, Herr Sturmführer!«, erwiderte Charlotte schwach.

»Gauleiter!«, verbesserte er sie.

»Herr Gauleiter!«, wiederholte sie langsam, und ihr sank der Mut. Hatte er inzwischen wirklich ein derart mächtiges Amt inne? Dann musste sie umso mehr auf der Hut sein.

»Wir haben einen Hinweis bekommen, dass sich unter ihren Fremdarbeitern Juden befinden.«

»Juden? Das glaube ich nicht«, sagte Charlotte voller Überzeugung, und ihre Stimme hatte auf einmal wieder mehr Autorität.

»Ob Sie das glauben oder nicht, interessiert mich nicht. Hier haben wir jedenfalls zwei.«

Er nickte seinen Untergebenen zu, woraufhin der eine den Arm von Witec losließ. Der andere trat dem Polen mit dem Stiefel so fest in die Kniekehle, dass er vor ihnen zu Boden fiel und mit dem Gesicht auf den Pflastersteinen aufschlug. Charlotte hörte hinter sich einen spitzen Aufschrei. Therese war Charlotte doch gefolgt. Jetzt stürzte sie zu Witec, legte sich über ihn und stützte seinen Kopf ab.

»Was macht die Kleine da?«, sagte Brandt. »Ist sie von Sinnen?«

»Therese! Steh sofort wieder auf!«, rief Charlotte.

Brandts Augen verengten sich zu Schlitzen. Ihm war anzusehen, dass er nur auf eine solche Gelegenheit gewartet hatte. So wie sich Therese verhielt, war es offensichtlich, dass Witec mehr für sie war als nur einer der Fremdarbeiter auf dem Hof.

»Was haben Sie getan, Sie …«

»Therese!«, schrie Charlotte mit sich überschlagender Stimme. Ihr Herz pochte ihr bis zum Hals. Brandt machte einen Schritt auf Therese zu.

»Na? Was? Sprich es aus! Hängst wohl an ihm?«

Er drehte sich zu Charlotte um, und sein Gesicht war zu einem hässlichen Grinsen verzerrt. Dann nickte er dem anderen Uniformierten zu, woraufhin der Therese packte und von dem Polen wegzerrte.

»Nein!«, murmelte Charlotte beschwörend. Doch das stachelte Brandt erst richtig an. Er bewegte nur den Zeigefinger. Sofort holte der andere weit mit dem Bein aus und trat Witec mit voller Wucht in den Bauch. Und gleich danach landete seine Stiefelspitze in Witecs Gesicht.

Therese schrie und weinte, zappelte in dem eisernen Griff des dritten Mannes. Witec röchelte, spuckte Blut und Zähne auf die grauen Basaltsteine.

»Aufhören!«, schrie Charlotte. »Sie bringen ihn ja um!«

»Ist das dein Liebster?«, fragte Brandt Therese. »Na, gib es schon zu!«

Therese presste die Lippen aufeinander. Ihre Augen waren vor Entsetzen weit aufgerissen. Tränen liefen ihr über die Wangen. Charlotte versuchte, Blickkontakt mit ihr aufzunehmen, und schüttelte beschwörend den Kopf.

»Gib es einfach zu … und wir lassen ihn in Ruhe«, sagte Brandt jetzt mit verstellter, einschmeichelnder Stimme.

»Therese, um Gottes willen. Sag nichts!«, presste Charlotte hervor. »Du machst es nur noch schlimmer.«

»Wir sind doch keine Unmenschen. Wenn du uns sagst, dass er dein Liebster ist, drücken wir ein Auge zu.«

»Bitte! Sag nichts«, flüsterte Charlotte beschwörend. Sie merkte auf einmal, dass sie laut keuchte. Fast sackten ihr die Knie ein. Keine Schwäche zeigen, befahl sie sich. Doch kam es darauf jetzt noch an? Wer konnte ihnen in diesem Augenblick noch helfen? Wäre doch bloß Leo hier, Thereses Vater … oder Ernst, er hatte sie doch schon einmal gerettet. Sie wusste genau, dass Brandt log und unbarmherzig gegen sie vorgehen würde. Seit dem Gottesdienst an Heiligabend hatte er auf diese Gelegenheit gewartet, um sich an ihrer geliebten Tochter zu rächen, die so unschuldig und verletzlich vor ihr stand, mit dem verheulten, schiefen Gesicht, in ihrem blassblauen Kleid mit den zu kurzen Ärmeln. Sie hörte in einiger Entfernung hinter sich ein Klacken und drehte sich um. Es war der Stock ihres Vaters auf den Pflastersteinen, der über den Hof auf sie zugehinkt kam.

»Was ist hier überhaupt los!«, rief er und hob seinen Stock drohend in den Himmel. Doch seine Stimme brach, und er strauchelte.

»Vater!«, sagte Charlotte und stürzte zu ihm hin, um ihn zu stützen.

»Ja, ich liebe ihn.« Die Worte kamen klar und deutlich aus Thereses Mund.

Die Zeit schien stehen zu bleiben, als Charlotte zusah, wie sich in Brandts Gesichtszügen für einen Wimpernschlag ein ungläubiges Staunen zeigte. Fast wirkte er enttäuscht. Machten sie es ihm wirklich so leicht?, schien er zu denken. Doch gleich darauf zeigte sich die tiefe Befriedigung.

»Mitnehmen«, befahl er kurz angebunden und machte eine lapidare Geste mit der Hand. So entschied er im Bruchteil einer Sekunde über drei Menschenleben.

Er ließ ihnen allen die Haare abrasieren. Man stellte drei Stühle mitten auf dem Dorfplatz auf. Dort mussten sie sitzen, bewacht von sechs uniformierten Männern. Therese trug ein Schild um den Hals, auf dem stand: »Ich, Therese Feltin, bin an diesem Ort das größte Schwein, denn ich lasse mich mit Juden ein.«

Igor links, Witec rechts von ihr hatte man ebenfalls Schilder umgehängt, auf denen stand: »Ich nehme als Judenjunge immer nur deutsche Mädel mit auf meine Kammer.«

Witecs Kopf mit dem zerschlagenen Gesicht hing nach vorne auf seine Brust. Als er bewusstlos wurde und vom Stuhl rutschte, banden sie ihn darauf fest. Keiner der Dorfbewohner blieb stehen. Sonst war der Platz ein Treffpunkt, auf dem jeder gerne ein Schwätzchen hielt. Heute sah man zu, dass man nach Hause kam und den Vorhang zuziehen konnte. Charlotte schnitt es tief ins Herz, als sie die drei dort sitzen sah, ohne ihnen helfen zu können. Therese war siebzehn Jahre alt. Da saß sie mit dem kahl rasierten Kopf. Ihre dichten braunen Haare waren immer ihr größter Stolz gewesen. Wenigstens etwas, das ich nicht hässlich an mir finde, hatte sie einmal gesagt. Sie hatte für Witec geschwärmt, weil er ihr trotz ihres schiefen Gesichts Komplimente gemacht, sich für sie interessiert, mir ihr gescherzt, sie verliebt geneckt hatte. Eine Liebesaffäre hatten sie nicht, aber er hatte ihr das erste Mal das Gefühl gegeben, als Frau wahrgenommen zu werden. Weder der Bürgermeister noch der Pfarrer hatten Charlotte vorgelassen. Mit dem berüchtigten sächsischen Gauleiter wollte sich niemand anlegen.

Richard ließ sich von Leutner zu dem Platz chauffieren. Sie parkten die Limousine auf der anderen Seite des Platzes, im Schatten einer Linde, direkt hinter dem sechseckigen Brunnen. Charlotte stieg zu ihm in den Wagen. Dort verharrten sie bis Sonnenuntergang, ohne ein Wort miteinander zu wechseln. Als es fast dunkel war, holte einer der Uniformierten einen Eimer Wasser aus dem Brunnen und schüttete ihn Witec ins Gesicht. Doch selbst darauf reagierte er kaum noch. Man hörte ein kurzes Röcheln, es schien kaum noch Leben in ihm zu sein. Sie banden ihn vom Stuhl los, und er rutschte auf die Pflastersteine. Charlotte konnte im Mondschein sehen, wie Thereses Hände zuckten.

»Mach jetzt nichts Dummes!«, sagte sie leise. Auch ohne ihre Warnung zu hören, blieb ihre Tochter wie erstarrt mit geradem Rücken auf dem Stuhl sitzen. Igor und Witec wurden zu einem Pritschenwagen geschleift.

Erst als er abfuhr, öffnete Charlotte die Wagentür und ging über den Platz auf Therese zu. Apathisch saß ihre Tochter auf dem Stuhl und blickte mit leeren Augen geradeaus ins Nichts.

»Komm, wir gehen nach Hause«, sagte Charlotte und ergriff ihren Arm.

ANNA

Im April 1945 war es so weit: Die Russen fielen in Berlin ein. Mit jeder Stunde kämpften sich die sowjetischen Soldaten weiter in die Stadt vor. Straße für Straße, Haus für Haus, Wohnung für Wohnung wurde von ihnen erobert. Vereinzelt wurden weiße Bettlaken, Kopfkissenbezüge oder Taschentücher aus leeren Fensterhöhlen gehängt. Doch nicht alle trauten sich, die improvisierten Friedensfahnen zu hissen. Noch immer war das Volk aufgerufen, »bis zum letzten Atemzug« zu kämpfen und den Bolschewisten erbitterten Widerstand zu leisten. Unzählige »Vaterlandsverräter« wurden von Standgerichten abgeurteilt und verloren durch die Hände unverbesserlicher Fanatiker in diesen letzten Tagen vor Kriegsende noch ihr Leben. Der Nollendorfplatz stand unter Artilleriebeschuss. Einige der Kinder- und Greisensoldaten des Volkssturms hatten Barrikaden errichtet und setzten sie in einer Verzweiflungstat in Brand. Die Russen machten kurzen Prozess und überrollten sie mit ihren Panzern. Bald hallte auch in der Zwiestädter Straße das Knattern der Maschinengewehre durch die Häuserschluchten. Rauch verdunkelte den Himmel.

Als der russische Panzer durch den breiten Eingang des Hauses Nr. 8 fuhr, saßen Anna, ihre Töchter, Emma, Dora und Ida zusammen mit vier anderen Frauen aus dem Haus und deren Kindern in einem engen Verschlag am Ende des Luftschutzkellers. Zwei Männer aus dem Haus, Herr Pahlke und Herr Meinel, die schon vor längerer Zeit mit schweren Kriegsverletzungen zurückgekehrt waren, hatten einen Schrank davorgerückt, um den Einstieg zu verdecken. Die Gesichter mit Kohlenstaub geschwärzt, die Haare zerzaust, trauten sie sich kaum zu atmen. Sie verharrten in vollständiger Dunkelheit, halb übereinander, halb untereinander sitzend. Die Erschütterung, als der tonnenschwere Panzer in den Hinterhof fuhr, war für sie körperlich spürbar. Noch schlimmer war der Moment, in dem die Vibration plötzlich aufhörte.

Anna schnürte es die Kehle zu. Die staubige Luft in dem Verlies war knapp. Sie fürchtete plötzlich, husten zu müssen, und versuchte mit ihrer gesamten Willenskraft, den Reiz zu unterdrücken. Der Panzer hatte angehalten. Jetzt würden sie ausschwärmen und die Häuser durchsuchen. Sie hörten Schritte von schweren Stiefeln im Hauseingang. Dann Getrampel, offenbar gingen sie zuerst in die oberen Stockwerke, um die Wohnungen zu durchsuchen. Gisela wimmerte plötzlich: »Mein Bein, ich habe einen Krampf!.«

Geistesgegenwärtig schlug Anna ihr die Hand vor den Mund und tastete mit der anderen nach ihrem Bein, zog die Zehen Richtung Schienbein, um die Wade zu überstrecken. Sie spürte, wie Gisela sich langsam wieder entspannte. Ganz vorsichtig, um bloß kein verräterisches Geräusch zu verursachen, versuchte sie, ihr etwas mehr Platz zu verschaffen. Plötzlich hörten sie wieder Getrampel, diesmal kam es näher, dann ein lautes Quietschen: die Kellertür. Starr vor Entsetzen fassten sich die Frauen an den Händen. Mütter umklammerten ihre Kinder. Anna hörte die Stimme von Frau Kalinke neben sich flüstern: »Ich halte das nicht aus. Eher sterbe ich, als dass ich denen in die Hände falle.«

»Schscht«, machte Anna. »Seien Sie leise!«

Die schweren Schritte kamen näher. Es sind mindestens drei oder vier, dachte Anna. In kurzen, abgehackten Sätzen riefen sich die fremden Stimmen etwas zu. Es rumpelte laut, so als würden Bänke umgeworfen. Das Bersten von Holz war zu hören, als die Bretterverschläge der einzelnen Keller zertreten wurden, und plötzlich ertönten Maschinengewehrsalven. Jetzt haben sie Pahlke und Meinel erschossen, wussten die Frauen alle sofort. Einen Moment lang herrschte Stille. Anna merkte, wie die Anspannung, die Angst und die Dunkelheit sie fast um den Verstand brachten. Sie sah auf einmal das Bild eines Mannes vor sich: Zuerst dachte sie, es sei Carl, doch dann realisierte sie, dass es Erichs Gesichtszüge waren. Er trug die graue Soldatenuniform aus dem Ersten Weltkrieg und streckte die Hand nach ihr aus, so als wolle er, dass sie mit ihm käme. In ihrem Kopf rauschte das Blut, wild schlug ihr Herz. Die Sehnsucht nach ihrem ältesten, ihrem ersten Freund war auf einmal so übermächtig, dass sie lautlos weinen musste. Tränen traten aus ihren Augen, und sie spürte, wie die heißen Tropfen über ihre geschwärzten Wangen rannen. Sie hatte nie viel über ihn nachgedacht. Doch jetzt begriff sie, dass sie ihn auf eine unerklärliche Weise immer geliebt hatte, obwohl er schon so lange aus ihrem Leben verschwunden war. Gisela drückte ihre Hand so fest, krallte ihre Nägel in ihr Fleisch, dass es schmerzte. Das Bild von Erich löste sich auf. Da waren wieder die Schritte. War es eine Täuschung oder entfernten sie sich wirklich? Die Frauen, die die ganze Zeit die Luft angehalten hatten, atmeten überaus vorsichtig ein und aus: Die russischen Soldaten hatten ihr Versteck nicht gefunden und zogen sich zurück zur Kellertreppe.

»Danke!«, sagte eine leise Stimme.

Im selben Moment fand ein winzig kleines Staubkorn seinen Weg in die Nase des achtjährigen Nachbarsjungen, der neben Gisela kauerte. Sie hörten ein merkwürdiges gurgelndes Geräusch, als er versuchte, das Niesen zu unterdrücken. Er drückte die Nasenflügel mit den Fingern zusammen. Doch das Stäubchen saß offenbar an einem besonders empfindlichen Punkt fest und reizte ihn so lange, bis der natürliche Reflex ausgelöst wurde.

»Hatzih!«

Sofort hörten sie den kehligen Schrei eines der Soldaten. In der nächsten Sekunde ging alles ungeheuer schnell: Der Schrank wurde zur Seite geschoben, und grelles Licht von Taschenlampen leuchtete ihnen in die geschwärzten Gesichter. Sie wurden geblendet, konnten nichts erkennen, spürten nur die groben Hände, die nach ihnen griffen und sie an Armen, Kleidern oder Haaren, was immer die Finger zu fassen bekamen, aus ihrem Versteck zerrten. Sie hörten die rauen Stimmen, die fremden Worte. Die Frauen und Kinder klammerten sich aneinander und wurden mit roher Gewalt auseinandergerissen.

Es waren sechs Soldaten. Mit den Füßen rollten sie die Leichen der zwei erschossenen Deutschen zur Seite, schoben die Pritschen in die hintere Ecke des Kellergangs. Alle wussten, was jetzt passieren würde. Oft genug hatten sie die grauenhaften Schilderungen hinter vorgehaltener Hand gehört. Jede Grausamkeit, die deutsche Soldaten während des Russlandfeldzugs verübt hatten, wurde vergolten und gerächt. Und keiner war da, der sie davor bewahren konnte. Der Reihe nach wurden sie brutal auf die Pritschen geworfen. Einer der Soldaten hielt am Kopfende die Arme fest. Die anderen vergingen sich abwechselnd an allen Frauen. Als sie sich Anita griffen, warf sich Anna vor dem Soldaten auf die Knie und flehte inständig, er möge ihre Töchter verschonen. Der Mann hatte den Stahlhelm tief in das Gesicht gezogen. Seine schräg stehenden, dunklen Augen sahen sie einen Moment lang aufmerksam an. Ihre Worte konnte er nicht verstehen, aber einen Herzschlag lang hatte Anna die Hoffnung, dass ihn die Geste berührte. Wie oft mochte er während seines Feldzugs schon eine Mutter gesehen haben, die um Gnade für ihre Töchter bat? Hundert Mal? Zweihundert Mal?

»Bitte!«, wiederholte sie leise und legte die Handflächen aneinander. Während sie so verharrte, nahmen sich zwei andere Soldaten Frau Kalinke vor, die ein furchtbares Geschrei anstimmte, als sie sie zu der linken Pritsche zerrten. Sie zappelte mit den Armen und Beinen, wehrte sich mit allen Kräften, bis einer der beiden ihr ein paarmal mit voller Wucht ins Gesicht schlug. Darauf verstummte ihr Geschrei, und man hörte sie nur noch leise wimmern. Anna kniete noch immer vor dem Soldaten, der Anitas Arm hielt. Jetzt öffnete er den Mund, verzog ihn zu einem Grinsen und entblößte einen fehlenden Schneidezahn. Ruckartig riss er an Anitas Arm und schleuderte sie auf die Pritsche.

»Wehr dich nicht!«, flüsterte Emma ihr zu.

Endlich ließen die Russen von ihnen ab, zogen ihre grünen Uniformhosen hoch, schlossen die Gürtelschnallen, griffen ihre Waffen und stiegen die Kellertreppe nach oben. Sie riefen sich kurze Sätze zu und lachten. Die Schritte ihrer Stiefel entfernten sich.

Das Ganze hatte etwa eine Stunde gedauert. Anna war es wie eine schreckliche Ewigkeit vorgekommen. Angstvoll verharrten sie im Keller, keiner traute sich aufzustehen und zur Tür zu gehen. Frau Kalinke konnte nicht aufhören zu weinen. Ihr Gesicht, blutüberströmt, das Auge zugeschwollen, die Lippe aufgeplatzt, gab ein Bild des Elends ab. Ida versuchte, ihr Trost zuzusprechen. Wenigstens war sonst keine geschlagen worden, die Kinder hatten sie ganz verschont. Alle versuchten, ihre Kleidung oder die Fetzen, die davon übrig waren, zu ordnen. Dann saßen oder lagen sie schweigend auf dem kalten Boden, um die Pritschen machten sie alle einen Bogen. Auf einmal spürten sie, wie die Decke über ihnen wieder anfing zu vibrieren. Der Panzer war losgefahren. Sie hörten das laute Quietschen und Rattern der Panzerketten auf dem Asphalt. Es hallte entsetzlich schrill, als er den Eingang durchquerte. Schließlich herrschte Stille.

»Sind sie weg?«, fragte Frau Kalinke mit zitternder Stimme.

»Ich gehe nachsehen«, sagte Anna und stand auf.

»Warte lieber noch«, sagte Dora. »Was, wenn sie wieder zurückkommen oder noch andere Sowjets im Haus sind.«

Anna zögerte. Dora hatte recht. Es konnte durchaus sein, dass noch mehr russische Soldaten die Häuser durchkämmten. Sie warf einen Blick auf Anita, die sich mit dem Rücken an Emma lehnte. Ihr Blick wirkte leer, fast abwesend. Doch Frau Kalinkes Wunden mussten versorgt werden. Sie zog die Schuhe aus, schlich auf Zehenspitzen den Gang zur Kellertreppe entlang und stieg die Stufen hoch. Die Tür stand weit auf. Zuerst steckte sie den Kopf hinaus, drehte ihn nach allen Seiten, lauschte ins Treppenhaus. Es war nichts zu hören, außer einigen vereinzelten Schüssen von der Straße. Daraufhin traute sie sich weiter vor und schlich vorsichtig in den Hauseingang. Während sie dort stand, spürte sie deutlich die Spuren der Panzerketten, die sich in den Asphalt unter ihren Fußsohlen eingegraben hatten. Auch das Hauseingangstor hatten die Sowjets zerstört. Vor Kälte und Angst begann sie zu zittern. Es kostete sie große Überwindung, noch weiter vor zur Straße zu gehen. Auf keinen Fall wollte sie riskieren, dass ihre Familie von einem weiteren sowjetischen Trupp überfallen wurde. Plötzlich kam ein Junge um die Ecke in den Hauseingang und stieß fast mit ihr zusammen. Dabei fiel ihm ein Besenstiel mit einem weißen Tuch aus den Händen. Er stutzte kurz, und Anna konnte in seine panisch aufgerissenen Augen sehen. »Willi!«, sagte sie, als sie den Sohn einer Nachbarin erkannte, der in den letzten Wochen zum Volkssturm eingezogen worden war. Sie wusste, dass er kaum älter als fünfzehn war.

»Bitte verraten Sie mich nicht. Ein SS-Mann ist hinter mir her, er hat mich mit der Friedensflagge erwischt«, flüsterte er. Sein kindliches Gesicht war angstverzerrt. »Der bringt mich um!«

Anna nickte. Sie hatte von brutalen SS-Standgerichten gehört, die trotz des sowjetischen Vorstoßes immer noch in der Stadt unterwegs sein sollten und jeden erschossen oder aufknüpften, der sich freiwillig ergeben wollte. Schon rannte der Junge an ihr vorbei in den Hinterhof. Sie bückte sich und hob das Tuch auf, das sich von dem Holzstab gelöst hatte. Es war ein alter Kopfkissenbezug. Als sie die schnellen Schritte von schweren Stiefeln hörte, schlüpfte sie damit zurück in das Treppenhaus und verbarg sich hinter einem Mauervorsprung. Sie hörte, wie die Schritte näher kamen und vor dem Eingang zum Treppenhaus verharrten. Anna presste sich an die kalte Hauswand, krallte die Fingernägel in den Putz. Wo war die Hilfe der Waffen-SS gewesen, als sie von den Sowjets vergewaltigt wurden, fragte sie sich. Der Mann kehrte um, und Anna hörte das Hallen seiner Schritte, als er langsam weiter in den Hinterhof ging. Da fasste sie sich ein Herz. Sie schob den weißen Bezug unter die Treppe und trat zurück in den Hauseingang.

»Bitte helfen Sie uns!«, rief sie dem breiten Rücken der schwarzen Uniform zu, um den Mann von dem Jungen abzulenken. Der SS-Soldat drehte sich langsam um. »Wir brauchen Ihre Hil-«, das letzte Wort erstarb in ihrer Kehle, als sie sein Gesicht sah. Die kleinen stechenden Augen über der roten Nase flackerten auf, als er auf sie zukam. Auch er hatte sie wiedererkannt.

»Na, det is ja ein Zufall«, sagte Günter.

Anna wich zurück, überlegte fieberhaft, wohin sie vor ihm fliehen konnte. Ins Treppenhaus? Doch was, wenn er sie nach oben in eine der leeren Wohnungen trieb. Ihr brach der Schweiß aus, ihr Herz pochte wie wild. Zurück den Keller? Zu den anderen? Nein, da waren ihre Töchter, wer konnte wissen, was ihm da noch in den Sinn kommen würde. Ohne weiter nachzudenken drehte sie sich um und rannte auf die Straße. Günter nahm die Verfolgung auf. Natürlich war er schneller, und der Abstand zwischen ihnen verringerte sich. Anna rannte, so schnell sie konnte. Am Ende der Straße sah sie einen sowjetischen Panzer, der in die entgegengesetzte Richtung rollte. Konnte der ihre Rettung sein? Günther war jetzt dicht hinter ihr, sie hörte sein Keuchen, und da packte er sie auch schon am Arm, schleuderte sie gegen eine Hauswand. Sein hässliches Gesicht war genau vor ihrem.

»So sieht man sich wieder!«, zischte er.

Anna schrie gellend auf. In dem Moment krachte ein Schuss. Erstaunt öffnete Günter den Mund, als wolle er etwas sagen, dann sackte er langsam in sich zusammen. Anna stand an der Hauswand und atmete schwer. Dann sah sie auf der anderen Straßenseite einen Sowjetsoldaten, der seinen Revolver zurück ins Halfter steckte und wieder die Maschinenpistole zückte. Anna hob ganz langsam die Arme. Der Soldat überquerte die Straße mit der Waffe im Anschlag, ließ Günter und Anna dabei nicht aus den Augen. Dann war er genau vor ihr, stieß den leblosen Körper mit der Fußspitze an. Als Günter ein Stöhnen von sich gab, richtete der Sowjet mit einer kleinen Bewegung die Mündung auf seinen Körper, und ein Kugelhagel durchlöcherte ihn. Nachdem der sowjetische Soldat den Toten entwaffnet hatte, bedeutete er Anna mit einem schroffen Kopfnicken, dass sie verschwinden solle.

Anna versuchte, ihre zitternden Beine zu kontrollieren und weder zu schnell noch zu langsam zu laufen, als sie zurückging. Erst jetzt wurde ihr klar, wie weit sie auf der Flucht vor Günter gerannt war. Kurz vor ihrem Haus wagte sie es, die Arme sinken zu lassen und sich umzudrehen. Der Soldat war nicht mehr zu sehen.

»Keiner mehr da«, sagte sie, als sie den Keller betrat. »Wo warst du so lange?«, fragte Gisela. Doch Anna presste nur stumm die Lippen aufeinander.

Sie halfen Anita und Frau Kalinke aufzustehen. Langsam schleppten sie sich die Treppen zu ihrer Wohnung hinauf. Von der Straße ertönten immer noch Schüsse und gelegentlich das Rattern von Maschinengewehren. Oben angekommen, bot sich ihnen ein Bild der Zerstörung: Direkt hinter der aufgetretenen Tür lag Anitas rotes Akkordeon. Offenbar hatten die Russen es zuerst mitnehmen wollen, dann war es ihnen womöglich doch zu sperrig. Jemand hatte es gegen die Wand geworfen, nun lag es zerstört und zertreten auf dem Läufer. Anita stieß einen einzigen halb erstickten Schluchzer aus, danach ging sie schweigend in ihr Zimmer. Die Möbel waren umgestoßen, der Inhalt von Schränken und Schubladen überall auf dem Boden verstreut, die Matratzen aufgeschlitzt. Wertsachen besaßen sie sowieso keine, doch die Sammeltassen und Bilderrahmen hatten die Russen offenbar mitgenommen. Natürlich waren auch alle ihre kargen Essensvorräte aus der Speisekammer verschwunden. Als Erstes sah Anna nach, ob noch genügend Kohlen für ein Vollbad übrig waren, und suchte die Reste aus allen Zimmern und der Küche zusammen. Dann heizte sie den Ofen im Bad an.

CHARLOTTE

Mutti!«

Charlotte hörte das Wort, aber sie bezog es nicht auf sich. In gebückter Haltung stand sie breitbeinig auf dem Acker und wühlte mit den Händen in der bröckeligen Erde, warf die dunklen Kartoffelknollen in einen Korb. Wer da rief, hatte eine heisere Männerstimme. Sie schaute gar nicht hoch. Immer wieder kamen Hamsterer in Scharen aus der Stadt zu ihrem Hof und auf die Felder. Die Ströme schienen niemals abzureißen. Ausgehungerte, in Lumpen gekleidete Menschen mit Körben und Rucksäcken auf dem Rücken, die wie Heuschrecken über ihr Land herfielen. Sie hatte Mitleid und steckte vor allem den Frauen mit kleinen Kindern zu, was sie selbst entbehren konnten. Doch es sprach sich herum, und es wurden jeden Tag mehr, und je mehr kamen, um so mehr wurden ihre Felder und Ställe geplündert. Während sie im Hof Bedürftige versorgte, räumte man hinter ihrem Rücken die Felder und Ställe leer. Das Volk hungerte und litt so große Not, dass Skrupel und Ehrlichkeit auf der Strecke blieben. Charlotte machte sich wieder an die Arbeit, bohrte ihre Finger in die ausgetrocknete Erde. Sie mussten flink sein und alle reifen Kartoffeln ernten, heute noch. Jede Hand wurde gebraucht! Eile war geboten! Alles, was sie morgens nicht vom Feld holten, war am Abend gestohlen. Und wenn es nicht bald einmal regnete, würde die restliche Ernte verdorren.

»Mutti!«

Charlotte richtete sich langsam auf und drehte sich in die Richtung um, aus der die Stimme kam.

»Das ist ja Felix!«, sagte Bärbel, die neben ihr kniete. Der hagere, hochgewachsene Mann, der nur eine weite schwarze Hose und ein geripptes Unterhemd trug, sah sie unverwandt an.

»Felix!«, flüsterte Charlotte.

Da kam er schon auf sie zu, rannte mit seinen Soldatenstiefeln über die rissige Erde. Sie fielen sich in die Arme, und Charlotte drückte ihren ältesten Sohn an ihr Herz. Seit Kriegsende hatte sie kein Lebenszeichen von ihm erhalten, genauso wenig wie von seinen jüngeren Brüdern oder von Ernst. Doch hier stand er, die Schultern von der Sonne verbrannt, und erzählte stockend, wie der deutsche Marinestützpunkt auf Sylt von den Briten eingenommen wurde, wie sie alle entwaffnet und in ein Internierungslager gebracht worden waren. »… erst letzte Woche haben sie uns in Flensburg in die westdeutsche Zone entlassen. Da stand ich und habe nachgegrübelt, wie ich bloß hierhergelangen sollte, wo doch Feltin nun in der Sowjetzone liegt und die Zonengrenze streng bewacht ist. Aber ich wollte doch nur noch eines: nach Hause. Zurück nach Feltin.«

Charlotte wollte ihm über das kurz geschorene Haar streichen, doch er fing ihre Hand ab und raunte beschämt: »Nicht, Mutti, bitte, die sind noch voller Läuse … aus dem Lager.«

Sein Blick fiel über ihre Schulter auf die beiden hageren Mädchen in zerschlissenen Kleidern. Eine davon hatte die blonden Haare zu einem Pferdeschwanz gebunden, das runde Gesicht mit einer schmalen kleinen Nase war hübsch geworden.

»Bärbel!«, sagte er und legte die Arme um seine kleine Schwester.

Therese stand mit ihrem raspelkurzen braunen Schopf daneben, und Felix fragte: »Du hast ja deine schönen Haare abgeschnitten! Hattest du auch die Läuse?«

Therese schüttelte den Kopf, senkte die Lider und sah zu Boden.

»Das erzähle ich dir später«, kam ihr Charlotte zu Hilfe. »Jetzt gehst du erst einmal ins Haus, nimmst ein Bad und lässt dir von Frau Leutner eine Flasche Essig für die Haare geben.«

Felix zögerte. Er hätte sie gerne gefragt, wie sie die Eroberung durch die Sowjetsoldaten überstanden hatten, doch er traute sich nicht. Er hatte Schreckliches darüber gehört. Stattdessen fragte er nach seinen Brüdern und seinem Vater. Charlotte presste die Lippen zusammen und schüttelte den Kopf. »Keine Nachricht.«

»Vati darf unter keinen Umständen nach Hause kommen!«, stieß er hervor und schien plötzlich ganz außer sich zu sein. Er drehte sich nach allen Seiten um und setzte leise hinzu: »Wehrmachtsoffiziere werden sofort von den Sowjets verhaftet, sie landen alle in Sibirien, falls sie das überhaupt lebend erreichen.«

Charlotte nickte. Das hatte sie bereits von Richard gehört. »Geh nur erst einmal baden. Es wird schon alles werden.« Sie strich sich eine graue Haarsträhne hinter das Ohr und sah ihm hinterher, als er sich auf den Weg zum Hof machte.

Die grünen Blätter der Birken neben dem Feldweg wurden von den hellen Strahlen der Vormittagssonne in ein unwirkliches Licht getaucht. Noch war die Luft klar. Es war einer der wenigen Tage, an denen ein leichter, frischer Westwind wehte. Charlotte kam der Gedanke, ob wohl alles Gute im Leben aus dem Westen kam. Hätte Feltin nicht einfach weiter dort drüben im amerikanischen Sektor liegen können?

»Mutti, sieh mal, da kommen noch mehr!«, hörte sie Therese neben sich sagen. Offenbar war ein neuer Zug eingetroffen, und die Silhouette des nächsten endlosen Trecks zeichnete sich am Horizont über den Hügeln von Rabenstein ab.

»Gott im Himmel!«, stöhnte Charlotte. »Wovon sollen die Menschen bloß alle satt werden?«

ANNA

Anita!«, sagte Anna leise und setzte sich neben sie auf den Boden vor das Bett. »Das kann doch nicht so weitergehen!«

Mit leeren Augen starrte ihre Tochter die kahle Wand des Zimmers an. Anfangs hatte sie Stunden im Badezimmer verbracht. Die Tür von innen verriegelt. Auf kein Klopfen reagiert. Stehend in der Badewanne, den Kochlöffel zwischen den Zähnen. Unbarmherzig mit sich selbst, ertrug sie eine Essigspülung nach der anderen. Unterdrückte die Schreie, die brennenden Schmerzen, wenn die Säure sich in ihre offenen Wunden fraß. Nun saß sie hier, bleich und stumm, antwortete auf keine Frage, nahm nicht einen Bissen zu sich. Resigniert ließ Anna den Teller mit dem Schmalzbrot sinken. Der Geruch des Schweinefetts löste ein fast unerträgliches Verlangen danach aus, selbst in das Brot zu beißen, und sie verdammte sich dafür. Es war schwer genug gewesen, es zu organisieren. Es gab nichts. Während des gesamten Krieges hatte die Versorgung der Bevölkerung funktioniert. Sie war nicht üppig gewesen, doch es hatte gereicht. Nun litten sie Hunger. Wie ein Schreckgespenst bestimmte der Hunger ihre Gedanken, zehrte an ihren mageren Körpern. Sie wusste, dass ihr nichts anderes übrig bleiben würde. Sie musste aufs Land fahren, um etwas Essbares zu besorgen. Sie hatte es nur bisher nicht über das Herz gebracht, Anita auch nur länger als eine Stunde zu verlassen.

»Ich lege es hier hin, falls du es dir doch noch anders überlegst, ja?«, sagte Anna und stellte den Teller auf dem Dielenboden ab. Sie strich ihr zärtlich über die braunen Haare und hoffte auf eine Regung, auf einen Blick. Doch Anita hatte sich in ihr Allerinnerstes zurückgezogen.

Zwei Tage später brach Anna mit Gisela zusammen um fünf Uhr morgens auf. Sie hatte Emma, Ida und Dora gebeten, abwechselnd bei Anita zu bleiben und sie nie allein zu lassen. Mit leeren Rucksäcken auf dem Rücken wanderten sie durch die Straßen Berlins, die in der Morgendämmerung einer gespenstischen Schuttwüste glichen. Der Krieg war vorbei, doch kein Stein stand mehr auf dem anderen. Unter der Junisonne erwachten die Überlebenden. Mauerreste, Balken, sogar Stahlträger wurden aus den Ruinen getragen. Frauen und Kinder reichten Eimer mit Schutt von Hand zu Hand, zogen schwer beladene Wagen und Loren mit ihrer eigenen Körperkraft, denn es gab weder Pferde noch Lastwagen. Die Kriegstrümmer waren das Material für den Wiederaufbau. Anna wusste, dass auch sie und Gisela bald mit anfassen würden. Aber zuvor brauchten sie etwas Essbares. Sie kamen an langen Schlangen vor improvisierten Lebensmittelgeschäften vorbei, doch wenn sie hineinsahen, waren die Regale leer. Andere standen für Trinkwasser an, denn in den meisten Straßen waren die Wasserrohre geplatzt. Die zertrümmerten Straßenzüge erschienen ihnen so fremd, dass sie nach einer Weile nicht mehr wussten, wo sie waren. Doch man hatte Anna gesagt, dass der Görlitzer Bahnhof noch funktionierte. Sie mussten nach Norden und orientierten sich am Sonnenstand. Gisela lief neben ihr. Inzwischen hatte sie sich die Fersen blutig gelaufen, da ihr die Schuhe viel zu klein geworden waren. Doch sie lief tapfer weiter. Sie schien die schrecklichen Erlebnisse deutlich leichter verkraftet zu haben als ihre arme Schwester. Aufrecht und mit erhobenem Kopf ging sie manchmal ein Stück vorneweg, um den Weg zu suchen, und Anna sah sie verwundert an. Mit dem lockeren Knoten in den glänzenden dunkelbraunen Haaren und ihren hohen Wangenknochen wirkte sie frisch und selbstbewusst. Sie trug ein altes Kleid von Anita, da sie aus ihren Sachen herausgewachsen war. Mit schmaler Taille und weitem Rock. Obwohl der kornblumenblaue Stoff verblichen war und die derben Schuhe so gar nicht dazu passten, strahlte sie darin eine sanfte Schönheit aus.

»Sieh mal, Mutti! Das ist schon ein Vorbote aus deiner Heimat.« Gisela zeigte auf ein unversehrtes blaues Straßenschild, auf dem »Spreewälder Platz« stand.

»Da hast du recht, und dort vorne ist auch der Bahnhof«, sagte Anna.

Sie schlossen sich den vielen Menschen an, die jetzt aus allen

Richtungen strömten und zielstrebig auf ein halb eingefallenes Gebäude zueilten. Von den beiden berühmten Türmen des Görlitzer Kopfbahnhofs stand nur noch einer, der hintere Teil der Halle fehlte ganz, doch die Trümmer hatte man schon von den Gleisen geräumt und sie instand gesetzt. Der Bahnsteig war voller Menschen, die noch früher aufgestanden waren oder näher am Bahnhof wohnten. Manche hatten sogar hier übernachtet, um in den ersten Zug zu kommen.

»Hier entlang!«, sagte Gisela zu ihrer Mutter, und Anna folgte ihr, als sie über die Körper und Gliedmaßen der auf dem Asphalt lagernden Menschen hinwegstiegen. Gisela entschuldigte sich freundlich bei jedem. Sie strahlte eine innere Ausgeglichenheit aus, die jeden glauben ließ, sie verfolge irgendein übergeordnetes Ziel. Manche sahen sie einfach nur an, niemand schimpfte, die meisten machten ihnen freiwillig Platz. Anna war angesichts der riesigen Menschenmenge auf dem Bahnsteig klar, dass sie nur eine Chance hatten, in den einfahrenden Zug zu gelangen, wenn sie ganz vorne am Gleis warteten, aber in Giselas Begleitung verspürte sie mit einem Mal eine große Zuversicht.

Wenig später standen sie dicht gedrängt im Gang, aber wenigstens hatten sie einen Fensterplatz. Die meisten Mitfahrer stiegen schon in den Orten aus, die näher an Berlin lagen. In Halbe leerte sich der Zug schließlich so weit, dass sie sich sogar in ein Abteil setzen konnten. Dann tauchte der Zug in das dichte Waldgebiet ihrer Heimat. Ab und an spiegelten sich die Sonnenstrahlen im grünen Wasser der Spreekanäle und leuchteten wie kleine Blitze in ihren Augen. Anna fühlte, wie ihr Herz schneller zu schlagen begann. Wie sehr sie sich nach ihrem Spreewald gesehnt hatte, war ihr nie bewusst gewesen. Die beschaulichen Dörfchen Kolkwitz und Kunersdorf glitten unversehrt an ihr vorüber, als hätte es nie einen Krieg gegeben.

»Gleich sind wir da!«, sagte sie atemlos zu Gisela und drückte ihre Hand. Das zierliche gelb getünchte Gebäude des Vetschauer Bahnhofs kam auf einmal in Sicht. Es wurde kaum größer, als sie sich näherten. Die grünen Fensterrahmen wie ehedem. Vor einem unversehrten Gebäude ihrer Kindheit zu stehen, war eine Wohltat nach dem Durchwandern des zerstörten Berlins. Sie stiegen aus und machten sich auf den Weg zu ihrem Elternhaus. Inzwischen waren sie beide so hungrig, dass sie Mühe hatten, den langen Weg zu Fuß durchzuhalten. Ihre Hoffnung richtete sich auf den Gemüsegarten ihrer Mutter. Dort musste sich doch noch etwas Essbares finden. Giselas Füße bluteten wieder, und sie zog ihre Schuhe aus, lief barfuß weiter, weil ihre Blasen an den Fersen unerträglich wurden.

»Vielleicht gibt es noch ein paar bequemere Schuhe, die dir passen, bei Oma und Opa«, tröstete sie Anna. »Und wenn nicht, bleibst du einfach dort und ruhst dich aus, während ich die umliegenden Höfe abklappere.«

Nur noch die Böschung hinauf und über die kleine Holzbrücke. Als sie um die Ecke bogen, vorbei an den drei großen Trauerweiden, sah sie bereits die Anhöhe. Und tatsächlich standen dort noch die Hasen- und Gänseställe. Dahinter das winzige Haus, ihr Elternhaus mit dem unregelmäßigen Schieferdach, unter dem sich die zwei Schlafkammern befanden. Anna spürte einen Kloß im Hals, als sie auf die schiefe alte Eingangstür aus verwittertem Holz zugingen. Während der Zugfahrt hatte sie sich unbändig auf das Wiedersehen mit ihren Eltern gefreut. Doch auf einmal hatte sie ein beklemmendes Gefühl.

»Was ist? Gehn wir nicht hinein?«, fragte Gisela.

Normalerweise sah ihre Mutter schon aus dem Küchenfenster jeden, der auf das Haus zukam. Anna drückte die eiserne Klinke herunter und stieß die unverschlossene Tür auf.

»Mutti? Vati?«, rief sie, als sie die niedrige Diele betrat. Doch es kam keine Antwort. Ein unverkennbarer Duft nach frisch gekochter Hühnersuppe hing in der Luft und ließ ihnen sofort das Wasser im Mund zusammenlaufen.

»Oh, wie herrlich! Oma hat Suppe gekocht!«, sagte Gisela voller Vorfreude. »Als hätte sie gewusst, dass wir kommen.«

Als sie in die Küche gehen wollten, kamen sie an der Wand vorbei, an der immer ein schmaler Spiegel gehangen hatte. Anna erschrak: Er war noch da, aber jemand hatte ihn mit einem schwarzen Tuch abgedeckt.

»Was bedeutet das?«, fragte Gisela.

»Ich weiß es nicht«, log Anna, denn sie wollte ihre schreckliche Ahnung nicht laut aussprechen. Sie fürchtete sich davor, sie dadurch wahr werden zu lassen.

Sie gingen weiter in die Küche. Das weiße Tischtuch auf der groben Holzplatte des Ecktischs stach ihr sofort ins Auge. Die gestapelten Teller und Löffel schienen für eine größere Gesellschaft vorbereitet worden zu sein. Auf dem Herd ein mächtiger Topf mit Hühnersuppe. Anna rannte die schmale Stiege zu den zwei Schlafkammern hinauf. Auch im Zimmer ihrer Eltern hing ein schwarzes Tuch über dem Wandspiegel. Ein bohrender Schmerz begann in ihrem Inneren zu nagen. Sie hatten zweifellos einen Trauerfall in der Familie. Einer ihrer Brüder?

»Komm, Gisela. Wir müssen zum Friedhof!«

Als sie durch das Fenster blickte, sah sie eine gebeugte Frau in Schwarz, die auf das Haus zukam. Neben ihr, das musste Wilhelm sein, in einem Anzug, der ihm an den Armen und Beinen zu kurz und am Körper viel zu weit war. Dahinter folgte die schwarz gekleidete Trauergemeinde. Anna rannte zurück in die Diele und riss die Tür auf.

»Anna!«, rief ihre Mutter und erstarrte. »Du bist hier!«

Sofort lagen sie sich in den Armen und konnten beide die Tränen nicht zurückhalten.

»Und Gisela auch!«

Gisela wurde innig von ihrer Großmutter an die Brust gedrückt.

»Und wo ist Anita?«, stieß Sophie hervor. »Wir wussten gar nicht, wie wir euch erreichen sollen. Es gibt ja keine Post und nichts.«

»Anita ist in Berlin«, sagte Anna und fügte beschämt hinzu: »Mutti, wir sind ja nur gekommen, weil es in der Stadt nichts mehr zu essen gibt. Was ist denn passiert?«

Als sie die tiefe Trauer in den Augen ihrer Mutter sah, wusste Anna sofort, dass es ihr Vater war, der gestorben war. Ihr Herz wurde schwer. Sie hatte ihn so lange nicht gesehen, und doch war das Bewusstsein, dass es jemanden gab, der sie bedingungslos liebte, immer eine Art Ermutigung für sie gewesen. Sie lag sich lange mit Wilhelm in den Armen. Nach und nach traf der gesamte Trauerzug des Dorfes ein. Manche nannten sie beim Namen, aber sie hatte Mühe, die Menschen aus ihrer Kindheit alle wiederzuerkennen. Die vielen Kondolenzen gingen fast über ihre Kräfte. Der leere Magen und der Seelenschmerz ließen ihr schließlich die Beine einknicken. Gerade als sie sich auf die unterste Stufe der Stiege im Eingang sinken ließ, betrat einer der letzten Trauergäste das Haus. Eine feste Hand hielt helfend ihren Arm.

»Anna!«

Die Stimme löste etwas in ihr aus. Ein Hochgefühl, das gleichzeitig tröstlich und doch so alarmierend war. Sie sah ihn an: Es war Erich.

Sie saßen nebeneinander im Gras am Rand des Bachlaufs, an ihrer alten Stelle. Die hohen Halme waren heruntergedrückt, so als wären in letzter Zeit andere Kinder oder Liebespaare an das seichte Ufer gekommen, an dem das Wasser der Spree so klar wie der Himmel war. Jemand hatte ein Wort aus auffällig gezeichneten, grauen Flusssteinen in den Sand des Bachbetts gelegt.

»Glück!«, las Anna leise vor und hob einen der Steine auf, schloss die Finger darum. »Ist das nicht ein merkwürdiges Wort?«

»Nicht!«, sagte Erich, legte seine Hand sanft um ihre und nahm den runden Stein mit den zwei weißen Streifen aus ihrer Handfläche. »Das bringt Unglück.«

Sorgfältig legte er ihn wieder an die ursprüngliche Stelle in der Schrift zurück und drückte ihn fest in den Sand.

»Noch mehr Unglück?«, fragte Anna. »Wie ist das möglich? Mein Vater ist gerade gestorben. Ich weiß gar nicht, wie ich es meinen Schwestern beibringen soll und meiner ältesten Tochter, die sowieso gerade Schlimmes durchgemacht hat … die Russen haben uns …« Sie verstummte und fragte sich, ob sie es jemals würde aussprechen können.

»Oh nein …«, flüsterte Erich. »Das muss furchtbar für dich sein.«

Seine Augen suchten ihre, und für einen Moment tauchten sie ineinander ein, vergaßen alles um sich herum, spürten keinerlei Fremdheit. Die Jahre, die sie getrennt verbracht hatten, waren wie fortgewischt. Sie hatten die Schuhe ausgezogen und kühlten ihre nackten Füße in dem frischen Wasser. Erich sah Anna an und dachte, wie wenig sie sich verändert hatte in all den Jahren. Die Haare, mit einem Band zurückgebunden, fielen ihr glatt auf ihren Rücken, ohne ein graues Haar. Ihr schmales Gesicht war sehr blass. Noch immer konnte er das Mädchen in ihr erkennen, das so schnell rennen konnte wie er, für jeden Unsinn zu haben war, die Strafen des Lehrers genauso tapfer ertrug wie er. Die für einen Nachmittag seine Geliebte gewesen war. Nach zwei Kriegen und zwei halben Leben saß sie neben ihm, und das Gefühl von damals war wieder da.

»Führst du jetzt den Hof?«, fragte Anna.

Erich nickte.

»Warum hast du nie geheiratet?«, fragte sie nach einer Weile.

Erich drehte den Kopf wieder nach vorne und starrte auf die kleinen sprudelnden Stellen, in denen die Strömung auf den Widerstand von größeren Steinen traf. Er bewegte die Zehen. Dann zuckte er mit den Schultern: »Ich weiß nicht … vielleicht auch, weil die Richtige vergeben war.«

Anna konnte sehen, wie sich seine Haut vom Hals aufwärts mit einer leichten Röte überzog.

»Und du?«, fragte er. »War das hübsche Mädchen deine Tochter? Eigentlich brauche ich nicht zu fragen. Sie ist ja dein Ebenbild.«

»Findest du?«

»Sie sieht haargenau aus wie du, kurz bevor du nach Berlin gegangen bist. Wie alt ist sie?«

»Gisela ist sechzehn!«

Er nickte: »Genauso alt wie du damals …Und ihr Vater … dein Mann?«

Anna schüttelte den Kopf. »Ist noch nicht aus dem Krieg zurückgekehrt. Er war an der Ostfront.«

Erich nickte.

»Bist du immer noch Schneiderin?«

»Pah«, machte Anna und warf den Kopf in den Nacken. »Was soll ich schon schneidern? Zuletzt waren es Uniformen und Zeltplanen für die Wehrmacht in einer Fabrik. An der Heimatfront. Jetzt gibt es keine Stoffe, kein Garn, schon lange nicht mehr.«

Erich drehte sich ihr zu, stützte sich mit der rechten Hand im Gras ab. Sein Gesicht, so nah vor ihrem, war sonnenverbrannt, kantig. Zwei tiefe Falten neben den Nasenflügeln, vier Fältchen neben jedem Auge zählte sie lautlos und berührte sie ganz zart mit den Fingerspitzen. So vertraut.

»Bleib bei mir!«, sagte er.

Anna ließ die Hand sinken und legte sie in den Schoß ihres abgetragenen, hellgrünen Rocks. Sie betrachtete ihre kurz geschnittenen Nägel. Ihr Herz sagte: Mach es einfach. Bleib bei ihm, hier wärst du glücklich. Doch ihr Gewissen bewegte ihre Lippen: »Das kann ich nicht, Erich. Ich habe einen Mann und zwei Töchter. Ich kann sie nicht verlassen. Sie brauchen mich.«

Anna und Gisela blieben zwei Tage und zwei Nächte. Mit vollgepackten Rucksäcken kamen sie zurück nach Berlin. Sophie hatte ihnen so viel mitgegeben, dass sie die schwere Last kaum tragen konnten. Da Vetschau weit genug von Berlin entfernt war, sodass kaum ein Hamsterer bis dorthin kam, gab es in Sophies Garten noch reichlich Gemüse und Kartoffeln. Sogar ein Einweckglas mit Kaninchensülze hatte sie noch in der Speisekammer unter ihren Vorräten gehabt. Als Anna und Gisela durch die Straßen Berlins zurück nach Neukölln wanderten und die vielen unerschütterlichen Menschen, die meisten davon Frauen, sahen, dachte Anna wieder: Morgen würde sie mit anpacken, Schutt und Trümmer wegräumen helfen, alles wieder aufbauen. Morgen!

Gisela war anzusehen, dass ihr jeder Schritt wehtat, aber sie beschwerte sich nicht. Sie hatte zwar ein Paar andere Schuhe von Sophie bekommen, doch auch diese drückten und scheuerten an ihren offenen Fersen. Ihr Blut färbte das braune Leder.

»Sollen wir eine Pause machen?«, fragte Anna besorgt.

»Nein, es geht schon, Mutti«, sagte Gisela und schüttelte den Kopf. »Ich will jetzt einfach nur noch nach Hause. So weit ist es ja nicht mehr.«

Ihr Gesicht glänzte vor Schweiß, Haarsträhnen klebten ihr an der Stirn. Anna wusste, dass sie selbst auch nicht viel besser aussah. Es war ein außergewöhnlich heißer Juninachmittag. Unbarmherzig brannte die Sonne auf die zerbombte Stadt und ließ den Staub von Schutt und Asche, der in der trockenen Luft hing, noch unerträglicher werden. Sie verspürten einen dauernden Hustenreiz in der Kehle und ein Brennen in den Augen.

Vor einer Wasserpumpe hatte sich eine lange Schlange gebildet. Kinder und Frauen standen geduldig an, mit den merkwürdigsten Gefäßen, Eimern, Flaschen, Kaffeekannen, die ganze Straße herunter. Jetzt merkte Anna, dass sie selbst einen beißenden Durst verspürte. Doch es würde viel zu lange dauern, sich hier noch einzureihen, und schließlich hatten sie als einer der wenigen Haushalte noch fließend Wasser in ihrer Wohnung. Sie gingen an der Schlange entlang und spürten die neidvollen Blicke der Wartenden, die ihre prall gefüllten Rucksäcke musterten.

»Na, ihr habt aber jut jehamstert!«, hörten sie eine Jungenstimme rufen.

Besser gar nicht umdrehen, dachte Anna und tat es trotzdem. Der schlaksige Junge zog seine Schiebermütze ab, stülpte sie um, als würde er um ein Almosen bitten und grinste sie an. »Bitte um eine milde Gabe!«

Es war nur ein Spaß. Trotzdem zögerte Anna und verlangsamte ihren Schritt. Sie hatten so viel, und die meisten hier würden heute nicht einmal einen Kanten Brot auf dem Teller liegen haben. Gisela schien ihre Gedanken zu erraten und fasste ihren Arm. »Komm schon, Mutti.«

Anna nickte. Jeder musste in diesen Zeiten sehen, wo er blieb. Plötzlich fing sie den Blick der Frau auf, die hinter dem Jungen stand. Sie hielt eine Milchkanne am Henkel, tippte ungeduldig mit dem Fuß auf den Boden. Um ihren Kopf hatte sie ein blassrotes Tuch gewickelt, wie die meisten Trümmerfrauen. Doch bei ihr sah es fast wie ein modisches Accessoire aus. Die ganze Zeit sah sie Anna unverwandt an. Die runden braunen Augen … die schmale, hübsche Nase, hohlwangig, verschwitzt, abgekämpft, aber sie war es …

»Ella?«

Die Frau ließ die Milchkanne scheppernd auf den Boden fallen. Beide machten einen Schritt aufeinander zu und fielen sich in die

Arme. Wiegten sich hin und her, konnten sich gar nicht mehr loslassen. Ihr Streit lag so lange zurück, keine konnte sich mehr genau daran erinnern, was eigentlich der Auslöser gewesen war. Die Leute in der Schlange beobachteten das Wiedersehen, und manche wirkten ganz gerührt.

»Das ist meine Tochter Gisela«, sagte Anna und winkte ihr, dass sie näher kommen sollte.

»Ich kenne dich noch, da warst du so«, sagte Ella und hielt ihre Handfläche auf die Höhe ihres Bauchnabels. »Hübsch bist du geworden.«

»Und ich weiß, wer Sie sind«, sagte Gisela, als sie auf sie zuging. »Die beste Freundin meiner Mutter.«

Ella drehte den Kopf zu Anna und lächelte. »Das stimmt, und sie ist meine beste Freundin und wird es immer sein.« Sie schluckte. Dann versuchte sie, ihre Rührung zu überspielen: »Wo hat es euch hinverschlagen? Wohnt ihr immer noch in der Zwiestädter Straße 8 oder seid ihr ausgebombt?«

»Immer noch. Wir haben Glück gehabt«, antwortete Anna.

Wieder dieses merkwürdige Wort … »Glück«.

»Und du?«

»Ach, man schlägt sich so durch …«

Bevor Anna genauer fragen konnte, fuhr ein Jeep mit zwei amerikanischen GIs an der Schlange vorbei. Direkt neben ihnen bremste er so abrupt, dass noch mehr Staub aufgewirbelt wurde, als ohnehin schon in der Luft flirrte.

»Hey, Ella, Baby!«, rief der Ältere von beiden, der auf dem Beifahrersitz saß. Er schien ein höherer Offizier zu sein, denn auf seinem Uniformhemd war eine beachtliche Anzahl von Orden aufgenäht. Er schien Ella bereits recht gut zu kennen.

»*Come and get in!*«, rief er ihr zu.

Der Fahrer musterte Gisela von oben bis unten, während er mit laufendem Motor wartete. Nach einer kurzen englischen Unterhaltung mit dem amerikanischen Offizier hob Ella ihre Milchkanne vom Boden auf, kletterte über den Seitenholm in den Jeep und setzte sich auf die Rückbank. Der Fahrer deutete auf Gisela und fragte Ella etwas auf Englisch. Sie schüttelte den Kopf, dann hob sie die

Hand zu einer lässigen Abschiedsgeste. »Macht es gut, Anna und Gisela. Ich weiß ja jetzt, wo ich euch finden kann.«

Schon drückte der Fahrer das Gaspedal herunter, und der Jeep verschwand in einer Staubwolke.

Endlich erreichten Anna und Gisela die Zwiestädter Straße. Vor der Kohlenhandlung im Nachbarhaus hatte sich ebenfalls eine Schlange gebildet. Heizen musste man im Juni nicht, aber zum Kochen und Baden benötigten die Menschen Brennmaterial. Frau Lampert stand wie ehedem hinter dem Tresen. Sie schüttelte unaufhörlich den Kopf.

»Wo soll ich's hernehmen, wenn nicht stehlen?«, fragte sie die aufgebrachten Kunden. Nicht einmal die spärlichen Rationen, die auf die Bezugsscheine gedruckt waren, konnte sie bedienen. Briketts und Kohlen waren ebenso Mangelware wie alles, was man zum Überleben brauchte. Jeder war auf sich gestellt. Mit einem leichten Schaudern sah Anna, dass sogar die Pappe vor den Fenstern im Erdgeschoss abgerissen worden war. Gewiss als Brennmaterial. Als sie Frau Lamperts Blick begegnete und ihr zunickte, hatte Anna den Eindruck, dass die Kohlenhändlerin schnell zur Seite schaute, anstatt ihr den üblichen lauten, freundlichen Gruß zuzurufen.

Anna und Gisela betraten ihr Mietshaus. In dem hohen Hauseingang war es angenehm kühl. An der Stelle, wo bis vor Kurzem die Haustafel der NSDAP gehangen hatte, klafften vier schwarze Löcher. Der vergilbte Putz zeigte noch den viereckigen hellen Abdruck. Wer sie wohl abgeschraubt hatte?, fragte sich Anna. Am ersten Treppenabsatz erwartete sie unwillkürlich, dass sich die Tür der Hausmeisterwohnung öffnen würde. Doch Frau Kalinke ließ sich heute nicht blicken. Gisela sah ihre Mutter fragend an, als sie ein unterdrücktes Husten hörten, ganz nah, so als würde sie direkt hinter der Tür stehen. Anna konnte sich nicht erinnern, dass Frau Kalinke auch nur ein einziges Mal in ihrer Wohnung geblieben war, wenn jemand das Treppenhaus betrat. Etwas stimmte hier nicht. Mit einem mulmigen Gefühl stiegen sie die Treppen in den dritten Stock hoch. Anna schloss die Tür auf.

»Emma? Anita? Jemand zu Hause?«, rief sie, als sie den dunklen Flur ihrer Wohnung betraten. Am Garderobenhaken hing eine Uniformjacke. Sie hörte ein Knarren im Wohnzimmer. Gisela ging auf die offen stehende Tür zu und stieß einen Schrei aus, als sie sah, wer da aus dem Sessel aufstand: »Es ist Vati!«

Anna zog den Rucksack aus und rannte den Flur entlang. Er war so ausgezehrt und abgemagert, dass Anna ihn kaum wiedererkannt hätte. Die Wangen eingefallen, die Augen rot unterlaufen und tief in den Höhlen liegend. Doch das war bei Weitem nicht das Schlimmste an seinem Erscheinungsbild. Der trübe, glanzlose Blick, der so gar keine Freude über ihr Wiedersehen erkennen ließ, schnitt ihr tief ins Herz. Es war der gleiche bekümmerte Ausdruck, wie sie ihn vor Kurzem noch in den hellen Augen ihrer Mutter gesehen hatte. Das Zeichen von tiefem, unheilbarem Leid. Entweder bemerkte Gisela nichts davon oder sie versuchte es zu übergehen.

»Sieh mal, Vati, wir haben ganz viel zu essen mitgebracht.«

Sie zog den Rucksack von den Schultern und stellte ihn mit einem dumpfen Schlag auf den Boden. Dann klappte sie den Stoffdeckel hoch und schnürte die Kordel auf.

»Hier«, sagte sie und zog ein Glas mit Kaninchensülze heraus. »Ist das nicht herrlich? Da kann Anita bestimmt nicht widerstehen und wird endlich wieder essen. Ist sie im Mädchenzimmer?«

Ohne die Antwort abzuwarten, sprang sie mit dem Glas in der Hand auf und rannte zu ihrem gemeinsamen Zimmer. Doch es war leer. Das Bett ordentlich gemacht, der schwarze Koffer mit dem kaputten Akkordeon schaute ein Stück unter dem Metallgestell heraus.

»Anita?«, rief sie.

Anna konnte sehen, wie sich der Schmerz in Carls Gesichtsausdruck verstärkte. Plötzlich fühlte sie, wie sich eine tonnenschwere Last auf ihre Schultern legte.

»Nein!«, flüsterte sie.

Eine Weile schwieg Carl. Stand vor dem Sessel, ballte die Hände zu Fäusten und ließ sie dann schlaff wieder herunterhängen. Ihm war anzusehen, dass sein Körper sogar zum Stehen zu schwach war.

»Doch!«, sagte er kaum hörbar und fuhr sich mit der Hand über das Gesicht. »Sie haben ihre Leiche gestern aus dem Becken des Landwehrkanals geborgen.«

Nie würde Anna den Augenblick vergessen. Es war, als hätte jemand das Licht in ihrem Leben ausgeknipst und es in ewige Dunkelheit getaucht. Sie hatte ihre Tochter mit ihrer Verzweiflung allein gelassen. Nie würde sie sich das verzeihen.

Warum hätte sie in die Spree gehen sollen? Sie hatte niemals Schwimmen gelernt. Es gab nur einen einzigen Grund: Anita hatte ihrem Leben ein Ende setzen wollen. Lange Zeit hatte Anna geglaubt, ihre Armut, die Naziherrschaft, der Krieg, die Rache der Eroberer seien das Schlimmste, was ihnen widerfahren war. Nun wurde sie eines Besseren belehrt. Nachdem der Krieg vorbei war, verlor sie zwei über alles geliebte Menschen innerhalb von wenigen Tagen. Es war zu viel für sie. Sie ging auf die Knie, genauso wie sie vor dem russischen Soldaten gekniet hatte, um ihn anzuflehen, ihre Töchter zu verschonen. Dann warf sie sich der Länge nach auf den alten abgeschabten Teppich und begann, hemmungslos zu schluchzen.

»Ich bin schuld!«, stieß sie hervor. »Ich hätte sie niemals alleine lassen dürfen.« Carl stand hilflos daneben, unfähig, sie zu trösten, und zu schwach, um zu weinen. Gisela war es, die sich über sie beugte und versuchte, ihrer Mutter in ihrer dunkelsten Stunde beizustehen.

»Du hast keine Schuld, Mutti. Niemand hat Schuld! Das war einfach der Krieg«, flüsterte sie.

Carl überlebte Anita nur um wenige Monate. Sein schlechter gesundheitlicher Zustand nahm ihm jede Kraft, die Trauer über Anitas furchtbares Schicksal zu überwinden. Er wurde neben ihr in einem kleinen Familiengrab auf dem Alten St.-Jacobi-Friedhof in Berlin-Neukölln beigesetzt. Gisela begann eine Schneiderlehre. Ihre Berufswahl lag nicht nur darin begründet, dass sie sich schon immer für die Arbeit ihrer Mutter, ihrer Tanten und Idas interessiert hatte. Das Atelier Liedke Couture in der Zwiestädter Straße 8 war immer der behaglichste Ort gewesen, den sie sich hatte vorstellen können, auch wenn es dort manchmal unter Zeitdruck fast hysterisch zuging. Schneiderlehrlinge wurden bei dem Bezug von Lebensmittelkarten genauso bevorzugt behandelt wie alle anderen Handwerksberufe und der Kategorie II zugeordnet. Ihnen wurde in der Nachkriegszeit ein Anspruch auf tausendzweihundert Kalorien zusätzlich gegenüber dem »Normalverbraucher«, der zweitausendvierhundert Kalorien bekam, zugestanden. Der Hunger spielte eine entscheidende Rolle bei ihrer Entscheidung, Schneiderin zu werden.

CHARLOTTE

Richard wusste bereits vor Kriegsende, dass Feltin, so weit im Osten Deutschlands gelegen, eher den Sowjets als den Amerikanern zufallen würde. Und lange bevor die Gesetze der kommunistischen Besatzer in Kraft traten, war ihm klar: Privateigentum an Grund und Boden würden sie nicht dulden. Es spielte keine Rolle, dass er keiner der Landjunker war, die den Besitz über Generationen ererbt hatten, sondern alles mit seiner eigenen Hände Arbeit erreicht hatte. Richard Feltin wurde von der sowjetischen Besatzungsmacht entschädigungslos enteignet. Viele Großgrundbesitzer wurden in Lagern interniert, mindestens aber in einen anderen Landkreis umgesiedelt. Dieses Schicksal blieb ihm erspart. Man hatte ihm eine bescheidene Zweizimmerwohnung im notdürftig umgebauten Leutehaus zugewiesen. Das Herrenhaus wurde Sitz der Landwirtschaftlichen Genossenschaft. Doch Richard dachte nicht daran, den Hof zu verlassen. Charlotte musste eine Entscheidung treffen. Sie war schmerzhaft, doch unumgänglich. Sie würde ohne ihre Eltern in den Westen gehen. Ernst war als vermisst gemeldet. Klaus hatte eine Lehre als Elektrotechniker abgeschlossen und eine Stelle in Chemnitz gefunden. Er würde bei seinen Großeltern bleiben. Felix und Therese war als Kindern eines ehemaligen Wehrmachtsoffiziers und einer Großgrundbesitzerin ein akademisches Studium von der kommunistischen Regierung verweigert worden. Nun studierte Felix Betriebswirtschaftslehre und Therese Rechtswissenschaften an der Freien Universität in Westberlin. Therese war zu ihrem Vater gezogen, der nach seiner Rückkehr aus der Kriegsgefangenschaft gleich im Westen geblieben war. Er hatte eine Rechtsanwaltskanzlei in der Nähe des Kurfürstendamms eröffnet, in der er auch wohnte. Felix' Heirat mit Gisela Liedke, einer jungen Schneiderin, stand unmittelbar bevor. Charlotte sah ihre Zukunft nicht unter der Herrschaft der Kommunisten. Sie beschloss, Haus und Hof zu verlassen und ihren zwei ältesten Kindern nach Westberlin zu folgen.

»Als Lisbeth und ich nur eine Tochter bekamen, habe ich mir

Sorgen gemacht, wer Feltin einmal erben soll«, sagte Richard bitter, als sie sich zum Abschied am frühen Morgen auf der Freitreppe umarmten. Das weiße Emailleschild der LPG war bereits neben der schweren Eichenholztür angebracht worden. Sie konnte die herausstehenden Schulterblätter ihres Vaters spüren. Sein schlohweißes Haar war immer noch dicht. Der dreieckige Schnurrbart etwas weicher geformt als in den letzten Jahren. Der Hemdkragen viel zu weit, denn er hatte noch mehr an Gewicht verloren.

»Nun haben wir genügend Nachkommen, aber nichts mehr zum Vererben«, beendete er seinen Satz mit der schwachen Stimme eines alten Mannes. Das war übrig geblieben von ihrem willensstarken Vater, dem Gutsherrn von Feltin, den sie verehrt, dessen cholerische Anfälle sie zeitlebens gefürchtet, den sie aber auch über alle Maßen geliebt hatte, dachte sie.

»Überlegt es euch, Vati«, sagte Charlotte. »Kommt in den Westen nach.« Sie wandte sich an ihre Mutter: »Versprich mir, dass du Vati zu überreden versuchst.«

Lisbeth nickte und verdrückte ein paar Tränen. Charlotte küsste sie auf die faltige Wange. Bärbel und Heiner verabschiedeten sich von ihren Großeltern und Frau Leutner. Dann stiegen sie in die klapprige Vorkriegslimousine, die der alte Leutner wie gewohnt chauffierte, und winkten. Sie fuhren die lange gepflasterte Auffahrt hinunter.

Als sie um die Ecke bogen, warf Charlotte einen letzten Blick auf das weiße Herrenhaus mit den roten Sandsteineinfassungen um die Fenster. Lisbeth und Frau Leutner standen noch auf der Freitreppe, Richard war bereits verschwunden. Ihr geliebtes Haus, dessen dicke Wände sie so lange beschützt und beherbergt hatten, in dem sie Hochzeit gefeiert, Kinder geboren, Glück und Unglück erlebt hatte, lag so friedlich und unversehrt da, nach all den schicksalhaften Jahren. Dann verschwand es aus ihrem Blickfeld.

Bevor sie die Anhöhe von Rabenstein erreichten, bat sie Leutner, kurz zu halten: Sie blickte zurück auf das Land, für das sie ihr Leben gegeben hätte, wenn sie es hätte retten können. Der Wald, die Felder, in silbrigen Morgentau gebadet. Von dem Bach im Talgrund stieg ein feiner Nebel auf. Auf dem gegenüberliegenden Hügel fielen die ersten Sonnenstrahlen durch die Bäume, die lange lichtblaue Schatten über die Felder und Wiesen des Breitenlehn warfen. In diesem Zwielicht trabten auf der Koppel drei Pferde heran, zwei Braune und ein Fuchs. Sie warfen die Köpfe zurück, fielen in Galopp und jagten übermütig in das weiße Tal hinab, wo sie wie ein Traum im Nebel verschwanden.

Feltin war verloren. Doch die Schönheit dieses Flecks Erde würde auch noch die sowjetische Herrschaft überdauern, dachte Charlotte.

Kisten und Koffer bargen nur wenige Habseligkeiten. Sie wusste, dass sie an der Grenze nach Geld und Wertsachen durchsucht werden würde, dass ihr nichts gelassen würde. In einer Liste, der ihrem Ausreiseantrag beilag, hatten sie alles Hab und Gut fein säuberlich eintragen müssen. Sie kamen mit nahezu leeren Händen nach Berlin.

ANNA

Die Wohnung in der Zwiestädter Straße 8 war für alle viel zu eng, doch sie würden zusammenrücken. Es sollte nur eine kurze Notlösung sein, bis Charlotte für ihre kleine Familie im Westen eine eigene Bleibe gefunden hatte. Gisela räumte alle persönlichen Sachen aus ihrem Zimmer und trug sie in das Schlafzimmer ihrer Mutter.

»Wie ist sie denn so … deine Schwiegermutter?«, fragte Anna, während sie gemeinsam die Betten bezogen.

Gisela richtete sich auf und stützte nachdenklich eine Hand in die Hüfte. »Ich weiß nicht. Jedenfalls ganz anders als du!«

»Wie anders?«, fragte Anna und klopfte das Kopfkissen auf.

»Erstens sieht sie nicht so aus wie du. Also eigentlich seid ihr vollkommen gegensätzlich. Du bist braunhaarig. Sie ist blond, oder war es zumindest mal, jetzt sind ihre Haare schon ziemlich grau, oder sogar eher weiß. Meistens trägt sie eine Hochsteckfrisur oder einen Dutt. Sie ist füllig, du bist dünn. Du trägst meistens Rock und Bluse, sie fast immer Kleider, aber etwas unmodische Modelle …«, Gisela suchte nach dem passenden Ausdruck, um der Mutter ihres Verlobten gerecht zu werden, »… eher elegant-konservativ, nicht so schicke Sachen, wie ich sie entwerfe, … oder du früher«, beeilte sie sich zu ergänzen.

Anna betrachtete ihre Tochter. Ihr Blick wanderte über den engen dunkelgrünen Bleistiftrock, die gertenschlanke Taille, den flachen Bauch und die schmalen Hüften. Fast zu schmal, dachte sie. Die langen Beine steckten in Nylons. Die cremefarbene Bluse mit dem weichen Schalkragen hatte sie erst gestern fertig genäht. Sie musste zugeben, dass Gisela sowohl ihr Geschick als auch ihre Kreativität geerbt hatte, wenn sie sie nicht sogar übertraf.

»Aber mir fällt etwas ein: die Augen! Ihr habt beide diese hellblauen Augen … so wie ich auch.«

»Und wie ist sie so als Mensch?«, fragte Anna und nahm sich den nächsten Bettbezug vor.

Gisela setzte sich auf den Stuhl vor der kleinen Spiegelkommode und griff nach dem Stielkamm. »Hm, ziemlich bestimmend. Ich würde sagen, man merkt ihr an, dass sie ihr Leben lang geführt hat und eben die Gutsherrntochter, später die Gutsherrin war. Sie verteilt gerne Aufgaben, duldet nur ungern eine andere Meinung …«

»Ach, herrje«, sagte Anna und drehte die Augen zum Himmel. »Das kann ja heiter werden.«

»Aber keine Angst«, sagte Gisela und begann, sich einige Strähnen am Hinterkopf zu toupieren. Danach bauschte sie sich ihren braunen Bob mit den Händen neben dem Kinn ein wenig auf. »Sie kann auch anpacken. Schließlich hat sie fünf Kinder und den riesigen Hof fast alleine durchgebracht.«

»Komm, hilf mir noch mal«, sagte Anna und breitete das weiße Laken über der letzten Matratze aus.

Sofort stand Gisela auf, zog das andere Ende straff und stopfte es fest unter die Matratze.

»Wird sie unsere Wohnung und die Unterbringung dann nicht viel zu bescheiden finden?«, fragte Anna.

Gisela schüttelte den Kopf: »Ihnen wurde doch alles von den Kommunisten weggenommen. Sie hausen selbst seit zwei Jahren in einer klitzekleinen Wohnung in ihrem ehemaligen Gesindehaus.«

»Was für ein furchtbares Schicksal, wenn einem vorher so viel gehörte. Das muss noch schlimmer sein, als wenn man immer arm war.«

»Am besten machst du dir selbst ein Bild«, sagte Gisela. »Lange dauert es nicht mehr. Felix holt sie gerade vom Bahnhof ab.«

Sie trippelte auf der Stelle und schnippte mit den Fingern: »Mutti, ich bin ganz hibbelig. Können wir vielleicht noch mal mein Brautkleid probieren, und du siehst nach, ob es in der Taille nicht doch enger sitzen müsste?«

Anna schüttelte lachend den Kopf und winkte ab. »Aber das haben wir doch schon hundert Mal gemacht. Am besten fragst du Ida, was sie dazu meint. Ich finde es wunderschön, so wie es jetzt ist.«

Gisela presste kurz die Lippen zusammen, drehte sich dann auf einer Fußspitze um und rannte aus dem Zimmer.

»Du bist einfach nur nervös! Das ist ganz normal vor einer Hochzeit!«, sagte Ida, während sie hinter Gisela stand. »Und iss um Himmels willen ab und zu einen Bissen, sonst wirst du in der Kirche noch ohnmächtig.«

Gisela drehte sich vor dem Spiegel hin und her, fasste den weißen Tüll, der über dem hellblauen Satin lag, in der Taille mit zwei Fingern und zog ihn zusammen. »Aber hier ist es doch viel zu weit, Ida!«

Ida setzte sich ihre Brille mit dem schwarzen Gestell auf. Ihr Gesicht wurde scherzhaft immer noch von allen als Mäusegesicht bezeichnet, und mit der strengen Brille sah es besonders rührend aus. Sie nahm das Maßband, das um ihren Hals hing, und legte es um Giselas Taille.

»Es sind genau neunundfünfzig Zentimeter.«

Sie hielt das Band mit den Fingern auf der Zahl 59 fest und zeigte sie Gisela.

»Das tut man seiner Schneiderin aber auch einfach nicht an, dass man vor dem großen Tag nichts mehr zu sich nimmt und immer dünner wird«, schimpfte sie scherzhaft.

Auf einmal hörten sie die Türklingel. Gisela stieß einen Schrei aus und hielt sich die Hand vor den Mund: »Oh Gott, das sind sie schon! Schnell, hilf mir, ich muss das Kleid ausziehen, er darf es doch nicht sehen.«

Vorsichtig öffnete Ida ihr den Reißverschluss.

»Schneller, Ida!« Gisela wedelte sich mit den Handflächen Luft zu.

»Halt doch mal still, so wird das nichts.«

Endlich war der Reißverschluss offen, und Ida half ihr, das Kleid über den Kopf zu ziehen. Dann brachte sie es schnell in das Schlafzimmer und hängte ein Tuch darüber.

»Ich bin's«, rief eine Frauenstimme von der Tür. Dann erschien Ella im Wohnzimmer. Gisela und Ida sahen sich an: »Ella! Da hätten wir das Kleid ja nicht verstecken müssen. Im Gegenteil! Du hast den Stoff gestiftet, und jetzt hast du es noch gar nicht fertig gesehen.«

Ella kam mit einer weißen Hutschachtel in das Zimmer, zog an den einzelnen Fingern ihrer Handschuhe, um sie auszuziehen, und legte sie auf den Esstisch, der bereits für die Hochzeitstafel gedeckt war.

»Macht nichts! Ich sehe es ja morgen in der Kirche, aber das Wichtigste fehlt noch …«

Sie war eine Spur zu stark geschminkt, und das leuchtend grüne Kleid mit dem Tellerrock zu dem pinkfarbenen Lippenstift wirkte für einen Vormittagsbesuch bei einer Freundin leicht übertrieben. Ella öffnete die Schachtel und zog ein Diadem mit unzähligen kleinen Stofffröschen heraus, an dem ein Schleier befestigt war.

Gisela nahm ihn ihr ab und strich ganz vorsichtig über die kunstvoll drapierten Stoffblumen. »Wie wunderschön!«, sagte sie. »Der Tüll ist ja mit den gleichen Rosen bestickt wie mein Kleid!«

»Tja, was denkst du denn? Wenn schon, denn schon!«, lachte Ella und legte mit einer befriedigten Geste die Hand unter ihr Kinn. »Komm, probier ihn gleich an!«

Anna kam aus der Küche und hängte ihre Schürze über eine Stuhllehne. Sie und Emma waren schon seit Tagen mit der Vorbereitung des Essens beschäftigt.

»Oh, das ist ja das Tüpfelchen auf dem i«, freute sie sich, als sie Gisela mit dem Schleier sah, und drehte sich zu Ella um: »Wie können wir dir nur danken … für die wunderbaren Stoffe, und jetzt auch noch der Schleier …«

Ella winkte ab, doch es war ihr anzusehen, wie gut ihr das Lob tat. »Nicht der Rede wert. Weißt du übrigens das Neueste?«, fragte sie und setzte sich auf einen der Stühle. Sie schlug die Beine übereinander und holte eine Zigarette aus ihrer Lacklederhandtasche, zündete sie mit einem zierlichen goldenen Feuerzeug an. Anna musste lächeln: Ella hatte schon immer ihre Quellen gehabt, über die sie ihre kleinen Luxusartikel bezog, ohne die sie nicht leben zu können glaubte. Sie blies den Rauch in die Luft, und Gisela holte schnell einen kleinen Aschenbecher aus einer Anrichte.

»Das nächste Stockwerk des KaDeWe wird wiedereröffnet«, stieß Ella triumphierend aus und sah alle drei erwartungsvoll an.

»Wie wunderbar!«, rief Gisela, und Ida sagte leise: »Das ist ja schön.«

Anna besah sich ihre Hände, an denen noch Teigkrümel klebten. »Wirklich?«, fragte sie und klang fast teilnahmslos.

»Jawoll, Georg Karg hat es gestern der Presse mitgeteilt. Es wird zwar noch ein paar Monate dauern, denn im Moment ist es immer noch eine Ruine. Aber er hat schon einen Frankfurter Architekten beauftragt, und im Mai soll ein neues Stockwerk bezugsfertig sein.« Ella zog an ihrer Zigarette, klopfte die Asche ab, wartete, dass Anna endlich die begeisterte Reaktion zeigte, die sie erwartet hatte. Doch sie pulte weiterhin an ihren Fingern. »Interessiert dich das denn gar nicht?«, legte Ella nach. »Anna, das KaDeWe … Unser KaDeWe wird bald wieder in altem Glanz erstrahlen!«

Anna biss sich auf die Lippen, dann sah sie ihre Freundin mit festem Blick an: »Eine schöne Nachricht für die Berliner.«

»Für die Berliner?«, wiederholte Ella langsam.

»Ach, Ella … Ich habe im Moment andere Sorgen. Meine Tochter heiratet morgen. Ich muss die Familie meines Schwiegersohns unterbringen, mich um alles kümmern, versteh doch …«

Ihre alte Freundin schüttelte ungläubig den Kopf mit den frisch gefärbten, glänzend braunen Haaren: »Kapierst du denn nicht? Karg stellt nochmal hundert Verkäufer und Verkäuferinnen ein und legt größten Wert darauf, das alte Stammpersonal zu bevorzugen. Das ist unsere Chance! Alles kann so werden wie früher.«

Gisela riss die Augen auf und mischte sich jetzt ein: »Das wäre ja wunderbar. Vielleicht könnte Mutti dann wieder für die Damenkonfektion entwerfen, und ich würde mitmachen.«

Anna sagte nichts. Sie griff die Schürze vom Stuhl und zog sie sich wieder über den Kopf. Während sie das Band in ihrem Rücken zuknotete, ging sie zur Tür. Dort blieb sie stehen und wandte sich um. »Das mag deine Chance sein, Ella. Obwohl ich finde, dass du eine sehr gute Stelle bei Gerson hast. Aber ich würde es dir von Herzen gönnen, dass du noch einmal Abteilungsleiterin würdest, denn du wirst für immer meine Freundin sein. Aber weißt du nicht mehr, wie alles endete? Mach dir doch nichts vor, und sieh uns beide an: Unsere Zeit in der Modebranche ist abgelaufen. Jetzt kommen die Jüngeren zum Zug. Mit ihren neuen Ideen.« Sie zeigte mit der offenen Handfläche in Giselas Richtung: »Es ist die Stunde einer neuen Generation … und das muss auch so sein.«

Gisela schüttelte abwehrend den Kopf: So hatte sie ihre Mutter noch nie reden hören, und sie fühlte sich unwohl, als sie sie auch noch mit einbezog. Auch Ida starrte Anna durch ihre Brillengläser an. In ihrem Blick lag ein stiller Vorwurf über die harten Worte, aber auch eine Spur Bewunderung. Alle schwiegen eine Zeit lang, und die Geräusche der Müllabfuhr drangen von der Straße durch das geöffnete Fenster.

Ella wirkte wie benommen. Mit hängenden Schultern saß sie neben der gedeckten Hochzeitstafel und wirkte mit ihrer grellen Aufmachung jetzt geradezu mitleiderregend. In ihrer Euphorie hatte sie tatsächlich geglaubt, ihr Erfolg könne sich einfach wiederholen. Niemals wäre sie auf die Idee gekommen, zu alt zu sein. Fast bereute Anna ihre Worte, denn sie schienen Ella tiefer unter die Haut zu gehen, als sie es beabsichtigt hatte.

»Ella … es tut mir leid«, sagte Anna. »Ich wollte dir nicht wehtun. Lass uns noch einmal in Ruhe darüber reden.«

Doch Ella schüttelte langsam den Kopf. Nach einer Weile sagte sie leise: »Wahrscheinlich hast du sogar recht.«

In dem Moment schrillte die Türklingel und schreckte alle auf. Gisela atmete tief ein und sagte: »Jetzt geht's los Mutti. Bist du bereit?«

Anna lächelte sie an: »Ich bin bereit, wenn du es bist.«

CHARLOTTE

Als Charlotte in Westberlin eintraf, war sie nicht nur gespannt, zum ersten Mal die ehemalige Hauptstadt zu sehen. Man hatte sie bereits darauf vorbereitet, dass es immer noch viele Ruinen gab, genauso wie in Chemnitz und Leipzig. Vor allem fieberte sie der Begegnung mit den Menschen entgegen, die in ihrem Leben eine Rolle spielten und spielen würden. Felix' Braut, Gisela, hatte sie schon einige Male in Feltin besucht. Sie war nicht unzufrieden mit seiner Wahl. Gisela war eine hübsche, lebenslustige und, wie ihr schien, auch intelligente junge Frau. Vor allem hatte sie Herz. Als Gutsherrin wäre Gisela vielleicht nicht geeignet gewesen. Doch das stand nun nach der Enteignung auch nicht mehr zur Debatte. Und Felix wirkte in ihrer Gegenwart stolz und glücklich.

Sie würde Leo wiedersehen und wunderte sich selbst, wie sie ihrem ersten Rendezvous nach so vielen Jahren entgegenfieberte. Und noch jemand hatte ihr geschrieben und eine Reise nach Berlin angekündigt: Edith kam aus Amerika, um bei Felix' Hochzeit dabei zu sein.

Leo traf sie noch am Nachmittag in einem schlecht besuchten Kaffee im Tiergarten. Die Fenster schlierig, die Tischplatte voller Krümel. Sie hätte ihn fast nicht erkannt, denn seine einst so dichten, welligen Haare waren zwar noch dunkel, doch die Halbglatze und die Brille mit dem Silbergestell hatten ihn vollkommen verändert. Der graue Anzug saß nicht gut. Sie bestellten Kaffee und Rhabarberkuchen mit Baiser. Charlotte erkundigte sich nach Therese und fragte, wie sie sich in ihrem Studium anstelle. Er versicherte ihr, wie klug und fleißig sie sei und dass sie sicherlich einmal eine gute Zivilrichterin abgeben werde, denn das sei ihr Berufswunsch. Charlotte berichtete von Felix' bevorstehender Hochzeit und fragte vorsichtig nach, ob denn nun auch endlich ein Verehrer bei Therese in Sicht war. Immer noch machte sie sich Vorwürfe wegen der verschleppten Mittelohrentzündung und ihres schiefen Gesichts. Sie würde wohl nach wie vor nicht gerade von den Männern umschwärmt? Leo schüttelte stumm den Kopf. Die Unterhaltung war hölzern. Leo schob sein Kuchenstück mit der Gabel von der einen Tellerseite zur anderen, und das kratzende Geräusch auf dem Porzellan war fast unerträglich.

Charlotte forschte in seinem Gesicht und versuchte, seinen Blick einzufangen, doch seine Augen wanderten ruhelos umher. Nichts war mehr von dem früheren Feuer zu spüren. Was hatte sie jemals an ihm finden können, fragte sie sich. Er sah aus dem Fenster und beobachtete zwei Kinder, die mit einem Dackel spielten und ihm ein Stöckchen warfen. Der Hund stoppte so plötzlich ab, dass er eine Rolle vorwärts machte. Leo lachte auf. Und da war es wieder: das wunderbare kehlige Lachen, das so unverkennbar und so anziehend war, dass Charlotte eine Gänsehaut bekam. Ihre Augen begegneten sich, und einen Pulsschlag lang glaubte sie, die frühere Wärme zu erkennen.

Als die Kellnerin an ihren Tisch kam, blickte er wieder auf seinen Teller und zerdrückte die letzten Kuchenkrümel mit der Gabel. Sie verabschiedeten sich, versprachen, in Kontakt zu bleiben, und er sagte zu, sie regelmäßig über Thereses Fortkommen auf dem Laufenden zu halten. Charlotte ließ unerwähnt, dass Edith in Berlin war. Wozu?, fragte sie sich. Er hatte nie mehr nach ihr gefragt.

Als sie durch den Tiergarten zurück zur Bushaltestelle spazierte, zogen ihre Erinnerungen an ihr vorüber. Sie hatte ihm so oft nachgetrauert, sich nach ihm gesehnt, ihren leidenschaftlichen Umarmungen in seiner Leipziger Kanzlei nachgefühlt, ihn für ihr unerreichbares Lebensglück gehalten. Vermutlich trug jeder eine solche Sehnsucht in sich, dachte sie. Und sie hatte mit einem Mal das Gefühl, dass sie von nun an das Leben, wie es war, akzeptieren konnte.

ANNA UND CHARLOTTE

Die Hochzeit fand in bescheidenem Rahmen statt. Weder die Eltern der Braut noch des Bräutigams waren wohlhabend. Nur das Hochzeitskleid strahlte einen unfassbaren Glanz aus, als Wilhelm seine Nichte zum Altar führte. Es spiegelte die Lebensfreude, die Aufbruchstimmung und Hoffnung des jungen Paares wider. Charlotte sah Edith erst in der Kirche. Ihre Cousine stand in der dritten Bank: der Teint durchscheinender als früher, das klassisch geformte Gesicht mit härteren Konturen, die es jedoch fast noch schöner aussehen ließen. Auch in ihren Fünfzigern zog Edith noch alle Blicke auf sich. Der markante Kurzhaarschnitt, grau meliert, die großen avantgardistischen Ohrclips, das eng geschnittene Kleid mit einem interessanten grafischen Muster gaben ihr den Nimbus der typischen New Yorkerin, wie man sie im Deutschland der Nachkriegszeit nur aus Zeitschriften kannte. Neben ihr stand eine kleine zierliche Frau mit einer weichen Hochsteckfrisur, deren gerade Haltung sofort an eine Balletttänzerin denken ließ. Gleich nach der Trauung ging Charlotte auf Edith zu. Die Begrüßung fiel so herzlich aus, vor Rührung fehlten ihnen beiden sekundenlang die Worte. Ihre Begleiterin sprach nur Englisch, und Edith stellte sie als gute Freundin und Arbeitskollegin vor. Sie hatte eine Tanz- und Musikschule in New York gegründet und wirkte zufrieden.

»Vermisst du Deutschland nicht?«, fragte Charlotte später leise, als sie in Annas Wohnzimmer bei Sauerbraten und Klößen saßen.

Edith musste nicht einen Moment lang überlegen. »Allenfalls den Sauerbraten«, antwortete sie. »Aber mir war es immer zu eng und kleinbürgerlich.«

»Und Salomon und Cäcilie?«

Edith senkte den Blick.

»Sie vermissen es, aber sie können nicht vergeben.«

»Möchtest du mich auf einem Spaziergang begleiten?«, fragte Anna Charlotte am Tag nach der Trauung. Charlotte hob den Kopf und

sah sie erstaunt an. Doch dann willigte sie sofort ein. Sie hatten alle
zu viel gegessen. Noch immer steckten ihnen die knappen Nach-
kriegsjahre in den Knochen. Wenn aufgetischt wurde, langte jeder
zu, wo er konnte. Etwas Bewegung würde ihr guttun.

»Wohin gehen wir?«, fragte Charlotte.

»Zum Friedhof«, antwortete Anna und griff sich einen Strauß mit
weißen Rosen aus der Vase auf dem Tisch.

Der Himmel war grau und wolkenverhangen, und gerade als sie
um die Ecke auf den Nollendorfplatz bogen, fing es an zu nieseln.

»Was für ein trister Tag. Aber heute darf es ruhig regnen«, sagte
Anna und spannte ihren Schirm auf. Charlotte schlüpfte mit darunter und hakte sich bei ihr ein.

»Ja, Hauptsache, die beiden hatten gestern ihren Sonnenschein …
eine schöne Hochzeit! Danke noch einmal für die wunderbare Feier.«

Anna lächelte: »Ja, es ist alles so gewesen, wie wir es uns vorgestellt haben.«

»Es war richtig schön!«, wiederholte Charlotte.

Als sie den Friedhof erreichten, hörte der Regen gerade wieder
auf. Anna stieß das schwarze Eisentor auf und grüßte eine alte Frau,
die ihnen entgegenkam. Dann blieb sie kurz stehen und deutete auf
den Himmel. Am Ende des Weges bildete sich ein Regenbogen mit
kräftigen Farben.

»So einen sieht man nicht alle Tage«, stellte Charlotte fest.

Sie gingen eine Weile zwischen den blühenden Kastanienbäumen
hindurch. Dann standen sie vor Anitas und Carls Grab.

Anna griff die Vase mit den verwelkten Blumen, die vor dem
schwarzen Grabstein in der Erde steckte. Sie leerte sie aus und füllte
sie an einem Wasserhahn mit frischem Wasser. Mit dem weißen
Rosenstrauß steckte sie sie wieder auf das Grab.

»Das hätte auch ihr Brautstrauß sein können …«

Sie richtete sich auf und fügte hinzu: »Nicht dass ich es Gisela
nicht gönne. Ganz im Gegenteil. Ich wünsche ihr alles Glück der
Erde, und ich glaube, sie und Felix lieben sich wirklich.«

Charlotte sah Anna nachdenklich an. »Das muss furchtbar
schwer für dich gewesen sein. Die eigene Tochter nicht aufwachsen
sehen zu können.«

»Das Bitterste, was das Leben bereithalten kann, glaube ich.«

Charlotte griff ihre Hand. »Ich habe Glück gehabt. Meine fünf Kinder haben den Krieg alle überlebt. Trotzdem habe ich lange mit dem Schicksal gehadert. Aber vorgestern ist mir klar geworden, wie undankbar ich war.«

Sie sahen sich beide in die Augen.

»Vorgestern?«, fragte Anna.

Charlotte nickte und drehte sich um. Sie setzte sich auf die Steinbank. »Anna, wir kennen uns noch gar nicht lange. Und ich weiß nicht, warum ich dir das erzähle …«

Kurz sahen sie sich in die hellblauen Augen. Ihre einzige äußerliche Gemeinsamkeit. Anna nickte. Dann sprach Charlotte weiter: »Gleich nach meiner Ankunft in Berlin habe ich jemanden wiedergetroffen, von dem ich dachte, er sei mein eigentliches Lebensglück, mein unerreichbares Lebensglück.«

Sie schüttelte den Kopf, als könnte sie es immer noch nicht fassen.

Anna setzte sich neben sie und faltete die Hände auf dem Schoß. »Du weißt gar nicht, wie gut ich das nachfühlen kann. So einen Menschen gibt es auch in meinem Leben.«

Charlotte blickte auf. In ihren Augen stand die eine Frage, doch sie sprach sie nicht aus.

»Manchmal hatte ich das Gefühl, als hätte ich mindestens eine Handvoll Leben verschwendet«, sagte Anna.

Die Sonne malte helle Flecken in den Kies zu ihren Füßen, und eine Windböe bewegte die Zweige der Kastanien über ihnen. Tausende rosa Blütenblätter wurden heruntergeweht, legten sich wie ein Teppich über die Gräber.

Charlotte bückte sich und sammelte einige davon auf. Dann öffnete sie langsam die Handflächen und sah den zarten Blättchen zu, wie sie nach und nach zurück in die Luft gewirbelt wurden.

»Nichts haben wir verschwendet. Wir haben doch so viel mehr als nur zwei Handvoll Leben.«

Wenn Recht nicht Gerechtigkeit ist

MECHTILD BORRMANN

Grenzgänger

ROMAN

Wegen Schmuggels an der deutsch-belgischen Grenze und ihrer »krankhaften Verlogenheit« steckt man die siebzehnjährige Henni 1951 in eine Besserungsanstalt.

Doch das ist nur ein Teil der Wahrheit.

Die jüngeren Geschwister, um die Henni sich anstelle der toten Mutter gekümmert hatte, kommen in ein kirchliches Kinderheim, wo der kleine Matthias an Lungenentzündung stirbt.

Auch das ist nur ein Teil der Wahrheit.

Eingebettet in ein düsteres Stück Zeitgeschichte, erzählt *Spiegel*-Bestsellerautorin Mechtild Borrmann mit der ihr eigenen soghaft-präzisen Sprache die Geschichte einer lebenshungrigen Frau, die an Gerechtigkeit glaubt und dafür kämpft, dass die Wahrheit um ihre Familie ans Licht kommt.

»Was für eine starke Frauenfigur. Was für ein packender Roman.«
Neue Westfälische